READER'S DIGEST
AUSWAHLBÜCHER

Die Kurzfassungen in diesem Buch erscheinen
mit Genehmigung der Autoren und Verleger

600 (233)
Printed in France
ISBN 3 87070 903 0

READER'S DIGEST AUSWAHLBÜCHER

Reader's Digest

DEUTSCHLAND · SCHWEIZ · ÖSTERREICH

INHALT

Sue Henry

Wettlauf durch die weiße Hölle

Noch nie war beim Iditarod, dem härtesten Schlittenhunderennen der Welt, ein Todesfall zu beklagen. Umso größer ist das Entsetzen aller Beteiligten, als ein sehr erfahrener Teilnehmer ums Leben kommt. Die Überprüfung des Unfalls durch Alex Jensen von der Polizeitruppe Alaskas enthüllt jedoch, dass der Tod des Mannes gar kein tragisches Unglück war. Und schon kurz danach fordert das Rennen ein weiteres Opfer.

Nora Roberts

Das Haus der Donna

Kunstgeschichtliche Sensation oder raffinierte Fälschung? Der Ruf der jungen Kunstexpertin Miranda Jones steht auf dem Spiel, nachdem ihr Gutachten über eine geheimnisvolle Skulptur widerlegt wird. Um die Wahrheit herauszufinden, reist Miranda nach Florenz und gerät dort in ein Labyrinth aus Lüge und Verbrechen. Und ihr einziger Verbündeter ist ausgerechnet ein höchst zwielichtiger Charmeur, der auf reiche Beute hofft.

Larry Collins

Khalid
Das Schwert Gottes

Der Verdacht, dass sich eine Gruppe islamischer Fundamentalisten aus dem Iran dreier Atomsprengköpfe bemächtigt hat und einen Vernichtungsschlag gegen Israel plant, löst eine internationale Krise aus. Jim Duffy, ehemaliger CIA-Agent, wird von den USA eingeschaltet, um die teuflische „Operation Khalid“ zu verhindern.

Verena C. Harksen

Das Glück ist mollig

Dodo, eine gewitzte Versicherungsangestellte aus Frankfurt, sieht gar nicht ein, dass sie zur Bohnenstange werden soll, um glücklich zu sein. Zur Bereicherung ihres Single-Daseins adoptiert sie eine Bassethündin, die neuen Schwung in ihr Leben bringt. Und wenn molliges Frauchen und rundlicher Hund zusammen unterwegs sind, findet auch die Männerwelt Gelegenheit zum Anbandeln.

Sue Henry
Wettlauf durch die weiße Hölle

Normalerweise geht es bei dem legendären Schlittenhunderennen lediglich um Ruhm und Ehre. Doch diesmal wird es buchstäblich ein Wettlauf auf Leben und Tod.

1

Hinter Skwentna zog sich der Iditarod Trail in einem flachen Bogen über viele Kilometer durch die schneebedeckte Tundra nach Nordwesten. Die Fahrspuren waren im Spätnachmittagslicht gut zu erkennen; George Koptak sah sie unter seinem Schlitten hindurchhuschen. Er hatte sich in den ersten anderthalb Tagen des legendären Rennens über mehr als 1800 Kilometer von Anchorage nach Nome in die Spitzengruppe des 68 Teilnehmer zählenden Feldes vorgearbeitet. Nach der vierstündigen Pause in Skwentna rannten seine 16 Hunde voller Eifer. Aber er selbst stand hinten auf den Kufen seines Schlittens und kämpfte gegen die Müdigkeit. Die kümmerliche Stunde Schlaf beim letzten Kontrollpunkt hatte nicht ausgereicht. Seit 31 Stunden war Koptak auf dem Trail unterwegs.

Bei einem Rennen wie dem Iditarod findet der Fahrer am Kontrollpunkt wenig Erholung. Sein Schlittenhund rollt sich nach dem Fressen einfach zu einem Fellknäuel im Schnee zusammen und schläft. Der *Musher* des Schlittens hingegen muss Hundefutter für die nächste Etappe vorkochen, seine Ausrüstung durchgehen und dann selbst etwas essen, bevor er sich schließlich für eine knappe Stunde aufs Ohr hauen kann.

Gespannte Erwartung, Nervosität und Erregung, die noch vom Start am Vortag herrührten, sowie die Gewissheit, bald einen der schwierigsten Streckenabschnitte bewältigen zu müssen, hielten Koptak innerlich auf Trab. Doch jetzt lehnte er müde über dem Lenker seines Schlittens und versuchte, eine halbwegs bequeme Haltung zu finden. Abwechselnd stieß er sich mit dem rechten und dem linken Fuß ab und sprach zu seinen Hunden, um nicht einzuschlafen.

Beim ehemaligen Rasthaus von Skwentna knickt der Trail ab, folgt dann – auf blankem Eis – eine Weile dem zugefrorenen Skwentna River und führt schließlich am anderen Ufer in den Fichten- und Erlenwald hinein, der den Lake Shell umgibt.

Obwohl die Sonne bereits untergegangen war, lag noch Licht auf dem Schnee. Koptak wusste, es würde bald dunkel sein, und hielt sein Gespann an, bevor er das Eis in Angriff nahm. Er fütterte die Hunde mit gefrorenem Weißfisch, kaute selbst ein paar Hand voll Kraftnahrung, die reich an Nüssen und Schokolade war, trank eine halbe Thermosflasche Kaffee und verstaute sie wieder sorgfältig. Dann holte er seine Stirnlampe hervor, prüfte die Batterien und setzte die Lampe auf. Zwanzig Minuten später war er auf dem Weg flussaufwärts.

Eine halbe Stunde hielt ihn der Kaffee wach. Doch als er vom Eis herunter- und in den Wald hineinfuhr, übermannte ihn erneut die Müdigkeit. Immer wieder nickte er ein, während das Gespann in ruhigem Rhythmus der Spur folgte.

In einem lichten Moment erkannte Koptak, wie gefährlich der schmale, kurvenreiche Trail war, und bekam es mit der Angst zu tun. Zwischen den Bäumen war es schon dunkel. Als er die Stirnlampe anknipste, verlor er jede Orientierung; wie ein Tunnel schloss sich der Trail um ihn. Tief hängende Äste rauschten rechts und links an ihm vorbei, und instinktiv duckte er sich. Aber immer wieder schob sich die Spur auch gefährlich nahe an die Bäume heran. Die Stämme waren mit spitzen Zweigen und schartigen Aststümpfen gespickt, die einem nur zu leicht Gesicht und Kleidung zerfetzen konnten.

Als er zu dicht an einem Baumstumpf entlangschrammte, riss es Koptak ein Loch in den Schlittensack. Auf der nächsten Lichtung hielt er an; er musste den Schaden beheben, sonst konnten wichtige Teile seiner Ausrüstung herausfallen. Er holte Nadel und Zahnseide aus dem Sack, hockte sich neben dem Gefährt nieder und begann mit der Reparatur. Er arbeitete ohne Handschuhe. Nach wenigen Minuten waren seine Finger taub vor Kälte, und er spürte die Nadel nicht mehr. Er hielt inne und schob die Hände unter Parka, Wollhemd und Skiunterwäsche direkt auf seinen warmen Bauch.

Nach einer Weile waren sie wieder warm, aber Koptak wünschte sich nichts sehnlicher, als einfach nur auszuruhen. Nur nicht klein beigeben! Er stand auf. Rücken und Beine waren steif und verkrampft, und er stampfte mehrmals auf, um sie zu lockern. Danach beendete er die Reparatur.

Warum war er nur so geschafft? War er vielleicht krank? Normalerweise half Kaffee, aber diesmal überhaupt nicht. Abermals holte er die Thermosflasche heraus und trank einige Schlucke, wild entschlossen, endlich wach zu werden. Dann pfiff er den Hunden und fuhr weiter.

Doch nach wenigen Minuten fielen ihm die Augen wieder zu. Er konnte sich kaum noch auf dem Schlitten halten. Mit einiger Anstrengung holte er die Thermosflasche erneut heraus, zog den Stöpsel, stopfte ihn in die kleine Tasche hinten am Schlitten und trank den Kaffee aus. Aber bevor er die Flasche wieder verstauen konnte, glitt sie ihm aus der Hand und fiel hinter ihm auf den Trail.

Die Hunde folgten einer scharfen Rechtskurve. Direkt vor ihnen erhob sich eine mächtige Fichte. Sie stand so nahe am Trail, dass der linke Führungshund sie mit seiner Flanke berührte. In diesem Moment kippte Koptak vornüber auf den Lenker, schon nicht mehr bei Bewusstsein. Der Schlitten schlingerte in die Kurve und krachte an den Baum, wobei eine Strebe und eine Kufe zerbarsten. Mit dem Gesicht voran wurde Koptak gegen den Stamm geschleudert.

Der Aufprall ließ seine Stirnlampe zerbrechen und zerschmetterte ihm Nasen- und Wangenknochen. Ein gut dreißig Zentimeter langer Aststumpf bohrte sich in sein geschlossenes rechtes Auge und drang ihm durchs Hirn bis zum Hinterkopf. So hing der Körper am Fichtenstamm, bis der Ast brach und der Tote langsam auf den Trail rutschte.

Eine halbe Stunde später setzte die Leichenstarre ein. Der nachfolgende Fahrer, den eine leere Thermosflasche, die er drei Kurven zuvor auf dem Trail gefunden hatte, neugierig gemacht hatte, kam um die Ecke gerast. Er konnte nicht mehr bremsen und spürte, wie die Schlittenkufen schlingernd über ein Hindernis glitten. Es war ein Mensch, merkte er voller Entsetzen – sein Freund George.

DALE SCHULLER war in Skwentna nicht im Vorgefühl einer nahenden Katastrophe aufgebrochen. Wenn er überhaupt etwas erwartete, dann nur Positives. Er hatte genauso gute Chancen, das Iditarod-Rennen zu gewinnen, wie jeder andere Teilnehmer.

Alle Fahrer hatten am Vortag in der Fourth Avenue von Anchorage einen glatten Start gehabt. Die milden Temperaturen hatten für genügend Schnee gesorgt. Schuller hatte die Startnummer neun gezogen, und daher war der Trail auf den ersten 32 Kilometern bis zum Eagle River noch nicht von den über tausend Schlittenhunden zermatscht gewesen, die die 68 Gespanne zogen. Dale war gut vorangekommen und besaß beste Chancen, den Kampf um eine gute Ausgangsposition zu gewinnen.

Am Eagle River waren die Gespanne auf Lastwagen verladen und 40 Kilometer weiter nach Settler's Bay transportiert worden. Das war nötig gewesen, weil die Flüsse Knik und Matanuska am ersten Märzsonntag nicht immer zugefroren sind. Auf dem Abschnitt von Knik Flats über Rabbit Lake nach Skwentna hatte es ebenfalls keine besonderen Vorkommnisse gegeben.

Seit sieben Jahren war Dale Schuller nun Musher, und dies war sein dritter Versuch, das größte und schwierigste aller Schlittenhunderennen zu gewinnen. Seine Huskys waren in guter Verfassung, hatten mehr als 2400 Trainingskilometer hinter sich. Er hatte das „Kinik 200“ gewonnen und war Dritter beim „Kuskokwim 300“ geworden, beides Rennen über mittlere Distanzen. Das Preisgeld hatte Sicherheit bedeutet. Aber jetzt, da er von zwei lokalen Sponsoren unterstützt wurde, waren die Finanzen nicht mehr ein solches Problem wie früher. Die kostspielige Hundezucht, die teure Ausrüstung, die Startgelder – sie würden ihn dieses Jahr nicht allzu sehr in Schulden stürzen.

Die Hunde rannten locker und eifrig. Als das Gespann vom vereisten Skwentna River in den Wald fuhr und die Bäume sich über ihm schlossen, war Schuller erst ein wenig nervös, kam jedoch rasch in den Rhythmus der Kurven. Deshalb war er völlig überrascht, als Comet, seine älteste Leithündin, einen scheinbar unsinnigen Fehler machte: Ohne ersichtlichen Grund ließ sie eine scharfe Rechtskurve außer Acht und führte die anderen Hunde vom Trail weg zwischen die Bäume und in die Büsche. Fluchend trat Schuller auf die Bremse, knallte den Schneeanker in den Boden und lief besorgt nach vorn, um zu sehen, ob etwas passiert war.

Die Hunde jaulten und versuchten, sich aus dem Gestrüpp zu befreien. Soweit Schuller sehen konnte, hatten sich zwar die Leinen verheddert, aber kein Hund war in Lebensgefahr oder hatte sich losgerissen. Daraufhin lief er zurück und blieb an der verpassten Kurve stehen. Das Licht einer Stirnlampe schien ihm ins Gesicht.

Mitten auf dem Trail saß Bill Turner, der Skwentna nur wenige Minuten vor ihm verlassen hatte. Quer über seinen Knien lag ein weiterer Musher. Er hatte kein Gesicht mehr. Blut bedeckte seinen Parka und den Boden unter der Fichte.

Schuller ließ sich neben den beiden auf die Knie fallen und nahm seine Stirnlampe ab, um gezielter zu leuchten.

„Es ist George“, erklärte Bill starr. Seine Augen waren im Schock weit aufgerissen. „Er m-muss die Kurve verfehlt haben und ist an den Baum gekracht. Großer Gott, Dale, ich b-bin über ihn rübergefahren. W-wo sind seine Hunde?“

„Bleib sitzen. Ich bin gleich wieder da.“ Schuller stand auf und lief zu seinem Schlitten, wo er seinen Schlafsack und eine Flasche Brandy holte.

Schwere Unfälle waren selten. Noch nie war ein Musher bei einem

Rennen ums Leben gekommen. Es gab Knochenbrüche, Hautverletzungen, ausgekugelte Gelenke, und manchmal starb ein Hund durch Unfall oder Krankheit, aber kein Fahrer fürchtete ernstlich den Unfalltod. Angst hatten sie lediglich vor Verletzungen, vor Beschädigung der Ausrüstung, davor, nicht weiterfahren zu können und in der Einsamkeit des Alaska-Winters verloren zu sein. Die Nahrungsvorräte konnten verbraucht sein, bevor ein verunglückter Fahrer entdeckt wurde. Diese Art Gefahr war bei Schlittenhunderennen eine Realität.

Schuller atmete tief durch. Er würde die nächsten Entscheidungen treffen müssen. Bill hatte einen Schock, was verständlich war; George war Freund und Berater des jungen Mannes gewesen. Seit über zwei Jahren hatten sie in Teller, einem Eskimodorf bei Nome, Hunde gezüchtet und trainiert. George hatte schon viele Male am Iditarod-Rennen teilgenommen, aber Bill war das erste Mal dabei. George so auf dem Trail zu finden musste schrecklich für ihn sein.

Mit Schlafsack und Brandy marschierte Schuller zu der blutbespritzten Fichte zurück. „Nimm einen Schluck." Er presste Turners kalte Finger um die Flasche und hob sie an dessen Lippen.

Der junge Mann würgte ein, zwei Schlucke hinunter, hustete und gab ihm die Flasche zurück. „Was sollen wir tun?"

Schuller sah auf die Leiche hinunter. „Wir nehmen George mit zum Finger Lake. Wir stecken ihn in meinen Schlafsack und binden ihn auf meinen Schlitten. Vielleicht finden wir unterwegs sein Gespann." Er nahm nun ebenfalls einen tiefen Schluck und stopfte die Brandyflasche dann in seinen Parka. Verflucht, er hatte selbst einen Schock!

Sie packten den Toten in Schullers Schlafsack und zurrten das Bündel auf dem Schlitten fest. Danach brauchten sie zwanzig Minuten, um die Leinen der beiden Gespanne zu entwirren. Bevor sie aufbrachen, markierte Schuller die Fichte mit seinem roten Halstuch.

2

State Trooper Sergeant Alex Jensen arbeitete in Palmer, dem Zentrum des Matanuska-Tals, das mit seinen Farmen und Molkereien 64 Kilometer nordöstlich von Anchorage liegt. Vor acht Jahren war er kurz nach dem Tod seiner Braut aus Idaho hierher gezogen. Vier Wochen vor der Hochzeit war ein Schatten auf dem Röntgenbild aufgetaucht. Sieben Monate später war Sally tot gewesen.

Jensen war groß gewachsen, muskulös und bis auf einen rötlich blonden Schnauzbart glatt rasiert. Als er sich an diesem Montagmorgen noch vor Morgengrauen an die Arbeit machte, war er froh, auf die Uniform verzichten zu können. Unter Jeans und Wollhemd trug er Skiunterwäsche, darüber einen dicken Pullover und eine Thermohose, an den Füßen Kälte isolierende Stiefel und zwei Paar Wollsocken übereinander. Hinter ihm im Hubschrauber lagen ein dicker Parka, doppelt gefütterte Handschuhe sowie eine Fellmütze mit Ohrenschützern. In der Parkatasche steckten für den Fall, dass sie mit dem Schneemobil losmussten, zudem eine Skimaske und ein schwerer Wollschal.

Mit dem rechten Fuß drückte Jensen auf den im Boden eingelassenen Mikrofonknopf und brüllte in den Lärm der Rotoren: „Wie lange noch, Bob?“

„Eine Viertelstunde. Vielleicht etwas länger.“ Der Pilot deutete nach rechts. „Da ist Skwentna.“

Im Halbdunkel konnte Jensen ein paar Lichter und Umrisse von Gebäuden erkennen und gleich darauf den weiten Bogen, den der Skwentna River zum Finger Lake hin beschreibt. Er drehte sich kurz um, um zu sehen, wie viel sein Kollege Philip Becker von dem Gespräch mitbekommen hatte, dann sah er wieder nach unten auf den zugefrorenen Fluss.

Der Anruf der Iditarod-Rennleitung war beim Veranstalter in Anchorage gelandet und dann von den Funkern, die jedes Jahr freiwillig für das Rennen eine Informationskette bildeten, den Trail entlang weitergegeben worden. Die Nachricht von einem Todesfall, dem ersten überhaupt in der Geschichte dieses legendären Rennens, hatte hektische Aufregung erzeugt. Zweifellos würde der Fall die Schlagzeilen der Zeitungen und die Fernsehnachrichten beherrschen. Die zuständige Staatsgewalt würde sich beeilen müssen, die unvermeidlichen Fragen zu dem außergewöhnlichen Todesfall zu beantworten. Und da Koptak am westlichen Rand des Polizeiverwaltungsbereichs G verunglückt war, fand sich Trooper Jensen lange vor Sonnenaufgang in der Luft. Er rechnete damit, um zwanzig vor acht am Finger Lake einzutreffen.

Als sie auf dem Eis des Sees aufsetzten, tauchte die aufgehende Sonne die Gipfel der Alaska Range in rosiges Licht. Am nordöstlichen Ende wurde der kleine See durch eine schmale Halbinsel geteilt. Über dem steilen Ufer rasteten neben einem Blockhaus Gespanne im Schnee. Beim Geräusch der Rotoren hoben die Hunde ihre Köpfe und bellten. Jensen sah, wie ein gutes Dutzend Menschen aus dem Blockhaus trat und zwei Männer hinunter zum See in Richtung Hubschrauber losstapften.

Er nahm den Kopfhörer ab und sprang auf das schneebedeckte Eis. Gemeinsam luden die Trooper zwei schwere Schlafsäcke, Essen für ein paar Tage, ein Zweimannzelt, eine Kamera und andere kriminaltechnische Gegenstände aus. Als Letztes folgten zwei fest verpackte doppelläufige Flinten.

Inzwischen waren die beiden Männer aus dem Blockhaus herangekommen. Der größere streckte seine behandschuhte Hand aus. „Tom Farnell", stellte er sich vor. „Mir gehört das Blockhaus. Und das ist Roy Hamilton, der Zeitnehmer. Bin froh, dass Sie da sind."

„Wir sollten uns die Unfallstelle mal ansehen", sagte Jensen. „Kann man mit dem Hubschrauber hin?"

„Kaum", erwiderte Farnell. „Da stehen Fichten und Erlen dicht an dicht. Man müsste zu weit entfernt landen. Mit dem Schneemobil ist es einfacher."

Jensen wandte sich zu Bob. „Dann machst du dich am besten gleich wieder auf den Weg. Wir verladen die Leiche, du bringst sie ins Labor nach Anchorage, und wir arbeiten hier weiter."

Der Pilot machte sich an den hinteren Hubschraubersitzen zu schaffen. Wenn man die Polster abnahm, ließen sie sich flach zusammenfalten und boten Raum für die Metalltrage, die Bob jetzt aus der Halterung nahm und hinausreichte, worauf die vier anderen Männer sich zur Hütte aufmachten.

Während sie den Uferhang hinaufstiegen, fragte Hamilton Jensen: „Warum ins Labor?"

„Wir müssen den Unfall rekonstruieren. Das ist Routine bei einem Todesfall ohne Zeugen. Dazu gehört auch eine Autopsie."

„Das wird Turner schwer treffen", bemerkte Hamilton, zu Farnell gewandt.

„Ist Turner der Musher, der den Toten gefunden hat?", wollte Jensen wissen, als sie zu einem Holzschuppen hinter dem Blockhaus gingen.

„Ja, einer der beiden. Er ist ganz schön fertig."

„Wer ist der andere?"

„Dale Schuller. Er ist schon weitergefahren, zum Rainy Pass."

„Hat ihm denn keiner gesagt, dass er bleiben soll, bis wir kommen?"

„Klar, aber schließlich haben wir ein Rennen laufen, und es sieht gut für ihn aus. Er hat den betreffenden Baum aber mit einem roten Signaltuch markiert. Und wenn Sie ihn brauchen, ist er leicht zu finden. Bei jedem Kontrollpunkt werden Ankunft und Aufbruch notiert."

Sie betraten den Schuppen. George Koptaks Leiche lag in Schullers

Schlafsack auf einem Brett, das auf zwei schweren Holzklötzen ruhte. Jensen zog den Reißverschluss auf und schlug den Schlafsack auseinander. „Großer Gott! Und das hat ein Baum angerichtet?“

„Dale sagte, ein abgebrochener Ast habe Georges Gesicht erwischt“, erklärte Farnell.

Jensen untersuchte die Leiche. Als er keine weiteren Verletzungen fand, zog er den Schlafsack wieder zu.

Aus Palmer hatten sie den üblichen zweischichtigen Leichensack mitgebracht. Der Sergeant beschloss, auf die Innenhülle zu verzichten, und so legten sie Koptaks Leiche mitsamt Schullers Schlafsack in die schwere Außenhülle. Jensen zog den Reißverschluss zu und versiegelte den Sack. „Legen wir ihn auf die Trage.“

Das war nicht weiter schwierig; die Leiche war steif gefroren. Als sie damit um die Ecke bogen, kamen fünf der Musher herbei, die vor dem Blockhaus gewartet hatten. „Lassen Sie uns das tun“, bat einer. Sie hievten die Trage auf ihre Schultern und marschierten den Abhang zum Hubschrauber hinunter, der abhob, nachdem die Trage mit dem Toten eingeladen worden war.

„Wann wurde Koptaks Gespann gefunden?“, wandte Jensen sich nun an Farnell.

„Gegen zwei Uhr heute morgen. Ron Cross brachte es zusammen mit seinem eigenen nach Skwentna. Wir sorgen dafür, dass Koptaks Hunde mit denen von Turner nach Anchorage gebracht werden, sobald das Flugzeug kommt. Bill steigt aus dem Rennen aus.“

Jensen nickte. „Ich muss mir die Ausrüstung ansehen und mit Turner sprechen. Erst dann kann ich die Hunde freigeben.“

Während der nächsten Stunde überprüften er und Becker sorgfältig jeden einzelnen Gegenstand auf Koptaks Schlitten. Jensen war Experte für Spurensicherung und dafür bekannt, winzige, gleichwohl bedeutsame Details zu entdecken. Becker war zwar schon seit drei Jahren bei der Dienststelle in Palmer, jedoch neu in Jensens Abteilung. Dem Sergeant war aufgefallen, dass die Aufklärung von Verbrechen den jungen Trooper faszinierte, und daher zog er ihn hinzu, wann immer es möglich war, und Becker seinerseits nutzte freudig jede Gelegenheit zur Zusammenarbeit.

Koptaks Ausrüstung bestand aus jenen Dingen, die alle Musher mitführen und sich bei jedem Kontrollpunkt neu bestätigen lassen mussten: einem Arktisschlafsack, einer Handaxt, Schneeschuhen, einer Tagesration Nahrung für Huskys und Musher, Pfotenschützern für jeden Hund und einem Stoß wasserdicht verpackter Briefumschläge mit dem Poststempel von Anchorage, die in Nome noch einmal abgestempelt würden. Das war eine der Geldquellen des Rennkomitees: Es verkaufte die *Trail Mail*, eine Erinnerung daran, dass in früheren Zeiten die Musher den entlegenen kleinen Siedlungen die Post gebracht hatten.

Im Schlittensack fanden sich darüber hinaus ein Petroleumkocher, Brennstoff, ein großer quadratischer Futterkochtopf, Koptaks Ersatzkleidung und -stiefel, Hundemedizin, Werkzeug, Leinen, Elastikkordeln, Hundegeschirre sowie ein Beutel mit Hygieneartikeln.

In der kleinen, hinten am Schlitten angebrachten Tasche fanden die Trooper außerdem Plastiktüten mit Kraftnahrung, Vitamintabletten, Schokolade, Fleischextrakt, Ersatzhandschuhe und Koptaks Brieftasche. Darunter lag eine 44er Smith & Wesson im Lederhalfter.

Der Revolver erstaunte Jensen nicht. Viele Musher hatten als Schutz gegen die Elche, die ihnen oft auf dem Trail begegneten, eine Waffe bei sich. Tiefschnee erschwerte den großen Tieren das Vorankommen, und bisweilen kämpften sie regelrecht um ihr Anrecht auf den gestampften Schnee und traten nach Hunden und Schlitten. Konnte man einem Elch nicht ausweichen, musste man ihn unter Umständen erschießen, doch war der Musher verpflichtet, das Tier auszuweiden, bevor er weiterfuhr, was wertvolle Zeit kostete. Normalerweise steuerte man in großem Bogen um einen störrischen Elch herum.

In der Tasche lag auch der Verschluss einer Thermosflasche. Sie selbst fehlte jedoch. Jensen runzelte die Stirn, als er sich den Stöpsel genauer ansah.

Sie fotografierten die ganze Ausrüstung samt gebrochener Strebe und Kufe, packten alles in den Schlittensack zurück, versiegelten ihn und gingen zum Haus, um mit Bill Turner zu reden.

In diesem Blockhaus am einsamen Seeufer lebte Tom Farnell mit seiner Frau Nancy. Alljährlich versorgten die beiden die Iditarod-Teilnehmer mit warmem Essen und einem Platz zum Ausruhen. Innen wirkte das Haus kleiner, als das Äußere vermuten ließ, und die feuchte Wärme war erdrückend. Überall hingen Kleidung, Hundegeschirre und Pfotenschützer zum Trocknen. Acht oder neun Musher hatten die übrige Fläche in Beschlag genommen. Als die beiden Trooper hereinkamen, brach ihre Unterhaltung ab. Die Fahrer zogen ihre Parkas an und gingen nach draußen. Zuletzt stand eine hoch gewachsene Frau in einem roten Parka auf und beugte sich zu einem Mann hinunter, der mit einer

Wolldecke um die Schultern auf einer Bank am Ofen saß. „Ich komme wieder, Bill", versprach sie und verließ den Raum.

Turner umklammerte mit beiden Händen einen Becher heiße Schokolade. Jensen stellte sich vor und nahm neben ihm Platz. Das Gesicht des jungen Mannes wirkte angespannt, er hatte dunkle Ringe unter den Augen. Aber er beantwortete die Fragen des Troopers mit ruhiger Stimme.

„Ich höre, Sie wollen aus dem Rennen aussteigen", begann Jensen.

„Ja. Es ist mir jetzt egal."

„Ist es nicht seltsam, dass ein erfahrener Musher plötzlich gegen einen Baum rast?"

„Die Kurve ist extrem scharf. Etwas ist allerdings merkwürdig: Hätte George aufrecht auf dem Schlitten gestanden, hätte ihn der Baum viel weiter unten erwischen müssen. Aber vielleicht hatte er sich ja vorgebeugt, um ihm auszuweichen."

„War er vielleicht eingeschlafen?"

„Unwahrscheinlich. Wir sind alle müde. Und George war ein Profi. Er hätte auf einem so schwierigen Streckenabschnitt nie und nimmer gedöst." Turner stellte den leeren Becher neben sich auf die Bank.

Jensen hörte, wie Nancy Farnell sich am anderen Ende des Raums leise mit ihrem Mann unterhielt, der gerade hereingekommen war. Zwei Musher lagen in ihren Schlafsäcken hinter dem Ofen, die Köpfe auf ihre zusammengerollten Parkas gebettet. Der eine hatte eine gelbe Pudelmütze als Schutz vor dem Licht bis über die Augen gezogen.

Wie halten die das bloß aus?, fragte sich der Sergeant. Wieso macht es ihnen Spaß, Jahr für Jahr? Fast zwei Wochen auf dem Trail, kaum Schlaf und härteste körperliche Anstrengungen. Wenn sie Nome erreichen, müssen sie total ausgebrannt sein.

„In Koptaks Schlittensack lag der Stöpsel einer Thermosflasche, aber sie selbst fehlte." Beckers Stimme unterbrach seine Gedanken.

„Die habe ich", entgegnete Turner. „Ich habe sie auf dem Trail gefunden, kurz bevor ich auf George gestoßen bin. Er hatte immer Kaffee dabei. Bei jedem Kontrollpunkt holte er sich frischen."

„Woher wissen Sie, dass es seine Thermosflasche ist?"

„Es sind seine Initialen drauf. Ich hole sie."

Jensen stand auf. „Ich gehe schon. Ich habe noch meine Stiefel an. Wo steht Ihr Schlitten?"

Wie angegeben, fand er die Thermosflasche in Turners Schlittensack. *G. K.* stand in schwarzer Farbe drauf. Sie war leer und offen, und am Hals saßen bräunliche Eiskristalle. Jensen zog einen Spurensicherungsbeutel aus der Tasche, ließ die Thermosflasche hineingleiten und verschloss den Beutel. Im Schuppen verfuhr er mit der Verschlusskappe auf dieselbe Weise. Dann verstaute er beide Beutel in Koptaks Schlittensack und versiegelte diesen wieder.

Irgendetwas an dieser Thermosflasche beunruhigte ihn. Das Labor musste unbedingt die Kaffeespuren analysieren und den Behälter auf Fingerabdrücke untersuchen. Denn wenn Koptak immer Kaffee mitgenommen hatte, warum hatte er nicht angehalten, um seine Thermosflasche aufzuheben, als sie heruntergefallen war? Es war erst der zweite Renntag, und er hätte merken müssen, dass sie ihm aus der Hand gerutscht war. Aber er hatte die Verschlusskappe in die Schlittentasche gestopft und die Thermosflasche auf dem Trail zurückgelassen.

Auf dem Weg zum Blockhaus passierte Jensen ein Gespann, das an einem kleinen Feuer rastete. Auf dem Schlitten saß die Frau, die mit Turner gesprochen hatte. Sie war damit beschäftigt, auf ihren Knien verdrehte Hundeleinen zu entwirren. Jensen nickte ihr zu.

„Ist Bill okay?“ Ihre tiefe, wohlklingende Stimme ließ ihn aufhorchen. Ihr Gesicht war gebräunt von Sonne und Wind. Sie wirkte attraktiv – und besorgt.

„Sieht so aus, nach Lage der Dinge.“

„Sagen Sie mir Bescheid, wenn Sie mit ihm fertig sind? Ich möchte nicht, dass er hier allein rumsitzt, bis das Flugzeug kommt.“

„Natürlich“, versprach Jensen. Erst vor dem Blockhaus fiel ihm ein, dass er sie nicht nach ihrem Namen gefragt hatte.

JESSIE ARNOLD sah ihn im Haus verschwinden. Er kam ihr eher wie ein Reporter oder einer der Leute von der Rennleitung vor, nicht wie ein Trooper. Und er erinnerte sie an einen Wikinger, besonders durch seinen Schnurrbart. Jessie zuckte die Achseln und widmete sich wieder dem verhedderten Geschirr. Im Moment hatte sie eh keine Zeit, Genaueres herauszufinden.

Zwei Jahre war es nun schon her, dass sie in der Nähe von Knik Land gekauft und mit Hilfe von Freunden ein Blockhaus mit zwei Zimmern gebaut hatte, in dem sie, gut sechs Kilometer vom nächsten Nachbarn entfernt, allein lebte. Ihr gefiel das. Das Training mit dem Gespann hielt sie so in Atem, dass sie andere Menschen selten vermisste. Sie hielt sich nie lange in der Stadt auf; sie fühlte sich wohler in ihrem Blockhaus bei ihren 43 Hunden.

In der Hütte hatte Jensen sich gerade wieder zu Turner gesetzt, als das

Funkgerät in der Ecke plötzlich loskrächzte. Die Funkerin, eine junge Frau mit einem Iditarod-Button auf den roten Hosenträgern, stülpte den Kopfhörer über ihre Zöpfe. Als sie zusammenzuckte, war Jensen alarmiert, noch bevor sie sich zu ihm umdrehte. „Ich glaube, das ist für Sie“, verkündete sie mit aufgerissenen Augen. „Noch ein Unfall. Im Happy River Valley.“

3

Anchorage, Ausgangspunkt des alljährlichen Iditarod-Rennens, liegt auf Meereshöhe östlich der Cook-Bucht. Auf den ersten 310 Kilometern bis zum Finger Lake steigt der Trail nur auf 350 Meter an, aber die nächsten 48 Kilometer bringen einen Sprung auf fast 1000 Meter, bis der Rainy Pass erreicht ist, der höchste Punkt der ganzen Strecke.

Flache Anhöhen gehen in Hügel über und diese in majestätische Berge. Es ist schwer vorstellbar, hier einen Weg zu finden, selbst im Sommer. Dass sich der Iditarod Trail dennoch über den Rainy Pass schlängelt, ist dem Einsatz einer ganzen Armee von Freiwilligen zu verdanken. Vor den Schlittenhundgespannen kommen die *trailbreaker* mit ihren Schneemobilen, den so genannten „eisernen Hunden“. Sie spuren einen Trail, der vielleicht schon nach wenigen Stunden von Neuschnee zugedeckt oder von den scharfen Winden, die über diese Höhen hinwegfegen, zugeweht wird. In manchen Jahren muss die Strecke mehrfach „gebrochen“ werden, damit die ersten Fahrer durchkommen. Aber das Rennkomitee ist nicht verpflichtet, den Trail ständig offen zu halten, und das kann für die Musher, die ein oder zwei Tage hinter der Spitzengruppe am Pass eintreffen, einen wahren Härtetest bedeuten.

Auf dem Weg zum Pass folgte Virginia Kline hinter dem Finger Lake dem gewundenen Trail, der, von Bäumen gesäumt, sanft bis zu den kahlen Höhen über dem Happy River Valley anstieg. Ein paar hundert Meter unter sich erblickte Ginny den Fluss, ein schneebedecktes, von Büschen gesäumtes Eisband.

Im Sommer tost der von den Gletschern der höchsten Berge Nordamerikas gespeiste Happy River durch das enge Tal. Im Winter friert er nur langsam zu und bildet eine stete Gefahr wegen des überquellenden Schmelzwassers, das verharschte Löcher und Eisbrücken erzeugt, die manchmal das Gewicht eines einzigen Hundes einstürzen lässt. Der plötzliche Kollaps einer Eisbrücke kann ein ganzes Gespann ins Wasser reißen; Fahrer und Schlitten werden klatschnass, Hunde ertrinken oder

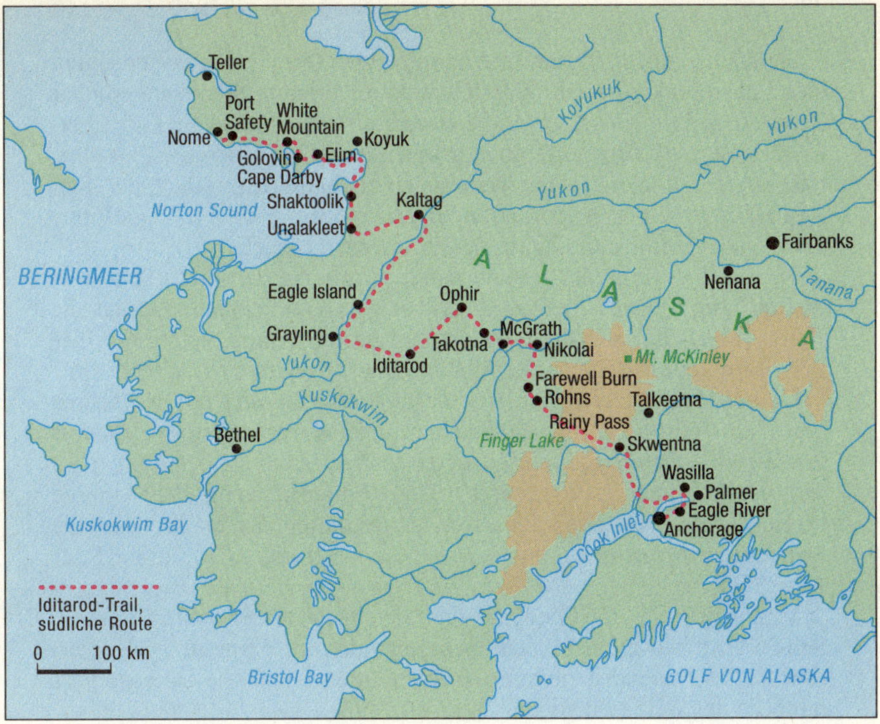

strangulieren sich in ihren Geschirren. Kein erfahrener Musher liebt das Happy River Valley, für Neulinge beim Rennen ist es jedoch der reine Horror.

Obwohl Ginny die Strecke schon zweimal absolviert hatte, blieb ihr fast das Herz stehen, als sie in die Tiefe blickte. In wenigen Minuten musste sie mit dem Gespann nach unten in die Schlucht und auf der anderen Seite wieder hinauf, um den nächsten Kontrollpunkt zu erreichen.

Der Sturm vom Samstag hatte alles zugeweht. Die schweren Schlitten der vorausfahrenden Gespanne hatten zwar den Schnee zusammengepresst, aber rechts und links des Trails türmte er sich brusthoch. Die Lichtverhältnisse machten es fast unmöglich, Bodenunebenheiten zu erkennen, und die harten Spurfurchen brachten Ginny häufig aus dem Gleichgewicht.

Nachdem das Gefällestück begonnen hatte, verlief der Trail ungefähr einen halben Kilometer parallel zum Rand der Schlucht, entfernte sich dann aber so weit von ihr, dass Ginnys Nervosität nachließ.

Sie dachte an Bill Turner und daran, wie er letzte Nacht zitternd und elend das Blockhaus am Finger Lake betreten hatte. Sein jämmerlicher Zustand und die Geschichte, die er erzählt hatte, hatten sie kurz überlegen lassen, ob sie das Rennen schmeißen sollte. Doch die Tatsache, dass alle erfahrenen Musher weitermachten, hatte sie ermutigt, den Rainy Pass ebenfalls in Angriff zu nehmen. Und wenn sie jetzt das Happy River Valley durchstand, hatte sie ihr Tagesziel erreicht.

Nur ein Fetzen grellrosa Flatterband warnte vor der nächsten Kurve: Abrupt ging es nach links und steil bergab. Ginny trat heftig auf die Bremse und ließ den linken Fuß schleifen, um das Tempo zu drosseln. Ihre Schultern schmerzten von der Anstrengung, den Schlitten zu bändigen.

Gerade als sie sich wieder sicherer fühlte, sah sie verblüfft, wie schräg von rechts Hunde auf sie zukamen. Ungläubig registrierte sie, dass es ihre eigenen waren. Sie fuhr an ihnen vorbei, bevor sie bemerkte, dass sich der Trail steil nach rechts den Hang hinaufschwang. Weil für eine normale Kurve offenbar der Platz fehlte, hatten die Trailbreaker die Strecke in einer Schleife um ein paar Bäume herum und in die alte Spur zurückgeführt.

Verzweifelt kämpfte Ginny um das Gleichgewicht. Sie spürte, dass die Schwerkraft sie mitsamt dem Schlitten aus der Spur zu schleudern drohte. Doch vor der nächsten Traverse, die so steil wie die erste war, hatte sie den Schlitten wieder unter Kontrolle.

Einen halben Kilometer weiter kam die nächste Schleife. Diesmal war Ginny vorbereitet, sah die Leithunde nach links verschwinden und bremste scharf in die enge Kurve hinein.

Da riss plötzlich, so laut wie ein Schuss, die Zugleine zwischen Gespann und Schlitten. Frei von jeder Last, rannten die Hunde pfeilschnell den steilen Hang hinunter. Der Schlitten rutschte über die Kante der Schlucht. Ginny hatte nur einen Atemzug, um festzustellen, dass sie durch die Luft flog, als der Schlitten vom Trail gerissen wurde und den Abhang hinunter auf den vereisten, 200 Meter tiefer liegenden Fluss zupolterte.

Unter dem Neuschnee, der den Hang bedeckte, versteckten sich große Felsformationen. Verheddert in Schlitten und Ausrüstung, überschlug Ginny sich wieder und wieder. Ebenso oft prallte sie gegen die Felsen. Schließlich jagte der Schlitten auf die Felsen am Fuß der Schlucht zu und begrub seine Fahrerin unter sich. Mit einem dumpfen Aufschlag landeten beide im tiefen Schnee.

Dieses kaum vernehmbare Geräusch hörte ein Musher, der sich damit abmühte, sein Gespann heil über die zahllosen Löcher im vereisten Fluss zu bringen. Er blickte in dem Moment auf, da der Schlitten im Schnee verschwand, und beobachtete ungläubig, wie eine kleine Lawine die Vertiefung auffüllte. Zwei weitere Fahrer, die gerade Rast machten und Schnee schmolzen, um ihre Gespanne zu tränken, fingen Ginnys Hunde ein, als sie durch die Schlucht rasten.

Mit Kreischen und Brummen jagten die Schneemobile über den holprigen Trail vom Finger Lake zum Happy River Valley. Begierig, den Unfallort rasch zu erreichen, fuhr Sergeant Jensen schnell, aber vorsichtig hinter Tom Farnell her. Es erschien ihm völlig unwahrscheinlich, dass bei einem seit zwanzig Jahren unfallfreien Rennen nun innerhalb von zwei Tagen zwei Fahrer tödlich verunglückt sein sollten.

Der aufgeregte Funker am Rainy Pass hatte ihm berichtet, dass es einen neuen Todesfall gegeben habe. Ungefähr auf halber Höhe des Happy River Valleys sei Virginia Kline mit ihrem Schlitten in einer Haarnadelkurve vom Trail abgekommen, in die Tiefe geschleudert und dann von ihrem Gefährt und einer kleinen Lawine begraben worden. Ein Musher habe sie freigeschaufelt und festgestellt, dass sie tot sei. Er warte nun auf Hilfe. Ein zweiter Fahrer habe die Nachricht zum Rainy Pass gebracht.

Ehe Jensen losgefahren war, hatte er Becker zur Unfallstelle von Koptak geschickt und über Funk den Hubschrauber angefordert. Für den Spätnachmittag war von der Küste her Sturm angesagt worden, deshalb mussten Schlitten und Leiche rasch geborgen werden.

„Es geht hier steil runter!", schrie Farnell und drosselte das Tempo. „Halten Sie sich direkt hinter mir! Das ist ein teuflisches Stück!"

Kurz darauf fand sich Jensen über einem scheußlichen Steilhang. Der Blick in die Schlucht jagte seinen Puls in die Höhe. Trotz starker Bremsen glitt der Motorschlitten wie von allein vorwärts.

Kurve um Kurve kämpften sie sich weiter in die Tiefe. Dann machten die Spuren plötzlich einen abrupten Schwenk zum Abgrund und endeten am Rand. Jensen hielt an, traute sich aber nicht, von dem schweren Schlitten zu steigen. Er entdeckte nichts, was den Sturz von Virginia Kline bewirkt haben mochte. Hangabwärts zeichneten sich im Schnee tiefe Löcher ab, und ein kleiner Baum war regelrecht durchgebrochen. Bei der Vorstellung, von hier aus rund zweihundert Meter in die Tiefe zu stürzen, musste Jensen schlucken.

Dem Zwang der Schwerkraft folgend, ließ er das Schneemobil wieder den Trail hinabgleiten. Farnell wartete am Ende der Steilkurven, und er hielt neben ihm an.

„Haben Sie die Spuren an der Biegung gesehen?", fragte Farnell. „Es sieht so aus, als hätte sie nicht einmal gebremst."

Sie fuhren weiter, Farnell wieder vorneweg. Der kleine vereiste Fluss schlängelte sich durch die enge Schlucht. Sie kurvten um Löcher, Pfützen und eisfreie Stellen, bis ein Musher in blauem Parka und Schneeschuhen, der neben einem kleinen Feuer gekauert hatte, sie anhielt.

„Sind Sie der Trooper?"

Jensen fuhr rechts ran und ging zum Feuer. „Sergeant Alex Jensen. Sie haben sie abstürzen sehen?"

„Ich bin Bomber Cranshaw aus McGrath." Der Musher war etwa einsfünfundsiebzig groß und kräftig gebaut. Unter seiner Bibermütze quollen verfilzte Haare hervor. Vollbart und Schnauzer waren mit Eiskristallen übersät. Mit dröhnender Stimme begann er zu berichten.

„Ich hab nicht alles gesehen. Sie hat nicht geschrien, sondern ist einfach runtergefallen. Ich hörte ein Krachen und schaute in dem Moment hin, als der Schlitten von dem Felsen dort abprallte." Er zeigte auf eine Stelle ungefähr 15 Meter über ihnen. „Sie fiel den ganzen Rest in einem Stück, und dann gab es so ein dumpfes Geräusch, als sie aufschlug; der Schlitten war über ihr. Sie können sehen, wo die Lawine abging, die alles begraben hat. Ich hab meine Hunde festgebunden, die Schneeschuhe rausgeholt und bin rübergesaust. Mit meinen Händen hab ich den Schnee weggeschaufelt, doch Ginny war schon tot, als ich sie fand. Ich denke, sie hat sich das Genick gebrochen, als sie auf die Felsen traf."

Schweigend musterte Jensen den Mann. Bomber Cranshaw war etwa Mitte dreißig und kein Neuling bei diesem Sport. Sein Parka war mit Aufnähern früherer Iditarod-Rennen verziert.

„Wer hat die Nachricht zum Rainy Pass gebracht?", fragte Farnell.

„Susan Pilch", antwortete Bomber und wies zu seinem Gespann. „Da ich eh schon angehalten hatte und die Hunde sich ausruhten, dachte ich mir, ich könnte sie auch gleich füttern und hier auf Sie warten. Susan fuhr weiter und meldete den Unfall."

„Mit dem Warten haben Sie ganz schön Zeit geopfert."

„Ich werd's schon wieder aufholen. Das Rennen ist noch jung."

„Danke, dass Sie gewartet haben." Jensen wandte sich an Farnell. „Sehen wir's uns mal an. Der Helikopter müsste jeden Moment kommen. Es wird vor Anbruch der Nacht schneien; wir sollten die Tote bergen, solange es noch geht."

Sie zogen die Schneeschuhe über, und Bomber führte sie. Ginny Kline lag halb begraben unter dem schweren Schlitten. Ihr Kopf, ein Arm und die obere Hälfte des Brustkorbs waren alles, was sie sehen konnten. Der hohe Schnee machte es schwierig, den Schlitten zu bewegen, und sie schafften es nur mit vereinten Kräften. Eine Hälfte des Gesichts der Toten war böse abgeschürft, und ihr Körper fühlte sich seltsam knochenlos an, als sie sie heraushoben und in den Schlafsack legten, den sie im Schlittensack gefunden hatten. Die Strickmütze war Ginny vom Kopf gerissen, und Jensen stopfte sie in ihren Parka. Dort fand er eine kleine Taschenlampe, einen angebissenen Schokoriegel und Ersatzverschlüsse für die Zugleinen. In der anderen Reißverschlusstasche steckten ein Portemonnaie mit ein paar Dollars, Ginnys Führerschein und Fotos von zwei etwa sechs und acht Jahre alten Jungen in Schuluniform.

Als sie den Schlitten auf den Trail hievten, wurde die Stille plötzlich von Rotorenlärm unterbrochen. Sie blickten auf. Aus dem Hubschrauber winkte ihnen Becker zu. Er war von Koptaks Unfallort an den Finger Lake zurückgekehrt und hatte sich dort von Bob mitnehmen lassen. Angesichts der schmalen Schlucht ließ der Pilot den Helikopter sehr langsam und behutsam auf einem flachen Stück Trail niedergehen.

Aus Zeitmangel konnte Jensen Virginia Klines Schlittensack nur flüchtig untersuchen. Daher konstruierte er mit einem kräftigen Tau eine Haltevorrichtung, mit der der Hubschrauber den Schlitten aus der Schlucht befördern konnte. Dann besah sich der Sergeant das Stück der Gespannleine, das noch am Schlitten hing. Der Riss war allzu glatt. Die Leine war bis auf einen winzigen Rest von einem scharfen Gegenstand durchtrennt worden, und nur dieser Rest war durch den Druck des Zerreißens faserig zerfetzt.

Jensen stülpte einen Beweissicherungsbeutel über das Leinenende. Es war unsinnig anzunehmen, dass Ginny Kline selbst die Leine durchtrennt hatte, aber ein Unfall konnte nicht ausgeschlossen werden. Wenn aber, was er eher vermutete, jemand anders dafür verantwortlich war, so hatte derjenige sich nicht darum gekümmert, wann oder wo die Leine endgültig zerriss, wichtig war ihm einzig das Resultat gewesen: Ginny aus dem Rennen zu werfen. Dennoch war vielleicht nur ein schwerer Unfall und nicht ihr Tod beabsichtigt gewesen.

Als der Schlitten am Hubschrauber vertäut war, legten sie den Schlafsack mit der Toten in den Leichensack und hievten diesen auf die zusammengeklappten hinteren Passagiersitze.

„Bob, haben Sie genug Benzin, um Becker am Rainy Pass abzusetzen und nach Anchorage zurückzufliegen?“

„Sicher, Sergeant. Geben Sie mir auch gleich Ihre Sachen mit. Dann haben Sie es leichter mit dem Schneemobil.“

Nachdem Becker auf den Sitz neben dem Piloten geklettert war, hob der Hubschrauber ab und war mit dem unter ihm baumelnden Schlitten nach wenigen Minuten jenseits des Cañons verschwunden.

Bomber drehte sich zu Jensen. „Ich habe gesehen, wie Sie die Gespannleine untersucht haben. Sie ist angeschnitten worden, oder?“

„Können Sie sich vorstellen, warum?“, fragte der Sergeant vorsichtig zurück.

„Ich weiß nur, dass Ginny ihre Sachen in Ordnung gehalten hat.“

„Damit sagen Sie, dass es kein Unfall war.“

„Genau.“ Bomber löschte das Feuer und begann, seine Sachen zu verstauen. „Wir sollten abhauen. Es wird bald schneien.“

Aber noch hielt sich der Schnee zurück. Farnell fuhr wieder zum Finger Lake und Jensen in Richtung Rainy Pass, wobei er den Trailbreaker für Bomber spielte.

Sie erreichten den Pass kurz nach Anbruch der Dunkelheit. Im Blockhaus drängten sich Musher, Organisatoren, Helfer und Reporter. Becker unterhielt sich mit Matt Holman, dem *Rennleiter,* der mit dem Versorgungsflugzeug gekommen war. Als Jensen den Raum betrat, wurde es plötzlich ganz still. Alle beobachteten, wie er Holman begrüßte. Danach stieg der Geräuschpegel wieder an, aber die Blicke blieben auf das Trio gerichtet. Bis eine halbe Stunde später Bomber Cranshaw hereinkam, der noch seine Tiere versorgt hatte. Sofort wurde er von Mushern umringt und mit Fragen bestürmt.

Unsicher sah er zu Jensen hinüber, der leicht nickte. Lieber Fragen beantworten als Gerüchte ausstreuen.

4

Erschöpft von den Anstrengungen des Happy River Valley, war Steve Smith heilfroh, als er sich dem Blockhaus am Rainy Pass näherte. Er lag auf Platz 21. Hinter dem Happy River Canyon stieg der Trail kontinuierlich an, auf den breiten Sattel des Passes zu.

Im Dämmerlicht sah der Musher den Widerschein von Lagerfeuern, die den nahen Kontrollpunkt verrieten. Zwei Zeitnehmer warteten an den steilen Ufern des Puntilla Lake. Während sie Steves Ankunftszeit notierten und überprüften, ob er die erforderliche Ausrüstung dabeihatte, wurde er von Müdigkeit überwältigt. Eine Sekunde lang wünschte er sich, jemand anders würde sich um die Hunde kümmern und er könnte sofort in das wohlig warme Blockhaus gehen.

Eigentlich hatte er die Strecke gut geschafft, allerdings waren vier seiner Hunde auf dem Happy River in ein Eisloch gefallen. Flach auf dem Eis liegend, hatte er die Tiere mühevoll wieder herausgezogen, während der schwere Schneeanker den Schlitten und das Gespann an Ort und Stelle festgehalten hatte. Die klatschnassen Huskys hatten sich geschüttelt, und die Wassertropfen auf ihrem Fell waren schnell gefroren, aber kein Tier schien verletzt zu sein.

Der Schlittenhund besitzt unter seinem dichten Winterpelz zusätzlich eine wollige Haarschicht, die zwischen Haut und Luft eine Barriere bildet. Wird das Fell bei Temperaturen unter zehn Grad minus nass, verliert sich der Isolationseffekt allerdings. Der Husky muss abgetrocknet werden, bevor er zu frieren anfängt.

Erleichtert, dass keiner der Hunde unters Eis geraten und ertrunken war, hatte Steve rasch ein Feuer in Gang gebracht und jedes der nassen Tiere sorgfältig trockengerubbelt. Ihre Pfoten hatte er mit einer speziellen Lotion behandelt und ihnen frische Pfotenschützer übergezogen. Dann hatte das ganze Gespann Fressen bekommen, eine Mixtur aus Honig, Fett, Hackfleisch und Mineralstoffen. Schließlich hatte Steve sich Ersatzhandschuhe übergezogen und die Fahrt fortgesetzt.

Mitsie, der kleinste Hund, gehörte zu den vieren, die ins Wasser gefallen waren. Als sie aus der Schlucht heraus gewesen waren, hatte sie zu zittern begonnen und war langsamer geworden. Steve hatte sie losgebunden und in den Schlittensack verfrachtet, wobei sie ihm entschuldigend die Hand geleckt hatte. Am Kontrollpunkt würde der Tierarzt sie untersuchen. Steve rechnete damit, Mitsie aus dem Rennen nehmen und nach Anchorage fliegen lassen zu müssen. Sie würde ihm fehlen; sie hatte einen guten Einfluss auf die anderen Hunde.

Schneeflocken tanzten durch die Luft, als die Zeitnehmer am Checkpoint mit dem Schlitten fertig waren. Einer bot Steve an, Mitsie gleich zum Tierarzt zu bringen. Kaum war sie aus dem warmen Schlittensack heraus, fing sie wieder an zu zittern.

Steve fuhr zu einer Stelle, die durch Bäume ein wenig Schutz bot. Er wollte seine Hunde unbehelligt von den anderen Gespannen, die direkt vor dem Blockhaus Rast machten, zur Ruhe kommen lassen. Er band den Schlitten an den kräftigsten Baum und machte sich daran, die

Gespannleine an einem zweiten Baum festzuzurren. Sie war allerdings nicht lang genug, und so schlang er sie provisorisch mehrmals um einen tief sitzenden Ast. Er würde sich ein Tau zum Verlängern besorgen und die Leine später damit festmachen.

Aus dem Schlittensack holte er nun den großen Kochtopf, einen Eimer sowie einen Kinderschlitten aus rotem Plastik und stapfte zum See hinunter, wo ein Loch ins Eis gehackt war. Er füllte Eimer und Kochtopf mit Wasser und zog sie auf dem kleinen Schlitten wieder den Hang hinauf. Für den quadratischen Metallkocher stampfte er im Schnee eine ebene Fläche zurecht und holte einen Sack Holzkohle und Feuerholz aus seinem Schlitten. Er übergoss die Briketts und das Anmachholz mit Zündfix, entfachte sie und stellte den Wassertopf auf das Feuer. Mit der Axt zerhackte er dann die tiefgefrorene Lachs-Rind-Hühnchen-Mischung in fressfreundliche Brocken und warf sie in das kochende Wasser. Sobald das Fleisch aufgetaut war, würde er Fett und Trockenfutter hinzufügen. Während das Futter leise köchelte, stapfte Steve noch einmal zum See hinunter, wo sich auf der improvisierten Landebahn die Vorratssäcke stapelten.

Im Verlauf des Rennens werden die Checkpoints von kleinen, mit Vorräten beladenen Flugzeugen angesteuert. Zwei bis drei Wochen vor dem Start füllt jeder Musher Leinen- oder Plastiksäcke mit Hundefutter und anderen Dingen, die er unterwegs braucht, und markiert sie.

Ohne Mühe entdeckte Steve seine auffallend orange gekennzeichneten Säcke. Für die Rast am Rainy Pass hatte er außer Futter, Holzkohle und einem Schlafsack auch Stroh eingepackt. Wegen seiner Höhenlage war der Pass einer der kältesten Kontrollpunkte auf der Strecke. Das Stroh würde für zusätzliche Wärme sorgen.

Auf dem Rückweg zu seinem Gespann traf Steve Mike Solomon, einen Athabasken-Indianer aus Kaltag, der seine Hunde schon versorgt hatte. „Was ist denn mit Ginny Kline passiert?“, fragte Steve. „Ich habe gesehen, wie ein Hubschrauber ihren Schlitten aus dem Happy River Valley geflogen hat.“

„Zwei Trooper stellen eine Menge Fragen. Sie glauben, dass jemand ihre Gespannleine angeschnitten hat.“

„Großer Gott! Wer würde denn so was tun?“ Schweigend blickten sie sich an. „Wie schwer ist sie verunglückt?“

„Sie ist in die Schlucht gestürzt und hat sich das Genick gebrochen.“

Wieder schwiegen sie. „Ich kümmere mich um die Hunde, dann komme ich rein“, sagte Steve schließlich.

Er ging zu seinem Gespann zurück und machte das Futter fertig. Es freute ihn, dass die Hunde so eifrig zulangten. Offenbar hatten alle, die ins Eisloch gefallen waren, das Abenteuer gut überstanden. Nachdem er das Stroh verteilt hatte, setzte er eine zweite Portion Wasser und gefrorenes Fleisch auf den Kocher, da die Holzkohle noch glühte. Dabei fiel ihm auf, dass ein Hund sich die linke Vorderpfote leckte, und beugte sich hinunter, um nach einer Verletzung zu suchen. Doch mit einem warnenden Knurren schnappte das Tier nach seiner Hand.

„He, was ist los, Spook? Lass mich doch mal sehen. Gib Fuß!"

Beim Ton seiner Stimme winselte Spook schuldbewusst, wedelte mit dem Schwanz und gab ihm brav die Pfote. Aber Steve konnte keine Verletzung entdecken. Daraufhin machte er sich auf den Weg zum Blockhaus. Endlich ins Warme kommen, was essen und dann ausruhen. Er redete mit dem Tierarzt über Mitsie, und sie beschlossen, sie aus dem Rennen zu nehmen. Der Arzt hatte ihr bereits Antibiotika injiziert, um eine Lungenentzündung abzuwehren. Im Blockhaus wimmelte es von Leuten. Alle waren betroffen von dem neuen Todesfall.

In einer Ecke stand ein Tisch mit Speisen. Steve füllte sich den Teller, dann setzte er sich mit einem Becher Kaffee an den Ofen und lauschte den Gesprächen um sich herum.

Der bullige Mike Solomon ließ sich neben ihm nieder und nickte in Richtung Cranshaw. „Bomber hat geholfen, Ginny zu bergen."

Steve aß seine Makkaroni auf und machte sich dann über Roastbeef und Brot her. „Woher weiß man eigentlich, dass die Gespannleine angeschnitten wurde?"

„Es war eine nagelneue Leine. Und ich habe selbst gesehen, wie Ginny letzte Nacht vorm Schlafengehen ihre ganze Ausrüstung überprüft hat. Die Einschnitte waren raffiniert angebracht, direkt vor den Knoten, sodass Ginny nichts aufgefallen ist."

Eine gute halbe Stunde später verließ Steve das Blockhaus. Er war satt, aber etwas benommen von der feuchten Hitze. Die Augen fielen ihm zu, und er gähnte heftig. Als er sich seinem Lagerplatz näherte, fiel ihm ein, dass er die Gespannleine noch richtig befestigen musste.

Ein paar seiner Hunde hatten sich nicht wie sonst im Schnee zusammengerollt. Steve war auf dem Weg zum Kocher, als das ihm nächste Tier plötzlich ein leises Knurren von sich gab. Steve warf Stroh und Späne auf die Holzkohlenreste, um Licht zu haben. Als er sich zum Schlitten umwandte, knurrte ein zweiter Hund. Dann hörte er das Geräusch von schnappenden Zähnen, das von lautem Jaulen begleitet wurde. Steve wirbelte herum.

Rabbit, einer seiner größten Hunde, kauerte ihm mit gefletschten Zähnen und wild gesträubtem Fell sprungbereit im Schnee gegenüber. Hinter Rabbit knurrten drei weitere Hunde und krochen feindselig vorwärts.

„Rabbit, Jake, Platz!“, befahl Steve in scharfem Ton. „Was ist los mit euch?“

Doch die Hunde kamen jaulend näher. Geifer tropfte ihnen aus dem Maul. In diesem Augenblick bemerkte Steve, dass sie die Gespannleine von ihrer provisorischen Verankerung losgerissen hatten. Er schrie auf und suchte nach einer Waffe. Zum ersten Mal fürchtete er sich vor seinen eigenen Hunden. Als er nach dem Kochtopf griff, sprang Rabbit ihn an, rammte ihm die Vorderpfoten gegen die Brust und grub ihm seine Zähne in Parka und Schulter. Steve kippte hintenüber in den Schnee.

Dann drehte der Rest des Gespanns durch. Obwohl Steve sich verzweifelt wehrte, zerfetzten die Hunde im Nu seinen Parka und die Thermohose. Messerscharfe Zähne bohrten sich in Steves Fleisch, während er lauthals brüllte. Rabbit schloss seine Kiefer um den entblößten Nacken seines Herrn und riss ihm Hals und Schlagader auf. Steves Blut verfärbte den umliegenden Schnee.

Der infernalische Lärm trieb die Musher von ihren Lagerfeuern und aus dem Blockhaus. Alle Hunde bellten wie verrückt und zerrten an ihren Leinen. Ein Zeitnehmer, der als Erster vor Ort war, wurde von drei Huskys angesprungen und in den Arm gebissen. Stolpernd wich er zurück. „Hol schnell einer ein Gewehr!“, brüllte er. „Sie haben Steve angefallen!“

Die Trooper kamen vom Blockhaus herüber und sahen sich einer rasenden Meute gegenüber. Während Steve Smith, schon bewusstlos, im Schnee verblutete, baute sich das Gespann zum Angriff bereit vor der Menschenmenge auf. Zutiefst erstaunt standen die Musher vor den Hunden, die noch vor wenigen Stunden gut erzogene, nette Viecher gewesen waren. Sie waren kaum wieder zu erkennen.

Jensen zog seinen Revolver und erschoss einen Hund nach dem anderen. Als das Magazin leer war, lud er nach und gab die nächsten Schüsse ab. In der danach einsetzenden Stille starrten die Menschen minutenlang schweigend auf das Gemetzel, während die Trooper zu dem inzwischen toten Steve Smith gingen.

Am Fuß des Hügels war Mitsie vor dem Zelt des Tierarztes am Feuer festgebunden. Sie hob die Schnauze und heulte laut. Sämtliche Hunde beim Kontrollpunkt stimmten in ihr Geheul ein.

„WIE GRAUENVOLL“, murmelte Becker. Im Licht eines Scheinwerfers, der zum Kontrollpunkt gehörte, betrachtete er zusammen mit Jensen die Szenerie. In Müllbeutel verpackt, lagen die toten Hunde am Rand der Landebahn zum Abtransport bereit; daneben befanden sich der Leichensack mit den sterblichen Überresten Smiths und dessen Schlitten.

Der Kochtopf mit dem Hundefutter, das Smith als zweite Portion aufgesetzt hatte, war ebenfalls für das Labor versiegelt worden. Jensen glaubte allerdings nicht, dass sich in den Resten viel entdecken ließ; wichtig war die erste Fütterung. Spuren mochte es geben, aber die Lösung befand sich im Magen der Hunde.

Matt Holman und ein Musher namens Bill Pete hatten sich bereit erklärt, Wache zu halten, damit die Trooper sich auf die Untersuchungen am Ort des Geschehens konzentrieren konnten. Bevor Becker und Jensen die Beweismittel zur Landebahn gebracht hatten, hatten sie den Bereich mit rosa Plastikband abgesperrt. Jetzt gingen sie den Boden Zentimeter für Zentimeter auf Spuren durch. Aber der Schnee war durch die Hundemeute zu sehr zerwühlt.

Auch das Stroh würde noch eingepackt und für die Untersuchung markiert werden. An einer Stelle fanden sie einen auffallend kleinen Hund, der offenbar nicht durch eine Kugel gestorben war. In einer seltsam verkrümmten Haltung lag das Tier auf dem Stroh, neben sich Erbrochenes. Erstmals war damit ein direkter Zusammenhang zwischen einem von Smiths Hunden und dem Futter zu erkennen.

„Was hat das alles zu bedeuten?“, fragte Becker, als sie den Scheinwerfer abbauten. Es hatte zu schneien begonnen.

„Entweder möchte da jemand das Rennen zum Scheitern bringen oder dessen Ausgang beeinflussen“, antwortete Jensen. „Das waren keine wirklichen Unfälle. In Koptaks Blut und Mageninhalt sowie in seiner Thermoskanne fanden sich Spuren von Secobarbital. Irgendjemand hat ihm das in Skwentna in den Kaffee getan. Wahrscheinlich dieselbe Person, die am Finger Lake Ginny Klines Gespannleine durchtrennt und hier am Pass die Chance genutzt hat, Smiths Hundefutter zu vergiften. Fragt sich bloß, ob der Täter die drei Musher bewusst herausgepickt oder einfach eine günstige Gelegenheit beim Schopf gepackt hat. Das Secobarbital im Kaffee kann jedenfalls nicht mit der Substanz identisch sein, die aus braven Huskys plötzlich Killerhunde gemacht hat. Egal, wie die Opfer ausgewählt wurden, die vermeintlichen Unfälle waren geplant.“

Becker nickte zustimmend. „Was hast du jetzt vor?"

„Erst mal will ich einen heißen Kaffee und was zu essen. Dann werde ich mit einigen Leuten reden. Wir müssen herausfinden, wer sowohl in Skwentna als auch am Finger Lake und hier war. Wer also Gelegenheit hatte, die drei angeblichen Unfälle zu inszenieren. Und wer ein Motiv hat und wie dieses Motiv aussieht. Ich habe ein ungutes Gefühl, Phil. Das Rennen hat ja erst angefangen. Aber jetzt lass uns den Scheinwerfer ins Blockhaus zurückschaffen."

Ein paar Minuten später stapfte Jensen den Hügel hinab, um mit Matt Holman zu reden. Zwischen Blockhaus und See hatten Musher ein Lagerfeuer angezündet; ihre Silhouetten zeichneten sich vor den Flammen ab. Den Blick auf den unebenen Boden geheftet, wäre Jensen fast mit jemandem zusammengeprallt, der ihm entgegenkam. Erst im Licht seiner Taschenlampe erkannte er die Frau vom Finger Lake.

Ihre Augen waren groß und grau, die Haare ein kurzes honigblondes Gewuschel. Wangen und Nase waren von der kalten Luft gerötet. Sie blickte ihn offen an. „Jessie Arnold", stellte sie sich vor und streckte ihm die Hand entgegen. „Können wir reden?"

„Aber sicher. Gehen wir ein Stück."

Sie nahmen den schmalen Pfad, der parallel zum See verlief.

„Sie waren am Finger Lake", begann Jensen. „Eine Freundin von Turner, nicht wahr?"

„Eher eine Bekannte. Wir kennen uns fast alle. Bill ist noch so jung, und es hat ihn sehr mitgenommen. Mit George war ich seit vielen Jahren befreundet." Sie blieb abrupt stehen und blickte ihn an. „Aber reden wir Klartext: Was zum Teufel geht hier eigentlich vor? Das waren doch keine Unfälle, oder? Es heißt, dass Ginnys Leine an mehreren Stellen angeschnitten wurde, und jetzt ist Steve auf so fürchterliche Weise gestorben. Huskys tun so etwas normalerweise nicht. Ich habe natürlich schon kranke Tiere gesehen, und es gibt auch immer noch Musher, die ihre Hunde misshandeln, weshalb der eine oder andere dann bösartig wird. Aber niemals ein ganzes Gespann. Da war was im Futter, nicht wahr? Und bei George war auch was faul."

„Warum meinen Sie das?"

„Weil es logisch erscheint. Ich bin kein Detektiv, aber ich bin nicht blöd, und die anderen sind es auch nicht. Ich denke, wenn das Rennen weitergeht, könnte es noch mehr Opfer geben. Irgendwer bringt die Musher um. Ich will wissen, was wir dagegen tun können. Natürlich steht bei dem Rennen eine Menge auf dem Spiel: Geld, Zeit, Prestige. Doch nichts davon ist es wert, Menschenleben zu riskieren."

„Wie oft haben Sie schon am Iditarod teilgenommen?"

„Fünfmal. Im letzten Jahr war ich Sechste. Mein bestes Ergebnis."

„Warum glauben Sie, dass es noch mehr Opfer geben wird?"

„Weil der einzige Zusammenhang das Rennen zu sein scheint. Weder George noch Ginny, noch Steve standen einander nahe. Versucht jemand, das Rennen kaputtzumachen? Ist ein fanatischer Tierschützer übergeschnappt, versucht er zu stoppen, was er für Tierquälerei hält?"

Überrascht blickte Jensen sie an. Er erinnerte sich an eine Jahre zurückliegende Kontroverse. Manche Tierschützer wollten nicht glauben, dass ein Schlittenhund Rennen laufen kann, ohne traumatische Schäden zu erleiden. Sie hatten so viel Staub aufgewirbelt, dass Rennfunktionäre, Veterinäre und Musher ganz erbost gewesen waren. Er selbst hatte die ganze Geschichte für lächerlich gehalten, sich aber doch auch gefragt, ob ein Rennen über 1800 Kilometer die Hunde nicht überforderte. Die letzten Tage allerdings hatte er festgestellt, dass die Hauptanstrengung beim Musher lag. Die Hunde rannten leidenschaftlich gern, und misshandelte Tiere würden niemals ein Rennen gewinnen. Jeder Musher wusste das.

Jensen überdachte eine andere Möglichkeit: Vielleicht hatte jemand eine Superwette laufen. Bei diesem Rennen musste es um Tausende von illegal gewetteten Dollars gehen. Gier wäre ein gutes Motiv. Das gäbe dem Fall neue Dimensionen, die sich nicht aus der Wildnis würden untersuchen lassen. Andererseits war er davon überzeugt, dass die Lösung allein auf dem Trail zu finden war. Nur wer mit dem Rennen vertraut war, konnte Koptaks Gewohnheiten oder Smiths ungefähren Futterfahrplan kennen und wissen, welche Belastung eine Gespannleine aushielt. Er selbst dagegen wusste nicht genug über die Musher, um Überlegungen des Täters zu antizipieren.

„Miss ...", setzte er an.

„Jessie", unterbrach sie ihn.

„Jessie, ich habe mehrere Probleme. Erstens muss ich herausfinden, was hier abläuft. Zweitens weiß ich nicht genug über Schlittenhunde, Musher und das Rennen. Zwar gibt es Trooper, die immer mal beim Iditarod ausgeholfen haben, und ich werde auch einen von ihnen herholen, aber er kann mir keine Insider-Informationen liefern. Aber Sie und Ihre Kollegen kennen Ihren Sport. Wären Sie bereit, mit mir zusammenzuarbeiten, Ihre Erfahrungen einzubringen?"

Prüfend sah sie ihn an. „Sie wollen doch hoffentlich nicht, dass ich andere Leute ausspioniere. Das tu ich nämlich nicht."

„Ich suche keinen Verräter. Ich brauche einen Berater. Sie könnten mir helfen. Zum Beispiel: War Ginny Kline verheiratet? In ihrer Brieftasche fanden wir Fotos von zwei Jungen. Sind das ihre Söhne?"

„Sie war nicht verheiratet und hatte auch keine Kinder. Wahrscheinlich sind es ihre Neffen. Letztes Jahr ist Ginnys Schwester aus Fairbanks zum Abschluss des Rennens nach Nome gekommen; ich hörte, wie sie sich über die Jungen unterhielten."

Er wollte weiterfragen, als er Becker rufen hörte: „Hat jemand Sergeant Jensen gesehen?"

„Hier bin ich!"

„Anchorage will dich sprechen!", brüllte Becker. „Über Funk!"

„Ich muss zu ihm. Können wir später weiterreden?"

„Wie heißen Sie mit Vornamen?", fragte Jessie.

„Alex."

„Gut." Sie lächelte. „Ich möchte wissen, mit wem ich arbeite."

5

Der Funkspruch aus Anchorage bestätigte Jensens Verdacht, was den Tod von Ginny Kline betraf. Die Gespannleine ihres Schlittens war angeschnitten worden, und zwar mit einem außerordentlich scharfen Gegenstand. Die Autopsie hatte keinen Hinweis auf chemische Substanzen wie bei Koptak ergeben, wohl aber zahlreiche Knochenbrüche enthüllt. Der Leichenbeschauer erklärte den Genickbruch zur Todesursache.

Vom Funkgerät ging Jensen wieder zum See hinunter, um endlich mit Matt Holman zu reden. Er schilderte dem Rennleiter die Lage und kam dann zum entscheidenden Punkt. „Ich habe die Befugnis, das Rennen abzubrechen, und bin versucht, das auch zu tun. Zwar gibt es noch keinen Laborbefund, was die Hunde angeht, aber ich glaube, dass eine Substanz, die ihnen mit dem Futter oder sonst wie verabreicht wurde, den Angriff auf Smith verursacht hat."

Holman nickte. „Huskys verhalten sich von Natur aus nicht so. Weiß der Teufel, wie jemand so etwas fertig bringen kann. Und wir wissen nicht mal, ob das alles war. Wenn das Rennen weitergeht, könnte noch mehr passieren. Richtig?"

„Davon können wir wohl ausgehen."

„Viele Musher werden sauer sein, wenn plötzlich Schluss ist. Außerdem – wie sollen wir sie von hier wegbringen, mitsamt Ausrüstung, Vorräten, Hunden? Wir brauchten für die Zeitnehmer, die Tierärzte, die Offiziellen, die Funker, die Freiwilligen eine regelrechte Luftbrücke. Es sind ein paar hundert Menschen und tonnenweise Material. Und wenn das Rennen abgebrochen wird, finden wir vielleicht nie heraus, wer's war. Die Leute zerstreuen sich in alle Winde. Wir haben fünf Ausländer dabei."

Bill Pete nickte zustimmend. „Zudem würden manche auch gar nicht abbrechen. Die Jungs sind dickköpfig und ehrgeizig. Sie trainieren das ganze Jahr hindurch und sind total scharf auf den Sieg. Sie würden ihre Hunde einspannen und einfach losfahren. Was sollten wir dagegen tun?"

Jensen wusste selbst, dass er in diesem Fall wenig machen könnte, außer sich irgendwie dafür verantwortlich zu fühlen, wenn noch jemand ums Leben käme. „Ich denke", sagte er daher, „diese Entscheidung lässt sich nicht ohne die Musher treffen. Wir sollten sie zusammenrufen und nach ihrer Meinung fragen."

„Gute Idee", stimmte Holman zu. „Ich sage allen Bescheid. In einer halben Stunde im Blockhaus?"

„Ja. Becker wird Sie hier ablösen, Matt. Sie müssen dabei sein, weil man auf Sie hört. Ich fände es gut, wenn Sie die Versammlung leiten würden."

Kurze Zeit später war das Blockhaus gerammelt voll. Als der Rennleiter auf einen Stuhl stieg und mit einer Handbewegung um Ruhe bat, wurde das Stimmengewirr leiser.

„Wir haben ein Problem." Holmans tiefe, raue Stimme füllte den Raum. „Das Iditarod-Rennen wurde noch nie abgebrochen. Doch dazu könnte es jetzt kommen." Sofort erhob sich ablehnendes Gemurmel.

„Ich kenne jetzt drei unterschiedliche Versionen dieser ... Unfälle. Wie wär's mit ein paar Informationen?", rief ein Mann.

Holman drehte sich zu Jensen um und überließ ihm den Stuhl. „Jetzt sind Sie dran."

„Ich bin Sergeant Jensen, State Trooper, Abteilung Gewaltverbrechen", stellte er sich vor. „Ich werde Ihnen alles sagen, was ich weiß, aber ich brauche auch Ihre Hilfe. Es müssen Entscheidungen getroffen werden. Zumindest zwei der drei Musher sind ermordet worden. Wir nehmen an, dass auch Smith ein Mordopfer ist, aber bis der Laborbericht aus Anchorage vorliegt, bleibt das eine Vermutung. Die anderen beiden Todesfälle sind eindeutig Mord. George Koptak schlief auf seinem Schlitten ein, weil ihm, wahrscheinlich in Skwentna, ein starkes Schlafmittel in den Kaffee geschüttet wurde. Und die Gespannleine von

Ginny Kline wurde angeschnitten, was ihren Sturz im Happy River Valley bewirkte. Jemand hat es auf das Leben der Musher abgesehen. Wir wissen nicht, wer und warum. Aber wir werden es herausfinden. Ich will nur nicht, dass noch jemand stirbt. Wenn wir das Rennen jetzt abbrechen, wird auch das Morden wahrscheinlich ein Ende haben. Darüber sollten Sie nachdenken."

Ein Musher in der ersten Reihe hob die Hand. „Draußen sind noch mehr als vierzig Fahrer unterwegs. Woher wissen Sie, dass der Mörder nicht in diesem Moment einen von denen erledigt? Ich würde lieber auf dem Trail sein, wo ich die Dinge selbst unter Kontrolle habe, als hier zu hocken wie ein Pappkamerad auf dem Schießstand."

„Da haben Sie Recht. Wir haben keine Informationen über die anderen Streckenabschnitte, aber wenn Smiths Hundefutter tatsächlich vergiftet wurde, ist die Wahrscheinlichkeit groß, dass sich der Täter noch hier befindet. Falls nicht jemand noch gestartet ist, nachdem Smith sein Gespann gefüttert hatte."

Aber das war nicht der Fall. Zwei Musher waren am frühen Abend noch in Richtung Rohn aufgebrochen, aber nach halb acht hatte sich niemand mehr in den Dalzell Canyon hinter dem Rainy Pass gewagt. Diese Etappe war ebenso schwierig wie das Happy River Valley. Die übrigen Fahrer würden den Versuch erst bei Tageslicht unternehmen. Sogar die Schneemobile, die den Trail vorspurten, waren am frühen Abend von Rohn her wieder zurückgekommen, um am Pass die Nacht abzuwarten.

Ein älterer, erfahrener Musher meldete sich zu Wort. „Ich meine, Sie sollten die, die weiterfahren möchten, auch fahren lassen. Es ist noch weit bis nach Nome, aber draußen auf dem Trail werd ich mich auf jeden Fall wohler fühlen. Ich kann gut auf mich aufpassen, wenn ich nur mit dem Fahrer vor mir und dem hinter mir zu tun habe. Wer aufhören will, soll's tun. Aber ich habe zu viel investiert, um jetzt auszusteigen."

Eine Frau trat vor. „Die drei anderen waren doch allein, als sie ums Leben kamen. Wie wär's, wenn wir zu zweit oder zu dritt fahren? Viele von uns tun das eh schon. Bis kurz vorm Ziel könnten wir uns so gegenseitig im Auge behalten."

Jensen nickte. „Das ist ein guter Vorschlag. Ich möchte gern wissen, wie viele dafür sind, dass das Rennen weitergeht."

Bis auf drei waren alle Musher gegen einen Abbruch.

„Seid ihr einverstanden, in kleinen Gruppen zu fahren?", meldete sich Holman wieder zu Wort. „Wenn ihr dafür seid und außerdem versprecht, alle verdächtigen Beobachtungen sofort zu melden, lasse ich das Rennen weitergehen." Damit waren die Musher einverstanden. „Allerdings gilt das nur, solange nicht wieder was passiert. Behaltet einander im Auge."

Damit war die Zusammenkunft beendet. In wenigen Minuten hatten alle Fahrer Teams gebildet und Nachtwachen eingeteilt. Dann legten sie sich entweder im warmen Blockhaus oder draußen auf ihren Schlitten schlafen.

Seufzend setzte sich Jensen auf eine Bank am Ofen. Auch er brauchte dringend Schlaf, aber er konnte sich nicht aufraffen, mit Becker die erste Wache abzusprechen. So saß er da, bis er Jessie Arnold mit zwei dampfenden Bechern in der Hand auf sich zukommen sah. Dankbar griff er nach einem der Becher und rutschte zur Seite, um ihr Platz zu machen.

„Nun, was denken Sie?", fragte sie.

„Mehr können wir im Moment nicht erwarten. Aber glauben Sie, dass die Fahrer wirklich zusammenbleiben werden?"

„Im Moment sicher. Wenn wir erst näher an Nome sind, wird sich das Feld auseinander ziehen, und jeder wird sich beeilen, so schnell wie möglich ans Ziel zu kommen. Sie werden zwar nicht mehr in Gruppen fahren, aber doch auch darauf achten, wo die Konkurrenz sich gerade befindet. Diejenigen, die eh nicht auf einen der ersten zwanzig Plätze scharf sind, bleiben sowieso zusammen und genießen das Rennen."

„Das hört sich so an, als wollten Sie auch nicht aufgeben."

„Nein, ich mache mit zwei Jungs weiter, mit denen ich schon gefahren bin. Bomber Cranshaw kennen Sie, Jim Ryan ist der andere. Bomber und ich besitzen einen Elchrevolver und werden ihn griffbereit halten. Ich habe alles, was ich besitze, in das Rennen gesteckt und dazu noch Geld von meinem Vater für die Startgebühr. Das Iditarod ist eine teure Angelegenheit. 20000 gehen allein für die Hunde drauf."

Jensen rechnete rasch und zählte die 1000 Dollar Startgeld zu den Kosten für Lufttransport, Nahrung, Vorräte, Schlitten, Hundegeschirre, Kleidung. Bisher hatte er gedacht, Iditarod heiße kaum mehr, als von Anchorage bis Nome hinter einem Schlitten zu stehen.

„Aufhören wird nur, wer ohnehin schon Probleme hatte", riss ihn Jessie aus seinen Gedanken.

Zwei Musher kamen mit Schlafsäcken unter dem Arm herein. Der eine war der bärtige Mann mit der gelben Pudelmütze. Sie suchten sich einen Platz direkt am Ofen, zogen ihre schweren Stiefel aus, hängten die nassen Socken zum Trocknen über die Leine und krochen in die Schlafsäcke.

„Wer ist der Typ mit der Pudelmütze?“, fragte Jensen. „Ich habe ihn schon mal gesehen.“

„Paul Banks aus Bethel. Die Mütze ist sein Markenzeichen.“

Jessie schwieg, und Jensen betrachtete sie. Diese Frau nahm Strapazen auf sich, die so manchen kräftigeren Mann überfordert hätten. „Ist es für eine Frau schwer, das Rennen zu fahren?“, fragte er.

Jessie lächelte. „Wir reden nicht viel über unsere Probleme oder darüber, wie hart es ist, außer gelegentlich unter uns Frauen, wenn kein Mann anwesend ist. Manche Musher vertreten immer noch die Auffassung, wir hätten auf dem Trail nichts zu suchen, und schon gar nicht auf dem Iditarod. Sie fragen nur nach dem Geschlecht und nicht danach, ob jemand das Metier beherrscht oder nicht. Alaska ist ein Land voll Machos, und wir machen ihnen einfach Angst. Mancher Musher würde fast alles tun, um nicht von einer Frau besiegt zu werden. Hinter einer Frau am Ziel anzukommen ist für fast alle eine Bedrohung. Ich habe Kerle schon die verrücktesten Dinge tun sehen. Einmal sind wir zu dritt gefahren, hatten schon die halbe Strecke hinter uns. Kaum erreichten wir die Küste, wo der Endspurt nach Nome beginnt, sagten die beiden Männer, sie würden jetzt erst mal ihre Hunde tränken, aber als ich fünfzehn Minuten später losfahren wollte, waren sie längst weg. Sie hatten sich heimlich davongemacht, nachdem ich den Trail genauso gespurt hatte wie sie. Ich war so sauer, dass ich ihnen wie eine Furie übers Eis hinterhergerast bin. Den einen hab ich schon in Elim überholt, den anderen acht Kilometer vor Nome. Der Erste spricht immer noch nicht mit mir, der Zweite lacht mittlerweile drüber.“ Sie nickte zu Bomber Cranshaw hinüber, der auf der anderen Seite des Raumes ein Stück Apfelkuchen vertilgte. „Ihm ist inzwischen klar geworden, dass ich nicht so wild drauf aus gewesen wäre, ihn zu schlagen, wenn er mir nicht diesen Streich gespielt hätte.“

„Wie tief geht das eigentlich bei den Mushern, wenn sie sich bedroht fühlen, weil eine Frau sie überholt?“

„Sie meinen, ob jemand verrückt genug ist, das zu verhindern? Mir fällt niemand ein, dem ich so was vorwerfen könnte, aber ich weiß, dass ein paar Typen ganz schön verbittert sind. Letztes Jahr hörte ich einen sagen, dass er es satt habe, die Frauen das ganze Rennen durch mitzuschleppen. Sie würden an den Männern kleben, ihnen das Spuren des Trails aufhalsen und dann gemütlich nach Nome zuckeln. Manche Männer bleiben unfairerweise zurück und zwingen die Frauen, mehr vom Trail zu spuren, als sie müssten. Andere behaupten, wir hätten im Oberkörper nicht so viel Kraft wie sie. Das stimmt zwar, aber wo die Männer mit Muskelkraft eine schwierige Stelle meistern, müssen wir eben ein bisschen schneller denken und handeln, unsere Schlitten leicht machen und die Hunde entsprechend aussuchen. Aber es hat auch Vorteile. Leichte Frauen brechen mit ihren leichten Schlitten auf trügerischem Eis nicht so schnell ein wie ein vielleicht 50 Kilo schwereres Männergespann. Das ist der Ausgleich, sonst würden wir ja nicht gewinnen."

Jensen nickte bedächtig, während er Jessie anblickte. Diese ungewöhnliche Frau wirkte so lebendig und zuversichtlich und schien alles, was sie anpackte, zu genießen. Das war erfrischend.

Sie stand auf. „Ich muss jetzt schlafen. Wir sehen uns morgen früh."

Er blickte ihr nach, wie sie zur Tür ging, und dachte an die mehr als 1800 Kilometer zwischen Anchorage und Nome. Eine Frau wie Jessie Arnold hätte er niemals beim härtesten Schlittenhunderennen des Jahres erwartet. Bisher hatte er geglaubt, dass Frauen nicht so ernsthaft an die Sache herangingen wie Männer. Aber als er sich ins Gedächtnis rief, welche Frauen in den vergangenen Jahren das Iditarod gewonnen hatten, wurde ihm klar, dass dies nicht stimmte. Ein Sieg war das Resultat von langem, hartem Training und von Erfahrung; das Geschlecht hatte wenig damit zu tun. Rennen wurden von intelligenten, engagierten, durchtrainierten Mushern gewonnen, die vorausdachten und mit allen Arten von Wetter- und Trailverhältnissen fertig wurden.

Er brachte seinen leeren Kaffeebecher zur Anrichte und stapfte zum See. Auf dem Weg zum Zelt griff ihm die Kälte mit eisigen Fingern in den Nacken. Das half immerhin, die Augen offen zu halten. In den nächsten Tagen würde er auf Jessie gut aufpassen.

6

Der knapp 80 Kilometer nördlich vom Rainy Pass gelegene Checkpoint Rohn war in einem alten Blockhaus untergebracht. Sechs Männer und eine Frau umstanden das Funkgerät und lauschten in ungläubigem Staunen, was ihnen vom Pass über die Todesfälle gemeldet wurde. Neben dem Funker stand der Checkpoint-Organisator, ein Tierarzt aus Soldotna, und schaute auf seinem Klemmbrett nach, wann die beiden Musher, die nach Rohn unterwegs waren, Rainy Pass verlassen hatten. Sie mussten in den nächsten sechs Stunden eintreffen, falls sie nicht hinter dem Dalzell Canyon übernachteten. Doch die meisten Fahrer versuchten, die Etappen ohne größere Pausen zu schaffen.

Der Abschnitt zwischen Rainy Pass und Rohn, der auf den Höhen der Alaska Range verläuft, gehört in sternklaren Nächten zum Schönsten, was das Iditarod-Rennen zu bieten hat. Rechts und links vom Pass wird der Musher von den dunkelblauen Schatten der schneebedeckten Berge begleitet. Nordlichter zucken in bleichen grünen, roten und blauen Bogen über den Himmel. Manchmal strahlen sie so hell, dass der Fahrer und sein Gespann im Schnee Schatten werfen. Hinter der Gabelung Pass Fork windet sich der Trail scharf um Felsen und Eislöcher herum. Schließlich trifft er auf den Dalzell Creek und folgt diesem durch den engen Dalzell Canyon bis zum Tatina River.

Hier wie an der südlichen Abzweigung des Kuskokwim River finden sich die unangenehmsten Wasserhindernisse des Iditarod Trail. Im tiefsten Alaska-Winter friert ein Fluss manchmal bis auf den Grund zu. Anfang März, zur Zeit des Rennens, setzt dann die Schneeschmelze ein; das Wasser kriecht über den Rand des alten Eises, wo es sich zu Pfützen formt, in denen Schlittenkufen und Hundefüße festfrieren können. Das übergequollene Wasser gefriert häufig aufs Neue; Hunde und Musher kommen auf diesem Untergrund nur schlitternd und rutschend vorwärts. Wenn der Musher dann vom Eis in den dichten Wald hineinfährt, weiß er, dass der Checkpoint Rohn nicht mehr fern ist.

Obwohl mit allem Notwendigen ausgestattet, ist das kleine Blockhaus das restliche Jahr über unbewohnt. Kurz vor dem Rennen werden Tierarzt, Funker und Zeitnehmer eingeflogen. Sie bleiben so lange, bis der letzte Teilnehmer den Checkpoint passiert hat. Dann wird alles wieder eingepackt, und das Haus bleibt bis zum nächsten Jahr geschlossen.

Dieser Checkpoint unterscheidet sich von den anderen durch seine ungewöhnliche Atmosphäre. Die Erleichterung, den Rainy Pass heil geschafft, zugleich aber die Durchquerung des Farewell Burn – die längste Etappe des Rennens – unmittelbar vor sich zu haben, versetzt die erschöpften Musher fast in Euphorie. Wer es bis hierher geschafft hat, schafft es bis ans Ende der Welt, meinen manche. Am Feuer werden Lieder gesungen, die Hunde bekommen Leckerbissen, und alle schlafen besser als zuvor.

Jeder Musher muss im Verlauf des Rennens an einem beliebigen Kontrollpunkt eine 24-stündige Pause einlegen. Viele alte Hasen tun das in Rohn. Rainy Pass und Farewell Burn sind die längsten und schwierigsten Etappen auf dem Iditarod Trail. Zwischen ihnen eine gründliche Pause einzulegen scheint nur vernünftig. In diesem Jahr blieb fast die gesamte Spitzengruppe in Rohn. Nur zwei Fahrer waren gleich wieder in Richtung Nikolai aufgebrochen.

Dale Schuller, der Rohn am frühen Abend erreicht hatte, gehörte zu der Gruppe am Funkgerät. Als nach dem Ende des Funkspruchs die Gespräche auflebten, beteiligte er sich nicht daran, sondern legte dem Zeitnehmer die Hand auf die Schulter: „Harvey, man sagt, dass da was in Smiths Hundefutter gewesen ist, stimmt's?"

„Ja, aber das ist noch inoffiziell."

„Weiß man, was es war?"

„Nein. Die Hunde müssen in Anchorage im Labor untersucht werden, und vor morgen früh kriegen sie kein Flugzeug."

„Warte eine Sekunde. Ich bin gleich zurück." Dale ging zu seinem Gespann, zog die Handschuhe aus und wühlte in der Schlittentasche. Vorsichtig zog er etwas heraus, wickelte es in ein sauberes Taschentuch und ging ins Blockhaus zurück, wo er das Bündel auseinander faltete und dem Zeitnehmer hinhielt. Auf dem Tuch lag ein Tablettenröhrchen aus Plastik. Es war leer, wies aber Spuren von weißem Puder auf.

„Ich hasse es, wenn Müll auf dem Trail liegt", erklärte Dale, „und sammle ihn meistens auf. Das Ding hier fand ich, als ich die Hunde fütterte. Jemand hatte vor mir an derselben Stelle Rast gemacht."

Harvey sah sich das Röhrchen genau an. „Kein Etikett." Er wollte es umdrehen, doch Schuller zog es rasch zurück.

„Ich weiß, ‚Fingerabdrücke' klingt lächerlich, und es hat mit der Geschichte vielleicht gar nichts zu tun, aber ich glaube, ich sollte lieber mal mit diesem Trooper am Rainy Pass sprechen."

SCHON vor Tagesanbruch waren die Musher startbereit. Der wolkenlose Himmel versprach für später strahlende Sonne, wenn auch die Temperaturen unter dem Gefrierpunkt bleiben würden. Wer nicht gerade seinen Schlitten belud, seine Hunde fütterte oder anschirrte, machte sich Frühstück. Niemand ließ dabei seinen Kocher unbeaufsichtigt.

Mit knatternden Schneemobilen machten sich wenig später zwei Trailbreaker zum Dalzell Canyon auf. Hinter ihnen drängten sich dicht an dicht die Gespanne. Auch Jessie steckte in dieser Prozession von Schlitten und Hunden. Alle fuhren langsam, um den Schneemobilen Zeit zu geben, den Neuschnee zu spuren.

Die Abfahrt in die Schlucht kam einer acht Kilometer langen Achterbahnfahrt gleich. Die restlichen 68 Kilometer ließen sich wahrscheinlich leichter bewältigen, obwohl es immer schwierig war, den Schlitten um die Löcher und Überlaufpfützen des Dalzell Creek herumzumanövrieren. An einigen extrem schmalen Stellen kam man nur mit gekipptem Schlitten auf einer Kufe durch die Schlucht. Zu dieser frühen Stunde würde die Kälte allerdings für solide Eisverhältnisse auf dem Dalzell Creek und dem Tatina River sorgen.

Jessie hatte ihren Fahrrhythmus gefunden und ließ die Gedanken schweifen. Als sie letzte Nacht nach dem Gespräch mit Jensen zu ihrem Gespann gekommen war, hatte Bomber auf seinem Schlitten geschnarcht, während Jim Ryan bei den Hunden auf einem Strohballen gesessen, aufgepasst und heißen Grog getrunken hatte.

Ein Musher nimmt ständig irgendwelche Flüssigkeiten zu sich. Dehydratation ist für den Menschen ebenso eine Gefahr wie für den Hund. Bei Temperaturen weit unter minus zehn Grad gefriert jegliche Feuchtigkeit, die Luft trocknet aus, und die Trockenheit macht der Haut zu schaffen.

Jessie hatte sich am Vorabend Nase und Lippen gerade tüchtig mit Vaseline eingecremt, als sie Jensen zum See hatte gehen sehen. Er hatte müde, besorgt und seltsam verletzlich gewirkt. Wie sie jetzt auf den Schlittenkufen stand und den Hunden von Zeit zu Zeit kurze Befehle zurief, dachte sie an ihn. Er interessierte sie. Wie es sich wohl anfühlte, von einem Mann mit einem solchen Schnurrbart geküsst zu werden? Schon lange hatte sie sich nicht mehr ernsthaft zu einem Mann hingezogen gefühlt. Zu lange schon.

Die letzten zwei Jahre war sie zufrieden gewesen. Es machte ihr Spaß, Hunde aufzuziehen und zu trainieren, langsam eine eigene Zucht aufzubauen und bei Rennen zu bestehen. Nachdem es mit ihrem Exfreund in der Liebe wie bei der Arbeit nur Kämpfe gegeben hatte, empfand sie es als Erleichterung, alles allein zu machen. Ihr früherer Freund hatte von Frauen und Huskys ähnliche Vorstellungen gehabt: Beide hatte er mit Zuckerbrot und Peitsche behandelt und war nur dann liebevoll gewesen, wenn alles nach seinem Willen gegangen war. Die Begegnung mit Alex Jensen traf Jessie unvorbereitet. Seine Aufmerksamkeit schmeichelte ihr und … Ihre Träumerei endete abrupt, als sich vor ihr der vereiste Abhang der Schlucht auftat. Mit einem wilden Schrei nahm Bomber die erste Serpentine in Angriff. Jessie folgte ihm bremsbereit.

DER SCHNEE reflektierte das Sonnenlicht so stark, dass Jensen geblendet die Augen zusammenkniff, als das kleine Flugzeug über das Eis des Puntilla Lake rollte und abhob. Links neben ihm saß der Pilot, Trooper Ben

Caswell, mit einer Sonnenbrille auf der Nase, und Jensen wünschte, er hätte seine eigene Brille nicht im Gepäck gelassen. Sein Magen tat einen Sprung, als die Maschine in einer leichten Windbö ins Schlingern kam. Am Rainy Pass prallten die Fallwinde der umliegenden Berge aufeinander.

Während sie an Höhe gewannen, wurde das Licht zunehmend diffuser, bis Jensen schließlich ungehindert auf die zerklüftete Landschaft tief unter ihnen hinunterschauen konnte. Wie Giganten ragten die höchsten Erhebungen der Alaska Range und der Teocalli Mountains in den Himmel. Beim Anblick des Dalzell Canyon war Jensen froh, dass er nicht zu denen gehörte, die die Schlucht per Hundeschlitten ansteuerten.

Kurz nach neun war ein Versorgungsflugzeug aus Anchorage eingetroffen, und eine halbe Stunde später – sie waren gerade dabei gewesen, die schwarzen Plastiksäcke mit ihrem schauerlichen Inhalt zu verladen – war Caswell mit der polizeieigenen Maule M4 gelandet. Offenbar war jetzt auch die Zentrale der Meinung, dass die Trooper Verstärkung und ein eigenes Fortbewegungsmittel brauchten. Jensen und Becker hatten ihr Gepäck in der Maschine verstaut, und dann hatten sie sich zu dritt auf den Weg nach Rohn gemacht, um mit Dale Schuller zu reden. Ein anderes Flugzeug würde das Plastikröhrchen bei einem Zwischenstopp in Rohn nach Anchorage mitnehmen.

Als sie sich dem zweiten Abschnitt der Etappe näherten, sah Jensen scharf hin, während sie die Gespanne überflogen. Er nahm das Fernglas zu Hilfe und erblickte Jessie, Bomber und Jim Ryan, die neben dem Trail nahe am Fluss rasteten. Alle drei winkten ihnen zu. Beruhigt wies Jensen Caswell an, nach Rohn weiterzufliegen.

Die dortige Landebahn ist nur ein schmales Band, das man in einen Fichtenwald geschlagen hat. Obwohl kein Wind wehte, waren die drei Trooper froh, als die Maschine auf dem holperigen Boden zum Stehen kam und sie hinausklettern konnten. Ein Zeitnehmer wies Jensen den Weg. Er fand Schuller in einiger Entfernung vom Blockhaus damit beschäftigt, an seinem umgedrehten Schlitten die Plastikkufen zu erneuern, die durch Fels- und Eisabrieb völlig verschlissen waren.

„Ich bin froh, dass Sie kommen konnten, bevor ich wieder losmuss", begrüßte er Jensen. „Haben Sie was dagegen, wenn ich das hier fertig mache? Es dauert höchstens noch zehn Minuten."

„Natürlich nicht. Kann ich helfen?"

„Danke für das Angebot, aber ich würde disqualifiziert werden, wenn ich es annähme. Es ist keine direkte Hilfe gestattet."

„Dann schaue ich Ihnen zu, und wir unterhalten uns ein bisschen. Später zeigen Sie mir dann Ihren Fund."

„Wir haben das Röhrchen gut versteckt." Schuller wandte sich wieder seinem Schlitten zu. „Ich weiß, dass George verunglückt ist. Aber was war mit Ginny und Steve? Und wie geht es Bill Turner?"

„Seit ich vom Finger Lake fort bin, habe ich nichts mehr gehört, aber ich hatte den Eindruck, er hielt sich ganz gut."

„Hoffentlich leidet sein Talent als Fahrer nicht darunter. George hielt große Stücke auf ihn."

„Jessie Arnold hat sich ähnlich geäußert."

„Sie müsste es ja wissen. Sie ist selbst verdammt gut. Wir sind beim ‚Kuskokwim' dieses Jahr ein Stück zusammen gefahren. Sie versteht ihr Handwerk und ist eine gute Freundin von mir."

Jensen fragte sich, ob diese Äußerung eine tiefere Bedeutung besaß.

Schuller zog die Schrauben der letzten neuen Kufe fest an und drehte den Schlitten dann um. Die Reparatur war beendet. Sorgfältig packte er Werkzeug und Ausrüstungsgegenstände zusammen. „Jetzt holen wir das Röhrchen und dann ab ins Warme."

Im Blockhaus hielt Jensen das Plastikröhrchen mit dem Taschentuch gegen das Licht. Auf dem transparenten Behälter waren zwei Kratzer zu sehen, die einander genau gegenüberlagen. Vorsichtig entfernte er den Verschluss und sah sich die Spuren des weißen Pulvers auf der Innenseite an.

„Was ist das für ein Zeug?", fragte Harvey, der Zeitnehmer. „Probieren Sie's nicht so wie die Bullen im Fernsehen?"

Jensen schüttelte den Kopf. „Wenn das Zeug ausgereicht hat, eine ganze Hundemeute zu erledigen, gehe ich kein Risiko ein. Das überlasse ich dem Labor. Einige Halluzinogene sind so stark, dass nur wenige Gramm ausreichen, ein paar Menschen zu töten." Er steckte das Glasröhrchen in einen Beutel. „Wo haben Sie es gefunden?", fragte er Schuller.

„Etwa die halbe Strecke den Tatina runter, einen Meter neben dem Trail, als ich die Hunde gefüttert habe."

„Diese Kratzer auf dem Röhrchen, gehen die auf Ihr Konto?"

„Nein. Es sah schon so aus, als ich es aufgesammelt habe."

„Haben Harvey oder Sie mit jemandem darüber gesprochen?"

„Die Leute waren letzte Nacht schon aufgebracht genug. Es schien uns nicht ratsam, sie noch mehr zu verunsichern."

„Gut", murmelte Jensen nachdenklich. „Vielleicht hat es überhaupt keine Bedeutung. Wir wollen nicht unnötig Gerüchte in die Welt setzen.

Behalten Sie die Sache also weiterhin für sich. Das Röhrchen wird bald abgeholt. Bitte melden Sie sich bei mir, bevor Sie aufbrechen, vielleicht habe ich noch Fragen." Dann wandte er sich an Harvey. „Können Sie mir sagen, wann die anderen Musher angekommen sind? Ich muss wissen, wo jeder Einzelne war, als das alles passierte."

„Hier ist die Aufstellung." Der Zeitnehmer drückte ihm eine Liste in die Hand. Sie enthielt alle wichtigen Daten, seit der Checkpoint installiert war: Ort der Kontrolle, Namen des Zeitnehmers und des Mushers; Tag und Stunde von dessen Ankunft, die Zahl seiner eingesetzten Hunde sowie der Reservehunde, die vorschriftsmäßige Überprüfung der Ausrüstung, die gefahrene Zeit seit dem Start, den Zeitpunkt des Aufbruchs und schließlich die Unterschrift des Mushers.

Angesichts dieser Materialfülle sehnte Jensen sich nach einem Fotokopierer. Harvey grinste ihn an. „Geben Sie her." Er setzte sich an den Tisch mit dem Funkgerät und griff nach einem Stift.

„Tausend Dank", sagte Jensen erleichtert. Er wollte Becker suchen, der die Musher in der Reihenfolge ihres anstehenden Starts befragte. Er zog seinen Parka über und ging quer über die Lichtung zu einer Gruppe, die um ein Feuer herumstand. Eine laute, ärgerliche Stimme murrte gerade: „Für wen halten Sie sich eigentlich, verdammt noch mal? Sie können mich nicht so schikanieren. Ich war es nicht. Ich war weit weg, als es passiert ist, und in zwei Stunden starte ich."

Als Jensen ans Feuer trat, war Becker ganz auf den erbosten Mann vor sich konzentriert und nickte seinem Kollegen nur kurz zu. Der wütende Musher war gut zehn Zentimeter größer und entsprechend breiter als Becker mit seinen einsachtundsiebzig. Er funkelte den Trooper unter buschigen Augenbrauen an, die neben seiner Größe das Auffälligste an ihm waren. Jensen kannte Tim Martinson aus der Zeitung – er war ein bekannter Wettkämpfer und hatte schon häufig gewonnen – und erinnerte sich, dass der Mann in dem Ruf stand, sehr direkt und äußerst schwierig zu sein.

Neben Jensen starrte eine dunkelhaarige Frau versonnen ins Feuer. Er hatte Gail Murray am Rainy Pass kennen gelernt. Sie war nicht zum ersten Mal beim Iditarod-Rennen dabei. „Ich seh das anders, Tim", mischte sie sich unvermittelt ein. „Steve war ein Freund von mir, und ich werde jede Frage beantworten, die weiterhelfen kann. Wie kann der Trooper wissen, wo du warst, wenn du es ihm nicht sagst?"

„Vielen Dank", sagte Becker. „Ich würde mich gern mit Ihnen unterhalten, wenn ich mit Mr. Martinson fertig bin." Er drehte sich wieder zu dem Musher um. „Sir, ich verstehe, dass Ihnen die Situation nicht behagt. Aber wir brauchen Ihre Hilfe. Und ich rate Ihnen, mir zu antworten, wenn Sie am Rennen weiterhin teilnehmen wollen."

Sie starrten einander an, während Martinson überlegte. „Okay, wie Sie wollen", knurrte er schließlich.

„Prima. Gehen wir ein Stück."

Jensens Blick folgte den beiden, als sie in Richtung Fluss spazierten, wobei Becker seine Fragen stellte, auf die Martinson nur widerwillig antwortete. Bei einer Gruppe von Fichten blieben sie stehen. Der Musher schien auf etwas Wichtiges gekommen zu sein, denn von da an beherrschte er das Gespräch, und Becker machte sich Notizen.

Zufrieden drehte Jensen sich um und begann selbst, Fragen zu stellen.

7

Am freundlicheren Nordende des Dalzell Canyon machten Jessie, Jim und Bomber Rast. Obwohl die Sonne Myriaden winziger Schneekristalle zum Funkeln brachte, lag die Temperatur unter zehn Grad minus. Aus seiner Schlittentasche holte Bomber den Kaffeetopf, Pulverkaffee, Stroh und Anmachholz. „Schieb mal was von deiner Holzkohle rüber, Jessie."

Sie gab ihm ein paar Brocken und ihr Zündfix, womit er ein Feuer in Gang setzte, das das Schmelzwasser rasch zum Kochen brachte. Sie fütterten die Hunde, ließen sich am Feuer nieder und aßen selbst etwas.

Jessie hielt ein gebratenes Hühnerbein in die Höhe. „Den Fraß hier hab ich satt – Hühnerbeine und Erdnussbutter-Sandwiches! Meine Mutter macht die besten Schinken-Käse-Makkaroni der Welt, und in Rohn warten mehrere Portionen auf mich. Ich bin total hinüber, und wir sind erst auf halbem Weg zum Checkpoint."

„Aber die zweite Hälfte ist leichter. Nicht so viele steile Strecken", tröstete Bomber sie. „Wisst ihr, wer in der Schlucht wirklich gut ist ..., gut war? George. Er verteilte die Lasten auf dem Schlitten absolut richtig und schirrte die kleineren Hunde auf der Bergseite ein. Er war im Cañon zwar nie der Schnellste, aber keiner seiner Hunde hat sich je überanstrengt. Er wird mir verflucht noch mal fehlen."

Eine Weile schwiegen sie, dann erfüllte plötzlich Flugzeuglärm die Luft. Sie sahen hoch. Im Tiefflug ließ der Pilot die Maschine mit wackelnden Flügeln über sie hinwegbrausen. Sie winkten alle drei, und das Flugzeug drehte nach Norden ab.

Jensen, überlegte Jessie. „Sie haben sich offenbar vergewissert, ob wir okay sind.“ Dass der Sergeant vielleicht dort oben war, schien ihr ein tröstlicher Gedanke. Aber es konnte natürlich auch Holman gewesen sein.

„Was hat der Trooper dir erzählt, Jessie?“, fragte Bomber.

„Nichts, was wir nicht schon wussten. Er wollte mehr übers Rennen wissen, solche Sachen.“

„Hat er was über George oder Steve gesagt?“

„Nicht direkt. Er wollte einfach wissen, wie es hier draußen so zugeht.“

„Aber haben dich die Fragen nicht geärgert? Über wen wollte er denn was wissen?“ Bomber ließ nicht locker.

„Man kann gut mit ihm reden. Außerdem möchte ich, dass der erwischt wird, der für die Sache verantwortlich ist, und vielleicht kann ich was dazu beitragen.“

„Wer ist es denn, was glaubst du?“

„Ich habe keine Ahnung. Und ich denke, Jensen auch nicht. Er hat nur Angst, dass noch wer dran glauben muss. Matt geht's genauso.“

„Mir auch“, stimmte Ryan zu.

„Okay, setzen wir uns wieder in Bewegung.“ Bomber warf Schnee aufs Feuer, das zischend erlosch. Dann schüttete er den Rest Kaffee darüber, wischte den Becher mit Schnee aus und verstaute ihn in seinem Schlittensack. „In Rohn können wir uns richtig ausruhen, volle vierundzwanzig Stunden.“

Zehn Minuten später hatten sie alles verpackt und waren, mit Bomber an der Spitze, startbereit.

„Gentlemen!“, rief er seinen Hunden zu, „seid ihr fertig?“ Sie sprangen auf und richteten sich im Gespann aus, allen voran Junkie, der Leithund. „Ab die Post, ihr Schildkröten!“ Bomber zog den Schneeanker und ließ die Hunde losrennen. Jessie und Ryan folgten dicht dahinter.

DAS FLUGZEUG, welches das Röhrchen mitnehmen sollte, war gelandet. Vor dem Weiterflug gab Jensen dem Piloten, einem Trooper, außerdem Aufträge für Anchorage mit, die er nicht per Funk weiterleiten wollte.

In letzter Zeit habe es keinen Ärger mit Tierschutzfanatikern gegeben, berichtete der Pilot. „Dass die so verrückt reagiert haben, ist schon lange her. Während eines Rennens hat ein Reporter einen Musher dabei erwischt, wie er seine Hunde verprügelt hat. Das hat den Konflikt ausgelöst.“

„Welcher Musher war das?“

„Das weiß ich nicht mehr. Der Typ bekam eine Geldstrafe und wurde disqualifiziert."

Jensen bat ihn, die Geschichte zu überprüfen. Es bestand immer die Möglichkeit, dass eine einzelne Person einen Groll hegte. Die zweite, wahrscheinlichere aber, waren illegale Wetten. Für jemanden, der gern eine Menge Geld bei einer für Alaska typischen Sportart riskieren wollte, war das Rennen die ideale Gelegenheit. „Setzen Sie Abbott auf die Bars und Privatklubs in Anchorage an. Er kennt sich in der Stadt gut aus, sein Vetter arbeitet bei der dortigen Polizei."

Der Pilot salutierte, kletterte ins Flugzeug und war auf und davon.

Am wichtigsten schienen Jensen die Zeitpunkte, an denen die Musher jeweils beim Checkpoint eingetroffen und wieder gestartet waren. Aus diesen Daten konnte er eine vorläufige Liste von Verdächtigen erstellen. Und am Nachmittag mussten die Musher vernommen werden, die in Rohn ein- und auscheckten. Das konnten Caswell und Becker übernehmen.

Er nahm die Liste, die Harvey zusammengestellt hatte, und verglich sie im Lauf der folgenden Stunde mit denen aus Skwentna sowie vom Finger Lake und vom Rainy Pass.

Als die Trooper sich später vor ihrem Zelt zum Mittagessen trafen, schüttelte Jensen auf Caswells fragenden Blick hin den Kopf. „Dazu kommen wir gleich. Was habt ihr heute Morgen alles erfahren? Was hat Tim Martinson dir erzählt, Phil, nachdem du seine Wut so meisterhaft gebändigt hast?"

Becker grinste und zog sein Notizbuch aus dem Parka. „Viel schien er anfangs nicht zu wissen", antwortete er nach kurzem Studium seines Gekritzels. „Er ist völlig vom Rennen beansprucht. Aber dann fiel ihm ein, dass er Koptak und drei oder vier weitere Musher in Skwentna am selben Lagerfeuer hatte hocken sehen. Er sagte, sie seien alle gegen drei Uhr morgens angekommen. Er glaubt, dass sie auch zusammen übernachtet haben, denn als er gegen fünf Uhr aufbrach und an ihnen vorbeifuhr, schnarchten sie alle in ihren Schlafsäcken. Turner war dabei und noch zwei andere, Paul Banks und Bill Pete. Wer der Vierte war, wusste er nicht mehr."

„Banks, der mit der Mütze – Jessie Arnold sagt, er ist aus Bethel."

„Du hast ja gestern eine Menge Zeit mit ihr verbracht, Alex. Sollten wir da Genaueres wissen?", neckte ihn Becker.

Jensen fühlte, wie er errötete, und trank hastig einen Schluck Kaffee. „Sie kannte Ginny Kline", wehrte er ab und ärgerte sich dabei über sich selbst. „Sie glaubt, fanatische Tierschützer könnten dahinter stecken. Ich lasse es von Anchorage überprüfen. Hast du sonst noch was, Phil?"

„Nichts Definitives. Es ist nicht einfach, diese Typen zum Reden zu bringen. Und du, Cas, was hast du rausbekommen?"

„Ich hab nach dem Plastikröhrchen gefragt, das Schuller aufgesammelt hat. Wenn es was mit dem Fall zu tun hat, wird der, der es verloren hat, das natürlich niemals zugeben."

„Die Kratzer auf beiden Seiten sind interessant", sagte Jensen. „Sie wurden durch Reibung verursacht. Ich will wissen, woher sie stammen. Ich gehe jede Wette ein, dass der Inhalt des Röhrchens in Smiths Hundefutter gelandet ist."

„Bist du mit den Listen weitergekommen?", fragte Caswell.

Jensen zog die Blätter hervor. „In Skwentna war's verdammt voll. Der Kontrollpunkt liegt schon kurz hinter dem Start, sodass das Feld noch dicht beisammen war. 26 Musher, ein Tierarzt, zwei Zeitnehmer und ein Funker waren zwischen Koptaks Ankunft und Weiterfahrt vor Ort. Zwei Musher haben in Skwentna aufgegeben, und vier weitere waren nicht zeitig genug an den nächsten Checkpoints, um für die beiden anderen Vorfälle verantwortlich zu sein."

„Dann sind da natürlich noch die Leute aus Skwentna, 25 Einwohner plus die vielen Zuschauer, die per Flugzeug gekommen sind", murmelte Caswell.

„Richtig", erwiderte Jensen, „und wir haben keine Ahnung, wann Koptak das Zeug in die Thermosflasche gekippt wurde."

„Aber diese Leute konnten nicht gleichzeitig am Finger Lake Ginny Klines Gespannleine durchschneiden", gab Becker zu bedenken. „Also, wer war am Finger Lake – von dem Zeitpunkt an, als Kline ihre Gespannleine überprüfte, bis zu ihrem Aufbruch?"

„Wer hat denn überhaupt gesehen, dass sie die Leine prüfte?", fragte Caswell.

Jensen blätterte in seinen Notizen. „Talburgen, der schwedische Musher, der nach dem Unglück ihre Hunde eingefangen hat. Er sagte, sie habe ihre komplette Ausrüstung gründlich kontrolliert, bevor sie schlafen gegangen sei. Er selbst brach am nächsten Morgen in aller Herrgottsfrühe auf, noch vor Bomber Cranshaw und 35 Minuten vor Kline. Am Finger Lake waren nur wenige – Bill Pete, Dale Schuller, Tim Martinson, Jim Ryan, Ron Cross, Rex Johnson, Jules Talburgen, Steve Smith, Wilbur Close und noch ein paar mehr. Dazu wieder je ein Zeitnehmer, Tierarzt und Funker, aber von denen war niemand in Skwentna oder später am Rainy Pass. Die Organisatoren können wir streichen, sie hatten keine Gelegenheit. Jeder von ihnen war immer nur an einem Ort – so wie Harvey und seine Leute hier in Rohn."

Caswell runzelte die Stirn. „Mit den Organisatoren hast du Recht, wenn es sich um *einen* Täter handelt. Und wenn es mehrere waren?"

„Möglich wäre das zwar, aber es ist eher unwahrscheinlich. Gehen wir im Moment mal davon aus, dass wir nur einen Täter haben."

„Also", überlegte Becker laut, „können wir jeden ausschließen, der am Rainy Pass startete, bevor Smith eintraf? Nein, das können wir nicht, denn noch wissen wir nicht, ob das Zeug in Koptaks Thermosflasche identisch mit dem Gift ist, das Smiths Hunde tötete. Wenn dem so wäre, müssten wir dann nicht zusätzlich sämtliche Musher aus der Spitzengruppe in Betracht ziehen? Und wenn nicht ..."

„Ich ahne, worauf du hinauswillst", unterbrach ihn Jensen. „Aber noch haben wir den Laborbefund nicht. Vorsichtshalber streichen wir erst mal niemanden von der Liste."

Während er unter seinen Papieren die Daten vom Rainy Pass suchte, amüsierte er sich insgeheim über Becker. Der junge Trooper dachte mit seinem Mundwerk. Er konnte gut mit Menschen umgehen, lachte gern, war begeisterungsfähig und interessiert. Es war schwer, ihn nicht zu mögen. Die Menschen vertrauten ihm instinktiv und erzählten ihm häufig mehr, als sie wollten. Hinter seiner umgänglichen Art verbarg sich indes ein ausgeprägtes kriminalistisches Talent. Becker verschlang gierig jede noch so winzige Information und vergaß keine einzige.

Caswell dagegen ging sparsam mit Worten um, überlegte lange und gründlich, bevor er mit seinen Vorstellungen herausrückte. Er begutachtete die Fakten, als bummelte er über einen Flohmarkt, und entdeckte so Schätze, die andere übersahen.

„Martinson, Schuller und fünf weitere Musher – Gail Murray, T. J. Harvey, Rick Ellis, John Grasle und Rod Pollitt – sind vom Rainy Pass aufgebrochen, bevor Smith eintraf. Hier ist die Liste. Außer denen, die ich gerade genannt habe, waren neun Fahrer bei allen drei Checkpoints: Bill Pete, Paul Banks, Bomber Cranshaw, Jessie Arnold, Jim Ryan, Rex Johnson, Jules Talburgen, Mike Solomon und Susan Pilch. Wilbur Close habe ich gestrichen, weil er noch vor dem Pass aus dem Rennen ausgestiegen ist."

Stumm gingen sie die Namen durch.

„Es ist schon interessant", brach Caswell bedächtig das Schweigen. „Keiner dieser Todesfälle ist durch direkte Gewalteinwirkung wie Erschießen oder Erstechen erfolgt. Es gab keinen direkten Kontakt. Jeder der drei ist zwar gestorben, hätte aber genauso gut nur verletzt werden können. Koptak wäre vielleicht vom Schlitten gepurzelt und im Tiefschnee liegen geblieben. Klines Gespannleine hätte auch vor der Schlucht reißen können, und ihr wären nur die Hunde davongelaufen. Und wäre Smith an seinen Huskys ein paar Minuten früher etwas aufgefallen, hätte er sich vielleicht unverletzt retten können. Interessant ist auch, dass jede Methode nur einmal angewendet wurde und der Täter männlich oder weiblich, groß oder klein sein kann. Gift spricht allerdings eher für eine Frau."

„Drogen", korrigierte Becker ihn.

Caswell nickte. „Drogen deuten auf Planung hin. Die Leine kann allerdings spontan angeschnitten worden sein. Das könnte die Mehrere-Täter-Theorie unterstützen. Fällt dir was zum Motiv ein, Alex?"

„Sämtliche Unfälle hätten den jeweiligen Musher aus dem Rennen geworfen, auch ohne tödlichen Ausgang. Anchorage untersucht die illegale Wettszene und die Tierschützeraktivitäten. Es ist noch zu früh, um Schlussfolgerungen zu ziehen. Wir brauchen mehr Informationen. Und wir müssen mit den Mushern reden, die heute noch hier ankommen. T. J. Harvey und Rick Ellis sind auf dem Weg nach McGrath, wir werden sie dort erwischen." Er stand auf und reckte sich. „Phil, du machst das super mit den Befragungen. Schnapp dir die, die vom Rainy Pass kommen. Sie müssten laut dem Zeitnehmer am frühen Nachmittag eintreffen. Und du, Cas, kannst mir helfen, die Listen noch mal durchzugehen."

„Wollen wir hier übernachten oder in McGrath? Wenn wir bleiben, müsste ich den Vogel noch fester anbinden." Caswell blickte zu seiner Maschine.

„Bevor ich das entscheiden kann, muss ich mit Holman reden, aber wahrscheinlich werden wir bleiben. Ich finde es besser, wenn er am einen Ende des Farewell Burn ist und wir am anderen. Sobald ich ihn über Funk erwischt habe, komme ich wieder, okay?" Nach diesen Worten marschierte Jensen zum Blockhaus. Er öffnete die Tür und sah sich Dale Schuller gegenüber, der bei einer Tasse heißer Schokolade mit Harvey zusammensaß.

Vom Trail gebe es keine besonderen Vorkommnisse zu berichten, teilte der Zeitnehmer mit. Jensen nickte und bat den Funker, eine Verbindung mit dem Rennleiter herzustellen. Auch Holman meldete, er habe vom Flugzeug aus nichts Ungewöhnliches bemerkt.

ALS JESSIE, Ryan und Bomber am späten Nachmittag in Rohn eintrafen, hatten Jensen und Caswell ihre Liste mit potenziellen Verdächtigen fertig, waren aber keineswegs schlauer.

Erst nach dem Abendessen zog Jensen los, um Jessie zu suchen. Er fand sie, allein am Feuer sitzend, um sich herum die Hunde der drei Gespanne, die friedlich schliefen. Sie kratzte gerade die letzten Reste Makkaroni und Käse aus einem Plastikkochbeutel.

„Hallo“, grüßte er sie, als sie aufblickte. „Schön, dass Sie's geschafft haben.“ Er war froh, dass Schuller nicht in der Nähe war, doch dann fiel ihm ein, dass dessen 24-stündige Pause vorbei und er wahrscheinlich längst auf dem Weg nach Nikolai war. Allerdings fand Jensen es seltsam, dass er sich nicht bei ihm abgemeldet hatte.

Er zog ein in Folie gewickeltes Päckchen aus der Tasche. „Hier, Möhrenkuchen. Caswells Frau hat ihn mit dem Versorgungsflugzeug geschickt. Es ist viel zu viel für uns drei.“

„Danke schön.“ Jessie wickelte den Kuchen aus, und er sah zu, wie sie ihn genussvoll verspeiste. Er setzte sich auf einen Holzklotz neben dem Feuer und nahm dankend eine Tasse Pfefferminztee entgegen.

„Wir haben einem Flugzeug zugewinkt heute Nachmittag. Waren Sie das?“, wollte Jessie wissen.

„Ja. Von oben sah der Cañon aus wie der reine Albtraum. Ich war heilfroh, dass ich drüber *geflogen* bin.“

„Durch den vielen Schnee war's dieses Jahr nicht so schlimm. Aber es ist eine der schwierigsten Etappen.“

„Sie sehen müde aus. Nehmen Sie Ihre Vierundzwanziger hier?“ Jensen war stolz auf seinen Iditarod-Jargon.

„Ja. Wir bleiben bis morgen Nachmittag. Die Tiere sollen sich richtig erholen, bevor wir den Farewell Burn in Angriff nehmen. Auch wenn genügend Schnee liegt, kann es eklig werden.“

Ihre Unterhaltung klang gezwungen, und Jensen bemühte sich, unbefangen zu wirken. Er blickte Jessie an, die erschöpft dasaß, und merkte, dass es ihr wie ihm ging. Sie sah ins Feuer. Ihre Haare waren zerzaust und ungekämmt, und quer über die Wange zog sich ein Holzkohlestrich. Und dennoch – ihre Züge und ihre anmutige Art, die Tasse zu halten, waren attraktiv. Dann hob sie überraschend den Kopf, sah ihm in die Augen und lächelte. Etwas Warmes, Elektrisierendes breitete sich zwischen ihnen aus, und auf einmal war die Spannung verschwunden.

„Jessie“, hörte er sich auf einmal fragen, „sind Sie …?“

„Nein. Ich lebe allein auf den Knik Flats in einem Blockhaus mit zwei Zimmern und 43 Hunden – und vielleicht einem halben Dutzend neuer Welpen, wenn ich zurückkomme."

Jensen lachte. „43 Hunde, und sie sagt, sie lebe allein!"

Sie grinste. „Ist alles relativ. Und wo wohnen Sie? In Anchorage?"

„Nein, in Palmer. Gewissermaßen nebenan."

„Und? Auch allein?"

„Ja."

Sie lächelte zufrieden. „Erzählen Sie mir, was läuft. Haben Sie heute was erreicht?"

In der nächsten halben Stunde berichtete er von seinen Aktivitäten und Schlussfolgerungen, während sie zuhörte und Fragen stellte. Sie hielt es für unwahrscheinlich, dass einer der genannten Musher das Schlafmittel in Koptaks Kaffee getan hatte.

„Jeder von ihnen mochte George. Irgendwann sind sie alle mal mit ihm zusammen Rennen gefahren. Sie haben sich gegenseitig Hunde verkauft und ausgeliehen. Bill Pete und er waren seit Urzeiten befreundet. Ich kann mir nicht vorstellen, warum jemand George hätte umbringen wollen. Er war ein freundlicher, gutherziger, ruhiger Mann."

„Vielleicht sollte er gar nicht sterben. Nur aus dem Rennen ausscheiden. Aber das Zeug im Kaffee war eindeutig. Und die Thermosflasche war mit seinen Initialen versehen, G. K."

„Was?" Jessie richtete sich ruckartig auf. „Aber ich habe gesehen, wie Ginny diese Thermosflasche gefüllt hat. Ich dachte, es wäre ihre."

Sie starrten einander an, während ihnen aufging, was das bedeutete: G. K. – George Koptak, Ginny Kline.

„O Gott!", stöhnte Jensen. „Mir ist es nicht aufgefallen, und dabei sind wir die Namenslisten doch drei- oder viermal durchgegangen."

„Es konnte Ihnen auch nicht auffallen. Sie wird immer als Virginia Kline geführt."

„Als ich im Happy River Valley ihren Schlitten durchsuchte, fand ich nur eine rote Thermosflasche ohne Initialen."

„Die rote ist ihre eigene. Sie füllte beide Flaschen. Ich stand direkt neben ihr, und sie schenkte mir noch Kaffee nach."

„Wo war das?"

„Im Blockhaus. Dort kann sich jeder Kaffee holen."

„Dann hat sie also Koptaks Thermosflasche zusammen mit ihrer eigenen gefüllt."

„Das ist gut möglich. Sie waren Freunde. Wer auch immer dahinter steckt, muss gedacht haben, dass es Ginnys Thermosflasche war, nicht die von George."

„Und als dann der Falsche starb, unternahm der Täter am Finger Lake einen neuen Versuch." Jensen dachte scharf nach. „Wer war damals noch im Blockhaus, Jessie? Können Sie sich daran erinnern?"

„Der Funker, der Zeitnehmer, Bill Turner ... Tim, Ron Cross ... Bomber und Paul ... Oder war das vorher?" Sie schüttelte den Kopf. „Tut mir Leid, Alex. Sicher weiß ich es nur von den Organisatoren, Ginny, Bill und mir selbst. Es war so viel Trubel. Jeder konnte da gewesen sein."

„Ist schon okay", tröstete er sie. „Quälen Sie sich nicht. Aber behalten Sie die Geschichte bitte für sich. Wer auch immer der Täter ist, ahnt nicht, was wir gerade herausgefunden haben."

„Keine Sorge, es gibt niemand, dem ich's erzählen würde."

„Stellen denn Bomber und Ryan keine Fragen?"

„Das schon, aber ich brauche ja nicht zu antworten. Heute Vormittag war Bomber ganz schön neugierig." Sie zögerte. „Ich glaube, es bewegt ihn mehr, *dass* wir beide miteinander reden, als, *worüber* wir reden." Sie sah ihn offen an. „Ich mag Sie, Alex. Ich denke, das weiß er, und es gefällt ihm nicht."

„Hat er irgendein Recht dazu?", fragte er vorsichtig.

„Überhaupt nicht. Ich habe ihm mal einen Korb gegeben, vor etwa einem Jahr. Aber er hat's überlebt."

„Was ist mit Ryan?"

„Jim ist in Ordnung. Wir sind Freunde, und ich bin froh, dass er in der Nähe ist."

„Erinnern Sie sich an einen Vorfall, der schon ein paar Jahre zurückliegt, als ein Musher dabei erwischt wurde, wie er seine Hunde verprügelte? Wer war das?"

„Es war Bomber, aber ..." Eine Weile schwieg sie angespannt. „Das Rennen ging aufs Ende zu. Er war müde, kam vom Trail ab, und seine Hunde ließen ihn im Stich. Da verlor er einen Moment die Beherrschung. Es hätte jedem passieren können."

„Ihnen auch?"

„Nein, ich denke nicht. Aber ..."

„Wollen Sie damit sagen, das passiert ihm überhaupt nicht mehr oder nur nicht mehr in der Öffentlichkeit?"

„Nun ja, manchmal ist er etwas grob, aber ... ich glaube nicht."

„Möchten Sie aus der Dreiergruppe aussteigen?"

„Nein. Ich habe keinen Grund, mich über Bomber aufzuregen. Dazu kommt, dass ihn Georges Tod wahrscheinlich stärker erschüttert hat, als er merken lässt. Er hielt große Stücke auf George. Falls es Probleme mit Bomber gibt – mit denen werde ich fertig. Außerdem ist da immer noch Jim."

„Okay, aber falls Sie sich aus irgendeinem Grund trennen, bleiben Sie bei Ryan."

Jensen wollte gerade zu seinem eigenen Rastplatz gehen, als Bomber und Jim Ryan zurückkamen.

„Sergeant." Mit einem knappen Nicken stellte Bomber ihn seinem Gefährten vor. „Alles klar bei Jessie und Ihnen?" Seine Stimme klang ein wenig bitter, aber nicht aggressiv.

„Wir haben uns über Ihren Trip durch den Dalzell Canyon unterhalten", antwortete Jensen vorsichtig.

„Wir haben's geschafft. Das allein zählt. Wir haben gesehen, wie leicht Sie sich's gemacht haben mit dem Flugzeug."

Bombers Stichelei ärgerte Jensen, aber er bremste sich. Er wollte Jessie nicht in Schwierigkeiten bringen. „Möchten Sie tauschen?"

„Nein, danke. Ich bleibe bei meinen Freunden." Bomber drehte sich zu seinem Schlitten und kramte seinen Schlafsack hervor.

Ryan blickte Jessie fragend an. Als sie den Kopf schüttelte, begann auch er, seinen Schlafsack auszurollen. Sie wandte sich zu Jensen, zuckte die Achseln und lächelte.

„Wir sehen uns morgen", sagte er. „Gute Nacht."

Als er zum Zelt hinüberging, war er froh, dass er sich zusammengerissen hatte. Hatte Bomber sich im Happy River Valley noch kooperativ gezeigt, so verhielt er sich jetzt unterschwellig feindselig. Dass dies mit seinem Verhältnis zu Jessie zu tun hatte, war eindeutig, doch steckte noch mehr dahinter? Vielleicht aber hatte er auch nur etwas gegen Polizisten.

Jensen schlüpfte in seinen Schlafsack. Von jetzt an würde er Bomber Cranshaw beobachten. Dale Schuller schien das kleinere Übel zu sein.

8

Bei gutem Wetter und reichlich Schnee lässt sich der Farewell Burn relativ leicht mit dem Hundeschlitten durchqueren, doch muss man höllisch aufpassen, denn überwucherte Baumstümpfe und kaum erkennbare Schlaglöcher machen die Strecke zum reinsten Hindernisrennen. In manchen Jahren kann man die Etappe von Rohn nach McGrath in knapp einem halben Tag schaffen.

In anderen Jahren fegt der Wind über die Ebene und deckt den Trail mit Steinchen und Stöcken zu. Und der Musher gerät außer sich, wenn sein Schlitten buchstäblich unter ihm auseinander bricht oder wenn er gezwungen ist, langsam zu fahren, weil gleich mehrere Hunde verletzt sind und nicht alle im Schlittensack transportiert werden können. Ungünstige Wetterbedingungen zwingen ihn, die meiste Zeit hinter seinem Schlitten herzumarschieren, erst die 149 Kilometer von Rohn bis Nikolai und dann noch mal 77 bis McGrath. Natürlich ist er bei seiner Ankunft zu Tode erschöpft. Aus diesem Grund legen manche Fahrer die vorgeschriebene 24-Stunden-Pause erst nach der Durchquerung des Farewell Burn ein. Wenn Gespann und Fahrer physisch wie psychisch Erholung brauchen, dann in McGrath.

Am späten Montagabend waren in Rohn T. J. Harvey und Rick Ellis unter Verzicht auf den Vierundzwanziger zum Farewell Burn aufgebrochen, nachdem ihre Hunde mehrere Stunden gerastet hatten. Die beiden Musher hatten sich für die Karnickeltaktik entschieden – das heißt, sie versuchten, sich mit einem gewaltigen Satz vom restlichen Feld abzusetzen. Erst in McGrath würden sie die große Pause einlegen. Die beiden hofften, einen Teil ihres Vorsprungs halten zu können und die Konkurrenten zu Verfolgern zu machen. Wenn sie den südlichen Arm des Kuskokwim River in der Nacht in Angriff nahmen, bei Temperaturen weit unter null, kamen sie schneller voran als bei Tage. Den schwierigsten Teil des Farewell Burn konnten sie dann bei Tageslicht absolvieren.

Als Dale Schuller Rohn am Dienstagabend verließ, hatten Harvey und Ellis den Burn erfolgreich hinter sich gebracht, waren hinter Nikolai und näherten sich bereits McGrath. Noch vor Schuller hatten sich Gail Murray und Tim Martinson auf den Weg gemacht; auch ihre 24-Stunden-Pause war vorbei gewesen.

Schuller fuhr direkt hinter Martinson und lag somit auf Platz fünf. In ein paar Stunden würden zwei weitere Fahrer aufbrechen. Die meisten von ihnen würden in McGrath eintreffen, bevor die beiden „Karnickel" ihre obligatorische Pause beendet hatten.

All dies erfuhr Jensen am Mittwoch früh um halb sieben, als Harvey die Tabelle des Sergeants mit neuen Zahlen ergänzte.

„Jeder läuft nach Plan, verstehen Sie?", kicherte der Zeitnehmer. „Daran arbeiten sie das ganze Jahr, genau wie an ihrer psychologischen Kriegführung. Beim Iditarod geht es vor allem um Strategie."

„Das wird mir langsam klar", stimmte ihm Jensen zu.

„Es wird immer schlimmer, je näher sie dem Ziel kommen. Manch einer wartet bewusst darauf, dass ein Rivale seine Hunde gefüttert und sich schlafen gelegt hat, um gerade dann aufzubrechen. Rast der Rivale hinterdrein, findet er womöglich nur zehn Kilometer weiter den anderen Musher friedlich schlafend vor." In diesem Moment knatterte das Funkgerät los, und Harvey meldete sich.

Jensen kritzelte *Vielen Dank für alles, wir starten jetzt nach McGrath* auf einen Zettel und legte ihn vor Harvey auf den Tisch. Der Zeitnehmer nickte und winkte ihm zu.

Auf dem Weg zum Flugzeug ging Jensen noch einmal bei Jessie vorbei. Doch an ihrem Lagerplatz fand er nur Jim Ryan. In dessen Nähe standen drei Kocher, auf denen Hundefutter vor sich hin köchelte, während Ryan seine Ausrüstung sortierte.

„He", begrüßte er den Trooper lächelnd. „Suchen Sie Jessie? Sie ist mit Bomber Wasser holen."

„Ich muss das Flugzeug beladen helfen. Würden Sie sie bitten, zu uns rüberzukommen, wenn sie zurück ist?"

„Klar. Sie brechen auf?"

„Ja, bald." Jensen schwieg, unsicher, wie er den nächsten Satz formulieren sollte. „Werdet ihr klarkommen?"

Ryan machte ein ernstes Gesicht. „Dafür werde ich schon sorgen."

Jensen nickte und ging.

Sie waren mit dem Beladen gerade fertig, als Jessie zu ihnen ans Feuer kam. Sie hatte sich das Gesicht geschrubbt und die Haare gekämmt. Ihre Wangen leuchteten rosa von der Kälte. Jensen fand, dass sie fantastisch aussah, auch wenn ihr Parka und ihre Thermohose mit Holzkohle- und Hundefutterflecken verziert waren. Sie schüttelte Becker und Caswell die Hand.

Nachdem die vier sich eine Weile über das Rennen unterhalten hatten, wandte der Pilot sich an Becker. „Auf geht's. Lass uns das Feuer löschen und die Maschine startklar machen." Er nickte Jessie zu. „Es war nett, Sie kennen zu lernen, Miss Arnold."

Jensen begleitete Jessie zu ihrem Lagerplatz zurück. „Alles okay?"

„Ja. Und Sie fliegen jetzt nach McGrath?"

„Richtig. Bitte seien Sie vorsichtig, Jessie."

„Keine Sorge. Wir passen schon auf."

Er schaute sie an, wollte sie berühren. Sie merkte, was in ihm vorging, stellte sich lächelnd auf die Zehenspitzen und schlang die Arme um seinen Nacken. „He, Trooper", flüsterte sie ihm ins Ohr. „Mach deine Arbeit gut." Dann war sie fort, lachend und winkend.

NACH dem Start folgte Caswell zunächst dem südlichen Arm des Kuskokwim. Weil besonders viel Schnee lag, hatte man den Trail über eine lange Strecke auf das vereiste Flussbett verlegt. Vom Flugzeug aus hielten sie Ausschau nach den Mushern, entdeckten aber niemanden.

Gut 30 Kilometer hinter Rohn überflogen sie den Farewell Lake. Der Trail verlief quer über den See, und hier sahen sie, wie ein Musher, auf den Kufen seines Schlittens stehend, den Fahrspuren folgte. Er winkte ihnen zu, als sie vorbeiflogen.

Die große Binnenebene Inneralaskas ist im Süden, Westen und Osten von Bergen umschlossen, die das Land von der Zivilisation trennen. Außer in den kleinen, einsam gelegenen Städten und Dörfern hat das moderne Leben sich hier kaum bemerkbar gemacht. Fairbanks, die blühende Stadt am Tanana River, verdankt ihren Namen weißen Eindringlingen, aber fast alle anderen markanten Orte tragen noch die athabaskischen Bezeichnungen oder sind nach russischen Pelzhändlern benannt. Auch das Wetter ist hier anders. Es ist noch kälter, und der Schnee ist trockener als in den Küstenregionen.

Allmählich blieben die Berge hinter ihnen zurück. Im Südwesten beherrschten Mount McKinley und Mount Foraker den weiten Himmel. Als sie den Farewell Burn überflogen, fiel Jensen plötzlich eine Art Bodennebel auf.

„Pulverschnee, den der Wind vor sich her treibt", erklärte Caswell. „Am Nachmittag wird es wahrscheinlich noch schlimmer."

Sie hielten sich grob an den Verlauf des Trails. Eine Ewigkeit schien er über freies Gelände zu führen, aber schließlich entdeckten sie die Siedlung Nikolai und ihre winzige orthodoxe Kirche mit den drei Kreuzen auf dem Dach. Später kamen die ersten flachen Gebäude von McGrath ins Blickfeld. Zwischen Farewell Station und McGrath, wo sie nun bei heftigem Gegenwind landeten, hatten sie insgesamt fünf Musher gezählt.

Als die drei Trooper aus dem Flugzeug kletterten, fuhr ein Minibus vor, an dessen Steuer Matt Holman saß. „Wenn wir noch zehn Minuten warten, erwischen wir den Versorgungsflieger aus Anchorage", teilte er ihnen mit. „Der hat was für Sie dabei, Alex."

Froh, der engen Maule M4 entronnen zu sein, berichtete Jensen dem Rennleiter das Neueste aus Rohn. Dann rollte das Versorgungsflugzeug auch schon auf sie zu.

„Sind Sie Sergeant Jensen?", fragte der Pilot. Jensen nickte und erhielt einen versiegelten Umschlag, den er im Bus sofort aufriss: Die Hypothesen „fanatische Tierschützer“ oder „illegale Wettgeschäfte“ ließen sich nicht erhärten. Dann folgten die Autopsieergebnisse von Kline, Koptak, Smith und den Hunden. Neu war für den Sergeant nur, welche Substanzen man gefunden hatte.

Während Holman beim Ausladen des Flugzeugs half, suchten Becker und Caswell im Minibus Schutz vor dem Wind.

„Pentachlorphenol“, las Jensen vor. „PCP. Engelsstaub. Im Körper der Hunde, in ihrem Futter – und in dem Röhrchen, das wir von Schuller haben.“

„Ach, du heiliger Bimbam“, stutzte Becker. „Ich hatte keine Ahnung, dass PCP auf Hunde so wirkt.“

„Ich auch nicht. Aber Dave aus dem Labor schreibt hier, dass PCP ursprünglich von der Tiermedizin als Tranquilizer entwickelt wurde und gelegentlich noch in dieser Eigenschaft verwendet wird. Selbst winzige Mengen sind hochgradig giftig und können Desorientierung, Halluzinationen, Aggressionen, Krämpfe, Lungenversagen und Koma bewirken. Die Dosis muss exakt auf das Körpergewicht zugeschnitten sein, um die toxische Grenze nicht zu überschreiten. Die meisten Tierärzte lehnen PCP aus diesem Grund ab.“

„Das erklärt den Tod des kleinen Hundes“, sagte Becker. „Zu geringes Körpergewicht.“

„Ja. Wenn ich sie nicht erschossen hätte, wären noch mehr an PCP gestorben. Natürlich wissen wir nicht, wie viel von dem Zeug in dem Plastikröhrchen war oder wie viel das Futter enthielt, aber laut Laborbericht muss es eine extrem hohe Dosierung gewesen sein.“

„Aber wie ist das Röhrchen an die Stelle gelangt, wo Schuller es gefunden hat?“, fragte Caswell.

„Die Kratzer haben was damit zu tun.“ Jensen ließ das in eine Klarsichthülle verpackte Plastikröhrchen aus dem Umschlag gleiten. Sie sahen es sich genau an, als er den Behälter gegen das Licht hielt. „Seht mal, die Kratzer verlaufen auf der einen Seite über die ganze Länge des Röhrchens, von oben nach unten. Auf der anderen Seite verlaufen sie eher horizontal, schräg in die Wölbung hinein. Was auch immer das Ding festgehalten hat, übte einen Zug in zwei Richtungen aus.“

„Und hat genug Druck bewirkt, um Kratzer zu erzeugen.“

„Was käme als Ursache in Frage?“

„Mmmh ... Die Kratzer könnten alt sein, woanders herstammen.“

„Das glaube ich nicht. Es gibt bestimmt einen Zusammenhang.“

Holman stieg in den Bus. „Können wir fahren?“

McGRATH ist ein Verkehrs-, Kommunikations- und Versorgungszentrum für Inneralaska. 350 Kilometer nordwestlich von Anchorage und 430 südwestlich von Fairbanks liegt der Ort an einer Schleife des Kuskokwim, unmittelbar südlich von dessen Zusammenfluss mit dem Takotna. Zwei Landebahnen bilden ein großes T, das die Schleife fast vollständig ausfüllt. Mit seinen 500 Einwohnern drängt sich der Ort unter dem östlichen Querbalken des T. Ankommende Flugpassagiere spazieren von ihrer Maschine direkt ins Zentrum. Vom Terminal sind es nur ein paar Schritte zu „McGuire's Tavern". Ein oder zwei Häuser die Straße hinauf steht ein Gebäude, in dem mehrere Fluggesellschaften, ein Sportgeschäft, das „Iditarod-Trail-Café" und der Checkpoint untergebracht sind.

Nachdem McGrath im Gefolge von Goldfunden 1906 zu einer festen Siedlung geworden war, wurde zwei Jahre später nach einer Route gesucht, um im Winter Vorräte und Post bis Nome transportieren zu können. Das war die Geburtsstunde des Iditarod-Trail. Zwischen 1911 und 1920 benutzten ihn Hunderte von Menschen, um zu Fuß oder mit dem Hundeschlitten von Seward aus zu den Goldschürfstätten zu gelangen. 1924 wurde in McGrath zum ersten Mal in der Geschichte Alaskas die Post mit dem Flugzeug angeliefert.

Während des Rennens ist im Iditarod-Trail-Café mehr los als sonst. Hier finden Musher, Funktionäre und Zuschauer Informationen und natürlich auch etwas zu essen. Auch Matt Holman und die drei Trooper machten dort erst einmal Pause. Sie setzten sich an einen Tisch am Fenster, tranken Kaffee und bestellten Hamburger mit Pommes frites.

„Wie läuft's hier in McGrath?", fragte Jensen den Rennleiter.

„Gut. Keine ungewöhnlichen Vorkommnisse."

Die Hamburger wurden serviert, riesig und dampfend. Eine Weile hörte man nichts als zufriedene Essgeräusche.

„Matt", bat Jensen schließlich, „haben Sie eine halbe Stunde Zeit für uns? Ich möchte rekapitulieren, wie weit wir sind und ob uns dazu etwas einfällt."

„Gern, aber nicht länger. Ich muss mit einem Tierarzt nach Ophir rüber."

„Kein Problem. Also: Koptaks Kaffee war mit Secobarbital versetzt, aber gestorben ist er an der schweren Kopfverletzung. Ginny Klines Gespannleine riss genau dort, wo sie angeschnitten war. Todesursache ist Genickbruch, aber es hätten ebenso gut die inneren Blutungen sein können. Smiths Hunde sind durch PCP erledigt worden."

„Engelsstaub?" Angeekelt schüttelte Holman den Kopf.

„Wenn Koptak nicht gegen den Baum gerast wäre – hätte ihn dann das Zeug in seinem Kaffee getötet?", fragte Caswell.

„Nein. Die Menge hat gerade ausgereicht, um ihn bewusstlos zu machen, sagt das Labor."

„Wer den Kaffee auch vergiftet haben mag, wollte George also offenbar nicht umbringen", mutmaßte Holman. „Der Aufprall auf einen Baum war nicht vorherzusehen."

„Gut möglich."

„Haben Sie noch mehr über das Plastikröhrchen rausgefunden?"

„Keine Fingerabdrücke, außer denen von Schuller. Aber ich bin überzeugt, die Kratzspuren haben eine Bedeutung."

Frustriert runzelte Caswell die Stirn. „Was ich nicht kapiere, ist, wie das verdammte Röhrchen seinem Inhalt vorauseilen konnte. Das Ding hat sich doch nicht von allein auf dem Trail bewegt."

Jensen starrte ihn an. „Richtig! Es ist leer. Irgendjemand hat es ausgeleert. Aber nicht unbedingt ins Hundefutter."

Sie stierten vor sich hin, bis Caswell plötzlich nickte. „Natürlich", stimmte er zu. „Das ist eine Spur."

Holman räusperte sich. „Kann mir einer verraten, worum es geht?"

Jensen erklärte es ihm. „Schuller fand das leere Röhrchen ein Stück hinter dem Rainy Pass, doch so weit entfernt, dass es nicht am Checkpoint gewesen sein konnte, als Smith starb. Aber das Röhrchen enthielt Spuren von PCP. Also hat der Täter das Zeug irgendwann von diesem Behälter in einen anderen umgefüllt und das leere Röhrchen den Trail raufgeschickt. Um es zu beseitigen und uns zu verwirren."

„Aber wie?", fragte Holman.

„Mit einem Schlitten?", überlegte Becker.

„Genau", bestätigte Jensen. Er zog das Röhrchen aus dem Klarsichtbeutel und legte es vor Holman auf den Tisch. „Schauen Sie sich mal diese Schleifspuren an, Matt. Wenn Sie das Ding an einem Schlitten festklemmen wollten, was würden Sie tun, damit diese Art Spuren entstehen?"

Holman griff nach dem Röhrchen und inspizierte es sorgfältig. „Es war wahrscheinlich zwischen zwei verschiedenen Materialien eingeklemmt; eines war härter als das andere. Gespannleinen scheiden aus. Ebenso die Befestigungsriemen am Schlittensack. Vielleicht steckte es zwischen einer Strebe und einem Knebel oder einem Gummispanner. Während der Fahrt reiben sich beide aneinander; verändert der Schlittensack seine Position – und das passiert rasch –, fällt das Röhrchen runter."

„Der Täter konnte also das PCP in einen weniger auffallenden Behälter umfüllen und das Röhrchen an dem Schlitten eines beliebigen Mushers festklemmen, der vor Schuller den Rainy Pass verließ."

„Genau", stimmte Holman zu. „Oder auch an Schullers Schlitten. Dale hat es vielleicht nicht fallen sehen und dachte daher, jemand anders hätte es verloren. Das heißt also, dass alle unschuldig sind, die den Rainy Pass verlassen haben, bevor Smith von seinen Hunden zerfetzt wurde?"

„Erst wenn wir nachweisen können, dass es sich so abgespielt hat. Aber auch dann könnte einer aus der Führungsgruppe das Röhrchen absichtlich auf dem Trail gelassen haben. Wir brauchen Beweise, bevor wir jemanden von der Liste der Verdächtigen streichen."

„Vielleicht", warf Caswell ein, „wurde das PCP dem gefrorenen Futter schon früher beigemengt. Vielleicht waren zwei Leute beteiligt und einer von ihnen hat auf dem Trail das Röhrchen weggeworfen. Das heißt, dass weder Schuller noch die Musher vor ihm aus dem Schneider sind."

„Warum hat er das Röhrchen dann abgegeben, wenn er in die Sache verstrickt ist?", fragte Holman.

„Damit man denkt, dass er es gefunden hat, so, wie er es erzählt hat."

„Durchaus möglich." Jensen nickte.

„Können Sie es beweisen?", fragte Holman.

Jensen überlegte. „Das Vergiften des Futters erforderte gründliche Planung. Und das passt nicht zum *modus operandi* bei den anderen Unfällen. Diese wurden inszeniert, als Zeit und Umstände günstig waren, Planung kam erst unmittelbar vor der Ausführung ins Spiel. Und was die Hypothese mit den zwei Tätern angeht: Sie passt ebenfalls nicht. Ich sehe einfach kein Motiv. Das Rennen kann nur einer gewinnen." Er wandte sich an Caswell. „Wie viele Schlitten waren vor Schuller nach Rohn unterwegs?"

„Sechs. Fünf Männer, eine Frau. Schuller mitgerechnet, hätten also sieben Musher das Röhrchen dabeihaben können. Zu denen gehören die zwei, die schon hier in McGrath angekommen sind."

„Wenn am Röhrchen Kratzer sind, könnten auch welche an dem betreffenden Schlitten sein. Vielleicht nicht gerade an einem Knebel, aber an einer Strebe."

„Wird schwierig sein, sie von der Abnutzung zu unterscheiden", bemerkte Holman. „Jeder Schlitten ist voller Kratzer."

„Schauen Sie sich's noch mal an, Matt." Jensen hielt ihm das Röhrchen wieder hin. „Sehen Sie, wie schartig die Kante vom Schraubverschluss ist, genau auf der Gegenseite der scharfen Kratzer? Das dürfte eine Holzstrebe ganz hübsch markieren. Wir sehen uns die Schlitten mal genauer an."

„Gehen wir." Becker stand auf.

„Nein, wir sind noch nicht fertig. Die meisten sind eh noch unterwegs. Und die beiden, die schon hier sind, werden so bald nicht aufbrechen, stimmt's, Matt?"

„Sie müssen hier die 24-Stunden-Pause einlegen. Übrigens, waren die Checkpoint-Daten zu etwas nütze?"

„O ja, um die Liste zu verkürzen."

„Auf die Leute, die an allen drei Checkpoints waren?"

„Ja. Cas?"

Caswell zog seine Notizen heraus und sah erneut die Namen durch: 16 Musher sowie andere Rennbeteiligte waren sowohl in Skwentna wie auch am Finger Lake und am Rainy Pass gewesen. Er reichte Holman die Liste über den Tisch.

Der Rennleiter betrachtete sie gequält. „Mein Gott. Und Sie verdächtigen wirklich alle diese Leute?"

„Das sind nur diejenigen, die zu den möglichen Tatzeiten an allen drei Checkpoints waren", erwiderte Jensen. „Wir haben noch eine Menge andere Aspekte zu berücksichtigen. Cranshaw zum Beispiel hat eine scharfe Zunge und ist nicht besonders beliebt, Schuller ist in Rohn aufgebrochen, ohne mir Bescheid zu sagen, und Martinson hat Phil gegenüber mächtiges Geschütz aufgefahren."

„Ich glaube aber nicht, dass Bill Pete etwas damit zu tun hat", erwiderte Holman. „Abgesehen davon, dass er einen Angriff auf das Rennen persönlich nehmen würde, hat er manche der vergifteten Hunde selbst aufgezogen. Smith hat sie ihm vor zwei Jahren abgekauft. Jessie Arnold und Jim Ryan können Sie ebenfalls streichen. Die sind nicht gewalttätig. Susan Pilch auch nicht."

Jensen war froh, dass der Rennleiter Jessies Namen genannt hatte. Er wusste nicht recht, wie er sein Vertrauen zu ihr begründen sollte. „Wir brauchen Informationen über alle diese Leute."

Holman blickte ihn bockig an. „Ich soll Ihnen jemanden auf dem Silbertablett präsentieren?"

„So ist es nicht. Aber entweder finden wir genug heraus, um den Typ zu schnappen, oder die Sache geht weiter. Also, Matt, was können Sie uns erzählen?"

Holman gab Caswell die Liste zurück. „Sie haben Recht. Es wäre grässlich, wenn noch jemand sterben müsste. Also, ich bringe den Tierarzt nach Ophir. Das dauert höchstens eine Stunde. Dann suchen wir uns einen ruhigeren Platz, wo nicht der ganze Ort zuhören kann."

Bevor sie aufstehen konnten, legte ein groß gewachsener Mann – ein Abzeichen wies ihn als Zeitnehmer aus – Holman die Hand auf die Schulter. „Matt", keuchte er, „du solltest besser mitkommen! Im Farewell Burn feuert jemand Notraketen ab."

„Mist!", knurrte Holman. „Dann muss jemand anders Chuck nach Ophir bringen."

9

Auf dem Farewell Burn trieb der Wind den Mushern, die sich in Richtung Nikolai quälten, den Schnee ins Gesicht. Jensen fragte sich, wie man bei diesem Wetter von einer Maule M4 ein Schlittenhundegespann sichten sollte. Dann blitzte im Schneegestöber ein Leuchtsignal auf. Beim Überfliegen sah Jensen kurz eine winkende Gestalt neben dem schattenhaften Umriss eines Gespanns. Es gab einen weiteren Schlitten, neben dem aber niemand stand und winkte.

„Verdammt!", fluchte Holman von seinem Platz hinter dem Sergeant. „Das sind Solomon und Pollitt. Sie sind die Einzigen, die es bis hierher geschafft haben können. Und die drei, die vor ihnen gestartet sind, müssten schon irgendwo zwischen Nikolai und McGrath sein."

„Aus der Luft können wir nichts unternehmen." Caswell drehte nach Norden ab. „Die Luftwaffe schickt einen Hubschrauber nach McGrath. Die beiden wissen nun wenigstens, dass Hilfe kommt. Wir sollten zurückfliegen und mit dem Rettungsteam reden."

„Ich möchte wissen, wer von beiden in Not ist, Pollitt oder Solomon", sagte Jensen. „Und was überhaupt passiert ist."

„Hoffentlich kein neuer Anschlag", murmelte Holman.

Als sie landeten, traf gerade Tim Martinson beim Checkpoint ein. Gail Murray kam eine halbe Stunde später an, 40 Minuten vor Dale Schuller. Die Musher schienen nicht zu wissen, was sich hinter ihnen auf dem Trail abgespielt hatte.

„Ich war mehr oder minder den ganzen Tag die Letzte von uns dreien", berichtete Gail Murray Jensen. „Auf halber Strecke nach Nikolai habe ich dann aber Dale überholt, als er gerade seine Hunde getränkt hat, aber ich habe weder Mike noch Rod gesehen."

„Warum sind Sie mit so großem Zeitabstand eingetroffen?", fragte Jensen. „Sie hatten doch zusammenbleiben wollen."

Martinson war gekränkt. „*Ich* habe das nie gesagt. Ist das ein Rennen oder ein Kindergarten? Ich werde mein Rennen fahren, wie ich es will. Wenn das ein Problem ist, verhaften Sie mich doch. Und jetzt muss ich die Hunde füttern." Er stapfte zu seinem Gespann.

Jensen ließ ihn gehen. Die Versuchung, Martinson zusammenzustauchen, war groß, aber er holte tief Luft und verzichtete auf Genugtuung. Er beobachtete, wie der Musher seinen Leithund hochzerrte und davonfuhr, um irgendwo ein paar Stunden auszuruhen, bevor er nach Ophir aufbrechen würde.

Im Café stieß der Sergeant auf Becker, der schon Kaffee bestellt hatte. Er setzte sich und wärmte seine Hände an dem heißen Becher. In diesem Moment, überlegte er, muss Jessie ihre 24-Stunden-Pause beendet haben und in Rohn aufbrechen. Er fragte sich, wie lange sie bei dem schlechten Wetter wohl für den Farewell Burn brauchen würde. Wahrscheinlich bis morgen früh.

Als er aufblickte, bemerkte er, dass Becker ihn beobachtete. Der junge Trooper war in McGrath geblieben, um die Schlitten von Rick Ellis und T. J. Harvey zu überprüfen. Jetzt rutschte er unruhig auf seinem Stuhl hin und her. „Ich hab euch durchs Fenster gesehen. Was hältst du von ihm?"

„Martinson? Ich glaube, er zieht eine Schau ab, und ich frage mich, weshalb. Was will er mit dem Theater verbergen?"

Plötzlich ließ gewaltiger Lärm die Fensterscheiben erzittern, und ein Militärhubschrauber ging auf der Landebahn nieder. Jensen schnappte sich seinen Parka. „Überprüf auch die anderen Schlitten, Phil. Wir sehen uns, sobald ich zurück bin." An der Tür traf er auf Holman, der ihn abholen kam.

Zwei Stunden später, es war bereits dunkel, kam Jensen ohne den Rennleiter zurück. Der Hubschrauber flog weiter nach Anchorage.

Mit einem Milchkanister aus Plastik in der Hand kam ihm Ben Caswell vom Kaufladen entgegen. „Wir sind zum Abendessen eingeladen", verkündete der Pilot. „Holmans Frau hat einen Elchbraten im Backofen. Ich habe Phil schon Bescheid gesagt. Er hat übrigens Neuigkeiten für dich. Wo ist Holman?"

„Er ist bei Mike Solomon geblieben und fährt Pollitts Gespann nach Nikolai. In ein, zwei Stunden kommt er zurück."

„Ist mit Pollitt alles okay?"

„Sieht ziemlich schlimm aus. Er ist gegen einen Baumstumpf geprallt und hat sich das Bein gebrochen; ein Splitterbruch. Auch das Knie hat was abbekommen. Außerdem ist der Schlitten hin. Solomon hat Pollitt neben dem Trail gefunden. Gut, dass sie Notraketen dabeihatten. Pollitt konnte nur per Hubschrauber abtransportiert werden."

„Siehst du einen Zusammenhang mit den anderen Unfällen?"

„Ich glaube nicht, Cas. Ich kann mir nicht vorstellen, wie man das hätte inszenieren können."

„Gehen wir erst mal zu Mrs. Holman und reden nach dem Essen darüber."

Sie näherten sich einem behaglich aussehenden Holzhaus, das einige hundert Meter von der Landebahn entfernt lag. Nach der Kälte draußen fand Jensen die Wärme in Holmans Haus überwältigend. Sie zogen Parkas und Stiefel aus und verstauten sie im „arktischen Windfang", einem kleinen verandaähnlichen Raum, der das restliche Haus vor der kalten Außenluft schützen sollte.

Heilfroh, endlich die schweren Stiefel los zu sein, lief Jensen im Haus wie alle anderen auf Strümpfen. Als sie nach Emma Holmans köstlichem Dinner beim Kaffee saßen, fühlte er sich unendlich müde. Aber Beckers Neuigkeiten, die dieser sich für nach dem Essen aufgehoben hatte, machten ihn hellwach.

„Sie ist da. Genau wie du dir's gedacht hattest, Alex. Die Scheuerstelle an einer der Streben. Sie passt exakt zum Röhrchen, sogar zu den Spuren am Schraubverschluss, und sitzt direkt neben einem Knebel am Schlittensack."

„An wessen Schlitten?"

„An dem von Gail Murray."

„Murray?"

Caswell nickte. „Ich habe den Schlitten beschlagnahmt. Gail Murray sagt, sie wisse von nichts. Und da sie eh den Schlitten wechseln wollte, hat sie ihn gleich rausgerückt. Sie war total verwirrt. Wir haben sie um Stillschweigen gebeten."

In diesem Augenblick kündigte ein dumpfes Getrampel Holman an. Emma tauchte aus der Küche auf, umarmte ihren Mann und versicherte ihm, dass niemand seine Portion aufgegessen habe. Sobald der Rennleiter vor einem gut gefüllten Teller saß, fragte Jensen: „Wie lange werden Murray, Martinson und Schuller in McGrath bleiben, Matt?"

„Nicht sehr lange. Sie haben ihre Vierundzwanziger schon in Rohn genommen. Schätze, nicht mehr als vier oder fünf Stunden."

„Das alles beweist noch gar nichts", gab Caswell zu bedenken. „Gail Murray war zwar am Finger Lake und in Skwentna, aber nicht am Rainy

Pass, als Smiths Hunde vergiftet wurden. Wir wissen nur, dass das Plastikröhrchen sich an ihrem Schlitten befunden und dort Spuren hinterlassen hat."

„Wir könnten etwas Druck ausüben", schlug Holman vor. „Gehen wir zu McGuire's. Das ist *die* Nachrichtenbörse. Dort erfahren wir am ehesten, wann sie aufbrechen, und können die Augen offen halten."

Sehnsüchtig betrachtete Jensen einen Polstersessel, der nahe beim Holzofen stand, und seufzte. „Okay, Matt. Aber erst erzählen Sie uns etwas über die anderen Musher auf der Liste. Fangen Sie mit Martinson an, er ist nicht sehr kooperativ. Nach seiner Aussage haben Turner, Banks und Bill Pete in Skwentna mit Koptak zusammen kampiert. Allerdings war er sich nicht sicher, es könnte auch noch einer mehr gewesen sein. Wer ist Martinson? Woher stammt er?"

„Aus Wasilla. Er ist vor drei Jahren aus Delta Junction dorthin gezogen."

„Was ist mit ihm los? Ist er immer so grob?"

„Sehr umgänglich ist er nicht gerade, aber ein guter Musher. Ehrlich. Er kann wunderbar mit Hunden umgehen. Aber vor ein paar Jahren hatte er eine schwierige Phase. Verlor in Delta fast die gesamte Zucht, als unter seinen Hunden ein Virus grassierte. Er ist immer noch am Wiederaufbau."

„Ich habe was vergessen", unterbrach ihn Becker. „Als ich in Rohn mit Solomon geredet habe, hat der sich quasi für Martinson entschuldigt. Er sagte, Martinson stehe wahnsinnig unter Druck, das Rennen zu gewinnen, weil er sonst Hunde verkaufen müsse, um die Zucht weiter finanzieren zu können."

„Das kann sein", bestätigte Holman. „Ich weiß, dass er sich letztes Jahr ganz schön verschuldet hat."

„Okay. Dann zu Schuller. Er hat Koptaks Leiche zum Checkpoint gebracht, aber nicht abgewartet, um Fragen zu beantworten. Dann hat er das Röhrchen gefunden und sich wieder davongemacht, ohne sich bei mir abzumelden. Was wissen Sie über ihn?"

„Er ist aus Fox, in der Nähe von Fairbanks. Wahrscheinlich hat er einfach vergessen, sich bei Ihnen zu melden. Dieses Jahr hat er echte Chancen. Fährt nach Plan. Er schreibt sich alles genau auf – wann er Pause macht, wie viel und was er füttert und so. Er ist nicht sehr gesellig, aber immer bereit zu helfen, wenn Not am Mann ist."

„Finanzen?"

„Alles okay, glaube ich. Er verdient gut dieses Jahr."

„Und Gail Murray?"

„Die war's nicht, Alex", warf Becker ein. „Außer, dass sie zur richtigen Zeit am richtigen Ort war, scheint sie einfach nicht der passende Typ zu sein. Und sie hat uns bereitwillig ihren Schlitten gegeben und alle Fragen beantwortet."

„Er hat Recht", stimmte Holman zu. „Gail wird außerdem durch ihren Vater unterstützt, einen berühmten Züchter." Er langte über den Tisch und schnappte sich die Liste. „T. J. Harvey lebt in Skwentna. Für ihn würden alle dort bürgen. Er ist der Lokalmatador, und alle haben geholfen, seine Startgebühr aufzubringen. Ellis und Johnson kommen aus Montana. Ellis ist einen Monat vor Beginn des Rennens hergekommen und hat sein Gespann in Unalakleet trainiert, um es an die Küste zu gewöhnen. Ich bezweifle, dass er die einheimischen Musher gut genug kennt, um einen so absurden Hass gegen einen von ihnen zu entwickeln. Er hat ein paar Leuten Hunde abgekauft, zum Beispiel Koptak. Und Johnson ist erst kurz vor dem Start angekommen. Ellis hat mal zwei oder drei Hunde von Rod Pollitt ausgeliehen –"

Jensen unterbrach Holmans Monolog. „Pollitt kommt mir bekannt vor. Lebt er auch in Wasilla?"

„In der Nähe. Sie haben ihn wahrscheinlich in Palmer getroffen."

„Wenn er's gewesen sein sollte, wie passt dann der Unfall im Burn dazu?", fragte Becker.

„Falls es ein Unfall war", schränkte Caswell ein.

„Es war einer", beharrte Holman. „Das konnte man unmöglich inszenieren. Es war einfach verdammtes Pech." Er nahm sich wieder die Liste vor. „Ich finde immer noch, dass Bill Pete hier nichts zu suchen hat, so wenig wie Jessie Arnold, Ryan, Grasle oder Pilch. Ich kenne Jessie. Sie weiß, was sie will. Sie ist ein Dickkopf, aber fairer als viele andere. Tut mehr, als sie müsste. Sie hat vor einer Weile mit einem anderen Musher zusammengearbeitet, aber ihr missfiel, wie er mit seinen Hunden umsprang. Sie trainiert jetzt ihre eigenen."

„Sie hat gesagt", berichtete Jensen, „sie könne nächstes Jahr nur teilnehmen, wenn das Geld ausreiche, um das Gespann in Form zu halten." Kaum waren die Worte heraus, dachte er: Ich habe ihr Vertrauen missbraucht. Aber er musste es sagen.

„Das trifft auf die Hälfte aller Teilnehmer zu. Nur die großen Namen, mit einer berühmten Zucht oder einem mächtigen Sponsor im Hintergrund, müssen sich ums Geld nicht sorgen. Ryan kommt ebenfalls aus der Gegend von Fairbanks. Einer der zuverlässigsten Typen, die ich kenne. Bevor er selbst Rennen fuhr, half er beim Iditarod ein paar Jahre als Tierarzt aus. Er ist –"

„Tierarzt?", unterbrach ihn Jensen. „PCP wurde ursprünglich bei Tieren als Tranquilizer eingesetzt. Haben Sie das gewusst, Matt?"

Überrascht starrte Holman ihn an. „Kann ich nicht behaupten. Aber ich glaube, Sie zielen auf den Falschen. Ryan hat zusammen mit Sportmedizinern andere Musher darin unterwiesen, wie sie ihre Hunde gesundheitlich optimal ..." Seine Stimme wurde leiser, er dachte nach. „Nein. Nicht Ryan! Er kann doch nicht der Einzige sein, der weiß, was das Zeug bei Hunden anrichtet."

„Aber er könnte es sich leicht besorgen", warf Caswell ein.

„Und was ist mit Bomber Cranshaw?", fragte Jensen. „Er war im Happy River Valley sehr hilfsbereit, aber er wirkt auf mich unangenehm. Er redet viel und ist rasch in der Defensive."

„So ist Bomber nun mal. Er hat ein paar empfindliche Stellen, ist aber ein guter Musher, und trotz seiner scharfen Zunge ist es ihm wichtig, was die anderen denken. Er verlangt Respekt."

„Geldprobleme?"

„Er hat ein paar Sponsoren verloren, weil er letztes Jahr nicht besonders gut abgeschnitten hat."

„Hat er was gegen Frauen im Rennen?"

„Er macht manchmal Bemerkungen in dieser Richtung. Aber er hat sich schließlich mit Jessie zusammengetan. Seit ein paar Jahren lebt er von seiner Frau getrennt. Die hatte für das Rennen nichts übrig und ist auf und davon. Könnte zu seinem Problem gehören, aber er scheint drüber hinweg zu sein."

„Verprügelt er noch immer seine Hunde?"

„Das wissen Sie? Nein, nicht dass ich wüsste." Holman fuhr mit dem Finger über die Liste. „Wen haben wir noch? Mike Solomon aus Kaltag. Ein guter Freund von Steve Smith. Er würde niemals einem anderen Musher was antun. Außerdem hätte er Probleme, sich in seinem Dorf PCP zu beschaffen. Das sind alle. Haben Sie sonst noch Fragen?"

„Ist jemand dabei, der um jeden Preis gewinnen muss?"

„Ich werde niemanden ans Messer liefern, Alex. Das ist Ihr Job."

„Ist schon okay, Matt. Sie haben uns sehr geholfen."

Holman stand auf und trug seinen Teller in die Küche, in der seine Frau herumwerkelte, und kam zurück. „Hören Sie", er machte ein versöhnliches Gesicht, „warum übernachten Sie nicht bei uns? Einer auf der Couch, die beiden anderen im zweiten Schlafzimmer. Emma hat ein neues Pfannkuchenrezept und könnte zum Frühstück Versuchskaninchen brauchen.“

Freudestrahlend nahmen die drei Trooper die Einladung an. Dann schoben sie die Stühle zurück und schlüpften in Parkas und Stiefel.

„Wir gehen zu McGuire's, Em. Kommst du mit?“

Holmans Frau erschien in der Küchentür. „Nein, danke, Schatz. Ich weiß, wie es da während des Rennens zugeht.“

„Vielen Dank fürs Essen, Emma“, sagte Jensen. „Es war super.“

Bei McGuire's erwarteten sie Zigarettenqualm und Lärm. Eine ganze Wand nahm die Theke ein, davor standen Tische und Stühle. Der Raum war rappelvoll. In der hinteren Ecke war ein Billardspiel im Gange. Am Ende der Theke fanden sie eine Lücke, in die sie sich hineinquetschten, und Holman bestellte für alle Bier. Es war miefig und warm. Alex zog den Reißverschluss seines Parkas auf, stopfte Mütze und Handschuhe in dessen Taschen und sah sich um.

Holman wandte sich an einen der drei Barkeeper. „Sind Schuller, Martinson und Murray schon wieder weg?“

„Noch nicht“, antwortete der Barmann. „Schuller hat eine Stunde geschlafen und ist jetzt im Café am Futtern. Murray ist immer noch bei ‚Sherman's‘. Und Martinson sitzt da drüben.“ Er wies auf einen Tisch in einiger Entfernung.

Jensen wandte den Kopf. Der bullige Musher hockte mit drei anderen Männern an einem winzigen Tisch voller Biergläser. Ohne zu lächeln, starrte er den Trooper an. Jensen nickte ihm zu. Keine Reaktion. Stattdessen trank Martinson aus, erhob sich, zwängte sich in seinen Parka und marschierte zur Tür.

„Schuller sollte sich beeilen“, bemerkte einer der Männer an der Theke.

„Ich sag Gail Bescheid.“ Eine Frau eilte davon.

„Martinson könnte schneller aus der Stadt raus sein als Harvey und Ellis, obwohl die schon beim Packen sind“, erklärte Holman.

„Dann wird's Zeit, ihn ein wenig unter Druck zu setzen, Cas“, sagte Jensen. „Es gibt keinen Grund, Harvey und Ellis zu beobachten. Du nimmst dir Schuller vor. Phil, du weißt, wo Gail Murray ist. Matt und ich beobachten Martinson. Auf geht's.“

Innerhalb der nächsten Stunde hatten vier Fahrer – und in dieser Reihenfolge – McGrath verlassen: Harvey, Ellis, Schuller und Martinson. Auf der anderen Seite der Landebahn, gleich am Fluss, stießen Jensen, Holman und Caswell zu Becker, der zusah, wie Gail Murray sich zum

Aufbruch fertig machte. Es schien sie nicht zu stören, dass sich zu den übrigen Zuschauern noch die drei Trooper gesellt hatten. Sie lächelte, winkte ihnen zu, löste den Schneeanker und fuhr schräg über den Uferhang auf den vereisten Kuskokwim.

Keiner der Musher hatte ihnen bei seinem Aufbruch einen Hinweis zur Lösung des Rätsels geliefert. Martinson hatte zwar wütend in Jensens Richtung geschaut, aber keinen Ton gesagt. Und Schuller hatte Caswell einfach ignoriert.

„GIBT's was Neues zu Pollitt?"

Sie hatten gefrühstückt. Caswell war schon weg; er wollte sich um das Flugzeug kümmern. Becker stopfte sich im Fortgehen das letzte Stück Speck in den Mund; sein Ziel war der Kontrollpunkt, das Trail-Café, wo er die Neuankömmlinge überprüfen würde. Jensen und Emma leerten gerade ihre Kaffeetassen, als Holman, der schon lange vor Sonnenaufgang draußen gewesen war, hereinkam.

„Pollitt ist aus dem OP heraus. Es geht ihm gut, aber er wird wohl eine ganze Weile nicht trainieren können."

„Ist Solomon gestern Abend noch gestartet?"

„Nein. Er hat hier übernachtet. Und Jessie Arnold, Bomber Cranshaw und Jim Ryan haben eingecheckt. Ich habe Jessie vor einer Stunde am Checkpoint getroffen. Sie sah reichlich mitgenommen und ein bisschen beunruhigt aus, aber das geht bei der Ankunft hier allen so. Sie und Ryan wollten erst mal die Gespanne versorgen."

Doch da klopfte es an die Tür. Sichtlich mitgenommen, stand Jessie vor ihnen. „Hallo." Sie klang erschöpft. „Ich muss mit dir reden, Alex."

Er half ihr, Parka und Stiefel auszuziehen, und führte sie zum Tisch, während Emma Kaffee brachte. „Setz dich, und trink erst mal was Heißes, Jessie."

So, wie sie sich in den Stuhl fallen ließ, schien sie schrecklich müde zu sein. Irgendetwas stimmte nicht. Jensen tauschte einen Blick mit Holman. Beide warteten schweigend, während Jessie den heißen Kaffee schlürfte.

Emma brachte Creme, ein Handtuch und ein feuchtes, heiß dampfendes Gesichtstuch. „Hier, Jessie. Wasch dir Gesicht und Hände. Das wird dir gut tun."

Jessie dankte ihr und presste sich das Tuch ans Gesicht. „Ist das angenehm!" Während sie sich Gesicht und Hände eincremte, warf sie einen Blick auf Jensen. „Mein Revolver ist verschwunden", begann sie. „Kurz vor der Siedlung war ein Elch auf dem Trail. Ich konnte um ihn rumfahren, aber als ich zur Sicherheit meinen Revolver rausholen wollte, war der weg. Bomber hat mit seiner Waffe ein paar Schüsse abgegeben, die den Elch verscheucht haben. Am Checkpoint habe ich meinen Schlitten dann gründlich durchsucht. Der Revolver ist weg."

„Welches Fabrikat?"

„Eine 44er Smith & Wesson."

„Wann hast du die Waffe zuletzt gesehen?"

„Bei meiner Vierundzwanziger in Rohn, gleich nach der Ankunft. Ich habe sie gereinigt und überprüft."

„Das heißt also, sie kann irgendwann im Verlauf der 24 Stunden in Rohn verschwunden sein oder auch danach – bis zu dem Moment, als du auf den Elch getroffen bist. War noch jemand außer Ryan und Cranshaw an deinem Lagerplatz, der gesehen haben könnte, wie du den Revolver gereinigt hast?"

„Schuller hat mit Ryan gesprochen. Martinson brachte Bomber ein paar Leinen zurück, die am Finger Lake unter seine geraten waren. Gail besuchte mich auf einen Schwatz. Keiner hielt sich lange auf. Am nächsten Tag kam praktisch jeder, der seine Vierundzwanziger nahm, mal bei uns vorbei. Wer seine Waffe nicht am Körper trägt, bewahrt sie normalerweise in der kleinen Schlittentasche unter dem Lenker auf. Da würde man als Erstes nachsehen."

„Hast du was zu Cranshaw oder Ryan gesagt?"

„Nein. Ich habe Angst, Alex. Ich habe den Revolver nicht verloren."

„Deine Angst ist berechtigt. War im Farewell Burn jemand an deiner Ausrüstung?"

„Jim und Bomber. Aber mit meiner Erlaubnis. Außerdem war ich in der Nähe. Wir haben mehrmals gerastet, zweimal mit anderen Fahrern. Ich kann nicht ständig alles im Auge behalten. In Nikolai waren wir alle drei zur selben Zeit im Blockhaus, aber unsere Gespanne waren an einer Stelle angepflockt, wo sie jeder sehen konnte."

„Und wo jeder zugreifen konnte. Inklusive Ryan und Cranshaw."

„Stimmt."

Jensen blickte Holman an. „Haben Sie eine Waffe, die Sie Jessie borgen können? Wenn sie sich hier im Ort eine kauft, wird derjenige, der ihre hat, es bestimmt erfahren."

Holman stand auf und verließ das Zimmer. Mit einer Schrotflinte und einem Revolver, der im Holster steckte, kam er zurück. „Such dir eine aus, Jessie."

Die Flinte wollte sie nicht. „Wenn ich die vom fahrenden Schlitten abfeuere, könnte ich die Hunde treffen. Ich nehme den Revolver. Danke, Matt."

„Fährst du mit den beiden weiter?"

„Weiter fahre ich schon. Aber mit den beiden? Kommt drauf an."

„Wenn ja, sollten wir uns als Nächstes mal die Schlitten von Cranshaw und Ryan vornehmen. Was meinen Sie, Alex?"

„Scheint angebracht."

„Aber sollen sie denn wissen, dass mein Revolver weg ist? Sollte das überhaupt jemand wissen?", gab Jessie zu bedenken.

„Wenn wir alle Schlitten kurz vor dem Start durchsuchen, fällt es am wenigsten auf", schlug Holman vor. „Wir müssen ja nicht verraten, wonach wir suchen."

„Gute Idee", stimmte Jensen zu. „Wann brichst du auf, Jessie?"

Sie sah auf die Uhr an der Wand. „In knapp drei Stunden."

„Dann ruh dich lieber aus. Emma, haben Sie was dagegen, wenn Jessie solange hier bleibt?"

„Nein, natürlich nicht. Komm mit, Jessie. Willst du duschen?"

„Ja, gern, aber ich schlafe lieber erst eine Runde und nutze die Dusche zum Wachwerden. Meine sauberen Sachen sind alle auf dem Schlitten."

„Ich hol sie dir", bot Jensen an. „Wo steht er?"

Sie beschrieb es ihm. „Im Schlittensack ist ein roter Beutel. Jane Thompson, eine Freundin von mir, bewacht meinen Schlitten. Du zeigst ihr besser deinen Sheriffstern."

Als er sich zur Tür wandte, stand Holman auf. „Ich komme mit. Ich muss mit dem Zeitnehmer reden."

ALS JENSEN zurückkam, saß Jessie in Emmas Bademantel am Ofen und fuhr sich mit den Fingern durchs Haar, um es zu trocknen. Er stellte den roten Beutel auf den Fußboden und sah von oben auf ihren Nacken. Er musste sich zusammenreißen, um seine Hand nicht auf ihre feuchten Locken zu legen. „Wo ist Emma?"

„Im Laden, Munition kaufen."

Er schaute auf sie hinunter und schwieg. Er wollte sie an sich drücken, ihr sagen, dass er sie da draußen nicht mit einem Verrückten allein lassen wollte und ihm das eine Heidenangst machte. Auf einmal war er wütend auf sich selbst. Warum sagte er nichts? Warum konnte er seine Gefühle nicht zeigen?

Schließlich fiel ihr sein Schweigen auf, und sie sah zu ihm auf. Er wollte sich abwenden, ließ sie dann aber doch sehen, wie verwirrt er war. Sie stand auf, lag plötzlich in seinen Armen. Sie hob das Gesicht, ihre Lippen suchten und fanden sich.

Danach versteckte sie das Gesicht an seiner Schulter und lachte. „So, jetzt weiß ich es."

„Was weißt du jetzt?"

„Na ja, dein Schnurrbart. Ganz nett, aber er kitzelt."

„Dann rasiere ich ihn ab."

„Auf keinen Fall. Mir gefällt er."

Sie küsste ihn wieder, aber er runzelte die Stirn. „Ich habe nachgedacht. Wir müssen miteinander reden."

„O Alex, das geht nicht. Ich muss mich anziehen und zu meinem Gespann. Ich habe noch eine Menge zu tun, bevor wir aufbrechen."

„Aber darum geht es ja. Ich will nicht, dass du weitermachst. Das sind keine zufälligen Ereignisse. Die ‚Unfälle' sind, bis zu ihrem tödlichen Ende, genau geplant. Aber der Täter hat ein paar Fehler gemacht. Doch noch haben wir ihn nicht. Dass er deine Waffe geklaut hat, könnte heißen, dass du sein nächstes Opfer bist. Aber wenn du aussteigst, bist du für ihn uninteressant. Bitte, Jessie!"

Sie funkelte ihn an. „Niemand macht mir beim Rennen Vorschriften. So ist das nun mal."

„So ist das eben *nicht*! Da draußen könnte was schief gehen, und ich kann dich nicht schützen. Verdammt, du bedeutest mir etwas! Es ist doch nur ein Rennen."

Sie schaute ihn an, schmallippig, bleich. „Ich muss dir etwas erklären. Ich weiß, wie es für dich aussieht, Alex, und ich will wirklich kein Dickkopf sein. Die Sache macht mir selbst schreckliche Angst. Aber ich kann nicht einfach aussteigen, nur weil ich mich fürchte. Wie du weißt, ist dies mein fünftes Iditarod-Rennen. Du verstehst nicht, was das heißt. Es bedeutet, dass ich in diesen fünf Jahren Hunde gezüchtet, aufgezogen und trainiert habe – nur auf das jeweilige Rennen hin. Letztes Jahr hatte ich schon ein gutes Gespann, aber mein jetziges ist das beste, das ich je hatte. Ich bring's nicht fertig, solche Qualität in den Wind zu schießen, Alex. Die vergangenen fünf Jahre habe ich nur auf die Rennen hin gelebt. Das kann ich nicht ausradieren. Ich kann's einfach nicht." Sie ergriff seine Hände. „Du willst doch den erwischen, der für den Tod von George, Ginny und Steve verantwortlich ist?"

„Natürlich."

„Was würdest du tun, wenn jemand dich bitten würde, deine Nachforschungen einzustellen, weil du in Gefahr geraten könntest?"

„Das würde keiner tun. Es ist mein Job."

„Und wenn *ich* dich bitten würde?"

„Ich müsste es ignorieren und würde weitermachen. Risiken gehören nun mal zu meiner Arbeit. Ich wusste das, als ich mich dafür entschied, Trooper zu werden."

„Magst du deine Arbeit?"

„Es gibt Dinge, die ich hasse. Dass Menschen umgebracht werden, zum Beispiel, und die Leute, die so was tun. Aber einen Fall zu lösen, meine Fähigkeiten dafür einzusetzen, finde ich schön."

„Mir geht es genauso. Ich liebe meine Arbeit, und ich bin qualifiziert. Darum kann ich deinen Wunsch, so verständlich ich ihn auch finde, nicht erfüllen. Ich muss weitermachen. Dieses Rennen ist für mich sehr wichtig. Verstehst du das?"

Er sah ein, dass sie Recht hatte. Er stand auf und drückte sie fest an sich. „Ich verstehe, was du meinst. Mir gefällt es nicht, aber ich sehe es ein. Versprich mir nur, nicht leichtsinnig zu sein. Okay?"

Die Tür ging auf, und Emma Holman kam herein. Sie lächelte. „Die anderen sind gleich hinter mir, wenn's euch was ausmacht."

Das tat es eigentlich nicht, das spürte Jensen, auch wenn sie auseinander fuhren, als Becker und Caswell über die Schwelle traten.

10

Jensen verstaute seine Sachen im Flugzeug und warf einen Blick zum Supermarkt, wo Becker gerade Lebensmittel einkaufte.

„Du siehst sehr nachdenklich aus", bemerkte Caswell.

„Wie schätzt du Holmans Informationen über die Musher ein?"

„Ich kann seine Bedenken verstehen, aber ein wenig mehr hätte ich schon erwartet. Dann könnten wir sicher ein paar Namen streichen."

Jensen nickte. „Stellen wir doch selbst eine Liste zusammen. Wichtigstes Kriterium ist das Motiv. Eine Gelegenheit, die Taten zu begehen, hatten sie alle."

Caswell schlug seinen Notizblock auf. „Schieß los."

„Zuerst Martinson, dann Cranshaw, dann Ryan, danach Schuller. Martinson steht, glaube ich, nahe am Abgrund. Dass er seine Zucht verlieren könnte, ist ein gutes Motiv. Das große Geld wird er nur machen, wenn er siegt oder einer der Ersten ist. Die Todesfälle scheinen ihn nicht berührt zu haben. Irgendetwas verbirgt er vor uns. Für mich steht er immer noch auf Platz eins, nicht weit vor Bomber Cranshaw."

„Was könnte dessen Motiv sein?"

„Holman sagte, er habe Sponsoren verloren. Wenn er schlecht abschneidet, verliert er vielleicht noch die anderen. Cranshaw ist ein Egoist, jähzornig und vergisst keine Kränkung. Er ist dagegen, dass Frauen an Rennen teilnehmen, zeigt es aber nicht offen. Jessie sagte, er würde um Koptak trauern, aber das ist so eine Sache. Auf der Thermosflasche standen die Initialen G. K., George Koptak, aber der Mörder hat vielleicht gedacht, sie gehöre Ginny Kline. In Skwentna hatte sie die Thermosflasche zusammen mit ihrer eigenen gefüllt. Wenn Cranshaw also die falsche Person umgebracht hat, sollte ihn das schon erschüttern."

„Was ist mit Ryan und seiner Tierarztvergangenheit?"

„Von einem Motiv kann man bei ihm nicht sprechen, aber sein Kontakt mit der Sportmedizin wäre die perfekte Tarnung. Außerdem wissen wir kaum etwas über ihn."

Caswell zog ein Buch aus der Tasche. „Das ist die Presse-Info, die sie jedes Jahr rausbringen." Er blätterte darin und las dann vor: „‚Jim Ryan, Tierarzt aus North Pole, Alaska. Aufgewachsen in Minnesota, wo er begann, Schlittenhunde zu züchten und zu trainieren und an Rennen teilzunehmen. Arbeitete 1983 bis 1986 freiwillig als Tierarzt an verschiedenen Checkpoints. Der stille 38-Jährige ist heute Sportmediziner. Hobbys: mit seiner Freundin zusammen sein, Countrymusic hören und reisen.' Klingt ganz normal, Alex."

„Ja, und Jessie vertraut ihm. Aber er bleibt auf Platz drei, und wir warten erst mal ab. Schuller und Murray stehen wegen des verdammten Plastikröhrchens auf der Liste. Doch bei Murray ist kein Motiv in Sicht. Aber Schuller ist aus Rohn abgehauen, ohne mir Bescheid zu sagen. Außerdem hat er das Ding gefunden. Wir streichen alle, die nicht aus Alaska stammen – Ellis, Johnson, Talburgen. Pete, Pilch, Grasle und Harvey haben kein Motiv. Und Jessie auch nicht."

„Bleiben Banks und Solomon. Habe ich gestrichen. Und Pollitt ist eh raus. Also Martinson, Cranshaw, Ryan und Schuller."

„Über die will ich von jetzt an alles wissen. Wo und mit wem sie zusammen sind, wann sie essen und wann sie schlafen. Ich will jede Information, die Anchorage liefern kann."

Becker stürmte heran und warf eine Tüte Lebensmittel ins Flugzeug.

„Womöglich gibt es ein Problem. Holman sagt, Bomber Cranshaw sei gerade eben in fürchterlicher Eile aufgebrochen."

„Allein?"

„Ja. Holman hat Cranshaws Schlitten durchsucht, aber Jessies Revolver ist nicht aufgetaucht. Nur Bombers eigene Waffe, und das ist keine 44er. Er behauptete, er hätte kurz vor McGrath zwei Schüsse abgefeuert, um einen Elch zu verscheuchen."

„Das stimmt. Ist Ryan bei Jessie?"

„Ja. Du solltest mit ihnen reden. Irgendwas ist da passiert."

Sie fanden die beiden jenseits der Landebahn; sie waren mit Packen fast fertig.

„Was ist los? Becker sagt, Cranshaw sei gestartet, ohne auf euch zu warten?"

„Ja", bestätigte Jessie. „Er ist allein los, weil er furchtbar wütend auf mich war. Als er seine Hunde zu unserem Lagerplatz zurückbrachte, war er schon geladen. Der Zeitnehmer hatte ihm die Durchsuchung angekündigt, und das passte ihm nicht."

„Was meinst du mit ‚als er seine Hunde zurückbrachte? Hat er nicht mit euch kampiert?"

„Nein. Er wohnt doch hier. Als wir eingecheckt hatten, ist er zu seinem Haus gefahren."

„Warum seid ihr nicht mitgegangen?"

„Er hat zwar gefragt, ob wir mitkommen wollten, aber er schien nicht sehr erpicht darauf, und wir hatten eigentlich auch keine Lust. Seit Rohn hat sich Bomber nämlich nur idiotisch aufgeführt."

„Und als er zurückkam?"

„Er war wütend. Er ist herumgestapft und hat sich beklagt, dass wir noch nicht fertig seien. Dabei war es noch längst nicht die verabredete Zeit. Er hat auf die Schlittendurchsuchung geschimpft, bis mir schließlich der Kragen geplatzt ist. Dann ist er ausgerastet. Er hat mir vorgeworfen, ich hätte dir erzählt, ich hielte ihn oder Jim für den Täter. Ich habe gesagt, das würde nicht stimmen. Als Jim meine Partei ergriff, hat das Bomber nur noch mehr gereizt. Und dann sagte er, ich hätte meine Kanone verloren und ich dumme Kuh würde mich nur nicht daran erinnern. Mit zwei solchen Idioten wolle er nicht weiterfahren. Dann brauste er auf und davon."

„Wie hat eigentlich Ryan reagiert, als er erfuhr, dass du mit mir gesprochen hast?"

„Völlig okay. Ich habe ihm gesagt, dass ich ihn nicht verdächtige.

Nachdem Bomber weg war, stellte er ein paar Fragen, die Durchsuchung hielt er für eine gute Idee. Er machte sich Sorgen wegen meiner verschwundenen Waffe."

„Was wirst du jetzt tun, Jessie?"

„Weiterfahren natürlich. Und daher muss ich jetzt auch los."

„Dann gib dein Bestes."

Sie lächelte. „Komm, Ryan!", rief sie. „Lass uns abhauen."

Als die beiden Schlitten hinter der Uferkante verschwunden waren, wandte sich Jensen zu Becker. „Wo ist Holman? Ich will mir Cranshaws Haus ansehen."

WÄHREND Jessie Richtung Takotna und Ophir hinter Ryan herpreschte, hob sich ihre Stimmung. Das leise Zischen der Kufen und der elastische Schwung, mit dem der Schlitten den Windungen des Trails folgte, wirkten beruhigend. Nach einer Weile fiel jede Angst von ihr ab. Ryan drehte sich um und winkte ihr zu, als er das Ufer eines schmalen Flüsschens ansteuerte und um eine Biegung verschwand. Nach der langen Rast strotzten die Hunde nur so vor Energie.

Ein paar Kilometer hinter McGrath mussten sich die Gespanne durch ein Labyrinth von vereisten Wasserläufen und Baumgruppen hindurchkämpfen, die die Flussniederung füllten.

Hinter der Biegung traf Jessie auf Ryan, der Halt gemacht hatte. „Ich muss einen Hund auswechseln!", rief er ihr entgegen. „Fahr weiter, ich hol dich später wieder ein!"

Ohne anzuhalten, fuhr sie an ihm vorbei den schrägen Uferhang hinauf. Am Wassersaum standen die Weiden besonders dicht. Einen knappen Kilometer weiter vernahm Jessie undeutlich das ferne Kreischen eines Schneemobils, das stetig zunahm. Sie blickte zurück, aber Ryan war noch nicht in Sicht.

Plötzlich wurde Tank, der Leithund, langsamer, stellte die Ohren auf und blieb schließlich ganz stehen. Verdammtes Schneemobil! dachte Jessie. Die sollten doch wissen, dass man beim Rennen den Trail nicht gegen die Fahrtrichtung benutzt. Tank fing an zu bellen, und bevor sie reagieren konnte, trottete von rechts zwischen den Weiden ein Elch auf den Trail, direkt vor die Hunde. Es war ein riesiger Bulle, über 800 Kilo geballte Dickköpfigkeit. Mitten auf dem Trail blieb er stehen, nur sechs Meter von den Hunden entfernt, die jetzt allesamt hysterisch bellten und vorwärts drängten.

Blitzschnell rammte Jessie den Schneeanker in den Boden. „Tank!

Halt die Schnauze! Ruhe!“, brüllte sie, aber keines der Tiere gehorchte. Grunzend begutachtete der Elch die Szenerie, bevor er erbosten Blicks mit scharfem Huf den Schnee aufriss und den Kopf senkte. Dann griff er die Hunde ohne weitere Warnung an.

Jessie hörte sie jaulen, als der mächtige Bulle auskeilend mitten durchs Gespann jagte. Mitsamt dem Schlitten warf sie sich nach rechts, außerhalb der Reichweite der messerscharfen Hufe. Der Elch stürmte vorüber, wobei sich ein Huf direkt neben Jessies Schulter in den Schnee grub. Sie rollte sich auf die Knie, riss Holmans Revolver aus dem Holster, stützte sich mit beiden Armen auf einer Strebe ab und zielte. Aber der Elch griff nicht wieder an, sondern verschwand in Richtung McGrath. Und das Schneemobil schien nach Südwesten abgedreht zu haben, das Geräusch wurde leiser.

Mit klopfendem Herzen sank Jessie zurück in den Schnee. Sobald sie sich gefasst hatte, stand sie, den Revolver in der Hand, mühsam auf und machte sich daran, den Schaden zu begutachten.

Das Gebell hatte aufgehört, aber sie hörte die Huskys jaulen, als sie zu dem Knäuel aus Leinen und Hunden kam. Tank hatte den Elch fast bis zum Schlitten zurückverfolgt, dabei die anderen Tiere mitgeschleift und so das ganze Durcheinander bewirkt. Verletzt lagen zwei Huskys im Schnee, einer leckte sich die abgeschürfte Flanke, der andere einen Schnitt in einem Vorderbein.

Jessie steckte die Waffe wieder ein und kniete sich hin, um sich die Verletzungen anzusehen. Zum Glück nichts Ernsthaftes. Sie entwirrte die Leinen und betastete mit erfahrenen Fingern jeden einzelnen Hund. Erleichtert stellte sie fest, dass weder Knochenbrüche noch andere Schäden zu beklagen waren. Wenn sie die Wunden versorgte, würden alle weiterrennen können. Hätte der Elch sich auf einen Kampf eingelassen, sähe die Sache allerdings anders aus. Die angeschirrten Hunde hätten sich weder verteidigen noch flüchten können.

Wenn Tiefschnee den Elchen den Zugang zu den Weidenzweigen verwehrt, werden sie aggressiv. Ein hungernder Elch ist bösartig und gefährlich. Jessie konnte ihr Glück kaum fassen. Warum war der Bulle nicht zurückgekommen?

Als sie Heilsalbe aus dem Schlittensack holte, hörte sie in der Ferne wieder das Schneemobil. Das Geräusch verebbte nach Norden und erstarb erst, als die Maschine abgestellt wurde.

Hoffentlich war der Elch nicht in Ryans Gespann hineingerast. Wo war Ryan überhaupt? Er hätte sie längst einholen müssen. Sorgsam behandelte Jessie alle Abschürfungen und Schnittwunden der Hunde mit Salbe und überprüfte jede Schnalle im Geschirr. Kein Ryan in Sicht. Sollte sie umkehren und nachsehen? Aber hier war es zu eng zum Wenden. Also vorwärts bis zu einer geeigneten Stelle.

Zwei Biegungen weiter gabelte sich der Trail. Eine Wendemöglichkeit. Beim Näherkommen entdeckte Jessie, dass die rosafarbene Markierung fehlte, die anzeigte, welcher Weg zu nehmen war. Seltsam, aber sie wollte ja eh umkehren. „Komm, Tank, wir machen kehrt!“ In ihren eigenen Spuren fuhr sie zurück.

Nach einem halben Kilometer merkte sie, dass weitere Markierungen fehlten. Sie konnte sich nur an ihren eigenen Spuren orientieren, und das hieß: langsam fahren und hoffen, dass Tanks gute Nase sie aus diesem Chaos herausführen würde. Aber wo war Ryan?

CRANSHAWS Blockhaus befand sich ungefähr einen Kilometer nördlich von McGrath in einem dünn bewaldeten Gebiet, außer Sicht- und Hörweite der Nachbarn. An der unverschlossenen Tür hing ein Schild: MACHT ES EUCH GEMÜTLICH, ABER HINTERLASST DIE BUDE, WIE IHR SIE VORGEFUNDEN HABT. Sie durchsuchten den großen Raum gründlich, entdeckten aber nichts von Bedeutung. Eine Notiz auf dem Tisch – *Jim, sieh zu, dass sie genug Wasser bekommen. Danke, B.* – war an den Mann gerichtet, der Cranshaws restliche Hunde versorgte, die in Hütten hinter dem Blockhaus untergebracht waren. Ihr Gebell hatte die vier Männer bei ihrer Ankunft begrüßt. Der Ofen war noch nicht ganz abgekühlt, und ein mäßig sauberer Kochtopf samt Napf und Löffel stand auf dem Tisch.

Zwei Regale eines grob gezimmerten Bücherbords waren mit zerlesenen *Playboy*-Heften gefüllt. In einer Kommode entdeckte Caswell eine Plastiktüte mit mehreren Joints und unverpacktes Marihuana; weniger als die erlaubte Menge. Ein nicht geladenes Schrotgewehr hing neben der Tür an der Wand.

Durch den Vorratsschuppen gingen sie nach draußen. Dort standen Benzin- und Ölkanister und ein weiterer Kanister mit Kerosin. Auf einem Bord lag Werkzeug, und an der Außenwand waren Holzscheite aufgeschichtet. Vor dem Schuppen waren die Fahrspuren eines Schneemobils erkennbar.

„Vielleicht hat er es verliehen oder in der Stadt stehen lassen“, vermutete Holman. „Vielleicht benutzt Jim Miller es, um die Hunde hier zu versorgen.“

Alles in allem brachte die Durchsuchung keine Ergebnisse. Weder fanden sie Jessies Revolver noch irgendwelche Drogen. Sie schlossen die Tür und machten sich auf den Weg zurück zum Kontrollpunkt, wo inzwischen ständig neue Musher eintrafen, die aus dem Farewell Burn kamen.

„Ich muss weiterfliegen", sagte Holman. „Sie auch?"

„Ja, aber erst muss ich telefonieren", antwortete Jensen. „Sehen wir uns noch mal irgendwo vor dem Ziel?"

„Ich will möglichst nah an Nome heran. Die Zeitnehmer wissen, wo ich zu erreichen bin. Ich werde Miller nach dem Schneemobil fragen."

„Danke, Matt. Bis dann."

Sie sahen ihm nach, wie er davoneilte, um die zweite Hälfte des Rennens zu organisieren. „Mach den Vogel startklar", trug Jensen Caswell dann auf. „Ich telefoniere derweil."

Im Handumdrehen war er wieder zurück und sprudelte los, noch ehe er im Flugzeug saß. „Martinson wurde letztes Jahr in Wasilla verhaftet, einen Monat nach dem Rennen. Er hatte bei einer Kneipenschlägerei einem anderen den Kiefer gebrochen. Da der aber zugab, die Prügelei angefangen zu haben, wurde Martinson wieder freigelassen. Und jetzt hört euch das an: Man hat es vertuscht, aber Ryan war in Fairbanks in einen bösen Fall verwickelt. Ein Kerl hatte Anabolika an Schüler und Studenten verhökert und behauptet, Ryan hätte ihn mit dem Zeug beliefert. Ryan dagegen sagte aus, er hätte es ausdrücklich für die Hunde des Mannes verschrieben und doch nicht ahnen können, dass dieser die Medikamente weiterverkaufen würde. Es war schwierig, Ryan etwas nachzuweisen, und die staatliche Zulassungsstelle zog in Minnesota Erkundigungen ein. Bevor er nach Alaska übersiedelte, war er für kurze Zeit in beiden Staaten als Tiermediziner zugelassen. In Minnesota wurde ihm 1984 wegen Missbrauchs bei der Verschreibung von Medikamenten die Approbation entzogen. Und das i-Tüpfelchen: Steve Smith, der Musher, der hier von seinen Hunden getötet wurde, war der Zeuge, der den Dealer damals vor Gericht brachte. Sein Sohn ist Bodybuilder."

Caswell stieß einen Pfiff aus. „Das sieht für Ryan nicht gut aus."

„Da hast du Recht. Reden wir mit ihm. Sofort."

AUF DEM Flug nach Takotna blickten sie auf die Schleifen und Windungen des Flusses, der sich durch die sanften Hügel nach Norden auf Ophir zuschlängelte. Verglichen mit der Quälerei auf dem Farewell Burn war dies ein gutes Terrain für Musher. Von ihren Schlitten aus konnten sie über Kilometer auf die Strecke zurückblicken, die hinter ihnen lag.

War der Trail seit Nikolai vorwiegend nach Nordwesten verlaufen, so bog er hinter Ophir nach Südwesten ins alte Gold Country ab, wo immer noch in bescheidenem Rahmen Gold abgebaut wurde.

Caswell flog extrem tief, damit sie nach Mushern Ausschau halten konnten. Auf halber Strecke zwischen McGrath und Takotna entdeckte Jensen einen einzelnen Fahrer. Jessie konnte es nicht sein, sie fuhr ja mit Ryan. Als das Gespann aus ihrem Blickfeld verschwand, sprach Caswell ins Mikro: „Setz den Kopfhörer auf, Alex. Holman will was von dir."

„Alex, wir haben einen Notfall. Eben hat Jessie Jim Ryan auf ihrem Schlitten nach Takotna gebracht. Ein Elch hat beide Gespanne überrannt, und Ryans Hunde hat es dabei böse erwischt. Drei sind tot, vier verletzt. Er selbst hat auch was abgekriegt, eine Platzwunde am Kopf und ein paar gebrochene Rippen. Er ist noch im Checkpoint. Bewusstlos. Wir haben in McGrath einen Flieger samt Notarzt angefordert, um ihn nach Anchorage zu transportieren, aber eine halbe Stunde wird das noch dauern. Können Sie hinkommen?"

„Natürlich. Wie geht's Jessie?"

„Gut. Aber sie glaubt, dass jemand den Elch mit Hilfe eines Schneemobils auf sie gehetzt hat."

„Wir sind gleich da." Jensen blickte zu Caswell, der bestätigend nickte. „Haben Sie was über die Zeiten in Takotna und Ophir herausgefunden, Matt?"

„Ja. Harvey, Ellis, Schuller und Martinson sind heute früh zwischen drei und fünf durch Takotna gekommen. Von denen haben dann Ellis, Schuller und Harvey zwischen sieben und zehn Ophir erreicht. Sie sind noch da, nur Martinson ist noch nicht aufgetaucht. Cranshaw hat Takotna passiert, zehn Minuten bevor Jessie mit Ryan eintraf."

„Aber er ist doch eine Stunde vor ihnen aufgebrochen. Und Martinson ist überfällig ... für wie viele Kilometer?"

„61."

Jensen überlegte und rechnete im Stillen. „Was Neues über Cranshaws Schneemobil?"

„Jim Miller sagt, es sei verschwunden. Er hat es gestern benutzt, um die Hunde zu füttern, und es anschließend zu sich nach Hause gefahren. Heute Morgen war es nicht mehr da."

„Wäre es möglich ...?", begann Jensen.

„Ein Schneemobil zu klauen, damit ein Stück zurückzufahren, den Elch auf Jessies Gespann zu hetzen, wieder kehrtzumachen und unter Umgehung von Takotna nach Ophir zu fahren?", vollendete Holman die Frage. „Na ja, mit Ach und Krach. Das Risiko, von irgendwem gesehen zu werden, wäre aber ziemlich groß."

„Cranshaws Schneemobil hat niemand gesehen?"

„Niemand. Aber Schneemobile gibt es in Alaska massenhaft, und sie werden immer und überall gemopst. Jugendliche gehen damit gern auf Spritztour."

„Wie lange wird die Spitzengruppe in Ophir bleiben?"

„Nicht lange. Wenn Sie gelandet sind, werden die ersten drei schon wieder fort sein."

„Wir könnten Martinson abpassen. Ich möchte wissen, wo er gewesen ist. Das wär's, Matt."

FÜR RYAN war das Rennen gelaufen. Der Musher lag nicht im Koma, dämmerte aber immer wieder in die Bewusstlosigkeit hinüber. Der Elch hatte ihn mit einem Huf hinterm Ohr erwischt und ihm eine zehn Zentimeter lange Platzwunde beigebracht. Jensen war sicher, dass eine Gehirnerschütterung vorlag. Ryan atmete normal, die gebrochenen Rippen hatten die Lunge nicht verletzt. Sie verbanden die Wunde und legten ihm einen improvisierten Eisbeutel auf den Kopf, überwachten Puls und Atmung und warteten auf den Notarzt, der im Laufe der nächsten halben Stunde eintraf.

Er untersuchte Ryan schnell und gründlich und setzte ihm eine Infusion, bevor sie ihn aus dem Blockhaus trugen. Nach nicht einmal zehn Minuten war das Flugzeug schon wieder in der Luft, mit Kurs Süden.

Der Tierarzt des Checkpoints und Becker hatten sich mit einem Schneemobil zur Unfallstelle aufgemacht; der leere Lastschlitten im Schlepptau sollte Ryans Ausrüstung samt seinen Hunden zurückbringen. Becker würde das Gelände außerdem auf Spuren absuchen.

Im verwaisten Checkpoint stand Jessie neben Jensen und sah zu, wie das Flugzeug am Horizont verschwand. Getrocknetes Blut bedeckte ihre Hände und ihren Parka, und ein Striemen zog sich über ihre Wange.

Jensen legte seinen Arm um ihre Schultern. „Komm, wir machen dich sauber und reden dann drüber."

„Der Schall pflanzt sich hier über weite Entfernungen fort", erklärte Jessie ein paar Minuten später, als sie mit Caswell zusammensaßen und den Vorfall diskutierten. „Ich hörte das Motorengeräusch, bevor der Elch mein Gespann überrannte. Eigentlich rechnete ich mit einem Schneemobil, als der Elch durchs Gebüsch brach. Dann verlor sich das Geräusch nach Südwesten. Als ich mich um meine verletzten Hunde kümmerte, hörte ich es von neuem, diesmal wurde es in Richtung Norden schwächer, bis es plötzlich abbrach." Dann berichtete sie von den verschwundenen Markierungen und davon, wie Tank das Gespann auf den Trail zurückgeführt und sie Ryan und seine verletzten Tiere entdeckt, ihn mühevoll auf ihren Schlitten gehievt und nach Takotna gebracht hatte.

„Er ist nicht so schlimm dran, wie es auf den ersten Blick aussieht", tröstete Jensen sie. „Er wird's schon schaffen."

„Weißt du, was ich glaube?", fragte Jessie langsam. „Jemand hat die Markierungen entfernt, um mich vom Trail zu locken. Dann hat er den Elch auf uns gehetzt."

„Hast du nach deinem Aufbruch von McGrath sonst wen gesehen? Vom Flugzeug aus haben wir jemanden beobachtet, weit hinter dir."

„Wahrscheinlich Mike Solomon. Er wollte nach mir aufbrechen."

Draußen begannen ihre Hunde zu bellen, und wie auf das Stichwort hin fuhr Solomon vor dem Blockhaus vor.

„Prima." Jessie stand auf. „Dann kann ich mit ihm fahren." Sie ging vor die Tür. „Mike, hast du einen Moment Zeit?"

OPHIR ist eine Geisterstadt. Mindestens zwei der verlassenen Blockhäuser haben einst als Rasthaus gedient, aber die meisten Gebäude wurden zerlegt, weil ihr Baumaterial in dieser Gegend, wo die Bäume langsam wachsen und der Dauerfrost die Wuchshöhe beschränkt, eine Rarität darstellt.

Die Trooper zogen es vor, mit der Maschine auf dem zugefrorenen Fluss niederzugehen und nicht auf der Landebahn, die gut drei Kilometer von Ophir entfernt liegt.

Das nicht eben große Blockhaus des Checkpoints war aber immer noch bewohnbar. Ein Ehepaar aus McGrath betrieb es während des Rennens als Schutzhütte. Davor rastete nur ein einziges Gespann. Als die Trooper sich gerade vergewisserten, dass Hunde und Schlitten Martinson gehörten, kam der Zeitnehmer vor die Tür.

„Wo ist er?", fragte Jensen und deutete auf den Schlitten.

„Schläft drinnen."

„Wann hat er eingecheckt?"

„Vor zwei Stunden. Ellis fuhr gerade los, als Martinson eintraf. Er hätte sich verfahren, hat er gesagt."

„Das stimmt auch. Ich hab mich verfahren", erklang eine trotzige Stimme von der Tür herüber. Martinson zog sich seinen Parka über und baute sich vor Jensen und Becker auf. „Weswegen gehen Sie mir denn jetzt schon wieder an die Gurgel?“

„Wir wollen wissen, wo Sie gewesen sind und warum Sie so lange unterwegs waren. Ist Ihnen bekannt, dass Jim Ryans Gespann kurz hinter Takotna von einem Elch überrannt wurde?“

„Ja. Bob hat's mir erzählt. Und was hat das mit mir zu tun?“

„Wahrscheinlich hat jemand den Elch bewusst aufgescheucht und auf Ryan gehetzt.“

„Wenn das so war, ich hab's nicht getan. Ich war nicht einmal in der Nähe. Sie können nachprüfen, wann ich durch Takotna gekommen bin. Zwischen dort und Ophir habe ich zwei Stunden vergeudet, weil ich in die falsche Richtung gefahren bin. Diese verdammten Schneemobilspuren! Ich habe Rast gemacht und die Hunde gefüttert, bevor ich weiter nach Ophir bin.“

„Nach unserer Berechnung hätten Sie es zeitlich gerade schaffen können, zu der Stelle zu fahren, wo Ryan attackiert wurde, und dann unter Umgehung von Takotna Ophir zu erreichen.“

„Habe ich aber nicht getan. Sehen diese Hunde aus, als hätten sie eine Menge zusätzlicher Kilometer hinter sich?“

Jensen beschloss, ihm nichts von dem Schneemobil zu erzählen. „Ist Ihnen jemand begegnet, als Sie sich verfahren hatten oder auf Ihrem Weg hierher?“

„Keine Menschenseele.“

„Aber beweisen können Sie nicht, wo Sie waren.“

„Nein. Nur habe ich meine Zeit bestimmt nicht damit vergeudet zurückzufahren.“

„Darf ich mir noch einmal Ihren Schlitten ansehen?“

„Dürfen Sie das ohne meine Zustimmung?“

„Nein“, erwiderte Jensen knapp. Er hatte Martinsons zänkische Art gründlich satt. „Wir könnten allerdings den Zeitnehmer damit beauftragen. Es wäre zu Ihrem Nutzen, wenn Sie einwilligten, und zu Ihrem Schaden, wenn nicht.“

Nur zögernd gab der Musher seinen Widerstand auf. Sie durchsuchten den Schlitten, konnten aber nichts entdecken. Martinson hatte keinen Revolver, nur ein Gewehr, das im Futteral in seinem Schlittensack lag.

„Also? Was gefunden?“, knurrte Martinson.

„Nichts, was darauf hinweist, dass Sie was mit der Geschichte zu tun haben“, antwortete Jensen. „Aber auch keinen Unschuldsbeweis. Ich habe Sie noch nicht von meiner Liste gestrichen. Mit etwas mehr

Bereitschaft zur Zusammenarbeit kämen Sie bei mir gut an. Denken Sie drüber nach."

Der Musher wandte sich an den Zeitnehmer. „Ich mache mich auf den Weg, Bob. Hier finde ich keine Ruhe. Ich werde ein Stück weiter Rast machen."

Der Zeitnehmer wartete Jensens Nicken ab, bevor er zustimmte. Zehn Minuten später zeugten nur noch die Schlittenspuren auf dem Trail von Martinsons Existenz.

FRÜHER als erwartet, traf zwei Stunden später Bomber Cranshaw in Ophir ein. Während der Zeitnehmer der üblichen Routine folgte, beobachtete Jensen, wie Bomber verstohlen zu ihnen herübersah. Kaum war der Check vorbei, kam er zu den Troopern herübermarschiert. „Bob sagt, Jim Ryan hatte einen Unfall mit einem Elch?"

„Ja. Er ist gerade auf dem Weg nach Anchorage ins Krankenhaus. Er hat eine Kopfverletzung und Rippenbrüche."

„Ist mit Jessie alles okay? Macht sie weiter?" Bombers Ton war neutral, aber Jensen spürte seine Anspannung.

„Ihr geht's gut. Sie fährt jetzt mit Mike Solomon."

„Gut. Sehr gut." Er wandte sich ab. „Ich muss die Viecher füttern."

„Einen Augenblick, Mr. Cranshaw. Wir haben noch ein paar Fragen. Sie haben bis Takotna fast eine Stunde verloren und sind dann bis hierher durchgebrettert. Was haben Sie in der Stunde gemacht?"

„Ich habe zweimal gerastet."

„Ist Ihnen bekannt, dass Ihr Schneemobil in McGrath verschwunden ist?"

„Ich habe es Jim Miller ausgeliehen, der meine Hunde versorgt. Er hat es."

„Miller sagt, das Schneemobil war verschwunden, als er heute Morgen aufgestanden ist. Er fährt mit seinem eigenen."

Cranshaw blickte auf. „Gottverdammich! Diese verfluchten Halbstarken!"

„Wir gehen davon aus, dass jemand den Elch mit einem Schneemobil auf Jessie und Ryan gehetzt hat."

„Und Sie denken, dass ich das in dieser einen Stunde war, für die ich Ihrer Meinung nach keinen Beleg habe? Warum denn? Es sind doch meine Freunde."

„Aber heute Morgen waren Sie sauer auf die beiden und sind ohne sie aufgebrochen."

Cranshaws Gesichtszüge verhärteten sich, und er ballte die Fäuste. „Ich brauchte mir von Jessie nicht anzuhören, *ich* hätte einen Revolver geklaut, den *sie* verloren hat. Und dann redet sie euch auch noch ein, dass ich für die ganze Scheiße verantwortlich bin. Wenn sie jemandem in den Arsch kriechen will, ist das ihr Problem. Aber mich soll sie da rauslassen, verdammt noch mal!“

Jensen spürte, wie die Wut in ihm hochkroch. „Sie tun sich keinen Gefallen mit dieser Art von Eifersucht, Cranshaw!“

„Was für eine Eifersucht? Ich mag Jessie. Ich finde nur, dass Rennen Männersache sind. Die Frauen lenken uns ab.“

„Wir müssen nochmals Ihren Schlitten durchsuchen.“

„Machen Sie sich's nur gemütlich.“ Ironisch verbeugte sich Bomber in Richtung Schlitten. „Was dagegen, wenn ich mich jetzt um wichtigere Dinge kümmere?“

EINE halbe Stunde später befanden sich die Trooper wieder in der Luft. Auf ihrem Kurs nach Westen überflogen sie Martinson und sein Gespann; der Trail schlängelte sich durch verstreute Birken- und Fichtengruppen auf die Beaver Hills zu, die sich wie eine Terrasse in den Kuskokwim Mountains erheben.

Über 140 Kilometer trennen Ophir von Iditarod, der Stadt, die dem Rennen und der Region ihren Namen gegeben hat. Die letzte Phase des Goldrauschs hatte sich in dieser Gegend abgespielt, der die Ingalik-Athabasken den Namen *Haiditarod* gegeben haben, das heißt *weit entfernter Ort.*

Auf halber Strecke kam ein Anruf von Holman, der sie darüber informierte, dass ein Junge aus McGrath mit Cranshaws Schneemobil geschnappt worden war. „Er hat uns gezeigt, wo er es angeblich gefunden hat. Die Spuren sind nahe beim Trail, ungefähr einen Kilometer von der Stelle entfernt, wo Ryan von dem Elch erwischt wurde.“

Nachdenklich starrte Jensen aus dem Fenster auf die Beaver Hills. Die Sonne glitt hinter das Wolkenband über dem Horizont, die Dämmerung brach an und ließ zwischen den Hügeln tiefe Schatten aufkommen. Wenn man genauer hinschaute, konnte man die vier Musher identifizieren, die zum Endspurt ansetzten. In Iditarod war die Hälfte der Strecke bewältigt, und wer hier Erster war, bekam einen Preis, die *Silver Trophy*. Harvey und Ellis, die nur eineinhalb Kilometer auseinander lagen, führten knapp vor Schuller und Gail Murray. Die Entscheidung würde im Laufe der Nacht fallen.

„Der Wetterbericht meldet eine Schlechtwetterfront, die die Küste raufzieht", verkündete Caswell. „Sie könnte morgen Abend hier sein, vielleicht aber auch erst in zwei, drei Tagen. Doch wenn das Tief kommt, können wir es nur aussitzen. Da geht keiner in die Luft."

Nach der leeren Landebahn von Ophir war es für sie eine Überraschung, dass in Iditarod, das am Ufer des vereisten gleichnamigen Flusses lag, mehrere Flugzeuge standen. Das Tageslicht war nun fast verschwunden, und Jensen war froh, endlich wieder festen Boden unter den Füßen zu haben. Er hoffte sehnlichst, bald ins Bett zu kommen. Der Tag war lang gewesen.

Vor ihnen erhob sich schimmernd in der Dämmerung das Steilwandzelt, in dem der Checkpoint untergebracht war. Ein Wasserkessel und eine mächtige Kaffeekanne standen auf offenem Feuer vor dem Eingang. Während er seine Hände daran wärmte, fragte Jensen sich, ob Jessie wohl gerade schlief oder in der Dunkelheit unterwegs war. Gute Nacht, Jessie, dachte er. Mach es gut.

11

Es war schon seit zwei Stunden hell, als Jessie und Mike Solomon in das weite Tal des Iditarod River hineinfuhren. Als die Hügel hinter ihnen lagen, begann Jessie in der Ferne nach Gebäuden Ausschau zu halten – das höchste Bauwerk, die verlassene alte Nordische Handelsgesellschaft, war schon zu sehen, bevor man die Stadt erreichte. Entsetzlich müde und längst reif für Ruhe und ein warmes Essen, entdeckte sie schließlich das spitze Dach auf der anderen Seite des Flusses. Sie folgte Solomons Gespann übers Eis.

Sie kamen an drei kleinen Flugzeugen vorbei, darunter auch Caswells Maule M4, und fanden ein Stückchen weiter, säuberlich aufgereiht, ihre Vorratssäcke, die sie auf die Schlitten luden. Am Ufer wartete schon der Zeitnehmer mit dem Klemmbrett in der Hand.

DIE TROOPER hatten ihre Schlafsäcke in das verwitterte Gebäude der Nordischen Handelsgesellschaft gebracht. Nach dem Abendessen haute Jensen sich aufs Ohr und schlief sofort ein. Zu seinem Missfallen wurde er kurz nach Mitternacht von Caswell wachgerüttelt.

„Steh auf, Alex. Der erste Musher ist im Anmarsch. Das musst du dir ansehen. Ich verspreche dir, es lohnt sich."

„Was lohnt sich?"

„Das Silber. Der Preis. Das ist eine Riesengeschichte."

Widerwillig kroch Jensen aus dem mollig warmen Schlafsack, und Caswell reichte ihm einen Becher mit heißem Kaffee.

Dann gingen sie zum Flussufer. Jensen entdeckte das hüpfende Licht einer Stirnlampe und in dessen Schein ein Schlittenhundegespann, das gerade ansetzte, den vereisten Fluss zu überqueren. Gleich darauf tauchte am anderen Ufer eine zweite Stirnlampe auf.

„Es müssten Harvey und Ellis sein, falls Schuller sie nicht überholt hat", vermutete Caswell.

Nicht nur die beiden Trooper beobachteten, wie die Musher zum Endspurt ansetzten. Reporter wirbelten auf der Suche nach der optimalen Position für ihre Kameras herum, deren grelles Licht alle blendete. 3000 Dollar in Silber war ein gefundenes Fressen für die Presse.

Von den Zuschauern angefeuert, scherte das hintere Gespann aus, als wollte es überholen. Seite an Seite rasten die beiden Schlitten auf das Ufer zu. Schließlich konnte man die Farbe der Schlittensäcke und Parkas im Scheinwerferlicht erkennen.

„Es sind Harvey und Murray!", brüllte ein Reporter.

„Zurück, machen Sie Platz!", forderte der Zeitnehmer, als die Gespanne den Uferhang hochpreschten. Als einer der Schlitten einen Satz nach vorn machte und den anderen hinter sich zwang, bildeten die Zuschauer einen Korridor.

„Es ist Gail Murray, um eine Nasenlänge!", rief ein Fan.

Die Reporter rannten mit ihren Kameras zum Checkpoint, wo die Gespanne mit einem lauten *„Whoa!"* zum Halten gekommen waren. Die beiden Rivalen schüttelten sich die Hand.

„Gutes Rennen, Gail", gratulierte Harvey. „Das war dreitausend wert."

Gail Murray lächelte und öffnete ihren Schlittensack, damit der Zeitnehmer prüfen konnte, ob sie die obligatorische Ausrüstung dabeihatte. Dann stürzte sich die Presse auf sie. Zwei Offizielle eines Sponsors stellten die doppelstöckige Silbertrophäe neben ihrem Schlitten in den Schnee; die siegreiche Musherin kniete sich daneben und sah zu, wie einer der Männer einen Segeltuchsack öffnete und kleine Silberbarren im Wert von 3000 Dollar in die obere und, als diese voll war, in die untere Schale schüttete.

Gail fischte zwei Barren heraus, hielt sie in die Höhe und lächelte für die Reporter. Als diese mit ihren Fragen durch waren und die Scheinwerfer ausschalteten, ging Gail zum Zeitnehmer, der damit beschäftigt war, Harveys Schlitten zu überprüfen. „T. J., es war ganz schön knapp, und das hier ist zur Erinnerung." Sie gab ihm einen der Silberbarren. Er nahm ihn und grinste, während sie den anderen in ihre Tasche steckte.

„Sie schleppt doch nicht etwa das ganze Silber bis nach Nome?", fragte Jensen.

„Natürlich nicht. Der Sponsor hat es bis zum Abschlussbankett in Verwahrung. Freust du dich jetzt, dass du aufgestanden bist?"

„Darüber ließe sich streiten."

JENSEN schlief länger als sonst und fand sich beim Aufwachen allein in der Ruine der Nordischen Handelsgesellschaft. Er hatte Hunger, vor allem aber wollte er duschen und sich rasieren. Also besorgte er sich beim Checkpoint einen halben Eimer heißes Wasser. Mit einem frischen Hemd fühlte er sich danach fast wieder wie ein Mensch. Er ging los, um Caswell und Becker zu suchen und Frühstück aufzutreiben.

Schuller und Ellis waren kurz nach Gail Murray und Harvey eingetroffen, Martinson zweieinhalb Stunden später. Bomber Cranshaw hatte den Checkpoint bei Tagesanbruch erreicht und schlief auf seinem Schlitten. Die ersten vier Fahrer waren schon wieder aufgebrochen, nach Shageluk und Anvik. Martinson belud gerade seinen Schlitten, als der Sergeant vorbeikam, und beachtete ihn nicht.

Nach dem Frühstück nahm sich Jensen erneut Cranshaw vor, aber der Musher war immer noch missgelaunt. „Wäre ich wohl so dämlich, mein eigenes Schneemobil zu klauen und es dann direkt neben dem Trail stehen zu lassen?", fragte er ungehalten.

„Warum nicht?", sagte Jensen später zu Becker. „Wenn er glaubte, dadurch den Verdacht von sich ablenken zu können?"

Im Widerspruch zu Caswells Vorhersage wurde es ein sonniger Tag. Die verlassenen Gebäude von Iditarod warfen auf ihrer Wetterseite tiefe Schatten. Neugierig spazierte Jensen hinüber, um sich die Überreste des Ortes anzusehen, der einst Mittelpunkt des drittgrößten Goldförderbezirks von Alaska gewesen war.

Die paar Häuser, die noch standen, zeigten, wo einst die Straßen verlaufen waren. An einer Stelle erhob sich wuchtig ein Tresorraum aus Beton. Das dazugehörige Gebäude, eine Bank, war längst verschwunden, wahrscheinlich Brett für Brett als Feuerholz davongetragen, aber im Safe ruhten noch die alten Belege. Jensen ging an den Geisterhäusern vorbei zurück zur Handelsgesellschaft. Die Fächer und Regale, die einst mit Waren gefüllt gewesen waren, enthielten nichts als Staub. Im Büro lagen noch alte Rechnungsbücher.

Beim Rausgehen traf Jensen auf Caswell.

„Haben wir hier noch was zu erledigen?“, fragte der Pilot. „Wenn nicht, hätte ich folgenden Vorschlag: Wir fliegen weiter nach Kaltag. Sie haben aus Nome Treibstoff geliefert. Wir könnten auftanken und den Rest in Kanistern mitnehmen. Falls der Sturm kommt, sind wir gut gerüstet.“

„Wie weit ist es?“

„Auf dem direkten Weg ungefähr 200 Kilometer; wenn wir uns an den Trail halten und über Anvik fliegen, knapp 400.“

„Gute Idee. Wir warten in Kaltag auf die Musher oder fliegen, wenn es sein muss, ein Stück zurück. Holen wir also unsere Sachen.“

Als sie zum Flugzeug gingen, trafen sie am Checkpoint auf Mike Solomon und Jessie, die lächelte, als Jensen zu ihr kam. „Hallo, Trooper! Die Bösewichte schon geschnappt?“

„Noch nicht. Wie war's mit Solomon?“

„Er ist ein prima Kerl. Ruhig und sanft. Er hat mir letzte Nacht was Interessantes berichtet. Kommst du mal, Mike?“

Der Musher unterbrach seine Arbeit und kam zu ihnen herüber.

„Erzählst du Sergeant Jensen die Sache mit Martinson?“

„Also ...“ Er räusperte sich. „Ich habe gehört, wie Tim in Skwentna fürchterlich auf Ginny Kline geschimpft hat. Ein Hund von ihr hatte sich losgemacht und war wegen einer Hündin mit einem aus seinem Gespann aneinander geraten. Er schrie Ginny an: ‚Wenn du deine verdammten Viecher nicht kontrollieren kannst, hast du hier nichts zu suchen!‘“

„Hat er das persönlich gemeint? Oder hätte er jeden so angebrüllt?“

„Jeden, glaube ich.“

„Danke, Mike.“ Solomon ging zu seinem Gespann zurück, und Jensen wandte sich wieder Jessie zu, die auf seinen Kommentar wartete. „Ein Puzzleteilchen mehr. Wie lange wirst du nach Kaltag brauchen?“

„Zwei Tage. Warum? Fliegt ihr jetzt dorthin?“

„Ja. Cas will sichergehen, dass das Flugzeug die angekündigte Schlechtwetterphase überstehen kann. Wir haben fast unser ganzes Kerosin verbraucht. Aber ich bin nicht so glücklich darüber, gewissermaßen zwei Tage Vorsprung zu haben.“

„Die letzte Nacht war absolut ruhig. Keinerlei Probleme.“

Er runzelte die Stirn. „Vielleicht macht gerade das mir Sorgen. Es ist zu ruhig. Ich möchte auf dich aufpassen, und du solltest das auch tun.“

„Ich weiß“, entgegnete sie. „Von hier an wird's ernst. Jeder Fahrer denkt nur noch an den Sieg. Dieser Elch und der Umstand, dass Ryan verletzt wurde, haben mich stärker erschüttert, als ich dachte. Es hätte mich genauso treffen können. Aber ich bin okay. Und ich bin froh, dass ich mit Mike fahren kann."

„Vergiss nicht, dass wir in ein bis zwei Stunden an jedem beliebigen Punkt zwischen hier und Kaltag sein können."

„Okay. Aber jetzt muss ich gehen, Alex. Ich will ein Rennen gewinnen." Sie stieg auf den Schlitten.

„Gehen wir in Nome essen? Ich lade dich ein."

„Klingt gut. Sobald ich geduscht und geschlafen habe. Wenn das Rennen so ausgeht, wie ich es mir vorstelle, gebe ich den Champagner aus." Sie löste den Schneeanker und fuhr los, bevor er noch etwas sagen konnte.

Es war ihr ernst mit dem, was sie über den Sieg gesagt hatte. Sie wollte nicht nur unter die ersten fünf kommen, sie wollte gewinnen. Es beunruhigte Jensen zutiefst, dass die Person, die Koptak, Kline, Smith und Ryan auf dem Gewissen hatte, sich aus diesem Grund nun auf Jessie konzentrieren könnte.

VON DER Karte her wusste Jensen, dass der Trail von Shageluk in Richtung Westen nach Anvik und dann 240 Kilometer auf dem Eis des Yukon River, an Grayling und Eagle Island vorbei, bis nach Kaltag führte. Auf dem Flug dorthin sah er nur ein Meer von Hügeln, bis Caswell einen Schlenker nach Westen einlegte, damit sie einen Blick auf den mächtigen, kilometerbreiten Yukon werfen konnten.

In Kaltag eingetroffen, begann für Caswell und Jensen eine nervenzehrende Wartezeit – erst nach zwei Tagen würden die ersten Musher eintreffen. Der Sturm brach los und zwang die an der Spitze liegenden Fahrer, einen halben Tag auf Eagle Island auszuharren. Gegen Morgen besserte sich das Wetter, aber der Sturm blieb gewissermaßen in Lauerstellung.

Sie verfolgten das Rennen über Funk. Die Spitze bildeten zwei Gruppen, die nur wenige Stunden auseinander lagen. Zur ersten gehörten Harvey, Schuller, Murray und Martinson; sie überholten einander immer aufs Neue. Ellis fiel in die zweite Gruppe zurück; durch Diarrhöe und Dehydratation geschwächt, waren seine Hunde nicht mehr in Topform. Er reihte sich bei Cranshaw, Solomon, Jessie und Banks ein, der in Anvik zur Spitze aufgeschlossen hatte. Der nächste Fahrer lag mindestens sechs Stunden zurück. Niemand hielt sich lange am Checkpoint auf, die Pausen dienten nur noch dazu, die Tiere zu füttern und ihnen so viel Schlaf zu gönnen, dass sie weiterrennen konnten. Die Musher kamen im Schnitt nur noch auf ein paar Stunden Rast pro Tag.

Wenige Fahrer hatten noch fünfzehn Hunde im Gespann, manche bloß neun oder zehn. Um am Rennen teilnehmen zu können, muss ein Gespann aus mindestens sieben Hunden, maximal aus zwanzig bestehen. Bis zum Überschreiten der Ziellinie muss die Gespannleine ständig mit fünf Tieren belegt sein. Nach dem Start in Anchorage darf das Gespann nachträglich nicht mehr aufgestockt werden.

Zu einem bestimmten Zeitpunkt des Rennens muss sich der Musher gut überlegen, wie viele Hunde er im Gespann belässt. Viele Tiere bedeuten zwar ein schnelles und kräftiges Gespann, aber je mehr Hunde gefüttert und versorgt werden müssen, umso mehr Zeit verbraucht der Musher bei jeder Rast. Er kann in dieser Phase des Rennens vor physischer und psychischer Erschöpfung in der Regel kaum noch klar denken und muss doch wichtige Entscheidungen treffen.

SAMSTAGNACHT schlief Jensen schlecht. Zweimal schreckte ihn ein böser Traum auf. Als er spürte, dass er nicht wieder einschlafen würde, zog er sich an, kroch aus dem Zelt und ging zum Fluss. Es schneite. Im dichten Schneegestöber konnte er nicht einmal den zugefrorenen Yukon erkennen.

Seit der Attacke durch den Elch war nichts mehr vorgefallen, aber dennoch hatte Jensen weiterhin das unbehagliche Gefühl, dass sie mit jenem Unbekannten, der die Musher bedrohte und ermordete, noch längst nicht fertig waren. Im Chaos seiner Gedanken blitzten immer wieder einzelne Informationen auf, aber er konnte sie nicht festhalten. Ihm war, als hätte er längst herausfinden müssen, wer hinter der ganzen Geschichte steckte.

Im Schutz eines Schuppens setzte er sich auf einen schneebedeckten Bretterstapel und dachte über Jessie nach. In den acht Jahren seit Sallys Tod hatte er niemanden an sich herangelassen. Sein Leben war absolut ruhig verlaufen. Im Moment schien es ihm anregend und quirlig. Und daran war Jessie Arnold schuld. Ihm schien es, als hätte er im Zentrum eines großen Schweigens gelebt. Trotz seiner Kontakte, seiner Unternehmungen und Aktivitäten hatte er sich von allem isoliert. Wem habe ich denn in diesen Jahren schon etwas gegeben? dachte er. Ich weiß ja gar nicht mehr, wie man das macht.

Caswell kam um die Ecke spaziert. Er hatte den Sergeant gesucht und war seinen Fußspuren nachgegangen. Jensen bemerkte seine Anwesenheit erst, als ihm der Freund die Hand auf die Schulter legte.

„Hat dich das mitternächtliche Muffensausen gepackt?"

„Ich konnte nicht schlafen. Ich finde einfach keine Lösung."

„Vielleicht haben wir noch nicht genug Informationen."

„Die will ich aber nicht durch einen neuen Mord bekommen", erwiderte Jensen voller Bitterkeit.

„Natürlich nicht. Ist das alles?"

Jensen starrte in das Schneegestöber. „Nein, Cas, das ist nicht alles."

„Jessie Arnold?"

„Scheint so."

„Sie ist hübsch, intelligent, begabt und hart im Nehmen. Sie mag dich. Das macht dich fertig, nicht?"

„Kann sein. Das und alles, was dazugehört."

„Aber sie würde deinem Leben gut tun, Alex. Wäre einen Versuch wert. Und jetzt komm, wir suchen uns heißen Kaffee oder kriechen wieder in die Falle."

AM NÄCHSTEN Tag blickte Jensen, der am Flussufer auf und ab marschierte, wie viele andere immer wieder den Yukon hinauf. Caswell spielte mit dem Funker Karten, und Becker nutzte das Warten, um den fehlenden Schlaf nachzuholen.

Gegen zwei Uhr nachmittags landete ein Flugzeug auf dem Eis, und Matt Holman kletterte heraus. Rotäugig und stoppelbärtig stapfte er mit steifen Bewegungen den Uferhang hinauf und blieb neben Jensen stehen.

„Was haben *Sie* denn angestellt, Matt?"

„Daran möchte ich lieber nicht denken." Holman grinste müde. „Erscheint mir jetzt reichlich dämlich. Nachdem die Spitzengruppe in Richtung Eagle Island weg war, hatte ich auf einmal das dumme Gefühl, einem von ihnen könnte da draußen was passieren. Also flog ich zu Grayling Island und schnappte mir ein Schneemobil. Ich dachte, ich sause mal kurz zu Eagle Island rüber. Auf halber Strecke gab das Ding beinahe seinen Geist auf, und die letzten 40 Kilometer haben mich fünf Stunden gekostet. Der Sturm war so schlimm, dass ich nicht erkennen konnte, wo das Eis aufhörte und das Flussufer begann. Ich hatte wirklich Schiss, die Abzweigung zu verpassen, ohne Benzin und Nahrung festzusitzen und irgendwann zu erfrieren, aber ich tuckerte gerade noch so in den Checkpoint. Als es aufklarte, kam der Versorgungsflieger, um mich abzuholen."

„Keine Schäden?", fragte Jensen.

„Nichts, außer ein paar Frostbeulen an der Nase. Und die Fahrer sind soweit okay."

„Welche Musher waren auf Eagle Island?"

Holman grinste und wandte sich zum Gehen. „Ihr geht's prima, soll ich Ihnen ausrichten", gab er über seine Schulter zurück.

12

Auf dem Eis des Yukon kämpften die führenden Gespanne gegen den scharfen Wind. Auf den 96 Kilometern bis Eagle Island wurde das Wetter hinter Grayling Island zusehends schlechter. Es ließ den Fahrern keine Wahl: Sie mussten bis zum nächsten Checkpoint durchhalten. Der böig auffrischende Wind trieb pulverfeinen Schnee vor sich her, und die Temperaturen fielen auf fast minus dreißig Grad. Bei 15 Grad unter Null und Windgeschwindigkeiten von 50 Knoten müssen Mensch oder Hund, sofern sie sich nicht bewegen, einen Kältefaktor von 50 Grad minus ertragen. Ist ein Gespann in Bewegung, etwa mit acht Kilometer pro Stunde, sind es bereits 60 Grad minus. Wer seine Haut ungeschützt dem Wind aussetzt, riskiert Erfrierungen. Die meisten Fahrer tragen Skimasken und -brillen, müssen diese aber immer wieder sorgfältig auf kleinste Löcher absuchen.

Bei solchen Wetterverhältnissen ist ein guter Leithund überlebenswichtig. Tiere, die bereitwillig jede Strecke in Angriff nehmen, sind unbezahlbar. So mancher Musher, der das Rennen mehr als einmal gewonnen, dann aber seinen besten Leithund verloren hat, stand nie mehr auf der Siegerliste.

Um ihren Hunden zu helfen, steigen die Fahrer häufig von den Kufen und gehen neben dem Schlitten her; sie ändern regelmäßig die Laufordnung, geben den Tieren zusätzlich Futter und gönnen ihnen Ruhepausen. Aber diese physischen und psychischen Anstrengungen erzeugen beim Musher, der durch Schlafmangel ohnehin schon mitgenommen ist, einen tranceartigen Zustand mit Halluzinationen. Mitten auf der weiten, schneebedeckten Eisfläche duckt er sich plötzlich vor tief hängenden Zweigen oder umfährt vorsichtig einen Elch, der gar nicht existiert.

Niemals aber vergisst er den Druck durch die Konkurrenz. Jetzt kann schon eine einzige Stunde über Sieg oder Niederlage entscheiden. Jeder schläft schlecht, aus Angst, ein anderer Fahrer könnte Zeit gutmachen. In der zweiten Hälfte des Rennens sind die Musher wie besessen und von Wahnvorstellungen geplagt.

Jessie und Mike Solomon verließen Eagle Island kurz vor fünf am Sonntagmorgen, dem neunten Tag des Rennens. Sie hatten 112 Kilometer bis Kaltag vor sich. Nachdem Jessie acht Stunden mit den anderen Mushern in dem kleinen Blockhaus eingepfercht gewesen war, mochte sie am Ende niemanden mehr um sich sehen. Zwar war das Schlimmste vorüber, aber der Sturm blies immer noch äußerst heftig flussabwärts, und die Temperatur lag bei fast 30 Grad unter Null. Jessie hatte allen Hunden Pfotenschützer angezogen. Die gut ausgeruhten Tiere stürmten aufs Eis und rannten mit mehr Enthusiasmus, als sie selbst aufbrachte, dem Wind entgegen. Jessie hörte, wie Mike vor ihr auf sein Gespann einredete, als sie quer über den Yukon zum Ostufer und dann flussaufwärts fuhren.

Es war immer noch dunkel, aber im Osten erschien unter den Wolken ein schmales Band freien Himmels, vor dem sich eine Reihe von Fichten wie Schattenrisse abhoben. Jessie wünschte, sie wäre allein und würde nicht einmal die Fahrgeräusche eines anderen Gespanns hören. Sie scheuchte die Hunde, bis sie in Rufweite an Solomon heran war.

„Warum fährst du nicht vor, Mike? Lass mich ein Stück zurückfallen. Ich brauche Abstand nach letzter Nacht."

Er runzelte die Stirn. „Sollten wir nicht wenigstens in Sichtweite bleiben?"

„Ach, nur ein Weilchen. Ich brauche etwas Raum um mich."

„Na gut, aber du fährst vor mir her. Ich gebe dir zehn Minuten. Wenn du wieder Gesellschaft ertragen kannst, fährst du langsamer, bis ich dich eingeholt habe. Dann brauche ich mir keine Sorgen zu machen, ob dir was passiert ist."

Ein paar Minuten später erfüllte sich ihr Wunsch, und sie sauste auf dem Schlitten einsam und allein übers Eis und hörte nur noch den Wind pfeifen. Wunderbar, dachte sie. Das ist Freiheit. Sie liebte die Einsamkeit beim Rennen. In gehobener Stimmung schob sie eine Kassette in den Walkman und begann zu singen, während sie weiter nach Norden fuhr. Tank drehte seinen Kopf beim Klang ihrer Stimme und legte noch einen Zahn zu.

UM SECHS Uhr kamen Schuller, Martinson und Gail Murray in Kaltag an. Sie bewegten sich wie Schlafwandler.

Während Mick Hard, der Zeitnehmer, prüfte, ob Schuller die verlangte Ausrüstung mit sich führte, entfernte der Musher die Überschuhe aller Hunde und inspizierte den Zustand ihrer Pfoten. Stundenlanges Traben auf Eis ist Gift für Ballen und Zehen.

„Alles da und alles okay“, stellte Hard fest. „Bring deine Viecher ins Bett, Dale.“ Danach ging er zu Martinsons Gespann. Dessen Hunde hatten alle viere von sich gestreckt und pressten die heißen Bäuche in den kühlen Schnee. Hard prüfte die Ausrüstung und sah fragend hoch. „Wo ist deine Trail Mail, Tim?“

„Da, an der Rückseite, in dem Plastikdings.“

„Ich kann nichts finden.“

Irritiert schob Martinson den Zeitnehmer zur Seite und wühlte im Schlittensack nach den Briefumschlägen mit dem Poststempel von Anchorage, die jeder Teilnehmer mitzuführen hatte. „Sie waren hier. Genau hier.“ Er begann, den Sack leer zu räumen. Als die Hälfte seiner Sachen im Schnee lag, knurrte er verzweifelt: „Verdammt! Sie müssen doch irgendwo sein.“ Aufgeregt warf er den Rest seiner Ausrüstung vom Schlitten: Kocher, Kleidung, Kleinkram, aber keine Trail Mail.

„Vielleicht hast du sie beim letzten Checkpoint liegen lassen.“

„Nein! Ich habe sie überhaupt nicht aus dem Sack genommen. Irgendein verdammter Hundesohn hat meine Trail Mail gestohlen!“

„Immer mit der Ruhe. Sieh noch mal alles gründlich durch. Oder lass es besser jemand anders tun. Wir rufen Eagle Island an, die sollen mal nachchecken.“ Suchend sah Hard auf die Leute, die herangekommen waren und die Szene beobachteten. „Kann mal einer Holman wecken?“

Fünf Minuten später wankte ein übernächtigter Rennleiter aus dem Checkpoint. „Gefunden, Tim?“, fragte er.

„Nein. Jemand hat sie gestohlen!“

„Ruhig Blut, Tim. Der Funker versucht gerade, Eagle Island zu erreichen. Wenn deine Trail Mail dort ist, können wir sie vielleicht einfliegen lassen, aber du musst solange warten. Ohne die vorschriftsmäßige Ausrüstung kann ich dich nicht weiterfahren lassen. Wird sie nicht gefunden, müssen wir dich leider disqualifizieren.“

Alles Großspurige schien von dem bulligen Musher abzufallen. Er setzte sich auf seinen Schlitten und vergrub den Kopf in den Händen.

Schweigend blickte Holman auf ihn hinunter. In den bangen Minuten, bevor Mick Hard kopfschüttelnd wieder aus dem Checkpoint trat, rührte sich niemand vom Fleck. „Tim", sagte der Zeitnehmer, „es tut mir schrecklich Leid. Aber die Trail Mail ist nicht da."

In diesem Augenblick kam T. J. Harvey mit seinem Gespann das steile Ufer heraufgeprescht und hielt neben Gail Murray, die aufs Einchecken wartete. Als Harvey Martinson wie ein Häufchen Elend auf seinem Schlitten hocken sah, fragte er Gail, was passiert sei.

„So ein verdammtes Pech", kommentierte er ihren Bericht.

Hard war jetzt mit Gails Schlitten beschäftigt, und sie atmete auf, als er ihre Trail Mail und die übrige Pflichtausrüstung abhakte. Dann prüfte der Zeitnehmer den Schlitten von Harvey. Wie vorher Schuller kümmerte sich dieser während des Checks um seine Hunde.

Plötzlich sagte Hard erstaunt: „T. J., kannst du mal herkommen?" Gemeinsam schauten sie in den Schlittensack. „Ist das deine?" Der Zeitnehmer hielt eine Plastikhülle mit der Iditarod Trail Mail hoch.

„Ja, sicher."

„Und die hier auch?" Er hielt ein zweites Exemplar in der Hand.

„Woher hast du die denn?"

„Hier, aus deinem Sack."

Als Martinson Hard mit den zwei Plastikhüllen dastehen sah, stürzte er sich auf Harvey und packte ihn am Parka. „Du Bastard!", brüllte er. Mit einer wuchtigen Bewegung schlug er ihn ins Gesicht, sodass Harvey in den Schnee stürzte.

Jensen und Caswell, die gerade aus dem Checkpoint kamen, mischten sich ein. Mit Unterstützung von Hard gelang es ihnen, Martinson zu packen und festzuhalten, bevor er wieder ausholen konnte. Als Harvey sich aufsetzte, floss ihm Blut aus der Nase.

„Du hast meine Trail Mail geklaut!", brüllte Martinson.

Holman half Harvey auf die Füße. „Tim!", rief er. „Beruhige dich! Gib uns eine Chance, die Sache zu klären. Geh ins Haus."

Schließlich wurde Martinson wieder friedlich und ging, wenn auch immer noch fluchend, in den Checkpoint.

Harvey, der ein Taschentuch gegen seine Nase drückte, schwor Stein und Bein, von der doppelten Trail Mail nichts gewusst zu haben. „Ich weiß nur, dass ich gestern beim Einchecken auf Eagle Island alle vorgeschriebenen Sachen dabeihatte, auch die Mail. Wenn die andere Hülle da schon in meinem Schlittensack steckte, hat sie jedenfalls niemand bemerkt."

„Hatte auf Eagle Island außer Ihnen noch jemand Zugang zu Ihrem Schlitten?", fragte Jensen.

„Schon möglich. Bei dem Sturm haben wir natürlich nicht draußen gehockt und die Schlitten bewacht. Jeder ging immer mal raus, um nach den Hunden zu sehen."

Gail Murray legte ein gutes Wort für Harvey ein. „Ich glaube nicht, dass er was davon gewusst hat. Außerdem: Warum hat er, falls er's wusste, nicht die eine Trail Mail verschwinden lassen? Beide Exemplare zu behalten wäre mehr als dumm – der Zeitnehmer musste sie ja beim nächsten Check finden."

„Was ist mit Martinson? Würde er Harvey die Mail unterjubeln, um ihn anzuschwärzen?"

„Und damit riskieren, ebenfalls disqualifiziert zu werden? Das glaube ich nicht."

Holman erlaubte beiden Fahrern, unter Vorbehalt das Rennen fortzusetzen. Sie sollten einander aus dem Weg gehen, wobei Martinson, so drohte der Rennleiter, auf der Stelle disqualifiziert würde, wenn er irgendwas gegen Harvey anzettelte.

Die Drohung wirkte. Zwischen beiden Kontrahenten herrschte ein trügerischer Waffenstillstand, als Jessie und Mike Solomon eine Stunde später in Kaltag eintrafen. Erschöpft, durchgefroren und windzerzaust lenkten sie ihre Gespanne zum Checkpoint, wo der immer noch grollende Martinson sich gerade anschickte, seine Hunde zu versorgen. Jessie wirkte kaputter, als Jensen sie je erlebt hatte. Als sie ihn erblickte, lächelte sie. Er hätte sie gern in seine Arme geschlossen, begnügte sich aber damit, ihr Lächeln zu erwidern.

„Wie lange bleibst du hier?" Er begleitete sie zu ihrem Rastplatz unweit von Solomons Camp.

„Drei Stunden. Wir sind an fünfter Stelle und nur eine Stunde hinter Schuller. Für die Hunde genügen drei Stunden Rast. Ich hole mir den Schlaf, wenn das Rennen vorbei ist. Bis Nome sind es nur noch drei Tage. Aber selbst wenn ich auf Platz fünf bleibe, bringt mir das genug Geld, um nächstes Jahr wieder teilzunehmen."

Sie stolperte über eine harte Furche im zertrampelten Schnee. Schnell streckte Jensen den Arm aus und fing sie auf.

„Danke. Nachdem man wieder festen Boden unter den Füßen hat, scheint alles weiterhin in Bewegung zu sein. Ich bin total fertig, und ich kann kaum noch laufen, aber ich bin froh, dass du hier bist, Alex."

Als er sie an sich zog, sah er über ihre Schulter Mike Solomon zu ihnen herübergrinsen. „Ich weiß, ich kann dir nicht helfen. Aber gibt es vielleicht doch irgendwas, was ich tun könnte?"

„Ich muss zuerst die Hunde füttern, aber danach würde ich die Hälfte von ihnen glatt gegen einen heißen Tee mit Unmengen Zucker eintauschen."

Zum allgemeinen Erstaunen hielt sich das Wetter, als die führenden Musher nach Unalakleet weiterfuhren, vom Yukon über die Kaltag-Wasserscheide hinüber zum Beringmeer. Diese Route ist die Scheidelinie zwischen zwei Gruppen von Ureinwohnern: den Inupiat-Eskimos der Küste und den Athabasken-Indianern aus dem Binnenland.

Schuller und Martinson verließen Kaltag um neun Uhr abends. In der unmittelbaren Verfolgergruppe befanden sich außer Gail Murray und Harvey auch Cranshaw, Solomon und Jessie; dicht dahinter folgten Ellis und Banks.

Während der Dreistundenrast in Kaltag hatte Cranshaw Solomon und Jessie eine halbherzige Entschuldigung für seinen Ausraster in McGrath offeriert. Er wollte sich ihrer Gruppe wieder anschließen.

Voller Unbehagen beobachtete Jensen ihren gemeinsamen Aufbruch. Mit Argusaugen musterte er jeden Fahrer der Spitzengruppe. Einer von ihnen musste der Täter sein.

Als der letzte Musher auf dem Trail war, beluden die Trooper das Flugzeug; sie wollten von Kaltag zur Küste fliegen, vorausgesetzt, der Wind würde die Landung nicht behindern. In Unalakleet waren schon Flugzeuge von der Landebahn geweht worden.

Eine knappe halbe Stunde nachdem der letzte Schlitten gen Westen verschwunden war, legte sich der Wind. Trailbreaker berichteten, dass sich der Trail in hervorragendem Zustand befand. Blieb das Wetter gut, würden die Musher ungefähr 14 Stunden bis Unalakleet brauchen, dem größten Ort auf der Strecke.

In der Dunkelheit konnte man vom Flugzeug aus keine Gespanne sehen. Lediglich zweimal entdeckten die Trooper das hüpfende Licht einer Stirnlampe, und dann tauchten am Horizont im Westen schon die Lichter von Unalakleet auf.

Die Landung war unproblematisch. Sie vertäuten das Flugzeug und gingen zum Checkpoint, einer Lodge, die zugleich als Hotel fungierte und mit Iditarod-Fans belegt war. Die Trooper erwischten sogar noch ein Zimmer, allerdings mit nur einem Bett. Zwei von ihnen würden auf dem Fußboden schlafen müssen. Jensen bestand darauf, dass Caswell das Bett nahm. Er war schließlich der Pilot.

Nachdem sie im Lodge-Café gegessen hatten, krochen die Trooper in ihre Schlafsäcke. Jensen lag auf dem Rücken und starrte zur dunklen Zimmerdecke hinauf. Seine Augen wollten partout nicht zufallen, und er wälzte sich ärgerlich auf die linke Seite. Wenn es mit dem Schlafen nicht klappte, sollte er wenigstens versuchen, ein paar Antworten zu finden.

Drei Menschen waren tot, und ein vierter war dem Tod nur um Haaresbreite entwischt. In Gedanken sezierte er jeden der verdächtigen Musher. Martinson und Cranshaw waren immer noch seine ersten Kandidaten, aber was war mit den anderen? Dale Schuller zum Beispiel, der so sehr mit dem Rennen verschmolzen war, dass er ohne Hunde und Schlitten farblos wirkte, arbeitete konsequent darauf hin, Nome als Erster zu erreichen, und hielt sich von den anderen fern. Doch den Elch hatte er auf keinen Fall auf Ryan und Jessie hetzen können.

Für Gail Murray galt dasselbe, aber für die anderen Taten konnte sie sehr wohl in Frage kommen. Auch T. J. Harvey hatte mit der Elchgeschichte nichts zu tun. Und hätte er – nach dem Diebstahl auf Eagle Island – wirklich vergessen, die Doublette der Trail Mail aus seinem Schlittensack zu nehmen? Zwischen Eagle Island und Kaltag musste es tausend Möglichkeiten geben, sie verschwinden zu lassen. Oder hatte Martinson Harvey eine Falle gestellt? Und wann sollten Harvey und Ellis das Röhrchen mit PCP an Murrays Schlitten befestigt haben? Vor ihrer 24-Stunden-Pause in McGrath hatten sie doch nur daran gedacht, ordentlich Tempo zu machen. Harvey schien ein netter Kerl zu sein, gutwillig und hilfsbereit.

Die Intuition sagte Jensen, dass nur Martinson oder Cranshaw in Frage kam. Aber wer von beiden? Beide Männer schienen Minderwertigkeitskomplexe zu haben. Keiner legte die Gelassenheit an den Tag, die aus einem gesunden Selbstvertrauen entsprang. Wer der Täter auch war, er wollte das Rennen gewinnen, ohne sich mit den anderen Teilnehmern sportlich zu messen. Frei nach dem Motto: Wen ich nicht besiegen kann, den bringe ich um, dachte Jensen.

STIEFELABSÄTZE hämmerten gegen die Tür und rissen den Sergeant aus einem schönen Traum. Als Becker die Tür öffnete, stand Holman mit drei Kaffeebechern in der Hand davor.

„He, raus aus den Federn. Ich habe was für Sie, Alex. McGrath hat sich gemeldet, nachdem wir das Funkgerät installiert hatten. Ein Pelzjäger aus Takotna hat jemanden auf einem Schneemobil gesehen, genau zu der Zeit, als der Elch aus Ryans Gespann Kleinholz gemacht hat. Er hat den Mann in südwestlicher Richtung auf dem Trail überholt. Bis hin zur Parkafarbe passt die Beschreibung haargenau auf Martinson. Was sagen Sie dazu?"

Jensen zog seine Jeans an und griff nach dem Kaffee. „Hat er sein Gesicht gesehen? Würde er ihn wieder erkennen?"

„Er glaubt, ja. Er sagt, es war ein bulliger Typ mit buschigen Augenbrauen."

Jensen überlegte. „Erwarten Sie nicht ein Versorgungsflugzeug? Das könnte den Zeugen doch herbringen, bevor Martinson wieder aufbricht."

„Richtig. Spätestens am frühen Nachmittag kann er dann hier sein. Martinson kommt so gegen zwölf und wird sechs Stunden bleiben."

„Gut. Das könnte der Durchbruch sein. Wir nageln ihn fest, bevor er was ahnt."

13

Die sieben führenden Gespanne erreichten den Checkpoint Unalakleet gegen Mittag, innerhalb von knapp anderthalb Stunden. Martinson besaß zehn Minuten Vorsprung auf Schuller. Jessie traf eine halbe Stunde später ein. Sie hatte Bomber, Harvey und Gail Murray überholt und war jetzt Dritte. Ihr folgte Harvey mit Bomber direkt auf den Fersen. Um Viertel vor eins schließlich kamen Murray und Solomon.

Jessies Huskys waren ausnahmslos gut in Form. Aber Martinson nahm zwei Hunde, und Murray, Harvey sowie Solomon nahmen jeweils einen Hund aus ihren Gespannen.

Vor dem letzten langen Teilstück die Küste hinauf mussten die Fahrer eine obligatorische Sechsstundenpause einlegen. Jeder wollte sie rasch hinter sich bringen; etwas Schlaf und dann nichts wie weg. Für die letzten 430 Kilometer hatte jeder seine eigene Strategie.

In Unalakleet trennten sich die Musher von allen entbehrlichen Dingen, um die Schlitten leichter zu machen. Sie packten nur ein, was vorgeschrieben war oder in den kommenden zwei Tagen dringend gebraucht wurde. Jedes Gramm zählte.

Die plötzliche Anwesenheit so vieler Musher versetzte die Bevölkerung von Unalakleet in lustvolle Aufregung. Die Kinder hatten schulfrei und sausten vergnügt durch die Gegend. Glockenläuten und Sirenengeheul kündigten an, wenn ein Musher in Sicht kam. Vor der Lodge schienen dann sämtliche 700 Einwohner samt zugereisten Gästen versammelt zu sein, um die Leistungen und Gewinnchancen des ankommenden Gespanns zu erörtern.

Ehe Becker zum Checkpoint ging, fragte er Holman nach den Hunden, die die Musher hier zurückließen.

„Kein Fahrer geht mit allen Hunden in den Endspurt", erklärte der Rennleiter. „Sie müssen sich jetzt von den weniger schnellen trennen. Das Gespann ist immer nur so schnell wie das langsamste Tier. Bis zum Ziel wird es von nun an weder für die Hunde noch für die Musher längere Ruhepausen geben."

Um zwei Uhr setzte das Flugzeug mit dem Pelzjäger aus Takotna auf der Landebahn auf. Joe Garcia, ein kompakter, klein gewachsener Mann mit Athabaskenblut in den Adern, begrüßte die Trooper mit einem Nicken. Mit dem Schneemobil brachten sie ihn zur Lodge und benutzten die Hintertreppe, um eine Begegnung mit Martinson zu vermeiden.

Um halb drei bestellte Holman sämtliche Musher trotz heftiger Proteste zu einer Besprechung ins Nebenzimmer. Als sich die sieben Fahrer, der Rennleiter und ein Zeitnehmer in den Raum drängten, führte Jensen den Pelzjäger herein. Die Gespräche erstarben, als Garcia jeden Anwesenden eingehend musterte.

„Erkennen Sie jemanden wieder?", fragte Jensen. Garcia hob die Hand und zeigte auf Bomber. „Er ist aus McGrath, stimmt's? Von den anderen kenne ich keinen. Der Mann vom Trail ist nicht dabei."

So blitzartig diese wunderbare Spur aufgetaucht war, so schnell löste sie sich in Luft auf. Der Raum leerte sich; Jensen war enttäuscht und wütend. „Verdammt, Cas! Ich dachte, wir haben ihn. Wen hat Garcia dann bloß auf dem Schneemobil gesehen? Die Beschreibung passt auf keinen anderen Musher aus der Spitzengruppe."

VOLLER Ungeduld wartete Jessie auf das Ende ihrer Sechsstundenpause. Sie sah Martinson aufbrechen, dann Schuller. Während sie ihren Schlitten belud, plauderte sie mit Mike Solomon.

„Schade, Jessie", bedauerte dieser, „dass du vor mir losfahren musst. Meine Biester rennen nicht so schnell wie deine."

„Mir tut's auch Leid, Mike. Aber mit Platz drei hätte ich nie gerechnet; und meine Jungs wirken auch noch ganz frisch."

Das taten ihre Huskys allerdings; alle elf Hunde waren gesund und begierig weiterzurennen.

„Hör zu, Jessie. Sie haben immer noch nicht den Kerl erwischt, der uns das Rennen kaputtmacht, und ich glaube, draußen kann's gefährlich werden." Solomon öffnete seinen Parka. In seinem Gürtel steckte ein Revolver. „Kannst du den brauchen?"

„Vielen Dank, Mike. Ich habe selbst einen. Aber du bist ein echter Freund."

Der Zeitnehmer kam heran. „Fertig, Jessie? Du bist dran."

Sie umarmte Solomon, ging zu ihren Hunden, stieg auf die Kufen und löste den Schneeanker. „Ab die Post, Tank!" Das Gespann sauste in Richtung Norden los.

Auf den Eingangsstufen der Lodge entdeckte Jessie Jensen, der ihr zuwinkte. Sie zog einen Handschuh aus und hielt den Zeigefinger in die Höhe, um ihm zu signalisieren, dass sie in Nome die Erste sein wollte. Jensen lächelte, doch ihm war keineswegs heiter zumute, als er sie davonfahren sah.

Jessies Waffe war nicht wieder aufgetaucht. Könnte er doch nur an ihrer Seite sein, besonders jetzt, da Solomon nicht mehr mit ihr fuhr! Sie würde verdammt allein sein, mit Cranshaw und Harvey im Gefolge. Wenn überhaupt, würde sich eine neue Attacke bald ereignen, das spürte er. Möglicherweise in der anbrechenden Dunkelheit auf den 64 Kilometern zwischen Unalakleet und Shaktoolik oder den anschließenden 93 bis Koyuk.

„Was sagt der Wetterbericht, Ben?", fragte er Caswell, der neben ihm stand.

„Nichts Gutes. Der Wind soll auffrischen, und ein neues Sturmtief zieht rasch in Richtung Küste. Wenn wir sofort aufbrechen, schaffen wir's vielleicht bis Koyuk oder auch Elim."

Sobald die Maschine beladen und startbereit war, flogen sie los.

Zwischen Unalakleet und Shaktoolik folgt der Trail, vorwiegend auf dem Festland, der leicht geschwungenen Küstenlinie. Doch um Koyuk zu erreichen, müssen die Musher über das Eis des Norton Sound. Wer zum ersten Mal am Rennen teilnimmt, fühlt sich meist sehr klein und verletzlich bei der Vorstellung, dass unter den Schlittenkufen der gewaltige, nur zeitweilig gezähmte Ozean liegt.

Die drei Trooper betrachteten die Szenerie in schweigender Ehrfurcht. Aus der Luft konnten sie nur mit Mühe die Baken und Markierungen ausmachen, die die Trailbreaker als Orientierungshilfe für die

Musher aufgestellt hatten. Wie Zahnstocher sahen sie aus, die von rosafarbenen Plastikfähnchen gekrönt wurden.

Beim Anflug auf Koyuk fiel Jensen auf, dass der Boden nicht zu sehen war; von Westen her hatte sich dichter Nebel herangeschoben. Er schaute zu Caswell und bemerkte dessen angespannte Miene. Das Flugzeug sackte leicht nach unten, vibrierte und wackelte.

„Gibt's Probleme, Cas?"

„Noch nicht, aber ich würde gern den Kies der Landebahn sehen. Der Sturm ist fällig. Prüft die Gurte, Kinder."

Das Flugzeug machte jetzt wilde Sprünge und Hopser, während die Trooper nach den Lichtern von Koyuk Ausschau hielten. Caswell sprach Pilotenkauderwelsch ins Mikrofon.

„Erreichst du niemanden?", fragte Becker.

„Alle Orte von hier bis Nome haben ungesicherte Landebahnen. Man hat keinen direkten Funkkontakt nach unten. Das heißt, du bist auf dich selbst angewiesen. Ich habe mit Unalakleet gesprochen, aber die haben ihre Piste gesperrt. Der Sturm ist schon da. Wir müssen uns beeilen, den nächstmöglichen Landeplatz zu finden. Koyuk fällt aus. Wir versuchen es in Elim, aber wahrscheinlich werden wir in Nome landen. Die haben Funk und können uns runterdirigieren."

Eine Ewigkeit, so schien es Jensen, schlitterten sie am Himmel entlang nach Westen. Der Wind schubste sie hierhin und dorthin. Caswells Flugtalent hatte den Sergeant schon immer beeindruckt, aber was der Pilot wirklich konnte, wurde ihm jetzt erst richtig klar. Caswell reagierte blitzschnell auf die Bewegungen der windgeschüttelten Maschine. Endlich wurde das Gerüttel schwächer. Jensen sah nach draußen; unter ihnen tauchten Lichter auf.

„Nome", teilte Caswell mit und führte ein angespanntes Gespräch mit dem Fluglotsen. Die Maschine bäumte sich immer wieder auf, während er sich verbissen bemühte aufzusetzen. Dreimal machte die Maule einen mächtigen Hopser und kippte zur Seite weg, bis sie endlich ausrollte. Zwei Männer in Parkas kamen herbeigerannt und stabilisierten die Maschine mit ihrem Körpergewicht, während ein dritter Helfer Caswell zu einem kleinen Hangar dirigierte.

„Ich will hier nicht herumhocken." Jensen sprach mit Sergeant Ken Carpenter vom Polizeirevier in Nome. „Wenn etwas passiert, dann auf den letzten Etappen vor dem Ziel. Es muss doch einen Weg geben, Koyuk oder Elim zu erreichen, vielleicht auch White Mountain."

Der hoch gewachsene Sergeant versuchte, die Situation zu erklären, aber er sagte nicht das, was Jensen gern hören wollte.

„Alex", mischte Caswell sich ein, „es geht einfach nicht. Solange uns der Sturm hier festhält, kannst du nirgendwohin."

Nachdem das Flugzeug sicher vertäut gewesen war, hatten sie sich ihre Sachen geschnappt und waren per Taxi zum Revier gefahren; dort hatte Carpenter Spätdienst. Die Iditarod-Woche ist für Nome das wichtigste Ereignis des Jahres, und tausende angereister Fans drängen sich in der Stadt.

Der Blizzard tobte jetzt in voller Stärke. Die wenigen Menschen, die sich auf die Straße trauten, hasteten von Hauseingang zu Hauseingang, und nur in den Bars und Kneipen übertönten die aus Anchorage importierten Bands lautstark das Heulen des Sturms.

„Also gut", knurrte Jensen. „Wir warten. Kommen wir wenigstens per Funk durch?"

„Ziemlich heikel", entgegnete Carpenter. „Wir können es zumindest versuchen. Auf jeden Fall sollten wir uns mit der Iditarod-Zentrale hier in Nome verständigen und fragen, was die wissen."

„Wir können nur hoffen, dass dem Blizzard in spätestens einer Woche die Luft ausgegangen ist, und sollten uns jetzt erst einmal ums Essen kümmern und dann schlafen", sagte Caswell.

„Was – eine Woche!?"

„Ist alles schon vorgekommen. Wir haben verdammtes Glück gehabt, überhaupt in Nome landen zu können. Und glaub mir, bei dem Wetter ist niemand auf dem Trail. Sie hocken alle im nächstgelegenen Checkpoint und sitzen es aus. Genau wie wir."

Wie es den Fahrern ging, die zwischen Shaktoolik und Koyuk auf dem Eis des Norton Sound die Nacht verbrachten, war nicht in Erfahrung zu bringen.

JESSIE erreichte Shaktoolik am späten Abend, nach einem kalten und windigen, aber normalen Trip. Schuller und Martinson waren beide noch da und diskutierten, ob sie nach Koyuk weiterfahren sollten. Während Jessie ihre Hunde fütterte, entschieden sie sich abzuwarten, ob der Wind gegen Morgen nachlassen würde. Die drei Musher suchten sich erst mal einen Schlafplatz.

Zwei Stunden später wurde der Wind schwächer. Die relative Stille weckte Jessie, die bei Freunden übernachtete. Als sie nach draußen ging, um die Lage zu prüfen, fand sie Schuller und Martinson bei den Vorbereitungen zum Aufbruch. Sie musste sich entscheiden. Wenn die beiden vorausfuhren, sie selbst aber womöglich durch einen erneuten Sturm hier festgehalten wurde, bedeutete dies das Ende ihrer Chancen auf einen Sieg. Todmüde, wie sie war, rüstete deshalb auch sie zum Aufbruch. Sie packte den Schlitten und folgte den beiden Männern mit zehn Minuten Abstand. Ihre Freunde steckten ihr Schinkenbrote und eine Thermosflasche mit heißem, stark gesüßtem Kaffee zu. Dankbar ließ Jessie beides in ihrem Parka verschwinden und jagte aufs zugefrorene Meer hinaus.

Die nächsten anderthalb Stunden folgte sie den Spuren von Schuller und Martinson. Doch bald wehte der Wind so heftig, dass von den Spuren nichts mehr zu sehen war. Jessie konnte sich nur an den Markierungen orientieren, dünnen Holzlatten, die alle dreißig Meter in den Schnee gesteckt waren. In regelmäßigen Abständen tauchten zudem auch dreibeinige Markierungen auf.

Langsam schritt Jessie vor dem Gespann her und suchte die nächste Markierung. Immer wieder ließ sie die Hunde anhalten, um ihnen den Schnee von Schnauze und Körper zu wischen. Sie streifte sich eine Skimaske über und zog die Kapuze hoch. Im Schneckentempo folgte sie wieder den Markierungen. Geduld und Vorsicht waren angesagt. Sie musste sich davor hüten, sich Erfrierungen zuzuziehen, die Spur zu verlieren oder in Panik zu geraten. Von Skaktoolik nach Koyuk waren es über 90 Kilometer. Wie viel davon wohl hinter ihr lag? In den anderthalb Stunden vor Ausbruch des Sturms vielleicht 25.

Wieder einmal musste sie das Gespann stoppen, um die Markierung zu suchen. Als sie zurückging, um die Hunde zu rufen, riss der Wind den Schnee sekundenlang wie einen Vorhang auseinander, und sie meinte, das Licht einer Stirnlampe zu sehen. Neben der nächsten Markierungslatte blieb sie stehen und wartete. Wer mochte das sein? Harvey? Bomber? Oder jemand ganz anders? Plötzlich überfiel sie die Angst. Wenn sie bei diesem Wetter vom Trail abkam, konnte sie sich leicht verirren, und der Schnee würde sie unrettbar begraben.

Sie marschierte jetzt noch konzentrierter, um keine lebenswichtigen Details zu übersehen. Ein einziger Fehler konnte das Ende bedeuten. Sie wollte gar nicht mehr wissen, wer hinter ihr war. Lieber vor ihm bleiben. Holmans Revolver fiel ihr ein. Bei der nächsten Markierung steckte sie ihn mit einer Schachtel Patronen in eine der Taschen ihres Parkas.

STUNDEN schienen vergangen, und der andere Fahrer war nicht aufgetaucht. Müde, hungrig und verzweifelt marschierte Jessie voran, von einer Holzlatte zur nächsten. Als sie nach dem nächsten Dreibein spähte, erblickte sie plötzlich einen Schneehaufen, der so groß wie eine Packkiste war. Dann bewegte sich das Ganze und ließ sie entsetzt zurückzucken. Kopf und Schultern eines Mannes tauchten auf. Mit zugezogener Kapuze kam die Gestalt auf sie zu.

In plötzlicher Panik versuchte Jessie wegzurennen, stolperte und fiel hin. Die Gestalt war herangekommen und half ihr aufzustehen. Sie erkannte Dale Schullers grünen Parka, als er gegen das Sturmbrausen anschrie: „Jessie? Bist du es?"

Sie war so erleichtert, dass ihr die Knie zitterten. „O Gott, du bist es, Dale. Dem Himmel sei Dank!"

Schuller und Martinson hatten ihre Schlitten gegeneinander gekippt und sich dazwischen gekauert. Jetzt konstruierten sie mit Hilfe von Jessies Gefährt einen dreiseitigen Schutzraum. Sie häuften die Ausrüstung auf die unteren Kufen und packten die schweren Sachen obendrauf, damit nichts weggeweht wurde. Alle flachen Dinge kamen zwischen die Schlitten, als Unterlage für die Schlafsäcke. Mit einiger Mühe bastelten sie aus einem Stück Segeltuch ein Dach. In dem engen, dunklen Loch schälten sie sich, einer nach dem anderen, mühevoll aus den nassen Klamotten, zogen trockene Kleidung an und krochen in die schweren Arktisschlafsäcke.

Jessie fielen die Sandwiches und der Kaffee ein, und sie teilte beides mit Schuller und Martinson. Dabei kuschelten sie sich so eng wie möglich aneinander und waren bald genug durchwärmt, um wegzudösen.

Bevor sie richtig einschlief, brüllte Jessie über das Heulen des Windes hinweg Schuller ins Ohr: „Jemand war hinter mir, ohne mich einzuholen! Ich habe sein Licht gesehen!"

„Wahrscheinlich Harvey. Wenn er auftaucht, lassen wir ihn rein."

Nach vier Stunden unruhigen Schlafs erwachten sie. Der Sturm hatte sich gelegt. In ihrer kleinen Höhle war es wärmer geworden. Als Schuller die Segeltuchabdeckung wegstieß, stob der darauf liegende Schnee nach allen Seiten, und Wind und Tageslicht drangen herein.

Sie krochen aus den warmen Schlafsäcken und schlüpften wieder in ihre durchgekühlten Parkas, Stiefel und Hosen. Als Jessie aufstand, bemerkte sie, dass sie in der weißen Wüste mutterseelenallein zu sein schienen. Von den Hunden war nichts zu sehen, aber dicht bei ihrem

Behelfszelt bemerkte sie Schlittenspuren. Jemand hatte sie überholt, während sie geschlafen hatten.

Martinson stieß einen lauten Pfiff aus und rief seinen Leithund. Auf einen Schlag rührten sich alle drei Gespanne – dicht zusammengerollt hatten die Hunde unter dem Schnee geschlafen.

„Sollen wir Feuer machen?", fragte Martinson.

„Zu viel Mühe. Geben wir den Hunden einen Happen, und dann nichts wie weiter nach Koyuk, solange sich der Wind zurückhält", erwiderte Jessie. Schuller nickte zustimmend.

Ihre Ausrüstung war unter dem Neuschnee begraben. Sie buddelten alles aus und packten die Schlitten. Das Fahren würde einfach sein, da schon Spuren vorhanden waren.

„Wer das wohl war?", fragte Schuller, bevor sie aufbrachen. „Sieht nicht nach Harvey aus. Er fährt einen Toboggan, und der macht andere Spuren. Könnte Bomber gewesen sein."

Als sie bei Koyuk vom Eis herunterkamen, sahen sie, dass Schullers Vermutung gestimmt hatte: Vor dem Checkpoint stand der Schlitten von Cranshaw. Er selbst saß im warmen Blockhaus und vertilgte ein Frühstück aus Pfannkuchen, Spiegeleiern und Würstchen, was Jessie beinahe dazu gebracht hätte, die eiserne Grundregel, zuerst die Hunde zu versorgen, zu verletzen. Aber dann wärmte sie sich nur Gesicht und Hände und ging wieder nach draußen.

Martinson war mit der Fütterung seiner zwölf Huskys schon fertig und verschwand in Richtung Frühstück. Jessie hinkte nicht allzu sehr hinterher, aber jeder Handgriff schien eine Ewigkeit zu dauern. Doch endlich war auch sie fertig und futterte im Checkpoint Pfannkuchen für drei.

Sie blieben nur drei Stunden in Koyuk, bevor es nach Elim ging. In dieser Zeit trafen weder Harvey noch Gail Murray am Checkpoint ein.

Bomber startete als Erster. Bis Nome waren es nur noch 274 Kilometer. Je näher sie dem Ziel kamen, umso mehr schien Martinsons Laune sich zu bessern. Er rechnet sich gute Gewinnchancen aus, dachte Jessie, während sie ihren Hunden die Pfotenschützer überzog.

Schuller ließ zwei Hunde zurück, den jungen Rüden Pepper und die alte Betsy. Das musste ihn hart ankommen; zum ersten Mal in vier Jahren würde Betsy nicht mit ihm ins Ziel einlaufen. Schuller hatte nun noch zwölf Hunde. Jessie sah, wie er zärtlich Betsys Ohren kraulte, während er mit dem Zeitnehmer sprach und der Tierarzt behutsam die verletzte Pfote der Hündin untersuchte. Sie leckte seine Hand, hatte aber nur Augen für Schuller. Sie wusste, dass er sie zurückließ. Kaum war er außer Sicht, legte sie betrübt den Kopf auf die Pfoten.

Gleich darauf gab Jessie Tank den Befehl zum Aufbruch. Gegen neun Uhr abends erreichte sie das 77 Kilometer hinter Koyuk gelegene Elim. Für die Strecke hatte sie knapp sieben Stunden gebraucht, obwohl der Wind ihr unablässig sandpapierscharfen Schnee ins Gesicht getrieben hatte.

Martinson überholte Cranshaw zwischen den beiden Checkpoints und verschwand in der Ferne. Dennoch gelang es Bomber, fünf Minuten vor Schuller und Jessie am Ziel zu sein. Als die beiden ihre Gespanne vor dem Checkpoint anhielten, kam er zu ihnen herüber.

„Du bist dieses Jahr gut drauf, Jessie."

„Ich habe ein tüchtiges Gespann, und alle Hunde sind in bester Verfassung."

„Nicht besser als meine."

„Das werden wir noch sehen. Denk dran, wie's vor zwei Jahren lief." Das war das Jahr gewesen, in dem sie ihn ein paar Kilometer vor Nome überholt hatte.

„Wie ich sehe, hast du deinen Trailbreaker verloren", erwiderte er gehässig.

„Du meinst Mike?"

„Ja. Er hat seine Hunde ausgelaugt."

Sie spürte Wut in sich aufsteigen, riss sich aber zusammen. „Das ist unfair, Bomber. Ich leiste meinen Anteil beim Trailbreaking wie jeder andere auch."

„Das sagst *du*. Du hast Hilfe gehabt, von Anfang an. Wie Gail und die anderen Frauen auch. Und wenn sich nicht gerade Ryan oder Solomon für dich ins Zeug gelegt hat, dann dieser dämliche Trooper."

Vor Wut hätte sie ihn am liebsten geschlagen. Er ist eifersüchtig, dachte sie. Aber nicht nur das. Er hat Angst, ich könnte ihn wieder besiegen, und sucht schon jetzt nach Entschuldigungen, falls das tatsächlich eintritt. Betont ruhig antwortete sie: „Schade, dass du das denkst. Es stimmt nicht, und das weißt du auch."

Ruckartig drehte er sich um und stapfte zum Checkpoint hinüber.

„T. J. Harvey ist verletzt." Jessie hatte Schuller nicht kommen hören und zuckte beim Klang seiner Stimme zusammen. Sein besorgtes Gesicht verhieß schlechte Nachrichten. „Solomon und Gail haben ihn letzte Nacht bewusstlos neben seinem Schlitten gefunden, in dem Hügelgelände vor der Küste. Er hat wohl gerastet. Dabei ist er offenbar gestolpert und mit dem Kopf auf einen Klumpen gefrorenen Fisch geknallt, mit dem er die Hunde füttern wollte."

„O Gott! Wie geht es ihm?"

„Gail und Mike sind umgekehrt und haben ihn nach Shaktoolik zurückgebracht. Dort ist er dann wieder zu sich gekommen. Er kann sich an kaum was erinnern."

Sie schauten sich an, dachten beide dasselbe. „Ist man sicher, dass er nur gestürzt ist?"

„Verflixt, Jessie, ich weiß es nicht."

„Ist T. J. aus dem Rennen?"

„Zu hundert Prozent. Sie fliegen ihn aus, sobald es aufklart."

„Sind die Trooper in Shaktoolik?"

„In Nome. Der Sturm hat sie gestern die Küste raufgescheucht, und bisher konnten sie noch nicht wieder starten. Heute Nachmittag hat es aber Holman von Koyuk aus nach Shaktoolik geschafft."

14

Bei der Iditarod-Rennleitung in Nome, die in einem Saal mittlerer Größe untergebracht war, herrschte ein ständiges Kommen und Gehen; Fans und Funktionäre gaben sich die Klinke in die Hand. Ein anderer, kleinerer Raum beherbergte Funkgeräte und Computer. Hier wurde genau registriert, wo sich die Teilnehmer auf dem Trail jeweils befanden. Hinter einem Tresen nahe dem Ausgang verkauften freiwillige Helfer Iditarod-Souvenirs. Eine handgemalte Alaskakarte bedeckte eine der Wände. Jede Etappe des Rennens war sorgfältig markiert. Rennmitarbeiter steckten die bunten, mit Namen versehenen Fähnchen um, sobald sie von neuen Positionen der Musher erfuhren. Die Fähnchen der Teilnehmer, die hatten aufgeben müssen, steckten an der Seite. Nach dieser Karte hatten Gail Murray und Solomon Koyuk passiert. Die anderen vier – Martinson, Schuller, Jessie und Cranshaw – hatten mehr als die Hälfte der 77 Kilometer nach Elim geschafft.

Harveys Unfall war über Funk gemeldet worden. Jensen befragte Holman, der mit T. J. und dem Sanitäter von Shaktoolik gesprochen hatte.

„Wir bringen ihn rüber ins Krankenhaus von Nome, sobald es aufklart", versicherte Holman. „Natürlich hat er schlimme Kopfschmerzen, aber er ist nicht in Lebensgefahr."

„Was meinen Sie, Matt? War es ein Unfall?"

„Ich weiß nicht recht. Könnte einer gewesen sein. T. J. erinnert sich an nichts. Sollte ihm jemand eins übergezogen haben, habe er ihn jedenfalls nicht bemerkt, meinte er. Solomon hat zwar noch nach Fußspuren Ausschau gehalten, aber der Schnee hatte alles längst zugedeckt, sogar Harvey selbst. Es ist ein Glück, dass sie ihn überhaupt gefunden haben."

„Was hat ihn k. o. gehen lassen?"

„Ein Klotz gefrorener Fisch, den er gerade für die Fütterung zerhacken wollte. Solomon hat das Ding mitgebracht. Harveys Blut klebt dran. Aber er hätte schon verdammt unglücklich stürzen müssen, um sich selbst derart massiv zu verletzen."

„Also ist beides denkbar. Wann kommen Sie nach Nome, Matt?"

„Sobald ich kann." Holman unterbrach die Funkverbindung.

Der Sturm hatte sich zwar etwas gelegt, aber immer noch peitschte der Wind durch die Straßen, und die Temperaturen lagen weit unter dem Gefrierpunkt. Jensen war froh, als er endlich im „Nugget Inn" war, wo Carpenter ihnen eine Unterkunft besorgt hatte.

Im Foyer wimmelte es von angereisten Fans. Und auch im „Golden Dust Saloon", der sich neben der Rezeption befand, waren fast alle Tische besetzt. Die Trooper machten es sich auf den Hockern der Bar gemütlich, die eine Seite des Raums füllte. Das Schnitzwerk des Tresens und die altmodischen Lampen erinnerten daran, dass die Zeiten des Goldrauschs noch nicht so lange zurücklagen.

„Wenn wir wüssten, dass Harveys Unfall in Wirklichkeit ein Mordversuch war, könnten wir Schuller und Martinson streichen", sagte Becker, nachdem sie ihr Bier erhalten hatten.

„Wissen wir aber nicht."

In diesem Augenblick stellte der Barkeeper das Radio lauter. Der stündliche Lagebericht war fällig, und an der Bar wurde es still.

Martinson hatte Elim als Erster erreicht, um 17 Minuten vor acht. 13 Minuten später folgte ihm Bomber Cranshaw, der Schuller und Jessie überholt hatte. Aber auch diese beiden wurden bereits vom Checkpoint gesichtet.

JESSIE blieb zwei Stunden in Elim. Die Zeit reichte gerade, um die Hunde zu füttern, dann war sie wieder unterwegs, direkt hinter Martinson. Sie hatte Bomber gleich hinter dem Checkpoint überholt und lag jetzt auf Platz zwei, eine Position, die sie nicht wieder aufgeben wollte. Als Vorbereitung auf den Schlusssprint über Safety nach Nome war in White Mountain eine obligatorische Vierstundenpause fällig. Jetzt kam es nur noch darauf an, niemanden davonziehen zu lassen.

Jessie konnte sich nicht erinnern, jemals so müde gewesen zu sein. Weit hinter sich auf dem Eis sah sie zwei hüpfende Lichter – Schuller und Bomber –, und vor ihr blitzte gelegentlich Martinsons Lampe auf. Die Erinnerung an den Blick, den Bomber ihr zugeworfen hatte, als sie ihn hinter Elim überholt hatte, ließ sie nachträglich erzittern.

Den Regeln entsprechend, kann der Musher einen Konkurrenten überholen, wenn er sich auf 15 Meter genähert hat und sein Verlangen ausspricht. Doch Bomber hatte so getan, als hätte er Jessie nicht gehört, und sie hatte ihre Bitte dreimal wiederholen müssen. Wäre Schuller nicht in Sichtweite gewesen, hätte Bomber womöglich überhaupt nicht reagiert. Deshalb würde sie auf jeden Fall versuchen, ihre jetzige Position zu halten.

Sie überlegte kurz, ob sie die Stirnlampe ausschalten und im Dunkeln weiterfahren sollte, damit Bomber nicht wusste, wo sie sich befand, aber andererseits half ihr das Licht, wach zu bleiben.

Sie erreichte den Checkpoint Golovin um drei Uhr morgens. Martinson lag schlafend auf seinem Schlitten, die Hunde um sich herum. Als Jessie heranbrauste, erwachte er und setzte sich auf. Sie brachte ihr Gespann zum Stehen und fütterte die Hunde. Als sie ihren Schlitten neu packte, schlenderte Martinson heran.

„Du scheuchst mich ganz schön, Jessie."

Sie grinste ihn an. „Gut. Das werde ich auch weiter tun."

„Magst du einen Kaffee?"

Sie unterbrach ihre Arbeit und blickte ihn an. Sie hatten zwar schon gemeinsam an Rennen teilgenommen, waren aber von der Platzierung her einander nie so nah gewesen wie in diesem Jahr. Gemessen an Martinsons unwirschem Benehmen der vergangenen Tage, war dieses Angebot eine Überraschung.

„Gern, Tim. Kaffee wär super. Ich komm gleich rüber."

Er nahm den Metallbecher aus ihrer Hand und stapfte zum Feuer neben seinem Gespann. Jessie warf einen Blick auf ihre Hunde und folgte ihm dann. Sie hockte sich ans Feuer und griff nach dem heißen Kaffee. Gerade wollte sie den ersten Schluck trinken, als ihr Name gerufen wurde und eine Frau aus der Dunkelheit hervortrat.

„Jessie!" Es war Alice Yupanuk, ihre Eskimofreundin. „Ich habe gerade gehört, dass du angekommen bist."

Jessie stand auf und umarmte sie. „Alice, wie schön, dich zu sehen! Tim – meine Freundin Alice."

Martinson nickte und lächelte.

„Hier, Jessie. Heißer Kakao.“ Alice drückte ihr eine Thermoskanne in die Hand. „Ich habe Rentiergulasch auf dem Herd. Ich bringe euch eine Portion.“ Und noch bevor Jessie etwas sagen konnte, war sie schon wieder unterwegs zu ihrem kleinen Haus auf einem Hügel.

Jessie wandte sich zu Martinson. „Möchtest du was?“

„Oh ..., klar, gerne.“

Sie leerte die Kaffeebecher in den Schnee und füllte sie mit dem heißen Schokoladengetränk.

Minuten später kam Alice mit einer Papiertüte und einem Kochtopf zurück. Aus der Tüte holte sie Löffel, tiefe Teller und heißes, gebuttertes Brot. Dann schöpfte sie Gulasch aus dem Topf und reichte jedem einen Teller und einen Löffel. Zufrieden verfolgte sie, wie Martinson und Jessie zulangten.

„Was für ein Geschenk. Vielen Dank, Alice“, sagte Jessie.

Noch während sie aßen, trafen Bomber und Schuller ein.

„Freunde von dir?“, wollte Alice wissen.

„Tja, ich denke schon.“

„Wetten, dass sie Hunger haben?“ Alice eilte davon, um die beiden ebenfalls zu versorgen.

„Nette Frau.“ Martinson schaute ihr nach.

Der Rest der Nacht verging mit der Fahrt nach White Mountain. Um acht Uhr trafen sie ein. Schuller kam 40 Minuten später, noch vor Cranshaw. Jetzt waren es nur noch 123 Kilometer bis Nome, und jeder rechnete damit, dass das Rennen am elften Tag vorbei wäre. Vier Stunden Rast waren in White Mountain Pflicht. Die Musher fütterten ihre Hunde und ließen sie schlafen.

Während das Futter vor sich hin kochte, leerte Jessie ihren Schlittensack, um alles auszumustern, was sie nicht unbedingt brauchte. Alles Aussortierte verstaute sie in einem Plastiksack. Als sie den Sack, der nach Wasilla geschickt werden sollte, zum Kontrollpunkt trug, stieß sie auf Martinson und Schuller, die ebenfalls am Ausmisten waren.

Cranshaw dagegen hatte seinen Schlitten in einiger Entfernung abgestellt. Er war von neugierigen Kindern umringt. Als ein Junge seine Waffe berührte, die verlockend offen herumlag, wirbelte Bomber herum und brüllte: „Pfoten weg!“ Bei dieser Bewegung ging sein Parka auf, und Jessie sah Metall an seinem Gürtel aufblitzen. Bomber nahm den Revolver und stopfte ihn in die Tasche unter dem Lenker.

„Wie geht's dir, Jessie?“, rief Schuller ihr zu, als sie vorbeikam.

„Gut. Streng dich an. Ich habe fast eine Stunde Vorsprung.“

„Hoffentlich geben deine Biester in Safety auf.“

„Meine Jungs doch nicht.“

Davor fürchteten sich alle: Safety war der letzte Checkpoint vor Nome. Es kam dort immer wieder vor, dass müde Hunde sich weigerten, auf ihre von jedem Checkpoint gewohnte Ruhepause zu verzichten. Sie boykottierten das Startkommando, bis sie sich ausgeruht hatten. So mancher Musher hatte schon frustriert zusehen müssen, wie die Konkurrenz an ihm vorbeizog und er um einige Plätze zurückfiel. Sieg oder Niederlage hingen davon ab, in welcher Laune das Gespann Safety erreichte.

Nachdem sie die Routinearbeiten erledigt hatte, versuchte Jessie etwas zu essen, aber ihr fehlte der Appetit. Sie stocherte in den Käsemakkaroni ihrer Mutter herum und streckte sich schließlich für eine Stunde auf dem Schlitten aus. Die letzten zehn Minuten verbrachte sie mit Warten vor dem Checkpoint, wobei sie beobachtete, wie Martinson aufbrach. Als er das letzte Haus von White Mountain erreichte, kam ein Dorfköter angerannt und verbellte sein Gespann. Martinson brüllte, aber seine zehn Hunde stürmten nach rechts, dem Angreifer hinterher. Leute rannten herbei, um die Meute zu stoppen, aber die Hälfte der Tiere hatte sich bereits hoffnungslos in den Geschirren verheddert. Fluchend war Martinson damit beschäftigt, das Chaos zu beseitigen, als Jessie an ihm vorbeifuhr.

Unwillkürlich musste sie lachen. Doch es hätte genauso gut ihr Gespann sein können. Aber sie war gut weggekommen und stürzte sich nun auf die 88 Kilometer der Topok Hills zwischen White Mountain und Safety. Prüfend blickte sie auf das Gespann vor ihrem Schlitten. Zwei Hunde hatte sie herausgenommen; sie fuhr jetzt mit den acht besten und schnellsten.

Plötzlich wurde ihr die Situation sonnenklar: Zum ersten Mal bei diesem Rennen, zum ersten Mal überhaupt, war niemand zwischen ihr und der Ziellinie. Sie lag in Führung. Martinson war allerdings nur Minuten zurück. Dennoch genoss sie den Augenblick.

Bis zu den Topok Hills blieb sie an der Spitze. Der Wind hatte die vereisten Abhänge vom Neuschnee freigefegt, was es extrem schwierig machte, den Schlitten bei den Schrägfahrten in der Spur zu halten. Kilometer für Kilometer kämpfte Jessie sich voran. Wie bei einer Achterbahnfahrt ging es bergauf eher langsam, bergab dagegen zu schnell. Bremsen hatte wenig Erfolg.

Am Rand eines vereisten Wasserlaufs machte sie im Schutz einiger

Fichten Rast und gab den Hunden einen Happen. Gerade als sie weiterfahren wollte, vernahm sie einen lauten Ruf. Über ihr tauchte Martinson am Hügelkamm auf und schlitterte auf sie zu.

„Wir sehen uns in Nome!“, rief er ihr im Vorbeifahren zu.

Was für ein seltsamer Mann, schoss es ihr durch den Kopf, als sie das Kommando zum Start gab. Fast während des gesamten Rennens benimmt er sich total asozial, und dann bietet er mir Kaffee an. Warum diese plötzliche Nettigkeit? Und wenn ich nun seinen Kaffee getrunken hätte? Zeit genug hatte er, um was reinzuschütten. Und ich Idiotin habe ihm brav meine Tasse gegeben. Wenn Alice nicht mit dem heißen Kakao gekommen wäre, hätte ich den Kaffee getrunken. Hat er nicht ein Gesicht gezogen, als ich die Becher auskippte? „Verdammt!“, sagte sie laut. „Ich leide schon unter Verfolgungswahn.“ So langsam verdächtige ich alle. Auch Bomber mit seinen zwei Waffen? Warum zwei? O Gott! Eine davon ist vielleicht meine.

Der Gedanke schnürte Jessie die Kehle zu. Sie hatte nicht genau erkennen können, wie die Waffe aussah, die er in den Schlittensack gesteckt hatte. War das ihre 44er gewesen? Wenn Bomber hinter allem steckte: Wie gut, dass er nichts von ihrer neuen Waffe wusste. Sollte sie zu Martinson aufschließen und es ihm sagen? Sie konnte es versuchen.

Aber Jessie holte Martinson nicht mehr ein, auch wenn sie ihn noch mehrmals vor sich sah – zuletzt hinter den Hügeln auf der langen Abfahrt zur Küste hinunter. Aber wenn sie in Safety ihm oder Alex alles erklärte, würde Bomber sie in der Zwischenzeit garantiert einholen.

Um sechs Uhr fuhr Jessie den Strand entlang. Safety war höchstens noch eine Stunde entfernt und Martinson nirgendwo in Sicht. Sie blickte sich um. Zwei winzige Gestalten auf Schlitten folgten ihren Spuren.

15

Erst am letzten Tag des Rennens war Matt Holman kurz nach zwölf Uhr mittags endlich in Nome. Er hatte eine Menge zu erledigen und suchte als Erstes Jensen auf. Die drei Trooper erwarteten ihn bei der Iditarod-Rennleitung. Sie zogen sich in eine ruhige Ecke zurück, wo sie ungestört reden konnten.

„Harvey geht's ganz gut“, berichtete Holman. „Kann sich leider immer noch nicht erinnern. Und Jessies Waffe?“

„Weiterhin verschwunden."

„Jeder hätte sie klauen können", warf Caswell ein. „Und wenn der Täter sie irgendwo zwischen McGrath und hier weggeworfen hat, finden wir sie nie wieder."

„Ich möchte mir noch mal ein paar Fahrer vorknöpfen, Matt", bat Jensen.

„Das geht auf keinen Fall. Die ersten vier sind von White Mountain nach Safety unterwegs. Dort werfen sie nochmals Ballast ab. Das ist der einzige Grund für den Stopp."

„Wir könnten das Aussortierte durchsuchen."

„Was erwarten Sie denn zu finden?"

„Vielleicht etwas, was einen Zusammenhang zwischen Taten und Täter herstellt."

„Wenn Sie wirklich was entdecken und das Rennen in Safety platzen lassen, kriegen Sie eine Menge Ärger. Bevor es vorbei ist, wird keiner mehr eine Frage beantworten."

DIE FAHRER an der Spitze hatten es eilig, nach Nome zu kommen. Alle vier hatten noch vor Safety eine Pause eingelegt und die Hunde gefüttert. Von nun an würde niemand mehr rasten.

Auch Martinson hielt sich nicht lange in Safety auf. Er checkte ein, nahm zwei Hunde aus dem Gespann, warf – bis auf die obligatorische Ausrüstung – sämtliches Zubehör vom Schlitten und brauste davon. Das Ganze hatte nicht länger als sieben Minuten gedauert.

Zehn Minuten später, um fünf vor halb acht, war Jessie dran. Sie schaffte den Check in fünf Minuten; das brachte sie kostbare 120 Sekunden näher an Martinson heran. Jeweils acht und zehn Minuten hinter ihr trafen Cranshaw und Schuller ein; hinter White Mountain hatten sie eine halbe Stunde gutgemacht. Sie absolvierten den Check in sechs beziehungsweise sieben Minuten.

Jetzt begann die heiße Phase. Jeder der vier konnte gewinnen, auch wenn Martinson und Schuller zwanzig Minuten trennten. Ein solcher Vorsprung war in der Vergangenheit schon aufgeholt worden, zumal keines der Gespanne in Safety die Weiterfahrt verweigert hatte.

Kurz vor Schullers und Cranshaws Ankunft waren die Trooper mit der Maule gelandet. Holman hatte sie am Spätnachmittag zum Flugplatz von Nome gefahren und sich dann wieder seinen Pflichten als Rennleiter gewidmet.

Sie hatten sich neben dem Zeitnehmer aufgestellt und beobachteten, wie Bomber anhielt und seine Hunde umschirrte. Ein Tier nahm er heraus, jetzt hatte er nur noch elf. Schuller reduzierte sein Gespann um drei auf neun Hunde.

Beide Männer warfen alles nur irgend Entbehrliche aus den Schlitten. Der Zeitnehmer hakte die Pflichtausrüstung ab, die gleich wieder eingepackt wurde. Zurück blieb ein wüstes Durcheinander aus Kleidung, Kochern, Taschenlampen, Ersatzstiefeln, Medikamenten, Werkzeugen und Hundeleinen. Die Trooper stopften alles in Plastiksäcke.

Als die beiden Musher in Richtung Nome verschwunden waren, fragte Jensen den Zeitnehmer, wann mit den nächsten Fahrern zu rechnen sei.

„Es wird mindestens noch drei Stunden dauern, bis Solomon kommt. Er hat Gail Murray überholt. Ich erwarte Solomon gegen halb elf, Murray gegen elf."

In weniger als drei Stunden würde das Rennen vorüber sein. Viel Zeit hatten sie also nicht.

„Ich möchte, dass Sie alles, was die nächsten zwölf Musher hier zurücklassen, in Beuteln aufbewahren", wies Jensen den Zeitnehmer an. „Sorgen Sie dafür, dass niemand an die Sachen rankommt."

„Die fasst mir keiner an. Das garantiere ich."

Fern von neugierigen Zuschauern prüften sie im Checkpoint dann Stück für Stück, was Martinson, Jessie, Cranshaw und Schuller aussortiert hatten, und packten jeden Gegenstand in einen neuen Sack.

Unter Cranshaws Sachen fand Caswell einen Revolver in einem Lederholster mit den Initialen B. C. Zwei Schachteln mit Munition lagen darunter. Jensen trat zu Caswell, öffnete eine der Schachteln, überprüfte die Patronen und wollte eben den Deckel schließen, als er etwas bemerkte. Eine Patrone unterschied sich von dem Rest. Er nahm sie heraus und inspizierte sie genau. Dann hielt er sie Caswell hin.

„Die passt nicht in Cranshaws Waffe. Eine 44er Patrone."

Becker wurde aufmerksam und kam zu ihnen herüber. „Jessies?"

„Das wäre die Lösung", nickte Caswell.

„Und Cranshaw ist bis Nome nicht zu erreichen", murmelte Jensen. „Der Hundesohn ist direkt hinter ihr. Wenn er seine eigene Waffe hier gelassen hat, trägt er vielleicht ihre bei sich. Wir brechen sofort auf."

Eine Stunde nach ihrer Ankunft in Safety waren sie schon wieder in der Luft, auf dem Weg zurück nach Nome.

UM 14 MINUTEN nach zehn, etwas mehr als zweieinhalb Stunden nachdem die führenden Musher in Safety aufgebrochen waren, heulte in Nome die Sirene auf, das Zeichen dafür, dass der erste Fahrer drei Kilometer vor der Stadt das Rasthaus von Fort Davis passiert hatte und gleich auf der Front Street auftauchen würde. In der Dunkelheit konnte niemand sagen, wer sich hinter dem Licht der Stirnlampe verbarg. Aber es war der Sieger, und bald würde man wissen, wer es war.

Am unteren Ende der Front Street stand ein Polizeiauto bereit, um den Sieger ins Ziel zu eskortieren. Alle warteten darauf, dass der Fahrer endlich auftauchen und auf das von Scheinwerfern angestrahlte Zielmonument zufahren würde. Man schubste und drängelte, um die beste Position zu erwischen. Alle spekulierten, wer der Sieger sein mochte.

Im Zielbereich standen Jensen, Becker und Caswell aufgeregt neben dem Rennleiter und beobachteten, wie die Menge rechts und links der Rampe zu einer dichten Mauer anwuchs. Ein Streifenpolizist und zwei Trailbreaker hatten den eigentlichen Zielbereich mit einem beweglichen Zaunstück abgesperrt. Sobald der Musher sich näherte, würden sie es wegziehen, aber umgehend wieder hinstellen, damit die Menschenmenge nicht nachströmte. Man brauchte schließlich Platz für die Presse, für Interviews und Fotos. Und für den Zeitnehmer, der prüfen musste, ob der Musher die vorgeschriebene Grundausrüstung mit sich führte. Auf dem Kranausleger eines Lastwagens schwebte ein Fernsehteam in die Höhe. Presseleute standen mit Mikrofonen hinter der Ziellinie.

Jensen hatte sich Bomber Cranshaw sofort schnappen wollen, aber Holman hatte ihn angefleht, das Rennen nicht so kurz vor Schluss zu unterbrechen. „Wenn Sie ihn um seinen Platz bringen und er nicht der Täter ist, dann ist die Hölle los. Bitte warten Sie, bis er über die Ziellinie ist."

Wider alle Vernunft hatte Jensen sich umstimmen lassen. Er glaubte nicht, dass Cranshaw vor so vielen Zeugen etwas unternehmen würde. Dutzende von Zuschauern fuhren auf Schneemobilen parallel zum Trail. Er würde Holman den Gefallen tun. Aber nur, bis Bomber im Ziel war.

Das Polizeiauto kam neben dem Musher her die Front Street herauf. Auf der Höhe eines Lebensmittelladens stand eine Straßenlaterne, und jetzt begann die Menge zu brüllen: „Martinson! Es ist Tim Martinson! Willkommen in Nome!"

Die bullige, hoch gewachsene Gestalt auf dem Schlitten konnte niemand anders sein als Martinson. Übers ganze Gesicht strahlend, fuhr er die Front Street hinauf. Kurz vor dem Ende der Rampe hielt er das Gespann an, ging an die Spitze und führte den Leithund an den jubelnden Fans vorbei die leichte Schräge hinauf über die Ziellinie bis zum Iditarod-Monument. Für den Sieg reichte es aus, wenn sich die Schnauze des Leithundes über der Ziellinie befand. Als Musher und der Husky sie überschritten, erhellten Hunderte von Blitzlichtern schlagartig das Dunkel.

„Herzlichen Glückwunsch, Tim!", ertönte über Lautsprecher die Stimme des Ansagers.

In den nächsten fünf Minuten beantwortete Martinson Fragen und posierte mit seinen Hunden für die Fotografen. Der Zielraum füllte sich, und Jensen drängte sich mit Caswell näher heran. Als Martinson die Polizisten erblickte, winkte er den Sergeant zu sich rüber.

„Cranshaw und Jessie sind nicht weit hinter mir", berichtete er. „Sie sollten besser nachsehen, ob Jessie okay ist. Die meiste Zeit habe ich hinter mir ihre Lichter gesehen, aber die letzten 20 Kilometer nicht mehr. Da ist was oberfaul mit Cranshaw. Er will um jeden Preis verhindern, dass sie ihn schlägt."

Jensen packte Caswell am Arm und zog ihn zum Schneezaun. „Becker!", brüllte er.

Doch sie wurden von Holman angehalten, neben dem keuchend ein Bote der Rennzentrale stand. „Anruf vom Rasthaus Davis: Es wurden zwei Musher gesichtet, aber irgendwas stimmt nicht. Den Lichtern nach zu urteilen, sind beide ineinander gerast. Dann gingen ihre Stirnlampen aus. Ein paar Minuten später fingen Helfer ein Gespann ein, das ohne Fahrer auf die Stadt zuraste. Es fiel wohl auch ein Schuss."

„Wessen Gespann war es?"

„Das wissen sie nicht."

„Wir brauchen Schneemobile!", rief Jensen.

Mit laufendem Motor standen ein paar „eiserne Hunde" nahe der Ziellinie. Ihre Fahrer hatten Martinson auf den letzten Metern begleitet. Jensen und Caswell schnappten sich die nächststehenden Maschinen und warfen die verblüfften Besitzer fast vom Sitz. Dann brausten sie in Richtung Ufer davon, während Holman und Becker sich hinter ihnen auf die nächsten zwei Schneemobile stürzten.

FÜNF Kilometer vor Nome kauerte Jessie hinter einem schneebedeckten Eisblock; am Rand der Panik, verwundet und wütend versuchte sie, zu lauschen und gleichzeitig nachzudenken.

Cranshaw hatte Safety neun Minuten nach ihr verlassen, aber sein Gespann unerbittlich, wie besessen angetrieben. Während er aufgeholt und Jessie schon bald vor sich gesehen hatte, war Schuller hinter ihm allmählich zurückgefallen.

Als Jessie gemerkt hatte, dass sich ihr jemand näherte, war ihr klar gewesen, dass es nur einer sein konnte. Schuller würde auf seine Hunde niemals so eindreschen und dabei das Risiko eingehen, dass sie kurz vorm Ziel zusammenbrachen. Die kalte Angst im Nacken, hatte sie ihr Gespann zur Eile angetrieben.

Acht Kilometer vor der Stadt war Bomber so dicht hinter ihr, dass sie die Flüche hören konnte, die er seinen Hunden zubrüllte. Dann war sie selbst dran. „Mach Platz, Jessie! Gottverdammich, fahr zur Seite und lass mich vorbei! Aus dem Weg, hab ich gesagt, alte Hexe!"

„Mush, Tank, los! Weiter, Jungs!", rief sie ihren Huskys zu. Beim Klang ihrer Stimme legten die Hunde zu, aber sie wurden langsam müde. Bald würde ihr Tempo nachlassen. Ich muss es bis zum Rasthaus schaffen, dachte Jessie, wo Leute uns sehen. Nur bis zum Rasthaus durchhalten.

Sie kamen jetzt auf relativ ebenes Gelände, die Eisblöcke wurden von welligem Untergrund abgelöst. Jessie hörte einen Knall: Cranshaw hatte ein Stück Leine als Peitsche eingesetzt. Eine Bewegung zu ihrer Linken sagte Jessie, dass er aus dem Trail ausgeschert war, um sich an ihr vorbeizudrängeln. Sein Leithund und zwei weitere Tiere waren jetzt auf einer Höhe mit ihrem Schlitten. Nach und nach zog der Rest von Bombers Gespann an ihr vorbei, bis sie seinen Schlitten neben sich erblickte.

„Mach Platz, Jessie! Ich warne dich!"

Mächtige Eisblöcke tauchten vor ihr in der Dunkelheit auf. Je näher sie kamen, umso dichter fuhr Bomber an Jessie heran, bereit, sie aus der Spur zu drängen. Knirschend krachte sein Schlitten gegen ihren, aber sie blieb in der von Martinson ausgefahrenen Spur.

Bis zu diesem Augenblick hatte sie nicht auf Bombers Drohungen reagiert, aber plötzlich überwältigte sie die Wut. „Lass mich verdammt noch mal in Ruhe! Du hast vielleicht meine Knarre, aber ich hab eine neue und werde sie auch benutzen!"

Allerdings traute sie sich nicht, den Lenker loszulassen, um den Revolver aus dem Holster zu ziehen, doch Bomber ging es bestimmt nicht anders.

Einen Moment lang herrschte Stille, dann warf sich Cranshaw ungestüm nach rechts, um sie erneut zu rammen. Aber plötzlich wurden seine Hunde langsamer. Die Schlitten verhakten sich. Jessie riss es den Lenker aus der Hand, und sie fiel rückwärts in den Schnee, während ihr Gespann davonraste. Cranshaws Hunde blieben unvermittelt vor einem Eisblock stehen; Bomber konnte sich gerade noch am Schlitten festhalten.

Jessie rollte sich auf die Knie. Als sie sah, wie Bomber in die kleine Schlittentasche griff, warf sie sich nach rechts und robbte auf einen Eisblock zu, aber da peitschte auch schon ein Schuss durch die Dunkelheit. Jessie spürte einen brennenden Schmerz in der rechten Schulter. Ihr Arm wurde taub.

Der Schuss schreckte Cranshaws Gespann auf. Die Hunde stürmten davon, hinter Jessies Gespann her, und Bomber landete im Schnee, bevor er abermals hatte zielen können.

Blitzschnell schaltete Jessie ihre Stirnlampe aus. Mühsam kroch sie hinter ein paar Eisblöcke, wo sie nach ihrer Waffe griff. Die rechte Hand gehorchte nicht. Unbeholfen zog sie mit links den Reißverschluss auf und holte den Revolver heraus.

„Jessie? Ich krieg dich! Hörst du mich?"

Sie stützte die Waffe auf dem Eisblock ab und zielte in Richtung der Stimme. Bewegungslos wartete sie, dass Cranshaw sich rührte und das Geräusch ihr verriet, von wo er kam.

HOLMAN und Becker, die mit fünf Minuten Abstand hinter Jensen und Caswell herbrausten, fingen Jessies auf Nome zutrabendes Gespann ein, banden es an einem Eisblock fest und fuhren weiter.

Unterdessen geriet Jensen selbst unter heftigen Beschuss. Während er durch die Dunkelheit voranbrauste, durchschlug plötzlich eine Revolverkugel – ihn nur um Zentimeter verfehlend – die Windschutzscheibe. Er scherte aus und suchte Deckung hinter einem Eisblock, wobei er Caswell mit sich zog. Sie stellten die Motoren ab.

„Jessie!", rief Jensen. „Alles okay?"

Ein Schuss krachte, und von der oberen Kante des Eisblocks stoben Splitter.

„Alex? Gott sei Dank, dass du da bist!"

Jessie war offenbar auf der anderen Seite des Trails. Wieder wurde geschossen, aus derselben Richtung.

„Verdammt noch mal, Jensen! Bleiben Sie, wo Sie sind, oder ich bring Jessie um!"

„Wohin wollen Sie denn fliehen? Geben Sie auf, Cranshaw!"

„Dann hol mich doch, du Bastard! Aber bevor du mich erwischst, erwische ich Jessie!"

Caswell deutete auf den Eisblock vor ihnen und flüsterte: „Ich versuche es hier. Mal sehen, ob ich ihn von hinten erwischen kann. Du versuchst, dich an Jessie ranzupirschen. Okay?"

Sie schlichen los. Der trockene Schnee knirschte unter ihren Füßen und verriet ihre Position. Sie hielten inne und spitzten die Ohren. Cranshaw bewegte sich in Jessies Richtung. Rasch glitt Jensen von Eisblock zu Eisblock. Hielt an, um zu lauschen. Cranshaws Schritte ließen sich jetzt in Jessies Nähe vernehmen. Langsam kroch Jensen weiter, bis er nur noch zwei Eisblöcke von der Stelle entfernt war, an der er Cranshaw vermutete. Er duckte sich hinter einen Block, spähte um die Ecke und wartete. Der knirschende Schnee verriet ihm schließlich, wo Bomber steckte.

Ein Blitz, ein Schuss, und Cranshaw brüllte auf. Er griff sich an den Arm. Seine Waffe flog in die Dunkelheit. „Verdammtes Miststück! Du hast mich angeschossen!"

Jensen entdeckte Jessie auf dem Eisblock, wo sie auf Bomber gewartet hatte. Die beiden Trooper erreichten Cranshaw im selben Moment. Caswell blieb bei ihm.

„Komm runter, Jessie." Jensen streckte die Arme aus.

„Er hat mich an der Schulter erwischt", warnte sie ihn. Den rechten Arm gegen den Körper gepresst, rutschte sie in seine Arme. Dann küsste sie ihn heftig.

„Mit links schießt du verdammt gut, Lady."

„Ich hatte Todesangst."

Holman und Becker kamen auf ihren Schneemobilen angebraust. Caswell, der Cranshaw Handschellen angelegt hatte, rief sie zu sich herüber.

„Lass mal deine Schulter sehen." Jensen zog Jessie ins Licht der Scheinwerfer.

„Tut weh. Wo ist mein Gespann?"

„Solide festgebunden, etwa einen Kilometer von hier", beruhigte Holman sie.

„Sobald Alex sich um meine Schulter gekümmert hat, brauche ich es. Ich will nach Nome."

„Jessie, das kannst du nicht!"

„Damit Bomber sein Ziel erreicht? Ich will das Rennen zu Ende bringen. Ich tue es für George, Ginny, Steve und für mich. Und ich will, dass er dabei zusieht."

JESSIE bekam ihren Willen. Mit einer Eskorte von Schneemobilen absolvierte sie die letzten Kilometer. Die Schulter dick in Gaze aus ihrem Erste-Hilfe-Set eingepackt, den rechten Arm am Oberkörper festgebunden, fuhr sie einhändig, auf ihre Hunde einredend, das Ufer hinauf und nach Nome hinein. Die Sirene heulte zu ihrer Begrüßung.

Schuller holte sie noch vor der Stadt ein, aber, so erzählte er später mit todernster Miene der jubelnden Menge, „irgendwie war mir klar, dass ich geschlagen war".

Auf ihrem Weg die Front Street hinauf lächelte Jessie nach beiden Seiten, winken konnte sie nicht. An der Ziellinie wurde sie überwältigend begrüßt. Sie führte Tank unter das Zielmonument und wartete, bis der Zeitnehmer ihre Ausrüstung überprüft hatte. Eine Weile sprach sie mit Presseleuten und drückte ihren Leithund an sich, während die Reporter Fotos machten. Tim Martinson stand grinsend im Hintergrund. Jensen und Becker blieben in ihrer Nähe. Caswell wartete mit Bomber neben dem Polizeiauto und zwang ihn, alles mit anzusehen.

Dann brachte Jensen Jessie ins Krankenhaus.

OBWOHL es schon spät war, saß die ganze Truppe im *Gold Dust Saloon* des Nugget Inn: Jensen, Becker, Caswell, Holman, Jessie, Martinson, Schuller und Ryan. Bier und Popcorn hatten den Champagner abgelöst, den Jessie bestellt hatte.

Das Abschlussbankett hatte den größten Teil des Abends gekostet. Nun freuten sie sich, in kleiner Runde weiterzufeiern. In den vier Tagen seit Martinsons Sieg hatten zwei Drittel der Teilnehmer die Ziellinie überschritten. Nur noch wenige waren auf dem Trail. Jessie, die zwei Tage im Krankenhaus gelegen hatte, war am Vortag entlassen worden. Sie trug den Arm in einer Schlinge.

Cranshaw befand sich noch im Gefängnis von Nome, würde aber später nach Anchorage überstellt werden. Alle waren sich einig, dass er in der Iditarod-Stadt keinen fairen Prozess erwarten konnte. Jensen, Becker und Caswell waren nach Anchorage geflogen, um Bericht zu erstatten. Auf Bitten von Matt Holman waren sie zum Bankett nach Nome zurückgekommen. Dass Harvey und Ryan auf dem Weg der Besserung waren und sogar am Bankett teilnehmen konnten, freute jedermann. Aber angesichts der Toten und Verletzten waren auch Trauer und Wehmut zu spüren. Pollitt lag, eben erst operiert, noch in Anchorage im Krankenhaus.

Ein Hundefutterhersteller hatte zwei Fahrern die Trophäe für „ungewöhnlichen Sportsgeist" verliehen: Mike Solomon, weil er im Farewell Burn bei Pollitt ausgeharrt hatte, bis der Hubschrauber gekommen war, und Gail Murray, weil sie (zusammen mit wiederum Solomon) T. J. Harvey unter extrem harten Wetterverhältnissen nach Shaktoolik zurückgebracht hatte.

Emphatisch im Blitzlichtgewitter beklatscht, hatten Martinson und Jessie ihre Preise in Empfang genommen. Später hatte Holman die drei Trooper auf die Bühne geholt und ihnen für ihre Hartnäckigkeit bei der Lösung des Falls gedankt. Sie waren mit einem Iditarod-Emblem ausgezeichnet worden, das eigentlich nur Mushern zustand, die das Rennen bis zum Ziel durchgestanden hatten. Als alles vorbei gewesen war, war die Gruppe zum Saloon des Nugget Inn spaziert.

„Sie müssen mir einiges erklären, Sergeant." Jim Ryan beugte sich vor. „Seit wann wussten Sie, dass es Bomber war?"

„Ich hatte ihn seit McGrath in Verdacht", erklärte Alex. „Aber erst viel später wusste ich es definitiv."

„Sie haben geglaubt, dass ich es war, stimmt's?", fragte Martinson.

„Ich hielt Sie für verdächtig. Weil Sie so unglaublich muffig waren. Außerdem hatten Sie genug Zeit, um nach McGrath zurückzukehren und den Elch aufzuscheuchen. Und als der Zeuge den Kerl auf dem Schneemobil beschrieb, dachte ich, das könnten nur Sie gewesen sein."

„Ich verstehe immer noch nicht, warum Bomber so etwas tun konnte", murmelte Jessie.

„Er hat eine Menge geredet, nachdem er hat zusehen müssen, wie du angekommen bist", berichtete Jensen. „Cas hat er erzählt, dass er unbedingt gewinnen musste. Er war in Gefahr, seinen einzigen Sponsor zu verlieren, falls er nicht ganz vorn landen würde. Er musste fürchten, im nächsten Jahr nicht starten zu können. Er hatte nicht vor, jemanden zu töten. Er konnte nicht ahnen, dass Ginny Koptak einen Gefallen tun und seine Thermosflasche zusammen mit ihrer eigenen füllen würde. Er schüttete die Droge in die Flasche mit den Initialen G. K., weil er dachte, es wäre die von Ginny. Als Koptak starb, war er ebenso erschüttert wie alle anderen, denn er empfand großen Respekt für George. Der Unfall verzerrte seine Perspektive. Er geriet in Panik, schwankte zwischen der Angst vor Entlarvung und dem angenehmen Gefühl, gut voranzukommen. Weil Ginny vielleicht eins und eins zusammenzählen würde, versuchte er es am Finger Lake aufs Neue und brachte auch sie um. Und als sich am Rainy Pass eine günstige Gelegenheit bot, vergiftete er Steve Smiths Hunde.

Ein weiteres Motiv war Eifersucht. Er ist der Meinung, dass Rennen grundsätzlich Männersache sind. Du dachtest, er wäre darüber hinweg, Jessie, aber er hat seine Gefühle nur unterdrückt, bis Wut und Angst in ihm übermächtig wurden. In deinem Fall war er besonders eifersüchtig, weil er sich für dich interessierte, von dir aber eine Abfuhr bekam."

„Wie hat er denn das PCP, mit dem er Steves Hunde vergiftet hat, nach Rohn geschafft?", fragte Ryan.

„So, wie wir es uns gedacht hatten. Er schüttete das Zeug in eine Plastiktüte um und klemmte das Röhrchen an Gail Murrays Schlitten fest, bevor er am Rainy Pass aufbrach. Irgendwann fiel das Röhrchen runter, und Schuller sammelte es auf."

„Was war mit Pollitt und Harvey?"

„Beides Unfälle. Sie haben Verwirrung gestiftet, weil die anderen Geschichten auch erst wie Unfälle aussahen."

Jetzt redeten alle gleichzeitig los, und die nächste halbe Stunde beschränkte Jensen sich vergnügt aufs Beobachten. Dann stand er unvermittelt auf. „Okay, Leute, es ist spät." Er nahm Jessies unverletzte Hand. „Darf ich Sie nach Hause geleiten, Madam?"

„Aber sicher, Trooper. Zu Ihnen oder zu mir?"

„Zu mir. Bei dir gibt's zu viele Hunde."

Foto: Greg Martin Photography

Eines der letzten großen Abenteuer

In den ersten drei Monaten eines Jahres befindet sich Alaska – *The Last Frontier*, „die letzte Grenze", wie der mit 1,6 Millionen Quadratkilometern größte der 50 US-Bundesstaaten von seinen Bewohnern auch genannt wird – fest in der Hand von Mushern und ihren Gespannen. Zahlreiche Schlittenhunderennen ziehen Einheimische und Touristen gleichermaßen an.

Vor allem das Iditarod-Rennen übt auf Zuschauer und Aktive eine unwiderstehliche Faszination aus: Jedes Jahr starten Anfang März tausende Teilnehmer zu diesem längsten und härtesten Schlittenhunderennen der Welt, das in zwei Wochen über beinahe 1800 Kilometer quer durch Alaska führt. Es folgt dabei abwechselnd zwei historischen Trail-Routen, die zu Zeiten des Goldrauschs als Versorgungswege zu den entlegenen Minenlagern dienten. In den ungeraden Jahren wird die so genannte Südroute befahren, wie Sue Henry sie in *Wettlauf durch die weiße Hölle* beschreibt. Zu den spektakulärsten Rennabschnitten zählen dabei sicherlich die 240 Kilometer, die auf dem vereisten Yukon zurückzulegen sind und bei Nordwind die kälteste Etappe des Iditarod darstellen.

Für *Wettlauf durch die weiße Hölle* hat Sue Henry vor Ort und während des Rennens recherchiert. Die Autorin lebt seit über 25 Jahren in Alaskas Metropole Anchorage und arbeitet an der dortigen Universität im Zentrum für Erwachsenenbildung. Nach mehreren Romanen mit den Hauptfiguren Alex Jensen und Jessie Arnold wird sie von einer wachsenden Fangemeinde als Spezialistin für Alaska-Krimis geschätzt.

NORA ROBERTS
DAS HAUS
DER
DONNA

Miranda scheint vom Schicksal begünstigt: Sie entstammt der einflussreichsten Familie der Stadt, verfügt über Verstand und Schönheit und hat Erfolg in einem interessanten Beruf. Ihr Herz aber hält sie so fest unter Verschluss wie die Meisterwerke in ihrem Museum. Doch für einen raffinierten Dieb findet sich immer ein Weg.

KAPITEL 1

Der scharfe, feuchte Wind drang bis ins Mark. Auf beiden Seiten der Straße türmten sich Schneewehen, die ein Sturm am Anfang der Woche dort aufgeworfen hatte. Der Himmel war von eisigem Blau. Kahle Bäume mit nackten schwarzen Ästen ragten aus dem winterbraunen Gras empor. Das war der März in Maine.

Miranda stellte die Heizung höher, programmierte ihren CD-Player auf Puccinis „La Bohème" und fuhr zu den anschwellenden Klängen der Musik weiter.

Nach einer zehntägigen Vortragsreise, bei der sie von ihrem Hotel zum jeweiligen College-Campus, von dort zum Flughafen und dann wieder zu einem neuen Hotel gejagt war, war sie mehr als froh, endlich wieder nach Hause zu kommen. Möglicherweise hatte ihre Erleichterung etwas damit zu tun, dass sie Vorträge hasste, weil sie jedes Mal, wenn sie vor den Reihen aufmerksamer Gesichter stand, furchtbar litt. Aber Schüchternheit und Lampenfieber durften der Pflicht nicht im Wege stehen.

Schließlich war sie Dr. Miranda Jones, eine Jones aus Jones Point.

Die Stadt war einst vom ersten Charles Jones gegründet worden, und Miranda wusste, dass die Jones das Bedürfnis hatten, ihre Position als führende Familie der Stadt zu behaupten.

Zugute kam ihr dabei persönlich, dass eine Frau von fast ein Meter achtzig Größe und mit leuchtend roten Haaren selten unbemerkt blieb. Selbst wenn sie ganz unbeteiligt war, sah Miranda doch immer aus, als trüge sie die Verantwortung.

Ihr Gesicht war schmal und kühl, mit einer langen, geraden Nase, leicht vorstehendem Kinn und ausgeprägten Wangenknochen. Ihr Mund war voll und groß, wobei sie allerdings häufig ernst die Lippen zusammenpresste, und ihre Augen waren leuchtend blau, blickten jedoch meistens ziemlich nüchtern.

Aber während sie jetzt die lange, gewundene Küstenstraße entlangfuhr, lächelten ihr Mund und ihre Augen. Jenseits der Klippen war das

Meer rau und stahlgrau. Sie liebte seine Stimmungen, seine Macht, zu beruhigen oder aufzuwühlen.

Die Straße stieg an, während das Land, das nun von beiden Seiten von Wasser umspült wurde, sich immer mehr verengte. Der höchste Punkt dieser Landzunge ragte wie ein Knöchel empor, und auf ihm erhob sich das alte viktorianische Haus, von dem aus man eine herrliche Aussicht über das Festland und das Meer hatte. Weiter unten, wo das Gelände wieder zur See abfiel, war die weiße, speergleiche Gestalt des Leuchtturms zu sehen, der die Küste bewachte.

Als Miranda ein Kind gewesen war, war das große Steinhaus ihre Zuflucht gewesen, und zwar wegen der Frau, die darin gewohnt hatte. Amelia Jones hatte auf die Familientraditionen gepfiffen und so gelebt, wie sie es für richtig hielt, stets gesagt, was sie dachte, und in ihrem Herzen immer einen Platz für ihre beiden Enkel gehabt.

Miranda hatte sie angebetet. Der einzige große Schmerz, den sie je erlitten hatte, war Amelias Tod gewesen – ohne Vorwarnung war sie vor acht Wintern im Schlaf gestorben. Sie hatte das Haus, das ansehnliche, über die Jahre angesammelte Vermögen und ihre Kunstsammlung Miranda und deren Bruder Andrew vererbt. Ihrem Sohn, Mirandas Vater, hatte sie den Wunsch hinterlassen, er möge, bis sie sich wieder sähen, wenigstens halbwegs so geworden sein, wie sie es immer gehofft habe. Und ihrer Schwiegertochter hatte sie ihre Perlenkette vermacht, weil diese das Einzige war, was Elizabeth jemals wirklich geschätzt hatte.

Miranda erreichte das Ende der Küstenstraße und bog in die lang gezogene Einfahrt ab. Das Haus hatte viele Jahre und zahlreiche Stürme überstanden. Doch jetzt, dachte sie mit leisem Schuldgefühl, wurde es ziemlich vernachlässigt. Weder sie noch Andrew fanden jemals Zeit, um Anstreicher kommen zu lassen oder sich um die Gartenpflege zu kümmern. Und doch war das Haus immer noch schön, so wie eine alte Frau, die sich ihres Alters nicht schämt. Breite Veranden und schmale Balkone boten Ausblicke in alle Richtungen. Riesige Eichen ragten ringsum auf, und eine dichte Pinienhecke bot Schutz gegen den Nordwind.

Miranda und Andrew lebten hier angenehm miteinander – oder hatten es zumindest getan, bevor er angefangen hatte zu trinken. Aber darüber wollte sie jetzt nicht nachdenken. Sie liebte ihn und genoss es, ihn so nahe zu wissen. Es war ein Vergnügen, mit ihm unter demselben Dach zu wohnen und das Neuengland-Institut für Kunstgeschichte zu leiten.

Sie stieg aus dem Wagen, beugte sich dann aber noch einmal hinein, um ihren Laptop-Computer, ihre Handtasche und ihren Aktenkoffer herauszuholen. Dabei wehten ihr die Haare ins Gesicht, und sie schnaubte verärgert. Aus dem halben Seufzer wurde ein ersticktes Keuchen, als jemand ihr Haar packte und ihren Kopf zurückriss. Die Spitze eines Messers presste sich kalt und scharf gegen ihre Halsschlagader.

Innerlich schrie sie auf, und die Angst stieg ihr bis in die Kehle. Bevor sie jedoch den Mund aufmachen konnte, wurde sie herumgerissen und so hart gegen das Auto gestoßen, dass ihre Beine unter ihr nachgaben.

Sein Gesicht war Grauen erregend. Kalkweiß und voller Narben. Es dauerte einige Sekunden, bis Miranda in ihrem Entsetzen merkte, dass es sich um eine Horrormaske aus Gummi handelte. Der Mann war groß, ungefähr einsneunzig, schätzte sie. Sie bemühte sich, jedes Detail genau zu registrieren: hundertzehn Kilo etwa, breite Schultern, Stiernacken. Schmutzigbraune Augen, kalt wie die eines Hais. Und genauso gefühllos fuhr er jetzt mit der Spitze des Messers über ihre Kehle und ritzte ihre Haut auf. Eine dünne Blutspur tröpfelte auf ihren Mantelkragen.

„Bitte nicht", stammelte sie, während sie unwillkürlich nach seinem Handgelenk griff. „Ich habe dreihundertfünfzig Dollar dabei. Ich gebe sie Ihnen." Bitte mach, dass er Geld will, dachte sie voller Panik.

Entsetzt keuchte sie auf, als er sie wie ein Bündel Lumpen zur Seite stieß. Sie fiel hart auf Hände und Knie, und die Kieselsteine der Auffahrt schnitten ihr die Handflächen auf. Sie hörte sich wimmern und hasste sich für die hilflose, lähmende Angst, die es ihr unmöglich machte, etwas anderes zu tun, als ihn schreckerfüllt anzustarren.

Er hob ihre Handtasche und ihren Aktenkoffer auf. Dann bückte er sich und rammte das Messer in einen der Hinterreifen. Als er es herauszog und einen Schritt auf sie zu machte, begann Miranda, aufs Haus zuzukriechen. Sie wartete darauf, dass er ihr das Messer mit der gleichen sorglosen Wucht in den Rücken stieß, wie er es in den Reifen gerammt hatte. Als sie die Treppe erreichte, blickte sie sich um. In ihrem Kopf drehte sich alles, und kleine gehetzte Laute drangen aus ihrem Mund.

Sie war allein!

Raue Atemstöße kratzten in ihrem Hals, als sie sich die Stufen hinaufzog. Sie musste ins Haus gelangen, die Tür verriegeln, bevor er zurückkam. Ihre Hand glitt zweimal vom Türgriff ab. Abgeschlossen. Niemand war da, der ihr helfen konnte. Einen Moment lang rollte sie sich einfach nur vor der Tür zusammen, zitternd vor Angst.

Beweg dich! befahl sie sich. Du musst dich bewegen! Hol den Schlüssel, schließ auf, ruf die Polizei! Sie hielt sich am Türgriff fest und zog sich hoch. Ihre Beine drohten nachzugeben, und ihr linkes Knie schmerzte unerträglich, aber sie taumelte von der Veranda und blickte sich voller Panik suchend nach ihrer Handtasche um, bis ihr einfiel, dass der Räuber sie ja mitgenommen hatte.

Sie riss die Autotür auf und durchwühlte das Handschuhfach. Ihre Finger hatten sich gerade um den Zweitschlüssel geschlossen, als ein Geräusch sie wild herumfahren ließ. Aber es war nur der Wind, der durch die nackten schwarzen Äste rauschte.

Mit pfeifendem Atem eilte sie humpelnd wieder auf das Haus zu, fummelte panisch mit dem Schlüssel am Schloss herum und heulte vor Erleichterung auf, als er endlich hineinglitt.

Sie taumelte ins Haus, schlug die Tür hinter sich zu und verriegelte sie. In ihren Ohren klingelte es, und Übelkeit stieg in ihr hoch. Sie biss die Zähne zusammen und machte einen Schritt vorwärts, dann vorsichtig einen zweiten, da die ganze Eingangshalle um sie herum zu schwanken schien.

Sie hatte beinahe schon den Fuß der Treppe erreicht, als sie merkte, dass nicht ihre Ohren klingelten, sondern das Telefon. Mechanisch ging sie in den Salon und nahm den Hörer ab.

„Hallo?“ Ihre Stimme klang weit weg. „Ja …, ja, ich verstehe. Ich werde da sein. Ich habe …“ Sie schüttelte den Kopf, um wieder klar denken zu können. „Ich muss mich zuerst um ein paar andere Dinge kümmern … Nein, ich komme so schnell wie möglich.“ Dann wurde sie von einem Gefühl der Hysterie erfasst. „Ich habe schon gepackt“, sagte sie und lachte.

Sie lachte immer noch, als sie den Hörer wieder auflegte. Und sie lachte noch, als sie auf einem Sessel in sich zusammensank, sich wie zu einem Ball zusammenrollte, und merkte gar nicht, dass aus dem Lachen mittlerweile Schluchzen geworden war.

SIE UMFASSTE eine Tasse heißen Tee mit beiden Händen, trank aber nicht. Ihre Hände zitterten zu sehr, um die Tasse an den Mund zu führen, aber es war tröstlich, sie einfach nur zu halten. Sie hatte den Polizeibeamten, die nach ihrem Anruf gekommen waren, einen klaren, präzisen Bericht gegeben. Aber jetzt war sie wieder allein und hatte das Gefühl, keinen einzigen klaren Gedanken fassen zu können.

„Miranda!“ Dem Schrei folgte das laute Knallen der zuschlagenden Haustür. Andrew stürmte herein und warf einen entsetzten Blick auf das Gesicht seiner Schwester. „O mein Gott!“ Er lief zu ihr und kauerte sich vor sie hin.

„Mir geht's gut. Nur ein paar blaue Flecken." Doch sie zitterte.

Andrew blickte auf die Risse in ihrer Hose, das getrocknete Blut auf der Wolle. Seine Augen wurden dunkel vor Entsetzen. „Hat er ..., hat er dich vergewaltigt?"

„Nein, nein, nichts dergleichen. Er hat nur meine Handtasche und meinen Aktenkoffer gestohlen. Er wollte einfach Geld. Es tut mir Leid, dass du von der Polizei angerufen worden bist. Ich hätte es selbst tun sollen."

„Schon in Ordnung. Mach dir keine Sorgen." Er nahm ihr die Tasse aus den Händen und stellte sie beiseite. „Es tut mir so Leid. Komm, ich bringe dich ins Krankenhaus."

„Ich brauche nicht ins Krankenhaus. Ich habe nur ein paar Beulen und blaue Flecken." Sie holte tief Luft, was ihr jetzt, wo Andrew hier war, leichter fiel. Er konnte sie wütend machen, und er hatte sie enttäuscht. Aber er war ihr ganzes Leben lang der Einzige gewesen, der immer bei ihr gewesen war.

Er stand auf und lief unruhig hin und her. Er hatte ein schmales, knochiges Gesicht, das gut zu seinem langgliedrigen, schlaksigen Körper passte. Sein Teint war dem seiner Schwester ähnlich, allerdings waren seine Haare von dunklerem Rot, fast mahagonifarben.

„Ich wünschte, ich wäre hier gewesen."

„Du kannst nicht überall sein. Niemand konnte ahnen, dass ich vor unserem Haus überfallen werde. Die Polizei glaubt, dass der Kerl einbrechen wollte und meine Ankunft ihn überrascht hat."

„Sie sagten, er hatte ein Messer."

„Ja." Behutsam hob sie die Hand, um die feine Linie an ihrer Kehle zu betasten. „Ich brauchte es nur anzusehen, und mein Verstand stand still."

„Ich hätte hier sein sollen", wiederholte Andrew.

„Du bist jetzt hier." Sie lehnte sich an ihn und schloss die Augen. Das genügte anscheinend, um sie zu beruhigen. „Mutter hat angerufen. Das Telefon klingelte, als ich ins Haus kam." Sie rieb sich die Schläfen. „Ich muss morgen nach Florenz fliegen."

„Sei nicht albern. Du bist verletzt und durcheinander. Meine Güte, wie kann sie von dir erwarten, dass du in ein Flugzeug steigst, nachdem du gerade überfallen worden bist?"

„Ich habe es ihr nicht gesagt." Sie zuckte mit den Schultern. „Ich habe gar nicht nachgedacht. Jedenfalls war die Aufforderung klar und deutlich. Ich muss einen Flug buchen."

„Du wirst jetzt ins Bett gehen.“ Andrew sog die Luft ein wie jemand, dem eine unangenehme Aufgabe bevorsteht. „Ich erkläre es ihr.“

„Mein Held.“ Liebevoll küsste sie ihn auf die Wange. „Nein, ich fliege. Ein heißes Bad, ein paar Aspirin, und mir geht es wieder gut. Und außerdem kann ich nach diesem kleinen Abenteuer ein bisschen Ablenkung gut gebrauchen. Anscheinend hat sie eine Bronzeskulptur, die ich untersuchen soll. Sie braucht einen Archäometriker, und zwar schnell.“

„Sie hat einen bei ihren Leuten von Standjo.“

„Stimmt.“ Miranda brachte ein Lächeln zustande. „Wenn sie mich herbeizitiert, muss es um etwas Großes gehen. Sie will, dass es in der Familie bleibt. Elizabeth Standford-Jones, Direktorin von Standjo, Florenz, schickt nach einer Expertin für italienische Renaissancebronzen. Ich habe nicht vor, sie zu enttäuschen.“

WÄHREND Miranda versuchte, ihre Schmerzen im heißen Badewasser zu lindern, beschloss sie, sich am nächsten Tag von einem Mietwagen zum Flughafen fahren zu lassen. Ihr Knie tat so sehr weh, dass es schwierig werden würde, selbst zu fahren, auch wenn sie den Reifen rasch wechseln ... Sie setzte sich so abrupt auf, dass das Wasser über den Wannenrand schwappte. Ihr Pass, ihr Führerschein! Er hatte ihre Handtasche und ihren Aktenkoffer geraubt – alle ihre Dokumente.

Ärgerlich zog sie den Stöpsel aus dem Abfluss. Der Ausbruch zorniger Energie ließ sie aufstehen, doch ihr lädiertes Knie gab unter ihr nach. Sie unterdrückte einen Schmerzenslaut und sank wieder zurück.

Am liebsten hätte sie geweint, aber Tränen würden ihr nicht helfen, ihre Papiere zurückzubekommen. Also unterdrückte sie sie entschlossen, hob vorsichtig zuerst das eine, dann das andere Bein über den Wannenrand und stemmte sich hoch. Als sie endlich auf den Füßen stand, hielt sie sich am Waschbecken fest und betrachtete sich in dem hohen Spiegel an der Innenseite der Tür.

Ihre Hüfte schillerte schwarzblau und tat entsetzlich weh. Ihre Knie waren zerkratzt und aufgeschürft, das linke war hässlich rot und geschwollen. Ihre Handflächen brannten. Aber es war die lange, feine Linie an ihrer Kehle, die ihr erneut Benommenheit und Übelkeit verursachte. Fasziniert und entsetzt zugleich, fuhr sie mit den Fingern daran entlang. Knapp neben der Halsschlagader, dachte sie. Knapp am Tod vorbei.

DIE SCHMERZEN in ihrem Knie weckten sie. Miranda schaltete das Licht an und schüttelte ein paar Tabletten aus dem Fläschchen, das sie sich auf den Nachttisch gestellt hatte. Sie blickte auf das Leuchtzifferblatt ihrer Uhr und stellte fest, dass es kurz nach drei war. Wenigstens hatte ihr die Mischung aus Ibuprofen und Aspirin, die sie um Mitternacht genommen hatte, drei Stunden Erleichterung verschafft. Aber jetzt war sie wach und von Schmerzen geplagt. Sie konnte sich genauso gut in die Höhle des Löwen wagen. Wegen der Zeitdifferenz würde ihre Mutter jetzt an ihrem Schreibtisch sitzen. Sie griff zum Hörer und wählte die Nummer.

„Miranda, ich wollte gerade für deine Ankunft eine Nachricht in deinem Hotel hinterlassen."

„Ich werde später kommen. Ich ..."

„Später?" Die Frage klang kalt und scharf. „Ich habe der Regierung garantiert, dass wir heute mit den Untersuchungen beginnen."

„Ich werde dir John Carter schicken. Ich ..."

„Ich habe nicht nach John Carter gefragt, sondern nach dir."

„Ich hatte auch durchaus die Absicht, da zu sein, aber mein Pass und meine anderen Papiere sind gestern gestohlen worden. Und da heute Freitag ist, kann ich wohl kaum vor nächster Woche damit rechnen, Ersatz zu bekommen."

„Selbst an einem relativ ruhigen Ort wie Jones Point ist es unverantwortlich, das Auto nicht abzuschließen."

„Die Papiere waren nicht im Auto, ich hatte sie bei mir. Ich sage dir Bescheid, sobald sie ersetzt sind und ich genau weiß, wann ich komme. Es tut mir Leid, dass ich mich verspäte. Bis dann."

Es bereitete ihr ein perverses Vergnügen aufzulegen, bevor ihre Mutter etwas erwidern konnte.

FÜNFTAUSEND Kilometer entfernt starrte Elizabeth in ihrem eleganten, weitläufigen Büro mit einer Mischung aus Ärger und Verwirrung auf das Telefon.

„Gibt es ein Problem?"

Zerstreut sah Elizabeth ihre frühere Schwiegertochter an. Die Ehe zwischen Elise und Andrew hatte nicht funktioniert, aber ihre eigene berufliche und persönliche Beziehung zu Elise war durch die Scheidung nicht beeinträchtigt worden.

„Ja. Miranda kommt erst später. Ihr Pass und ihre anderen Papiere sind gestohlen worden."

„Das ist ja schrecklich!“ Elise stand auf. Sie war nur etwa einssechzig groß. Mit ihrem kurzen schwarzen Haar, den großen grünen Augen und der milchweißen Haut sah sie wie eine moderne Märchenfee aus. „Ist sie überfallen worden?“

„Einzelheiten weiß ich nicht.“ Elizabeths Blick nach zu urteilen, war das im Moment auch nicht ihre Hauptsorge.

„Ich weiß, dass du heute mit den Untersuchungen beginnen willst. Ich kann meine andere Arbeit aufschieben und selbst anfangen“, schlug Elise vor.

Nachdenklich stand Elizabeth auf und trat ans Fenster. Sie konnte immer klarer denken, wenn sie über die Stadt blickte. Florenz war ihr Zuhause, war es gewesen, seit sie die Stadt zum ersten Mal gesehen hatte. Damals war sie achtzehn gewesen, eine junge College-Studentin mit einer verzweifelten Liebe zur Kunst und einem geheimen Verlangen nach Abenteuern. Sie hatte sich hoffnungslos in die Stadt verliebt, mit ihren roten Dächern, den majestätischen Kuppeln, den verwinkelten Gassen und den lärmenden Piazze. Und sie hatte sich in einen jungen Bildhauer verliebt. Doch ihre Eltern hatten sie im gleichen Moment, in dem sie davon erfahren hatten, nach Boston zurückgeholt. Das war natürlich das Ende der Affäre gewesen.

Sie schüttelte die Erinnerungen ab, ärgerlich, weil ihre Gedanken in die Vergangenheit abgeglitten waren. Jetzt war sie die Direktorin des weltweit größten und angesehensten Instituts, das Kunstgegenstände auf Echtheit und Alter prüfte. Standjo hätte genauso gut eines der Familienunternehmen der Jones sein können, aber es gehörte ihr. Ihr Name stand oben an erster Stelle und sie selbst auch.

Elizabeth war eine schlanke, attraktive Frau von 58 Jahren. Ihre Haare waren aschblond. Ihr untadeliger Geschmack spiegelte sich in dem perfekt geschnittenen Valentino-Kostüm wider, das sie trug. Ihre Augen waren von einem unerbittlichen, intelligenten Blau. Sie bot das Bild einer kühlen, eleganten Geschäftsfrau mit Geld und der entsprechenden gesellschaftlichen Stellung. Mit weniger hätte sie sich auch nie zufrieden gegeben. Sie wollte immer nur das absolut Beste.

„Wir warten auf Miranda.“ Sie drehte sich wieder zu Elise herum. „Es handelt sich um ihr Spezialgebiet. Ich werde den Minister persönlich anrufen und ihm die kurze Verzögerung erklären.“

Elise lächelte sie an. „Du bist die Chefin.“

Elizabeth nickte. „Oh, John Carter kommt übrigens morgen“, verkündete sie. „Er wird in Mirandas Team mitarbeiten. Du kannst ihm in der Zwischenzeit ruhig ein anderes Projekt anvertrauen. Schließlich braucht er hier nicht Däumchen zu drehen."

„Ich kümmere mich darum."

„Danke, Elise."

Als sie allein war, setzte sich Elizabeth wieder an ihren Schreibtisch. Miranda würde das Projekt leiten. Das hatte sie beschlossen, als sie die Bronze gesehen hatte. Es würde eine Standjo-Unternehmung sein, geleitet von einer Jones. Das hatte sie so geplant, das erwartete sie. Und das würde sie auch bekommen.

SIE KAM fünf Tage zu spät, also beeilte sich Miranda, stieß die hohen, mittelalterlichen Türflügel auf und marschierte energisch durch die Halle mit dem weißen Marmorboden.

Sie trug ein königsblaues Seidenkostüm, das streng und militärisch wirkte. Das richtige Erscheinungsbild war wichtig, wenn man vor einer Begegnung mit der Direktorin des besten Archäometrielabors der Welt stand. Auch wenn diese die eigene Mutter war. Dann sogar besonders.

Der Aufzug brachte sie in die ruhige, elegante Lobby dessen, was sie immer als „das innere Heiligtum" bezeichnete.

„*Buon giorno.*" Sie trat an die Rezeption.

„*Ah, Dottoressa Jones.*" Die Empfangsdame lächelte. „Sie werden bereits erwartet."

Miranda ging durch die doppelten Glastüren zu ihrer Linken, schritt den kühlen weißen Flur entlang, der zum Büro ihrer Mutter führte, und klopfte. Sofort ertönte ein „Herein".

Elizabeth saß an ihrem Schreibtisch. Das Fenster hinter ihr bot einen atemberaubenden Ausblick auf Florenz in all seiner sonnenbeschienenen Pracht.

Mutter und Tochter maßen einander mit einem kurzen abschätzenden Blick. Elizabeth ergriff als Erste das Wort. „Wie war dein Flug?"

„Ohne besondere Vorkommnisse." Miranda stand aufrecht wie ein Kadett bei der Inspektion.

„Schön. Und wie geht es dir?"

„Gut." Aber nach Andrew erkundigt sie sich nicht, dachte Miranda.

Elizabeth erhob sich. „Die Fiesole-Bronze hat absolute Priorität. Natürlich stehen dir alle Labors und die gesamte Ausrüstung zur Verfügung, ebenso die Unterstützung aller Teammitglieder, die du dabeihaben möchtest." Elizabeth neigte den Kopf. „Was ist mit deinem Bein? Du humpelst ein bisschen."

„Ich bin überfallen worden, erinnerst du dich?"

„Du hast gesagt, dass du ausgeraubt wurdest, aber nicht, dass du auch verletzt wurdest."

„Du hast ja nicht gefragt. Am wichtigsten war schließlich der Verlust meiner Papiere und die Verzögerung, die dadurch entstanden ist. Das hast du mir ja unmissverständlich klargemacht."

„Ich nahm an …" Elizabeth brach ab und machte eine Geste, die Verärgerung oder Niederlage bedeuten konnte. „Warum setzt du dich nicht, damit ich dir ein paar Hintergrundinformationen geben kann?"

Miranda nahm Platz und schlug die Beine übereinander.

„Der Mann, der die Bronze entdeckt hat …"

„Der Klempner?"

„Ja. Carlo Rinaldi. Er behauptet, er habe sie versteckt unter einer eingebrochenen Treppenstufe im Keller der Villa della Donna Oscura gefunden. Soweit wir es nachprüfen konnten, scheint das auch der Fall gewesen zu sein. Die Tatsache, dass er sie in seinem Werkzeugkasten aus der Villa geschmuggelt und sich dann fünf Tage Zeit gelassen hat, bis er sie den entsprechenden Stellen übergeben hat, hat uns zunächst allerdings ziemliche Sorgen bereitet."

„Ist sie nicht beschädigt? Hast du sie untersucht?"

„Das habe ich, aber ich gebe lieber keinen Kommentar ab, bevor du sie nicht selbst gesehen hast."

„Na gut." Miranda warf den Kopf zurück. „Dann wollen wir mal."

Als Erwiderung ging Elizabeth zu einem Wandschrank, öffnete ihn und gab den Blick auf einen kleinen Stahlsafe frei. Sie tippte einen Code ein, öffnete die Tresortür und nahm einen Metallkasten heraus. Nachdem sie ihn zu ihrem Schreibtisch getragen und darauf abgestellt hatte, öffnete sie den Deckel und holte ein von verblasstem Samt umhülltes Bündel heraus. „Den Stoff werden wir auch datieren, ebenso das Holz der Treppenstufe."

Miranda stand auf und trat langsam näher, als ihre Mutter das Bündel auf die makellos weiße Schreibtischunterlage legte. „Es gibt keine Dokumente, oder?", fragte sie.

„Nein, soweit ich weiß. Du kennst ja die Geschichte der Villa."

„Natürlich. Sie gehörte Giulietta Buenodarni, einer Geliebten von Lorenzo il Magnifico, die *donna oscura*, dunkle Dame, genannt wurde. Eine Zeit lang war jede Renaissancepersönlichkeit aus Florenz und Umgebung in ihrem Haus willkommen."

„Dann verstehst du also, welche Möglichkeiten bestehen."

„Möglichkeiten sind nicht mein Job“, entgegnete Miranda knapp.

„Genau. Deshalb bist du hier.“

Miranda fuhr leicht über den verschlissenen Samt. „Ach ja?“

„Ich wollte die Beste. Außerdem verlange ich Diskretion. Wenn etwas über diesen Fund durchsickert, wird es wilde Spekulationen geben. Die Regierung möchte nicht, dass die Öffentlichkeit davon erfährt, bis die Tests vollständig durchgeführt sind. Wir brauchen ein objektives Auge, jemanden, der sich an Tatsachen hält und nicht an Romantik glaubt.“

„In der Wissenschaft ist kein Platz für Romantik“, murmelte Miranda und schlug vorsichtig den Samt zurück. Ihr Herz schlug schneller, als die Bronzeskulptur vor ihr lag. Ihr geübtes Auge sah die hervorragende handwerkliche Arbeit auf den ersten Blick. Trotzdem runzelte sie die Stirn und verbarg instinktiv ihre Bewunderung hinter Skepsis.

„Sie ist wunderschön ausgeführt – stilistisch fällt sie sicher in die Blütezeit der Renaissance.“ Sie hob die Bronze hoch, wog sie in der Hand und drehte sie langsam.

Die Proportionen waren perfekt und selbst die winzigsten Details – Zehennägel, jedes einzelne Haar, die Muskeln – großartig ausgeführt. Die dargestellte Frau war sich auf wundervolle Art ihrer eigenen Kraft bewusst. Der lange, üppige Körper war zurückgestreckt, die Arme waren erhoben, aber nicht flehend oder bittend, sondern wie im Triumph. Das Gesicht war nicht wirklich schön, aber faszinierend, die Augen wie vor Lust halb geschlossen, die Mundwinkel leicht hochgezogen. Die Frau balancierte auf den Fußballen, als wollte sie gerade in ein warmes, parfümiertes Wasserbecken springen. Oder in die Arme ihres Liebhabers.

Die Patina wies auf ein beträchtliches Alter hin, aber Miranda wusste, dass man Patina künstlich herstellen konnte. Der Stil des Künstlers war unverkennbar, aber auch Stile konnten nachgeahmt werden.

„Es ist die *donna oscura*“, urteilte sie schließlich, „Giulietta Buenodarni. Daran besteht kein Zweifel. Ich habe dieses Gesicht oft genug auf Gemälden und Skulpturen aus dieser Zeit gesehen. Aber von dieser Bronze habe ich noch nie gehört.“

Sie kniff die Augen zusammen, während sie die Skulptur langsam drehte. Vorsichtig kratzte sie mit dem Daumennagel an der blaugrünen Patina. Die Oberflächenkorrosion war sichtlich dick, aber sie brauchte mehr, viel mehr. „Ich werde gleich anfangen.“

DIE WÄNDE des Labors waren lindgrün wie in einem Krankenhaus, der Boden war ausgelegt mit fleckenlos weißem Linoleum. Jeder Arbeitsplatz war auf militärische Weise ordentlich, ausgestattet mit Mikroskopen, Computerterminals, Reagenzgläsern, Röhrchen und Probenbeuteln. Es gab keine persönlichen Dinge der in weiße Laborkittel gekleideten Angestellten. Gespräche wurden nur selten geführt, und wenn, dann leise. Elizabeth erwartete ein perfekt geführtes Unternehmen, und ihre frühere Schwiegertochter wusste, was dafür zu tun war.

In dem Haus in Maine, in dem Miranda aufgewachsen war, hatte genau die gleiche Atmosphäre geherrscht.

Elise wandte sich von ihrem Mikroskop ab und trat auf sie zu. „Willkommen in Florenz, Miranda."

„Es ist schön, wieder hier zu sein. Wie geht es dir?"

„Gut. Jede Menge Arbeit." Elise strahlte ihr Hundertwattlächeln und ergriff Mirandas Hand. „Und wie geht es Andrew?"

„Nicht ganz so gut – aber er hat auch viel zu tun. Ich brauche einen Laborkittel, ein Mikroskop und einen Computer. Und ich möchte das Objekt natürlich fotografieren und röntgen."

„Da bist du ja." John Carter trat auf sie zu. Inmitten all der makellosen Effizienz sah der Laborleiter des Neuengland-Instituts liebenswert zerknautscht aus. Seine Krawatte, auf der dümmlich grinsende Kühe grasten, war seitlich verrutscht und die Gläser seiner Brille waren verschmiert.

„Geht's dir wieder gut?" Er klopfte ihr auf den Arm. „Und was macht dein Knie? Andrew hat mir erzählt, dass dich der Kerl, der dich überfallen hat, zu Boden gestoßen hat."

Elise blickte auf. „Wir wussten gar nicht, dass du verletzt wurdest."

„Er hat ihr ein Messer an die Kehle gehalten", verkündete Carter.

Elise presste eine Hand an ihre Kehle. „Das ist ja schrecklich!"

„Er wollte nur Geld", schwächte Miranda ab. Sie warf ihrer Mutter einen herausfordernden Blick zu. „Und ich denke, er hat uns schon genug wertvolle Zeit gekostet."

Elizabeth entschied, dass die Zeit für Mitgefühl nun vorüber sei. „Elise soll dich einweisen. Hier sind dein Ausweis und deine Codekarten." Sie reichte Miranda einen Umschlag und blickte auf die schmale Uhr an ihrem Handgelenk. „Ich habe in Kürze eine Sitzung. Ich hoffe, bis heute Abend habe ich schon einen ersten Bericht."

„Das wirst du", murmelte Miranda, als ihre Mutter davonging.

„Sie verliert keine Zeit." Elise lächelte. „Ich habe ein Büro für dich bereitgestellt. Du darfst dir für dein Team jeden von den Angestellten mit der Sicherheitsstufe A aussuchen."

„Miranda!" Voller Freude wurde ihr Name in der exotischen Aussprache der Italiener ausgerufen.

Miranda lächelte schon, bevor sie sich umgedreht hatte und ihre Hände ergriffen und mit Küssen bedeckt wurden. „Giovanni! Du hast dich gar nicht verändert."

Tatsächlich sah der Chemiker immer noch so überragend gut aus, wie sie ihn in Erinnerung hatte. Dunkelhaarig und schlank, mit schokoladenbraunen Augen und einem strahlenden Lächeln. Er war ungefähr fünf Zentimeter kleiner als sie, und dennoch schaffte er es, dass sie sich in seiner Gegenwart immer besonders weiblich und zerbrechlich fühlte. Giovanni bot aber nicht nur einen schönen Anblick, sondern war darüber hinaus schlichtweg ein Genie.

„Aber du hast dich verändert – du bist noch schöner geworden. Doch was höre ich da, du bist verletzt worden? Soll ich jemanden für dich zusammenschlagen?" Er küsste sie liebevoll auf beide Wangen.

„Kann ich darauf zurückkommen?"

„Giovanni, Miranda hat zu arbeiten."

„Ja, ja." Mit einer nachlässigen Geste wischte er Elises steife, missbilligende Worte weg. „Ich weiß alles darüber. Ein großes Projekt, ganz geheim." Er zuckte mehrmals mit seinen ausdrucksvollen Augenbrauen. „Da die Direktorin extra eine Expertin aus Amerika kommen lässt ... Also, *bellissima*, kannst du mich brauchen?"

„Du bist der Erste auf meiner Liste."

Er hakte sie unter und achtete nicht darauf, dass Elise die Lippen zusammenpresste. „Wann fangen wir an?"

„Noch heute. Ich möchte die Korrosionsschichten und das Metall sofort untersuchen lassen."

„Ich glaube, Richard Hawthorne könnte dir helfen." Elise tippte einem kahl werdenden Mann auf die Schulter, der daraufhin von der Tastatur seines Computers aufsah und Miranda wie eine Eule durch seine Brillengläser anblinzelte. Etwas an ihm kam ihr vage vertraut vor, und sie bemühte sich, ihn einzuordnen.

„Dr. Jones." Er hatte ein fliehendes Kinn und blickte zerstreut, aber sein Lächeln war jungenhaft. „Ich freue mich, Sie wieder zu sehen. "

„Danke." Jetzt erinnerte sie sich. Er hatte vor ein paar Jahren am Neuengland-Institut gearbeitet. „Elise hat ein Büro für mich. Könnten Sie bitte kurz mit uns kommen? Ich möchte Ihnen etwas zeigen."

„Sehr gern." Er sicherte seine Arbeit auf dem Computer.

„Es ist nicht besonders groß", entschuldigte sich Elise, während sie Miranda durch eine Tür führte. „Ich habe hineinstellen lassen, was du meiner Meinung nach brauchen wirst. Natürlich kannst du alles anfordern, was du sonst noch haben möchtest."

Miranda blickte sich rasch um. Der Computer machte einen effizienten Eindruck. Auf einer großen weißen Theke standen Mikroskope, Objektträger und die kleinen Werkzeuge ihres Berufs. Ein Diktiergerät lag für Aufzeichnungen bereit. Es gab allerdings kein Fenster, nur die eine Tür, und jetzt, wo sie zu viert im Raum standen, konnte man sich kaum umdrehen. Aber es würde schon gehen, dachte Miranda, eigentlich sogar sehr gut.

Sie stellte die Metallkiste auf die Theke und holte vorsichtig die eingewickelte Bronze heraus. „Ich würde gerne Ihre Meinung hören, Dr. Hawthorne." Sie wickelte die Figur aus dem Samt.

„Ah!" Giovanni stieß einen Seufzer aus, als sie die Skulptur auf die Theke stellte. „Schön, sehr schön. Sinnlich. Die Arroganz und Haltung einer wirklichen Dame."

„Eine feine Arbeit." Richard Hawthorne rückte seine Brille zurecht und betrachtete die Bronze eingehend. „Einfach. Fließend. Wundervolle Form und Details. Es ist die dunkle Dame. Renaissance, ohne Frage." Behutsam strich er mit einem Finger über den linken Wangenknochen der Figur. „Sie hat sich offenbar als sich selbst darstellen lassen und nicht nur als Vorlage für eine mythologische oder religiöse Gestalt Modell gestanden."

„Ja", stimmte Miranda zu. „Ich würde sagen, der Künstler kannte sie persönlich. Ich werde nach Dokumenten suchen müssen. Ihre Hilfe wäre dabei von unschätzbarem Wert für mich."

„Es würde mich freuen, Ihnen behilflich sein zu können. Wenn sich diese Bronze als authentischer Kunstgegenstand aus der Renaissance erweist, wäre das ein großer Triumph für Standjo. Und für Sie, Dr. Jones."

Miranda lächelte verhalten. „Es geht dabei nicht um mich. Falls die Bronze auch nur eine Zeit lang in der Umgebung gelegen hat, in der sie gefunden wurde, müsste die Korrosionsentwicklung davon beeinflusst worden sein." Sie wandte sich an Giovanni. „Ich will natürlich die Testresultate. Aber sie sind nicht genau genug, um sich nur darauf zu verlassen."

„Du kannst relative Vergleiche vornehmen, Thermoluminiszenz."

„Ja. Wir werden auch den Samt und Proben vom Fundort testen. Aber schriftliche Dokumente würden alles natürlich noch viel schlüssiger machen. Ich brauche absolut jede Information über die Villa della Donna Oscura. Die Bronze wurde dort im Keller gefunden, verborgen unter der untersten Treppenstufe. Ich bekomme für euch drei einen Bericht der Details, die wir bis jetzt kennen. Nur für euch drei", betonte sie. „Sicherheit ist eines der Hauptanliegen der Direktorin."

Ein paar Stunden später lehnte sich Miranda auf ihrem Stuhl zurück. Die Skulptur stand vor ihr und lächelte schlau. In dem Splitter Patina und Metall, den sie entnommen hatte, gab es keine Spuren von Materialien, die in der Renaissance nicht benutzt worden wären. Die Bronze hatte einen Tonkern, wie ihn jedes Stück aus dieser Zeit besaß. Die ersten Tests der Korrosionsschichten deuteten auf spätes fünfzehntes Jahrhundert hin.

Sei nicht zu voreilig, befahl sich Miranda. Bis jetzt hatte sie nur die Negativa abgeklärt. Die Positiva musste sie erst noch bestimmen.

Sie nahm sich die Zeit für eine Tasse Kaffee. Anschließend gab sie den vorläufigen Bericht in den Computer ein, schickte ihn ihrer Mutter per E-Mail und begann mit dem Thermoluminiszenz-Test.

Bei diesem Test fing ionisierende Strahlung Elektronen im Hochenergiezustand im Tonkern der Bronze ein. Bei Erhitzung gaben die Kristalle im Tonkern Lichtgarben ab. Miranda notierte die Messungsergebnisse dieser Lichtgarben, dann erhöhte sie die Strahlung und erhitzte den Ton erneut, um zu messen, wie empfänglich er für das Einfangen der Elektronen war. Im nächsten Schritt testete sie die Strahlungslevels des Ortes, an dem die Skulptur entdeckt worden war. Dabei überprüfte sie sowohl Schmutzproben als auch das Holz der Treppenstufe. Der Rest war reine Mathematik. Spätes fünfzehntes Jahrhundert. Es gab keinen Zweifel.

Miranda kannte den Künstler; tief in ihrem Herzen kannte sie ihn. Alles, was er geschaffen hatte, hatte sie so intensiv und genau studiert wie eine Frau das Gesicht ihres Geliebten. Aber im Labor war kein Platz für ihr Herz, ermahnte sie sich, und auch nicht für ihren Instinkt. Sie würde alle Tests noch einmal durchführen. Und auch ein drittes Mal. Und sie würde die Antworten finden.

Der Sonnenaufgang über den Dächern und Kuppeln von Florenz war ein großartiger Augenblick. Langsam verblassten die Sterne, und der samtschwarze Himmel wurde perlgrau. Die Silhouetten der schlanken

Pinien am Fuß der toskanischen Hügel flimmerten, während das Licht immer stärker wurde und schließlich voll erstrahlte.

Miranda zog sich rasch an, wobei sie nicht auf das prachtvolle Schauspiel vor dem Fenster ihres Hotelzimmers achtete. In Gedanken war sie schon bei der Arbeit. Welche Fortschritte würde sie heute machen? Durch ihr frühes Erscheinen würde sie ein paar Stunden lang ungestört allein arbeiten können.

Bei Standjo angekommen, hielt sie dem verschlafen blickenden Wachmann hinter der Glastür ihren Ausweis hin und bedankte sich, als er ihr aufschloss.

Ihre Streifenkarte gewährte ihr Zugang zum richtigen Stockwerk, und als sie an der Sicherheitsschranke vor dem Labor stand, gab sie ihren Code ein. Drinnen schaltete sie die Neonbeleuchtung ein und machte sich ohne große Umschweife daran, ein weiteres Mal die Schmutzproben vom Fundort, den Ton aus der Skulptur sowie die Bronze- und Patinasplitter zu testen. Sie blickte gerade angestrengt auf den Monitor ihres Computers, als Giovanni ihr eine Tasse Kaffee und eine Brioche brachte. Nach und nach waren inzwischen die anderen Angestellten eingetroffen.

„Sag mir, was du siehst!", forderte sie ihn auf, während sie weiter auf die Farbmuster und Schattierungen auf dem Bildschirm starrte.

„Eine Frau, die sich nicht entspannen kann." Er legte ihr die Hände auf die Schultern und rieb sie sanft. „Du bist jetzt seit einer Woche hier und hast dir noch keine Stunde Zeit für dich selbst genommen."

„Was siehst du, Giovanni?"

„Ah!" Er massierte ihre Schultern weiter, schob aber seinen Kopf neben ihren, damit er auf den Bildschirm sehen konnte. „Die Korrosion ist dick auf der Oberfläche und wächst nach unten tief ins Metall, was typisch für eine vierhundert Jahre alte Bronze wäre."

„Wir müssen genau ihre Wachstumsrate bestimmen."

„Das ist nie leicht. Und die Figur hat in einem feuchten Keller gelegen. Da ist die Korrosion bestimmt schnell vonstatten gegangen."

„Das beziehe ich mit ein, die Temperatur und die Feuchtigkeit. Wir könnten den Durchschnitt berechnen. Ich habe noch nie erlebt, dass solche Korrosionslevels nachgemacht wurden."

„Der Samt ist jedenfalls nicht mehr als hundert Jahre alt."

Irritiert sah Miranda ihn an. „Bist du sicher?"

„Ja. Achtzig bis hundert Jahre. Nicht mehr."

Sie wandte sich wieder zum Computer. „Dann müssen wir also annehmen, dass die Skulptur seit achtzig bis hundert Jahren in diesen Samt gewickelt in dem Keller lag. Denn alle Tests beweisen, dass sie selbst sehr viel älter ist."

„Vielleicht. Hier, iss dein Frühstück."

„Mmh." Geistesabwesend biss sie in ihre Brioche. „Vor achtzig Jahren – zu Anfang dieses Jahrhunderts. Der Erste Weltkrieg. In Kriegszeiten werden Wertgegenstände häufig versteckt. Aber wo war sie vorher? Warum habe ich noch nie von ihr gehört? Das ist nicht das Werk eines Amateurs, Giovanni. Das ist das Werk eines Meisters. Irgendwo muss es eine Niederschrift geben. Ich muss mehr über diese Villa, mehr über die Frau wissen. Wem hat sie ihren Besitz hinterlassen, wer wohnte in der Villa, nachdem sie gestorben war? Hatte sie Kinder?"

„Ich bin Chemiker", antwortete Giovanni lächelnd, „kein Historiker. Danach solltest du Richard fragen."

„Ist er schon da?"

„Er ist immer pünktlich. He, warte!" Leise lachend ergriff er sie am Arm, bevor sie davoneilen konnte. „Geh heute Abend mit mir essen."

„Giovanni, ich habe zu viel zu tun, um auszugehen."

„Du arbeitest zu viel und achtest nicht genug auf dich."

„Ich verspreche dir, dass ich mir vom Zimmerservice ein üppiges Mahl servieren lasse, wenn ich heute Abend im Hotel arbeite."

Sie hauchte ihm einen Kuss auf die Wange. In diesem Moment ging die Tür auf. Elise zog missbilligend die Augenbrauen zusammen.

„Es tut mir Leid, wenn ich dich störe, Miranda, aber die Direktorin möchte, dass du um halb fünf zu einem Gespräch über deine Fortschritte zu ihr ins Büro kommst."

„Natürlich, Elise. Weißt du, ob Richard einen Moment Zeit hat?"

„Wir stehen alle zu deiner Verfügung."

„Genau das habe ich ihr auch gesagt." Giovanni grinste, offenbar immun gegen Elises frostige Miene, und schlüpfte aus dem Zimmer.

„Miranda", Elise schloss die Tür hinter sich, „ich hoffe, du bist nicht beleidigt, aber ich glaube, ich sollte dich davor warnen, dass Giovanni ..."

Amüsiert über ihr offensichtliches Unbehagen, verzog Miranda leicht die Mundwinkel. „... dass Giovanni ...?"

„Er ist brillant in seiner Arbeit, aber er ist ein Casanova. Ich bin ja selbst beinahe darauf hereingefallen, als ich hier ankam. Ich war so deprimiert und unglücklich damals."

„Ach ja?"

Bei Mirandas eisigem Tonfall straffte Elise ihre schmalen Schultern. „Als ich mich von deinem Bruder scheiden ließ, war das eine schmerzliche und schwierige Entscheidung. Ich habe Andrew geliebt, aber er ..." Ihre Stimme versagte, und sie schüttelte heftig den Kopf. „Es hat für uns beide eben nicht gereicht."

Als sie den feuchten Schimmer in Elises Augen sah, schämte sich Miranda. „Es tut mir Leid. Es ist alles so schnell gegangen. Ich habe nicht gedacht, dass es dir etwas ausmacht. Andrew ist es so schlecht gegangen, und es war leichter für mich, dir die Schuld zu geben. Aber wahrscheinlich ist es nie nur die Schuld eines Einzelnen, wenn eine Ehe auseinander bricht."

„Wir haben beide irgendwie nicht zur Ehe getaugt, und deshalb war es letztlich wohl besser, sie zu beenden, als ständig etwas vorzutäuschen."

„Wie meine Eltern?"

Elise riss die Augen auf. „Oh, Miranda, ich meinte nicht ..."

„Du hast ja Recht. Meine Eltern leben schon seit fünfundzwanzig Jahren nicht mehr unter dem gleichen Dach, aber keiner von beiden denkt daran, die Ehe zu beenden. Andrew mag verletzt sein, aber alles in allem ziehe ich deine Entscheidung vor." Sie gestand sich ein, dass sie selbst auch diesen Weg gewählt hätte. Scheidung war eine menschlichere Alternative als die blasse Illusion der Ehe. „Soll ich mich entschuldigen für all die bösen Gedanken, die ich im letzten Jahr dir gegenüber gehabt habe?"

Elise lächelte. „Ich verstehe deine Loyalität Andrew gegenüber. Leider sind du und ich nie wirkliche Freundinnen geworden. Wir waren Kolleginnen, dann Verwandte, aber Freundinnen sind wir nie geworden, obwohl wir viel gemeinsam haben. Vielleicht geht es ja nicht, aber ich möchte gern mit dir befreundet sein."

„Ich habe nicht viele Freunde. Es wäre dumm von mir, dein Angebot abzulehnen."

Elise öffnete die Tür. „Ich habe auch nicht viele Freunde", erwiderte sie leise. „Es ist schön, dass ich jetzt dich habe."

Gerührt blickte Miranda ihr nach, dann nahm sie ihre Ausdrucke und Proben und verschloss sie im Safe.

Als sie bei Richard ankam, war er nahezu in Büchern vergraben. Mit der Nase hing er über den Seiten wie ein Bluthund auf der Fährte.

„Haben Sie was gefunden, das ich brauchen kann?"

„Hm?" Er blinzelte, blickte aber nicht auf. „Die Villa ist 1489 fertig gestellt worden. Lorenzo de' Medici hat den Architekten beauftragt, aber die Besitzurkunde ist auf Giulietta Buenodarni ausgestellt. Ansonsten gibt es nicht allzu viele Einzelheiten. Ihr Name wird von Zeit zu Zeit erwähnt, zum ersten Mal 1487. Es gibt Hinweise darauf, dass sie zum Haushalt der Medici gehörte und wahrscheinlich eine Kusine von Clarice Orsini war."

„Also hat Lorenzo die Kusine seiner Frau zu seiner Geliebten gemacht."

„1489 hat er ihr jedenfalls das Haus geschenkt. Offensichtlich empfand sie ebenso viel Liebe zur Kunst wie er und nutzte ihre Macht und ihren Einfluss, um alle wichtigen Persönlichkeiten ihrer Zeit unter ihrem Dach zu versammeln. Sie starb 1530 während der Belagerung von Florenz."

„Interessant." Schon wieder eine Zeit, in der Wertgegenstände versteckt werden mussten, dachte Miranda. „Kinder?"

„Ich habe nichts gefunden."

„Geben Sie mir ein paar von diesen Büchern. Ich helfe Ihnen bei der Durchsicht."

ELIZABETH studierte den Bericht genau. Miranda war sehr sorgfältig mit den Fakten, Zahlen und Formeln umgegangen, bei jedem Schritt in jeder Phase der Tests. Und trotzdem konnte man deutlich herauslesen, welcher Theorie sie anhing. „Du hältst sie für echt?"

„Die bisherigen Tests zeigen, dass sie zwischen vier- und fünfhundert Jahren alt ist", antwortete Miranda. „Du hast Kopien der computergesteuerten Fotos und der chemischen Tests."

„Wer hat sie gemacht?"

„Ich."

„Und wer hat den Thermoluminiszenz-Test durchgeführt?"

„Ich."

„Und die Stildatierung ist auch von dir", stellte Elizabeth fest. „Die Dokumentation entstammt zum großen Teil ebenfalls deinen eigenen Recherchen. Du hast die chemischen Tests überwacht und die Patina und das Metall persönlich getestet."

„Hast du mich nicht deshalb kommen lassen?"

„Ja, aber ich habe dir auch ein Team von Experten zur Verfügung gestellt. Ich hatte erwartet, dass du sie mehr einbeziehen würdest."

„Wenn ich die Tests selber durchführe, habe ich sie besser unter Kontrolle", erwiderte Miranda knapp. „Es ist schließlich mein Gebiet. Ich habe bereits fünf Stücke aus dieser Zeit bestimmt, darunter einen Cellini."

Erschöpft lehnte sich Elizabeth zurück. „Niemand stellt deine Referenzen oder deine Fähigkeiten in Frage. Das ist lediglich ein Kommentar über dein mangelndes Vermögen, im Team zu arbeiten, und ich fürchte, du hast dir in dem Moment deine Meinung gebildet, als du die Bronze gesehen hast."

„Ich habe die Zeit, den Stil und den Künstler erkannt." Genau wie du, dachte Miranda wütend. „Und doch", fuhr sie kühl fort, „habe ich jeden Standardtest mehrere Male durchgeführt und samt den Ergebnissen genauestens dokumentiert. Und daraus kann ich mir die Meinung bilden, dass die Skulptur, die Giulietta Buenodarni darstellt, ungefähr 1493 entstanden ist und ein Werk des jungen Michelangelo Buonarroti ist."

„Meines Wissens gibt es keine Dokumentation über eine Skulptur, die diese Bronze als sein Werk ausweist."

„Dann muss diese Dokumentation eben noch gefunden werden, oder es hat sie nie gegeben. Von vielen Stücken ist die Dokumentation verloren gegangen. Die *Donna* aber gibt es. Das Alter ist richtig, der Stil ist richtig für eine frühe Arbeit. Er muss ungefähr achtzehn gewesen sein, als sie entstanden ist. Er hatte bereits die ‚Madonna an der Treppe' und die ‚Schlacht der Kentauren' geschaffen."

„Es gibt keinen Zweifel, dass die Bronze eine hervorragende Arbeit und eindeutig in seinem Stil gehalten ist. Das ist jedoch noch kein Beweis, dass sie auch sein Werk ist."

„Er lebte im Palast der Medici, wurde wie Lorenzos Sohn behandelt", gab Miranda zurück. „Er kannte Giulietta. Es gibt Beweise, dass sie einander kannten. Sie stand oft Modell, und es wäre viel ungewöhnlicher, wenn sie gerade ihm nicht Modell gestanden hätte. Und daher nochmals: Nach sorgfältiger und objektiver Untersuchung der Bronze bin ich zu dem Schluss gelangt, dass die Skulptur von Michelangelo stammt."

Elizabeth faltete die Hände. „Ich will die Ergebnisse deiner Tests nicht anzweifeln. Deinen Schlussfolgerungen jedoch stehe ich skeptisch gegenüber. Wir können es uns nicht leisten, dass dein Enthusiasmus den Ausschlag gibt. Du wirst nichts davon gegenüber den anderen Mitarbeitern erwähnen. Und ich muss darauf bestehen, dass auch nichts davon außerhalb des Labors bekannt wird. Wenn irgendwelche Gerüchte zur Presse durchsickerten, hätte das katastrophale Folgen."

„Ich werde wohl kaum den Zeitungen verkünden, dass ich einen verloren gegangenen Michelangelo entdeckt habe. Aber es ist so."

„Nichts wäre mir lieber, das kann ich dir versichern. Aber in der Zwischenzeit müssen wir Stillschweigen bewahren."

„Mir geht es nicht um Ruhm."

„Uns allen geht es um Ruhm", verbesserte Elizabeth sie lächelnd. „Wenn sich deine Theorie als richtig erweist, wirst du reichlich Ruhm ernten. Wenn nicht, schadest du deinem Ruf, meinem und dem dieses Instituts. Und das, Miranda, werde ich nicht zulassen."

ALS UM drei Uhr früh das Telefon klingelte, lag Miranda, umgeben von Büchern und Papieren, auf dem Bett. Der schrille Ton riss sie aus einem farbigen Traum. Verwirrt blinzelte sie in das Licht, das sie angelassen hatte, und griff dann nach dem Hörer.

„Du musst so schnell wie möglich zu mir nach Hause kommen."

„Was? Mutter?" Mit müden Augen starrte sie auf den Wecker auf dem Nachttisch. „Es ist drei Uhr morgens."

„Ich weiß selbst, wie spät es ist. Und der stellvertretende Minister weiß es auch. Er ist vor zwanzig Minuten von einem Reporter geweckt worden, der Details über die verloren gegangene Bronze von Michelangelo wissen wollte. Ich erwarte dich innerhalb der nächsten halben Stunde."

Miranda schaffte es in zwanzig Minuten.

Elizabeths Heim war ein elegantes zweistöckiges Stadthaus, wie es typisch für Florenz war, mit elfenbeinfarbenen Wänden und rotem Ziegeldach. Miranda hatte das Haus als geräumig in Erinnerung, es wäre jedoch weder Mutter noch Tochter in den Sinn gekommen, dass Miranda hier hätte wohnen können, während sie in Florenz war.

Die Tür wurde aufgerissen, noch bevor sie klopfen konnte. Elizabeth stand im Rahmen, sorgfältig zurechtgemacht in einem pfirsichfarbenen Kleid.

„Was ist passiert?" fragte Miranda.

„Genau das wollte ich dich fragen. Wenn das deine Methode ist, die Richtigkeit deiner Expertise zu beweisen ..." Aufgeregt wandte sich Elizabeth um und ging in den vorderen Salon. „Der Reporter hat sich natürlich geweigert, seine Quelle preiszugeben. Aber er verfügte über ziemlich viele Informationen."

„Könnte es sein, dass der Klempner mit ihm geredet hat?"

„Der Klempner hätte ihn wohl kaum mit Fotos der Skulptur und Testergebnissen versorgen können."

Miranda wurden die Knie weich, und sie musste sich setzen. „Meine Tests? Aber wie ...?" Da endlich verstand sie den Tonfall und den Blick ihrer Mutter. Langsam erhob sie sich. „Du glaubst, ich hätte den Reporter angerufen?"

Elizabeth ließ sich von ihrem wütenden Gesicht nicht beeindrucken. „Und, hast du?“

In den Augen ihrer Mutter sah Miranda, dass diese sich ihre Meinung bereits gebildet hatte. „Fahr doch zur Hölle! Und nimm dein kostbares Labor gleich mit! Es hat dir immer schon mehr bedeutet als dein eigen Fleisch und Blut.“

„Mein kostbares Labor hat dir die Ausbildung und eine Anstellung ermöglicht! Jetzt wird wegen deiner Eile und deinem Egoismus meine professionelle Integrität in Frage gestellt, und vielleicht ist auch dein Ruf zum Teufel. Die Bronzeskulptur wird heute in ein anderes Institut gebracht. Wir sind den Auftrag los.“

„Das ist doch egal.“ Obwohl sie völlig aufgewühlt war, blieb Mirandas Stimme ganz ruhig. „Sollen sie sie doch in ein anderes Institut bringen. Jedes auch nur einigermaßen ernst zu nehmende Labor wird zum gleichen Ergebnis kommen wie ich.“

„Das ist genau die Arroganz, die uns in diese Lage gebracht hat.“ Elizabeths Augen strahlten eine solch eisige Kälte aus, dass Miranda die dunklen Ringe darunter gar nicht auffielen. „Ich erwarte von dir, dass du die Presse meidest und den ersten Flug zurück nach Maine nimmst. Deine Arbeit für Standjo ist beendet.“

„Verstehe. Eine schnelle Verurteilung ohne Verhandlung. Eigentlich sollte mich das nicht überraschen.“

„Dies ist nicht die Zeit, um melodramatisch zu werden.“ Weil ihre Nerven bloßlagen, gestattete sich Elizabeth einen Brandy. In ihrem Kopf pochte es, was sie jedoch mehr irritierte, als dass es ihr Schmerz bereitete. „Es wird einige Mühe kosten, Standjo nach diesem Vorfall wieder in ruhiges Fahrwasser zu bringen. Es wird Fragen geben, viele Fragen. Es wäre besser für dich, du wärst nicht hier, wenn sie gestellt werden.“

„Ich habe keine Angst vor Fragen.“ Langsam bekam Miranda Panik. Sie sollte weggeschickt werden, man wollte ihr die *Donna* wegnehmen. Ihre Arbeit wurde in Frage gestellt, ihre Integrität angezweifelt. „Ich habe nichts Illegales oder Unethisches getan. Ich stehe zu meiner Meinung über die Skulptur. Weil sie richtig ist.“

„Ich kann es nur für dich hoffen. Die Presse kennt deinen Namen.“ Elizabeth hob ihr Brandyglas zu einem unbewussten Toast. „Und glaube mir, sie werden ihn benutzen.“

„Dann lass sie doch.“

„Arroganz!“ zischte Elizabeth. „Offenbar hast du nicht bedacht, dass das alles auf mich zurückfällt, und zwar beruflich wie privat.“

„Du hast jedenfalls daran gedacht“, gab Miranda zurück, „als du mich hierher geholt hast, um deine eigenen Vermutungen zu verifizieren. Du bist vielleicht die Direktorin, aber für diese Art von Arbeit bist du nicht qualifiziert. Du wolltest nur den Ruhm. Du hast nach mir geschickt, weil ich deinen Namen trage, weil ich deine Tochter bin, wie sehr wir beide das auch bedauern mögen.“

Elizabeth holte tief Luft und rief sich ins Gedächtnis, dass sie ihre Entscheidung bereits getroffen hatte. „Du wirst heute noch Italien verlassen. Du wirst nicht mehr ins Labor zurückkehren und auch mit keinem Kontakt aufnehmen, der dort arbeitet. Wenn du dich nicht daran hältst, sehe ich mich leider gezwungen, deine Stelle im Museum zu kündigen.“

„Du leitest das Neuengland-Institut nicht mehr, ebenso wenig wie Vater. Andrew und ich tun das.“

„Wenn du möchtest, dass es so bleibt, tust du, was ich sage.“

Obwohl sie innerlich vor Wut zitterte, entgegnete Miranda mit ruhiger Stimme: „Das werde ich dir nie verzeihen.“ Dann drehte sie sich um und ging. Sie sah sich nicht mehr um.

KAPITEL 2

Andrew dachte über seine Ehe und deren Scheitern nach, während er an einem vollen Glas *Jack Daniel’s Black* nippte. Er war sich durchaus bewusst, dass alle, die ihn kannten, der Ansicht waren, er müsse jetzt langsam seine Scheidung überwinden und wieder ein normales Leben führen. Aber er hatte keine Lust dazu. Er empfand es als tröstlich, in Selbstmitleid zu baden.

Die Heirat war ein gewaltiger Schritt für ihn gewesen, den er gründlich bedacht hatte. Niemand aus der Familie hatte je viel Glück in der Ehe gehabt. Er und Miranda nannten das immer „den Fluch der Jones“.

Seine Großmutter hatte ihren Mann um zehn Jahre überlebt und nie auch nur ein gutes Haar an dem Menschen gelassen, mit dem sie mehr als drei Jahrzehnte ihres Lebens verbracht hatte. Man konnte ihr allerdings kaum einen Vorwurf daraus machen, da Edward Jones zeit seines Lebens eine verhängnisvolle Neigung zu jungen Blondinen besessen hatte.

Andrews Vater Charles zog Ausgrabungen dem heimischen Kaminfeuer vor und hatte, auch als seine Kinder noch klein gewesen waren, schon die meiste Zeit fern von zu Hause verbracht, um uralten Schmutz von uralten Knochen zu wischen. Wenn er doch einmal daheim gewesen war, hatte er zu allem Ja und Amen gesagt, was seine Frau anordnete. Seine Kinder hatte er wie eine Eule angeblinzelt, als hätte er vergessen gehabt, dass es sie überhaupt gab, und sich stundenlang in seinem Arbeitszimmer eingeschlossen.

Allerdings war das der großartigen Dr. Elizabeth Standford-Jones auch vollkommen egal gewesen, erinnerte sich Andrew, während er in „Annie's Place" grübelnd über seinem Drink saß. Sie hatte die Kindererziehung den Dienstboten überlassen, den Haushalt wie ein General geführt und ihren Ehemann genauso ignoriert wie er sie.

Aber er selbst hatte es zumindest versucht, sagte sich Andrew und ließ den Whiskey seine Kehle hinunterrinnen. Er hatte sein Bestes getan, um Elise glücklich zu machen und den Fluch der Jones zu durchbrechen. Und er hatte auf ganzer Linie versagt.

„Gib mir noch einen, Annie."

„Nein, du hast genug."

Andrew verlagerte sein Gewicht auf dem Barhocker und seufzte schwer. Er kannte Annie McLean fast schon sein ganzes Leben lang und wusste, wie er sie zu nehmen hatte.

In dem Sommer, als sie beide siebzehn gewesen waren, hatten sie sich auf einem rauen Badetuch vor den tosenden Wellen des Atlantiks geliebt. Wahrscheinlich hatte der unbeholfene Sex – es war für sie beide das erste Mal gewesen – genauso viel mit dem Bier, das sie getrunken hatten, zu tun gehabt wie mit dem Begehren, das jeder beim anderen ausgelöst hatte. Und keiner von ihnen hatte wissen können, was diese Nacht für sie beide bringen würde.

„Komm schon, Annie, gib mir noch einen."

Mit ihren einssiebzig und den fünfundsechzig gut verteilten Kilo machte Annie McLean den Eindruck einer Frau, die genau wusste, was sie wollte. Sie trug ihre weizenblonden Haare kurz geschnitten. Ihre Nase war voller Sommersprossen. Mit ihren harten Arbeitshänden konnte sie ausgewachsene Männer aus ihrer Bar werfen und hatte es auch schon getan. Sie hielt das Lokal sauber, kannte ihre Stammgäste und wusste, wann sie das nächste Bier zapfen musste, wann sie besser Kaffee servierte und wann die Autoschlüssel einzusammeln waren und ein Taxi bestellt werden musste.

Sie blickte Andrew an und schüttelte den Kopf. „Geh nach Hause. Mach dir was zu essen."

„Ich habe keinen Hunger." Er lächelte, weil er wusste, dass man dann seine Grübchen sah. „Draußen ist es kalt, und es regnet, Annie. Ich will mich doch nur ein bisschen aufwärmen."

„Na gut." Sie nahm die Kaffeekanne und goss ihm eine Tasse voll ein. „Der ist heiß und frisch. Trink, und hör auf zu jammern."

Annie's Place gehörte ihr. Sie hatte jeden Pfennig ihrer Ersparnisse aus der Zeit als Kellnerin hineingesteckt, den ihr Taugenichts von Exmann nicht durchgebracht hatte – und den Rest hatte sie sich zusammengebettelt und geliehen. Nicht viele hatten an ihren Erfolg geglaubt, schließlich war sie damals erst 26 gewesen, und ihre einzige Geschäftserfahrung hatte darin bestanden, zu servieren und Trinkgelder zu zählen. Sechs Jahre später jedoch war Annie's Place ein Begriff in Jones Point.

Andrew hatte an sie geglaubt, erinnerte sie sich mit leisem Schuldbewusstsein, als er hinausmarschierte. Er hatte ihr Geld geliehen, als die Banken es nicht mehr getan hatten. Er hatte sich ihre Träume angehört, als niemand sonst etwas davon hatte wissen wollen. Wahrscheinlich hatte er geglaubt, ihr das zu schulden. Und er war ein anständiger Mann, der seine Schulden bezahlte.

Aber auch damit konnte er die Nacht vor fünfzehn Jahren nicht ungeschehen machen, als sie, bis über beide Ohren verliebt, ein Leben gezeugt hatten, dessen Licht nur kurz geflackert hatte.

Sie würde nie den Ausdruck auf seinem Gesicht vergessen, als sie ihm mit einer Mischung aus Freude und Entsetzen gesagt hatte, sie sei schwanger. Und seine Stimme war ganz flach, kühl und unpersönlich gewesen, als er sie gebeten hatte, ihn zu heiraten. Wie um eine Schuld zu begleichen, dachte sie jetzt. Nicht mehr, nicht weniger. Doch indem er ihr angeboten hatte, was die meisten Menschen wohl als ehrenhaft ansahen, hatte er ihr das Herz gebrochen.

Wahrscheinlich war es Schicksal gewesen, dass sie nur zwei Wochen später das Kind verloren hatte. Es hatte sie beide vor Entscheidungen bewahrt, für die sie nicht reif gewesen waren. Aber sie hatte das Wesen, das in ihr gewachsen war, geliebt, genauso wie sie Andrew geliebt hatte. Doch nachdem das Baby nicht mehr da gewesen war, hatte sie aufgehört, ihn zu lieben. Und das war sowohl für Andrew als auch für sie eine Erleichterung gewesen.

Mit einer unaufgeregten Freundschaft war sehr viel einfacher umzugehen als mit den Verwicklungen des Herzens.

DIE FRAUEN waren sein Verhängnis, dachte Andrew, während er sein Auto aufschloss und sich hinters Steuer setzte. Immer sagten sie einem, was man machen sollte, wie man es machen sollte, und vor allem, dass man es falsch machte.

Er war viel besser dran, wenn er sich tagsüber in die Arbeit im Institut vergrub und abends den Schmerz mit Whiskey linderte. So tat er niemandem weh, und am wenigsten sich selbst. Jetzt allerdings war er viel zu nüchtern und der Abend noch viel zu lang. Na ja, er hatte noch ein oder zwei Flaschen im Haus.

Als er die gewundene Auffahrt hochfuhr, sah er die erleuchteten Fenster. Miranda. Er hatte seine Schwester noch lange nicht zurückerwartet. Seine Finger krampften sich um das Lenkrad, als er daran dachte, dass sie in Florenz mit Elise zusammen gewesen war.

Der Regen peitschte ihm entgegen, als er das Auto verließ. In der Eingangshalle hängte er seinen nassen Mantel an die alte Eichengarderobe, während aus dem Wohnzimmer die getragenen Töne von Mozarts „Requiem“ drangen. Wenn Miranda das hörte, konnte die Reise nicht gut verlaufen sein.

Sie saß zusammengerollt in einem Sessel vor dem Feuer.

„Du bist früh zurück.“

„Sieht so aus.“ Sie musterte ihn. Er hatte bestimmt getrunken, aber seine Augen waren klar und seine Gesichtsfarbe normal.

Er setzte sich ihr gegenüber. Es war leicht zu erkennen, dass sie wütend war. Aber er kannte sie besser als jeder andere und sah auch, dass sie traurig war. „Also, was ist los?“

„Sie hatte ein Projekt für mich. Ein unglaubliches Projekt. Im Keller der Villa della Donna Oscura ist eine Bronzeskulptur entdeckt worden. Die Skulptur stellt Giulietta Buenodarni dar, die dunkle Dame selbst, das Gesicht ist unverkennbar. Mutter wollte, dass ich die Tests und die Datierung vornehme.“

„Und du hast sie gemacht?“

„Ja. Wieder und wieder.“ Die alte Erregung flackerte wieder auf, und sie beugte sich vor. „Sie war echt! Spätes fünfzehntes Jahrhundert.“

„Das ist ja wunderbar! Warum feierst du dann nicht?“

„Da ist noch was.“ Sie holte tief Luft. „Es ist ein Michelangelo.“

„Du meine Güte! Bist du sicher?“

Eine eigensinnige Falte bildete sich zwischen ihren Augenbrauen. „Ich verwette meinen Ruf darauf. Und ich hätte es zweifellos auch bewiesen, wenn sie mir mehr Zeit gelassen hätte.“

„Und warum hat sie das nicht?"

Miranda stand auf und stocherte mit dem Feuerhaken im Kamin. „Jemand hat es an die Presse weitergegeben, und die Regierung ist nervös geworden. Sie haben Standjo den Auftrag weggenommen, worauf mich Mutter gefeuert hat. Sie hat mir vorgeworfen, ich hätte die Informationen weitergegeben." Wütend drehte sie sich um. „Das hätte ich niemals getan!"

„Nein, natürlich nicht."

„Ich habe das Projekt verloren. Und jetzt bekomme ich nicht nur keine wissenschaftliche Anerkennung dafür, sondern kann mir die Skulptur auch höchstens noch im Museum ansehen."

„Ich wette, dass Mutter, wenn die Skulptur sich erst einmal als echt erwiesen hat und der Öffentlichkeit zugänglich gemacht worden ist, einen Weg findet, um Standjo wieder ins Spiel zu bringen." Andrew zwinkerte ihr zu. „Und wenn sie das tut, musst du eben dafür sorgen, dass auch dein Name nicht unerwähnt bleibt."

„Das ist nicht dasselbe."

Er stand auf und ging zur Hausbar. Er musste sie einfach fragen. „Hast du Elise gesehen?"

Sie würde um eine Antwort nicht herumkommen. „Ja. Sie sieht gut aus. Sie hat mich gefragt, wie es dir geht."

„Und du hast ihr gesagt, dass ich fröhlich und guter Dinge bin."

Miranda sah ihm zu, wie er sich einen Whiskey einschenkte. „Ich dachte, ich sollte ihr besser nicht sagen, dass du zu einem grüblerischen, selbstzerstörerischen Trinker geworden bist. Andrew, du musst damit aufhören. Ehrlich gesagt mag ich sie zwar, aber sie ist es nicht wert. Niemand ist es wert."

„Ich habe sie geliebt", murmelte er und schwenkte den Whiskey im Glas. „Ich habe ihr mein Bestes gegeben."

„Ständig gehen Ehen auseinander, und die Leute kommen darüber hinweg."

Er betrachtete den Whiskey und die Lichtreflexe darin. „Wenn sie nicht so leicht darüber hinwegkämen, würden vielleicht gar nicht so viele Ehen auseinander gehen." Er hob sein Glas und trank.

Aus der warmen Behaglichkeit seines gemieteten Mercedes beobachtete er, wie der Landrover auf den Parkplatz neben dem Neuengland-Institut für Kunstgeschichte einbog.

Sie war schon ein ganz besonderer Anblick, dachte er, als er sah, wie sie ausstieg: groß und schlank, mit Stiefeln und eingehüllt in einen stahlgrauen Mantel, der eher warm als modisch war. Ihre leuchtenden, aufreizend roten Haare ringelten sich unter einer schwarzen Skimütze hervor. Sie bewegte sich mit Präzision und Zielstrebigkeit. Selbst in dem schwachen Licht erkannte er sie wieder. Sie war eben eine Frau, die man nicht übersehen konnte, dachte er lächelnd.

Er saß seit fast einer Stunde da und hatte sich die Zeit mit verschiedenen Opernarien vertrieben. Er war dankbar, dass er lange genug ausgeharrt hatte, um sie ankommen zu sehen.

Sie war eine Frühaufsteherin, eine Frau, die ihre Arbeit so sehr liebte, dass sie sogar an einem kalten, verschneiten Morgen ins Institut fuhr, noch bevor die Stadt richtig erwacht war. Er mochte Menschen, die Freude an ihrer Arbeit empfanden. Schließlich liebte er seine auch.

Aber was sollte er mit Dr. Miranda Jones machen?

Er konnte um sie herum arbeiten oder sie benutzen. Seinen Job würde er so oder so erledigen. Aber sie zu benutzen würde weitaus unterhaltsamer sein. Und da dies sein letzter Job sein würde, kam es ihm nur fair vor, der Spannung und dem Profit ein wenig Unterhaltung hinzuzufügen. Wahrscheinlich würde sich die Mühe lohnen, Miranda Jones kennen zu lernen, sich auf sie einzulassen. Bevor er sie bestahl.

In einem Fenster im dritten Stock des weiträumigen Gebäudes ging das Licht an. Hurtig an die Arbeit, dachte er.

Aber er musste sich jetzt auch an seine machen. Er ließ den Wagen an und fuhr los, um sich für den nächsten Schritt umzuziehen.

DAS NEUENGLAND-INSTITUT für Kunstgeschichte war von Mirandas Urgroßvater erbaut worden. Es war jedoch ihr Großvater, Edward Jones, gewesen, der es zu seiner vollen Blüte gebracht hatte. Er hatte immer ein starkes Interesse an Kunst besessen und sogar selbst gemalt. Zumindest war er darin so gut gewesen, dass er eine stattliche Anzahl gesunder junger Modelle davon hatte überzeugen können, sich die Kleider auszuziehen und ihm zu posieren.

Das Gebäude war aus dickem grauem Granit und erstreckte sich mit seinen turmartigen Säulen, Flügeln und Bogengängen über einen ganzen Block. Ursprünglich war es ein Museum inmitten gepflegter Rasenflächen und riesiger alter Bäume gewesen, aber Edward hatte mehr gewollt. Er hatte das Institut als eine Art Schaukasten für Kunst und Künstler gesehen, als eine Arena, in der Kunst ausgestellt, restauriert, gelehrt und analysiert wurde. Also hatte er die Bäume gefällt, die Rasenflächen bebaut und der ursprünglichen Struktur anmutige und verspielte Gebäude hinzugefügt.

Nun gab es lichtdurchflutete Seminarräume mit hohen Fenstern, Labors, Lagerräume und zahllose Büros. Der räumliche Anteil der Galerien war mehr als verdreifacht worden. Studenten wurden nach Verdienst ausgewählt. Wer es sich leisten konnte, zahlte einen hohen Preis für das Privileg. Diejenigen, die es sich nicht leisten konnten und für würdig befunden wurden, bekamen ein Stipendium.

Die Museumsgalerien waren die besten in ganz Maine, und die dort ausgestellten Werke waren über die Jahre sorgfältig ausgewählt und erworben worden, angefangen bei Charles' und dann Edwards eigenen Sammlungen.

Im Parterre befand sich der öffentlich zugängliche Bereich mit den zahlreichen, durch Bogengänge miteinander verbundenen Galerien. Die Seminarräume, Ateliers und die Restaurationsabteilung befanden sich im ersten Stock. Die Labors lagen im Untergeschoss.

Miranda trat an den Tisch vor dem Fenster, um sich einen Kaffee zu kochen. Als sie den Wasserkocher anstellte, piepste ihr Fax. Sie öffnete die Fensterläden, dann trat sie an das Gerät und nahm die Seite heraus.

> Willkommen zu Hause, Miranda. Hat es dir in Florenz gefallen? Schade, dass deine Reise so brutal abgebrochen wurde. Bereite dich auf den Sturz vor. Es wird ein harter Aufschlag werden.
>
> Ich habe so lange gewartet. Ich habe dich so geduldig beobachtet. Ich beobachte dich immer noch, und das Warten ist fast vorbei.

Auf dem Fax stand weder ein Name noch eine Absendernummer. Der Ton war höhnisch und äußerst bedrohlich. Miranda spürte ein leichtes Frösteln. Aber wer sollte so etwas schreiben? Und warum?

Ihre Mutter? Eine Frau mit Elizabeths Macht, Persönlichkeit und Position würde sich wohl kaum zu solch einer kryptischen, anonymen Botschaft hinreißen lassen.

Wahrscheinlich war es eher ein verärgerter Angestellter oder ein Student, der mit einer Benotung nicht zufrieden war. Offenbar wollte jemand sie verunsichern, aber das würde sie nicht zulassen. Trotzdem warf sie das Blatt nicht weg, sondern legte es in eine Schreibtischschublade und schloss sie ab.

„Miranda?" Ein Klopfen an der Tür ließ sie zusammenfahren.

„Ja, kommen Sie herein." Sie blickte auf die Uhr. Ihre Assistentin Lori war wie immer pünktlich.

„Ich habe Ihr Auto auf dem Parkplatz gesehen. Ich wusste gar nicht, dass Sie heute schon wieder zurück sein wollten."

„Nein, das war auch … nicht so geplant."

„Wie war es denn in Florenz?"

„Warm, sonnig."

„Das klingt wunderbar." Lori setzte sich hin und nahm ihr Notizbuch auf die Knie. Sie war eine hübsche Blondine mit einer Effizienz, die ihresgleichen suchte. „Es ist schön, dass Sie wieder da sind", sagte sie lächelnd.

„Danke. Es ist auch schön, wieder hier zu sein. Ich habe eine Menge aufzuarbeiten."

Die Routine tat ihr gut, und in den nächsten zwei Stunden vergaß Miranda alles andere. Dann ließ sie Lori allein und ging zu Andrews Büro hinüber. Es lag im entgegengesetzten Flügel, näher am öffentlichen Bereich. Zu seinen Aufgaben zählten die Galerien, die Ankäufe und Ausstellungen, während Miranda es vorzog, hinter den Kulissen zu arbeiten.

Sie betrat Andrews Büro durch das Vorzimmer. An einem mächtigen viktorianischen Schreibtisch saß seine Sekretärin.

„Guten Morgen, Miss Purdue. Ist mein Bruder da?"

Sie war etwas über fünfzig, eine ordentliche und strenge Person. Ihre grau gesträhnten Haare waren stets zu einem Knoten geschlungen, und sie trug immer eine gestärkte Bluse und ein dunkles Kostüm.

„Guten Morgen, Dr. Jones. Er ist gerade hinuntergegangen, um einen Gast zu begrüßen, muss aber jeden Moment wieder zurückkommen. Möchten Sie warten?"

„Nein, ist schon gut. Ich sehe ihn ja später." Sie wollte sich gerade umdrehen, als sie Männerstimmen auf der Treppe hörte.

„Miranda, das trifft sich ja gut." Andrew strahlte sie an. Ein rascher Blick überzeugte sie davon, dass er letzte Nacht nicht mehr allzu viel getrunken hatte. „Dann brauche ich dein Büro nicht anzurufen. Ich möchte dir Ryan Boldari von der Galerie Boldari vorstellen."

Der Mann trat vor, ergriff Mirandas Hand und zog sie leicht an seine Lippen. „Wie nett, Sie kennen zu lernen."

Sein Gesicht hätte aus einem der Gemälde im Institut stammen können. Auf eine dunkle Art sah er gut aus, und der wilde Eindruck wurde nur leicht gemildert durch den untadelig geschnittenen grauen Anzug und die perfekt geknotete Seidenkrawatte. Sein Haar war dicht, schwarz wie Tinte und leicht gewellt, seine Haut leicht gebräunt, und die Vollkommenheit seiner Gesichtszüge wurde nur durch eine kleine Narbe über der linken Augenbraue gestört. Seine Augen waren dunkelbraun mit kleinen Goldreflexen.

In Mirandas Kopf gab es ein klingendes Geräusch, ein Ping, und ihr Herz schlug schneller. „Willkommen im Institut, Mr Boldari."

„Ich freue mich, hier zu sein." Er behielt ihre Hand in seiner. Sie lächelte zwar höflich, aber zwischen ihren Augenbrauen erschien eine leicht verärgerte Falte.

„Warum gehen wir nicht hinein?" Andrew merkte mal wieder nicht, was sich direkt unter seiner Nase abspielte, und wies auf die Tür zu seinem Büro. „Miranda, hast du eine Minute Zeit?"

„Eigentlich wollte ich gerade ..."

„Ich würde mich sehr freuen, wenn Sie mir einen Moment Ihrer Zeit widmen könnten, Dr. Jones." Ryan lächelte sie strahlend an und fasste sie ganz leicht am Ellenbogen. „Ich möchte Ihrem Bruder einen Vorschlag unterbreiten, der auch Sie interessieren wird. Ihr Spezialgebiet ist doch die Renaissance, nicht wahr?" Überrumpelt ließ sie sich in Andrews Büro führen. „Kennen Sie das Werk von Giorgio Vasari?"

„Natürlich. Späte Renaissance, ein Manierist."

„Ryan hat drei Vasaris." Andrew wies auf die Sessel, die dank Miss Purdue nicht wie sonst mit Büchern und Papieren bedeckt waren.

„Wirklich?" Miranda setzte sich.

„Ja." Ryan ließ sich in einem Ledersessel nieder. „Ich persönlich ziehe zwar eher Früh- und Hochrenaissance vor, aber Geschäft ist Geschäft." Er unterstrich seine Worte mit einer Geste.

Miranda fiel auf, dass er starke, anmutige Hände hatte. Es war ihr peinlich, dass sie sich für einen kurzen Moment vorstellte, wie sie sich wohl auf ihrer Haut anfühlen würden. Als sie ihre Augen entschlossen von seinen Händen abwandte, begegnete sie seinem Blick. Er lächelte wieder, und seine Augen strahlten sie warm an.

Das Gefühl, in der Defensive zu sein, ließ ihre Stimme kühl werden. „Und was für Geschäfte möchten Sie mit dem Institut machen?"

Andrew lehnte sich in seinem Stuhl zurück. „Ryan ist an unserer Cellini-Madonna interessiert."

Miranda zog die Augenbrauen hoch. „Sie ist eines unserer teuersten Stücke."

„Ich habe sie mir gerade angesehen. Großartig. Ihr Bruder und ich haben über einen Handel gesprochen."

„Der Cellini?" Fragend sah sie Andrew an.

„Nicht für immer", fuhr Ryan rasch fort. „Nur ein dreimonatiger

Austausch – zu unserer beider Nutzen. Ich habe vor, in unserer New Yorker Galerie eine Cellini-Ausstellung durchzuführen. Im Austausch dafür wäre ich bereit, dem Institut für die gleiche Zeitspanne meine drei Vasaris zur Verfügung zu stellen."

„Dann könntest du diese Ausstellung über die drei Renaissance-Stile endlich machen, von der du schon seit Jahren redest", erläuterte Andrew.

Das war einer ihrer Träume, eine Ausstellung, in der sie die ganze Bandbreite ihres Spezialgebietes präsentieren konnte – Kunstwerke, Kunsthandwerk, Geschichte, Dokumente. Sie hielt ihre Hände im Schoß gefaltet, um nicht triumphierend die Faust zu recken.

„Ja, das könnte ich dann vermutlich. Die Echtheit der Vasaris ist bestätigt worden?"

Ryan neigte den Kopf. „Ja, natürlich. Ich werde dafür sorgen, dass Sie Kopien der Dokumente bekommen, bevor wir die Vereinbarung unterzeichnen. Und Sie veranlassen bitte das Gleiche für den Cellini."

„Meine Assistentin kann Ihnen die Unterlagen noch heute ins Hotel schicken lassen. Dann verlasse ich euch jetzt, damit ihr die Details ausarbeiten könnt."

Als sie aufstand, erhob sich Ryan jedoch ebenfalls und ergriff wieder ihre Hand. „Ich habe eben überlegt, ob ich es Ihnen wohl zumuten könnte, mich ein wenig herumzuführen. Andrew hat mir gesagt, dass die Labors und Restaurierungsateliers in Ihren Bereich fallen. Ich würde sie gerne sehen."

Noch bevor sie sich entschuldigen konnte, war Andrew schon aufgestanden und gab ihr einen unübersehbaren Stoß in die Rippen. „Sie könnten in keinen besseren Händen sein, Ryan. Wir treffen uns dann nachher wieder hier."

„IN MEINEN Galerien wird Kunst nur ausgestellt." Wie zufällig ergriff Ryan Mirandas Arm, als sie hinuntergingen. „Über den wissenschaftlichen Aspekt weiß ich so gut wie nichts. Macht es Ihnen manchmal Schwierigkeiten, die beiden Dinge miteinander zu verbinden?"

„Nein. Ohne das eine würde es das andere nicht geben." Sie merkte, dass ihre Antwort zu abrupt geklungen hatte. Dieser Mann machte sie nervös, so nervös, dass man es ihr anmerkte. Das durfte sie nicht zulassen. „Das Institut ist für beides gebaut worden, man könnte sogar sagen, um beides zu zelebrieren. Als Wissenschaftlerin, die Kunst studiert, schätze ich das sehr."

„Ich war immer ein miserabler Wissenschaftler." Er schenkte ihr ein charmantes Lächeln, das sie unwillkürlich erwiderte.

„Ich bin sicher, dass Sie andere Stärken haben."

„Das will ich doch hoffen."

Er war zum Beispiel aufmerksam und achtete sorgfältig auf die Räume zwischen den einzelnen Flügeln, die Lage der Treppen, Lagerräume, Büros und Fenster. Und natürlich auf die Überwachungskameras.

Am Ende des Korridors bog Miranda nach rechts ab und blieb dann stehen, um ihre Schlüsselkarte in einen Schlitz neben einer grauen Metalltür zu stecken. Ein Summer ertönte, und Verriegelungen klickten. Ryan warf einen kurzen Blick zur Kamera hinauf.

„Unser Sicherheitssystem ist sehr streng", erklärte Miranda. „Niemand kann ohne Karte oder Begleitung in diese Abteilung gelangen."

Sie führte ihn in einen Bereich, der Standjo sehr ähnlich sah, obwohl er wesentlich kleiner war. Techniker arbeiteten an Computern und Mikroskopen.

„Wir sind in erster Linie ein Kunstinstitut, aber da das Interessengebiet meines Vaters die Archäologie ist, übernehmen wir hier auch zahlreiche Tests und Datierungen aus diesem Gebiet. Es ist allerdings nicht mein Feld." Sie holte einen Objektträger aus einer Schublade und schob ihn unter ein freies Mikroskop. „Sehen Sie mal hindurch", forderte sie Ryan auf. „Sagen Sie mir, was Sie sehen."

Er beugte sich vor. „Farbe, Form – eher wie ein Bild von Pollock." Er richtete sich wieder auf. „Was habe ich gesehen?"

„Farbproben von einem Bronzino, den wir gerade restaurieren. Die Farbe ist fraglos sechzehntes Jahrhundert."

„Woher wissen Sie das?"

„Möchten Sie eine Unterrichtsstunde in wissenschaftlicher Arbeit bekommen, Mr Boldari?"

„Ryan – dann kann ich Sie auch beim Vornamen nennen. Miranda ist so ein hübscher Name." Seine Stimme klang wie Samt und Seide und machte sie immer nervöser. „Mit der richtigen Lehrerin würde mir diese Unterrichtsstunde sicher Spaß machen. Essen Sie doch heute mit mir zu Abend. Wir können über Kunst und Wissenschaft diskutieren, und ich kann Ihnen von den Vasaris erzählen. Wir bezeichnen es einfach als Geschäftsessen, wenn Ihnen dabei wohler ist."

„Mir ist nicht unwohl."

„Dann hole ich Sie um sieben ab."

Sie wusste nicht, warum sie eingewilligt hatte. Wenn sie allerdings genauer über das Gespräch nachdachte, hatte sie eigentlich gar nicht eingewilligt. Aber das erklärte auch nicht, warum sie sich jetzt zum Ausgehen umzog.

Er war ein Geschäftspartner, rief sie sich ins Gedächtnis. Die Galerie Boldari besaß wegen ihrer Eleganz und Exklusivität einen hervorragenden Ruf. Das einzige Mal, als sie sich bei einem ihrer Besuche in New York eine Stunde hatte freimachen können, um sie sich anzusehen, war sie von der zurückhaltenden Pracht des Gebäudes ebenso beeindruckt gewesen wie von den dort ausgestellten Kunstwerken. Es würde dem Institut wohl kaum schaden, wenn sie die Beziehung zu einer der großartigsten Galerien des Landes etwas fester knüpfte.

Es hatte lediglich etwas mit Stolz und professioneller Höflichkeit zu tun, dass sie ihre Kleidung für heute Abend mit besonderer Sorgfalt ausgewählt hatte. Als sie Ryan Boldari das erste Mal begegnet war, hatte sie ausgesehen wie eine schlampige Studentin. Heute Abend würde er merken, dass sie eine reife, lebenskluge Frau war.

Sie hatte sich für ein schwarzes, tief ausgeschnittenes Kleid aus dünner, weicher Wolle entschieden. Die Ärmel waren lang und eng, und der schmale Rock umspielte ihre Knöchel. Als Schmuck wählte sie die exquisite Reproduktion eines byzantinischen Kreuzes, das bis in ihr Dekolleté reichte. Danach schob sie sich wahllos Nadeln ins Haar, um es aufzustecken. Das Ergebnis war, wie sie sich selbst eingestehen musste, sorglos sinnlich.

Sie nahm ihre Handtasche und lief die Treppe hinunter.

Andrew saß im vorderen Salon und war schon bei seinem zweiten Whiskey angelangt. Er senkte sein Glas, als sie eintrat. Da er sie nicht oft als Frau ansah, vergaß er manchmal einfach, wie großartig sie aussehen konnte, wenn sie wollte. „Toll. *Wow!*"

„Du bist ein richtiger Poet. Sehe ich in dem Kleid dick aus?"

„Auf diese Frage gibt es nie die richtige Antwort. Oder wenn es sie doch gibt, so hat sie jedenfalls noch kein Mann gefunden. Deshalb", er prostete ihr zu, „enthalte ich mich. Wohin geht ihr?"

„Ich habe ihn nicht gefragt."

„Die Straßen sind immer noch vereist."

„Es ist März – natürlich sind sie das. Spiel nicht den großen Bruder, Andrew." Sie tätschelte ihm die Wange. „Das muss Ryan sein", fügte sie hinzu, als die Türglocke ertönte.

Als sie ihm öffnete, wirkte Ryan, als bliebe ihm die Luft weg. „Sie sehen aus, als hätte Tizian Sie gemalt.“ Er ergriff ihre Hand und küsste sie auf beide Wangen.

„Danke. Andrew ist im Salon. Möchten Sie nicht einen Moment hereinkommen?“

„Ja, gern. Sie haben ein wundervolles Haus.“ Er folgte ihr und reichte Andrew die Hand. „Ich entführe Ihnen Ihre Schwester für heute Abend, es sei denn, Sie möchten mitkommen.“

Andrew schüttelte den Kopf. „Ich würde ja gern, aber ich bin leider schon verabredet. Ich wünsche euch beiden viel Spaß.“

Als sie gingen, sah er ihnen nach, dann holte er seinen Mantel aus dem Schrank. Er hatte keine Lust mehr, alleine zu trinken. Lieber betrank er sich in Gesellschaft.

MIRANDA schlüpfte auf den Rücksitz der Limousine. „Sind Sie immer in diesem Wagen unterwegs?“

„Nein.“ Ryan setzte sich neben sie, zog eine einzelne weiße Rose aus einer kleinen Vase und hielt sie ihr hin. „Aber ich hatte ein Bedürfnis nach Champagner, dem ich nicht hätte nachgeben können, wenn ich selbst gefahren wäre.“ Er zog eine bereits geöffnete Champagnerflasche aus einem Eiskübel und goss ihr ein Glas ein.

„Geschäftsessen beginnen selten mit Rosen und Champagner.“

„Das sollten sie aber.“ Er schenkte sich ebenfalls ein Glas ein und tippte damit gegen ihres. „Zumindest wenn schöne Frauen an ihnen teilnehmen. Auf den Beginn einer unterhaltsamen Beziehung.“

„Geschäftsbeziehung“, korrigierte sie ihn und trank einen Schluck. „Ich war schon mal in Ihrer New Yorker Galerie.“

„Wirklich? Und was halten Sie davon?“

„Intim. Prachtvoll. Ein kleiner geschliffener Diamant.“

„Ich bin geschmeichelt. Unsere Galerie in San Francisco ist weitläufiger, mehr Licht und Raum. Wir stellen dort hauptsächlich moderne Kunst aus. Mein Bruder Michael hat ein Auge dafür.“

„Dann ist Boldari also ein Familienunternehmen?“

„Ja, wie Ihres auch.“

„Wie sind Sie zur Kunst gekommen?“

„Meine Eltern sind Künstler. Die meiste Zeit unterrichten sie zwar, aber die Aquarelle meiner Mutter sind wundervoll. Mein Vater ist Bildhauer, er fertigt komplizierte Metallgebilde, die außer Michael niemand versteht.“ Er blickte sie beim Sprechen mit einer ruhigen Intensität an, die ihre Haut wie unter einer Berührung brennen ließ. „Es war eine große Enttäuschung für meine Eltern, dass keines ihrer sechs Kinder eine Begabung für die bildenden Künste besitzt."

„Sechs?" Miranda blinzelte.

„Meine Mutter ist Irin und mein Vater Italiener." Er grinste. „Ich habe zwei Brüder und drei Schwestern und bin der Älteste. Sie haben übrigens faszinierende Haare", murmelte er und drehte spielerisch eine Locke um seinen Finger.

„Es ist rot, schwer zu bändigen, und wenn ich danach nicht aussähe wie eine einsachtzig hohe Azalee, würde ich es kurz schneiden."

„Es war das Erste, was mir an Ihnen aufgefallen ist. Und dann Ihre Augen. Sie sind aus kühnen Farben und Formen modelliert, Miranda."

„Wie moderne Kunst?"

Er schmunzelte. „Nein, dazu sind Sie zu klassisch. Ich mag, wie Sie aussehen", sagte er noch, als die Limousine schon an den Straßenrand fuhr und anhielt. Als die Tür aufging, nahm er ihre Hand, um ihr beim Aussteigen zu helfen. Sein Mund war dicht an ihrem Ohr. „Lassen Sie uns sehen, ob wir uns miteinander wohl fühlen."

SIE KONNTE nicht genau sagen, wann sie endlich anfing, sich zu entspannen. Vielleicht beim dritten Glas Champagner. Sie musste zugeben, dass er ein guter Unterhalter war – vielleicht etwas zu gut –, aber es funktionierte. Es war lange her, dass sie bei Kerzenschein einem Mann gegenübergesessen hatte.

Und Ryan hörte zu. Sie konnte sich nicht mehr erinnern, wann sie sich zum letzten Mal einen Abend lang über ihre Arbeit unterhalten hatte und darüber, warum sie sie liebte. „Es ist wahrscheinlich das Entdecken. Das Studium eines Kunstwerks und das Herausfinden seiner Geschichte, seines Charakters."

„Das Zerlegen?"

„In gewisser Weise, ja." Es war angenehm, hier zu sitzen, in der gemütlichen Wärme des Restaurants mit seinem knisternden Kaminfeuer und dem kalten dunklen Meer direkt vor dem Fenster. „Die Farbe, der Pinselstrich, das Motiv – alle Teile können studiert und analysiert werden, um Antworten zu erhalten."

„Meinen Sie nicht, dass am Ende das Kunstwerk selbst die Antwort ist?"

„Ohne die Geschichte und die Analyse ist es nur ein Gemälde."

„Wenn etwas schön ist, ist das genug. Wenn ich Ihr Gesicht analysieren müsste, nähme ich Ihre Augen, das kühne Blau, die Intelligenz darin, die leichte Traurigkeit – und das Misstrauen“, fügte er lächelnd hinzu. „Ihren Mund, weich, groß, nur zögernd lächelnd. Ihre Wangenknochen, scharf, aristokratisch. Ich würde die einzelnen Züge voneinander trennen, sie studieren und analysieren, aber ich würde doch immer zu dem Schluss kommen, dass Sie eine faszinierende Frau sind. Und das kann ich auch, indem ich mich einfach zurücklehne und das Ganze betrachte.“

Sie spielte mit ihrem Essen und bemühte sich, nicht zu sehr geschmeichelt zu sein. „Das war klug gesagt.“

„Ich bin ein kluger Mann – und Sie trauen mir nicht.“

Sie blickte ihn an. „Ich kenne Sie ja gar nicht.“

„Was kann ich Ihnen denn sonst noch erzählen? Ich komme aus einer großen, lauten, irisch und italienisch geprägten Familie, bin in New York aufgewachsen. Ich habe nie geheiratet, was meiner Mutter nicht gefällt; mir reicht es, dass ich es einmal kurz in Erwägung gezogen habe.“

Sie zog eine Augenbraue hoch. „Und es verworfen haben?“

„Zu jener Zeit, mit jener Frau. Der Funke zwischen uns hat gefehlt.“ Er beugte sich vor. „Glauben Sie an Funken, Miranda?“

Funken, stellte sie sich vor, waren mit den Pings, die sie hörte, verwandt. „Ich glaube, sie sorgen für die anfängliche Anziehung, aber dann verglühen sie.“

„Sie sind zynisch. Ich dagegen bin ein Romantiker. Sie analysieren, und ich weiß zu genießen. Das ist eine interessante Kombination, finden Sie nicht?“

Er hatte ihre Hand ergriffen und spielte mit ihren Fingern. Er hatte eine Art zu berühren, die Miranda nicht gewöhnt war und die sie nur zu deutlich Funken spüren ließ. Dass sie sich so schnell und so stark von ihm angezogen fühlte, war gefährlich. Und es war unlogisch. Es hatte mit Hormonen zu tun und nichts mit dem Verstand.

„Ich habe kein Verständnis für Romantiker. Sie treffen Entscheidungen, die eher auf Gefühlen als auf Fakten beruhen.“ Wie Andrew, dachte sie mitleidig. „Und dann sind sie erstaunt, wenn ihre Entscheidungen sich als falsch erweisen.“

„Aber wir haben mehr Spaß als Zyniker.“ Er stellte fest, dass er sich weitaus stärker von ihr angezogen fühlte, als er gedacht hatte. „Dessert? Kaffee?“

„Nein danke, ich kann nicht mehr. Es war ein wundervolles Essen.“

Er winkte nach der Rechnung. „Warum machen wir dann nicht noch einen Spaziergang? Sie könnten mir die Küste zeigen.“

Als sie in dem eisigen Wind am Meer entlanggingen, folgte ihnen die Limousine langsam, ein Umstand, der Miranda zugleich belustigte und faszinierte. So wohlhabend sie auch waren, kein Jones würde jemals eine Limousine mieten, die ihm beim Spazierengehen folgte.

„Waren Sie schon mal hier?“ fragte sie.

„Nein. Aber Ihre Familie lebt schon seit Generationen hier, nicht?“

„Ja. In Jones Point hat es schon immer Jones gegeben.“

„Leben Sie deshalb hier? Weil es von Ihnen erwartet wird?“

„Nein. Ich lebe hier, weil ich von hier komme.“ Es war schwer zu erklären, sogar für sie selbst, wie sehr sie in diesem felsigen Stück Neuengland verwurzelt war. „Ich reise gerne, aber wenn es an der Zeit ist heimzukommen, möchte ich nur hier sein. Am schönsten ist es im Frühling, wenn man die Parks und Strände nutzen kann. Aber auch im Winter kann es schön sein. Im Atlantic Park ist dann der Teich zugefroren, und die Leute gehen dort Schlittschuh laufen.“

„Sie auch?“ Er legte ihr den Arm um die Schultern, um sie vor dem Wind zu schützen.

„Ja.“ Ihre Kehle wurde trocken. „Es ist ein gutes Training.“

Er lachte. Unter dem Lichtkreis einer Straßenlaterne drehte er sie zu sich. „Also machen Sie das zum Trainieren und nicht aus Spaß.“

„Ich liebe es.“ Seine Hände lagen auf ihren Schultern. Ihr Puls beschleunigte sich. „Es ist zu kalt, um hier stehen zu bleiben.“

„Warum betrachten wir dies dann nicht als Training für den Austausch von Körperwärme?“ Er hatte eigentlich nicht vorgehabt, sie zu küssen – nicht so bald. Aber der Augenblick verlangte einfach danach. Und so wärmte er ihre widerspenstigen Lippen geduldig mit seinen, bis sie weich wurden und sich öffneten.

Miranda lehnte sich an ihn. Vielleicht war es verrückt, aber was konnte es schaden? Das Aufbegehren der Vernunft wurde schwächer, und dann dachte sie gar nichts mehr.

„Lass uns das noch mal versuchen“, schlug er vor.

Dieses Mal war sein Kuss drängend und sinnlich, bis alles in ihr brauste wie das Meer an den Klippen unter ihrem Haus.

Er wusste, was er wollte. Er hatte in seinem Leben immer viel gewollt. Sie zu wollen konnte er akzeptieren, das hatte er sogar erwartet. Aber dass er sie jetzt mit dieser Macht begehrte, war gefährlich. Wenn er für eine seiner Schachfiguren Zuneigung empfand, würde er das Spiel verlieren. Und er verlor nie.

Er hielt sie von sich weg und betrachtete sie forschend. Ihre Augen waren von einer Leidenschaft verhangen, die sie wohl genauso überrascht hatte wie ihn. „Ich bringe dich jetzt besser nach Hause."

„Ja." Sie suchte ihr Gleichgewicht wieder zu finden. „Es wird langsam spät."

„Noch eine Minute länger", murmelte er, „und es wäre endgültig zu spät gewesen."

ANDREW erwachte mit einem mächtigen Kater. Langsam und vorsichtig tastete er sich aus dem Bett.

Alles war Annies Schuld. Sie war gestern Abend so ärgerlich auf ihn gewesen, dass sie zugelassen hatte, dass er sich sinnlos betrank. Er hatte sich darauf verlassen, dass sie ihn, wie sonst auch, davon abhielt. Aber nein, jedes Mal, wenn er es verlangt hatte, hatte sie einen neuen Drink vor ihn auf die Theke geknallt. Allerdings konnte er sich dunkel auch daran erinnern, dass sie ihn dann doch irgendwann in ein Taxi gesetzt und etwas Giftiges gemurmelt hatte – sie hoffe, ihm werde kotzübel, oder so etwas.

Sie hatte ihren Willen bekommen, dachte er, während er die Treppe hinuntertaumelte. Wenn er sich noch elender fühlen würde, wäre er tot. Nie wieder, schwor er sich. Doch sogar in diesem Moment durchschauerte ihn das Verlangen nach einem Glas. Nur ein einziges, damit seine Hände aufhörten zu zittern.

Aber er widerstand. Wenn er um sieben Uhr morgens trank, war das Alkoholismus. Um sieben Uhr abends war es in Ordnung. Er konnte warten. Auch zwölf Stunden.

Als er sah, dass ihn in der Küche schon frisch gekochter Kaffee erwartete, durchströmte ihn ein Gefühl der Dankbarkeit Miranda gegenüber. Mit zitternden Händen schüttelte er vier Schmerztabletten aus der Packung und spülte sie mit dem heißen Kaffee, der ihm die Zunge verbrannte, hinunter. Dann setzte er sich an den Küchentisch, legte den Kopf darauf und betete um Linderung. Er war fast eingedöst, als sich die Hintertür öffnete, ein eisiger Lufthauch eindrang und die sichtlich verärgerte Annie hereinkam.

„Sieh dich mal an: halb nackt, unrasiert, blutunterlaufene Augen und ungewaschen!" Annie stellte eine Einkaufstüte auf den Tisch, stemmte die Hände in die Hüften und musterte ihn finster. „Du gehst dich duschen, und ich mache Frühstück."

Als er den Kopf wieder auf die Tischplatte legen wollte, zog sie ihn einfach an den Haaren hoch.

„Was tust du eigentlich hier, Annie? Geh weg!"

„Ich habe dir den Schnaps verkauft." Sie ließ seine Haare los, und sein Kopf fiel schwer auf den Tisch zurück. Er jaulte auf. „Ich war wütend auf dich, also habe ich dich weitertrinken lassen. Und deshalb mache ich dir jetzt ein anständiges Frühstück und passe auf, dass du dich fertig machst und zur Arbeit gehst. Und jetzt geh duschen. Du stinkst wie der Fußboden in einer zweitklassigen Bar!"

„Okay, okay." So würdevoll, wie seine Boxershorts es zuließen, stand er auf.

Annie wartete, bis er davongeschlurft war, dann schloss sie die Augen und lehnte sich an die Küchentheke. Er hatte Mitleid erregend ausgesehen. Am liebsten hätte sie ihn in die Arme genommen.

Eigentlich war nicht der Alkohol das Problem, überlegte sie. Es war sein Herz, und sie wusste nicht, wie sie es erreichen konnte. Ob sie es vielleicht schaffen würde, wenn sie ihn weniger gern hätte?

In den Rohren rauschte es, während er duschte, und sie musste lächeln. Er war genauso wie dieses Haus. Ein bisschen heruntergekommen und ramponiert, aber hinter der Fassade erstaunlich solide. Er hatte nur nie verstanden, dass Elise trotz ihres Verstandes und ihrer Schönheit nicht die Richtige für ihn gewesen war. Sie waren ein Aufsehen erregendes Paar gewesen, intelligent und brillant, aber sie hatte ihn nicht verstanden, den Schmerz in seinem Herzen, der daher rührte, dass er sich nicht für liebenswert hielt. Er brauchte viel liebevolle Zuwendung. Und die konnte sie ihm geben, beschloss Annie. Wenn sie schon sonst nichts tun konnte, konnte sie ihm wenigstens wieder auf die Beine helfen.

Die Küche duftete heimelig, als er zurückkam. Wenn Annie nicht da gewesen wäre, hätte er sich wohl in seinem Zimmer eingeschlossen. Aber die Dusche hatte geholfen, und die Tabletten hatten den Kater gelindert. Er räusperte sich und rang sich ein Lächeln ab. „Riecht toll."

„Setz dich", erwiderte sie, ohne sich umzudrehen.

„Es tut mir Leid, Annie."

„Du brauchst dich nicht bei mir zu entschuldigen, du solltest es bei dir selbst tun. Du bist derjenige, der sich Schaden zufügt."

„Tut mir trotzdem Leid." Er blickte auf die Schüssel, die sie vor ihn hinstellte. „Haferflocken?"

„Die behältst du wenigstens bei dir, sie sind gut für den Magen." Sie stellte einen Teller mit getoasteten Brotscheiben daneben. „Iss jetzt."

„Ja, Ma'am." Vorsichtig nahm er einen Löffel voll. „Schmeckt gut."

Als Annie sah, dass es ihm langsam besser ging und seine Farbe zurückkehrte, setzte sie sich ihm gegenüber. Freunde stehen einander bei, dachte sie. Und sie sind aufrichtig zueinander.

Sie berührte seine Hand. „Andrew, du musst damit aufhören."

Verärgert zuckte er mit den Schultern. „Es ist nichts dagegen einzuwenden, wenn man ab und zu mal betrunken ist."

„Doch, wenn man Alkoholiker ist."

„Bin ich aber nicht."

Sie lehnte sich zurück. „Ich habe eine Bar und war mit einem Trinker verheiratet. Es ist ein Unterschied, ob jemand etwas zu viel trinkt oder nicht mehr aufhören kann."

„Das tut doch die halbe Welt. Wo liegt der Unterschied zwischen ein paar Gläsern Wein zum Abendessen und ein, zwei Whiskey?"

„Das musst du mit dir selbst ausmachen. So wie ich es getan habe. Wir waren beide halb betrunken in der Nacht, als wir ..." Es schmerzte immer noch, und sie konnte den Satz nicht beenden.

„Du meine Güte, Annie." Scham und Schuldbewusstsein schnürten ihm die Kehle zu, und verlegen fuhr er sich durchs Haar. „Wir waren noch Kinder."

„Wir waren immerhin alt genug, um ein Kind zu haben. Zumindest eine Zeit lang." Ganz gleich, wie schwer es ihr fiel, sie würde zumindest einen Teil aussprechen. „Wir waren dumm und verantwortungslos. Ich habe das akzeptiert. Aber ich habe daraus gelernt, was man verlieren kann, was es bewirken kann, wenn man die Kontrolle über sich verliert. Und du hast keine Kontrolle über dich, Andrew."

„Die eine Nacht vor fünfzehn Jahren hat nichts mit heute zu tun." Schon, als er es aussprach, tat es ihm Leid. „So habe ich es nicht gemeint, Annie. Ich meinte nicht, dass es überhaupt keine Bedeutung hat. Ich wollte nur ..."

„Hör auf." Ihre Stimme klang kühl und distanziert. „Ich habe das Thema auch nur angeschnitten, weil du anscheinend den Unterschied nicht begreifst. Du warst erst siebzehn, hattest aber schon Probleme mit dem Alkohol. Ich hatte keine und habe auch heute keine. Bis jetzt hast du es geschafft, dein Leben zu meistern, ohne den Alkohol übermächtig werden zu lassen. Aber jetzt hast du die Grenze überschritten. Du musst dich wieder unter Kontrolle bekommen. Das sage ich dir als Freundin." Sie stand auf. „Ich werde dir nichts mehr ausschenken. Du kannst gerne kommen, wenn du dich unterhalten willst, aber wenn du etwas zu trinken haben willst, werde ich dir nichts mehr geben."

Sie drehte sich um, nahm ihren Mantel und ging hinaus.

KAPITEL 3

Ryan schlenderte durch die südliche Galerie. Die Jones verstanden ihr Geschäft. Die Objekte waren elegant arrangiert, die Hinweisschilder diskret und informativ, die Wachleute unaufdringlich, aber zahlreich. Er notierte sich im Geiste, wo sie standen, und sah an dem verstohlenen Blick, den ein Wachmann auf seine Uhr warf, dass ein Schichtwechsel bevorstand.

Ryan tat, als würde er ziellos hin und her wandern. In Gedanken jedoch zählte er die Schritte. Von der Tür bis zur Kamera in der südwestlichen Ecke, von der Kamera zum Durchgang, vom Durchgang zur nächsten Kamera und von dort bis zum Zielpunkt.

Er blieb nicht länger vor der Vitrine stehen, als jeder Kunstliebhaber es getan hätte, und studierte die seltene Schönheit der Skulptur aus dem fünfzehnten Jahrhundert. Die Bronze *David* war ein kleines Juwel, jung, herausfordernd, schlank, die Schleuder im historischen Moment der Wahrheit erhoben.

Der Künstler war unbekannt, aber wie die Hinweistafel anzeigte, wurde das Werk einem Schüler Leonardos zugeschrieben.

Es tat Ryan jetzt schon Leid, dass er Miranda Unannehmlichkeiten und Ärger bereiten musste. Aber sie war ja schließlich versichert. Und die Bronze war kaum das beste Stück am Institut. Wenn er sich selbst etwas hätte aussuchen können, hätte er den Cellini genommen oder vielleicht das Frauenportrait von Tizian, das ihn an Miranda erinnerte. Aber die taschengroße Bronzeskulptur war die Wahl seines Kunden.

Nachdem er Miranda nach Hause gebracht und sich umgezogen hatte, hatte er ein, zwei produktive Stunden im Röhrensystem unter dem Institut zugebracht. Dort verliefen die Leitungen für das Sicherheitssystem des Gebäudes. Alarmanlagen, Kameras, Sensoren. Er hatte nur seinen Laptop und ein wenig Zeit gebraucht, um die Hauptanlage auf seine Bedürfnisse einzustellen.

Er vervollständigte seine Bemessungen und machte dann gemäß seinem Zeitplan den ersten Test. Mit den Händen in den Jackentaschen studierte er eine düstere Darstellung der Verkündigung. In der einen Tasche tastete er nach dem kleinen Mechanismus und fuhr mit dem

Daumen darüber, bis er am richtigen Knopf angelangt war. Die Kamera war direkt rechts von ihm. Er lächelte, als er aus den Augenwinkeln das winzige rote Licht am Kameragehäuse erlöschen sah. In der anderen Tasche drückte er den Knopf einer Stoppuhr. Dann wartete er.

Es verstrichen ungefähr zwei Minuten, bevor das Walkie-Talkie des Wachmanns, der am nächsten stand, zu piepen begann. Ryan drückte die Stoppuhr erneut und schaltete die Kamera mit der anderen Hand wieder ein. Mehr als zufrieden verließ er die Galerie und holte sein Handy hervor.

„Dr. Jones' Büro. Was kann ich für Sie tun?"

„Ist Dr. Jones da? Hier spricht Ryan Boldari."

Es dauerte nicht lang. „Ryan?" Ihre Stimme klang ein wenig atemlos.

„Ich bin gerade ein bisschen durch deine Galerien gewandert." Es war besser, sie wusste Bescheid, da sie sich am nächsten Tag bestimmt die Bandaufzeichnungen ansehen würden. „Ich wollte dir nur sagen, ich glaube, dass meine Vasaris ein wundervolles zeitweiliges Zuhause haben werden."

„Danke. Möchtest du raufkommen?"

„Würde ich gerne, aber ich habe ein paar Termine. Aber ich würde morgen gerne mit dir Mittagessen gehen. Wie wäre es mit zwölf Uhr?"

Er hörte Papier rascheln. Vermutlich sah sie in ihrem Kalender nach. „Ja, zwölf ist gut. Übrigens, die Dokumentation über deine Vasaris ist gerade auf meinem Schreibtisch gelandet. Du arbeitest schnell."

„Schöne Frauen sollten nicht warten müssen. Ich sehe dich dann morgen." Er unterbrach die Verbindung und verspürte ein sehr seltenes Gefühl, das er nur deshalb als Schuldgefühl identifizierte, weil er sich nicht erinnern konnte, es jemals zuvor im Zusammenhang mit Frauen oder der Arbeit verspürt zu haben.

„Es nützt ja alles nichts", murmelte er. Während er zum Parkplatz ging, holte er die Stoppuhr hervor. Hundertzehn Sekunden.

Zeit genug. Mehr als genug.

Er blickte zu Mirandas Bürofenster hinauf. Dafür würde auch noch Zeit sein. Aber berufliche Verpflichtungen kamen an erster Stelle.

DIE NÄCHSTEN Stunden verbrachte Ryan in seiner Hotelsuite. Er bestellte sich das Mittagessen aufs Zimmer und breitete dann seine Unterlagen aus. Die Pläne des Instituts legte er auf den Konferenztisch, die Schemazeichnungen des Sicherheitssystems rief er auf den Monitor seines Laptops.

Es war leicht gewesen, an die Pläne zu kommen. Mit Kontakten und Bargeld bekam man beinahe alles. Und da er gut mit Computern umgehen konnte, hatte er sich den Laptop selbst eingerichtet und ein paar Extras hinzugefügt, die eigentlich nicht legal waren.

Die Galerien Boldari waren rundum seriös. Sie finanzierten sich selbst und warfen einen stattlichen Gewinn ab. Aufgebaut waren sie jedoch auf Fonds, die er über die Jahre angesammelt hatte, seit er als Junge mit flinken Fingern und rascher Auffassungsgabe die Straßen New Yorks unsicher gemacht hatte.

Manche Menschen waren geborene Künstler, andere geborene Buchhalter. Ryan war ein geborener Dieb.

Zuerst hatte er Taschendiebstahl begangen. Schließlich schwammen Kunstlehrer nicht im Geld, und im Haushalt der Boldaris waren viele hungrige Mäuler zu füttern. Später hatte er sich aufs Einbrechen verlegt, weil er, nun ja, gut darin war und es aufregend fand.

Seit über zehn Jahren war er jetzt auf Kunst spezialisiert. Er hatte ein Gefühl dafür, liebte sie und sah sie in seinem Herzen als öffentliches Eigentum an. Wenn er ein Gemälde aus dem Smithsonian Museum entwendete – und das hatte er schon getan –, erwies er lediglich einem Individuum einen Dienst, für den er gut bezahlt wurde. Und mit seinem Gewinn erwarb er weitere Kunstwerke, die er für die Öffentlichkeit zugänglich in seinen Galerien ausstellte.

Ihm schien, dass sich Recht und Unrecht in seinem Fall in gelungenem Gleichgewicht hielten.

Er wandte sich dem Laptop zu, gab die Messungen ein, die er in der Südgalerie vorgenommen hatte, und holte sich den dreidimensionalen Grundriss auf den Monitor. Die Positionen der Kameras waren rot markiert. Mit wenigen Tastenfunktionen ließ er sich von dem Computer die Winkel, die Entfernungen und den besten Weg berechnen.

Sich Einlass zu verschaffen würde relativ einfach sein. Er hatte zwei Nächte vor dem Gebäude zugebracht, eine Seitentür als idealen Einstiegsweg bestimmt und eine Zugangskarte gefälscht. Der Sicherheitscode selbst war ihm dank Andrew bekannt geworden. Die Zahlenfolge war säuberlich auf einem zusammengefalteten Zettel notiert gewesen, der hinter dessen Führerschein gesteckt hatte. Ryan hatte nur Sekunden gebraucht, um Andrew die Brieftasche zu entwenden, sie zu durchsuchen, die Zahlen zu finden und sich einzuprägen. Dann hatte er ihm freundlich auf den Rücken geklopft und dabei die Brieftasche wieder in die Tasche gesteckt.

Ryan rechnete mit einem Gewinn von 85 000 Dollar. Netter Auftrag. Er versuchte, nicht zu bedauern, dass es sein letztes Abenteuer war. Er hatte sein Wort gegeben, und er brach nie ein Versprechen. Nicht der Familie gegenüber.

Er überprüfte die Zeit und stellte fest, dass er bis zu seinem Auftritt noch acht Stunden hatte. Jetzt war noch genug Muße für Sport und ein Nickerchen. Er glaubte fest daran, dass sowohl Körper als auch Geist fit sein mussten, bevor er irgendwo einbrach.

KURZ nach sechs klingelte das Telefon in Mirandas Büro. „Neuengland-Institut. Dr. Jones."

„Du bist da, Gott sei Dank. Ich bin es, Giovanni."

„Giovanni?" Sie blickte auf ihre Uhr. „Bei euch ist es schon nach Mitternacht. Ist was passiert?"

„Eine Katastrophe. Die *Donna* ..., sie ist eine Fälschung."

„Das ist doch lächerlich!" Sie setzte sich aufrecht hin. Ihre Stimme überschlug sich. „Wer behauptet das?"

„Heute sind die Ergebnisse von den neuen Tests aus Rom gekommen. Ich habe sie selbst gesehen. Wahrscheinlich ist sie erst vor ein paar Monaten entstanden. Die Metallformel war richtig, sogar die Patina war perfekt, aber die Korrosionslevels waren alle falsch. Ich weiß nicht, warum uns das passiert ist, Miranda. Es tut mir Leid."

„Ich verstehe." Sie fühlte sich wie betäubt und konnte keinen klaren Gedanken fassen. „Ich bin verantwortlich, weil ich die Tests gemacht und die Berichte geschrieben habe. Aber das Labor in Rom könnte sich geirrt haben. Bei so etwas Grundlegendem wie dem Korrosionslevel habe ich mich nicht vertan."

„Ich hasse es, dich um Stillschweigen zu bitten, Miranda, aber deine Mutter darf nicht wissen, dass ich mit dir darüber geredet habe. Ich glaube, sie will dich morgen früh selbst anrufen."

„Mach dir keine Sorgen, ich werde deinen Namen nicht erwähnen. Ich kann jetzt nicht mehr reden. Ich muss nachdenken."

„In Ordnung. Es tut mir Leid, so Leid."

Langsam legte sie den Hörer auf und saß ganz still an ihrem Schreibtisch. Eine Fälschung? Das konnte nicht sein! Ihr Herz schlug heftig. Jeder Test hatte ihre Annahme bestätigt. Es musste einen Fehler geben, aber sie hatte ihn nicht gemacht. Denn andernfalls würde ihr niemand je wieder vertrauen. Sie würde sich nicht einmal selbst vertrauen.

Sie schloss die Augen und legte den Kopf zurück.

So fand Andrew sie zwanzig Minuten später; sie war leichenblass. „Geht's dir nicht gut?"

„Die *Donna* ist eine Fälschung. Die Ergebnisse der neuen Tests sind gekommen."

„Was? Woher weißt du das?"

„Giovanni hat gerade angerufen. Wenn Mutter das herausfindet, kann sie ihn entlassen."

„Bist du sicher, dass seine Informationen richtig sind?"

„Ich möchte es lieber nicht glauben." Sie verschränkte die Arme vor der Brust und grub die Fingernägel in ihre Oberarme. „Ich habe die Tests durchgeführt. Ich habe alle Vorgänge überprüft. Ich habe die Ergebnisse dokumentiert. Aber ich wollte natürlich, dass es sich um die *Donna* handelt, vielleicht zu sehr." Sie stand auf und begann hin und her zu laufen. „Ich muss meine Daten und die Ergebnisse noch einmal sehen. Und die *Donna* auch." Sie blieb am Fenster stehen und blickte hinaus. Sie sah nur die Dunkelheit. „Wenn die Ergebnisse veröffentlicht werden, stehe ich entweder als Idiotin oder als Betrügerin da. Mutter hatte ganz Recht. Es wird Standjo schaden, ihr und mir auch." Sie drehte sich um. „Es wird auch dem Institut schaden."

„Damit werden wir schon fertig." Andrew trat zu ihr und legte ihr die Hände auf die Schultern. „Wir halten zusammen, wie immer."

DER WIND um Mitternacht war heftig und unangenehm. Doch Ryan machte er nichts aus. Er fand ihn eher erfrischend, als er sich dem Institut näherte. Es gefiel ihm, dass seine letzte Tat der Einbruch in ein so stolzes und würdiges Gebäude war.

Er ging zur Südseite. In seinem langen Mantel sah er aus, als hätte er einen Bauch, der weiche Filzhut beschattete sein Gesicht, und seine Haare darunter waren jetzt würdevoll grau. Jeder, der ihn sah, musste ihn für einen älteren, leicht übergewichtigen Geschäftsmann mit Aktentasche halten.

Als er noch ungefähr drei Meter von der Seitentür entfernt war, zog er den Impulsgeber aus der Tasche und richtete ihn auf die Kamera. Das rote Licht ging aus.

Es erforderte einiges Geschick, aber beim dritten Anlauf glitt die gefälschte Schlüsselkarte in den Schlitz und wurde gelesen. Aus dem Gedächtnis gab Ryan den Code ein und war innerhalb von 45 Sekunden im Vorraum. Er schaltete die Kamera wieder ein, dann schloss er die Tür und verriegelte sie wieder.

Seinen Mantel hängte er ordentlich neben den Getränkeautomaten der Belegschaft. Seine schwarzen Ziegenlederhandschuhe steckte er in die Tasche. Darunter trug er dünne Chirurgenhandschuhe. Auf seine silbergrauen Haare setzte er eine schwarze Kappe.

Dann stand er im Dunkeln und lauschte. Die Räume des Wachpersonals befanden sich ein Stockwerk höher, und die Wände waren dick. Er hörte nichts und wusste, dass auch sie ihn nicht hörten. Als sich seine Augen an die Dunkelheit gewöhnt hatten, ging er zur nächsten Tür. Sie besaß ein stabiles Sicherheitsschloss, und er brauchte fast dreißig Sekunden, um mit ihr fertig zu werden. Er lächelte, als er hörte, wie das Schloss aufschnappte, und schlüpfte in den Korridor.

Die erste Kamera war am Ende des Korridors angebracht, wo sich dieser nach rechts und links verzweigte. Er machte sich nicht allzu viele Gedanken über sie. Hier war er ein Schatten unter anderen Schatten, und außerdem war sie auf die Galerie gerichtet. Er schlich unter ihr hindurch an der Wand entlang und wandte sich dann nach links. Unter Verwendung seiner Messungen ging er zur Ecke der Galerie, richtete seinen Impulsgeber auf die dort befindliche Kamera und schaltete sie aus.

Während er lautlos die Sekunden zählte, näherte er sich seinem Ziel mit raschen Bewegungen. Als er an der Ausstellungsvitrine angekommen war, hielt er bereits den Glasschneider in der Hand. Er schnitt einen sauberen Kreis, ein wenig größer als seine Faust, holte die Glasplatte geräuschlos heraus und legte sie ordentlich oben auf die Vitrine. Er verschwendete keine Zeit damit, seine Beute zu bewundern oder auch nur einen Moment darüber nachzudenken, ob er nicht mehr mitnehmen sollte. So etwas machten Amateure. Er griff hinein, packte die Skulptur und steckte sie in seine Gürteltasche.

Weil Präzision und eine spielerische Note Teil seines Wesens waren, verschloss er das Loch wieder mit der Glasplatte und schlich dann zur Ecke zurück. Dort schaltete er die Kamera wieder ein und machte sich auf dem gleichen Weg zurück, wie er hereingekommen war.

Seiner Zählung nach hatte er 75 Sekunden gebraucht.

Wieder im Vorraum, packte er die Skulptur zwischen zwei dicke Schaumstoffplatten in seine Aktentasche. Er setzte die Kappe ab und seinen Hut wieder auf, zog die Chirurgenhandschuhe aus und steckte sie in die Tasche. Dann zog er seinen Mantel an, schaltete die Außenkamera aus, ging hinaus, verschloss die Tür hinter sich und aktivierte die Kamera aus sicherer Entfernung wieder.

Glatt und ordentlich. Eine gute Art, eine Karriere zu beenden.

UM 6.30 UHR morgens stand Miranda neben ihrem Bruder und einem Mann vom Wachdienst in der Südgalerie und starrte auf den perfekten Kreis im Glas und die leere Vitrine dahinter.

Andrew stieß einen Seufzer aus. „Ich möchte mir die Sicherheitsbänder der letzten vierundzwanzig Stunden ansehen."

„Ja, Sir", antwortete der Wachmann. „Bis jetzt haben wir nichts Ungewöhnliches gefunden, und es fehlt auch sonst nichts. Der Nachtchef hat allerdings von einem kleinen Problem mit zwei der Kameras berichtet. Diese", er wies nach oben, „ist schon gestern Vormittag einmal knapp zwei Minuten lang ausgefallen. Daraufhin wurde die Standardüberprüfung durchgeführt. Nichts. Gestern Nacht, ungefähr um Mitternacht, fiel dann die Außenkamera am südlichen Seiteneingang für eine knappe Minute aus und ungefähr eine Stunde später noch einmal genauso lang. Wir hatten starken Wind, und die Ausfälle wurden dem Wetter zugeschrieben. Diese innere Kamera hier ist dann wie bereits am Vormittag auch noch mal für etwa achtzig Sekunden ausgefallen, zwischen Mitternacht und ein Uhr. Heute sollte ein Techniker sie sich mal ansehen."

„Ich verstehe." Andrew steckte die Hände in die Taschen. „Was ist Ihre Meinung?"

„Ich denke, der Einbrecher war ein Profi. Er kannte sich mit den Sicherheitssystemen und der Elektronik aus. Er wusste, wonach er suchte, und hat sich nicht lange aufgehalten."

„Er tanzt herein, nimmt sich, was er will, und tanzt wieder hinaus", knurrte Miranda mit kaum verhaltener Wut.

„Ich muss in Florenz anrufen." Andrew lächelte schwach. „Unser kleiner Zwischenfall verdrängt vielleicht dein Problem eine Weile."

Miranda schnaubte. „Wenn ich das glauben würde, hätte ich das verdammte Teil selbst gestohlen."

„Guten Morgen." Ein Mann betrat den Raum, die Wangen von der Kälte gerötet, die blassgrünen Augen unter dichten grauen Brauen zusammengekniffen. „Ich bin Detective Cook." Er hielt eine Dienstmarke hoch. „Es heißt, Ihnen sei etwas abhanden gekommen."

UM NEUN Uhr schmerzte Mirandas Kopf. Sie hatte die Tür hinter sich zugemacht und erlaubte sich nun zehn Minuten der Verzweiflung und des Selbstmitleids. Fünf davon waren jedoch erst verstrichen, als die Sprechanlage summte. „Miranda, es tut mir Leid. Dr. Standford-Jones ist auf Leitung eins." Lori klang besorgt.

Miranda holte tief Luft und setzte sich gerade hin. „Danke, Lori.“ Dann drückte sie auf den Knopf von Leitung eins. „Hallo, Mutter.“

„Die Tests an der Fiesole-Bronze sind abgeschlossen“, sagte Elizabeth ohne jede Einleitung. „Die Skulptur ist nichts weiter als ein clever ausgeführter Versuch, Stil und Materialien der Renaissance nachzuahmen. Die Behörden haben sich den Klempner vorgenommen.“

„Ich möchte die Ergebnisse der zweiten Testreihe sehen.“

„Das steht nicht zur Debatte. Mein Hauptanliegen ist zu vermeiden, dass der Schaden noch größer wird. Dein Ruf, und in der Folge auch meiner, wird angezweifelt. Es gibt Leute, die glauben, dass du Tests absichtlich so ausführst, dass du den Ruhm einheimsen kannst.“

„Glaubst du das auch?“

Elizabeths Zögern war deutlicher als die Worte, die folgten. „Ich glaube, dass dein Ehrgeiz, deine Hast und dein Enthusiasmus dein Urteilsvermögen getrübt haben. Ich bin sicher, dass die Medien versuchen werden, dich zu erreichen. Gib bitte keinerlei Kommentare ab.“

„Ich habe zahlreiche Kommentare abzugeben.“

„Die wirst du für dich behalten. Es wäre das Beste, du würdest in Urlaub gehen.“

Mirandas Hand begann zu zittern. „Das wäre ein passives Schuldeingeständnis. Ich möchte diese Ergebnisse sehen.“ Sie blickte irritiert auf, weil ihr Faxgerät piepste und zu arbeiten anfing.

„Die Angelegenheit ist erledigt. Verbinde mich mit Andrews Büro.“

„Oh, nur zu gerne. Er hat Neuigkeiten für dich.“ Wütend drückte Miranda die Unterbrechungstaste und summte Lori an. „Stellen Sie den Anruf zu meinem Bruder durch.“

Sie holte tief Luft. Sie musste ruhig werden, um Andrew hilfreich zur Seite stehen zu können. Sie musste ihr eigenes Problem eine Weile zur Seite schieben und sich auf den Einbruch konzentrieren. Um sich abzulenken, trat sie ans Faxgerät und holte die Seite aus dem Auffangkorb. Ihr gefror das Blut in den Adern.

> Du warst dir so sicher. Was bleibt dir, wenn dein Ruf dahin ist? Nichts. Denn nur daraus hast du bestanden, aus deinem Ruf, einem Namen, einer Handvoll akademischer Titel. Jetzt bist du nur noch bemitleidenswert. Du hast nichts mehr. Ich habe jetzt alles.

„Wer bist du?“ Ihr Atem ging stoßweise. „Wer zum Teufel bist du?“

Aber es spielte doch gar keine Rolle, sagte sie sich. Sie würde es nicht zulassen, dass diese gemeinen Botschaften sie berührten. Trotzdem legte sie das Blatt zu dem anderen in die Schreibtischschublade und verschloss sie. Dann ging sie hinaus ins Vorzimmer.

An Loris Schreibtisch wartete Detective Cook. „Ich muss leider noch einmal Ihre Zeit beanspruchen, Dr. Jones“, sagte der Polizist.

„Natürlich.“ Sie bewahrte Haltung und wies auf den Besuchersessel. „Bitte nehmen Sie Platz, Detective.“

„Danke.“ Er setzte sich und holte sein Notizbuch hervor. „Ihr Bruder hat mir gesagt, dass die gestohlene Skulptur mit 500000 Dollar versichert ist. Ist das nicht ein bisschen viel für so ein kleines Stück?“

„Man nimmt an, dass der Künstler ein Schüler von Leonardo da Vinci war. Es ist eine hervorragende Studie von David, zirka 1524.“ Sie hatte die Skulptur selbst überprüft. Und niemand hatte ihre Ergebnisse in Frage gestellt. „500000 liegt in etwa in dem Bereich, den das Stück erbracht hätte, wenn es versteigert oder an einen Sammler verkauft worden wäre.“

„Nur der Vollständigkeit halber: Würde es Ihnen etwas ausmachen, mir zu sagen, was Sie gestern Abend gemacht haben?“

„Andrew und ich haben bis gegen sieben Uhr gearbeitet. Kurz nach sechs habe ich meine Assistentin nach Hause geschickt. Wenig später habe ich ein Ferngespräch erhalten.“

„Woher?“

„Aus Florenz. Einer meiner Partner. Kurz darauf kam Andrew in mein Büro. Wir sind gemeinsam nach Hause gefahren. Wir wohnen beide in dem Haus, das meine Großmutter uns hinterlassen hat. Dort haben wir etwas zu Abend gegessen, und gegen neun bin ich nach oben gegangen.“

„Und auch Ihr Bruder war die ganze Nacht zu Hause?“

Sie hatte keine Ahnung. „Ja. Ich habe ihn sofort geweckt, als der Sicherheitsdienst angerufen hat, kurz nach sechs heute früh.“

„Diese kleine Bronzeskulptur – Sie haben vermutlich Ausstellungsstücke, die wesentlich mehr wert sind. Es ist doch komisch, dass nur dieses eine Stück mitgenommen wurde.“

„Ja“, erwiderte sie gleichmütig. „Das habe ich auch schon gedacht. Wie würden Sie das erklären, Detective?“

Er lächelte. „Ich würde sagen, dass er es haben wollte.“ Cook stand auf und steckte sein Notizbuch wieder ein. „Ich glaube, das wäre es im Augenblick. Wir befragen noch Ihre Angestellten, und wahrscheinlich werde ich auch noch mal mit Ihnen sprechen müssen.“

„Ich stehe Ihnen jederzeit zur Verfügung.“ Sie erhob sich und begleitete ihn zur Tür. Als sie sie öffnete, sah sie sich Ryan gegenüber.

„Miranda." Er kam direkt auf sie zu und ergriff ihre Hände. „Ich habe es gerade gehört. Ist viel gestohlen worden?"

„Ich ... Ryan, das ist Detective Cook. Er leitet die Ermittlungen. Detective, das ist Ryan Boldari, ein Geschäftspartner."

„Guten Tag, Detective." Ryan hätte einen Polizisten auf fünfhundert Meter blind erkennen können.

„Arbeiten Sie hier, Mr Boldari?"

„Nein, ich besitze Galerien in New York und San Francisco. Ich bin geschäftlich für ein paar Tage hier. Miranda, wie kann ich dir helfen?"

„Ich weiß nicht. Es gibt nichts, was du tun kannst." Sie kämpfte mit den Tränen.

„Du solltest dich setzen, du bist ja ganz außer dir."

„Mr Boldari?" Cook hielt Ryan auf, als dieser Miranda in ihr Büro führen wollte. „Wie heißen Ihre Galerien?"

„Boldari." erwiderte Ryan mit hochgezogenen Brauen. „Die Galerien Boldari." Er zog ein silbernes Schächtelchen hervor und entnahm ihm eine Visitenkarte. „Und jetzt entschuldigen Sie uns, Detective. Dr. Jones muss sich ein wenig ausruhen." Er verspürte ein leises Gefühl der Genugtuung, als er dem Polizisten die Tür vor der Nase zuschlug. „Setz dich, Miranda. Erzähl mir, was passiert ist."

Dankbar registrierte sie, wie fest er ihre Hand in seiner hielt. Sie berichtete ihm, was sie wusste. „Es muss ein dummer Dieb gewesen sein", schloss sie. „Er hätte sämtliche Ausstellungsstücke mitnehmen können, ohne viel größeren Zeitaufwand oder Mühe."

Ryan ermahnte sich, nicht beleidigt zu sein. „Offenbar war er wählerisch. Aber dumm? Schwer zu glauben, dass ein Dummkopf das Sicherheitssystem so mühelos und schnell umgehen könnte."

„Er hat vielleicht Ahnung von Elektronik, aber von Kunst versteht er überhaupt nichts." Unruhig stand sie auf. „Der *David* war wohl kaum das beste Werk, das wir haben. Ich bin nur so wütend, dass er überhaupt hereingekommen ist."

„Das wäre ich auch. Die Polizei findet ihn bestimmt."

„Es ist nett, dass du vorbeigekommen bist, ich ... Oh, unser Mittagessen", fiel Miranda ein. „Ich glaube, das schaffe ich heute nicht."

„Mach dir nichts daraus. Wenn ich das nächste Mal herkomme, holen wir es nach."

„Das nächste Mal?"

„Ich hatte gehofft, noch ein oder zwei Tage bleiben zu können – aus persönlichen Gründen. Aber ich muss heute Abend zurückfliegen."

„Oh, schade." Sie hatte nicht gedacht, dass sie noch unglücklicher werden könnte. „Dieses Problem wird doch nicht dazu führen, dass du deine Meinung über den Tausch änderst?"

Er führte ihre Hände an seine Lippen. Traurige Augen waren so bezaubernd. „Sei nicht albern. Die Vasaris werden noch in diesem Monat bei euch sein." Er genoss es, den hilfreichen Helden zu spielen. „Werde ich dir fehlen?"

Sie lächelte. „Ich glaube schon."

„Dann sag jetzt Auf Wiedersehen."

Sie öffnete den Mund, aber er verschloss ihn mit seinen Lippen und raubte ihr einen langen, leidenschaftlichen Kuss. Hier trennten sich ihre Wege, aber er wollte wenigstens etwas mitnehmen.

Danach betrachtete er ihr Gesicht. „Auf Wiedersehen, Miranda", sagte er mit mehr Bedauern, als ihm lieb war. Dann ging er. Sie würde mit den kleinen Unannehmlichkeiten, die er ihr verursacht hatte, schon fertig werden.

ALS ANDREW nach dem Gespräch mit seiner Mutter endlich den Hörer auflegte, hätte er für einen doppelten Whiskey sein Vaterland verraten. Elizabeth hatte den Einbruch als persönliche Beleidigung angesehen und den Verlust der kleinen Skulptur genauso bitter empfunden, als wenn die ganze Galerie leer geräumt worden wäre. Und natürlich hatte sie ihm die ganze Schuld zugewiesen.

Er akzeptierte das, er hatte nichts anderes erwartet. Und doch hatte ihn ihr völliger Mangel an Unterstützung oder Mitgefühl getroffen.

Sie würde seinen Vater in Utah informieren. Andrew blickte aus dem Fenster. Es war kein Whiskey in Reichweite. Eine Flasche im Büro zu haben hatte er sich bisher noch nicht gestattet. Bei der Arbeit trank er nicht. Deshalb hatte er alles im Griff. Oder etwa nicht? Sein Rücken war mit kaltem Schweiß bedeckt. Aber seine Hände waren immer noch ruhig. Er hatte sich unter Kontrolle.

Miss Purdue meldete sich über die Sprechanlage. „Dr. Jones, Detective Cook möchte noch einmal mit Ihnen sprechen."

„Er soll reinkommen."

Nachdem Cook sich gesetzt hatte, musterte er Andrew forschend. „Sie sehen bedrückt aus. Geht Ihnen der Verlust so zu Herzen?"

„Meine Schwester arbeitet hier abends oft lange. Allein. Wäre es ihr gestern Abend besser gegangen, wäre sie vielleicht hier gewesen, als eingebrochen wurde. Und ich hätte vielleicht etwas verloren, das viel kostbarer für mich ist als eine Bronzeskulptur."

„Ich verstehe Ihre Besorgnis. Ich habe auch Familie. Aber ich kann Ihnen Ihre Angst ein wenig nehmen, Dr. Jones. Ein typischer Einbrecher – vor allem ein besonders kluger – hat nicht vor, jemanden zu verletzen. Er trägt noch nicht einmal eine Waffe bei sich, weil er sonst viel zu lange eingesperrt wird, falls man ihn fasst."

„Sie kennen meine Schwester nicht."

„Eine starke Persönlichkeit, Ihre Schwester?"

„Sie musste immer stark sein. Aber sie ist vor kurzem überfallen worden, direkt vor unserem Haus."

Cook schürzte die Lippen. „Wann war das?"

„Vor ein paar Wochen. Ein Mann bedrohte sie mit einem Messer und raubte ihr Handtasche und Aktenkoffer. Er wurde bislang nicht geschnappt."

Ein Überfall und ein Einbruch in weniger als einem Monat. Und das gleiche Opfer. Cook fand das höchst interessant. „Sie sagten, Ihre Schwester fühlte sich gestern Abend nicht wohl. Was fehlte ihr denn?"

„Schwierigkeiten mit unserer Mutter", erwiderte Andrew knapp. „Miranda hat sich darüber aufgeregt."

„Es gibt Spannungen zwischen Ihrer Mutter und Ihrer Schwester?"

Andrews Blick wurde hart. „Unsere Familienangelegenheiten gehen die Polizei nichts an."

„Ich versuche nur, mir einen vollständigen Eindruck zu verschaffen. Schließlich ist dies ein Familienunternehmen. Und es gibt kein Anzeichen dafür, dass der Einbrecher gewaltsam eingedrungen ist."

Andrew zuckte zusammen. „Wie bitte?"

„Die inneren und äußeren Türen waren verschlossen. Von außen braucht man eine Schlüsselkarte und einen Code, richtig?"

„Ja. Nur Abteilungsleiter können diesen Seiteneingang benutzen."

„Ich brauche eine Liste der Abteilungsleiter."

„Natürlich. Glauben Sie, es war jemand, der hier arbeitet?"

„Ich glaube gar nichts." Cook lächelte. „Das ist einfach nur die übliche Vorgehensweise."

TECHNOLOGIE hatte Cook schon immer entzückt und erstaunt. Er prüfte im Computer nach, welche Verbrechen Ähnlichkeit mit dem Kunstraub aufwiesen. Es gab sechs vergleichbare Fälle in einem Zeitraum von sechs Jahren.

New York, Chicago, San Francisco, Boston, Kansas City, Atlanta. In jeder dieser Städte hatte ein Museum oder eine Galerie einen Einbruch angezeigt, bei dem ein Kunstgegenstand gestohlen worden war. Nie war etwas beschädigt, nie Alarm ausgelöst worden. Und es hatte nie eine Verhaftung gegeben.

Raffiniert, dachte Cook. Der Kerl war raffiniert. Vielleicht hatte er einen der Wachleute als internen Komplizen angeheuert. Er nahm sich vor, die Wachleute noch einmal überprüfen. Das war sicher der Mühe wert. Und es konnte auch nicht schaden, wenn er die Jones aufsuchte und nachprüfte, wo sie sich zur Zeit der anderen Diebstähle aufgehalten hatten.

Obgleich es Sonntagnachmittag war, beschloss Cook, die erneute Befragung der Jones' sofort vorzunehmen.

Auf sein Klingeln hin öffnete Andrew und führte den Detective in den Salon. Miranda empfing den Polizisten mit einem höflichen Lächeln. „Haben Sie Neuigkeiten für uns?"

„Nichts Großes. Lediglich ein oder zwei Ansatzpunkte."

„Setzen Sie sich doch. Was können wir für Sie tun, Detective?"

„Könnten Sie mir wohl sagen, wo Sie beide letztes Jahr in der ersten Novemberwoche waren?"

Eine komische Frage. Andrew kratzte sich am Kopf. „Ich war hier in Jones Point. Ich bin letzten Herbst nicht verreist. Warum ist das wichtig, Detective?"

„Ich kläre nur ein paar Details. Waren Sie auch hier, Dr. Jones?"

„Ich war Anfang November ein paar Tage in Washington. Ich habe eine Beratung am Smithsonian gemacht. Aber um ganz sicherzugehen, muss ich meinen Terminkalender holen."

„Tun Sie das bitte?" Er lächelte entschuldigend.

„In Ordnung." Sie verstand zwar nicht, was sich Cook davon versprach, aber es konnte auch nicht schaden. „Er ist oben in meinem Arbeitszimmer."

Als sie das Zimmer verlassen hatte, wandte sich Cook an Andrew. „Verreisen Sie oft, Dr. Jones?"

„Ich bin die meiste Zeit am Institut. Meine Schwester dagegen ist viel unterwegs. Sie macht häufig Beratungen oder hält Vorträge."

„Nach meinen Unterlagen", sagte Miranda, als sie zurückkam, „war ich vom dritten bis zum siebten November in Washington. Ich habe im ‚Four Seasons' gewohnt."

Und der Einbruch in San Francisco hatte in den frühen Morgenstunden des fünften Novembers stattgefunden, erinnerte sich Cook. „Können Sie bitte auch nachsehen, wo Sie im Juni waren? In der dritten Woche?“

„Natürlich.“ Sie blätterte zurück. „Ich war den ganzen Monat über am Institut. Seminare. Du hast auch ein paar gegeben, Andrew.“

„Stimmt. Orientalische Kunst des zwölften Jahrhunderts. Wir können Ihnen leicht die exakten Daten besorgen, Detective.“

„Das würde mir sehr helfen.“

„Wir helfen Ihnen gerne“, erwiderte Miranda knapp. „Aber ich glaube, wir haben ein Recht zu erfahren, welche Spuren Sie verfolgen.“

„Kein Problem. Ich überprüfe ein paar Einbrüche, die dem Ihren ähneln. Da Sie in der gleichen Branche arbeiten, haben Sie ja vielleicht von dem Diebstahl in Boston im Juni letzten Jahres gehört.“

„Das Harvard University Art Museum.“ Miranda lief ein Schauer über den Rücken. „Die Kuang-Bronze, eine chinesische Grabgabe aus dem späten dreizehnten Jahrhundert vor Christus. Noch eine Skulptur. Wesentlich mehr wert als unser *David*.“

„Sie haben ein gutes Gedächtnis für Einzelheiten. Im November war übrigens ein Einbruchdiebstahl in San Francisco, ein Gemälde aus dem De Young Memorial Museum“, erläuterte Cook. Dann stand er auf. „Danke, dass Sie mir Ihre Zeit gewidmet haben. Meinen Sie, ich könnte mir Ihren Terminkalender einmal ausleihen, Dr. Jones?“

Miranda zögerte. Er behandelte sie wie eine Verdächtige. Doch dann reichte sie ihm das schmale, ledergebundene Buch. „Aber gerne.“

Andrew erhob sich ebenfalls. „Ich lasse Ihnen meinen schicken.“

„Das wäre mir eine große Hilfe.“

Nachdem sie Cook zur Tür gebracht und verabschiedet hatte, marschierte Miranda wütend in den Salon zurück. „Der Kerl denkt, wir sind Diebe! Er denkt wirklich, wir fliegen durch die Gegend und brechen in Museen ein.“

Es überraschte sie nicht, als sie sah, dass Andrew sich etwas zu trinken eingeschenkt hatte.

„Wäre doch lustig, oder?“

„Das ist kein Spiel, Andrew. Wir werden durchleuchtet, und am Ende bekommt die Presse noch Wind davon.“

„Tut mir Leid, du hast Recht“, entschuldigte er sich leise. Er stellte sein Glas ab und legte ihr den Arm um die Schultern.

KAPITEL 4

Erschrocken fuhr Miranda aus dem Schlaf auf, als sich eine behandschuhte Hand fest auf ihren Mund presste, eine andere sich um ihre Kehle legte und die Stimme eines Mannes ihr leise eine Drohung ins Ohr flüsterte.

„Ich könnte dich erwürgen."

Sie erstarrte. Das Messer. Einen grässlichen Moment lang glaubte sie, die kalte Klinge an ihrer Kehle zu spüren. Dies war kein Traum.

„Beweg dich nicht und sei still", zischte der Fremde. „Aber du schreist nicht. Das wäre gegen deinen Stolz, oder?"

Sie murmelte etwas in seine behandschuhte Hand. Er zog sie von ihrem Mund weg, packte aber gleichzeitig ihre Kehle fester.

„Was wollen Sie?" fragte sie.

„Am liebsten würde ich dir in deinen prächtigen Hintern treten. Verdammt noch mal, Dr. Jones, du hast es verdorben!"

„Ich weiß nicht, wovon Sie reden." Es fiel ihr schwer, ihren Atem unter Kontrolle zu halten. „Lassen Sie mich los. Ich werde nicht schreien." Schon deshalb nicht, weil Andrew es hören und hereinkommen konnte. Und wer auch immer sich da gerade über sie beugte, er war vielleicht bewaffnet.

Der Mann setzte sich auf die Bettkante, wobei er sie immer noch festhielt, und schaltete die Nachttischlampe ein. Miranda blinzelte, dann riss sie entgeistert die Augen auf.

Er war ganz in Schwarz gekleidet und trug enge Jeans, einen Rollkragenpullover, eine Bomberjacke und Stiefel. Er sah genauso gut aus, aber seine Augen blickten nicht so warm und liebevoll wie beim letzten Mal. Sie waren wütend, ungeduldig und eindeutig bedrohlich.

„Ryan!" stieß sie hervor. „Was machst du hier?"

„Ich versuche, das auszubügeln, was du angerichtet hast."

„Ich verstehe." Vielleicht hatte er eine Art Nervenzusammenbruch. Da war es wichtig, ganz ruhig zu bleiben und ihn nicht noch nervöser zu machen. Langsam schob sie seine Hand von ihrer Kehle und setzte sich auf. Es gelang ihr sogar, ein beruhigendes Lächeln auf ihr Gesicht zu zaubern. „Wie bist du hier hereingekommen?"

„Wie ich immer in Häuser komme, die mir nicht gehören. Ich habe das Türschloss aufgebrochen. Du solltest ein besseres einbauen lassen."

Verständnislos blinzelnd sah sie ihn an. „Du bist eingebrochen?"

„Ganz recht. Das tue ich immer."

„Aber du bist doch Geschäftsmann, Kunsthändler. Du bist ... Oder bist du überhaupt nicht Ryan Boldari?"

„Doch, ganz bestimmt." Zum ersten Mal lächelte er sein bezauberndes Lächeln. „Das bin ich, seit meine gesegnete Mutter mich vor zweiunddreißig Jahren in Brooklyn auf diesen Namen taufen ließ. Und bis zu meinem Zusammentreffen mit dir hat dieser Name auch für etwas gestanden." Das Lächeln erlosch. „Für Verlässlichkeit und Perfektion. Die verdammte Bronze war eine Fälschung!"

Sie wurde kreideweiß. „Woher weißt du von der Bronze?"

„Weil ich sie gestohlen habe." Er legte den Kopf schief. „Oder meinst du die Skulptur in Florenz? Ich habe gestern Wind davon bekommen – nachdem mein Kunde mir die Hölle heiß gemacht hat, weil ich ihm eine Fälschung angedreht habe. Eine Fälschung!" Zu erregt, um sitzen zu bleiben, sprang er auf und lief im Zimmer hin und her. „Über zwanzig Jahre ohne Fehl und Tadel, und jetzt das. Und alles nur, weil ich dir vertraut habe."

„Mir vertraut?" Sie richtete sich auf. Ihre Angst war wie weggeblasen, so zornig war sie auf einmal. „Du hast mich bestohlen!"

„Und wenn schon. Was ich genommen habe, ist höchstens hundert Dollar als Briefbeschwerer wert." Er trat wieder ans Bett. „Wie viele andere Fälschungen bewahrst du in deinem Museum noch auf?"

Sie überlegte nicht lange – wie ein Geschoss sprang sie aus dem Bett. Ryan bekam die ganze Wucht ihres gut trainierten Körpers und ihrer Wut zu spüren. Als sie beide zu Boden stürzten, rollte er sich auf sie und hielt sie fest.

„Du hast mich bestohlen!" Sie bäumte sich auf, setzte sich erbittert gegen ihn zur Wehr. „Du hast mich ausgenutzt! Du hast mir den Hof gemacht!" Das Schlimmste von allem: Sie hatte sich verführen lassen!

„Ein positiver Nebeneffekt." Er packte ihre Handgelenke fester. „Du bist sehr attraktiv. Das hat mir überhaupt keine Probleme gemacht."

„Du bist nichts weiter als ein gemeiner Dieb!"

„Nein, ich bin ein wirklich guter Dieb. Und jetzt setzen wir uns in aller Ruhe hin und klären das. Wir können natürlich auch hier liegen bleiben und miteinander ringen. Aber ich warne dich. Selbst in diesem grässlichen Pyjama bist du ziemlich bezaubernd."

Mit widerwilliger Bewunderung beobachtete er, wie ihre blitzenden Augen kalt wurden. Sie lag jetzt ganz still. „Geh von mir runter."

„Okay." Er ließ sie los und richtete sich auf.

Sie schlug die Hand, die er ihr entgegenstreckte, beiseite und stand ohne Hilfe auf. „Was willst du jetzt machen? Mich erschießen und dann das Haus leer räumen?"

„Ich erschieße niemanden. Ich bin kein Schwerverbrecher."

„Dann bist du bemerkenswert dumm. In dem Moment, in dem du gegangen bist, werde ich Detective Cook anrufen."

„Wenn du das tust, wirst du wie eine Idiotin dastehen. Erst einmal, weil dir niemand glauben würde. Ich bin gar nicht hier, ich bin in New York. Es gibt zahlreiche Leute, die bereit wären, das zu beschwören."

„Kriminelle!"

„So solltest du nicht über meine Familie und Freunde reden." Sein Lächeln war spöttisch und selbstsicher. „Zum Zweiten würdest du erklären müssen, warum das gestohlene Kunstwerk für eine sechsstellige Summe versichert ist, obwohl es nur ein Taschengeld wert ist."

„Du lügst. Ich habe das Stück selbst überprüft."

„Ja, und die *Donna* stammt von Michelangelo." Er grinste höhnisch. „Setz dich hin und hör mir zu. Du bist es mir schuldig, Miranda."

Sie verschluckte sich beinahe. „Ich bin es dir schuldig?"

„Ich hatte einen makellosen Ruf. Ich habe meine Kunden immer zufrieden gestellt. Und das war mein letzter Auftrag, verdammt noch mal! Ich musste meinem Kunden sein Geld zurückzahlen."

„Ruf? Kunde? Du bist ein Dieb, verdammt noch mal, kein Kunsthändler!"

Er sprach ganz ruhig. „Ich will den Donatello, die kleine Venus, die mit deinem gefälschten *David* zusammen ausgestellt war. Ich möchte, dass du sie mir gibst, und wenn sie authentisch ist, ist die Angelegenheit erledigt."

„Du hast den Verstand verloren!"

„Wenn du es nicht tust, sorge ich dafür, dass der *David* wieder auf den Markt kommt. Wenn die Versicherungsgesellschaft ihn entdeckt und überprüfen lässt, wird deine Fehleinschätzung aufgedeckt. Das wäre neben deinem jüngsten Desaster in Florenz ein ziemlicher Dämpfer für deine Karriere, Dr. Jones."

„Du wirst mich nicht erpressen. Diese Bronze ist keine Fälschung."

„Du kannst einfach keinen Fehler zugeben, nicht wahr?"

„Ich kann keinen Fehler gemacht haben. Jedenfalls nicht so einen.

Dazu bin ich zu vorsichtig. Ich ziehe keine voreiligen Schlüsse.“ Tränen standen ihr in den Augen.

„Schon gut. Wir wollen nicht emotional werden. Hier geht es ums Geschäft. Wir wollen es auf dieser Ebene lassen, dann sind wir beide glücklicher.“

Seine absurde Äußerung ließ die Tränen versiegen. „In Ordnung, Mr Boldari. Geschäft. Du sagst, die Skulptur sei eine Fälschung. Ich sage, sie ist keine. Du sagst, ich werde das nicht der Polizei erzählen. Ich sage, ich tue es doch. Was sagst du dazu?“

Er musterte sie einen Moment lang. „Okay, zieh dich an. Wir fahren ins Labor. Du kannst sie noch einmal testen, in meiner Anwesenheit, und so die geschäftliche Grundlage wiederherstellen.“ Er wies auf eine Ledertasche, die neben der Tür stand. „Ich habe die Skulptur mitgebracht, weil ich sie dir am liebsten in den Hals gestopft hätte. Aber meine Vernunft hat natürlich gesiegt.“

„Ich nehme dich nicht ins Institut mit.“

„Du bist doch eine logisch denkende Frau. Die Skulptur und dein Ruf liegen in meiner Hand. Du möchtest eine Chance, Erstere zurückzubekommen und Zweiteren zu retten. Ich gebe sie dir. Das ist mein Angebot, Dr. Jones. Sei klug. Ergreif deine Chance.“

Sie musste es überprüfen. Um sicher zu sein. Und dann würde sie ihn der Polizei übergeben, noch bevor er einmal mit seinen schönen Augen blinzeln konnte.

Es war einfach grotesk, dass sie hier zusammen mit einem Dieb durch die eiskalte Nacht fuhr und vorhatte, in ihr eigenes Labor einzubrechen und heimliche Tests an einer gestohlenen Bronze durchzuführen. Sie trat auf die Bremse und fuhr an den Straßenrand. „Ich kann das nicht machen. Es ist lächerlich, wenn nicht sogar illegal. Ich rufe die Polizei.“

Ryan zuckte kaum, als sie nach dem Autotelefon griff. „Mach, was du willst, Liebling. Dann kannst du der Versicherungsgesellschaft erklären, wie es kommt, dass sie eine halbe Million für eine Fälschung bezahlen soll.“

„Es ist keine Fälschung“, presste sie zwischen zusammengebissenen Zähnen hervor.

„Beweis es.“ Er grinste. „Ruf deinen Wachdienst an. Sag ihnen, dass du mit deinem Bruder kommst, weil ihr im Labor arbeiten wollt, solange es noch ruhig ist. Du willst doch die Wahrheit wissen, oder?“ Er beugte sich vor und küsste sie ganz zart.

Sie schob ihn mit dem Ellbogen weg und tippte die Nummer ein. Die Kameras waren eingeschaltet. Er würde nie als Andrew durchgehen. Ihr Sicherheitschef würde die Polizei rufen, und Ryan Boldari würde in Handschellen aus ihrem Leben entfernt.

„Hier spricht Dr. Miranda Jones. Mein Bruder und ich sind auf dem Weg ins Institut. Wir sind etwas in Verzug mit der Laborarbeit. Wir sind in ungefähr zehn Minuten da und nehmen den Haupteingang.“ Sie legte auf. Jetzt hatte sie ihn, und er hatte den Schlüssel zu seiner Zelle selbst im Schloss herumgedreht. „Sie erwarten uns und schalten den Alarm ab, wenn wir kommen.“

„Gut.“ Er streckte die Beine aus, als sie weiterfuhr. „Ich tue das für dich, weißt du.“

„Ich kann dir gar nicht sagen, wie sehr ich das zu schätzen weiß.“

„Du brauchst mir nicht zu danken.“ Grinsend löste er seinen Sicherheitsgurt und griff nach der Tasche, die er auf den Rücksitz geworfen hatte. Er holte eine Skimütze heraus und zog sie sich tief ins Gesicht. Als nächstes schlang er einen langen schwarzen Kaschmirschal um die untere Hälfte seines Gesichts und den Hals.

„Andrew ist ein bisschen größer als ich“, überlegte er laut, während er einen langen dunklen Mantel auspackte. „Aber das spielt wohl keine Rolle. Die Leute sehen immer nur das, was sie sehen wollen.“

Als sie das Institut erreicht hatten und ausstiegen, musste Miranda zugeben, dass er Recht hatte. Sie hätte ihn beinahe selbst für Andrew gehalten. Die Körpersprache – der Gang, die leicht nach vorn gebeugten Schultern – war perfekt.

Sie steckte ihre Karte in den Schlitz und gab ihren Code ein. Am liebsten hätte sie Fratzen in die Kamera geschnitten, damit die Wachleute aufmerksam wurden, aber statt dessen stand sie nur da und wartete ungeduldig auf den Summer.

Als er ertönte, öffnete Ryan ihr die Tür und legte brüderlich die Hand auf ihre Schulter. In den Labors angekommen, schaltete er das Licht an und zog seinen Mantel aus. Doch die Handschuhe ließ er an, um die Skulptur aus der Tasche zu holen und sie Miranda zu geben.

Mit ihr hierher zu kommen war das größte Risiko seiner langen Karriere. Er hatte es sich selbst eingebrockt. Na ja, wenigstens wusste er, warum er zurückgekommen war. Aber dann verdrängte er den Gedanken und ließ sich bequem nieder, während sie mit der Bronze zu einem Arbeitstisch ging.

Nachdem sie einige Zeit durch ein Mikroskop geschaut hatte, sah sie mit gerunzelter Stirn auf. Aber sie sagte kein Wort, sondern führte schweigend alle notwendigen Tests durch. Am Ende war ihr Gesicht blass, aber gefasst. „Die Skulptur ist eine Fälschung. Die Patina wurde erst kürzlich aufgetragen, und die Korrosionslevels stimmen nicht mit denen einer Bronze aus dem sechzehnten Jahrhundert überein. Sie ist gut gemacht, aber das ist nicht die Skulptur, die ich vor drei Jahren überprüft habe. Ich weiß nicht, was du beweisen wolltest, indem du mir diese Fälschung gebracht und diese lächerliche Scharade veranstaltet hast."

„Das ist die Bronze, die ich in der Südgalerie gestohlen habe", erwiderte er. „Lass uns also unseren Handel beenden."

„Glaubst du, du kannst mir diese Fälschung als mein Eigentum andrehen, und ich gebe dir etwas anderes dafür? Du spinnst! Ich rufe jetzt den Wachdienst."

Er packte sie am Arm. „Vielleicht war es ein echter Fehler und ..."

„Ich habe keinen Fehler gemacht", wiederholte sie mit zitternder Stimme. „Ich kann es beweisen. Ich habe die Ergebnisse der Tests an der echten Skulptur."

Ihre offensichtliche Verletztheit bewirkte, dass er sie losließ. Kopfschüttelnd folgte er ihr in einen Raum voller Aktenschränke.

„Das Gewicht war auch falsch", erklärte Miranda, während sie eine Schublade aufschloss. „Sie war zu schwer, aber ... Wo zum Teufel ist der Ordner?" Sie schob die Schublade wieder zu, schloss eine andere auf und dann noch eine. „Sie sind nicht da. Die Akten sind weg." Mühsam rang sie um Beherrschung. „Du hast sie genommen."

„Zu welchem Zweck?" fragte er mit, wie er fand, bewundernswerter Geduld.

„Ich muss nachdenken." Logisch, denk logisch! befahl sie sich.

Er hatte die Skulptur gestohlen, und sie war eine Fälschung. Welchen Sinn machte es, eine Fälschung zu stehlen und sie dann zurückzubringen? Keinen. Und wenn sie echt gewesen wäre, warum sollte er dann hier sein? Also war die Geschichte, die er ihr erzählt hatte, so absurd sie auch klingen mochte, wahr.

„Jemand ist dir zuvorgekommen", schloss sie ruhig. „Jemand war schneller und hat die echte Skulptur durch eine Fälschung ersetzt."

An dem Ausdruck auf seinem Gesicht sah sie, dass er zum gleichen Ergebnis gekommen war.

„Okay, Dr. Jones." Er musterte sie. „Fassen wir unsere Lage zusammen. Vor drei Jahren hast du den *David* erworben. Und du hast festgestellt, dass er echt ist. Wer hat mit dir daran gearbeitet?"

„Andrew natürlich. Dann John Carter, der Laborleiter."

„Also hätte er Zugang dazu gehabt. Wer sonst noch?"

„Fast jeder, der in dieser Zeit im Labor gearbeitet hat. Ungefähr fünfzehn Leute."

„Wir können also davon ausgehen, dass jeder von ihnen auch Zugang zu den Akten hatte. Du musst eine Liste der Angestellten machen lassen. Wer auch immer die Skulptur ausgetauscht hat, muss Zugang zum Original gehabt haben, um eine Fälschung herstellen zu können. Die einfachste Methode wäre über einen Silikonabdruck. Ich sehe das so: Jemand im Labor hat mitbekommen, wie sich deine Tests entwickelt haben. Es ist ein hübsches kleines Stück, für das jeder Sammler einen netten Preis zahlen würde. Diese Person also hat vielleicht Schulden, vielleicht ist sie auch nur sauer auf dich oder deine Familie, oder sie hat beschlossen, einmal ihr Glück zu versuchen. Irgendwann nachts macht sie einen Abdruck. Wenn sie das selbst nicht kann, kennt sie bestimmt jemanden, der es kann. Und derjenige weiß vielleicht auch, wie man es hinkriegt, dass die Skulptur an der Oberfläche so aussieht, als ob sie mehrere Jahrhunderte alt sei. Wenn das erledigt ist, werden die beiden Skulpturen gegeneinander ausgetauscht – wahrscheinlich kurz bevor sie in die Vitrine gelangt. Niemand merkt etwas davon. Wie lange war die Bronze im Labor?"

„Ich weiß es nicht mehr genau. Vielleicht zwei, drei Wochen."

„Lange genug. Wenn ich du wäre, würde ich auch noch ein paar andere Stücke überprüfen. Der Täter hat es einmal getan, und es hat hervorragend geklappt. Warum sollte er es nicht wieder versuchen? Guck nicht so niedergeschlagen. Ich werde dir helfen."

Sie rieb sich die schmerzenden Augen. „Warum?"

„Weil ich diese Skulptur haben will. Schließlich habe ich sie meinem Kunden versprochen."

Sie ließ die Hände sinken. „Du hilfst mir, sie zurückzubekommen, damit du sie noch einmal stehlen kannst?"

„Ich habe ein berechtigtes Interesse daran." Er grinste sie an. „Lass uns frühstücken gehen. Wir haben danach viel zu tun, Partner."

PARTNER – das Wort ließ sie erschauern. Vielleicht war sie ja zu müde, um klar zu denken, aber im Moment sah Miranda keine Möglichkeit, ihr Eigentum ohne Ryan zurückzubekommen. Er hatte sie benutzt, dachte sie, als sie ihre Haustür aufsperrte. Jetzt würde sie ihn benutzen. Und dann würde sie dafür sorgen, dass er die nächsten zwanzig Jahre seines

Lebens die Gemeinschaftsduschen in einer staatlichen Einrichtung benutzen musste.

„Dein Bruder ist wohl mittlerweile zur Arbeit gefahren.“ Ryan sah auf seine Uhr. Es war Viertel nach acht. Sie hatten in einer Raststätte an der Route 1 gefrühstückt, wo ihnen niemand hatte begegnen können, den sie kannten. Vor allem nicht Andrew.

„Ruf deine Assistentin an, und sag ihr, dass du heute nicht kommst. Und sag ihr, du brauchst die Personallisten des Labors der letzten drei Jahre. Sie soll sie dir per E-Mail schicken.“

„Kann ich sonst noch etwas tun?“ Ihr Ton war schneidend scharf.

„Jemand muss schließlich das Sagen haben. Und ich weiß viel mehr über Diebstahl als du. Ruf jetzt an, Miranda.“

Um halb zehn saßen sie in ihrem Arbeitszimmer nebeneinander am Schreibtisch, riefen die Daten aus dem Computer ab und gingen die Namen durch.

„Sieht so aus, als habe es vor achtzehn Monaten eine ungewöhnlich hohe Fluktuation gegeben“, stellte Ryan fest.

„Meine Mutter hat ihr Labor umorganisiert. Ein paar Angestellte sind dorthin gewechselt.“

„Es überrascht mich, dass du die Gelegenheit nicht selbst ergriffen hast, nach Florenz zu gehen.“

Sie aktivierte den Druckbefehl der Datei. Wenn sie einen Ausdruck in Händen hatte, brauchte sie nicht so dicht neben ihm zu sitzen. „Die Möglichkeit hatte ich gar nicht. Andrew und ich leiten das Institut, Mutter leitet Standjo.“

„Ich verstehe. Probleme zwischen dir und Mama?“

„Meine familiären Beziehungen gehen dich nichts an.“

„Was ist mit deinem Vater? Bist du Daddys kleines Mädchen?“

Sie musste lachen, ohne es zu wollen. Dann stand sie auf, um den Ausdruck zu holen. „Ich war niemals jemandes kleines Mädchen.“

„Schade“, erwiderte er aufrichtig.

„Es geht hier nicht um meine Familie.“ Sie setzte sich auf die Chaiselongue und versuchte, sich auf die Namen zu konzentrieren.

„Möglicherweise doch. Ihr habt ein Familienunternehmen. Vielleicht wollte sich jemand an euch rächen, indem er die Skulptur gefälscht hat. Erzähl mir was über die Leute auf der Liste.“

„John Carter. Laborleiter. Promoviert. Arbeitet seit sechzehn Jahren am Institut. Verheiratet. Zwei Kinder. Seine Frau ist Anwältin. Geld ist kein Problem für die beiden.“ Miranda unterdrückte ein Gähnen und kuschelte sich ein wenig tiefer in die Kissen. „Wer ist der Nächste? Oh, Elise, die Exfrau meines Bruders."

„Hässliche Scheidung?"

„Scheidungen sind nie angenehm, aber sie ist recht sanft mit ihm umgesprungen. Sie war Johns Assistentin. Jetzt ist sie Laborleiterin bei meiner Mutter." Diesmal gähnte sie offen.

„Wie lange hat die Ehe gehalten?"

„Ein paar Jahre. Sie hatten sich hier am Institut kennen gelernt und waren schon nach sechs Monaten verheiratet. Zuerst schienen sie sehr glücklich zu sein, doch dann ging es auf einmal auseinander."

„Was wollte sie? Designerklamotten, ein großes, schickes Haus?"

„Andrews Aufmerksamkeit", murmelte Miranda und stützte ihren Kopf auf die Hand. „Sie wollte, dass er nüchtern bleibt. Es ist der Fluch der Jones. Wir sind beziehungsuntauglich. Entschuldige, ich muss meine Augen mal ein bisschen zumachen."

„Natürlich, mach nur." Er fuhr fort, die Liste zu studieren, und fügte noch drei Namen hinzu: ANDREW JONES, CHARLES JONES und ELIZABETH STANDFORD-JONES.

Dann stand er auf, nahm die Chenilledecke von der Lehne der Chaiselongue und legte sie über Miranda. Während sie schlief, rief er in New York an. Wozu hatte er schließlich einen Bruder, der ein Computergenie war, wenn er ihn nicht von Zeit zu Zeit in Anspruch nahm?

„Patrick? Ich bin's, Ryan. Ich habe hier ein paar Dinge zu erledigen, unter anderem auch einen kleinen Hackerjob, für den ich keine Zeit habe. Bist du interessiert?" Er lachte. „Ja, es wird sich lohnen."

MIRANDA erwachte erschreckt, als die Klingel an der Haustür wiederholt ertönte. Sie warf die Decke zurück und eilte hinunter. Völlig überrascht sah sie, dass bereits Ryan an der offenen Haustür stand. Und es traf sie wie ein Schock, als sie auf der Schwelle ihren Vater sah.

„Vater! Ich wusste gar nicht, dass du nach Maine kommst."

„Ich bin gerade angekommen." Er war ein großer, schlanker, von der Sonne gebräunter Mann. Sein Haar war voll und glänzte wie polierter Stahl. Seine Augen – vom gleichen tiefen Blau wie die seiner Tochter – musterten Ryan. „Ich sehe, du hast Gesellschaft. Ich hoffe, ich störe nicht."

Ryan streckte ihm die Hand entgegen. „Dr. Jones, es ist mir ein Vergnügen. Rodney J. Pettebone. Ich bin ein Geschäftspartner Ihrer Tochter aus London – und ein Freund, hoffe ich." Er blickte zu Miranda, die wie angewurzelt dastand und ihn ansah, als hätte er auf einmal zwei Köpfe, und setzte ein lächerlich anbetendes Lächeln auf. Dann wandte er sich wieder an ihren Vater. „Kann ich Ihnen den Mantel abnehmen, Dr. Jones?"

Miranda wusste nicht, was sie fassungsloser machte: Ryans einfältiges Lächeln oder der britische Oberklassenakzent, der ihm von der Zunge ging, als ob er der königlichen Familie entstammte.

„Ja, danke. Miranda, ich war gerade im Institut. Man hat mir gesagt, dass du dich heute nicht wohl fühlst."

„Man hat uns erwischt, Liebling." Ryan ergriff ihre Hand. „Ich bin sicher, dass dein Vater das versteht."

„Nein", entgegnete Miranda entschieden, „das wird er nicht."

„Es ist alles meine Schuld, Dr. Jones. Ich bin nur ein paar Tage hier." Er küsste liebevoll Mirandas Fingerspitzen. „Ich habe Ihre Tochter dazu überredet, sich heute freizunehmen."

„Ich verstehe." Charles' Blick spiegelte deutlich seine Missbilligung wider. „Es tut mir Leid, ich ..."

„Ich wollte gerade Tee machen", unterbrach Miranda ihn. „Wenn du uns bitte entschuldigen würdest, Vater. Warum wartest du nicht im Salon? Rodney, du hilfst mir doch, nicht wahr?"

„Aber liebend gerne." Er lächelte sie strahlend an.

„Hast du den Verstand verloren?" zischte sie, als sie in der Küche waren. „Du hast meinem Vater den Eindruck vermittelt, dass wir hier die Schule schwänzen." Sie nahm den Kessel vom Herd und trat damit an die Spüle.

„Die Schule schwänzen." Ryan schlang von hinten die Arme um sie, und es störte ihn nicht einmal, dass sie ihn mit dem Ellenbogen in die Rippen stieß. „Du bist so süß, Miranda."

„Ich bin nicht süß, und ich bin nicht glücklich über diese alberne Lüge."

„Vermutlich hätte ich ihm sagen sollen, dass ich die Bronze gestohlen habe. Dann könnten wir ihm erklären, dass sie eine Fälschung ist und das Institut Versicherungsbetrug begangen hat."

Mit grimmiger Miene wärmte Miranda die Teekanne an. „Und warum gerade ein Engländer, um Gottes willen?"

„Ich dachte, das könnte vielleicht dein Typ sein." Ryan öffnete den Geschirrschrank. „Ich hole nur zwei Tassen raus. Ich glaube, Rodney hat gemerkt, dass dein Vater gerne unter vier Augen mit dir plaudern möchte."

„Feigling“, murmelte sie, als er wieder nach oben in ihr Arbeitszimmer ging. Sie stellte die Kanne, die Tassen und die Untertassen sorgfältig auf das Tablett und trug es in den Salon, wo ihr Vater vor dem Kamin saß.

Er sah so gut aus. Als sie klein gewesen war, hatte sie gefunden, dass er wie ein Zauberer aus einem Märchen aussah. So weise und würdig. Sie hatte sich immer verzweifelt gewünscht, dass er sie liebte. Dass er sie auf seinen Schultern reiten ließ, sie auf den Schoß nahm, ihr abends am Bett lustige Geschichten erzählte. Statt dessen hatte sie sich mit seiner milden und oft fernen Zuneigung begnügen müssen.

„Ich habe Rodney gebeten, uns ein paar Minuten allein zu lassen“, begann sie. „Ich denke, du möchtest mit mir über den Einbruch sprechen.“ Sie stellte das Tablett ab, setzte sich und schenkte den Tee ein. Mit ruhiger Hand hielt sie ihrem Vater eine Tasse entgegen.

„Ja. Es ist sehr ärgerlich, Miranda. Ich musste mein Projekt in einer kritischen Phase verlassen, um hierher zu kommen.“

„Es gibt keinen Grund, warum du hier sein musst. Alles, was wir tun konnten, haben wir getan. Die Polizei stellt bereits Nachforschungen an. Wir hoffen, die Skulptur zurückzubekommen.“

„Offensichtlich ist unser Sicherheitssystem nicht ausreichend. Dein Bruder ist dafür verantwortlich.“

„Es ist nicht Andrews Schuld. Er leistet großartige Arbeit. Wir haben zehn Prozent mehr Studenten, und auch die Besucherzahlen sind gestiegen. Die Qualität unserer Akquisitionen aus den letzten fünf Jahren ist erstaunlich.“

Es war bitter, sich vor dem Mann verteidigen und rechtfertigen zu müssen, der sich vor der Verantwortung für das Institut genauso leichtherzig gedrückt hatte wie vor der für seine Familie.

„Und jetzt haben wir den ersten Diebstahl seit mehr als einer Generation. Das dürfen wir nicht übersehen, Miranda.“

„Nein, aber die Verbesserungen, die wir erzielt haben, auch nicht.“

„Niemand stellt deinen Enthusiasmus in Frage.“ Er machte eine abwehrende Geste. „Aber wir müssen uns der Situation stellen. Und zusammen mit der negativen Presse wegen deines Fehlers in Florenz bringt uns das in eine missliche Lage.“

Miranda zügelte ihre Emotionen und antwortete ihm so leidenschaftslos, wie er es erwartete. „Ich habe in Florenz alles getan, was ich tun sollte. Wenn ich die Ergebnisse der zweiten Tests sehen könnte, dann ...“

„Das musst du mit deiner Mutter ausmachen. Ich kann dir allerdings sagen, dass sie außer sich ist. Wenn die Presse nicht verständigt worden wäre ..."

„Ich habe nie mit der Presse geredet!" Sie stand auf, weil sie ihre Erregung nicht verbergen konnte. „Ich habe über die *Donna* nie mit jemandem außerhalb des Labors geredet. Warum sollte ich?"

Ihr Vater schwieg einen Moment und stellte seine Tasse ab. Er hasste Auseinandersetzungen. „Ich glaube dir. Du magst hitzig sein und meiner Meinung nach oft auf dem falschen Weg, aber du warst immer aufrichtig. Das ändert jedoch kaum die Situation. Durch die Umstände bist du in den Mittelpunkt des ganzen Wirbels geraten." Er erhob sich. „Mit dem heutigen Tag wirst du dir einen Monat lang freinehmen. Wenn es nötig ist, kannst du noch einmal ins Büro fahren, um unerledigte Angelegenheiten zu ordnen, aber es wäre besser, du würdest das von hier aus erledigen."

„Du könntest mir gleich ein ‚S' für ‚Schuldig' auf die Stirn malen."

„Du übertreibst, wie immer."

Ihr standen Tränen in den Augen. „Und du gehst weg, wie immer." Obwohl es demütigend war, versuchte sie es. „Könntest du dich nicht ein einziges Mal hinter mich stellen?"

„Es geht darum, was für alle Beteiligten, für das Institut und Standjo, das Beste ist."

„Es verletzt mich."

Er räusperte sich und mied ihren Blick. „Wenn du erst mal in Ruhe darüber nachdenkst, wirst du einsehen, dass dies der logischste Weg ist. Ich bin bis morgen im ‚Regency', falls du mich erreichen musst."

„Ich habe dich noch nie erreichen können", erwiderte sie leise. „Ich hole deinen Mantel."

Er folgte ihr in die Halle. „Du solltest die Zeit nutzen und verreisen. Flieg in die Sonne. Vielleicht will dich ja dein, hm, junger Freund begleiten."

„Mein was?" Sie nahm den Mantel von der Garderobe und blickte die Treppe hinauf. Dann begann sie zu lachen. „Oh, sicher. Ich wette, der gute Rodney ist ganz wild darauf, mit mir zu verreisen."

Sie brachte ihren Vater zur Tür, dann setzte sie sich auf die unterste Treppenstufe und lachte wie eine Verrückte – bis sie anfing zu weinen.

EIN MANN mit drei Schwestern wusste alles über Frauentränen. Es gab die langsamen, lieblichen, die wie kleine flüssige Diamanten über die Wange rannen und einen Mann zum Betteln brachten. Es gab die heißen, zornigen, vor denen ein kluger Mann sich besser in Sicherheit brachte. Und dann gab es die, die so tief im Herzen verborgen waren, dass sie sich ihren Weg wie eine Sintflut des Schmerzes bahnten. Angesichts dieser Tränen war ein Mann hilflos, und er konnte keinen Trost mehr spenden.

Ryan ließ Miranda in Ruhe weinen. Er wusste, er konnte sie nur damit allein lassen.

Als sich das heftige Schluchzen gelegt hatte, kam er in die Halle hinunter, ging zur Garderobe und nahm ihre Jacke. „Hier. Lass uns ein bisschen an die Luft gehen."

„Ich möchte lieber allein sein."

„Du warst lange genug allein." Er griff nach seiner eigenen Jacke, schlüpfte hinein und zog Miranda auf die Füße und zur Haustür.

Die Luft tat gut, und die Sonne war so stark, dass sie ihr in den verheulten Augen stach. Ein Gefühl der Demütigung machte sich in ihr breit. Tränen waren sowieso schon zwecklos, aber wenn man allein war, sah wenigstens niemand, dass man die Beherrschung verlor.

„Das ist eine wunderschöne Gegend", sagte Ryan im Plauderton. „Abgelegen, großartige Aussicht, der Geruch des Meeres direkt vor der Haustür. Bist du hier aufgewachsen?"

„Nein." Am liebsten wäre sie wieder hineingegangen, hätte ein Aspirin genommen und sich in ihrem abgedunkelten Zimmer hingelegt. Aber Ryan zog sie den Pfad an den Klippen entlang. „Das Haus hat meiner Großmutter gehört."

„Das macht schon mehr Sinn. Ich konnte mir nämlich nicht vorstellen, dass dein Vater als Erwachsener hier hätte leben wollen. Das würde nicht zu ihm passen."

„Du kennst meinen Vater doch gar nicht."

„Natürlich kenne ich ihn. Er ist aufgeblasen und arrogant. Er hat dir nicht zugehört. Er weiß nämlich nicht, wie man zuhört."

„Dafür weißt du es umso besser." Sie entzog ihm ihre Hand. „Ich frage mich, warum es mich überrascht, dass jemand, der andere Leute bestiehlt, auch private Gespräche belauscht."

„Das frage ich mich auch. Aber in erster Linie geht es jetzt darum, dass du ziemlich in der Luft hängst."

„Und wenn schon! Andrew und ich leiten das Institut nur, weil keiner von meinen Eltern sich mit der Alltagsarbeit befassen wollte. Doch wir haben immer gewusst, dass sie uns jederzeit den Boden unter den Füßen wegziehen können."

„Und das nimmst du einfach so hin? Zeig ihnen, was du kannst. Das Institut ist nicht der einzige Ort, an dem du glänzen kannst."

„Glaubst du, irgendein größeres Museum oder Labor würde mich noch haben wollen? Die *Donna* hat mich ruiniert." Niedergeschlagen setzte sie sich auf einen Felsen. „In dem Moment, als ich sie gesehen habe, haben mich die Möglichkeiten fasziniert. Ich sollte ihre Echtheit überprüfen, ich sollte beweisen, wie klug und geschickt ich bin, und meine Mutter würde mir Beifall klatschen, voller sentimentaler Begeisterung und Stolz." Sie ließ den Kopf auf die Knie sinken. „Das ist kindisch, oder?"

„Ist es nicht. Ich kann mich noch gut an die Eröffnung meiner New Yorker Galerie erinnern. An den Moment, als meine Eltern hereinkamen. Mein Vater in seinem guten Anzug – den er sonst nur auf Hochzeiten und Beerdigungen trägt – und meine Mutter in einem neuen Kleid. Ich kann mich an den Ausdruck auf ihren Gesichtern erinnern. Sentimentale Begeisterung und Stolz. Das war wichtig für mich."

Sie blickte übers Meer und seufzte. „Wenn ich doch nur selbst überprüfen könnte, wo ich mich geirrt habe! Wenn ich sie noch mal testen könnte wie den *David*. Wie den *David* ... O mein Gott!" Sie sprang so schnell auf, dass Ryan einen Moment lang befürchtete, sie wolle sich von den Klippen stürzen. „Es ist wie beim *David*!" Sie packte ihn an den Aufschlägen. „Jemand hat die *Donna* vertauscht! In dem Labor in Rom war eine Fälschung. Es war nicht die gleiche Bronze. Es war eine Kopie!"

„Das ist ziemlich gewagt, Dr. Jones."

„Es passt. Und es leuchtet ein. Ich habe nicht mehr klar gedacht. Wenn man dir nur oft und entschieden genug sagt, dass du dich irrst, dann glaubst du es auch. Selbst, wenn du dich nicht geirrt hast." Sie begann zurückzugehen und ließ sich den Kopf vom Wind freipusten. „Und ich hätte es weiter geglaubt, wenn nicht die Sache mit dem *David* passiert wäre."

„Wie gut, dass ich ihn gestohlen habe."

Sie warf ihm einen schrägen Blick zu. Er hatte sich ihrem raschen Schritt angepasst. „Offensichtlich. Warum gerade diese Skulptur?"

„Ich habe dir doch gesagt, dass ich einen Kunden dafür hatte."

„Wen?"

„Wirklich, Miranda, manche Dinge sind geheim."

„Es könnte eine Verbindung geben. Beide Skulpturen stammen aus der Renaissance, Standjo und das Institut gehören zusammen, ich habe an beiden gearbeitet, und beide sind durch Kopien ersetzt worden."

„Ich kenne den Kunden seit Jahren. Glaub mir, er ist nicht an komplizierten Verschwörungen interessiert. Er sieht etwas, was er haben will, und gibt mir den Auftrag. Und er würde mir kaum auftragen, eine Fälschung zu stehlen."

Miranda zog die Augenbrauen hoch. „Ich glaube trotzdem, dass derjenige, der den *David* ausgetauscht hat, auch die *Donna* vertauscht hat. Ich könnte diese Schlussfolgerung festigen, wenn ich beide Stücke testen und miteinander vergleichen könnte."

„Dann tun wir das doch."

Sie blieb stehen. „Was tun?"

„Sie miteinander vergleichen. Eine Skulptur haben wir. Wir müssen nur noch die andere bekommen."

„Mach dich nicht lächerlich. Ich werde nicht nach Italien fliegen, in ein Regierungsgebäude einbrechen und eine wertlose Kopie stehlen."

Es war Wahnsinn. Sie konnten das nicht tun. Aber sie sah das Funkeln in seinen Augen. „Was hättest du davon?"

„Wenn du Recht hast, bringt mich das einen Schritt näher an den echten *David* heran. Ich habe auch einen Ruf zu retten." Und war die *Donna* echt, war er auch an sie näher herangekommen. Sie wäre eine großartige Ergänzung seiner privaten Sammlung.

„Ich breche das Gesetz nicht."

„Das tust du bereits. Du stehst hier mit mir, obwohl du genau weißt, dass ich Diebesgut besitze. Du bist eine Komplizin, Dr. Jones." Er blickte auf die Uhr. „Du solltest jetzt packen. Wir müssen zuerst noch nach New York fliegen. Ich muss dort noch ein paar Dinge klären."

Ihr schwirrte der Kopf. „Ich kann nicht einfach so weg. Ich muss zuerst mit Andrew sprechen und es ihm erklären. Und was ist mit der Polizei? Wenn ich einfach verschwinde, kommen sie noch auf dumme Gedanken."

„Das macht es doch nur noch aufregender, oder nicht?"

Es WAR fast sechs, als Andrew endlich nach Hause kam. Er hatte ein halbes Dutzend Mal versucht, Miranda anzurufen, aber immer nur den Anrufbeantworter erreicht. Er war sich nicht sicher, in welcher Verfassung er sie vorfinden würde – außer sich vor Wut oder vollkommen verzweifelt und verletzt.

Er fand jedoch nur eine Nachricht am Kühlschrank vor.

Andrew,
du weißt sicher, dass ich von meiner Arbeit am Institut beurlaubt worden bin. Es tut mir Leid, dass ich dich in dieser schwierigen Zeit allein lassen muss. Ich will nicht behaupten, ich hätte keine andere Wahl, aber ich tue das, was für mich am besten ist. Ich werde ungefähr zwei Wochen weg sein. Mach dir bitte keine Sorgen.
Alles Liebe
Miranda

„ICH VERSTEHE immer noch nicht, warum wir nicht direkt nach Florenz geflogen sind", sagte Miranda, als sie in einem Mietwagen saßen und Ryan aus dem La Guardia Airport bei New York herausfuhr. „Wenn wir schon etwas so Wahnsinniges planen, brauchen wir doch nicht auch noch einen Umweg zu machen."

„Es ist kein Umweg, sondern ein geplanter Zwischenstopp. Ich brauche meine Sachen."

„Vermutlich deine Einbruchwerkzeuge", murrte sie und rutschte auf ihrem Sitz hin und her. Irgendwie musste sie die Tatsache akzeptieren, dass sie mit einem Kriminellen zusammenarbeitete. Ohne seine Hilfe würde sie die Bronze nie wieder sehen. „Es gibt aber keinen Grund, auch noch zu deiner Familie nach Brooklyn zu fahren."

„Aber natürlich." Ryan konnte sich lebhaft vorstellen, was in ihrem bewundernswert klugen Kopf vorging. Sie hatte ein äußerst ausdrucksvolles Gesicht – wenn sie sich unbeobachtet fühlte. „Ich vermisse die Kochkünste meiner Mutter." Es war so leicht, ihre Gedanken zu erraten. Sie hasste jede Minute dieser Reise und wog ständig alle Pros und Kontras ab, um sich vor sich selbst zu rechtfertigen.

„Aber für mich gibt es keinen Grund, nach Brooklyn zu fahren. Warum setzt du mich nicht einfach im Hotel ab, wo ich übernachte?"

„Du wohnst nicht im Hotel. Du wohnst bei mir."

Ruckartig wandte sie ihm das Gesicht zu. „Ganz sicher nicht!"

„Wir sind an der Hüfte zusammengewachsen, bis die Geschichte vorbei ist. Wo ich bin, wirst auch du sein ... Dein Problem ist, dass du ein Gewissen hast. Von Zeit zu Zeit schaltet es sich ein und versucht dich zu überreden, die Polizei anzurufen und alles zu gestehen." Er tätschelte ihre Hand. „Sieh mich einfach als bösen Engel an, der dir über die Schulter sieht und dem guten Engel eins überzieht, wenn er etwas über Aufrichtigkeit und Wahrheit von sich gibt."

„Ich habe nicht vor, mit dir zu schlafen."

„Was du nicht sagst!“ Das Lachen in seiner Stimme machte sie wütend. „Davon habe ich mein ganzes Leben lang geträumt, und nun ist der Traum zerstört.“

„Ich verachte dich!“, zischte sie. Dann starrte sie aus dem Fenster und redete den Rest der Fahrt kein Wort mehr mit ihm.

SIE WUSSTE nicht, was sie erwartet hatte, auf jeden Fall nicht das hübsche gelb gestrichene Haus in einer ruhigen Gegend, in dessen Garten sie ein großer brauner Hund begrüßte.

Ryan öffnete die Haustür, und augenblicklich waren sie vom Klang der Abendnachrichten, zweier Stimmen, die heftig zu streiten schienen, und dem köstlichen Aroma von Gewürzen umgeben.

„*Home, sweet home*“, murmelte Ryan und zog Miranda hinein. „Willkommen bei den Boldaris. Dein Leben wird nie mehr das Gleiche sein.“

Und tatsächlich landeten sie mitten im Getümmel.

„Wenn du dich nicht wie ein anständiges menschliches Wesen benehmen kannst“, schimpfte eine junge Frau, „dann sprich bitte nie mehr mit meinen Freundinnen!“

„Ich habe doch nur gesagt, dass sie ihr Sexleben verbessern könnte, wenn sie zu einem Schönheitschirurgen ginge.“

„Du bist ein Schwein, Patrick!“

„Offensichtlich ein schlechter Zeitpunkt“, meinte Miranda kühl.

„Das ist normal“, versicherte Ryan ihr und drängte sie in die geräumige Diele.

„He, Ry!“ Der Mann – eigentlich eher noch ein Junge, wie Miranda bemerkte, als er sich mit einem Grinsen, das fast genauso entwaffnend wie das von Ryan war, zu ihnen umdrehte – kam auf sie zu und boxte ihn gegen die Schulter.

Wahrscheinlich ein Zeichen der Zuneigung, vermutete Miranda.

Mit gleicher Zuneigung packte Ryan ihn an den Haaren, um ihn vorzustellen. „Mein kleiner Bruder Patrick. Das ist Miranda Jones.“

Bevor sie etwas sagen konnte, trat auch die junge Frau, mit der Patrick sich gestritten hatte, zu ihnen. Sie warf Miranda einen langen Blick zu, während sie ihre Arme besitzergreifend um ihren Bruder schlang. „Hallo, Miranda, ich bin Colleen.“ Sie hatte das aparte Aussehen der Boldaris und einen wachen, prüfenden Ausdruck in ihren leuchtenden Augen.

„Nett, euch beide kennen zu lernen“, sagte Miranda.

„Wollt ihr das Mädchen den ganzen Tag an der Tür stehen lassen, oder bringt ihr sie her, damit ich sie mir auch mal ansehen kann?" erscholl eine Stimme aus dem Wohnzimmer.

„Ich bringe sie dir schon, Papa."

Giorgio Boldari erhob sich aus seinem Lehnsessel und stellte höflich den Fernseher leise. Den Körperbau hatte Ryan nicht von seinem Vater geerbt, stellte Miranda fest. Der Mann, der sie ohne ein Lächeln musterte, war klein, stämmig und hatte einen grauen Schnauzbart.

Niemand sagte etwas. Sie war so nervös, dass ihre Ohren zu rauschen begannen.

„Sie sind keine Italienerin, nicht wahr?" fragte Ryans Vater gedehnt. Er schürzte die Lippen und ließ seinen Blick über ihr Gesicht gleiten. „Bei dem Haar haben Sie vermutlich irisches Blut."

„Die Mutter meines Vaters war eine geborene Riley."

Plötzlich lächelte er, rasch und hell wie ein Blitz. „Sie sieht klasse aus, Ry." Er umarmte ihn. „Du solltest öfter nach Hause kommen."

„Ich bemühe mich ja. Ist Mama in der Küche?"

„Ja. Maureen! Ryan ist hier mit seinem Mädchen. Sieht toll aus!"

Während sie warteten, ließ Miranda ihre Blicke schweifen.

Das Haus war voller Licht und Kunst. Ryan hatte mit den Aquarellen seiner Mutter Recht gehabt; die drei verträumten New Yorker Straßenszenen an der Wand waren reizend. Hinter einer Couch stand ein seltsames, faszinierendes Gewirr aus schwarzem Metall – wahrscheinlich ein Werk seines Vaters.

In diesem Augenblick eilte eine Frau ins Zimmer, die sich die Hände an ihrer Schürze abwischte. Maureen Boldari war gut zehn Zentimeter größer als ihr Mann, rank und schlank, eine äußerst gut aussehende dunkelhaarige Irin. Ihre lebhaften blauen Augen funkelten vor Freude, als sie die Arme ausbreitete. „Willkommen, mein Junge. Komm und küss deine Mama."

Ryan gehorchte, wobei er sie hochhob, was ihr ein herzliches Lachen entlockte. „Und nun stell mir bitte die junge Dame vor."

„Jawohl, Ma'am. Maureen Boldari, das hier ist Dr. Miranda Jones. Ist sie nicht hübsch, Mama?"

„Ja, das ist sie. Willkommen in unserem Haus, Miranda."

„Es ist sehr nett von Ihnen, mich einzuladen, Mrs Boldari."

„Ryan, zeig Miranda, wo sie sich frisch machen kann."

Er führte sie aus dem Wohnzimmer einen kleinen Flur entlang zu einem kleinen Badezimmer, das in Pink und Weiß gehalten war.

Sie packte ihn am Hemd. „Du hast ihnen gesagt, dass wir ein Paar sind?“

„Sind wir doch auch.“

„Du weißt genau, wie ich das meine. ‚Dein Mädchen‘? Das ist ja lächerlich!“

„Ich habe ihnen nicht gesagt, dass du ‚mein Mädchen‘ bist. Ich bin zweiunddreißig. Sie wollen, dass ich heirate und eine Familie gründe. Sie gehen einfach davon aus.“

„Es ist hinterhältig. So etwas wie Aufrichtigkeit kommt dir gar nicht in den Sinn.“

„Ich bin immer aufrichtig meiner Familie gegenüber.“

„Aber klar. Deine Mutter ist zweifellos sehr stolz auf ihren Sohn, den Dieb.“

„Natürlich ist sie das.“

„Versuchst du mir einzureden, sie wüsste, dass du stiehlst?“

„Ich lüge meine Mutter nicht an. Und jetzt beeil dich, ja?“ Er schubste sie ins Badezimmer. „Ich bin hungrig.“

Er war es nicht mehr lange. Innerhalb kürzester Zeit stand genug Essen auf dem Tisch, um eine ausgehungerte Armee zu verköstigen, und es gab ebenso viel Wein. Das Gespräch stockte nie, sondern war im Gegenteil so lebhaft, dass man nicht zu Wort kam, wenn man sich nicht ranhielt.

Sie erzählten Miranda alles über die Familie. Michael, der zweite Sohn, leitete, wie sie bereits wusste, die Galerie in San Francisco. Er war mit seiner Collegeliebe verheiratet und hatte zwei Kinder.

„Mögen Sie Kinder?“ fragte Maureen.

„Hm, ja.“

„Kinder geben dem Leben einen Mittelpunkt und sind der Ausdruck der Liebe, die Mann und Frau zueinander bringt.“ Maureen reichte ihr den Brotkorb. „Wie zum Beispiel unsere Mary Jo.“

Worauf Miranda ein Loblied auf die älteste Tochter zu hören bekam, die eine Boutique in Manhattan und drei Kinder hatte. Dann war da noch Bridget, die gerade ein paar Monate mit ihrer Karriere im Verlagswesen aussetzte, um sich zu Hause ihrer neugeborenen Tochter zu widmen.

„Es sind alles gute Kinder. Gebildet.“ Maureen strahlte Ryan an. „Alle waren auf dem College. Patrick ist im ersten Jahr dort. Er weiß alles über Computer.“

„Ry, ich habe übrigens ein paar von den Daten, um die du mich gebeten hast“, nahm Patrick das Stichwort auf.

„Großartig."

„Was für Daten?" Misstrauisch wandte sich Colleen an Ryan.

„Nur eine kleine geschäftliche Angelegenheit. Mama, du hast dich heute Abend wieder selbst übertroffen."

„Lenk nicht ab, Ryan!"

„Colleen." Maureens Stimme war zwar sanft, aber man hörte die Strenge dahinter. „Wir haben einen Gast. Hilf mir, den Tisch abzuräumen."

„Wir reden noch darüber", zischte Colleen, stand aber gehorsam auf, um die Teller abzuräumen.

„Macht euch keine Gedanken ihretwegen", sagte Patrick, als sie außer Hörweite war. „Wir werden schon mit ihr fertig."

„Halt den Mund, Pat." Ryan lächelte Miranda zwar an, aber sie sah das leichte Missbehagen in seinem Blick. „Ich glaube, wir haben noch gar nicht erwähnt, was Colleen macht."

„Nein, habt ihr nicht."

„Sie ist Polizistin." Seufzend stand er auf. „Ich helfe den beiden mal beim Kaffee."

„Oh, wundervoll." Benommen griff Miranda nach ihrem Weinglas.

Giorgio zwinkerte ihr zu und nahm sie in Beschlag, indem er sie ausfragte, warum sie noch nicht verheiratet war. Niemand schien sich an den ärgerlichen Worten zu stören, die aus der Küche drangen.

Schließlich stürmte Colleen heraus. „Du hast es versprochen, Ry. Du hast dein Wort gegeben!"

„Ich halte es auch." Offenbar frustriert fuhr er sich durchs Haar. „Ich führe nur etwas zu Ende, was ich angefangen habe."

„Und was hat sie damit zu tun?" Sie zeigte auf Miranda.

„Man zeigt nicht mit dem Finger auf jemanden", mahnte Giorgio.

Colleen stieß einen unfreundlichen Satz auf Italienisch aus und rannte aus dem Haus.

„Verdammt!" presste Ryan hervor und bedachte Miranda mit einem entschuldigenden Lächeln. „Ich bin gleich wieder da."

„Ähm ..." Sie blieb noch einen Moment sitzen und fühlte sich unter Giorgios und Patricks Blicken äußerst unbehaglich. „Ich sehe mal nach, ob Mrs Boldari meine Hilfe brauchen kann." Damit entfloh sie in den ihrer Meinung nach sichersten Bereich.

Die Küche war groß und freundlich und hatte helle Holzschränke und einen glänzenden weißen Fußboden. Auf dem Tisch stand eine Schale mit frischem Obst. Normalität, dachte Miranda.

„Setzen Sie sich.“ Maureen wies auf den Tisch. „Trinken Sie einen Kaffee. Die beiden hören sicher gleich auf zu streiten. Ich sollte sie übers Knie legen, weil sie vor einem Gast so eine Szene machen. Meine Kinder.“ Sie wandte sich der Cappuccino-Maschine zu. „Sie sind leidenschaftlich, klug und eigensinnig. Sie kommen nach ihrem Vater.“

„Finden Sie? Ryan ist Ihnen sehr ähnlich.“

Damit hatte sie genau das Richtige gesagt. Maureens Augen wurden warm und liebevoll. „Egal, wie viele Kinder man hat, es gibt immer nur einen Erstgeborenen. Sie werden das auch erfahren, eines Tages.“

„Hm.“ Miranda enthielt sich eines Kommentars.

„Colleen himmelt Ryan an“, fuhr Maureen fort, während sie die Tasse mit frischem Cappuccino vor Miranda hinstellte. „Er wird sie mit seinem Charme schon überzeugen.“

„Das glaube ich auch. Er ist überaus charmant.“

„Die Mädchen waren immer hinter ihm her. Aber mein Ryan ist sehr wählerisch. Er hat ein Auge auf Sie geworfen.“

Miranda beschloss, dass es an der Zeit war, diesen Irrtum aufzuklären. „Mrs Boldari, wir sind nur Geschäftspartner.“

„Glauben Sie?“ erwiderte Maureen freundlich und drehte sich um, um die Spülmaschine einzuräumen. „Sieht er Ihrer Meinung nach nicht gut genug aus?“

„Er sieht sehr gut aus, aber ...“

„Küsst er Sie nicht?“

„Er ... ich ...“ Sie trank einen Schluck, um nicht weiterreden zu müssen.

„Das dachte ich mir. Ich würde mir Sorgen um den Jungen machen, wenn er eine Frau, die so aussieht wie Sie, nicht küssen würde. Er mag intelligente Frauen. Aber vielleicht mögen Sie ja seine Art zu küssen nicht. Das spielt eine große Rolle. Wenn ein Mann mit seinen Küssen nicht Ihr Blut in Wallung bringen kann, werden Sie nie eine glückliche Beziehung haben. Sex ist wichtig. Wer etwas anderes behauptet, hat noch nie guten Sex gehabt.“

„Himmel“, entgegnete Miranda, „ich habe keinen Sex mit Ryan.“

„Warum nicht?“

Miranda konnte nicht fassen, dass sie ein solches Gespräch führte. „Ich habe schließlich nicht mit jedem attraktiven Mann, den ich kennen lerne, Sex.“

„Gut. Ich will auch nicht, dass mein Sohn sich mit einer Frau einlässt, die leicht zu haben ist.“

Miranda fiel darauf nichts mehr ein. Erleichtert blickte sie auf, als Ryan und Colleen Arm in Arm wieder hereinkamen. Wie erwartet, hatte er ihren Ärger zerstreut. Zum ersten Mal schenkte sie Miranda einen freundlichen Blick. „Tut mir Leid. Wir mussten ein paar Dinge klären.“

„Kein Problem.“

Colleen setzte sich an den Tisch. „Haben Sie einen Verdacht, wer die Originalbronze gestohlen haben könnte?“

Miranda blinzelte. „Wie bitte?“

„Ryan hat mich eingeweiht. Vielleicht kann ich Ihnen helfen.“

„Hat jemand deiner Freundin etwas gestohlen?“ fragte Maureen.

„Ich“, erwiderte Ryan leichthin. „Es stellte sich als Fälschung heraus, und jetzt versuchen wir, den Fall zu klären.“

„Gut.“

„Warten Sie mal.“ Miranda hob beide Hände. „Wollen Sie sagen, Sie wissen, dass Ihr Sohn ein Dieb ist?“

Maureen trocknete sich die Hände ab. „Natürlich.“

„Ich habe es dir doch gesagt“, bekräftigte Ryan.

„Ja, aber ...“ Miranda wies auf Colleen. „Sie sind Polizistin. Ihr Bruder stiehlt. Wie bringen Sie das zusammen?“

„Er zieht sich ja gerade aus dem Gewerbe zurück.“ Colleen zuckte mit den Schultern.

„Ich verstehe das nicht.“ Miranda presste die Hände an die Schläfen. „Wie können Sie ihn nur ermutigen, das Gesetz zu brechen?“

Maureen lachte ihr herzliches Lachen. „Wenn Gott einem ein Talent verleiht, ist es eine Sünde, es nicht zu nutzen.“

Miranda schloss einen Moment lang die Augen. „Wollen Sie damit sagen, dass Gott Ryan ein Talent geschenkt hat und er eine Sünde beginge, wenn er nicht in Gebäude einbrechen und stehlen würde?“

„Diskutiere nicht mit ihr“, murmelte Ryan. „Du bekommst nur Kopfschmerzen davon.“

„Wissen Sie, was er mit seinem Talent macht? Er kauft dieses Haus für seine Familie, weil die Gegend, in der wir früher gelebt haben, nicht mehr sicher ist. Er sieht zu, dass seine Geschwister aufs College gehen können. Gott hat ihm ein Talent geschenkt“, wiederholte Maureen und legte Ryan die Hand auf die Schulter. „Wollen Sie sich mit Gott streiten?“

RYAN hatte wieder einmal Recht gehabt. Sie hatte tatsächlich Kopfschmerzen. Auf der Fahrt nach Manhattan schwieg Miranda die ganze Zeit. Sie wusste nicht genau, was sie mehr verblüfft hatte – Maureens Standpunkt, mit dem sie ihren Sohn verteidigt hatte, oder die Wärme, mit der sie von jedem Familienmitglied umarmt worden war, als sie weggefahren waren.

„Ich verstehe dein Leben nicht", brach sie endlich das Schweigen, als Ryan sie durch die Halle des Apartmenthauses führte, in dem er wohnte.

„Das ist schon in Ordnung. Ich verstehe deins auch nicht." Er trat in den Aufzug und benützte einen Schlüssel, damit er den Knopf für den obersten Stock drücken konnte.

„Deine Mutter wollte wissen, warum ich keinen Sex mit dir habe."

„Das frage ich mich auch die ganze Zeit."

Die Aufzugtüren öffneten sich und gaben den Blick frei auf einen großzügigen Wohnbereich, der ganz in kühnen Blau- und Grüntönen gehalten war. Große Terrassenfenster boten einen unbezahlbaren Ausblick auf New York. Offensichtlich hatte Ryan ganz seiner Neigung für die feineren Dinge nachgegeben: Art-déco-Lampen, Chippendale-Tische, Baccarat-Kristall. Miranda fragte sich, wie viel davon wohl gestohlen war.

„Alles legal erworben", erklärte er, als könne er Gedanken lesen.

Die Bilder an den Wänden reichten von einem verhüllten Corot bis hin zu einem Aquarell, das eine irische Landschaft darstellte.

„Ein Bild deiner Mutter?"

„Ja, sie ist gut, nicht wahr? Sie mag dich."

Seufzend trat Miranda ans Fenster. Ihre eigene Mutter hatte sie nie so voller Zuneigung umarmt. Und ihr Vater hatte sie nie mit diesem lebhaften Zwinkern angegrinst, wie Giorgio es getan hatte. Sie fragte sich, warum ihr wohl trotz allem Ryans Familie so viel normaler vorkam als ihre. „Ich mag sie auch."

Ryan stellte ihr Gepäck ab und trat zu ihr. „Du bist ganz verspannt." Er begann, ihre Schultern zu massieren. „Ich hatte gehofft, ein Abend mit meiner Familie würde dich entspannen."

„Wie kann man das bei so viel Energie um einen herum?" Unwillkürlich bog sie ihm ihren Rücken entgegen. „Du musst eine interessante Kindheit gehabt haben."

„Ich hatte eine phantastische Kindheit." Er beugte sich herunter und begann, ihren Hals zu liebkosen.

„Lass das!“

„Ich wollte gerade ... hier herumkommen.“ Er drehte sie zu sich, drückte seinen Mund auf ihren und raubte ihr den Atem.

Seine Mutter hatte gesagt, Küsse sollten das Blut in Wallung bringen. Ihres sprudelte geradezu.

„Nicht!“ Aber diesmal war es nur ein schwacher Protest.

„Lass mich dich berühren.“ Noch während er das sagte, glitten seine Hände bereits über ihre Brüste.

Oh ja. Berühr mich. Nimm mich. „Nein!“ Es war ein Schock für sie, als sie sich das sagen hörte. „Wenn wir unsere Aufgabe erfolgreich zu Ende bringen wollen, muss das auf einer rein geschäftlichen Ebene passieren.“ Sie konzentrierte sich auf das ärgerliche Funkeln in seinen Augen und ignorierte ihr eigenes Verlangen nach seinen Küssen.

„Bekommst du eigentlich Frostbeulen auf der Zunge, wenn du diesen Ton anschlägst? Okay, Dr. Jones, es ist alles rein geschäftlich. Ich zeige dir dein Zimmer.“

Er nahm ihre Koffer auf und trug sie eine frei schwingende Metalltreppe hinauf. Hinter einer Tür stellte er ihr Gepäck ab und wies in das Zimmer. „Ich denke, es wird dir gefallen. Privat genug ist es jedenfalls. Schlaf gut.“ Er machte die Tür hinter ihr zu.

Als sie das Klicken des Schlosses hörte, war Miranda mit einem Satz an der Tür. „Du kannst mich hier doch nicht einschließen!“

„Nur um sicherzugehen, dass du morgen früh auch noch da bist.“ Seine Stimme war weich wie Seide. Pfeifend ging er weg, während sie vergeblich an die Tür hämmerte und Rache schwor.

AM NÄCHSTEN Morgen beeilte sich Miranda im Bad und beim Anziehen. Sie wollte fertig sein, bevor sie sich sahen. Es würde keinen gemütlichen Frühstücksschwatz im Pyjama geben. Aber dazu musste er sie natürlich erst einmal herauslassen.

„Mach auf, Boldari!“ rief sie und hämmerte an die Tür. Die Antwort war Schweigen. Sie rüttelte frustriert an der Klinke. Sofort ging die Tür auf, und ihr Ärger wich tiefer Verlegenheit.

Sie blickte vorsichtig den Flur entlang. Die Türen zu einer Bibliothek, Ryans Schlafzimmer und einem Arbeitszimmer standen offen. Nachdem sie überall hineingesehen hatte, ohne ihn zu finden, lief Miranda die Treppe hinunter. Aber im Wohnzimmer war er auch nicht, und in der Küche ebenso wenig. Er war überhaupt nicht in der Wohnung.

Miranda nahm den Telefonhörer ab, weil die Idee sie durchzuckte, Andrew anzurufen und ihm alles zu erzählen. Es kam kein Freizeichen. Fluchend stürzte sie zurück ins Wohnzimmer und drückte den Aufzugknopf. Er gab kein Geräusch von sich. Und auch die Tür war verschlossen. Ryan hatte die Ausmaße ihres Käfigs nur vergrößert.

Es WAR schon nach ein Uhr, als Miranda endlich das ruhige Summen des Aufzugs hörte. Sie hatte den Morgen nicht vertrödelt, sondern die Gelegenheit genutzt, um jeden Quadratzentimeter von Ryans Wohnung zu durchsuchen. Sie hatte ohne jedes Schuldgefühl seinen Schrank durchwühlt und alle Schubladen aufgezogen. Die Schreibtische – im Schlafzimmer, in der Bibliothek und im Arbeitszimmer – waren jedoch ärgerlicherweise alle verschlossen gewesen, und Passwörter hatten ihr den Zugang zu seinem Computer verweigert.

Als er aus dem Aufzug trat, war sie bereit für ihn. „Wie kannst du es wagen, mich einzuschließen? Ich bin nicht deine Gefangene!"

„Nur eine Vorsichtsmaßnahme." Er zog seinen Mantel aus. „Ich hatte ein paar Besorgungen zu machen. Ich hoffe, du hast es dir hier gemütlich gemacht, während ich weg war."

„Ich gehe. Ich muss zeitweilig unzurechnungsfähig gewesen sein, als ich dachte, wir könnten zusammenarbeiten."

Er wartete, bis sie die Treppe erreicht hatte. „Die *Donna* befindet sich in einem Lagerraum des Bargello in Florenz, bis überprüft ist, wo sie herkommt und wer sie gemacht hat."

Sie blieb stehen, wie er es sich gedacht hatte. „Im Nationalmuseum für Bildhauerei? Woher weißt du das?"

„Es ist mein Job, so etwas zu wissen. Und ich werde nach Italien fliegen und sie da herausholen, ob nun mit dir oder ohne dich. Ich finde mühelos einen anderen Archäometriker. Du kannst gehen, wenn du willst. Dann bist du aber auch draußen."

„Aus dem Bargello wirst du sie nie herausbekommen."

„Oh doch. Du kannst sie entweder untersuchen, wenn ich sie habe, oder nach Maine zurückfahren und darauf warten, dass deine Eltern dich für nicht mehr tragbar halten. Entscheide dich."

Er war der Wahrheit ziemlich nahe gekommen. Das war der Punkt, an dem sie nicht mehr zurückkonnte. „Wenn du wirklich ein Wunder vollbringst und in den Bargello hineinkommst, nimmst du nur die Bronze. Das ist kein Einkaufscenter. Wenn wir schließlich im Besitz der Skulptur sind, bin ich dafür voll verantwortlich."

„Du bist die Wissenschaftlerin“, erwiderte er lächelnd. Die Kopie konnte sie gerne haben. Er wollte das Original. „Abgemacht. Also?“

„Ich komme mit.“ Sie atmete tief durch. „Gott möge mir helfen.“

„Gut. Und nun weiter.“ Er öffnete seine Aktentasche und legte etwas auf den Tisch. „Das ist für dich.“

Sie nahm das dunkelblaue Büchlein in die Hand. „Das ist nicht mein Pass.“

„Jetzt ist er es.“

„Das ist nicht mein Name. Wie bist du an das Bild gekommen?“ Sie starrte es an. „Das ist das Foto aus meinem Pass.“

„Genau.“

„Du hast meine Brieftasche gestohlen.“

„Ich habe mir ein paar Dinge aus deiner Brieftasche geliehen“, berichtigte er sie.

„Du bist in mein Zimmer gekommen, während ich schlief, und hast meine Sachen gestohlen? Das ist unanständig.“

„Nein, es war notwendig. Es wäre unanständig gewesen, wenn ich zu dir ins Bett gekommen wäre. Schön, aber unanständig.“

„Was hast du mit meinem richtigen Ausweis gemacht?“

„Der ist an einem sicheren Ort deponiert. Wenn die Polizei herumschnüffelt, ist es besser, sie wissen nicht, dass du das Land verlassen hast.“

Sie warf den Pass wieder auf den Tisch. „Ich bin nicht Abigail O'Connell.“

„Mrs Abigail O'Connell – wir sind auf unserer zweiten Hochzeitsreise. Ich denke, ich werde dich Abby nennen. Ich bin Kevin O'Connell, dein ergebener Ehemann. Ich bin Börsenmakler, du bist in der Werbung. Wir sind seit fünf Jahren verheiratet, wohnen in der Upper West Side und überlegen uns, ob wir eine Familie gründen sollen.“

Sie blickte auf den Tisch. „Wie bist du da drangekommen?“

„Kontakte“, erwiderte er leichthin.

„Es ist illegal, mit einem falschen Pass ins Ausland zu reisen.“

Er starrte sie fassungslos an, dann brüllte er vor Lachen. „Du bist wundervoll. Ernsthaft. Jetzt brauche ich noch eine detaillierte Zeichnung der Bronze. Ich muss sie rasch erkennen können.“ Er holte Block und Bleistift aus einer Schublade. „So präzise, wie du kannst.“

Sie setzte sich hin und zeichnete mit einer Geschwindigkeit und einem Können, das ihn sprachlos machte, die Skulptur auf das

Papier – das Gesicht, das schlaue, sinnliche Lächeln, die erhobenen Arme, den fließenden Bogen des Körpers.

„Großartig. Absolut großartig“, murmelte er.

Sie legte den Stift weg und stand auf. „Wenn du das Glück haben solltest, über sie zu stolpern, wirst du die Bronze wieder erkennen.“

„Das hat wenig mit Glück zu tun.“ Er berührte kurz ihre Wange. „Du siehst ihr ein wenig ähnlich. Es wäre interessant, dich mit diesem schlauen, selbstbewussten Lächeln zu sehen. Du lächelst nicht sehr oft, Miranda.“

„Es gab in der letzten Zeit nicht viel Grund dazu.“

„Ich glaube, das können wir ändern. Oh, noch etwas.“ Er zog eine kleine Schmuckschachtel aus seiner Tasche. „Kraft meines Amtes und so weiter“, sagte er und steckte ihr einen Ring an den Finger.

Es war ihr unmöglich, nicht hinzuschauen und geblendet zu sein. Der Ring war mit vier eckig geschliffenen Diamanten besetzt, die wie Eis glitzerten. Es war absurd, aber sie wünschte, er würde nicht so perfekt passen.

„Wahrscheinlich gestohlen“, vermutete sie.

„Du verletzt mich. Ich habe einen Freund, der ein Juweliergeschäft besitzt. Ich habe ihn zum Einkaufspreis bekommen. Und jetzt muss ich packen.“

Er merkte sofort, dass sie seine Sachen durchwühlt hatte. Sie war zwar sorgfältig vorgegangen, aber nicht sorgfältig genug. Er schüttelte nur den Kopf. Sie hätte sowieso nichts gefunden, was er ihr nicht freiwillig hätte zeigen wollen.

Er öffnete seinen begehbaren Schrank, drückte auf einen verborgenen Mechanismus unter der Leiste und betrat sein privates Zimmer. Er brauchte seine Dietriche, die Taschenelektronik seines Gewerbes. Das dünne, elastische Seil, die chirurgischen Handschuhe. Klebstoff, Haarfärbemittel, zwei Brillen. All das packte er sorgfältig in den doppelten Boden seines Koffers. Obenauf legte er Dinge, die man bei einem Mann, der einen romantischen Urlaub in Italien verbringen wollte, erwarten würde, und füllte damit auch noch eine Reisetasche.

In seinem Arbeitszimmer stattete er seinen Laptop mit den erforderlichen CD-Roms aus. Dann schloss er zufrieden seinen Pass in dem Safe hinter der kompletten Werkausgabe von Edgar Allan Poe ein und nahm aus einem Impuls heraus den schlichten Goldring mit, den er dort aufbewahrte. Es war der Ehering seines Großvaters gewesen. Obwohl er schon früher Gelegenheit gehabt hatte, zur Tarnung einen Ehering zu tragen, hatte er diesen noch nie benutzt.

Die Gegensprechanlage summte, und der Portier kündigte das Taxi an, als er sein Gepäck gerade die Treppe hinuntertrug. Miranda hatte ihre Sachen bereits nach unten gebracht.

Ryan zog fragend die Augenbrauen hoch. „Alles okay?“

Sie holte tief Luft. Es gab jetzt kein Zurück mehr. „Lass uns fahren. Ich komme nicht gerne in letzter Minute zum Flughafen.“

Er lächelte sie an. „So ist's gut, meine Liebe.“ Er beugte sich vor, um einen ihrer Koffer zu nehmen.

„Ich kann das selbst tragen. Und ich bin nicht deine Liebe.“

Achselzuckend trat er beiseite. „Nach dir, Dr. Jones.“

KAPITEL 5

Es gibt nur ein Schlafzimmer.“ Miranda hatte keinen Blick für die hübsche Suite. Sie sah nur den einzelnen Schlafraum mit seinem anmutigen Doppelbett.

Im Wohnraum öffnete Ryan die Doppeltüren und trat auf eine riesige Terrasse. Die Frühlingsluft war mild, und die italienische Sonne strahlte heiter auf die blassroten Dächer.

„Guck dir diese Aussicht an. Hier könnte man wohnen.“

Sie trat ebenfalls hinaus. „Warum tust du das dann nicht?“ Sie würde sich nicht von dem atemberaubenden Ausblick verzaubern lassen und schon gar nicht von dem Mann, der so aussah, als müsste er genau hier und nirgends sonst stehen. „Es gibt nur ein Schlafzimmer“, wiederholte sie. „Und in dem Schlafzimmer gibt es nur ein Bett.“

„Wir sind verheiratet.“ Er legte ihr den Arm um die Schultern und drückte sie freundschaftlich an sich. „Wir können abwechselnd auf dem Sofa im Wohnzimmer schlafen. Na, komm schon, entspann dich, Miranda. Lass uns auspacken, und dann gehen wir einkaufen. Ich brauche noch Mitbringsel für die Familie.“

„Boldari, ich glaube, wir haben wichtigere Dinge zu tun.“

Es machte sie wütend, dass er sie einfach auf die Nasenspitze küsste. „Keine Sorge, Liebling, dir kaufe ich auch etwas.“

OFFENBAR genoss Ryan das Gewimmel von Touristen und Schnäppchenjägern auf dem Ponte Vecchio, wo er Ketten aus schimmerndem Gold, Markasit-Ohrringe und Broschen im Florentiner Stil für seine Schwestern kaufte.

„Wenn man hier nur lange genug steht", meinte er zu der ungeduldig wartenden Miranda, „kann man jede Sprache der Welt hören."

„Haben wir jetzt lange genug hier gestanden?"

Er legte ihr den Arm um die Schultern und schüttelte den Kopf. „Gibst du dich nie mal nur dem Augenblick hin, Dr. Jones? Wir sind in Florenz und stehen auf der ältesten Brücke der Stadt. Die Sonne scheint. Atme tief ein und genieße es."

In einem vornehmen Geschäft erstand er wenig später drei Paar Schuhe. Miranda kaufte nichts – auch nicht die wundervollen perlgrauen Lederpumps, die ihr ins Auge stachen.

„Und was jetzt?" fragte sie schicksalsergeben.

„Wir können nicht in Florenz sein, ohne Kunst zu kaufen."

Sie betraten einen Laden voller Marmor- und Bronzereproduktionen. Ryan wies auf eine Venusstatue. „Was hältst du davon?"

„Sie ist zwar nicht besonders gut, aber wenn einer deiner zahllosen Verwandten noch etwas für seinen Vorgarten sucht, dann reicht sie schon aus."

„Ja, ich glaube, sie reicht aus." Er lächelte dem Verkäufer strahlend zu. Während des ganzen Einkaufsbummels hatte er fließend italienisch gesprochen, und jetzt stümperte er auf einmal die einfachsten Sätze mit einem so grauenvollen Akzent hervor, dass der Verkäufer ihn mitleidig anlächelte.

Als der Kauf getätigt und die Statue eingepackt war, legte Ryan den Arm um Miranda. „Wir müssen noch etwas erledigen."

„Bitte, meine Füße tun weh. Ich gehe einfach schon mal ins Hotel."

„Damit du den ganzen Spaß verpasst? Wir gehen nämlich in den Bargello."

„Jetzt?" Eine Mischung aus Erregung und Entsetzen machte sich in ihr breit. „Wir machen es jetzt?"

„Wir sehen uns das Ganze mal an, um ein Gefühl dafür zu bekommen. Wir checken sozusagen die Lage. Wo sind die Überwachungskameras? Wie weit ist es quer durch den Innenhof? Wann haben die Wachleute Schichtwechsel?"

„Warum haben wir das nicht sofort gemacht?"

„Alles zu seiner Zeit, Schatz. Abby und Kevin wollten sich an ihrem ersten Tag doch gern die Stadt anschauen, oder?"

Sie sahen wirklich genau wie amerikanische Touristen aus, dachte Miranda – Kameras, Einkaufstüten und Reiseführer. Vielleicht hatte Ryan ja Recht. Niemand würde auf sie achten, und wenn sie sich darauf konzentrierte, hatte sie fast das Gefühl, zum ersten Mal in ihrem Leben durch Florenz zu schlendern.

„Großartig, nicht wahr?" Er blieb stehen, um den prächtigen Dom zu betrachten, der die Stadt beherrschte. „Stell dich dort drüben hin."

„Warum?"

„Damit wir ein Foto von uns bekommen, Liebling." Er sprach ein Touristenpaar an und reichte ihm seine Kamera.

„Das ist lächerlich", murrte Miranda, während er sich neben ihr aufstellte und ihr den Arm um die Taille legte.

„Es ist für meine Mutter", sagte er und gab ihr spontan einen Kuss.

Sie hatte keine Zeit, ihn abzuwehren. Seine Lippen waren warm und fest. Der leise Laut, den sie von sich gab, hatte mit Protest nichts zu tun, und auch ihre Hand, die sich an sein Gesicht legte, wollte ihn nicht zurückweisen. Ihr Herz klopfte wild, und sie war nahe daran, jeden Widerstand aufzugeben.

„Entschuldigung", sagte Ryan ernst. „Ich glaube, ich bin dem Zauber des Augenblicks erlegen."

Er ließ sie mit zitternden Knien stehen und holte sich seine Kamera wieder. Dann streckte er ihr die Hand entgegen. „Lass uns gehen."

Als sie kurz darauf den alten Palazzo betreten hatten, griff Ryan nach seiner Videokamera. „Ist das nicht toll hier, Abby? Sieh mal den Kerl – der hat ganz schön geladen, was?" Er richtete die Kamera auf Michelangelos berühmte Bronzestatue des trunkenen *Bacchus* und schwenkte dann langsam durch den Raum. „Wenn Jack und Sally die Bilder sehen, werden sie grün vor Neid." Er richtete die Kamera auf eine Ecke, in der ein Wärter saß. „Geh umher", murmelte er Miranda zu. „Mach einen ehrfürchtigen Mittelschicht-Eindruck."

Nach einer Stunde beschlich sie langsam das Gefühl, dass kriminelle Aktivitäten äußerst ermüdend waren. Sie gingen durch jeden Saal und hielten jeden Zentimeter mit der Kamera fest. „Hast du noch nicht genug?"

„Beinahe. Flirte mal mit dem Wärter dort drüben." Ryan ließ die Kamera sinken und öffnete rasch die beiden obersten Knöpfe von Mirandas Bluse.

„Was machst du da?“

„Ich sorge dafür, dass er dir garantiert seine Aufmerksamkeit schenkt. Stell ihm ein paar Fragen, und klimpere mit den Wimpern. In fünf Minuten fragst du ihn nach der Damentoilette und gehst hin. Wir treffen uns dann nach zehn Minuten im Hof.“

„Aber …“

„Tu es!“ Sein Blick war hart geworden.

„In Ordnung.“ Mit zittrigen Knien ging sie auf den Wärter zu. „Äh, *scusi*“, begann sie, *„per favore …“* Der Blick des Mannes blieb an ihrem Ausschnitt hängen. Sie schluckte und breitete hilflos die Hände aus. „Sprechen Sie englisch?“

„Si, signora, ein bisschen.“

„Oh, wunderbar.“ Sie klimperte ein wenig mit ihren Wimpern und sah am Lächeln des Wärters, dass solche simplen Hilfsmittel tatsächlich wirkten. „Alles ist so wunderschön hier. Könnten Sie mir vielleicht etwas erzählen über …“ Sie wählte eine Skulptur am Rand.

Ryan wartete, bis die Aufmerksamkeit des Wärters vollkommen auf Miranda gerichtet war, dann zog er einen kleinen Dietrich aus der Tasche und widmete sich einer Seitentür. Es war recht einfach zu bewerkstelligen, obwohl er verborgen hinter seinem Rücken herumhantieren musste.

Den Grundriss des Museums hatte er zu Hause auf Diskette gespeichert. Wenn er seiner Quelle trauen konnte, würde er das, was er suchte, hinter dieser Tür finden.

Er behielt die Sicherheitskamera im Auge und wartete den richtigen Moment ab. Als eine Gruppe von Kunstliebhabern an ihm vorbeiging, nutzte er die Gelegenheit. Noch bevor sie ganz an ihm vorüber waren, war er schon durch die Tür und schloss sie leise hinter sich.

Zufrieden atmete er auf und zog die Handschuhe über, die er in die Tasche gesteckt hatte. Allzu viel Zeit hatte er nicht.

Es war ein ganzes Labyrinth kleiner Räume, die vollgestopft waren mit Statuen und Bildern, von denen die meisten auf ihre Restaurierung warteten. Einige Stücke fielen ihm ins Auge, darunter eine traurig blickende Madonna. Aber er suchte ja nach einer ganz anderen Dame.

SIE WARTETE zehn Minuten, dann fünfzehn. Nach zwanzig Minuten rang Miranda nervös die Hände, während sie auf einer Bank im Hof saß, und stellte sich vor, wie es wohl sein mochte, einige Zeit in einem italienischen Gefängnis zu verbringen. Zumindest wurden Diebe heutzutage nicht mehr hingerichtet, und man hängte ihre Leichen auch nicht mehr zur Abschreckung aus den Fenstern des Bargello.

Dann plötzlich sah sie ihn. Er schlenderte über den Hof auf sie zu, ein Mann ohne Sorgen. Ihre Erleichterung war so groß, dass sie aufsprang und ihn umarmte. „Wo bist du gewesen? Ich dachte ..."

Er küsste sie, sowohl, um sie zum Schweigen zu bringen, als auch, um die Situation auszunützen. „Lass uns etwas trinken gehen. Ich erzähle dir dann alles", schlug er vor.

„Wo warst du? Ich habe den Wärter so lange beschäftigt, wie ich konnte, und als ich mich nach dir umgesehen habe, warst du weg."

„Ich wollte wissen, was sich hinter Tür Nummer drei befand. Das Gebäude mag ja mal Sitz des obersten Gerichtshofs und später Staatsgefängnis gewesen sein, aber die Innentüren sind ein Kinderspiel."

„Wie konntest du etwas so Gefährliches tun – in einen gesperrten Bereich eindringen, wo nur wenige Meter entfernt ein Wärter war?"

„Normalerweise ist es dann am einfachsten." Er blickte in ein Schaufenster, an dem sie vorbeikamen. „Ich habe unsere Lady gefunden", sagte er beiläufig.

„Das war unverantwortlich, dumm und ... Was?"

„Ich habe sie gefunden." Sein Grinsen blitzte auf wie die toskanische Sonne. „Und jetzt habe ich Durst." Er zog sie unter die Markise einer Trattoria und schob sie auf einen leeren Tisch zu.

„Du hast den Verstand verloren! Du kaufst Souvenirs und ..."

Hart packte er ihre Hand und beugte sich über den Tisch. „Jetzt werden wir einfach ein Weilchen hier sitzen, und du wirst mir keinen Ärger mehr machen." Sein Lächeln war so eisig wie seine Stimme.

„Ich ..."

„Nicht den geringsten Ärger." Er sah zum Kellner auf und bestellte eine Flasche Chianti und eine Käseplatte.

„Ich werde dein Machoverhalten nicht dulden!"

„Mein Schatz, du wirst dulden, was ich dir sage. Ich habe die Lady. Sie steht unter dem Tisch."

„Wie bitte? Willst du mir erzählen, du bist einfach am helllichten Tag in ein Museum gegangen und mit der Bronze wieder herausgekommen?"

„Ich bin gut. Das habe ich dir doch gesagt."

„Aber du hast auch gesagt, wir müssten den Ort überprüfen und ein Gefühl dafür kriegen."

„Ich habe gelogen. Wenn ich dir etwas gesagt hätte, wärst du noch nervöser gewesen und hättest mit Sicherheit alles verdorben."

Er nahm ihre Hand in seine und schaute sie verträumt an, während der Kellner Wein und Käse auf den Tisch stellte. Ryan goss ihnen Wein ein und kostete. „Er ist hervorragend. Möchtest du nicht auch probieren?"

Miranda starrte ihn immer noch an, hob aber ihr Glas und leerte es in wenigen Zügen. Jetzt war sie die Komplizin eines Diebes.

„Wenn du in diesem Stil weitertrinkst, solltest du was essen." Ryan schnitt ein Stück Käse ab und reichte es ihr.

„Du wusstest also schon, als wir hingegangen sind, dass du das tun wolltest?"

„Ich wusste, dass ich den Austausch vornehmen würde, wenn die Gelegenheit sich ergeben sollte."

„Welchen Austausch?"

„Die Bronze, die wir vorher gekauft haben. Ich habe sie stattdessen hingestellt. Die meisten sehen, was sie sehen wollen: die Bronzestatue einer Frau, die im Lager steht. Höchstwahrscheinlich wird eine ganze Weile lang niemand merken, dass es die falsche ist. Wenn unser Glück anhält, sind wir bis dahin längst wieder zurück in den Staaten."

ES WAR fast unbegreiflich, im Hotelzimmer zu sitzen und die *Donna* in der Hand zu halten. Miranda stellte sie auf den Tisch neben den *David*.

„Sie ist großartig", kommentierte Ryan, während er an einer Zigarre zog. „Deine Skizze von ihr war sehr genau, auch wenn du ihre Ausstrahlung nicht eingefangen hast."

„Das ist nicht die Bronze, die ich getestet habe."

Er zog eine Augenbraue hoch. „Woher weißt du das?"

„Ich hatte doch Proben entnommen. Hier und hier." Sie wies mit der Fingerspitze auf die hintere Hüfte und die Schulter. „Auf diesem Stück sieht man nichts davon. Dafür Stellen am Rücken und am Fuß, wo das Labor in Rom Proben entnommen hat. Ich brauche die entsprechende Ausrüstung und meine Notizen, um es zu verifizieren, aber das ist ganz bestimmt nicht die Bronze, an der ich gearbeitet habe."

Nachdenklich streifte Ryan die Zigarre in einem Aschenbecher ab. „Lass es uns verifizieren. Du wirst dich sicher umziehen wollen. Einfache schwarze Kleidung passt am besten zu einem unterhaltsamen Abend. Ich kümmere mich um das Transportmittel."

Sie leckte sich über die Lippen. „Wir brechen bei Standjo ein?"

„So lautet der Plan." Er spürte ihr Unbehagen. „Es sei denn, du möchtest deine Mutter anrufen, ihr alles erklären und sie bitten, dir ein wenig Zeit in ihrem Labor zu geben."

Er benutzte sie, dachte Miranda, während sie sich im Schlafzimmer umzog. Als ob sie eins seiner Werkzeuge wäre. Es war nur eine Illusion, dass sie Partner sein konnten. Sie war dabei, in ein Unternehmen ihrer eigenen Familie einzubrechen. Wie sollte sie ihn aufhalten, wenn er mehr als nur ein paar grundlegende Tests machen wollte?

Sie hörte, wie er vom Wohnzimmer aus telefonierte, und ließ sich Zeit, während sie eine schwarze Bluse und eine enge schwarze Hose anzog. Sie brauchte einen eigenen Plan, sie musste jemanden einweihen, dem sie vertrauen konnte.

„Ich muss rasch zur Rezeption hinunter!" rief Ryan. „Beeil dich da drin. Ich bin nur eine Minute weg und muss mich schließlich auch noch umziehen."

Sobald sie die Tür ins Schloss fallen hörte, stürzte sie ans Telefon. „Giovanni, ich bin's, Miranda."

„Wo bist du? Dein Bruder ist ..."

„Ich bin hier in Florenz", unterbrach sie ihn. „Ich muss dich sofort sehen. Bitte komm zu Santa Maria Novella. Wir treffen uns in der Kirche. In zehn Minuten. Bitte, es ist lebenswichtig!" Sie legte auf, wickelte rasch die Statuen ein und steckte sie in ihre Tasche. Dann verließ sie die Suite.

Unten sah sie Ryan fröhlich plaudernd an der Rezeption stehen. Sie konnte es nicht riskieren, die Lobby zu durchqueren, also drückte sie sich an der Seite vorbei, von der Glastüren in einen hübschen Garten mit Swimmingpool und schattigen Bäumen führten.

Santa Maria Novella, mit ihrer wunderschön gemusterten Fassade aus grünweißem Marmor, war nicht weit vom Hotel entfernt. Miranda trat in die dämmerige Kirche und setzte sich links von der Kanzel in eine Bank.

Als sie rasche Schritte hörte, fuhr sie zusammen. Sie sprang auf, wirbelte herum und weinte fast vor Erleichterung. „Giovanni!" Sie trat auf ihn zu und umarmte ihn.

„*Bella*, was machst du hier?" Er erwiderte die Umarmung mit einer Mischung aus Ärger und Zuneigung. „Warum rufst du mich an und bittest mich, dich hier zu treffen?"

„Hier ist es ruhig und sicher", erwiderte sie mit einem schwachen

Lächeln. „Ich möchte es dir gerne erklären, aber ich weiß nicht, wie viel Zeit ich habe. Er weiß jetzt, dass ich fort bin, und wird nach mir suchen."

„Wer weiß was?"

„Zu kompliziert. Setz dich eine Minute." Sie flüsterte automatisch, wie es Situation und Umgebung erforderten. „Giovanni, die *Donna*, die wir getestet haben, war echt. Du hast die Ergebnisse gesehen. Aber diese hier ist eine Fälschung." Sie griff in die Tasche und holte die eingewickelte Skulptur heraus. „Es ist die, die in Rom getestet wurde."

„Dio mio! Wie bist du da drangekommen? Sie haben sie im Bargello gelagert."

„Das spielt keine Rolle. Wichtig ist nur, dass dies hier nicht die Bronze ist, an der wir gearbeitet haben. Du wirst das selbst sehen, wenn du sie erst einmal im Labor hast."

„Im Labor? Was ist das jetzt schon wieder für eine verrückte Idee?"

„Ich darf Standjo nicht mehr betreten. Alle Aufzeichnungen sind dort, und die Ausrüstung ist es auch. Ich brauche deine Hilfe. In dieser Tasche ist auch noch eine *David*-Skulptur. Sie ist ebenfalls eine Fälschung, ich habe sie schon getestet. Aber ich möchte, dass du sie beide noch einmal gründlich prüfst. Du wirst die Ergebnisse dieser *Donna*-Bronze mit denen vergleichen, die wir beim Original erhalten haben. Du wirst beweisen, dass es nicht die gleiche Skulptur ist. Es würde niemanden überzeugen, wenn ich die Tests selbst durchführte. Es müssen objektive Tests sein. Und ich kann nur dir trauen."

Sie drückte seine Hände, wohl wissend, dass sie über Gebühr an seine Freundschaft appellierte. Aber die Tränen, die ihr in die Augen traten, waren echt. „Es geht um meinen Ruf, Giovanni. Meine Arbeit. Mein Leben. Aus Freundschaft, Giovanni. Für mich."

Er fluchte leise. „Ich werde tun, worum du mich bittest."

Ihr Herz floss über vor Dankbarkeit. „Heute Abend noch, jetzt gleich?"

„Je eher, desto besser. Das Labor ist für ein paar Tage geschlossen, also wird es niemand erfahren."

„Warum ist es geschlossen?"

Er lächelte zum ersten Mal. „Morgen, meine entzückende Heidin, ist Karfreitag." Und so hatte er sich sein verlängertes Osterwochenende nicht vorgestellt. „Wo erreiche ich dich, wenn ich fertig bin?"

„Ich rufe dich morgen früh an." Sie beugte sich vor und gab ihm einen leichten Kuss. „*Grazie*, Giovanni. *Mille grazie.* Ich werde immer in deiner Schuld stehen."

„Für den Anfang würde mir eine Erklärung schon genügen."

„Ich werde dir alles ausführlich erklären, das verspreche ich dir. Pass gut auf sie auf", fügte sie hinzu und schob ihm die Tasche mit dem Fuß zu. „Warte ein, zwei Minuten, bis du gehst, ja? Nur zur Sicherheit." Sie küsste ihn noch einmal und ging.

Es kam ihr vor, als wäre eine Last von ihren Schultern genommen. Sie ging zum Fluss hinunter, in die dem Hotel entgegengesetzte Richtung. Ryan durfte sie nicht finden, bevor Giovanni und sie weit genug voneinander entfernt waren.

Sie erreichte den Arno und sah zu, wie die letzten Strahlen der untergehenden Sonne sich im Wasser spiegelten. Als sie das Knattern eines Motorrads hinter sich hörte, das auf einmal erstarb, wusste sie, dass er sie gefunden hatte.

„Steig auf!"

Sie blickte in sein wütendes Gesicht. Er war genau wie sie jetzt ganz in Schwarz gekleidet und saß auf einem blauen Motorrad. Der Fahrtwind hatte sein Haar zerzaust. Er sah gefährlich und absurd verführerisch aus. Da ihre einzige Alternative gewesen wäre, wie ein Feigling wegzulaufen, schwang sie sich hinter ihm auf die Maschine und hielt sich hinten am Sitz fest. Als er jedoch losschoss wie eine Rakete, gewann ihr Überlebensinstinkt die Oberhand, und sie schlang die Arme fest um ihn.

Nachdem er mit halsbrecherischer Geschwindigkeit, die seiner Stimmung entsprach, durch die engen Straßen gerast war, brachte Ryan das Motorrad auf dem Piazzale Michelangelo abrupt zum Stehen. Der Platz war fast menschenleer, denn im Westen braute sich ein Unwetter zusammen.

„Steig ab!", befahl Ryan und wartete, bis sie ihren Klammergriff um seine Taille löste. Er stieg ebenfalls ab und zog sie zur Mauer, die diesen Aussichtspunkt in den Hügeln am linken Arnoufer begrenzte. Unter ihnen lag Florenz wie ein antikes Schmuckstück. „Ich will die Skulpturen wiederhaben, Miranda."

„Sie sind doch wertlos für dich."

„Verdammt noch mal, ich habe dir vertraut!"

Sie funkelte ihn an. „Du meinst wohl eher, dass du mich im Hotel nicht einschließen konntest wie in deiner Wohnung. Und dass du mich auch nicht warten lassen konntest wie im Bargello, als du deinen Plan durchgezogen hast."

Er legte die Arme um sie, so dass sie aussahen wie Liebende, die sich weder um die Aussicht noch um das nahende Unwetter kümmerten.

„Du tust mir weh."

„Noch nicht wirklich. Du hast sie jemandem gegeben, stimmt's?"

„Sie sind in Sicherheit. Ich habe Arrangements getroffen. Ich will beweisen, dass es Kopien sind. Wenn ich die Tests und die Vergleiche selbst durchführen würde, könnte man mir vorwerfen, ich hätte sie gefälscht. Und dann wären wir keinen Schritt weiter. Es war deine Aufgabe, die Skulptur aus dem Bargello herauszuholen. Meine ist es zu entscheiden, wie ich beweisen kann, dass sie eine Fälschung ist."

„Du hast sie jemandem von Standjo gegeben. Wie dumm bist du eigentlich?"

„Ich habe sie jemandem gegeben, dem ich vertraue. Er wird die Tests machen. Morgen rufe ich ihn an, und er sagt mir die Ergebnisse."

„Sieh es doch mal logisch, Dr. Jones. Die *Donna* ist eine Fälschung. Und jemand von Standjo muss sie gemacht haben. Jemand, der weiß, wie die Testergebnisse aussehen müssen, wie man sie echt genug aussehen lassen kann, damit sie die erste Überprüfung bestehen."

„Er würde das nie tun. Seine Arbeit bedeutet ihm sehr viel."

„Und meine bedeutet mir sehr viel. Lass uns gehen."

„Wohin?"

Er zog sie wieder quer über den Platz zum Motorrad, als die ersten dicken Regentropfen fielen. „Zum Labor, mein Schatz. Mal sehen, welche Fortschritte dein Freund macht."

Ein wütender Ryan, der in das Labor eindrang, war das Letzte, was Giovanni brauchen konnte. „Lass ihn die Tests durchführen. Nur so sind sie gültig."

Er startete das Motorrad. „Steig auf, sonst lasse ich dich hier stehen und kümmere mich allein um die Angelegenheit."

EINEN halben Häuserblock von Standjo entfernt stellte Ryan das Motorrad am Straßenrand ab und holte eine Tasche aus den Satteltaschen. „Wir schlüpfen hinten rein. Wir gehen direkt über dem Fotolabor zur Treppe."

„Woher kennst du die Räumlichkeiten?"

„Ich informiere mich vorher. Ich habe Pläne des ganzen Gebäudes." Er holte ein Paar chirurgische Handschuhe heraus. „Zieh die an." Während er weitersprach, streifte er seine eigenen über. „Es gibt keine Wachleute, alles ist elektronisch gesichert, also ist es unwahrscheinlich, dass wir jemand anderem als deinem Freund begegnen."

Er trat zur Tür und setzte seine Tasche ab, um sich auf die Arbeit vorzubereiten. Mit zusammengekniffenen Augen musterte er den Kasten neben der Tür. „Der Alarm ist ausgeschaltet", murmelte er. „Dein Freund scheint ziemlich sorglos zu sein, Dr. Jones."

„Wahrscheinlich hat er es nicht für nötig gehalten."

„Hm. Die Tür ist allerdings verschlossen. Aber wir regeln das."

Er konnte nur nach Gefühl arbeiten, weil ihn das Rauschen des Regens daran hinderte, das schwache und befriedigende Klicken der Zuhaltung zu hören. Das solide Schloss gab jedoch nach, Schritt für Schritt.

Nachdem er die schwere Tür aufgezogen hatte, leuchtete Ryan mit seiner Taschenlampe zur Treppe. „Du wirst deinem Freund erklären, dass ich dir helfe. Offenbar arbeitet er gerne im Dunkeln." Er leuchtete geradeaus. „Das ist dein Labor, nicht wahr?"

„Ja." Miranda zog die Augenbrauen zusammen – es war stockdunkel. „Wahrscheinlich ist er im Chemielabor. Das ist sein Bereich."

„Wir überprüfen das gleich. In der Zwischenzeit könnten wir nachsehen, ob deine Unterlagen noch in deinem Büro sind."

Die Tür war nicht verschlossen, was Ryan ein ungutes Gefühl bereitete. Er schaltete die Taschenlampe aus. „Bleib hinter mir." Er trat durch die Tür. Ein paar Sekunden lang lauschte er, und als er nichts hörte als das Rauschen des Regens, schaltete er das Licht ein.

„O Gott!" Instinktiv packte Miranda seine Schulter.

Es sah aus, als hätte jemand einen Wutanfall gehabt. Die Computer waren zerschmettert, und der Fußboden war übersät mit den Glassplittern der Monitore und Teströhrchen. Die Tische waren umgestürzt, und überall lagen Papiere verstreut. Der stechende Geruch von Chemikalien erfüllte die Luft.

„Sieht so aus, Dr. Jones, als ob dein Freund gekommen und wieder gegangen ist."

„Giovanni würde so etwas niemals tun." Sie drängte sich an Ryan vorbei. „Das müssen Vandalen gewesen sein."

Er glaubte das nicht. Das hier war in voller Absicht geschehen.

„Ich muss die anderen Abteilungen überprüfen, um festzustellen, wie groß der Schaden ist", sagte Miranda hektisch. „Wenn jemand bis ins chemische Labor vorgedrungen ist ..."

Er kam ihr nach. Als er sie erreichte, stand sie schwankend an einer offenen Tür und starrte in den Raum dahinter.

Giovanni hatte sein Versprechen gehalten und war gleich hierher gefahren. Er lag auf dem Rücken, den Kopf seltsam verdreht, in einer dunklen, glänzenden Pfütze. Seine weit offenen Augen waren auf die *Donna* gerichtet, die neben ihm lag, die anmutigen Hände und das lächelnde Gesicht voller Blut.

Ryan zog Miranda weg, um ihr den Anblick zu ersparen.

„Giovanni ...“ Ihre Pupillen waren vor Entsetzen und Schock geweitet, sodass ihre Augen schwarz und leblos wie die einer Puppe waren.

„Du musst dich zusammennehmen. Unsere Fingerabdrücke sind auf der Skulptur, verstehst du? Wir stecken in der Klemme.“

In ihren Ohren rauschte es. „Giovanni ist tot.“

„Ja – und jetzt bleib hier stehen.“ Er lehnte sie gegen die Wand, trat in das Zimmer, ergriff die Bronze und stopfte sie in seine Tasche. Dann blickte er sich rasch um. Der *David* lag in einer Ecke.

Sehr schlau, dachte Ryan, während er auch ihn in die Tasche steckte. Sehr ordentlich. Man brauchte bloß beide Stücke hier zu lassen, dann konnte jeder die Verbindung herstellen. Und die Schlinge zog sich um Mirandas Hals zusammen.

Sie zitterte jetzt heftig und war kalkweiß.

„Wir müssen hier raus“, sagte Ryan schroff.

„Wir ..., wir können ihn doch nicht einfach zurücklassen. Hier drin. Giovanni. Er ist tot.“

„Du kannst nichts mehr für ihn tun.“ Statt weiter mit ihr herumzustreiten, packte er sie sich einfach über die Schulter. Sie wehrte sich nicht, hing nur schlaff herab. Als sie draußen waren, stellte er sie auf die Füße und schüttelte sie heftig. „Du brichst erst zusammen, wenn wir das hier hinter uns haben. Reiß dich zusammen, Miranda!“

Er zog sie um das Gebäude herum und die Straße entlang. Sie stieg hinter ihm auf das Motorrad und presste sich an ihn, sodass er ihren unregelmäßigen Herzschlag an seinem Rücken spürte, während sie durch den Regen fuhren.

Ryan nahm einen Umweg durch enge Seitenstraßen, um sicherzugehen, dass niemand ihnen folgte. Als sie im Hotel ankamen, legte er den Arm um Miranda und hielt sie fest, bis sie die Suite erreicht hatten. Sie klapperte jetzt mit den Zähnen.

Er verschloss die Tür und schob die Kette vor. „Zieh deine nassen Kleider aus, und schlüpf in einen Morgenmantel. Du hast einen Schock. Du musst wieder warm und trocken werden.“

Miranda stolperte ins Bad. Als die Tür hinter ihr zugefallen war, widerstand er nur mühsam dem Bedürfnis, ihr hinterherzugehen, um sich zu vergewissern, dass sie nicht auf dem Boden zusammengesunken war.

Einen Moment lang vergrub er den Kopf in den Händen und befahl sich, einfach nur zu atmen. Es war seine erste persönliche Erfahrung mit einem gewaltsamen Tod. Er wollte sie nicht noch einmal machen.

Dann fasste er sich, zog seine nasse Kleidung aus und trockene an.

„Miranda?“ Stirnrunzelnd blickte er in Richtung Badezimmer. Verdammte Schicklichkeit, dachte er und öffnete die Tür.

Sie hatte einen Bademantel angezogen, aber ihre Haare waren immer noch ganz nass. Sie stand mitten im Raum, hatte die Arme um sich geschlungen und schaukelte vor und zurück. Mit einem herzzerreißend elenden Blick sah sie Ryan an. „Giovanni ...“

„Komm, ist schon gut.“ Er legte die Arme um sie und bettete ihren Kopf an seine Schulter.

„Wer kann ihm das nur angetan haben?“

„Wir finden es heraus. Aber du musst erst wieder zu dir kommen. Ich brauche deinen klaren Verstand, dein logisches Denken.“

„Ich sehe immer nur, wie er daliegt. Das ganze Blut. Er war mein Freund. Er ...“ Und dann überfiel sie auf einmal die entsetzliche Wahrheit. „O Gott, Ryan, ich habe ihn umgebracht!“

„Nein!“ Er sah ihr in die Augen. „Derjenige, der ihm die Bronze über den Schädel gezogen hat, hat ihn umgebracht. Du musst dir das aus dem Kopf schlagen, Miranda, es hilft uns nicht weiter.“

„Er ist tot, weil ich ihn gebeten habe, mir zu helfen.“ Obwohl ihre Augen noch immer ganz elend blickten, hatte sie wieder Farbe bekommen, und auch ihre Stimme klang wieder kräftiger. Schuldgefühle konnten ebenso beleben wie lähmen. „Darüber werde ich nie hinwegkommen.“

„Okay, dann mach was draus. Trockne dir die Haare, während ich etwas zu essen bestelle. Wir haben eine Menge zu bereden.“

Sie musste stark sein und einen klaren Kopf bewahren, wenn sie Giovanni rächen wollte, dachte Miranda, während sie sich die Haare föhnte. Gleichgültig, wie viel Mühe es kostete, wie lange es auch dauern mochte, sie würde dafür sorgen, dass der Täter dafür bezahlte.

Als sie aus dem Bad kam, sah sie, dass Ryan auf der Terrasse hatte servieren lassen. Der Regen hatte aufgehört, und die Luft war frisch. Mühsam brachte sie ein kleines Lächeln zustande. „Was gibt es zu essen?“

„Zuerst Minestrone, dann Florentiner Steaks. Es wird uns gut tun."

Sie nahm sich einen Stuhl, und es gelang ihr sogar, einen Löffel Suppe zum Mund zu führen. Die heiße Flüssigkeit brachte den Eisklumpen in ihrem Magen zum Schmelzen.

Ryan hob den Deckel von der Steakplatte. „Erzähl mir von Giovanni."

„Er ist ..., er war brillant. Chemiker. Er ist hier in Florenz geboren und kam vor ungefähr zehn Jahren zu Standjo. Er war auch für einige Zeit im Labor am Institut. Dort habe ich das erste Mal mit ihm zusammengearbeitet, vor ungefähr sechs Jahren." Sie rieb sich die Schläfen. „Er war ein reizender Mann, lieb und lustig. Er lebte allein. Und er liebte Frauen."

„Wart ihr ein Paar?"

Sie schüttelte den Kopf. „Freunde. Giovanni war es, der mich angerufen hat, um mir zu sagen, dass die Bronze für unecht erklärt wurde."

„Hast du heute das erste Mal mit ihm darüber geredet, dass die Bronze eine Kopie ist?"

„Ja. Ich habe ihn im Labor angerufen, als du hinuntergegangen bist. Er ist sofort gekommen. Es kann nicht länger als fünfzehn Minuten gedauert haben."

Genug Zeit, dass er jemandem von dem Anruf erzählt haben konnte, dachte Ryan. Dem Falschen. „Was hast du ihm gesagt?"

„Fast alles." Sie gab es auf, das Steak auf ihrem Teller hin und her zu schieben. Es strengte zu sehr an, so zu tun, als ob sie essen wollte. „Ich habe ihn gebeten, die Skulpturen mit ins Labor zu nehmen, um die Tests und die Vergleiche durchzuführen. Morgen wollte ich ihn anrufen. Den Namen des Hotels habe ich ihm nicht gesagt."

Ryan zog eine Zigarre hervor. „Deshalb sitzen wir jetzt wahrscheinlich auch hier und genießen den Mondschein."

„Was meinst du damit?"

„Benutz deinen Verstand, Dr. Jones. Dein Freund hatte die Skulpturen, und jetzt ist er tot. Die Mordwaffe und der *David* wurden am Tatort zurückgelassen. Was ist die Verbindung zwischen beidem? Du."

„Man hat Giovanni umgebracht, um es mir anzulasten." Das war zu kaltblütig, zu entsetzlich, um darüber nachzudenken. Aber es war auch zu logisch, um es zu ignorieren.

„Ein zusätzlicher Nutzen. Er hätte sich nach den Tests selbst Fragen gestellt. Und er hätte sich noch einmal deine Notizen und Ergebnisse angesehen."

„Deshalb war das Labor verwüstet“, murmelte sie. „Jetzt finden wir meine Dokumentation nie mehr.“

„Man hat sie mitgenommen oder zerstört“, stimmte Ryan ihr zu. „Dein Freund war im Weg. Und du bist es auch. Weißt du, was man über das Töten sagt? Beim ersten Mal ist es schwer, danach nur noch Geschäft.“

Sie ignorierte den Schauer, der sie überlief. „Wenn das bedeutet, dass du unsere Zusammenarbeit hier und jetzt beenden willst, werde ich dir keinen Vorwurf machen.“

„Ich bringe zu Ende, was ich angefangen habe.“

Sie hob ihr Weinglas und prostete ihm zu. „Ich auch.“

MIRANDA stand im Morgenlicht auf der Terrasse und blickte auf die Stadt. Giovannis Tod hatte ihr Leben unwiderruflich verändert. In ihrem Innern würde immer ein dunkler Ort bleiben, voller Schuld und Trauer. Und doch spürte sie stärker als je zuvor das Bedürfnis, den Augenblick festzuhalten, sich Zeit zu nehmen und zu genießen. Sich lebendig zu fühlen.

„Guten Morgen, Miranda.“

Sie sah Ryan in der Tür stehen. „Es ist ein wundervoller Morgen“, sagte sie zu ihm. „Frühling. Wiedergeburt. Heute weiß ich das erst richtig zu schätzen.“

Er trat zu ihr und ergriff ihre Hand. Hätte sie seinen Blick nicht bemerkt, hätte sie gelächelt. So aber fragte sie erschrocken: „Was ist jetzt passiert?“

„Dieser Mann, der die Bronze gefunden hat, der Klempner, Carlo Rinaldi – er ist tot. Er ist gestern Abend überfahren worden. Ich habe es gerade in den Nachrichten gehört.“

„Es könnte ein Unfall gewesen sein.“ Sie wollte es gerne glauben. „Warum sollte ihn jemand umbringen? Er hatte doch mit dem Labor gar nichts zu tun. Er wusste doch gar nichts.“

„Er war eine Spur, und Spuren werden ausgelöscht.“

„War in den Nachrichten auch etwas über Giovanni?“

„Nein, aber das kommt bestimmt noch. Und jetzt zieh dich an. Wir müssen los.“

Aber nicht, um einfach nur durch die Stadt zu schlendern, das Leben zu spüren, dachte Miranda. „In Ordnung.“

„Keine Einwände?“ Ryan zog eine Augenbraue hoch. „Kein Wohin, Was, Warum?“

EINE halbe Stunde später standen sie in einer Telefonzelle, und Ryan tat etwas, das er sein ganzes Leben lang vermieden hatte: Er rief die Polizei an. Er flüsterte nervös und berichtete in umgangssprachlichem Italienisch, dass im Labor von Standjo eine Leiche liege. Dann legte er auf. „Das müsste reichen." Er schwang sich aufs Motorrad. „Und jetzt fahren wir zu deiner Mutter."

Vor lauter Entsetzen vergaß Miranda ihren Vorsatz, keine Fragen zu stellen. „Warum? Bist du verrückt?"

„Wir geben der Polizei genug Zeit, die Leiche zu finden und sie davon zu unterrichten. Was, denkst du, wird sie tun?"

„Sie wird sofort ins Labor fahren."

„Damit rechne ich auch. Dann können wir in Ruhe ihr Haus durchsuchen. Immerhin besteht die Chance, dass sie Kopien deiner verschwundenen Unterlagen zu Hause hat. Zieh das an." Er zog eine Kappe aus der Satteltasche. „Sonst erkennen die Nachbarn deine Haare auf einen Kilometer."

NACHDEM sie Elizabeths Aufbruch aus einem halben Häuserblock Entfernung verfolgt hatten, gingen sie direkt zur Haustür, wo Ryan seinen Dietrich herauszog und das Schloss in nur wenig mehr Zeit knackte, als er mit einem Schlüssel gebraucht hätte. „Alarmanlage?"

„Ich weiß nicht. Wahrscheinlich."

„Das machen wir schon." Er trat ein und sah sofort, dass der Kasten an der Wand ein Codesystem erforderte. Er überlegte kurz, dann schraubte er die Deckplatte ab und knipste ein paar Drähte durch.

„Ich frage mich, warum sich alle Welt darüber so viele Gedanken macht. Warum lässt man nicht gleich Türen und Fenster offen?" fragte Miranda.

„Der Meinung bin ich auch. Wo ist ihr Arbeitszimmer?"

„Zweiter Stock links."

Oben angekommen, begann Ryan, hinter alle Bilder zu blicken. „Hier ist der Safe, hinter diesem hübschen Renoir-Druck. Ich kümmere mich darum, du durchsuchst den Schreibtisch."

Sie zögerte, schob dann aber ihre Skrupel beiseite und ging mit Enthusiasmus ans Werk. „Vertragskopien und Berichte", murmelte sie. „Oh." Sie erstarrte. „Die Fiesole-Bronze! Sie hat die Akte!"

„Nimm sie raus. Durchsehen können wir sie später." Ryan lauschte, bis er das Klicken des letzten Bolzens hörte. „Habe ich dich, meine Schöne. Sehr, sehr hübsch." Er öffnete ein Samtkästchen und bewunderte eine doppelreihige Perlenkette. „Ein Erbstück – sie würde dir gut stehen."

„Leg sie zurück."

„Keine Sorge, ich arbeite nicht mit Schmuck. Schau mal." Er zog einen dünnen Plastikordner hervor. „Kommt dir das bekannt vor?"

„Die Röntgenaufnahmen!" Sie sprang auf und griff mit klopfendem Herzen danach. „Die Computerausdrucke. Da, sieh sie dir an. Der Korrosionslevel. Er ist stimmig. Ich habe keinen Fehler gemacht!" Ihre Gefühle überwältigten sie.

„Das habe ich auch nicht angenommen."

„Lügner. Du bist in mein Schlafzimmer eingedrungen und hast gedroht, mich zu erwürgen."

„Ich habe gesagt, ich könnte dich erwürgen. Und das war, bevor ich dich kannte. Beeil dich, wir haben noch eine Menge zu tun."

DIE NÄCHSTEN Stunden verbrachten sie in der Hotelsuite. Miranda ging Zeile für Zeile ihre Berichte durch, und Ryan saß zusammengekauert vor seinem Laptop. „Sieh dir das mal an." Er winkte sie zu sich. „Ich habe eine Gegenkontrolle gemacht. Hier sind die Namen der Leute, die zu beiden Skulpturen Zugang hatten. Ist die Liste vollständig?"

Miranda stand auf und blickte ihm über die Schulter. Ihr Name stand ganz oben, dann der ihrer Mutter und ihres Vaters sowie noch Andrews, Giovannis, Elises, Carters und Hawthornes.

„Andrew und Vater hatten keinen Zugang zu der *Donna*." Eine Strähne ihres Haares streifte seine Wange.

Sein Körper reagierte sofort, und er stieß leise die Luft aus. „Sie sind mit dir, deiner Mutter und Elise verbunden. Nahe genug."

Sie schnaubte. „Wie du meinst. Die Liste ist jedenfalls vollständig – und beleidigend."

„Deine Mutter und Elise leben allein. Giovanni tat es auch. Und Hawthorne?"

„Ja, ich glaube. Er ist geschieden. Spielt das eine Rolle?"

„Ja, weil Menschen ihren Ehepartnern und Liebhabern alle möglichen vertraulichen Sachen erzählen." Er wickelte die lose Haarsträhne um seinen Finger. „Sex ist ein großer Kommunikator." Würde er nur ein bisschen ziehen, lägen ihre Lippen auf seinen. „Jetzt brauchen wir erst einmal eine Pause."

Wenn er sie jetzt berührte, wäre es um sie geschehen. Miranda richtete sich auf, doch insgeheim sehnte sie sich danach. „Woran hast du gedacht?“

„Lass uns das hier wegräumen und essen gehen. Was hättest du denn gerne an deinem letzten Abend in Florenz?“

„Am letzten Abend?“ Ihre Stimme zitterte ein wenig.

„Es könnte hier gefährlich werden. Wir arbeiten besser zu Hause weiter. Und falls die *Donna* hier sein sollte, kommen wir zurück und holen sie. Und jetzt, schnell, schick oder urig?“

„Ich glaube, ich hätte es zur Abwechslung gerne urig.“

„Hervorragende Wahl. Ich kenne genau das richtige Lokal.“

Es war laut, es war voll. Die Tische standen zusammengerückt, sodass die Gäste – Fremde wie Freunde – eng beieinander saßen.

Das Essen war gut und üppig, und Miranda trank mehr Wein, als sie eigentlich vorgehabt hatte. Doch mit einem Mal genoss sie es, die Kontrolle über sich zu verlieren. „Es ist wundervoll hier.“ Sie lächelte Ryan beschwipst an. „Ich liebe dieses Lokal.“

„Ja, das sehe ich.“ Er schob die Flasche aus ihrer Reichweite. „Lass uns noch einen Cappuccino trinken.“

„Ich hätte lieber noch Wein.“

„Keine gute Idee.“

„Warum nicht?“ Sie leerte ihr Glas in einem Zug und griff wieder nach der Flasche. Mit zusammengekniffenen Augen schenkte sie sich das Glas bis knapp unter den Rand ein. „Sieh dir das an, meine Hände sind ganz ruhig. Dr. Jones ist immer ganz ruhig.“ Sie beugte sich verschwörerisch vor. „Aber Abby ist eine Säuferin.“

„Kevin macht sich heftige Sorgen, dass sie über dem Tisch zusammenbricht und er sie nach Hause tragen muss.“

„Das würde Dr. Jones nicht zulassen. Viel zu peinlich. Lass uns zum Fluss gehen. Abby gestattet dir bestimmt, sie zu küssen.“

„Das ist ein interessantes Angebot, aber ich glaube, ich bringe dich besser ins Hotel.“ Ryan winkte dem Kellner. „Lass uns gehen.“

„Okay.“ Sie sprang auf, musste sich aber mit der Hand an der Wand abstützen. „O mein Gott, hier ist einiges an Schwerkraft im Raum.“

Er legte ihr den Arm um die Taille und zog sie durch das Restaurant, wobei er selbst lachen musste, als sie sich nach allen Seiten fröhlich verabschiedete. „Du bist mir schon eine, Dr. Jones.“

Er führte sie die stillen Straßen entlang und war dankbar, dass sie nicht das Motorrad genommen hatten. Er hätte Miranda festbinden müssen.

„Ich teile eine Hotelsuite mit einem Dieb, und ich bin in das Haus meiner Mutter eingebrochen." Miranda kicherte. „Ich hätte sie ausrauben können."

„Du hättest mich nur darum bitten müssen. Wir müssen hier links abbiegen. Wir sind fast da."

„Es war großartig. Vielleicht könntest du mir ja zeigen, wie man mit einem Dietrich umgeht. Würdest du das machen, Ryan?"

„Aber ja, gelegentlich." Er zog sie zum Hoteleingang.

„Ich könnte dich ja verführen, damit du es mir zeigst." Sie drückte die Lippen auf seinen Mund, bevor er reagieren konnte.

„Miranda ..."

„Ich bin Abby, mein Junge", murmelte sie. Der Portier wandte diskret den Blick ab. „Und was ist mit dir?"

„Lass uns oben miteinander reden." Er zog sie zum Aufzug.

„Ich will aber nicht reden." Sie lehnte sich an ihn. „Ich will dich, seit ich dich das erste Mal gesehen und dieses Ping gehört habe."

„Ping?" Er geriet langsam außer Atem bei seinen Bemühungen, sich ihrem drängenden Zugriff zu erwehren.

„Ich höre lauter Pings bei dir. Im Moment ist mein ganzer Kopf voller Pings. Küss mich noch einmal. Du weißt doch, dass du es willst."

„Hör auf." Leicht verzweifelt wehrte er ihre Hände ab, die gerade dabei waren, sein Hemd aufzuknöpfen. „Du bist beschwipst."

„Was kümmert dich das?" Lachend warf sie den Kopf zurück. „Jetzt hast du die Chance."

„Es gibt Regeln." Einer von ihnen beiden brauchte dringend eine kalte Dusche, dachte er.

„Auf einmal gibt es Regeln." Immer noch lachend, zog sie ihm das Hemd aus der Hose, während er versuchte, den Schlüssel ins Schloss zu stecken.

Finster blickte er sie an, während sie ihn taumelnd mit in die Suite zog. „Nimm dich zusammen!"

Sie ließ ihn kurz los und presste dann wieder ihre Lippen auf seine. „Ich will dich. Oh, ich will dich so sehr."

Der letzte Rest von gesundem Menschenverstand in ihm wurde immer schwächer. „Du wirst uns morgen früh beide hassen."

„Und wenn schon." Sie warf die Haare zurück. „Jetzt ist jetzt."

Sie sahen einander tief in die Augen, als er sie ins Schlafzimmer trug. „Dann wollen wir sehen, wie lange der Augenblick dauert. Und denk dran, Dr. Jones: Du hast es so gewollt.“

STRAHLENDER Sonnenschein weckte Miranda. Nachdem es ihr gelungen war, die Augen zu öffnen, und sie entdeckt hatte, dass sie nicht allein im Bett lag, stöhnte sie auf. Was hatte sie getan?

Nun ja, es war offensichtlich, was sie getan hatte – und wenn ihre Erinnerung nicht trog, sogar zweimal. Und selbst jetzt, im hellen Tageslicht, verspürte sie bei dem Gedanken daran sofort das Verlangen, es wieder zu tun.

Vorsichtig blickte sie nochmals zur Seite. Ryan lag auf dem Bauch, den Kopf ihr zugewandt, und blickte sie an. Da es zu spät war, die Augen abzuwenden, schenkte sie ihm ein zaghaftes Lächeln. „Guten Morgen … Ich …“ Verlegen nestelte sie an der Bettdecke herum. Was sollte das? Sie war eine Frau, die den Tatsachen ins Auge sah. „Ryan, ich hatte zu viel getrunken. Mein Benehmen war unentschuldbar, und es tut mir Leid, dass ich dich in diese peinliche Lage gebracht habe.“

„Was soll das Bedauern? Ich für meinen Teil habe es sehr genossen. Ich wollte von dem Augenblick an, als ich dich zum ersten Mal gesehen habe, mit dir schlafen – und je länger ich dich kannte, desto mehr wollte ich es. Du faszinierst mich, Miranda.“

„Ich habe normalerweise keine flüchtigen Bettgeschichten.“

„Das nennst du flüchtig?“ Er stieß langsam die Luft aus. „Dann gnade uns Gott, wenn wir erst einmal Ernst machen.“

KAPITEL 6

Der Frühling war in Maine eingezogen. Die Luft war viel milder als noch vor einer Woche. Die Fenster des alten Hauses glänzten golden im Licht der untergehenden Sonne. Es war gut, wieder heimzukommen.

Miranda trat ein und fand Andrew im Salon – in Gesellschaft einer Flasche Whiskey. Ihre gute Laune schwand augenblicklich.

„Wo bist du gewesen?“ Schlurfend kam er auf sie zu und schlang schwankend die Arme um sie. Er war unrasiert und seine Kleidung zerknittert. Wahrscheinlich war er schon seit Tagen betrunken. „Ich habe mir Sorgen um dich gemacht. Keiner wusste, wo du warst."

Obwohl sie seine Umarmung erwiderte, war sie sich nicht darüber im Klaren, ob sie ihm die Wahrheit erzählen sollte.

„Ich habe Zwangsurlaub. Ich hatte dir eine Nachricht hinterlassen", erinnerte sie ihn. Mit leisem Bedauern beschloss sie, ihre Erlebnisse für sich zu behalten. „Ich habe Ryan Boldari in New York getroffen. Er ist jetzt auch wieder hier und wird ein paar Tage bleiben. Wir ..., wir haben was miteinander."

„Oh." Er fuhr sich mit der Zungenspitze über die Lippen. „Das ist ... schnell gegangen."

„Wir haben viel gemeinsam." Sie wollte das Thema nicht weiter ausbreiten. „Haben die Nachforschungen etwas Neues ergeben?"

„Wir sind auf Schwierigkeiten gestoßen. Wir können die Dokumentation über den *David* nicht finden."

Nervös fuhr sie sich durch die Haare und fand sich damit ab, dass sie ihn weiter täuschen musste. „Sie müsste in den Unterlagen sein."

Er schenkte sich einen weiteren Whiskey ein. „Aber sie ist nicht da. Ich habe überall nachgesehen. Die Versicherungsgesellschaft weist den Anspruch zurück, solange sie keine Unterlagen haben. Mutter droht anzureisen, um sich selbst anzusehen, warum wir so unfähig sind. Und Cook überwacht mich mit Argusaugen."

„Es tut mir Leid, dass ich dich mit alldem allein gelassen habe." Und es tat weh zu sehen, wie er damit umging. „Andrew, bitte." Sie nahm ihm das Glas aus der Hand. „Ich kann nicht mit dir reden, wenn du betrunken bist."

Er lächelte nur. „Ich bin noch nicht betrunken."

„Doch, das bist du. Du brauchst Hilfe."

Das Lächeln verschwand. „Was ich brauche, ist etwas Unterstützung und Mitarbeit." Verärgert ergriff er die Flasche und marschierte hinaus.

Er schlug die Tür zu seinem Schlafzimmer hinter sich zu, setzte sich auf einen Stuhl und trank direkt aus der Flasche. Er hatte schließlich ein Recht auf Entspannung, oder? Er machte seinen Job nicht schlecht – warum sollte er sich Vorwürfe anhören, wenn er mal ein paar Drinks nahm? Schließlich konnte er es kontrollieren und jederzeit damit aufhören. Gut, er würde aufhören. Morgen, dachte er schmunzelnd, während er die Flasche erneut ansetzte.

Lichtstrahlen durchschnitten den Raum. Autoscheinwerfer. Gesellschaft kam. Wahrscheinlich Boldari.

Andrew stand auf und taumelte zur Tür. Er musste diesem schlauen New Yorker zeigen, dass Miranda einen großen Bruder hatte, der sich um sie kümmerte. Er taumelte den Flur entlang, stellte sich oben ans Treppengeländer und blickte hinunter.

Da stand seine kleine Schwester, genau am Fuß der Treppe, und gab diesem Kerl einen heißen Kuss. „He!“ rief er, wild gestikulierend. „Was machen Sie da mit meiner Schwester, Mr New York?“

„Hallo, Andrew.“

„Schläfst du mit ihr, du Bastard?“

„Im Moment nicht.“ Ryan legte Miranda den Arm um die Schultern.

„Ich will mir dir reden, Kumpel.“ Andrew schaffte es, die Treppe bis zur Hälfte aufrecht hinunterzugehen, dann strauchelte er und purzelte hinunter.

Miranda sprang vor und kniete sich neben ihn. Auf seinem Gesicht war Blut. „O Gott, Andrew!“ Sie war blass geworden.

„Es geht mir gut“, murmelte er. „Hab nur ein bisschen das Gleichgewicht verloren.“

„Treppenstufen können tückisch sein“, sagte Ryan sanft und kniete sich neben Miranda. „Wir sollten nach oben gehen und Sie versorgen. Vermutlich werden Sie ein blaues Auge bekommen. Kommen Sie.“ Er zog Andrew hoch. Als Miranda mit ihnen nach oben gehen wollte, schüttelte er den Kopf. „Keine Frauen. Das ist eine Sache unter Männern, nicht wahr, Andrew?“

„Verdammt richtig! Frauen sind die Wurzel allen Übels. Ich hatte eine Zeit lang mal eine. Sie hat mich verlassen.“

„Wer braucht sie schon?“ Ryan manövrierte ihn ins Badezimmer.

Er benötigte fast eine Stunde, bis er Andrew, der sich mehrmals übergeben musste, unter die Dusche und danach ins Bett verfrachtet hatte. Als er die Treppe hinunterkam, fand er Miranda nirgendwo im Haus, also nahm er seine Jacke und eilte nach draußen.

Allein, groß und schlank stand sie vor dem Nachthimmel auf den Klippen. Ihr Gesicht war dem Meer zugewandt. Ryan schien, als hätte er noch nie jemanden gesehen, der einsamer war. Er trat neben sie und legte ihr seine Jacke um die Schultern.

„Das ist das zweite Mal, dass du es mit einem beschämend betrunkenen Mitglied der Familie Jones zu tun hast“, sagte sie. „Ich weiß nicht, ob ich heute Abend mit Andrew allein fertig geworden wäre. Aber es wäre mir lieber gewesen."

„Schade." Er drehte sie zu sich herum, damit sie ihn ansehen musste. „Ich bin nämlich hier und werde auch noch eine Weile hier sein."

„Bis wir die Skulpturen gefunden haben." Sie wandte sich ab und starrte auf den beständig kreisenden Lichtstrahl des Leuchtturms.

Er würde gehen, wenn es vorbei war, sagte sie sich. Und sie würde leiden, wenn er sie verließ.

„Alles, was passiert ist, seit ich dich kennen gelernt habe, ist mir fremd. Zwei Männer sind tot, Ryan. Mein Ruf ist ruiniert. Ich habe das Gesetz gebrochen, und ich habe eine Affäre mit einem Kriminellen."

„Aber du hast dich bisher noch nicht gelangweilt, oder?"

Sie lachte schwach. „Nein. Ich weiß nur nicht, was ich als Nächstes tun soll."

„Dabei kann ich dir helfen." Er zog sie an der Hand mit sich.

„Ich muss alles in Ordnung bringen." Sie blickte zum Haus. „Ich sollte zuerst nach Andrew schauen und dann anfangen, die nächsten Schritte zu planen."

„Andrew schläft, und um etwas zu organisieren, braucht man einen klaren Kopf und Konzentration. Und du hast im Moment zu viel um die Ohren, um klar denken zu können." Er betrachtete den Leuchtturm, während sie näher kamen. „Ich war noch nie in einem drin. Wie alt ist er?"

Sie atmete aus. Wenn er ablenken wollte, bitte schön. „Er ist 1853 erbaut worden. In den Vierzigerjahren hat mein Großvater das Innere ausbauen lassen, weil er es als Atelier nutzen wollte. Tatsächlich benutzte er es, laut meiner Großmutter, für seine Affären."

„Guter alter Großvater." Ryan zog ein Schweizer Offiziersmesser aus der Tasche und machte sich daran, das Schloss zu öffnen.

„Ich habe einen Schlüssel im Haus, wenn du ihn dir ansehen willst."

„Das hier macht aber mehr Spaß und geht schneller. Siehst du?" Er öffnete die Tür und zog seine Taschenlampe hervor, um den Raum auszuleuchten. „Feucht, aber gemütlich."

Die Wände waren mit altmodischem Kiefernholz verkleidet, und in der hinteren Ecke befand sich ein kleiner Kamin.

„Hier hat Großvater also seine Damen beglückt?"

„Meine Großmutter verachtete ihn, hielt aber an der Ehe fest. Sie war wundervoll. Stark und eigensinnig."

Ryan fiel ein, wie er Miranda früher für kalt gehalten hatte. Aber das war sie nicht, sie hatte sich nur gegen alle Verletzungen des Lebens gewappnet. Verletzungen, verursacht durch Gleichgültigkeit und ebenjene Kälte, die er ihr zugeschrieben hatte.

„Komm, wir gehen rauf." Er kletterte bereits die gewundene Metalltreppe hinauf.

„Fass nichts an." Sie eilte hinter ihm her. „Es ist alles automatisch da oben."

Die hochmoderne Lichtanlage summte leise, während die Scheinwerfer kreisten. Der Raum war rund, mit einem schmalen Laufgang an der Außenseite. Als Ryan hinaustrat, peitschte ihm der Wind ins Gesicht, und das Meer tobte unter ihm.

„Wahrscheinlich hätte ich meine Frauen auch hierher gebracht. Romantisch und ein wenig beängstigend." Lächelnd kam er wieder herein und schloss die Tür. „Ist dir kalt?"

„Ein bisschen." Sie kuschelte sich in ihre Jacke. „Es ist ziemlich feucht hier drin."

Er rieb ihre Arme, um sie zu wärmen. „Von hier drinnen hört sich das Meer ganz anders an. Geheimnisvoll, fast bedrohlich. Die Geister der Schiffbrüchigen gehen mit klappernden Knochen an der Küste um." Er schlang die Arme um sie. „Sie jammern um Gnade."

„Du hörst den Wind", hielt sie ihm entgegen, aber trotzdem überlief sie ein Schaudern. „Hast du nun genug gesehen?"

„Noch nicht ganz." Er gab ihr einen leichten Kuss. „Aber bald."

Sie versuchte, sich ihm zu entwinden. „Boldari, wenn du denkst, du kannst mich in einem feuchten, staubigen Leuchtturm verführen, bist du auf dem Holzweg. Im Haus gibt es ein wunderbares Schlafzimmer, sogar mehrere. Ryan, das ist nicht der richtige Ort für ..."

„Für Großvater war er gut genug", erinnerte er sie.

Sie sanken auf den harten, kalten Fußboden, auf dem eine dicke Staubschicht lag, und er kam ihnen so weich vor wie ein Federbett.

AM NÄCHSTEN Morgen, dem Ostersonntag, arbeitete Miranda zu Hause in ihrem Arbeitszimmer am Computer, als ihr Faxgerät piepste. Sie trat heran, als das Blatt Papier gerade in den Auffangkorb fiel.

> Hat es dir in Florenz gefallen, Miranda? Ich weiß, wohin du gehst. Ich weiß, was du tust. Denn ich bin in deinem Kopf, die ganze Zeit über. Du hast Giovanni umgebracht. Sein Blut klebt an deinen Händen.

Sie presste die Hände vor die Augen und wartete, bis sich der rote Schleier aus Wut und Angst gelichtet hatte. Dann hob sie das Fax ganz ruhig auf und legte es säuberlich in einen Ordner.

RYAN kam mit einem ganzen Arm voller leuchtend gelber Osterglocken herein, und Miranda musste einfach lächeln. Sie griff nach der Lieblingsvase ihrer Großmutter und nahm sie mit in die Küche, wo sie die Blumen darin arrangierte.

„Ich glaube, ich habe Fortschritte gemacht", erzählte sie Ryan. „Ich habe ein paar Listen zusammengestellt. Ich hole mal die Ausdrucke."

„Gut." Er öffnete den Kühlschrank und musterte den Inhalt. „Willst du ein Sandwich?" Da sie schon weg war, zuckte er mit den Schultern und begann sich zu überlegen, was ein einfallsreicher Mann so alles zusammenstellen konnte.

„Die Wurst und das Brot sind über dem Verfallsdatum", sagte er, als sie zurückkam. „Entweder wir riskieren es, oder wir verhungern."

Sie setzte sich und schichtete die Papiere zu einem ordentlichen Stapel auf. „Nun ..."

„Senf oder Mayo?"

„Spielt keine Rolle. Nun, was ich getan habe ..."

„Kaffee oder was Kaltes?"

„Egal." Sie seufzte. „Um ..."

„Die Milch ist sauer." Er schnüffelte am Karton.

„Schütt das Zeug in den Ausguss, und setz dich!" Ärgerlich funkelte sie ihn an. „Warum machst du es mir absichtlich so schwer?"

„Weil du dann eine so hübsche Gesichtsfarbe bekommst."

Sie musste lachen, und er setzte sich ihr gegenüber an den Tisch.

„Siehst du, das ist schon besser. Ich kann mich nicht konzentrieren, wenn du traurig bist."

Wie sollte sie ihr Herz nur gegen seine liebevollen Angriffe verteidigen? „Ich bin nicht traurig."

„Du bist die traurigste Frau, die ich je gekannt habe." Er küsste ihre Finger. „Aber das regeln wir schon. Also, was hast du da?"

Sie sammelte sich einen Augenblick, dann griff sie nach dem ersten Blatt. „Hier habe ich ein Zeitdiagramm gemacht, beginnend an dem Tag, an dem der *David* in unsere Hände gelangt ist. Es umfasst die zwei Wochen, die er im Labor geblieben ist. Und hier sind die ungefähren Zeiten, in denen er im Labortresor eingeschlossen war. Um zu ihm zu kommen, hätte man eine Schlüsselkarte gebraucht, die Kombination wissen müssen und noch einen zweiten Schlüssel benötigt. Und dies hier ist das Zeitdiagramm von der Arbeit an der *Donna*. Sie ist mir noch so frisch in Erinnerung, dass sie absolut akkurat ist."

„Exzellente Arbeit", meinte Ryan anerkennend. Er beugte sich über das Diagramm. „‚Projekt beendet'", las er und blickte sie an. „Das war an dem Tag, als deine Mutter dich rausgeschmissen hat."

„Ja." Es schmerzte immer noch. „Am nächsten Tag wurde die Bronze nach Rom gebracht. In dieser kurzen Zeit muss der Austausch vorgenommen worden sein, weil ich bis zu jenem Nachmittag noch Tests gemacht habe."

„Sie mussten schon bereit sein und die Kopie angefertigt haben. Der Klempner hatte die Skulptur eine Woche lang. Dann benötigte die Regierung eine weitere Woche für den Papierkram und den Vertrag mit Standjo. Schließlich rief deine Mutter dich an und bot dir den Job an."

„Sie hat mir befohlen, nach Florenz zu kommen."

„Hm." Er studierte die Grafik. „Warum hast du zwischen dem Telefonanruf und dem Flug sechs Tage verstreichen lassen?"

„Es gab eine Verzögerung."

„Warum?"

„Ich wurde von einem maskierten Mann überfallen. Ich kam von einer Reise zurück, stieg vor dem Haus aus dem Auto, und schon war er da und hielt mir ein Messer an den Hals." Automatisch fuhr ihre Hand dorthin. „Er hat meinen Aktenkoffer und meine Handtasche gestohlen. Dann hat er mich zu Boden gestoßen, meine Reifen zerstochen, und weg war er."

„Warst du verletzt?" Seine Finger strichen mit unendlicher Zärtlichkeit über ihre Wangen.

„Nicht besonders, nur Beulen und Schrammen und ein kleiner Schnitt am Hals." Seine Gefühle ihr gegenüber verwirrten sie. Nur Andrew hatte sie bisher so besorgt und liebevoll angesehen.

„Jedenfalls ging bei dem Überfall alles sehr schnell", nahm sie den Faden wieder auf. „Meine Papiere waren weg. Ich habe mehrere Tage gebraucht, bis ich alles wieder beantragt und beisammen hatte."

„Sonst wollte der Kerl nichts? Nicht ins Haus und auch keine Wertsachen?" Ryan runzelte die Stirn und überlegte. „Das war ein Profi mit einem Plan. Ich vermute, er hat dir deine Papiere abgenommen, weil jemand wollte, dass du nicht zu schnell nach Florenz kamst. Sie brauchten Zeit, um an der Kopie zu arbeiten, und konnten es sich nicht leisten, dass du ihnen in die Quere kamst, solange sie noch nicht damit fertig waren. Also engagierten sie einen Profi."

Die Erklärung war so einfach und einleuchtend, dass Miranda sich fragte, warum sie nicht schon selbst darauf gekommen war.

AM OSTERSONNTAG gab es nirgendwo Alkohol zu kaufen. Während Andrew suchend durch die Gegend fuhr, begann er plötzlich zu zittern. Verdammt noch mal, alle hackten sie auf ihm herum! Er war es leid. Mit der Faust schlug er auf das Lenkrad. Er würde weiterfahren, bis er einen Laden fand, der sonntags Alkohol verkaufte.

Er blickte auf seine Faust, die er immer noch aufs Lenkrad schlug. Sie war schon blutig und schien jemand anderem zu gehören. Jemand, der ihn zu Tode erschreckte.

O Gott, o Gott! Er hatte Probleme. Mit zitternden Händen lenkte er den Wagen an den Straßenrand, ließ bei laufendem Motor den Kopf auf das Lenkrad sinken und betete um Hilfe. Als jemand an die Scheibe klopfte, fuhr er hoch. Durch das Glas sah er Annies Gesicht. Sie bedeutete ihm, die Scheibe herunterzulassen. Erst da merkte er, dass er vor ihrem Haus stand.

„Was machst du da, Andrew?" Sie musterte ihn. Sein Gesicht wirkte aufgedunsen, und er hatte ein blaues Auge. „Hast du dich mit jemandem geschlagen?"

„Nein." Er betastete die Schwellung. „Ich bin die Treppe hinuntergefallen."

„Wirklich?" Sie kniff die Augen zusammen und betrachtete die frischen blutigen Stellen an seinen Handknöcheln. „Hast du die Treppenstufen geboxt?"

Er sah seine Hände an. Er hatte noch nicht einmal Schmerz empfunden. Wozu war ein Mann fähig, wenn er keinen Schmerz empfand? „Kann ich hereinkommen?"

„Bei mir bekommst du nichts zu trinken."

„Ich weiß. Deshalb möchte ich ja reinkommen."

Sie musterte ihn einen Augenblick lang, dann nickte sie. „Okay."

Sie schloss die Tür auf, ging in die Küche und nahm einen Beutel Tiefkühlerbsen aus dem Gefrierfach. „Leg dir das auf die Hand. Ich mache sie dir gleich sauber. Und jetzt erzähl mir, was passiert ist."

„Ich war sturzbetrunken und habe Miranda vor ihrem neuen Freund blamiert. Ich habe ihm gleich den richtigen Eindruck vermittelt, indem ich die Treppe hinuntergefallen bin."

„Du bist schlimm, Andrew.“ Dennoch fühlte sie Mitleid.

„Oh ja.“ Er warf den Beutel mit den Erbsen in das Spülbecken, damit er auf und ab gehen konnte. Er konnte einfach nicht ruhig sitzen bleiben. „Wir haben eine Menge Probleme im Institut, und ich stehe zur Zeit ganz schön unter Stress.“

„Jeder hat Stress. Du trinkst dir die Dinge schön, aber wenn du wieder klar siehst, ist der Stress immer noch da.“

„Vielleicht habe ich ja wirklich ein kleines Problem, aber ich kann schon damit umgehen. Ich brauche nur ein bisschen Zeit.“

„Du hast ein großes Problem, aber du kannst es angehen. Du brauchst einen Tag dazu, weil nur der heutige Tag zählt.“

„Bis jetzt ist es ein ziemlich beschissener Tag.“

Lächelnd stellte sie sich auf die Zehenspitzen und gab ihm einen Kuss auf die Wange. „Wahrscheinlich wird er sogar noch schlimmer werden. Setz dich wieder. Ich verarzte deine Knöchel.“

„Danke.“ Er seufzte und ließ seinen Kopf an ihre Stirn sinken, weil es ein so tröstliches Gefühl war. Seine Lippen berührten ihr Haar, ihre Stirn, und auf einmal küsste er auch ihren Mund. Ihre Wärme tat ihm unendlich wohl.

Sie hatte sich schon oft gefragt, ob er sich noch genauso anfühlen, genauso schmecken würde wie früher. Aber das war lange her, noch bevor sie sich eingeredet hatte, dass ihr Freundschaft genügen würde. Sie musste all ihre Willenskraft aufwenden, um das Bedürfnis, das er wieder zum Leben erweckt hatte, zu unterdrücken. Er wollte sie an sich ziehen, aber sie hob abwehrend die Hände.

Er zuckte zurück, als hätte sie ihn geschlagen. „Es tut mir Leid. Ich habe nicht nachgedacht.“ Was hatte er getan? Wie hatte er nur die einzige Freundschaft zerstören können, die ihm etwas bedeutete?

„Gestern Abend habe ich einen 100-Kilo-Kerl aus meiner Bar geworfen, weil er dachte, er könnte mich für ein Bier kaufen“, erwiderte sie. „Wenn ich dich nicht hätte spüren wollen, lägst du jetzt flach auf dem Rücken und würdest dir die Risse in der Decke ansehen.“

„Ich möchte nichts verderben. Du bist mir wichtig, Annie. Du bist mir immer wichtig gewesen.“

„Du bist mir auch immer wichtig gewesen. Ich lasse es dich wissen, wenn du etwas verdirbst.“

„Ich möchte gerne mit dir reden über … früher. Ich habe erst vor kurzem bemerkt, dass ich das immer verdrängt habe. Ich bin zur Zeit nicht gerade in der besten Verfassung, aber irgendwo muss ich ja schließlich anfangen. Irgendwann."

Sie zwang sich, ihm in die Augen zu blicken. Seit Jahren zurückgehaltene Gefühle wühlten sie auf. „Es ist schmerzlich für mich."

„Du wolltest das Kind." Er hatte noch nie zuvor von dem Baby gesprochen. „Ich habe es dir angesehen, als du mir gesagt hast, dass du schwanger bist. Ich war zu Tode erschrocken."

Sie schloss die Augen. „Ja, ich wollte das Kind. Ich hatte diese idiotische Phantasie, dass ich es dir sage, und du wärst glücklich und würdest mich mitreißen. Und dann würden wir ... Na ja, das habe ich mir eben vorgestellt. Aber du wolltest mich ja nicht."

Sein Mund war staubtrocken. „Ich habe dich gern gehabt."

„Ich war in dich verliebt, und ich wusste, dass du nicht in mich verliebt warst. Andrew Jones von Jones Point und Annie McLean vom Hafen? Ich war zwar jung, aber dumm war ich nicht."

„Ich hätte dich geheiratet."

„Wirklich? Dein Antrag war nicht mal lauwarm."

„Das weiß ich." Es hatte seit fünfzehn Jahren an ihm genagt. „Ich habe dir an diesem Tag nicht das gegeben, was du brauchtest."

„Rückblickend kann ich dir keinen Vorwurf daraus machen. Ich hätte dein Leben ruiniert."

Abrupt stand er auf und packte sie fest bei den Schultern. „Vielleicht war ich nicht in dich verliebt, ich weiß es nicht. Aber mit dir zu schlafen hat mir viel bedeutet. So armselig ich auch reagiert haben mag, dieser Abend hat mir etwas bedeutet. Und verdammt, Annie, vielleicht wäre mein Leben mit dir anders verlaufen!"

„Ich war nie die Richtige für dich", flüsterte sie wütend.

„Woher willst du das wissen? Wir hatten ja nie eine Chance, es herauszufinden. Du erzählst mir, du seist schwanger, und bevor ich auch nur die Gelegenheit habe, das zu verdauen, lässt du abtreiben."

„Ich habe nicht abgetrieben! Ich habe das Baby verloren. Ich hatte eine Fehlgeburt. Ich habe es dir doch erzählt, als es passiert ist."

Sein Griff lockerte sich, und er trat zurück. „Du hast es wirklich verloren?" Er wandte sich ab. „Ich habe gedacht, du wolltest es uns beiden damit leichter machen. Ich habe gedacht, du würdest nicht darauf vertrauen, dass ich zu dir stehe, für dich und das Baby sorge."

„Ich hätte das nie getan, ohne es dir zu sagen."

„Danach bist du mir lange Zeit aus dem Weg gegangen. Die ganze Zeit dachte ich, du hättest die Schwangerschaft beendet, weil ich dir nicht so beigestanden hatte, wie du es gebraucht hättest."

„Du ..." Sie musste den Kloß in ihrer Kehle hinunterschlucken. „Du wolltest das Baby auch?"

„Ich wusste es nicht genau. Aber ich habe in meinem ganzen Leben nichts mehr bedauert, als dich damals nicht festgehalten zu haben."

„Es hat mir wehgetan. Ich musste darüber hinwegkommen. Über dich hinwegkommen."

Langsam drehte er sich um und sah sie an. „Hast du es geschafft?"

Sie schüttelte den Kopf. „Das ist keine faire Frage. Ich werde nicht etwas mit dir anfangen, das auf der Vergangenheit basiert."

„Dann sollten wir vielleicht besser einen Blick darauf werfen, wo wir jetzt stehen, und von diesem Punkt aus anfangen."

MIRANDA arbeitete weiter am Computer. Ryan hatte sich mit seinem Handy ins Schlafzimmer zurückgezogen. Wahrscheinlich wollte er nicht, dass sie einige Anrufe mitbekam. Aber darüber machte sie sich keine weiteren Gedanken. Denn er hatte ihre Überlegungen in eine neue Richtung gelenkt.

Wenn er Recht hatte, war der Überfall kein Zufall, sondern der sorgfältig geplante Teil eines Ganzen gewesen, das mit dem Diebstahl und der Fälschung des *David* begonnen hatte.

Sie hatte dessen Erwerb als weiteren Schritt in ihrer Karriere angesehen und seine Echtheitsüberprüfung als Grundlage für einen Aufsatz genommen, der ihr in der wissenschaftlichen Welt einige Aufmerksamkeit eingebracht hatte. Die *Donna* hätte sie ganz nach oben katapultiert. Beide Stücke waren ihre Arbeit gewesen. Beide hatten ihre Reputation gefördert. Und beide waren gefälscht worden. Was, wenn es gar nicht um die Skulpturen ging? Wenn sie das Ziel war?

Als das Telefon klingelte, zuckte sie zusammen. Sie nahm den Hörer ab. „Hallo?"

„Miranda, ich habe schreckliche Neuigkeiten."

„Mutter, was ist los?"

„Donnerstagnacht wurde im Labor eingebrochen. Geräte, Berichte, Daten, alles ist zerstört worden. Und Giovanni ..." Es folgte eine lange Pause, und zum ersten Mal, seit sie sich erinnern konnte, hörte Miranda Gefühl in der Stimme ihrer Mutter. „Er wurde umgebracht."

„Giovanni?" Tränen traten ihr in die Augen. „Giovanni", wiederholte sie.

„Allem Anschein nach wollte er die Feiertage nutzen, um in Ruhe zu arbeiten. Wir wissen nicht, mit welchem Projekt er beschäftigt war. Die Polizei stellt Nachforschungen an, aber bis jetzt haben sie noch keine Spur." Wieder schwankte ihre Stimme. „Ich dachte, es wäre das Beste, ich teile es dir selbst mit. Du kannst es ja Andrew sagen. Ich weiß, dass ihr beide Giovanni gern gehabt habt. Wir alle haben ihn gemocht. Aber es ist nicht nötig, dass ihr zur Beerdigung kommt. Sie wird morgen im kleinsten Kreis stattfinden."

„Ich könnte heute Abend noch fliegen."

„Das ist weder notwendig noch klug." Elizabeths Stimme wurde wieder kühl. „Die Presse weiß, dass ihr zusammen an der *Donna* gearbeitet habt. Deine Anwesenheit würde alles nur wieder aufrühren."

Miranda schloss die Augen, um sich besser darauf konzentrieren zu können, ihre Stimme gleichmütig klingen zu lassen. „Weiß die Polizei, warum eingebrochen worden ist? Ist etwas gestohlen worden?"

„Es sieht so aus, als ob nichts fehlt. Es ist eine ganze Menge zerstört worden. Die Behörden glauben, dass Giovanni seinen Mörder wahrscheinlich gekannt hat."

„Ich möchte, dass du mich auf dem Laufenden hältst."

Elizabeth schwieg ein paar Sekunden lang. „Ich sorge dafür, dass du unterrichtet wirst. Auf Wiedersehen, Miranda."

„Auf Wiedersehen, Mutter." Sie legte auf, dann saß sie da und starrte vor sich hin, bis sie merkte, dass Andrew hereingekommen war und hinter ihr stand. Als er ihr die Hände auf die Schultern legte, schob sie ihn beiseite. „Ich muss arbeiten."

„Miranda, es tut mir Leid. Ich hatte zu viel getrunken und habe dich in eine peinliche Situation gebracht. Es wird nicht wieder vorkommen. Ich weiß, dass ich ein Problem habe. Ich versuche, damit zurechtzukommen. Ich werde heute Abend zu einer Sitzung der Anonymen Alkoholiker gehen. Außerdem werde ich ein paar Tage bei Annie wohnen. Dann bist du mit Ryan ungestört, und wir beide bekommen ein wenig Abstand."

„Du willst bei Annie McLean wohnen?"

„Ich schlafe nicht mit ihr. Annie und ich …" Er wusste nicht, wie er es erklären sollte. „Wir haben eine gemeinsame Vergangenheit. Vielleicht versuchen wir jetzt, uns eine Gegenwart aufzubauen."

„Ich wusste gar nicht, dass ihr mehr als Freunde seid."

„Ich werde ein paar Nächte auf ihrer Couch schlafen und versuchen, wieder festen Boden unter die Füße zu bekommen, so schwer es auch sein mag. Aber es ist wahrscheinlich, dass ich dich wieder enttäuschen werde, bis ich dahin komme."

Sie hatte alles über Alkoholismus gelesen. Sie wusste um die Rückschläge und Misserfolge. „Heute enttäuscht du mich nicht." Sie reichte ihm die Hand und verschränkte ihre Finger mit seinen.

Er zog sie hoch. „Gib mich nicht auf, okay?"

„Ich hab es versucht. Aber ich kann es gar nicht."

Er lachte. „Schön, dass wir uns ausgesprochen haben." Voller Wärme nahm er sie in den Arm.

Nachdem sie eine Weile schweigend so gestanden hatten, holte Miranda tief Luft, weil ihr klar war, dass sie es ihm sagen musste.

„Mutter hat gerade angerufen. Jemand ist in das Labor in Florenz eingebrochen. Giovanni war da, alleine. Er ist umgebracht worden."

„Was? Giovanni ist tot? Umgebracht? Was zum Teufel passiert hier eigentlich?"

Sie konnte nicht riskieren, es ihm zu erzählen. Seine Gefühle, seine Sucht – die Mischung war zu instabil.

„Ich wünschte, ich wüsste es. Sie sagte, das Labor sei verwüstet worden. Giovanni hat noch spät gearbeitet, und jemand ist hereingekommen. Mutter meinte, sie glaube nicht, dass etwas gestohlen worden sei."

„Das ergibt keinen Sinn!" Mit grimmigem Gesicht ließ er sie los. „Jemand bricht bei uns in die Galerie ein, stiehlt eine wertvolle Skulptur und tut niemandem etwas zuleide. Und jemand bricht in das Labor von Standjo ein, bringt Giovanni um, verwüstet alles und nimmt nichts mit? Eines lukrativ und leise, das andere gewalttätig und ohne ersichtlichen Grund. Wo ist die Verbindung?"

Doch er erwartete keine Antwort, und so blieb ihr eine Lüge erspart.

KAPITEL 7

In der Nacht hatte Ryan lange grübelnd wach gelegen und war schließlich zu dem Schluss gekommen, dass sie nichts erreichen würden. Miranda konnte so viele Grafiken und Statistiken machen, wie sie wollte, aber sie konnte damit nicht in die Herzen und Gehirne der Beteiligten eintauchen. Sie kamen damit nicht an Gier, Wut, Eifersucht oder

Hass heran. Eine Grafik konnte nicht illustrieren, warum ein Mensch einem anderen das Leben nahm.

Er musste die Mitspieler kennen lernen, sie verstehen. Und so reifte in Ryan ein Plan, den er Miranda am nächsten Morgen vortrug.

„Was meinst du damit, dass du meine Mutter anrufen willst?"

„Ich werde sie anrufen, um ihr meine Konditionen für das Ausleihen der Vasaris, eines Raffael und eines Botticelli mitzuteilen."

„Raffael und Botticelli? Du wolltest uns nie etwas anderes ausleihen als die Vasaris."

„Ein neues Geschäft, fünf Gemälde als dreimonatige Leihgabe. Der Grund, warum ich das Institut ausgesucht habe, ist, dass ich sehr beeindruckt war, als ich vor ein paar Wochen von Dr. Miranda Jones durch die Einrichtung geführt wurde. Besonders bezaubert war ich von ihrer Idee, Geschichte und Fortschritt der italienischen Renaissance darzustellen." Er spielte mit ihren Fingern, wobei ihm auffiel, dass sie den Ring nicht mehr trug, den er ihr gegeben hatte. „Während der einleitenden Gespräche kam Dr. Jones auf die Idee, am Institut einen Fonds einzurichten, der der Nationalen Kunststiftung zugute kommen soll. Da die Galerien Boldari diese Organisation ebenfalls unterstützen, war ich einverstanden. Es war sehr klug von Dr. Jones, dies als Anreiz zu formulieren. Aber jetzt wurde mir gesagt, dass sie sich zur Zeit in Urlaub befindet. Und das bereitet mir Sorgen, da ich nicht mit jemand anderem zusammenarbeiten kann. Diese Verzögerung hat mich zu der Überlegung geführt, vielleicht besser mit dem Kunstmuseum in Chicago zusammenzuarbeiten."

„Das wird ihr egal sein."

„Das glaube ich nicht. Wir brauchen dich im Institut. Wer auch immer die Fälschungen gemacht hat, muss wissen, dass du wieder da bist. Und dann müssen wir alle, die mit den beiden Skulpturen in Berührung waren, hier vor Ort haben. Wir werden eine riesige Stiftungsparty in Giovannis Namen geben, als eine Art Erinnerung."

Ihr stockte der Atem. „Dafür willst du ihn missbrauchen? Er ist tot."

„Du kannst es doch nicht ändern. Aber wir sorgen dafür, dass derjenige, der ihn getötet hat, auf jeden Fall kommt." Er holte sein Handy aus der Tasche. „Wie lautet die Nummer deiner Mutter?"

Sie nannte ihm Elizabeths Privatnummer. „Wegen der Zeitverschiebung triffst du sie jetzt wahrscheinlich am ehesten zu Hause an."

Nachdem die Verbindung hergestellt war, ließ er seinen Charme spielen. „Bitte, nennen Sie mich Ryan. Ich hoffe, ich darf Sie Elizabeth nennen. Sie wissen sicher selbst, wie brillant Ihre Tochter ist, aber ich muss Ihnen trotzdem erzählen, was sie für einen Eindruck auf mich gemacht hat. Als ich erfuhr, dass sie in Urlaub ist, war ich …, nun, enttäuscht ist ein milder Ausdruck.“

Lächelnd lauschte er der Entgegnung. „Oh ja, ich habe keine Zweifel, dass alle Mitarbeiter am Institut die Durchführung bewältigen könnten“, fuhr er fort. „Aber ich bin nicht daran interessiert, mit der zweiten Garnitur zu arbeiten. Allerdings ist Lois Berenski vom Kunstmuseum in Chicago an diesem Vorschlag sehr interessiert …“

Er brach ab und grinste, während Elizabeth anfing zu verhandeln. Aber schließlich gab sie nach.

Ryan legte auf und wandte sich an Miranda. „Geh ans Telefon.“

„Wieso? Es klingelt doch gar nicht.“

„Warte.“ Als das Telefon kurz darauf klingelte, grinste er. „Das wird deine Mutter sein. Wenn ich du wäre, täte ich sehr überrascht.“

„Hallo? … Oh, hallo, Mutter.“

Elizabeth formulierte es wie einen Befehl. Mirandas Urlaub sei sofort beendet, sie solle die Galerie Boldari anrufen und die notwendigen Vereinbarungen treffen. Die Ausstellung besitze absolute Priorität.

„Es ist geschafft“, murmelte Miranda, nachdem sie sich von ihrer Mutter verabschiedet hatte. „Einfach so.“

„Das mit Giovanni kann nicht von mir kommen“, gab Ryan zu bedenken. „Diese Idee wird morgen dir einfallen, und nachdem du meine Zustimmung eingeholt hast, schickst du ihr ein Memo. Und daraus ergibt sich dann, dass alle wichtigen Mitarbeiter der beiden Jones-Institute an dem Ereignis teilnehmen werden, um Einigkeit, Unterstützung und Respekt zu demonstrieren.“ Er lächelte. „Ich fliege übrigens morgen aus New York ein. Es wird mir ein Vergnügen sein, dich wieder zu sehen, Dr. Jones.“

Es war gut, wieder arbeiten zu können, Aufgaben und Ziele zu haben. Miranda besprach mit Lori gerade die Ausstellungsplanung, als Cook anklopfte.

„Detective, was kann ich für Sic tun? Warten Sie bitte draußen, Lori?“

Während Mirandas Assistentin hinausging, wühlte Cook in seiner Hosentasche und zog ein Päckchen Kaugummi hervor. „Möchten Sie, Dr. Jones?“

„Nein, danke.“

„Ich habe aufgehört zu rauchen." Er zog einen Streifen heraus und packte ihn umständlich aus. „Macht mich immer noch wahnsinnig. Es ist eine Sucht. Sie beherrscht das ganze Leben, und man tut Dinge, die man sonst nie getan hätte."

Er wusste über Andrews Alkoholprobleme Bescheid. Und er wollte, dass sie es wusste. Miranda konnte es in seinen Augen sehen.

„Ich habe nie geraucht", erwiderte sie. „Setzen Sie sich doch."

„Danke, ich will Sie nicht groß aufhalten. Man hatte mir gesagt, Sie seien in Urlaub. Waren Sie verreist?"

Fast hätte sie bejaht, aber ihr Instinkt hielt sie davon ab. „Sie wissen bestimmt, dass man mir befohlen hat, Urlaub zu nehmen. Wegen des Einbruchs und einiger Probleme, die bei meinem Aufenthalt in Florenz vor einem Monat entstanden sind."

Sie reagiert schnell, dachte er, und sie ist nicht leicht hereinzulegen. „Ich habe davon gehört. Es ging ebenfalls um eine Bronze, oder? Sie hatten ein paar Probleme, deren Echtheit nachzuweisen. Zwei Bronzeskulpturen. Komisch, finden Sie nicht? Und ich habe auch von Ihrem Mitarbeiter in Italien gehört. Dem Mord. Eine üble Geschichte."

Ihre Augen verdunkelten sich. „Er war ein guter Freund."

Cook schob seinen Kaugummi von einer Backe in die andere. „Ich bin hierher gekommen, weil Ihr Bruder Kontakt mit mir aufgenommen hat. Er hat eine Theorie, wie die beiden Zwischenfälle möglicherweise miteinander verbunden sind."

„Sehen Sie denn eine Verbindung?"

„Manchmal kann man sie erst sehen, wenn man darüber stolpert. Sie haben doch auch die Echtheit des *David* nachgewiesen. Anscheinend kann niemand die Unterlagen dazu finden."

„Andrew hat es mir gesagt. Ich kann nur vermuten, dass der Dieb die Dokumente ebenfalls mitgenommen hat."

„Das macht zwar Sinn, aber dann hätte er wissen müssen, wo er suchen musste, oder? Der Kameraausfall hat ihm nur …", Cook blätterte sein Notizbuch durch, „ungefähr zehn Minuten Zeit gelassen. Um zu den Laborberichten zu kommen, hätte er schnell wie der Blitz sein müssen."

„Ich kann Ihnen nur sagen, dass die Berichte nicht mehr da sind."

„Hier arbeiten nachts eine Menge Leute allein, oder? So wie ihr Freund in Florenz. Und so wie Sie und Ihr Bruder in der Woche nach dem Einbruch."

„Wie bitte?"

„Ich habe eine Aussage Ihrer Wachleute vorliegen. Darin heißt es, Sie hätten sie am 23. März ungefähr um zwei Uhr dreißig angerufen und sie informiert, dass Sie und Ihr Bruder herkämen, um im Labor zu arbeiten. Das ist eine ziemlich ungewöhnliche Zeit."

„Stimmt." Ihr Herz raste, aber ihre Hände waren ruhig, während sie eine lose Nadel in ihrem Haar feststeckte. „Wir hatten beschlossen, eine Arbeit zu erledigen, während es ruhig war. Gibt es damit ein Problem, Detective?"

„Für mich nicht. Ich halte mich nur auf dem Laufenden." Er blickte sich im Büro um. „Wissen Sie, es ist schwer, hier etwas zu finden, das nicht an seinem Platz ist. Bei Ihnen ist immer alles an Ort und Stelle, könnte ich wetten. Ich meine, Sie legen bestimmt alles immer an die gleiche Stelle. Routine und Gewohnheit."

„Man könnte es auch als Sucht bezeichnen", entgegnete sie mit einem Blick auf die Uhr. „Detective, ich habe gleich eine Verabredung und bin ziemlich in Zeitdruck. Ich muss wirklich …" Sie brach ab, als Ryan hereinkam.

„Miranda. Wie schön, dich wieder zu sehen." Er ergriff ihre Hand und zog sie an seine Lippen. „Tut mir Leid, dass ich mich verspätet habe. Der Verkehr."

„Das ist nicht so schlimm. Ich bin sowieso eine Weile aufgehalten worden. Detective Cook …"

„Oh ja, wir haben uns bereits kennen gelernt, nicht wahr?" Ryan streckte ihm die Hand hin.

„Es freut mich, dass Sie der Einbruch nicht abschreckt, Mr Boldari. Nicht jeder würde einer Galerie seine Kunstwerke leihen, nachdem deren Sicherheit so fraglich geworden ist."

„Ich habe Vertrauen in Dr. Jones und zum Institut."

„Schön zu hören. Dann auf Wiedersehen, Dr. Jones, Mr Boldari."

Zwischen den beiden war etwas, überlegte Cook, als er hinausging. Und mit Boldari war auch etwas faul, ganz bestimmt. Es mochte sein, dass man ihm nichts nachweisen konnte, aber irgendetwas war da.

Den Kopf voll mit Plänen für die Ausstellung, zog Miranda ihre Jacke aus und hängte sie an die Garderobe. Während sie ins Wohnzimmer ging, spürte sie, wie sie Kopfschmerzen bekam. Sie ließ sich in einem Sessel nieder, und Ryan schenkte ihr ein Glas Wein ein. Dann setzte er sich auf die Armlehne ihres Sessels und rieb ihr den Nacken und die Schultern.

„Wie läuft's bei dir?"

„Ich habe den Stoff für die Drapierungen ausgesucht und mit dem Schreiner an ein paar Schaukästen gearbeitet. Außerdem sind die Einladungen aus der Druckerei gekommen."

„Gut, wir liegen also in der Zeit. Ich muss für ein paar Tage die Stadt verlassen."

„Was? Wohin?"

„Nach New York. Ich muss mich um ein paar Details kümmern. Darunter auch um den Transport der Ausstellungsstücke."

„Wann fährst du?"

„Gleich morgen früh. Ich bin in einer Woche oder so zurück. Vielleicht solltest du besser dafür sorgen, dass Andrew wieder hier einzieht, damit du nicht so allein bist."

„Es macht mir nichts aus, allein zu sein."

„Aber mir." Er zog sie hoch, ließ sich im Sessel nieder und setzte sie auf seinen Schoß. Dann nahm er ihr das Glas aus der Hand und stellte es beiseite. „Aber da er im Moment nicht hier ist ..."

Er hatte es dabei belassen wollen – ein Kuss, ein wenig Kuscheln, ein ruhiger Augenblick. Aber als sie sich fester an ihn schmiegte und seinen Kuss drängend erwiderte, vergaß er sich.

„Ich kann nicht genug von dir kriegen", stieß er hervor. „Ich denke immer, es reicht, aber dann muss ich dich nur sehen, und ich will dich wieder."

Und niemand hatte sie jemals so gewollt. Sie ließ sich fallen, tief und tiefer in den Sog dieses Gefühls. Keine Gedanken, keine Vernunft. Nur Bedürfnisse, so ursprünglich wie das Atmen. Sie gab sich dem Augenblick hin, als ob ein Teil von ihr nicht glaubte, dass Ryan wiederkommen würde.

ALS MIRANDA am Morgen erwachte, war er fort und hatte nur eine Nachricht auf das Kopfkissen neben sie gelegt: *Guten Morgen, Dr. Jones. Ich habe Kaffee gekocht. Wenn du nicht zu lange schläfst, ist er noch frisch. Du hast keine Eier mehr. Ich rufe dich an.*

Obwohl sie sich vorkam wie ein Teenager mit Liebeskummer, las sie die Zeilen ein halbes Dutzend Mal und legte den Zettel dann in ihren Schmuckkasten.

Sie erstarrte. Der Ring, den Ryan ihr an den Finger gesteckt hatte, der Ring, den sie in einer kleinen Samtschachtel aufbewahrt hatte, war weg.

UM ELF war Ryan in seiner Galerie. Sie war nur ein Bruchteil so groß wie das Neuengland-Institut und wirkte eher wie ein luxuriöses Zuhause als wie eine Galerie.

Er verbrachte drei Stunden an seinem Schreibtisch, um mit seiner Assistentin die angefallene Arbeit zu erledigen, traf sich mit seinem Galeriedirektor, um sich über Verkäufe und Neuerwerbungen zu informieren, und kümmerte sich um den Transport der Kunstwerke, die nach Maine gingen. Dann rief er einen Vetter an, der als Reiseagent tätig war.

„Joey, ich bin's, Ryan. Kannst du Flüge für meine Familie nach Maine buchen?" Er gab seinem Vetter die Daten.

„Alles erster Klasse, richtig?"

„Natürlich."

„Ist doch immer ein Vergnügen, mit dir Geschäfte zu machen, Ryan."

„Nett, das zu hören, vor allem, weil ich dich um einen Gefallen bitten muss."

„Schieß los."

„Ich gebe dir eine Liste mit Namen. Ich muss wissen, welche Reisen diese Leute in den letzten dreieinhalb Jahren unternommen haben. Du kannst dich auf internationale Flüge konzentrieren, vor allem nach und von Italien."

„Ryan, ich liebe dich wie einen Bruder, aber ich kann nicht einfach ein paar Knöpfe drücken und mir diese Infos holen. Fluggesellschaften dürfen das normalerweise nicht herausgeben."

„Ich habe eine Dauerkarte fürs Yankee-Stadion. VIP-Lounge."

Am anderen Ende der Leitung herrschte kurzes Schweigen. „Gib mir die Namen."

Nachdem sie sich verabschiedet hatten, lehnte sich Ryan in seinem Stuhl zurück und holte den Ring, den er Miranda gegeben hatte, aus der Tasche. Er würde seinen Freund, den Juwelier, bitten, die Steine herauszunehmen und sie zu Ohrringen zu verarbeiten. Frauen, sogar intelligente, praktisch veranlagte Frauen, kamen bei einem Ring auf falsche Ideen. Miranda würde die Geste verstehen. Und außerdem schuldete er ihr etwas. Er würde ihr die Ohrringe schicken, wenn er – samt den Skulpturen – in sicherer Entfernung war.

Sie würde bekommen, was sie brauchte, rief er sich ins Gedächtnis. Sie würden beweisen, dass ihre *Donna* echt gewesen war, sie würden einen Fälscher, einen Mörder entlarven, und Miranda würde mit makelloser Reputation wieder im Rampenlicht stehen.

Er hatte einige Kunden, die eine Menge Geld für etwas so Kostbares wie die *Donna* zahlen würden. Er konnte eine neue Galerie in Chicago oder Atlanta aufmachen ... oder Maine.

Nein, er musste sich von dort fern halten, wenn das hier vorbei war. Schade. Die Gegend würde ihm fehlen. Und Miranda würde ihm fehlen.

Aber es war nicht zu ändern. Er musste einen Abschnitt seines Lebens sauber abschließen und mit einem neuen anfangen. Als vollkommen legitimierter Kunsthändler. Er musste sein Wort gegenüber seiner Familie halten und auch Miranda gegenüber. Mehr oder weniger jedenfalls.

Jeder würde wieder dahin gehen, wo er hingehörte. Doch er spürte einen stechenden kleinen Schmerz im Herzen.

MIRANDA wollte gerade ihren Schreibtisch für diesen Tag verlassen und den Rest der Arbeit mit nach Hause nehmen, als ihr Computer signalisierte, dass sie eine E-Mail unter der Überschrift EIN TODESFALL IN DER FAMILIE bekommen hatte. Unbehaglich holte sie sich die Nachricht auf ihren Bildschirm.

> Du hast die falsche Lady. An ihren Händen klebt Blut. Gib deinen Fehler zu, bezahl den Preis, und du kannst leben. Mach so weiter, und sie wird dich töten.

Miranda starrte auf die Nachricht und las sie Wort für Wort immer wieder. Um Beherrschung ringend, studierte sie die Sendeadresse. Der Name des Versenders tauchte nicht auf dem Server auf, aber es war der Server, den alle Bereiche von Standjo benutzten.

Miranda drückte auf die Antworttaste. *Wer bist du?*

Sie beließ es dabei und schickte die Nachricht ab. Es dauerte nur Sekunden, bis sie wieder auf ihrem Bildschirm auftauchte.

Kein bekannter Versender.

„HAST du etwas von Ryan gehört?", fragte Andrew.

Miranda überwachte gerade das Entfernen verschiedener Gemälde in der Südgalerie. „Ja, sein Büro hat die Einzelheiten der Transporttermine gefaxt. Alle Stücke kommen nächsten Mittwoch an."

Andrew musterte sie von der Seite, dann zuckte er mit den Schultern. Sie wussten beide, dass er das nicht gemeint hatte. Ryan war jetzt schon eine Woche weg.

„Ich möchte gerne, dass du einen Blick auf das Menü wirfst, bevor wir den endgültigen Vertrag mit dem Partyservice unterschreiben. Eigentlich ist es ja deine Veranstaltung."

„Es ist unsere", korrigierte Miranda ihn. Sie rieb sich die Augen.

„Du hast eine Menge Arbeit hineingesteckt."

„Es gibt viel zu tun. Aber ich habe gerne viel Arbeit."

„Keiner von uns beiden ist im Moment auf viel Freizeit erpicht."

„Geht es dir gut?"

„Ist das der Code für ‚Trinkst du?'? Nein, ich trinke nicht."

„Ich bin froh, dass du wieder zu Hause wohnst, aber ich möchte nicht, dass du das Gefühl hast, du müsstest bei mir sein, wenn du lieber bei Annie wärst."

„Es fällt mir ein bisschen schwer, auf ihrer Couch zu schlafen, seit ich mir darüber klar geworden bin, dass ich mit ihr zusammen sein will. Wenn du weißt, was ich meine."

„Ja, das weiß ich."

KAPITEL 8

Der Summer an Mirandas Gegensprechanlage ertönte. „Mr Boldari ist hier", meldete Lori. „Er fragt, ob Sie wohl einen Moment Zeit für ihn hätten."

Ryan! „Bitten Sie ihn zu warten."

Er war also wieder da. Aber sie hatte ihren Stolz. Sie würde sich nicht wie eine liebeskranke Irre in seine Arme werfen. Er war fast zwei Wochen weg gewesen, und nicht ein einziges Mal hatte er sie angerufen. Natürlich waren sie in Kontakt gewesen – durch Memos, E-Mails und Faxe, alle von irgendeinem Büroangestellten geschickt und in seinem Namen unterschrieben. Als hätte er genug von ihr.

Aber sie würde ihm keine Szene machen. Schließlich hatten sie immer noch geschäftlich miteinander zu tun. Sie würde es schon durchstehen. Er sollte nicht die Befriedigung haben zu wissen, dass sie ihn brauchte. Ihn jede Nacht und jeden Tag in diesen zwei Wochen gebraucht hatte. Sie fasste sich und ging zur Tür.

„Ryan." Höflich lächelte sie ihn an. „Es tut mir Leid, dass du warten musstest. Bitte, komm herein. Möchtest du einen ...?"

Sie kam nicht dazu, zu Ende zu sprechen. Als sie die Tür geschlossen hatte, überfiel er sie mit einem hungrigen Kuss, der die Mauer, die sie so sorgfältig aufgebaut hatte, beinahe zum Einsturz brachte.

Doch sie reagierte nicht, leistete aber auch keinen Widerstand.

Als er sich zurückzog, sah er sie mit zusammengekniffenen Augen fragend an. Sie trat zur Seite. „Du willst sicher den letzten Entwurf sehen. Ich glaube, er wird dir gefallen." Sie ging zum Zeichenbrett und rollte einen großen Bogen Papier auf.

„Das kann warten."

Sie blickte auf. „Hattest du etwas anderes vor?"

„Etwas völlig anderes. Aber offensichtlich kann das auch warten." Er kam auf sie zu und legte die Hand unter ihr Kinn. „Du hast mir gefehlt." Seine Stimme klang verwirrt, als hätte er gerade ein komplexes Rätsel gelöst. „Mehr, als ich erwartet habe. Mehr, als ich wollte."

Sie wich seiner Berührung aus. „Hast du deshalb so oft angerufen?"

„Deshalb habe ich gerade nicht angerufen. Ich will nicht, dass du mir so viel bedeutest. Es steht mir im Weg."

Sie wandte sich ab und hoffte, dass er in ihren Augen nicht gesehen hatte, wie verletzt sie war. „Wenn du unsere Beziehung beenden willst, hättest du das weniger kaltblütig tun können."

Ärgerlich zog er sie an sich und küsste sie wieder. „Fühlt sich das so an, als wollte ich sie beenden?"

„Spiel nicht mit mir." Sie wehrte sich jetzt nicht mehr, und ihre Stimme zitterte. Sie verachtete sich selbst dafür, konnte aber nichts dagegen tun. „Ich habe nicht geglaubt, dass du zurückkommst."

Er spürte, dass er etwas Zerbrechliches beschädigt hatte. Nicht nur ihr Vertrauen, sondern auch ihren Glauben an ihn. Ohne nachzudenken, erwiderte er: „Ich fürchte, ich habe mich in dich verliebt. Es scheint, als hätte es mich erwischt."

Sie wurde blass. „Ich …, Ryan …"

„Darauf gibt es keine logische Antwort, Dr. Jones, nicht wahr?" Er ergriff ihre Hände. „Was machen wir aus der Situation?"

„Ich weiß nicht."

„Ich bin jedenfalls nicht dazu bereit, alles wieder zurückzudrehen und nur eine geschäftliche Beziehung zu dir zu haben. Wenn du denkst, dass das eine Möglichkeit ist, dann irrst du dich."

„Ich will auf jeden Fall nicht gedrängt werden. Und ich halte mir meine Möglichkeiten offen. Und wie auch immer unsere Beziehung aussehen mag, wir haben Prioritäten. Wir sollten alle unsere Informationen an die Polizei weitergeben. Das hätten wir gleich von Anfang an machen sollen. Ich habe mich da hineinziehen lassen – wegen meiner Gefühle zu dir …"

„Du hast mir noch nichts über deine Gefühle mir gegenüber erzählt. Tust du das jetzt?"

Sie wandte sich von ihm ab. „Ich habe noch nie für jemanden so viel empfunden wie für dich. Aber ich bin fast dreißig und hatte noch nie eine ernsthafte, längere Beziehung. Ich weiß nicht, ob ich überhaupt dazu fähig bin."

„Zuerst mal musst du bereit sein, es herauszufinden. Bist du das?"

„Ja." Nervös rieb sie sich die Hände.

Er ergriff sie wieder und hielt sie fest. „Dann fangen wir hier an. Warum benehmen wir uns nicht wie ein ganz normales Paar, und ich erzähle dir von meinem Aufenthalt in New York?"

Sie lächelte und ging darauf ein. „Hast du dich mit deiner Familie getroffen?"

„Ja, sie reisen alle zur Gala an. Auch mein Bruder und seine Familie aus San Francisco. Es ist schließlich eine große Sache. Ich sollte dich warnen, du wirst auf Herz und Nieren geprüft werden."

„Wunderbar. Noch etwas, weswegen ich nervös sein muss."

„Deine Mutter kommt. Und dein Vater – was ein kleines Problem ist, weil er denkt, ich sei jemand anderer."

„O Gott, das habe ich ganz vergessen! Was sollen wir tun?"

„Wir tun so, als wüssten wir nicht, wovon er redet." Ryan grinste. „Rodney ist Engländer, ich nicht. Und er sieht auch nicht annähernd so gut aus wie ich. Dein Vater wird zwar verwirrt sein, aber er wird sich kaum hinstellen und Ryan Boldari einen Lügner nennen."

„Ich glaube, wir haben wirklich keine andere Wahl, und außerdem schenkt mein Vater den meisten Leuten ohnehin nicht besonders viel Aufmerksamkeit."

Unvermittelt hielt sie inne, und Ryan bemerkte, dass in ihren Augen plötzlich ein nervöser Funke glomm. „Was ist los?"

„Ich habe … Nachrichten bekommen." Sie sagte es so zusammenhangslos, dass er unwillkürlich die Stirn runzelte.

„Nachrichten?"

„Seit einiger Zeit schon. Faxe und eine E-Mail, hier und zu Hause."

Seine Augen wurden ganz schmal. „Drohungen?"

„Nicht direkt."

„Warum hast du mir nichts davon erzählt? Und sag nicht, dass du keine Angst hattest. Ich sehe es deinem Gesicht an. Was steht drin?“

„Unterschiedliches. In einer hieß es, Giovannis Blut würde an meinen Händen kleben.“

„Wenn du das glaubst, verhältst du dich genauso, wie sie es wollen.“

„Das weiß ich. Aber ich weiß auch, dass es jemand ist, der mich gut genug kennt, um zu wissen, womit er mich treffen kann.“

Er nahm sie in die Arme. „Hast du die Faxe noch?“

„Ja.“

„Und die E-Mail? Hast du sie noch im Computer?“

„Ja.“

„Dann können wir sie auch zurückverfolgen. Oder zumindest Patrick. Es tut mir Leid, dass ich nicht hier war. Aber jetzt bin ich hier, und niemand wird dich verletzen, solange ich da bin.“ Als sie nicht antwortete, blickte er forschend in ihr Gesicht. „Ich mache keine leichtherzigen Versprechungen, weil ich sie nicht breche, wenn ich sie erst einmal gegeben habe. Ich werde das mit dir durchstehen.“ Er schwieg kurz. „Willst du immer noch mit Cook sprechen?“

Sie war so sicher gewesen, dass es das einzig Richtige war. So sicher, bis er ihr das Gefühl gegeben hatte, dass sie ihm wider alles besseren Wissens vertrauen konnte.

„Wir stehen es alleine durch, Ryan. Wahrscheinlich könnte keiner von uns beiden anders handeln.“

„STELLEN Sie sie direkt auf die Markierung.“ Miranda beobachtete die beiden stämmigen Männer, die die Marmorsäule genau in die Mitte des Raumes wuchteten. „Ja, perfekt.“

Sie kniff die Augen zusammen und stellte sich die Donatello-Skulptur der Venus darauf vor. In dieser Galerie sollten die Werke aus der frühen Renaissance ausgestellt werden. Riesige eiserne Kerzenleuchter flankierten den Durchgang. Die großen Fenster waren eingerahmt von tiefblauen, golddurchwirkten Vorhängen. Die Präsentationstische waren mit dem gleichen Stoff verhüllt, und auf ihnen lagen die Utensilien der Künstler aus dieser Zeit. Meißel und Paletten, Greifzirkel und Pinsel. Es war zwar schade, dass sie unter Glas gesichert werden mussten, aber auch ein reiches und gebildetes Publikum konnte lange Finger machen.

„Sehr beeindruckend.“ Ryan kam herein.

„Hast du die anderen Bereiche schon gesehen?“

„Ich habe gedacht, du führst mich herum.“

„In Ordnung, aber ich erwarte meine Mutter in einer Stunde.“ Sie ging mit ihm durch den Raum. „Die nächste Galerie, die größte, ist der Hochrenaissance gewidmet.“

Nachdem sie durch den Durchgang getreten waren, schlenderte Ryan zu einem Tisch, der kunstvoll mit religiösen Artefakten ausgelegt war. Silberkruzifixe, Abendmahlskelche, Reliquien. „Du hast erstaunliche Arbeit geleistet, Dr. Jones.“

„Ich glaube, es funktioniert gut so. Die Tizians sind neben deinem Raffael der Hauptanziehungspunkt dieses Raums. Es ist ein großartiges Gemälde, Ryan.“

„Ja, ich mag es auch sehr.“

„Ich würde die *Donna* hierhin stellen, wo sie jeder sehen könnte“, sagte Miranda unvermittelt.

„Wir bekommen sie bestimmt wieder.“ Er trat zu ihr. Jetzt war der Zeitpunkt kommen, es hinter sich zu bringen. „Patrick hat deine E-Mail zurückverfolgt. Der Name des Versenders ist ganz kurz auf einer Zugangsberechtigung erschienen und gleich wieder gelöscht worden.“

Ein kalter Klumpen bildete sich in ihrem Magen. Es würde schlimm sein, das wusste sie. Sehr schlimm. „Welche Zugangsberechtigung war es?“

Er legte ihr die Hände auf die Schultern. „Die Nachricht wurde registriert unter Elizabeth Standford-Jones und unter ihrem Passwort. Es tut mir Leid.“

„Das kann nicht sein!“ Sie wich vor ihm zurück. „So sehr kann sie mich nicht hassen. Das kann ich nicht akzeptieren.“

„Sie hatte Zugang zu beiden Skulpturen. Niemand würde sie verdächtigen. Sie hat dich geholt, dann gefeuert und nach Hause geschickt. Sie hat dich vom Institut fern gehalten. Es tut mir Leid.“

Sie schloss die Augen und ließ sich von ihm in die Arme nehmen.

„Entschuldigung“, sagte eine weibliche Stimme.

Sie zuckte zusammen, als sei hinter ihrem Rücken eine Pistole abgefeuert worden. Langsam drehte sie sich um, wobei sie tief Luft holte. „Hallo, Mutter.“

Elizabeth sah nicht so aus, als habe sie einen stundenlangen Transatlantikflug hinter sich. Ihr Haar war perfekt frisiert, und ihr stahlblaues Kostüm wies nicht eine einzige Knitterfalte auf.

Angesichts der unerschütterlichen Perfektion ihrer Mutter fühlte Miranda sich einmal mehr unbeholfen und linkisch. Und jetzt kam auch noch Misstrauen hinzu. Konnte es sein, dass diese Frau, die ihr ganzes Leben lang Integrität gepredigt hatte, ihre eigene Tochter verraten hatte?

„Es tut mir Leid, dass ich euch bei der ... Arbeit störe."

Miranda war so sehr an die mütterliche Missbilligung gewöhnt, dass sie nur nickte. „Elizabeth Standford-Jones, Ryan Boldari."

„Mr Boldari." Elizabeth hatte die Situation sofort überblickt und schenkte ihm ein warmes Lächeln. „Wie nett, Sie endlich kennen zu lernen."

„Die Freude ist ganz auf meiner Seite." Er trat auf sie zu und ergriff ihre Hand. „Ich hoffe, Sie hatten einen guten Flug."

„Ja, danke. Ich hoffe, das Projekt schreitet in Ihrem Sinne voran, Mr Boldari."

„Bitte nennen Sie mich einfach Ryan. Es hat bereits meine Erwartungen übertroffen. Ihre Tochter erfüllt alles, was ich mir nur wünschen kann."

„Du warst fleißig, Miranda." Prüfend blickte sich Elizabeth um. „Du hast auch jetzt sicher zu tun. Du kannst ab sofort mit Unterstützung von Standjo rechnen. Ein paar Mitarbeiter sind heute abgeflogen, und weitere werden morgen ankommen. Elise und Richard sind schon hier."

Sie wandte sich wieder an Ryan. „Und jetzt würde ich sehr gerne Ihre Vasaris sehen."

„Ja, Ryan, zeig sie ihr. Sie sind im nächsten Raum. Wenn ihr beide mich jetzt entschuldigen wollt."

„Ich muss Ihnen sagen, Elizabeth", begann Ryan, als Miranda gegangen war, „dass diese eindrucksvolle Ausstellung ohne Ihre Tochter nicht möglich gewesen wäre."

„Ich bin mir Mirandas Begabung sehr wohl bewusst."

„Tatsächlich?" Er sagte es ganz freundlich, zog aber spöttisch eine Augenbraue hoch. „Dann habe ich mich offenbar geirrt. Da Sie die Ergebnisse ihrer vierwöchigen intensiven Arbeit mit so gut wie keinem Wort erwähnten, nahm ich an, dass Sie sie nicht ganz ausreichend fanden."

Ihre Stimme wurde frostig. „Meine Beziehung zu Miranda geht Sie nichts an, Mr Boldari, ebenso wenig wie Ihre Beziehung zu ihr mich etwas angeht."

„Seltsam. Ich würde sagen, eher im Gegenteil, da Ihre Tochter und ich uns lieben."

Elizabeths Finger umschlossen fester den Griff des ledernen Diplomatenkoffers, den sie trug. „Miranda ist erwachsen. Ich mische mich in ihre persönlichen Angelegenheiten nicht ein."

„Dafür aber auf jeden Fall in ihre beruflichen. Erzählen Sie mir von der *Donna*. Wo ist sie?" Er sah sie fest an.

„Sie wurde vor ein paar Wochen aus einem Lagerraum des Bargello gestohlen", erwiderte Elizabeth gleichmütig. „Weder ich noch die Behörden haben eine Ahnung, wo sie sich jetzt befindet."

„Ich habe nicht von der Kopie gesprochen, sondern vom Original."

„Dem Original?" Ihr Gesicht blieb ausdruckslos.

„Elizabeth?" In diesem Augenblick kam eine Gruppe von Leuten herein. Ryan erblickte eine kleine, zarte Frau mit großen, strahlenden Augen. Vermutlich Elise. Hinter ihr kam ein fast kahlköpfiger Mann herein, den er für Richard Hawthorne hielt. Dann folgte mit strahlendem Lächeln John Carter.

„Entschuldigung." Elise verschränkte ihre hübschen Hände. „Ich wusste nicht, dass du zu tun hast."

Dankbarer für die Unterbrechung, als sie zugegeben hätte, stellte Elizabeth die Anwesenden einander vor.

„Es ist eine ausgezeichnete Ausstellung", lobte Richard Hawthorne. „Ihr müsst ja gearbeitet haben wie die Tiere."

„Miranda hat uns durch Reifen springen lassen." Carter lächelte. „Alle Abteilungsleiter haben in den letzten zwei Wochen pausenlos Magentabletten geschluckt."

„Sie hat wirklich hervorragende Arbeit geleistet." Elise drehte sich langsam. „Aber wo ist sie denn? Hat sie noch zu tun? Dann, äh ..., dann sehe ich mal nach, ob Andrew kurz Zeit hat."

ALS ES leise an der offen stehenden Bürotür klopfte, blickte Andrew auf – und erstarrte. Erinnerungen stürmten auf ihn ein.

Wie er Elise zum ersten Mal gesehen hatte, als sie als Laborassistentin auf Empfehlung seines Vaters angefangen hatte. Wie sie die Schutzbrille auf den Kopf geschoben hatte, als Miranda sie miteinander bekannt gemacht hatte. Wie sie gelacht und zu ihm gesagt hatte, es würde aber auch langsam Zeit, als er sich endlich getraut hatte, sie zu fragen, ob sie mit ihm ausgehen wolle. Wie sie an ihrem Hochzeitstag ausgesehen hatte, strahlend und zart. Wie sie ausgesehen hatte, als sie ihm gesagt hatte, es sei vorbei, kalt und distanziert. Und all die Stimmungen dazwischen.

Er ballte seine Hand unter dem Schreibtisch zur Faust. Und wünschte sich, er hielte eine Flasche Whiskey darin.

„Es tut mir Leid, Andrew", sagte Elise. „Miss Purdue ist nicht an ihrem Platz, deshalb bin ich einfach so hereingeschneit."

„Ist schon in Ordnung." Die albernen Worte kratzten ihn im Hals.

Er stand nicht auf, also trat sie an seinen Schreibtisch. „Ich weiß, es ist schwierig. Das letzte Mal haben wir uns ..."

„... in einer Anwaltskanzlei gesehen", vollendete er.

„Ich wünschte, wir hätten es anders regeln können. Wir waren beide so verletzt, Andrew. Ich habe jetzt gehofft, wir könnten wenigstens ..."

„... Freunde sein?" Er lachte bitter.

„Nein, nicht Freunde. Nur eben nicht mehr Feinde." Sie hatte nicht erwartet, dass er so zynisch reagieren würde. Auf alles war sie vorbereitet gewesen, nicht aber auf diese starke Abwehr.

„Wir müssen keine Feinde sein, Elise. Wir müssen nie mehr auch nur irgendetwas sein. Uns verbindet nichts mehr. Du bist nicht mehr der Mittelpunkt meines Lebens."

„Ich sehe, es war ein Irrtum." Sie wirbelte herum und rauschte hinaus.

Er wartete, bis das Klappern ihrer Absätze nicht mehr zu hören war, dann ließ er den Kopf auf die Schreibtischplatte sinken. Sie war so schön. Wie hatte er nur vergessen können, wie schön sie war? Er hatte sie einmal besessen und nicht halten können.

Er musste an die frische Luft. Musste ihr Parfüm aus der Nase bekommen. Er benutzte die Treppe, mied den Flügel, in dem noch gearbeitet wurde, und lief einfach drauflos.

Als er an einem Spirituosenladen vorbeikam, redete er sich ein, dass ein paar Drinks ihm nicht schaden würden. Er verdiente sie geradezu, weil er das direkte Aufeinandertreffen mit der Frau überstanden hatte, die er versprochen hatte zu lieben und zu ehren. Die ihm das Gleiche versprochen hatte.

Er trat ein und kaufte eine Flasche *Jack Daniel's*. Guter alter Jack. Verlässlicher Jack. Er konnte ihn schon auf der Zunge spüren, konnte spüren, wie er heiß seine Kehle herunterglitt.

Mit der Tüte in der Hand ging er in den Park. Der Rasen war übersät mit gelben Narzissen. Sie standen wie ein heiteres Meer vor den eleganteren roten Kelchen der Tulpen. Eichen und Ahornbäume entfalteten bereits ihre Blätter. Ein Brunnen plätscherte. Zu seiner Linken lag der Spielplatz verlassen da.

Die Kinder waren jetzt zum Abendessen nach Hause gegangen, überlegte er. Er hatte auch Kinder gewollt. Er hatte sich vorgestellt, eine Familie zu haben, eine richtige Familie, in der sich alle liebten. Lachen, Gutenachtgeschichten, lärmende Familienessen. Aber das hatte er auch nicht geschafft.

Er setzte sich auf eine Bank und fuhr mit der Hand über die in der Tüte eingepackte Flasche. Ein Drink. Und dann würde nichts mehr eine Rolle spielen. Zwei Schlucke, und er würde sich fragen, warum überhaupt jemals etwas eine Rolle gespielt hatte.

Annie zapfte gerade Bier, während im Mixer neben ihr die Zutaten für Margaritas wirbelten. Die Happy Hour am Freitagabend war beliebt bei Geschäftsleuten und Studenten.

Sie sah Andrew hereinkommen. Sah, was er in der Hand hielt. Sie beobachtete ihn, wie er sich auf einen freien Barhocker setzte und die Flasche auf den Tresen stellte. Ihre Blicke begegneten sich.

„Ich habe sie nicht aufgemacht."

„Gut. Das ist gut."

„Ich wollte gerne. Ich will es immer noch."

Annie gab ihrer Kellnerin ein Zeichen und zog ihre Schürze aus. „Lass uns spazieren gehen, Andrew."

Er nickte, nahm aber die Flasche mit. „Ich bin in einen Spirituosenladen gegangen. Es war ein gutes Gefühl, drin zu sein."

Mittlerweile brannten die Straßenlaternen, kleine Lichtinseln in der Dunkelheit. Feierabendverkehr verstopfte die Straßen.

„Ich dachte, ich könnte ein paar Schlucke nehmen. Nur ein paar, um mich aufzuwärmen."

„Aber du hast es nicht getan."

„Nein."

„Es ist schwer. Was du tust, ist schwer", sagte Annie. „Und heute Abend hast du die richtige Entscheidung getroffen."

„Elise war da. Sie ist wegen der Ausstellung hier. Ich wusste, dass sie kommt. Aber als ich sie gesehen habe, ist alles über mir zusammengestürzt."

Annie steckte die Hände in die Taschen und sagte sich, dass sie verrückt sein musste, auch nur zu denken, Andrew und sie könnten eine Chance haben. „Ich kann dir nicht sagen, was du tun sollst, aber ich glaube, wenn du mit ihr und mit deinem Verhältnis zu ihr deinen Frieden machen kannst, dann ist das besser für dich."

Er nahm die Flasche und reichte sie ihr. „Hier, das kannst du jemand anderem ausschenken." Seine Stimme klang erleichtert, stellte er fest. Er fühlte sich, als ob er noch einmal kurz vor dem Abgrund das Steuer herumgerissen hätte. Er stieß die Luft aus. „Annie, wegen morgen Abend. Es würde mir viel bedeuten, wenn du mitkommst."

„Andrew, du weißt genau, dass ich zu all den schicken Kunstleuten nicht passe."

„Du passt zu mir. Das hast du immer schon."

„Ich habe Samstagabend immer viel zu tun." Ausreden, dachte sie. Feigling!

„Annie, bitte komm morgen."

„Ich denke darüber nach", gab sie zurück. Gegen Elise auf deren Parkett anzutreten war das Letzte, was sie wollte.

„Du musst hier mal raus."

Miranda blickte von ihrem Schreibtisch auf, wo sich Papierstapel häuften, und sah Ryan in der Tür stehen.

„Ich habe dein Gesicht gesehen, als deine Mutter hereinkam. Wie wachsam und kalt du wurdest. Du musst ihr nichts beweisen."

Das saß. Und tat weh. „Du hast mir gesagt, ich müsse die Möglichkeit akzeptieren, dass meine Mutter mich vielleicht betrogen hat. Dass sie in einen Kunstdiebstahl verwickelt ist, der zwei Menschenleben gefordert hat. Und jetzt kritisierst du die Art, wie ich damit umgehe."

„Ich hätte lieber gesehen, dass du sie zur Rede stellst. Aber du ziehst die eisige Tour vor. Ich sage dir, Miranda, hitziges Aufbrausen ist sauberer und wesentlich menschlicher."

„Was hast du verdammt noch mal von mir erwartet?" Mit einer wütenden Handbewegung fegte sie die Papiere vom Tisch. „Sollte ich von ihr verlangen, die Wahrheit zu sagen? Dass sie gesteht oder leugnet? Wenn sie mich so sehr hasst, dass sie mir das antut, dann lügt sie mir auch ins Gesicht." Heftig schob sie ihren Stuhl zurück. „Sie hat mich nie geliebt. Weder mich noch Andrew. Sie hat sich noch nicht einmal die Mühe gemacht, uns etwas vorzulügen, damit wir wenigstens die Illusion hatten. Du weißt nicht, wie das ist, nie im Arm gehalten zu werden, obwohl man sich danach sehnt."

„Nein, das weiß ich nicht", erwiderte er leise. „Sag es mir."

„Es war, als würde ich in einem verdammten Labor aufwachsen, wo alles steril und ordentlich ist. Regeln, das war alles. Aber wie viele

Regeln hat sie gebrochen, wenn sie mir das angetan hat?“ Sie atmete schwer, Tränen standen in ihren Augen, die Hände hatte sie zu Fäusten geballt.

„Wolltest du, dass ich mich so aufführe?“ fragte sie, während sie der Verwüstung gewahr wurde, die sie angerichtet hatte.

„Ich wollte, dass du es herauslässt“, antwortete Ryan liebevoll. „Du bist nicht kalt, Miranda. Du bist nur verletzt.“

Die Tränen strömten ihr über die Wangen, ohne dass sie etwas dagegen tun konnte. „Ich will nicht, dass Mutter mir das angetan hat.“

Er trat auf sie zu und nahm ihr Gesicht in beide Hände. „Wir haben eine gute Chance, dass wir in den nächsten Tagen die Antwort erfahren. Und dann wird es vorbei sein.“

„Aber ich muss mit der Antwort leben.“

RYAN brachte Miranda nach Hause und überredete sie dazu, früh zu Bett zu gehen. Die Tatsache, dass sie kaum Widerstand leistete, bewies ihm, dass sie vollkommen am Ende war.

Als er sicher war, dass sie schlief und Andrew sich in seinen Flügel des Hauses begeben hatte, zog Ryan seine dunklen Sachen an, steckte seine Werkzeuge in die Tasche und fuhr in die Stadt.

Er hatte bei seinem ersten Aufenthalt in demselben Hotel gewohnt wie die Gäste jetzt und kannte die Gegebenheiten ganz genau. Außerdem hatte er sich die Zimmernummern aller besorgt, die er heute Nacht besuchen wollte.

Niemand nahm Notiz von ihm, als er wie ein Mann, der es eilig hatte, in sein Bett zu kommen, die Eingangshalle durchquerte und direkt zu den Aufzügen ging.

Elizabeth und Elise teilten sich eine Suite mit zwei Schlafzimmern im obersten Stockwerk. Unter keiner der Türen sah er Licht, und er hörte auch keine Stimmen oder Geräusche. Die Zeitverschiebung zu Florenz konnte in den ersten Tagen sehr ermüdend sein.

In weniger als zwei Minuten stand Ryan im Wohnraum. Eine Weile blieb er ganz still stehen, lauschte und wartete, bis seine Augen sich an die Dunkelheit gewöhnt hatten. Dann machte er sich an die Arbeit. Zuerst durchsuchte er den Wohnraum, obwohl er bezweifelte, dass eine der beiden Frauen dort etwas Wichtiges oder Belastendes zurückgelassen hatte.

Im ersten Schlafzimmer musste er seine Taschenlampe benutzen. Er hielt den Lichtstrahl sorgfältig vom Bett weg, aus dem ein leises, gleichmäßiges Atmen drang. Er nahm eine Aktentasche und eine Handtasche mit in den Wohnraum, um sie dort zu untersuchen.

In dem Bett lag Elizabeth, stellte er fest, als er die Handtasche durchsuchte. Er nahm alles heraus, sah jede Quittung, jeden Zettel durch und las jeden Eintrag in ihrem Terminkalender. In der Innentasche fand er einen Schlüssel für ein Bankschließfach. Er blätterte den Pass durch und stellte fest, dass die Stempel mit den Daten übereinstimmten, die sein Vetter ihm gegeben hatte. Es war Elizabeths erste Reise in die Staaten seit über einem Jahr, aber sie hatte in den letzten sechs Monaten zwei Kurzreisen nach Frankreich gemacht.

Bis auf den Schlüssel legte er alles wieder zurück, dann wiederholte er die gleiche Prozedur mit Elizabeths Gepäck und durchsuchte schließlich noch ihren Schrank, die Kommode und den Kosmetikkoffer im Badezimmer. Er brauchte über eine Stunde, bis er sich dem zweiten Schlafzimmer widmen konnte.

Als er fertig war, kannte er Andrews Exfrau recht gut. Sie mochte seidene Unterwäsche und nobles Parfüm. Ihre Kleidung stammte von Topdesignern. Ein kostspieliger Geschmack.

Auf dem Schreibtisch stand ihr Laptop. Der Inhalt ihrer Hand- und ihrer Aktentasche war ordentlich. Ihr kleiner lederner Schmuckkasten enthielt ein paar gute Stücke aus italienischem Gold, einige sorgfältig ausgesuchte Juwelen und ein antikes Medaillon aus Silber mit dem Foto eines Mannes und einer Frau. Es war schwarzweiß und bereits vergilbt. Vermutlich ihre Großeltern. Elise hatte wohl eine sentimentale Ader.

Er verließ die beiden schlafenden Frauen und ging den Flur entlang zu Richard Hawthornes Zimmer. Auch dieser schlief fest.

Ryan brauchte zehn Minuten, um die Quittung für einen Lagerraum in Florenz zu finden. Nach dreizehn Minuten fand er die Pistole, ließ sie aber, wo sie war. Nach zwanzig hatte er das kleine Notizbuch gefunden, das in einer schwarzen Herrensocke steckte. Er überflog die gekritzelten Eintragungen und verzog die Lippen zu einem grimmigen Lächeln.

„Wie bitte, du bist heute Nacht in das Schlafzimmer meiner Mutter eingebrochen?“ Miranda saß hinter ihrem Schreibtisch. Es war Mittag, und Ryan hatte sie in einer kleinen Pause zwischen zwei Terminen erwischt.

„Ich habe nichts gestohlen“, beruhigte er sie. „Aber es hätte doch nichts genutzt, sie alle hier zu versammeln, ohne aktiv zu werden. Ich habe allerdings einen Schließfachschlüssel aus ihrer Handtasche genommen. Er stammt von einer Bank mit einer Filiale in Jones Point. Ich gehe der Sache nach."

Miranda setzte zum Protest an, verkniff sich dann aber doch einen Kommentar.

„In Elises Zimmer habe ich nur ihren Laptop gefunden", fuhr Ryan fort. „Wenn ich Zeit habe, gehe ich noch einmal hin und versuche, ob ich in die Dateien komme, wenn sie nicht da ist. Bei deinem Vater war auch nichts. Wusstest du übrigens, dass er im letzten Jahr dreimal auf den Cayman-Inseln war?"

„Nein."

„Beliebtes Reiseziel. Gut zum Tauchen, Sonnen und Geldwaschen. Aber das ist nur Spekulation. In Hawthornes Zimmer bin ich allerdings fündig geworden." Er zog die Quittung aus seiner Tasche. „Er hat einen Lagerraum gemietet, einen Tag nachdem die Bronze zu Standjo gebracht worden ist."

„Die Leute mieten Lagerräume für alles Mögliche."

„Außerdem war da noch eine Pistole. Warum sollte ein netter, ruhiger Forscher die brauchen, wenn er eine Ausstellung besucht?"

„Ich weiß nicht. Richard und eine Pistole. Das ergibt keinen Sinn."

„Ich denke doch. Sieh dir das hier mal an." Er zog das Notizbuch hervor. „Es beschreibt eine Bronze, einen weiblichen Akt. Das Buch enthält Testergebnisse von dieser Bronze, die sie auf das späte fünfzehnte Jahrhundert im Stil von Michelangelo datieren."

Das Blut wich Miranda aus den Wangen.

„Die Zeit des ersten Tests ist mit zwanzig Uhr an dem Tag angegeben, an dem die *Donna* von Standjo angenommen wurde. Die Labors schließen an den meisten Abenden um acht, nehme ich an."

„Er hat selbst Tests an ihr durchgeführt?"

„Sie sind Schritt für Schritt aufgeführt. Und die Dokumentation ist auch hinzugefügt. Er hat etwas gefunden und dir nichts davon gesagt. Eine alte Taufurkunde über einen männlichen Säugling, ausgestellt von der Äbtissin eines Florentiner Klosters. Der Name der Mutter ist mit Giulietta Buenodarni angegeben. Das Kind wurde auf den Namen Michelangelo getauft." Er machte eine Pause. „Man könnte spekulieren, vielleicht nach seinem Papa."

„Michelangelo war allen Berichten nach homosexuell."

„Deswegen kann er doch trotzdem ein Kind gezeugt haben." Ryan zuckte mit den Schultern. „Es muss ja nicht unbedingt bedeuten, dass das Kind von ihm war, aber es erhärtet auf jeden Fall die Theorie, dass er und Giulietta eine enge persönliche Beziehung zueinander hatten, und wenn das so war ..."

„Dann ist es umso wahrscheinlicher, dass sie ihm Modell saß!"

„Genau. Hawthorne hielt es jedenfalls für wichtig genug, um es dir vorzuenthalten. Wenn sie ein Liebespaar waren oder wenn sie eine so enge platonische Beziehung hatten, dass sie ihr einziges Kind nach ihm benannt hat, dann liegt der Schluss nicht fern, dass er auch diese Skulptur von ihr geschaffen hat."

Miranda sah jetzt ganz deutlich, wie alles abgelaufen war. „Richard hat die Bronze gestohlen und sie kopiert. Und den *David* muss er auch genommen haben." Sie presste sich die Faust auf den Magen. „Er hat Giovanni umgebracht."

„Das Notizbuch wäre kein Beweis", schränkte Ryan ein, „aber ein gewichtiger Hinweis."

„Wir müssen es der Polizei übergeben."

„Noch nicht. Ich würde mich sehr viel wohler fühlen, wenn wir die Skulpturen in der Hand hätten, bevor wir mit der Polizei reden. Ich fliege morgen nach Florenz und überprüfe den Lagerraum und Hawthornes Wohnung. Wenn wir die Skulpturen erst einmal haben, besprechen wir, was wir der Polizei sagen."

„Er muss für Giovanni bezahlen!"

„Das wird er. Gib mir achtundvierzig Stunden Zeit, Miranda."

Sie presste die Lippen zusammen. „In Ordnung. Wir gehen erst zur Polizei, wenn du aus Florenz zurück bist. Aber heute Abend? Wie sollen wir das überstehen? Er wird da sein."

„Heute Abend läuft alles wie geplant. Lass dich einfach treiben. Wir stecken viel zu tief drin. Und wir wissen nicht, ob er alleine gearbeitet hat. Hawthorne hat einen Fehler gemacht. Jetzt warten wir ab, ob jemand anders einen macht. Wenn ich die Skulpturen habe, übergeben wir ihn der Polizei. Ich glaube, er wird nicht alleine hängen wollen."

Sie sprang auf. „Hängen?"

„Das ist doch nur so ein Ausdruck."

„Aber ... Gefängnis oder schlimmer – wenn es jemand aus meiner Familie ist, weiß ich nicht, ob ich mit dem Wissen weiterleben kann, dass ich die betreffende Person hinter Gitter gebracht habe."

„Moment mal!" Er packte sie, bevor sie ihm ausweichen konnte. „Wer auch immer für das alles verantwortlich ist, hat dein Leben aufs Spiel gesetzt. Was hast du für eine Alternative? Ihn laufen zu lassen?

Die *Donna* zu lassen, wo sie ist? Zu vergessen, was geschehen ist?"

„Ich weiß nicht. Es muss doch einen Mittelweg geben."

Er nahm das Notizbuch und hielt es ihr hin. „Bewahr es auf."

Sie ergriff es so zögerlich, als ob ihr das Leder die Hand verbrennen könnte. „Wie soll ich bloß den Abend überstehen?"

„Das wirst du schon schaffen mit deiner jahrelang geübten Disziplin. Ich bin ja bei dir. Wir stehen das zusammen durch."

Sie nickte, legte das Buch in eine Schreibtischschublade und schloss ab. Achtundvierzig Stunden. So lange hatte sie Zeit, um zu entscheiden, ob sie es der Öffentlichkeit übergeben oder vernichten sollte.

KAPITEL 9

Niemand sah ihr an, dass in ihrem Magen Tausende von Schmetterlingen flatterten. Ihre Hände waren kühl und ruhig, ihr Lächeln fröhlich. Die unerschütterliche Dr. Miranda Jones.

Sie beobachtete ihre Mutter, die sich elegant wie eine Kaiserin in der Menge bewegte. An ihrer Seite war natürlich ihr Mann, blendend aussehend in seinem Smoking, der weit gereiste Abenteurer mit dem interessanten Aussehen eines Gelehrten. Wie perfekt die Jones doch nach außen wirkten. Kein Makel verunzierte die Fassade.

„Du gehörst in eines der Gemälde hinter dir." Ryan ergriff Mirandas Hand. „Du siehst großartig aus."

„Ich bin vor Angst wie gelähmt."

„Du brauchst Champagner." Er reichte ihr ein Glas, das er vom Tablett eines vorbeieilenden Kellners nahm. „Auf die äußerst erfolgreichen Ergebnisse deiner Arbeit, Dr. Jones."

„Es ist schwer, sie zu genießen."

„Gib dich einfach dem Augenblick hin." Er küsste sie leicht auf den Mund. „Ich finde deine Fähigkeit, deine Furcht zu verbergen, bewundernswert", flüsterte er ihr ins Ohr.

„Bist du mit diesem Talent schon auf die Welt gekommen, oder hast du es dir erst angeeignet?"

„Welches? Ich habe so viele."

„Die Fähigkeit, immer genau das Richtige zu sagen."

„Vielleicht weiß ich einfach, was du hören musst. In der Center Hall wird getanzt. Du hast noch nie mit mir getanzt."

„Ich bin eine furchtbar schlechte Tänzerin."

„Vielleicht bist du nur nie richtig geführt worden. Komm, lass es uns herausfinden." Er legte ihr die Hand auf den Rücken, während er sie durch die Menge führte. Mindestens ein Dutzend Mal wurde Miranda dabei angesprochen und beglückwünscht.

„Da ist Mrs Collingsforth." Sie nickte einer Frau mit weißen Haaren in einem braunen Samtkleid zu. „Ich möchte dich ihr vorstellen. Sie mag attraktive junge Männer." Sie trat auf die reiche Witwe zu. „Mrs Collingsforth, ich hoffe, es gefällt Ihnen."

„Hübsche Musik. Es wurde auch Zeit, dass Sie ein wenig Schwung hier hereingebracht haben. Orte, an denen Kunst ausgestellt wird, sollten nicht zu verstaubt sein. Und wer ist das?"

„Ryan Boldari." Er verbeugte sich und küsste ihr die Hand. „Ich wollte Ihnen persönlich für die Großzügigkeit danken, mit der Sie dem Institut so viele wundervolle Stücke aus Ihrer Sammlung geliehen haben. Sie haben wesentlich zum Erfolg der Ausstellung beigetragen."

„Wenn das Mädchen mehr Partys gäbe, statt sich in einem Labor zu vergraben, hätte ich sie ihr schon früher geliehen."

„Da haben Sie vollkommen Recht." Ryan strahlte Mrs Collingsforth an. „Sie klebt ja an ihren Mikroskopen."

„Und dabei übersieht man häufig das Gesamtbild." Mrs Collingsforth kniff die Augen zusammen. „Ich mag Sie."

„Danke. Ich frage mich, Madam, ob ich Sie wohl zu einem Tanz überreden könnte."

Ihre Augen funkelten. „Ich würde mich sehr freuen, Mr Boldari."

„Bitte nennen Sie mich Ryan." Er warf Miranda über die Schulter ein Grinsen zu, während er Mrs Collingsforth zur Tanzfläche geleitete.

„Das war gekonnt", murmelte Andrew Miranda über ihre Schulter zu. „Ganz schön schleimig. Ein Wunder, dass er nicht ausrutscht und sich den Hals bricht. Hast du seine Familie kennen gelernt?"

„Machst du Witze? Ich glaube, jede zweite Person hier ist mit ihm verwandt. Seine Mutter hat mich umarmt und wollte wissen, ob ich schon einmal daran gedacht habe, Kunstunterricht für Kinder anzubieten, und warum denn nicht, ob ich Kinder nicht mögen würde?" Nervös fummelte er an seiner Krawatte herum.

Miranda drückte seine Hand. „Ich weiß, dass es schwer für dich ist. All diese Leute – und Elise."

„Eine Art Feuerprobe. Elise, unsere Eltern und überall kostenloses Gesöff.“ Er blickte zum wiederholten Mal zum Eingang. Annie war noch nicht gekommen.

„Du musst dich beschäftigen. Möchtest du tanzen?“

„Du und ich?“ Er lachte lauthals. „Wir würden beide mit gebrochenen Zehen in der Notaufnahme landen.“ Auf einmal erstarrte er.

Miranda brauchte nicht den Kopf zu drehen, um zu wissen, dass er Elise gesehen hatte.

Sie kam auf sie zu, eine Fee in Weiß. „Ich wollte euch beiden nur zu der wundervollen Ausstellung gratulieren. Ihr habt großartige Arbeit geleistet.“ Es sah so aus, als holte sie tief Luft. „Andrew, ich weiß, dass meine Anwesenheit unangenehm für dich ist. Ich habe beschlossen, morgen nach Florenz zurückzufliegen.“

„Du musst meinetwegen deine Pläne nicht ändern.“

„Ich tue es auch meinetwegen.“ Sie blickte Miranda an und bemühte sich um ein Lächeln. „Ich wollte aber nicht abreisen, ohne zu betonen, wie sehr ich deine Leistung ...“

„Annie.“ Andrew sprach den Namen fast wie ein Gebet aus. „Entschuldigt mich bitte.“

Er kämpfte sich durch die Menge. Sie sah so hübsch aus. Ihr rotes Kleid leuchtete wie eine Flamme und strahlte in all dem nüchternen, konservativen Schwarz Leben und Wärme aus. „Ich freue mich so, dass du gekommen bist.“ Er ergriff ihre Hände wie einen Rettungsanker.

„Ich komme mir albern vor.“ Das Kleid war zu kurz, fand sie. Zu rot. Sie sah so billig aus. „Warum nehme ich mir nicht einfach ein Tablett und reiche Drinks herum? Dann würde ich besser hier reinpassen.“

Er küsste sie, ohne auf die zahlreichen hochgezogenen Augenbrauen zu achten. „Du passt gut herein. Komm mit zu Miranda.“

Als er sich jedoch umdrehte, traf sein Blick den von Elise. Sie stand immer noch an derselben Stelle. Er sah, dass Miranda ihr etwas zumurmelte, aber sie schüttelte nur den Kopf und ging weg.

„Deine Frau sieht aufgebracht aus.“ Das war Annie nicht entgangen.

„Exfrau“, erinnerte er sie. Dankbar sah er, wie seine Schwester auf sie zukam.

„Annie, wie schön, Sie zu sehen.“ Miranda folgte selten einem Impuls, aber jetzt drückte sie ihre Wange an Annies. „Er braucht Sie“, flüsterte sie, dann richtete sie sich lächelnd wieder auf. „Ich sehe ein paar Leute, die Sie bestimmt gerne kennen lernen möchten. Andrew, warum stellst du Annie nicht Mr und Mrs Boldari vor?“

Er grinste. „Komm, Annie, sie werden dir gefallen."

Miranda freute sich über den warmen Glanz in Andrews Augen, aber da trat ihre Mutter zu ihr. „Miranda, du vernachlässigst deine Pflichten. Ich habe mit einigen Leuten gesprochen, die sagten, sie hätten noch kein Wort mit dir gewechselt."

„Natürlich, du hast Recht. Ich tue, was für das Institut getan werden muss." Nein, dachte sie dann, sie würde auch tun, was sie für sich selbst tun musste. „Aber du hättest heute Abend wenigstens einmal zu mir sagen können, dass ich gute Arbeit geleistet habe. Aber vermutlich wären dir die Worte im Hals stecken geblieben." Sie drehte sich um und ging davon.

„Gibt es ein Problem, Elizabeth?"

Sie warf ihrem Mann, der neben sie trat, einen kurzen Blick zu, dann sah sie wieder Miranda hinterher. „Ich weiß nicht. Vermutlich muss ich es noch herausfinden."

„Senator Lamb würde dich gerne sehen. Er ist ein großer Förderer der Nationalen Kunststiftung."

„Ja, ich weiß", erwiderte sie. „Ich rede gleich mit ihm."

Und danach würde sie sich Miranda vorknöpfen.

UNGEFÄHR eine Stunde lang konzentrierte sich Miranda auf ihre Rolle als Gastgeberin. Als sie schließlich in die Damentoilette schlüpfte, war sie erleichtert, sie leer vorzufinden. Zu viele Leute, dachte sie und lehnte sich einen Augenblick an das Wandbord. Zu viel Konversation, Geplauder, schwache Witze. Aber alles war perfekt. Die Ausstellung, die Gala, die Reaktionen. Das alles würde dazu beitragen, die Scharten in ihrer Reputation auszuwetzen. Sie öffnete ihre Handtasche und griff nach dem Lippenstift.

Als das laute Knallen ertönte, zuckte sie zusammen. Mit weit aufgerissenen Augen blickte sie in den Spiegel. Schüsse? Unmöglich. Dann hörte sie den entsetzten Schrei einer Frau.

Sie eilte zur Tür. Draußen liefen schreiende Menschen umher. Sie erreichte die Treppe in dem Moment, in dem auch Ryan dort ankam.

„Von oben. Es ist von oben gekommen!"

„Bleib hier!"

Er hätte sich seinen Atem sparen können. Sie raffte ihren Rock und rannte hinter ihm her. „Du siehst hier nach", begann sie. „Und ich …"

„Den Teufel wirst du tun! Wenn du schon nicht unten bleiben willst, dann kommst du mit mir." Mit festem Griff nahm er ihre Hand.

Auf der Treppe näherten sich weitere Schritte. Andrew nahm drei Stufen auf einmal. „Miranda, geh nach unten! Annie, geh mit ihr!“

Da aber keine der beiden Frauen reagierte, wies Ryan nach links. „Ihr übernehmt die Seite. Wir gehen hier entlang.“ Vorsichtig öffnete er die erste Tür. „Aber du bleibst hinter mir.“ Er schaltete das Licht ein und betrat das Zimmer. Erleichtert, dass es leer war, machte er sich auf den Weg zum nächsten.

Sie arbeiteten sich den Flur entlang, bis Ryan einen schwachen Lichtschein unter der Tür zum Vorraum von Mirandas Büro erblickte. „Hast du oder hat Lori das Licht angelassen?“

„Nein. Und die Tür müsste eigentlich verschlossen sein, sie ist aber nicht ganz zu.“

Langsam schob Ryan die Tür auf. Er öffnete sie einen weiteren Spaltbreit, stieß aber dann auf ein Hindernis.

„O mein Gott!“ Miranda erkannte die untere Hälfte des weißen Kleides, die silbernen Schuhe. Sie ließ sich auf die Knie sinken und schob die Tür so weit auf, dass sie sich hindurchquetschen konnte.

Elise lag mit dem Gesicht nach unten auf dem Boden. Aus einer Wunde an ihrem Hinterkopf sickerte Blut.

Miranda presste die Finger an ihren Hals und spürte einen schwachen Puls. „Sie lebt“, verkündete sie. „Ruf einen Krankenwagen. Beeil dich!“ Sie faltete ihr Taschentuch zusammen und drückte es auf die Wunde.

„Miranda, was …?“ Andrew drängte sich in die Tür. „O nein, Elise!“ Er kniete sich hin.

„Sie lebt. Ryan ruft schon einen Krankenwagen.“

„Wir müssen sie zudecken. Haben Sie eine Decke?“ fragte Annie.

„In meinem Büro ist eine. Hier durch.“

„Ich glaube, sie kommt zu sich.“ Andrew berührte vorsichtig eine Prellung an Elises Schläfe. „Hier hat sie sich wahrscheinlich den Kopf angeschlagen, als sie zu Boden gestürzt ist.“

„Miranda.“ Annie trat wieder ins Vorzimmer. „Ryan möchte, dass Sie kommen. Andrew und ich kümmern uns um Elise.“ Sie ergriff Mirandas Arm. „Machen Sie sich auf was Schlimmes gefasst.“

Miranda stand auf und trat in ihr Büro. Quer über ihrem Schreibtisch lag mit blutgetränktem weißem Hemd Richard Hawthorne.

MIRANDA gab immer wieder die gleiche Erklärung ab. Und sie log. Nein, sie habe keine Ahnung, warum Richard oder Elise in ihrem Büro gewesen seien. Nein, sie wisse nicht, warum ihn jemand umgebracht habe.

Als die Beamten der Mordkommission sie schließlich entließen, ging sie die Treppe hinunter, wobei sich ihre Beine so zerbrechlich wie Glas anfühlten.

Auf der untersten Stufe saß Annie und hatte die Arme um ihren Leib geschlungen. Miranda setzte sich neben sie.

„Sie haben Andrew mit ihr ins Krankenhaus fahren lassen", sagte Annie nach einer Weile. „Er liebt sie immer noch."

„Das glaube ich nicht."

„Er hängt immer noch an ihr, Miranda, und warum auch nicht? Und ich schäme mich so sehr, dass ich mir darüber Gedanken mache, während ein Mann erschossen und Elise verletzt wurde." Sie stand auf. „Ich fahre besser nach Hause. Sagen Sie Andrew, ich hoffe, dass es Elise gut geht, und ... wir sehen uns."

„Annie, was ich vorhin sagte, meinte ich ernst. Er braucht Sie."

„Er muss sich auf sich selbst verlassen können. Er muss wissen, wer er ist und was er will. Ich kann ihm dabei nicht helfen, und Sie können es auch nicht."

Anscheinend konnte sie niemandem helfen, dachte Miranda, als sie allein war. Alles, was sie in den letzten Monaten angepackt hatte, hatte in einer Katastrophe geendet.

Sie blickte über die Schulter, als sie Schritte auf der Treppe hörte. Ryan kam herunter und nahm sie in die Arme.

„O Gott, o Gott, Ryan! Wie viele noch?"

„Schsch." Er strich ihr über den Rücken. „Es war seine eigene Pistole. Jemand hat ihn mit seiner eigenen Pistole erschossen. Du hättest nichts tun können."

„Ich möchte ins Krankenhaus fahren und nach Elise sehen", sagte sie erschöpft. „Andrew ist dort. Er sollte nicht alleine sein."

Aber als sie eintrafen, war er das nicht. Zu Mirandas Überraschung saß ihre Mutter im Wartezimmer. Sie hielt einen Pappbecher mit Kaffee in der Hand und starrte aus dem Fenster. Andrew war auf und ab gegangen, blieb aber stehen, als sie hereinkamen.

„Weißt du schon was?" fragte Miranda ihn.

„Sie haben sie in der Notaufnahme stabilisiert. Der Dienst habende Arzt glaubt, sie habe eine Gehirnerschütterung, aber sie wollen noch eine Tomographie machen, um einen Hirnschaden auszuschließen. Sie war lange bewusstlos und hat eine Menge Blut verloren. Du solltest nach Hause fahren. Ryan, bringen Sie sie heim."

„Ich werde bei dir bleiben, genauso wie du bei mir bleiben würdest."

„Okay, okay.“ Er lehnte seine Stirn gegen ihre.

Eine Weile standen sie so da, während Elizabeth sie musterte. Als sie bemerkte, dass Ryan sie seinerseits beobachtete, errötete sie. „Es gibt Kaffee. Er schmeckt nicht, aber er ist stark und heiß.“

Miranda löste sich von Andrew und trat zu ihr. „Wo ist Vater?“

„Ich glaube, er ist ins Hotel zurückgefahren. Hier konnte er sowieso nichts tun.“

„Aber du bist hier. Wir müssen miteinander reden.“

„Entschuldigung, Dr. Jones.“ Es war Cook, der eilig herankam. „Ziemlich verwirrend, was?“

„Detective. Was führt Sie hierher?“ fragte Miranda.

„Ich will mit Dr. Warfield reden, wenn die Ärzte mich zu ihr lassen.“

„Mit Elise?“ Verwirrt schüttelte Andrew den Kopf. „Ich dachte, Sie seien beim Einbruchsdezernat. Es gab aber keinen Einbruch.“

„Manchmal haben die Dinge miteinander zu tun. Vielleicht können Sie mir ja schon sagen, was Sie wissen, bevor ich mit ihr rede.“

Elizabeth schaltete sich ein. „Ist es wirklich nötig, dass Sie uns verhören, während wir voller Sorge auf die Untersuchungsergebnisse warten?“

„Es tut mir Leid, dass Sie besorgt sind, Dr. Jones.“

„Standford-Jones.“

„Ja, Dr. Standford-Jones. Sie sind die Arbeitgeberin des Opfers?“

„Das ist richtig. Sowohl Richard als auch Elise arbeiten für mich in Florenz. Das heißt, Richard arbeitete für mich“, verbesserte sie sich. „Er war ein glänzender Kunsthistoriker.“

„Und Dr. Warfield?“

„Sie ist meine Laborleiterin. Fähig, effizient, vertrauenswürdig.“

Er hielt ihrem Blick stand. „Sie war einmal Ihre Schwiegertochter.“

„Ja. Wir haben uns weiterhin gut verstanden. Ich lasse es nicht zu, dass Familienprobleme in die Arbeit hineingetragen werden.“

„War etwas zwischen ihr und Hawthorne?“

„Ihre Unterstellung ist beleidigend und völlig unangemessen“, erwiderte sie mit eisiger Verachtung.

„Zwei allein stehende Erwachsene, zusammen in einem Büro im dritten Stock. Und das Fest findet unten statt.“

„Ich habe keine Ahnung, warum sie in Mirandas Büro waren, aber offensichtlich waren sie nicht allein.“

Ein Arzt im grünen Kittel tauchte in der Tür auf. „Es geht ihr gut“, gab er Auskunft. „Sie hat eine ziemlich starke Gehirnerschütterung, aber die Tomographie hat keine weiteren Schäden gezeigt."

„Ich möchte sie gerne sehen", bat Elizabeth.

„Ich habe die Polizei zu ihr gelassen. Sie wurde ganz aufgeregt, als ich ihr vorschlug, sie solle bis morgen warten. Anscheinend erleichtert es sie, wenn sie heute Abend schon mit den Beamten sprechen kann."

„Ich wäre auch gern ein paar Minuten mit ihr allein." Cook zog seine Dienstmarke heraus und nickte Elizabeth und Andrew zu. „Ich kann warten. Ich habe viel Zeit."

Er wartete über eine Stunde, dann wurde er zu einer zerbrechlichen Frau geführt, deren Kopf mit weißen Bandagen umwickelt war.

„Ma'am, ich bin Ihnen sehr verbunden, dass Sie mit mir reden."

„Ich möchte helfen." Sie bewegte sich und zuckte zusammen.

„Ich werde schauen, dass wir schnell fertig sind. Können Sie mir erzählen, was passiert ist?"

„Richard. Er hat Richard erschossen."

„Er?"

„Ich weiß nicht genau, wer. Ich habe es ja nicht gesehen. Ich habe nur Richard gesehen." Ihre Augen füllten sich mit Tränen. „Er ist tot. Sie haben mir gesagt, dass er tot ist. Armer Richard."

„Was haben Sie dort oben mit ihm gemacht?"

„Ich habe nach ihm gesucht. Er hatte gesagt, er würde mit mir ins Hotel zurückfahren, wenn ich gehen wollte. Richard ist nicht gerne auf Partys. Wir wollten uns gemeinsam ein Taxi nehmen."

„Langweilige Party?"

„Nein. Es war eine wundervolle Ausstellung. Aber ich ... Andrew und ich waren früher verheiratet, und es war eine unangenehme Situation. Andrew war verabredet. Da wollte ich gehen."

„Also haben Sie sich auf die Suche nach Hawthorne gemacht."

„Ja. Wir hatten vereinbart, gegen halb elf aufzubrechen, also versuchte ich, ihn zu finden. Ich dachte, er wäre vielleicht nach oben in die Bibliothek gegangen. Aber da war er nicht." Sie schloss die Augen. „Ich lief eine Weile herum, und dann sah ich Licht in Mirandas Büro. Dann hörte ich Richard. Er schrie etwas wie ‚Ich habe genug!'. Ich bin zur Tür gegangen und habe noch eine Stimme gehört, konnte aber nicht verstehen, was sie sagte."

„War es die Stimme eines Mannes oder einer Frau?"

„Ich weiß nicht." Erschöpft rieb sie sich die Stirn. „Sie war sehr leise, eigentlich nur ein Murmeln. Ich dachte, dass Richard und Miranda in ihr Büro gegangen seien, um über etwas zu reden, und wollte sie nicht stören."

„Miranda?"

„Es war ihr Büro, deshalb habe ich das angenommen. Und dann hörte ich die Schüsse. Ich war so geschockt, dass ich nicht nachgedacht habe. Ich bin einfach hineingerannt, und ich glaube, ich habe geschrien. Ich ..., ich weiß es nicht mehr genau."

„Erzählen Sie mir einfach, woran Sie sich erinnern."

„Ich sah Richard, der über dem Schreibtisch lag. Überall war Blut. Und dann traf mich irgendetwas." Sie weinte jetzt. „Dann bin ich erst wieder in der Notaufnahme aufgewacht."

„Als Sie ins Büro kamen, haben Sie da jemanden gesehen?"

„Nur Richard ..." Sie schloss die Augen, und die Tränen strömten durch ihre Wimpern.

ES WAR schon fast Morgengrauen, als Annie die Tür öffnete und Andrew vorfand. Er war leichenblass, hatte tiefe Schatten unter den Augen und trug immer noch seinen Smoking. Die Fliege hing ihm lose um den Hals.

„Elise hatte Glück, sie wird wieder gesund. Ich musste einfach kommen und es dir sagen."

„Komm herein, ich habe schon Kaffee gekocht." Sie trug einen Morgenmantel und hatte sich abgeschminkt.

„Hast du gar nicht geschlafen?" Er schloss die Tür hinter sich und sah ihr nach, als sie zur Küche ging.

„Es ging nicht."

„Annie" – er fasste sie an der Schulter und drehte sie zu sich herum –, „ich musste heute Nacht mit Elise fahren."

„Natürlich."

„Ich musste mich vergewissern, wie es ihr ging. Sie war mal meine Frau. Ich war ihr das schuldig."

„Ich weiß, Andrew."

„Ich bin noch nicht fertig. Ich habe noch nicht mal angefangen."

„Womit?"

„Ich bin Alkoholiker." Ein kurzes Zittern durchlief ihn, aber er fing sich sofort wieder. „Ich bin jetzt seit einundvierzig Tagen trocken. Ich habe heute Nacht im Krankenhaus nachgedacht. Ich liebe Elise nicht mehr, und vielleicht habe ich sie nie so geliebt, wie ich es mir eingebildet habe. Wenn ich nüchtern war, habe ich das gelegentlich schon geahnt. Also habe ich getrunken, um diese Erkenntnis zu verdrängen, und das Gefühl genossen, betrogen und elend zu sein. Dann habe ich über dich nachgedacht, Annie. Du bist die Antwort auf alle meine Fragen. Ich liebe dich."

Ihre Augen wurden feucht, aber sie schüttelte den Kopf. „Ich bin nicht deine Antwort, Andrew. Ich kann es nicht sein."

„Ich liebe dich", wiederholte er. „Ein Teil von mir hat dich immer geliebt. Und der andere Teil musste erst erwachsen werden, um das zu begreifen. Ich weiß, was ich empfinde, und ich weiß, was ich will. Wenn du nicht die gleichen Gefühle für mich hast, musst du es mir sagen. Ich werde mir deshalb keine Flasche Schnaps kaufen. Aber ich muss es wissen."

„Was willst du von mir hören? Du bist Andrew Jones von den Jones aus Jones Point, und ich bin Annie McLean von nirgendwo. Ich leite eine Bar, du leitest das Neuengland-Institut. Nimm Vernunft an."

„Du hast meine Frage nicht beantwortet. Was empfindest du für mich, und was möchtest du?"

„Ich liebe dich, und ich möchte ein Wunder."

Ein Lächeln breitete sich langsam auf seinem Gesicht aus. „Ich weiß nicht, ob ich ein Wunder zustande bringe. Aber ich werde mein Bestes tun." Er vergrub sein Gesicht in ihrem Haar. „Ich möchte mit dir leben und eine Familie haben."

„Wir haben es beide beim ersten Mal vermasselt."

„Wir waren eben noch nicht bereit dazu."

„Nein." Sie berührte sein Gesicht. „Aber jetzt sind wir es."

„Du sollst zu mir gehören." Er küsste sie. „Und lass mich zu dir gehören. Ja, Annie? Willst du?"

„Ja." Sie legte ihre Hand über sein Herz. „Ja, Andrew. Ich will."

RYAN stand in Mirandas Büro und versuchte, sich vorzustellen, was am Abend zuvor hier vorgegangen war. Wie nahe beieinander hatten Richard Hawthorne und sein Mörder gestanden? Ziemlich nahe, denn die Kugeln hatten Pulverspuren auf seinem Smokinghemd hinterlassen. Auf jeden Fall so nahe, dass er in den Augen seines Mörders den Tod gesehen hatte. Da war sich Ryan absolut sicher.

„Sie sollten sich hier nicht aufhalten, Mr Boldari."

„Sie haben das Polizeisiegel aber weggenommen", erwiderte er, ohne sich umzudrehen.

„Es ist besser, das Büro bleibt trotzdem noch eine Zeit lang verschlossen." Cook wartete, bis Ryan aus der Tür getreten war, dann schloss er ab.

„Es gibt keine Anzeichen für einen Kampf, Detective, oder?“

„Nein. Er wusste genau, wer auf ihn schießt, Mr Boldari. Sie haben Mr Hawthorne kennen gelernt, nicht wahr?“

„Kurz, als er am Freitag angekommen ist. Und dann habe ich ihn gestern Abend, bevor er starb, noch einmal gesehen.“

„Vorher kannten Sie ihn nicht?“

„Nein.“

„Seltsam, wo Sie doch beide im Kunstgeschäft sind.“

„Glauben Sie, ich bin gestern Abend hier hochgegangen und habe zwei Kugeln in Richard Hawthorne gejagt?“

„Nein. Es gibt einige Zeugen, die Sie unten an der Treppe gesehen haben, als geschossen wurde.“

Ryan lehnte sich gegen die Wand. „Da habe ich ja Glück gehabt, dass ich so ein geselliger Typ bin.“

„Ja. Ein paar von den Leuten sind natürlich mit Ihnen verwandt, aber Gott sei Dank nicht alle. Allerdings kann niemand sagen, wo Dr. Miranda Jones sich zur fraglichen Zeit aufgehalten hat.“

Abrupt löste sich Ryan von der Wand. In Cooks Augen flackerte es.

„Sie beide haben sich sehr angefreundet.“

„Jedenfalls so sehr, dass ich weiß, dass Miranda nie jemanden umbringen könnte.“

Gleichmütig zog Cook einen Kaugummistreifen aus seiner Tasche und wickelte ihn aus. „Es ist seltsam, wozu Menschen mit dem richtigen Motiv in der Lage sind.“

„Und was wäre ihr Motiv?“

„Ich habe eine Menge darüber nachgedacht. Da ist die Bronze, die von hier, die aus dem Ausstellungskasten verschwunden ist. Ich habe einige Einbrüche mit demselben Muster überprüft. Das ist jemand, der sein Geschäft verdammt gut versteht, jemand, der Verbindungen hat.“

„Ist Miranda jetzt eine Diebin – eine Kunstexpertin, die stiehlt?“

„Oder sie kennt einen Dieb, ist befreundet mit einem“, fügte Cook mit dünnem Lächeln hinzu. „Seltsam, dass die Dokumente zu der Skulptur auch verschwunden sind. Dann habe ich angefangen, über diese große Entdeckung einer Bronze in Florenz nachzudenken, die sich als doch nicht so groß herausgestellt hat. Ich habe herausgefunden, dass jemand die Skulptur gestohlen hat, einfach in die Lagerräume des Nationalmuseums marschiert ist und sie da herausgeholt hat. Warum sollte jemand etwas stehlen, so viel riskieren für etwas, das nicht mehr wert ist als der Preis für das Metall, aus dem es besteht?“

„Die Welt der Kunst hat ihre eigenen Gesetze, Detective. Vielleicht hat jemand eine Vorliebe dafür gehabt."

„Könnte sein, aber auf jeden Fall war es ein Profi, und Profis verschwenden keine Zeit, es sei denn, sie haben einen guten Grund dafür. Da würden Sie mir doch sicher zustimmen, Mr Boldari. Schließlich sind Sie selbst ein Profi."

„Sicher." Ryan mochte diesen Polizisten. „Ich verabscheue es, Zeit zu verschwenden."

„Genau. Und ich frage mich, welchen Wert diese Bronze für irgendjemanden hat."

„Wenn ich es herausfinde, Detective, teile ich es Ihnen mit. Aber ich kann Ihnen sagen, dass Miranda keinen Mord begehen würde, auch nicht, wenn diese Bronze echt und Millionen wert wäre. Und ich denke, Sie stimmen mir da zu. Schließlich sind Sie ja selbst ein Profi."

Cook schmunzelte. Etwas stimmte mit diesem Kerl nicht, aber man musste ihn mögen. „Ich stimme Ihnen zu. Dieser Frau steht die Integrität auf die Stirn geschrieben. Deshalb weiß ich auch instinktiv, dass sie etwas zu verbergen hat. Sie weiß mehr, als sie sagt. Wenn Sie wirklich eng mit ihr befreundet sind, Mr Boldari, überreden Sie sie, mit mir zu sprechen, bevor jemandem einfällt, sie aus dem Weg zu räumen."

MIRANDA fragte sich angestrengt, wie viel sie wagen konnte, der Polizei zu erzählen. Sie saß in der Südgalerie inmitten all der Kunstwerke und hatte die Hände vors Gesicht geschlagen. Sie wusste, dass Cook oben war. Sie hatte ihn ankommen sehen und war wie ein Kind, das die Schulstunde schwänzt, hinter ihm durch die Tür geschlüpft.

Als ihre Mutter hereinkam, ließ sie die Hände sinken.

„Ich dachte mir, dass ich dich hier finde. Ich fahre jetzt ins Krankenhaus. Hoffentlich kann Elise heute Nachmittag entlassen werden. Sie hatte Glück, dass sie nicht ernster verletzt worden ist. Es hätte sein können … Wir hätten sie auch finden können wie Richard."

„Ich weiß, dass du sie sehr gern hast. Mehr, als du jemals deine eigenen Kinder gemocht hast."

„Was für eine lächerliche Feststellung, und was für ein ungeeigneter Zeitpunkt. Wenn das etwas mit der *Donna* zu tun hat …"

„Oh, es geht viel weiter zurück. Du hast nie zu mir gestanden. Mein ganzes Leben habe ich auf den Augenblick gewartet, in dem du endlich da sein würdest. Warum warst du nie für mich da?"

„Ich lehne es ab, dein Benehmen zu dulden." Mit eisigem Blick drehte sich Elizabeth um und ging zur Tür.

Aber Miranda packte ihren Arm und wirbelte sie mit einer Heftigkeit herum, die sie beide erschreckte. „Du wirst erst dann gehen, wenn du mir eine Antwort gegeben hast. Ich bin es leid, dass du mir ständig ausweichst. Warum konntest du mir nie eine Mutter sein?"

„Weil du nicht meine Tochter bist!" stieß Elizabeth wütend hervor. Sie riss sich los. „Wage nicht, mir Forderungen zu stellen, nach allem, was ich geopfert habe, was ich erlitten habe, weil dein Vater beschlossen hat, seinen Bastard als mein Kind auszugeben."

„Bastard?" Der Boden schwankte unter Mirandas Füßen. „Ich bin nicht deine Tochter?"

„Nein, das bist du nicht. Ich habe mein Wort gegeben, dass ich es dir nie sagen würde." Wütend, die Beherrschung verloren zu haben, trat Elizabeth ans Fenster und starrte hinaus. „Nun, du bist eine erwachsene Frau, und vielleicht hast du ja ein Recht darauf, es zu wissen."

„Ich ..." Miranda presste eine Hand auf ihr Herz, als wäre sie nicht ganz sicher, ob es weiterschlagen würde. „Wer ist dann meine Mutter? Wo ist sie?"

„Sie ist vor ein paar Jahren gestorben. Sie war ein Niemand." Elizabeth drehte sich wieder um. „Eine der ... kurzfristigen Affären deines Vaters."

„Er hatte eine Affäre?"

„Sein Name lautet schließlich Jones." Elizabeth machte eine ärgerliche Geste. „In diesem Fall war er unvorsichtig, und die Frau wurde schwanger. Sie ließ sich nicht so leicht abwimmeln wie die anderen. Sie bestand auf einem Handel. Es war eine schwierige Situation."

Miranda spürte einen stechenden Schmerz, der stärker war als der Schock. „Sie wollte mich auch nicht."

Achselzuckend trat Elizabeth wieder an den Tisch und setzte sich. „Ich habe keine Ahnung, was sie wollte. Aber sie hatte sich auf jeden Fall entschlossen, von deinem Vater zu verlangen, dich aufzuziehen. Er kam zu mir und schilderte mir das Problem. Ich hatte die Wahl, mich von ihm scheiden zu lassen, zu verlieren, was ich hier am Neuengland-Institut aufzubauen begonnen hatte, und meine Pläne für mein eigenes Unternehmen aufzugeben. Oder ..."

„... bei ihm zu bleiben. Nach einem solchen Verrat."

„Ich habe mich für das entschieden, was für mich das Beste war. Ohne Opfer ist es nicht abgegangen. Ich musste mich zurückziehen und habe

Monate verloren, während ich darauf wartete, dass du zur Welt kamst. Als du dann da warst, musste ich so tun, als ob du mein Kind wärst. Ich habe dir das übel genommen. Vielleicht war das unfair, aber so war es eben. Für mich warst du die ständige Erinnerung an Charles' Mangel an Treue. Und für ihn warst du die Erinnerung an eine ernste Panne."

„Ja, das ist wohl der richtige Ausdruck", erwiderte Miranda leise. „Jetzt ist es kaum mehr ein Geheimnis, warum keiner von euch mich jemals lieben konnte."

„Ich bin keine mütterliche Frau. Nach Andrews Geburt hatte ich nicht die Absicht, noch ein Kind zu bekommen. Niemals. Aber wir haben gut für dich gesorgt, dir ein schönes Zuhause, eine gute Ausbildung gegeben. Dir ist nie Schaden zugefügt worden, du bist nie vernachlässigt worden."

„Ich bin nie in den Arm genommen worden."

„Ich habe mein Bestes getan und dir jede Gelegenheit gegeben, dich in deinem Fachgebiet zu beweisen. Bis hin zur *Donna*. Ich habe deine Berichte und die Dokumente mit nach Hause genommen. Nachdem ich mich beruhigt hatte und die schlimmsten Unannehmlichkeiten vorbei waren, war ich mir nicht mehr so sicher, dass du wirklich so offensichtliche Fehler gemacht haben konntest. Deine Aufrichtigkeit habe ich übrigens nie angezweifelt."

„Oh, vielen Dank", entgegnete Miranda trocken.

„Aber alles ist aus meinem Safe gestohlen worden. Ich hätte das vielleicht nicht so bald bemerkt, aber ich wollte die Perlen deiner Großmutter herausholen, sie mitbringen und hier in ein Bankschließfach legen. Vor meiner Abreise wollte ich sie dir geben."

„Warum?"

„Vielleicht weil du zwar nie zu mir, aber immer zu ihr gehört hast. Ich will mich nicht entschuldigen für die Wahl, die ich getroffen habe. Ich bitte dich auch nicht um Verständnis, zumal ich dich auch nie verstehen konnte."

„Also soll ich einfach damit weiterleben?"

„Ich habe auch damit gelebt." Elizabeth nahm ihre Tasche. „Wenn du möchtest, rede ich mit deinem Vater darüber."

„Wozu?" Miranda war auf einmal unendlich müde. „Es hat sich ja eigentlich nichts geändert, oder?"

Als Elizabeth gegangen war, trat sie ans Fenster. Das Gewitter, das den ganzen Tag schon gedroht hatte, rückte jetzt heran.

„Geht's dir gut?"

Sie lehnte sich zurück, als Ryan ihr die Hände auf die Schultern legte. „Wie viel hast du gehört?"

„Das meiste."

„Wieder an der Tür gelauscht", murmelte sie. „Ich fühle mich ... erleichtert. Solange ich mich erinnern kann, hatte ich immer Angst, so zu sein wie sie. Aber ich bin es nicht. Ich muss mir darüber nie wieder Sorgen machen."

„Ich bedauere sie", entgegnete er. „Sich so vor dir zu verschließen. Vor der Liebe."

Miranda wusste jetzt, was Liebe war, sie kannte den Zauber und den Schrecken. Was auch immer passierte, sie war dankbar dafür, dass dieser Teil von ihr erwacht war. Auch wenn ein Dieb ihn wachgeküsst hatte.

Sie hielt Ryan eine Weile umschlungen, dann löste sie sich von ihm. „Ich gehe mit Richards Notizbuch zu Cook."

„Gib mir Zeit, nach Florenz zu kommen. Wenn ich es schaffe, fliege ich noch heute Abend. Länger als sechsunddreißig Stunden sollte ich nicht brauchen."

„Mehr kann ich dir auch nicht zugestehen. Ich möchte, dass es endlich vorbei ist."

„Das wird es sein."

Sie lächelte. „Und schleich dich nicht wieder in Schlafzimmer, und plündere keine Schmuckkästen oder Safes."

„Habe ich nicht den Perlen deiner Großmutter widerstanden? Und all dem schönen italienischen Gold von Elise? Selbst dem hübschen kleinen Medaillon, das ich meinen Nichten hätte schenken können?"

„Deine Nichten sind noch zu klein für Medaillons." Sie seufzte. „Ich habe meines auch erst mit sechzehn bekommen. Meine Großmutter hat mir ein sehr hübsches herzförmiges Medaillon geschenkt. Sie hatte ihr Bild und eines von meinem Großvater hineingetan. Damit ich mich immer an meine Wurzeln erinnere."

„Und? Hat es gewirkt?"

„Natürlich. Ich bin eine Jones. Elizabeth hat Recht. Ich war vielleicht nie ihr Kind, aber immer das meiner Großmutter."

„Du bekommst jetzt ihre Perlen."

„Ja, und ich werde sie in Ehren halten. Das Medaillon habe ich vor ein paar Jahren verloren. Es hat mir fast das Herz gebrochen." Sie streckte sich. „Und jetzt muss ich dafür sorgen, dass die Ausstellung morgen der Öffentlichkeit zugänglich gemacht werden kann."

KAPITEL 10

Andrew pfiff vor sich hin, als er das Haus betrat. Er strahlte förmlich vor guter Laune. Er liebte Annie, und sie liebte ihn. Sie hatten den Tag zusammen verbracht und geredet, bis ihm der Hals wehgetan hatte. So viele Worte, Gedanken und Gefühle drängten auf einmal nach außen. Er hatte noch nie mit jemandem so gut reden können wie mit Annie. Außer mit Miranda. Er konnte es gar nicht erwarten, es ihr zu erzählen.

Sie würden im Juni heiraten. Keine große, formelle Hochzeit. Etwas Einfaches, Nettes, so wollte Annie es haben. Er würde Miranda bitten, seine Trauzeugin zu sein. Das würde ihr gefallen.

Er ging in sein Schlafzimmer. Er musste endlich den völlig zerknitterten Smoking loswerden. Er lächelte immer noch, als er aus den Augenwinkeln eine Bewegung wahrnahm. Und dann explodierte der Schmerz in seinem Kopf. Seine Knie gaben nach, als er sich umdrehen wollte, um sich zu wehren. Der zweite Schlag ließ ihn über den Tisch stürzen, und alles um ihn herum wurde schwarz.

Das Gewitter brach los. Miranda war noch knapp zwei Kilometer von zu Hause entfernt, als der Regen auf ihre Windschutzscheibe herunterprasselte. Die Blitze schlugen so nahe ein, dass der fast gleichzeitig erfolgende Donner das Auto zum Beben brachte.

Miranda schaltete das Radio aus, um sich besser aufs Fahren konzentrieren zu können. Aber in Gedanken ging sie alles noch einmal durch.

Der Überfall, dann der Anruf aus Florenz. Ihr Laborleiter John Carter, der schon vorausflog, während sie noch warten musste. Richard, der eigene Tests durchführte. Wer hatte mit ihm zusammengearbeitet? Wer hatte die Pistole ins Institut gebracht und sie benutzt? John? Sie versuchte, es sich vorzustellen, sah aber ständig nur sein braves, besorgtes Gesicht vor sich. Konnte er zwei Kugeln auf Richard abgefeuert und Elise niedergeschlagen haben? Und warum gerade in ihrem Büro? Warum bei einem Ereignis, bei dem Hunderte von Menschen die unteren Stockwerke bevölkerten? Warum solch ein Risiko eingehen?

Weil es wirkungsvoll war. Weil es wieder einmal ihren Namen durch einen Skandal in die Schlagzeilen brachte. Es ging um sie, es musste einfach so sein. Aber was hatte sie getan, um so viel Hass und Besessenheit hervorzurufen? Wenn sie sich aus dem Institut zurückziehen musste, würde John ihr Nachfolger sein. Konnte es wirklich so einfach sein?

Wen gab es sonst noch? Giovanni und Richard waren tot, Elise war im Krankenhaus. Elizabeth ... Konnte ihre Ablehnung in einen solchen Hass umgeschlagen sein?

Überlass es der Polizei, sagte sie sich, als sie vor dem Haus hielt. In weniger als 36 Stunden würde sie diesen hässlichen Ball Detective Cook zuwerfen. Aber vorher musste sie sich genau überlegen, was sie ihm erzählen konnte und was nicht.

Sie griff nach ihrer Aktentasche und hielt sie sich über den Kopf, um sich vor dem Regen zu schützen, während sie zur Haustür lief.

Drinnen rief sie nach Andrew. Sie hatte ihn seit der Nacht im Krankenhaus nicht mehr gesehen, aber er musste da sein. Sein Auto stand vor der Tür. Es war Zeit, dass sie ihm alles erzählte.

Sie rief noch einmal seinen Namen, als sie die Treppe hinaufging. Seine Tür war nicht ganz zu. Das Zimmer war stockdunkel, und sie griff nach dem Lichtschalter, um die Deckenlampe einzuschalten. Als es dunkel blieb, fluchte sie leise. Er hatte schon wieder vergessen, die Birne auszuwechseln. Sie trat vor und stolperte dabei über etwas.

„Andrew!“ Ein Blitz zuckte auf, und sie sah ihn zu ihren Füßen liegen. Er trug immer noch den Smoking. Es war nicht das erste Mal, dass sie über ihn stolperte, wenn er in seinen Kleidern auf dem Boden lag und nach Alkohol stank.

„Wie konntest du dir das nur wieder antun?“ murmelte sie und kniete neben ihm nieder, wobei sie hoffte, ihn zum Aufstehen bewegen zu können. Plötzlich fiel ihr auf, dass er gar nicht nach Whiskey roch. Sie legte ihre Hand auf seinen Kopf. Und spürte etwas Warmes, Klebriges. Blut!

„O Gott, Andrew! Nein, o bitte, nein!“ Mit beschmierten, zitternden Fingern fühlte sie nach seinem Puls. Da ging die Nachttischlampe an.

„Er ist nicht tot. Noch nicht.“ Die Stimme war sanft und fröhlich. „Hättest du gerne, dass er am Leben bleibt, Miranda?“

NORMALERWEISE hasste Ryan es, die gleiche Sache zweimal zu tun, aber er drang genauso in die Suite ein wie beim ersten Mal. Sie war still und leer. In dem einen Schlafzimmer ergriff er, genau wie beim ersten Mal, den Schmuckkasten. Und nahm das Medaillon heraus.

Es war nur ein ungutes Gefühl, aber er hatte gelernt, seinen Instinkten zu folgen. Er studierte die alte Fotografie, konnte aber keine Ähnlichkeiten erkennen. Mit einem Federmesser holte er das kleine Oval heraus. Sie hatte etwas auf die Rückseite geschrieben: *Für Miranda, zu deinem sechzehnten Geburtstag. Vergiss nie, wo du herkommst oder wohin du gehen möchtest. Oma.*

„Wir haben dich“, sagte Ryan leise und ließ das Medaillon in seine Tasche gleiten. Während er in den Flur zurückeilte, holte er bereits sein Handy heraus.

„Elise.“ Miranda zwang sich, ganz ruhig zu sprechen und ihren Blick nicht auf die Pistole zu richten, die auf ihre Brust zielte. „Er ist schwer verletzt. Ich muss einen Krankenwagen rufen.“

„Er wird schon noch eine Weile durchhalten.“ Mit der freien Hand tippte sich Elise an den Verband um ihren Kopf. „Ich habe es ja auch geschafft. Es ist erstaunlich, wie schnell man sich von einem guten Schlag auf den Kopf wieder erholt. Vor allem, wenn man ihn sich selbst verpasst hat.“ Ihre Augen funkelten vor Entzücken bei dem Gedanken. „Aber mach dir keine Sorgen: Ich habe ihn nur zweimal geschlagen – nicht annähernd so oft und hart wie Giovanni. Doch Andrew hat mich auch nicht gesehen. Giovanni schon.“

„Er war dein Freund. Wie konntest du ihn nur umbringen?“

„Ich hätte es nicht tun müssen, wenn du ihn aus allem herausgehalten hättest.“

Miranda ballte ihre Hand zur Faust. „Und Richard?“

„Oh, Richard. Er hat sich selbst umgebracht.“ Zwischen Elises Augenbrauen bildete sich eine leichte Falte. „Er hat nach Giovannis Tod durchgedreht. ‚Es sollte doch niemand sterben‘, jammerte er. Na ja, Pläne ändern sich eben. Als er dir diese lächerliche E-Mail schickte, war er praktisch schon tot.“

„Aber die Faxe hast du geschickt.“

„Oh ja. Haben sie dir Angst gemacht, Miranda? Dich verwirrt? Hast du dir Fragen gestellt?“

„Ja.“ Mit einer langsamen Bewegung nahm sie eine Decke vom Bett und legte sie über Andrew. „Und du hast auch Rinaldi, den Klempner, umgebracht.“

„Dieser Mann war ein ständiges Ärgernis. Er beharrte darauf, dass die Bronze echt war, als ob er etwas davon verstanden hätte. Er kam sogar in Elizabeths Büro gestürmt und brabbelte drauflos. Da fing sie an, nachdenklich zu werden. Ich habe es gespürt.“

„Du hast zwar die *Donna*, aber du wirst sie nie verkaufen können."

„Glaubst du, es geht hier um Geld?" Elise lachte. „Darum ist es nie gegangen. Es geht um dich und mich, Miranda, wie schon immer." Ein Blitz fuhr über den Himmel und beleuchtete das Fenster hinter ihr.

„Ich habe dir nie etwas getan."

„Du wurdest geboren! Du bist die wunderbare Tochter des Hauses, die großartige Dr. Jones von den Jones aus Jones Point, mit deinen hochachtbaren Eltern, deinem tollen Stammbaum, deiner hochnäsigen Großmutter in ihrem großen Haus." Sie fuchtelte wild mit der Pistole. „Weißt du, wo ich geboren bin? In einer Wohlfahrtseinrichtung. Und ich bin in einer lausigen Zweizimmerwohnung aufgewachsen, weil mein Vater mich nicht anerkennen wollte. Ich habe genau das Gleiche verdient wie du, und ich habe es auch bekommen. Aber ich musste dafür arbeiten, musste um Stipendien betteln. Ich habe dafür gesorgt, dass ich auf die gleichen Colleges kam wie du. Ich habe dich beobachtet, Miranda. Du wusstest noch nicht einmal, dass ich da war."

„Lass mich einen Krankenwagen für Andrew rufen."

„Halt den Mund! Ich bin noch nicht fertig. Glaubst du, wenn du redest, hören alle zu? Mir hat das alles zugestanden, und ich hätte es auch bekommen, wenn das Schwein, das meine Mutter geschwängert hat, nicht mit deiner Großmutter verheiratet gewesen wäre."

„Meine Großmutter?" Miranda schüttelte den Kopf, während sie vorsichtig nach Andrews Puls fühlte. „Willst du mir etwa erzählen, dass mein Großvater dein Vater war?"

„Der alte Bock konnte auch mit sechzig seinen Reißverschluss noch nicht zulassen. Meine Mutter dachte, er würde seine Frau vor die Tür setzen und sie heiraten. Dumm, dumm, dumm." Die Pistole war wieder auf Miranda gerichtet, und Elise lächelte lieblich. „Ich habe dich beobachtet. Ich habe seit Jahren Pläne geschmiedet. Du warst mein Ziel. Ich habe das Gleiche studiert wie du. Ich habe deinen nutzlosen Bruder geheiratet. Ich bin deiner Mutter eine bessere Tochter, als du es jemals gewesen bist."

„Oh ja", erwiderte Miranda aufrichtig. „Das bist du."

„Ich hätte früher oder später deine Position bekommen. Erinnerst du dich an den *David*? Ein ganz schöner Schlag für dich, was?"

„Dann hast du ihn also gestohlen und kopieren lassen."

Elise lachte wieder. Ihr Gesichtsausdruck war wechselvoll wie die Blitze draußen und auch genauso flüchtig.

„Was willst du eigentlich?" fragte Miranda und stand auf.

„Ich will, dass du mir zuhörst!" schrie Elise. „Ich will, dass du tust, was ich dir sage, und vor mir auf dem Boden kriechst, wenn ich fertig bin. Ich will alles!“

„In Ordnung.“ Wie viel Zeit? überlegte Miranda panisch. Wie viel Zeit blieb ihr noch, bevor Elise abdrückte? „Ich höre dir zu. Der *David* war also nur zu Übungszwecken, nicht wahr?“

„Oh, du bist immer so klug. Ja, ich wusste, dass ich damit deinem Ruf nur eine Schramme zufügen konnte. Aber ich bin geduldig. Es würde noch etwas Größeres kommen. Und dann kam die *Donna*. Da wusste ich, es war so weit. Elizabeth vertraute mir. Schließlich habe ich jahrelang vor ihr den Kotau gemacht. Standjo wird auch mir gehören“, fügte sie hinzu. „Mit vierzig bin ich Direktorin.“

„Aber alleine konntest du es nicht schaffen. Also hast du mit Richard zusammengearbeitet.“

„Er war in mich verliebt“, fuhr Elise fast träumerisch fort. „Ich hätte ihn vielleicht sogar geheiratet. Er war nützlich. Wir haben nachts die Tests gemacht. Ich hatte die Kombination von Elizabeths Safe. Es war lächerlich einfach. Ich musste nur dafür sorgen, dass du später ankamst. Ich habe Anweisung gegeben, dass du nicht ernsthaft verletzt wirst. Ich wollte, dass du gesund bist, wenn ich dich ruiniere.“

„Richard hat die Kopie gemacht?“

„Wie gesagt, er war nützlich.“

„Und du hast das Projekt an die Presse weitergegeben.“

„Elizabeth hat genau so reagiert, wie ich es erwartet habe. Sie war wütend auf dich – es hat nicht geschadet, dass ich sie von Zeit zu Zeit daran erinnert habe, wobei ich stets betonte, du hättest es sicher nicht so gemeint. Ich war deine Fürsprecherin, Miranda. Ich war brillant.“

Das Telefon läutete. Elise lächelte. „Der Anrufbeantworter soll sich drum kümmern. Wir haben noch so viel zu besprechen.“

WARUM zum Teufel ging sie nicht ran? Ryan kämpfte sich durch das Unwetter, der Wagen schlingerte auf der nassen Straße. Sie war vom Institut nach Hause gefahren, aber sie ging weder an ihr Handy, noch nahm sie daheim den Hörer ab.

Mit der freien Hand wählte er die Nummer des Krankenhauses. „Elise Warfield“, verlangte er. „Sie ist Patientin.“

„Dr. Warfield ist heute Abend entlassen worden.“

Ein eisiges Gefühl breitete sich in Ryans Magen aus. Er trat das Gaspedal durch. Entgegen seiner lebenslangen Gewohnheit rief er die Polizei an: „Geben Sie mir Detective Cook.“

„ICH BRAUCHE die Kopien der Statuen, Miranda.“ Elise trat auf sie zu. „Wir wollen doch alles ordentlich zu Ende bringen, oder?“

„Warum sollte ich sie dir geben? Du bringst mich ja doch um.“

„Natürlich tue ich das.“ Sie schwenkte die Waffe, und Mirandas Herz blieb fast stehen. „Aber dann müsste ich Andrew nicht töten.“

„Nicht!“ Abwehrend hob Miranda die Hände. „Bitte nicht.“

„Gib mir die Kopien, und ich tue es nicht.“

„Sie sind drüben im Leuchtturm versteckt.“ Nur möglichst weit weg von Andrew, dachte sie.

„Oh, perfekt. Kannst du erraten, wo ich gezeugt wurde?“ Elise lachte, bis ihr die Tränen kamen. „Wie wundervoll, dass alles dort endet, wo es einmal begonnen hat.“ Sie fuchtelte mit der Pistole herum. „Nach dir, liebe Nichte.“

Mit einem letzten Blick auf ihren Bruder drehte sich Miranda um. Wenn sie Elise nur einen Moment lang ablenken könnte, würde sie es versuchen. Sie war größer, stärker, und sie war gesund.

„Wenn du mich erschießt, wie willst du das später erklären?“

„Ich lege Andrew die Waffe in die Hand, mit seinem Finger am Abzug, und schieße noch einmal. Ihr habt euch gestritten. Du hast ihn niedergeschlagen, und er hat dich erschossen.“ Sie stieß die Pistole in Mirandas Rücken.

Diese öffnete die Haustür und trat in den Regen hinaus. Sie konnte hören, wie die vom Sturm aufgewühlte See gegen die Felsen donnerte. Jeder Blitz tauchte die Klippen in ein scharfes, gespenstisches Licht.

„Dein Plan wird hier nicht funktionieren, Elise. Wenn du mich jetzt erschießt, kann es Andrew nicht gewesen sein.“

„Halt den Mund! Warum zerbrichst du dir meinen Kopf? Du bist dann sowieso tot.“

„Richard hat ein Notizbuch geführt. Er hat alles aufgeschrieben. Sie werden erfahren, dass ich Recht hatte. Tot oder lebendig, der Ruhm wird mir zufallen. Und deine ganze Mühe war umsonst.“

Mit geballten Fäusten wirbelte sie herum. Die Wucht des Schlags traf Elise am Arm und brachte sie zum Taumeln. Miranda sprang auf sie zu und griff nach der Pistole. Aber sie hatte sich geirrt, stellte sie fest. Es war doch nicht von Vorteil, geistig gesund zu sein. Elise kämpfte wie eine Löwin, mit Zähnen und Klauen. Sie biss und kratzte, während sie gemeinsam auf den Rand der Klippen zurollten.

Ryan rief ihren Namen, während er ins Haus rannte, rief ihn immer wieder, während er die Treppe hochlief. Als er Andrew fand, presste ihm das Entsetzen den Magen zusammen.

Er hörte das Krachen des Donners und dann, wie ein Echo, Pistolenschüsse. Voller Angst trat er durch die Terrassentür nach draußen.

Im Lichtschein eines Blitzes sah er zwei Personen miteinander auf den Klippen kämpfen. Er schickte ein Stoßgebet zum Himmel und sprang über das Geländer.

In diesem Augenblick sah er, wie sie hinunterstürzten.

Ihr Atem ging stoßweise, alles tat ihr weh. Sie griff nach der schlüpfrigen Pistole und versuchte, sie wegzuschieben. Dabei ging die Waffe los, und der Knall der Schüsse drang schmerzhaft in ihre Ohren.

Jemand schrie, hörte nicht auf zu schreien. Sie versuchte, sich mit den Hacken abzustützen, und stellte fest, dass sie im Leeren hing. Im Lichtschein der Blitze konnte sie Elises Gesicht über sich sehen, verzerrt, mit gefletschten Zähnen, die Augen blind vor Wahnsinn. Und eine entsetzte Sekunde lang sah sie sich selbst in ihnen.

Von irgendwoher hörte sie, wie jemand verzweifelt ihren Namen rief. Sie versuchte, ihre Position zu verändern. Aber Elise packte sie, und zusammen rutschten sie über die Kante.

Tausend Gebete fuhren ihr durch den Kopf, tausend Bilder. Die Felsen schürften ihr die Haut auf, während sie versuchte, sich an der Kante des Abgrunds festzuhalten. Keuchend vor Angst, blickte sie über ihre Schulter, sah Elises weißes Gesicht, ihre dunklen Augen, sah, wie sie den Felsen losließ, um die Pistole auf sie zu richten – und dann fiel.

Zitternd und schluchzend presste Miranda ihre Wange an die kalten Klippen. Jeder einzelne Muskel tat ihr weh, ihre Finger brannten. Unter ihr donnerte ungeduldig die See, die sie immer so geliebt hatte.

Sie hob den Kopf der Kante des Abgrunds entgegen, die nur eine halbe Armlänge von ihr entfernt war, sah, wie der Lichtstrahl des alten Leuchtturms die Dunkelheit durchschnitt, als wollte er ihr den Weg weisen. So wollte sie nicht sterben. Sie hielt ihre Augen fest auf das Ziel gerichtet und versuchte, mit den Füßen Halt zu bekommen. Sie hatte sich gerade einmal ein paar Millimeter hochgezogen, als ihre Füße wieder abrutschten.

Sie hing nur noch an ihren blutigen Fingerspitzen, als Ryan über ihr auftauchte. „Miranda, halt durch! Nimm meine Hand!“

„Ich rutsche ab!“

„Nimm meine Hand! Du musst nur ein bisschen nach oben greifen.“ Er stellte sich auf die schlüpfrigen Felsen und streckte ihr beide Hände entgegen.

„Ich kann nicht loslassen! Ich falle!“

„Nein, tust du nicht. Nimm meine Hand!“ Innerlich schrie er vor Panik, aber er grinste sie an. „Komm schon, Dr. Jones! Vertrau mir.“

Schluchzend holte sie tief Luft. Dann löste sie ihre tauben Finger vom Felsen und griff nach seiner Hand. Einen entsetzlichen Moment lang hing sie in der Luft, nur einen Fingerbreit vom Tod entfernt. Dann schloss sich seine Hand fest um ihre.

„Jetzt die andere. Ich brauche deine beiden Hände!“

„O Gott, Ryan!“ Blindlings ließ sie los.

Als er ihr volles Gewicht hielt, wäre er fast vornübergefallen. Er beugte sich zurück, wobei er den Regen verfluchte, der die Felsen spiegelglatt hatte werden lassen. Aber Miranda half ihm, stieß sich mit den Füßen ab. Dann stützte sie sich mit den Ellbogen auf der Kante ab, während er sie vollends heraufzog.

Als sie schließlich auf ihm zusammenbrach, nahm er sie in die Arme und wiegte sich mit ihr im strömenden Regen hin und her.

„Ich habe dich fallen sehen. Ich habe gedacht, du wärst tot.“

„Das hätte gut sein können.“ Sie barg ihren Kopf an seiner Brust und spürte, wie sein Herz raste. In der Ferne ertönte das Heulen von Sirenen. „Wenn du nicht gekommen wärst, hätte ich mich nicht mehr viel länger halten können.“

„Doch, das hättest du.“ Er schob ihren Kopf zurück und sah ihr in die Augen. „Und jetzt kannst du dich an mir festhalten.“ Er hob sie hoch, um sie ins Haus zu tragen.

EPILOG

Sie hätte es wissen müssen. Der diebische Hundesohn! „Vertrau mir“, hatte er gesagt. Und sie hatte ihm vertraut. Er hatte ihr das Leben gerettet, um es dann sorglos zu zerstören.

Oh, er hatte gewartet, dachte Miranda, während sie in ihrem Schlafzimmer auf und ab ging. Er war bei ihr geblieben, bis ihre Schürfwunden und Prellungen behandelt worden waren. Er war an ihrer Seite geblieben, bis sie gewusst hatten, dass Andrew außer Gefahr war. Er hatte sogar ihre Hand gehalten, als sie Cook eine leicht abgewandelte Version der Ereignisse erzählt hatten. Sie hatte ihn unterstützt, jedes seiner Worte bestätigt und Einzelheiten verschwiegen, damit er nicht ins Gefängnis kam. Er hatte ihr schließlich das Leben gerettet. Und dann war er verschwunden, ohne ein Wort. Er hatte gepackt und war weggefahren.

Sie wusste, wohin. Er war hinter der *Donna* und dem *David* her. Wahrscheinlich hatte er sie inzwischen schon für eine horrende Summe verkauft.

Wenn sie ihn je wieder sah … Aber natürlich würde sie das nicht. Die legalen Geschäfte, die sie miteinander verbanden, wurden von seinem Galeriedirektor betreut. Die Ausstellung war ein rauschender Erfolg.

Aber sie hatte die Bronzen nicht, und sie hatte Ryan nicht. Sie musste akzeptieren, dass sie alle drei niemals haben würde. Jetzt war sie allein in einem großen, leeren Haus, während Andrew von Annie versorgt wurde. Er war auf dem Weg der Besserung, und er war glücklich. Sie freute sich darüber, aber sie war auch jämmerlich neidisch.

Sie hatte ihren guten Ruf wieder, ja sicher. Die Presse erging sich in Lobeshymnen. Die tapfere und brillante Dr. Jones. Sie hatte natürlich auch das Institut und wurde von ihrem Vater und Elizabeth endlich respektiert, wenn auch nicht geliebt.

Aber das war kein Leben.

Sie schob die Terrassentür auf, um in die warme Frühlingsnacht zu treten. Voll und weiß hing der Mond über dem Meer und tauchte die Küste, die sie so liebte, in ein mystisches Licht.

Er war jetzt seit zwei Wochen weg. Sie wusste, dass er nicht mehr zurückkommen würde. Aber sie würde darüber hinwegkommen. Sie würde zwar nie wieder in ihrem Leben einem Mann vertrauen, aber sie wusste, dass sie sich auf sich selbst verlassen konnte.

„Dieser Augenblick wäre stimmungsvoller, wenn du ein langes, fließendes Gewand tragen würdest."

Sie wirbelte nicht herum. Dafür reichte ihre Selbstbeherrschung. Langsam wandte sie sich um. Er trug seine schwarze Diebeskleidung und stand grinsend in ihrem Schlafzimmer.

„Du füllst Jeans und T-Shirt zwar nett aus, aber sie wirken nicht besonders romantisch." Er trat auf die Terrasse. „Hallo, Dr. Jones."

„Du verdammter Schweinehund!" Mit aller Kraft schlug sie ihm ihre Faust ins Gesicht.

Er taumelte ein paar Schritte zurück und tupfte vorsichtig das Blut an seinem Mund ab. „Na, das ist ja eine nette Begrüßung."

„Du hast mich missbraucht, mich angelogen! ‚Vertrau mir', hast du gesagt, dabei warst du die ganze Zeit nur hinter den Bronzen her. Du bist auf und davon und wegen der Statuen nach Florenz geflogen."

„Natürlich, das habe ich dir doch gesagt."

„Erbärmlicher Dieb."

„Ich war ein hervorragender Dieb." Lächelnd fuhr er sich mit der Hand durchs Haar. „Und jetzt bin ich ein Dieb im Ruhestand."

Sie verschränkte die Arme. „Mit dem, was du bekommen hast, kannst du wahrscheinlich hervorragend im Ruhestand leben."

„Ein Mann bräuchte mehrere Leben lang nicht mehr zu arbeiten, wenn er das Geld hätte, das der Michelangelo wert ist." Da sie schon wieder die Fäuste ballte, beobachtete er sie wachsam. „Die *Donna* ist das exquisiteste Stück, das ich jemals gesehen habe. Die Kopie war gut, sie hat gezeigt, wie viel Kraft in ihr steckt. Aber ihr Herz, ihren Geist, ihr Wesen hat sie nicht eingefangen. Die *Donna* singt, Miranda. Sie ist unvergleichlich."

„Sie gehört in ein Museum, wo sie angeschaut und studiert werden kann."

„Ich komme, um dir ein Geschäft vorzuschlagen."

„Ach? Warum sollte ich mit dir noch ein Geschäft machen?"

Er zuckte mit den Schultern, ging zurück ins Schlafzimmer, kam mit seiner Tasche wieder und holte einen sorgfältig eingewickelten Gegenstand heraus. Noch bevor er ihn ausgepackt hatte, wusste Miranda, was es war, und vor Erregung brachte sie kein Wort heraus.

„Ist sie nicht großartig?" Er hielt die Figur so wie ein Mann seine Geliebte, liebevoll und besitzergreifend. „Es war Liebe auf den ersten Blick. Sie ist eine Frau, die Männer auf die Knie zwingt und das auch weiß. Sie ist nicht immer nett, aber sie fasziniert. Kein Wunder, dass für sie gemordet wurde. Weißt du, als ich sie fand, eingesperrt in diesem staubigen Lagerraum, als ich sie das erste Mal im Arm hielt, hätte ich schwören können, Harfenklänge zu hören. Glaubst du an solche Dinge, Dr. Jones?"

„Warum hast du sie hergebracht?"

„Ich habe gedacht, du wolltest sie noch einmal sehen."

Sie konnte nicht anders, sie musste näher treten und mit der Fingerspitze das lächelnde Gesicht berühren. Aber dann wandte sie ihren Blick von der Bronze zu ihm. In sein schönes, verräterisches Gesicht.

„Ich habe nicht damit gerechnet, dass du zurückkommst."

„Ich ehrlich gesagt auch nicht." Er stellte die Skulptur auf den Steintisch. „Wir haben beide bekommen, was wir wollten. Du hast deinen guten Ruf wieder zurück. Du bist jetzt eine ziemliche Berühmtheit. Wahrscheinlich hast du schon Angebote von Buchverlegern und Hollywoodproduzenten, die deine Geschichte kaufen wollen."

Das stimmte, und es war ihr peinlich. „Du hast meine Frage nicht beantwortet."

„Ich komme schon noch dazu", murrte er. „Ich habe mich an die Absprachen gehalten. Ich habe nie versprochen, den *David* zurückzugeben. Und was die *Donna* betrifft – ich habe nie etwas anderes versprochen, als sie zu finden. Das habe ich, und jetzt gehört sie mir. Wie sehr willst du sie haben?"

„Heißt das, ich soll gestohlene Ware kaufen?"

„Eigentlich hatte ich eher an einen anderen Handel gedacht."

Sie dachte an den Cellini, den er so gerne haben wollte. Und den Donatello. Ihre Handflächen begannen zu jucken. „Was willst du für sie haben?"

„Dich."

Entgeistert starrte sie ihn an. „Wie bitte?"

„Eine Lady für eine Lady. Scheint mir fair zu sein. In den letzten Tagen ist mir, sehr zu meinem Unbehagen, klar geworden, dass ich dich mehr will als sie."

„Ich kann dir nicht folgen."

„Du bist zu intelligent, um es nicht zu verstehen. Du kannst sie haben. Du kannst sie nach Florenz zurückschicken oder sie meinetwegen als Türstopper benutzen. Aber du musst mir dafür geben, was ich für sie haben will. Ich möchte gerne in diesem Haus leben. Hier kann man gut Kinder großziehen. Ich liebe dich, Miranda, mehr als alles andere auf der Welt."

Sie gab einen leisen Laut von sich. Zu zusammenhängenden Worten war sie nicht in der Lage. Ihr Herz stockte.

Er trat zu ihr, eher erheitert als erschreckt. „Jetzt sieh dir das an, du wirst ja leichenblass. Aber ich muss auf Kindern bestehen. Ich bin halb Ire, halb Italiener. Was kannst du da anderes erwarten?"

„Fragst du mich, ob ich dich heiraten will?"

„Ich arbeite mich langsam dahin vor. Nimm den Handel an. Du wirst es nicht bereuen."

„Du bist ein Dieb."

„Im Ruhestand." Er umfasste mit einem Arm ihre Hüfte und griff mit der anderen Hand in die Tasche. „Hier, lass es uns offiziell machen."

Sie zog ihre Hand weg, als er ihr einen Ring an den Finger stecken wollte. Denselben Ring, den er ihr schon einmal gegeben hatte, wie sie überrascht und entzückt feststellte.

„Sei nicht so stur." Er ergriff ihre Hand wieder und schob ihr den Ring an den Finger. „Nimm den Handel an."

Jetzt wurde ihr klar, woher der Druck in ihrer Brust kam. Ihr Herz schlug wieder. „Hast du für den Ring bezahlt?"

„Natürlich habe ich dafür bezahlt."

Sie betrachtete den Ring. Sollte er doch ein wenig schwitzen. Hoffentlich. „Ich werde die *Donna* den Italienern zurückgeben. Es könnte schwierig werden, ihnen zu erklären, woher ich sie habe."

„Wir denken uns was aus. Nimm den Handel an, verdammt!"

„Wie viele Kinder?"

Er begann zu lächeln. „Fünf."

Sie lachte auf. „Ich bitte dich! Zwei."

„Drei, mit einer Option auf ein weiteres."

„Drei, und damit Schluss."

„Einverstanden." Er wollte sie küssen, aber sie gab ihm einen Klaps auf die Brust. „Ich bin noch nicht fertig. Keinen Nebenjob, ganz gleich, was."

„Ich bin im Ruhestand", knurrte er. „Kein Nebenjob. Was noch?"

„Das müsste genügen." Sie berührte seine Wange. „Ich liebe dich ebenfalls mehr als alles andere auf der Welt. Ich nehme den Handel an. Ich nehme dich, aber das bedeutet auch, dass du mich nimmst. Den Fluch der Jones. Ich bedeute Unglück."

Er küsste die Innenfläche ihrer Hand. „Von jetzt an hast du Glück. Vertrau mir, Dr. Jones."

Foto: Judy Lawn

„Ich habe den schönsten Beruf der Welt – ich verdiene mein Geld damit, Geschichten zu erzählen."

Zunächst war Nora Roberts eine viel geplagte Hausfrau und Mutter, die der Wunsch nach kreativem Ausdruck eigenem Bekunden zufolge fast in den Wahnsinn trieb. Sticken, Töpfern, Backen – nichts erfüllte sie wirklich.

Die Wende kam 1979, als die Familie in ihrem abgelegenen Haus auf dem Land durch einen Schneesturm eine Woche lang von der Außenwelt abgeschnitten wurde. Um in dieser angespannten Situation ein Ventil zu haben, brachte Nora Roberts eine längere Geschichte zu Papier – und schlagartig war ihr klar, endlich ihre künstlerische Berufung gefunden zu haben. Von da an schrieb sie, wann immer die häuslichen Aufgaben und die Betreuung ihrer beiden Söhne dazu Zeit ließen.

Rund zwanzig Jahre später kann sie auf eine einzigartige Karriere zurückblicken: Ihr Schaffen als Autorin von Liebesromanen ist mehrfach preisgekrönt, und mit über 120 publizierten Büchern, die weltweit eine Gesamtauflage von 42 Millionen erzielten, zählt sie zu den erfolgreichsten Schriftstellerinnen überhaupt. Gehen ihr bei dieser außergewöhnlichen Produktivität denn nie die Einfälle aus?

„Es geistert immer eine Idee in meinem Kopf herum. Sobald ich ihr die Aufmerksamkeit schenke, die ihr zusteht, vermag ich einfach drauflos zu schreiben. Am wichtigsten ist, dass meine Figuren mich dazu bringen, ihre Geschichte erzählen zu wollen. Danach lasse ich sie ihr eigenes Leben führen. Keine ist so geworden, wie ich es mir anfänglich vorgestellt hatte."

LARRY COLLINS

KHALID
DAS
SCHWERT
GOTTES

Eigentlich hatte sich Jim Duffy geschworen, nie wieder für die „Firma" zu arbeiten. Doch als Spezialist für den Nahen Osten ist er der Einzige, der der CIA helfen kann, die Hintermänner eines iranischen Drogenrings zu identifizieren, der Heroin in großem Maßstab nach Europa schleust. Dabei stößt Duffy auf einen Furcht erregenden Plan...

Fünf Besucher im Januar

Da war es wieder, dieses Geräusch, das er schon in anderen mondlosen Nächten nach Mitternacht gehört hatte. Es war das Dröhnen eines Flugzeugs, das am äußeren Rand des Waldes auf der Rollbahn des kleinen privaten Flugplatzes von Hartenholm landete.

Er lauschte dem Geräusch, das sich erst näherte, dann wieder verschwand, und in der Stille der schleswig-holsteinischen Tiefebene nur das klagende Seufzen des Windes hinterließ. Knapp drei Minuten später hob die Maschine erneut über das abgelegene Bauernhaus ab, ehe sie nach Osten zum offenen Meer hin abdrehte. Wohin? Nach Polen? Zu den baltischen Staaten? Zu einem kleinen Flugplatz im östlichen Deutschland?

„Heinrich!“ Seine Frau legte einen gebieterischen Tonfall in die Stimme. „Willst du dir den Tod holen? Komm sofort ins Bett zurück!“

Der Bauer seufzte, verriegelte die Fenster und tappte zum Bett zurück.

„Wie oft muss ich dir noch sagen, dass dich das, was auf dem Flugplatz da drüben passiert, nicht zu interessieren hat? Vergiss es!“

Der Landwirt schlüpfte unter das warme Federbett. Einen Augenblick lang starrte er in die Schatten der Deckenbalken. Dann murmelte er auf Plattdeutsch: *„De Voss de brut allwedder* – Der Fuchs ist wieder auf der Pirsch.“

Halb drei Uhr morgens. Keine zwei Kilometer von dem Bauernhaus entfernt, rollte ein schwarzer Wagen mit abgeschalteten Scheinwerfern aus der Einfahrt des kleinen Flugplatzes. Der Fahrer hielt an der Einmündung in die Landstraße und blickte nach rechts, während der Beifahrer neben ihm nach links hinaussah. Kein Fahrzeug in Sicht.

„Okay“, befahl der Mann auf dem Beifahrersitz. „Also los!“

Der Fahrer schaltete die Scheinwerfer an und fuhr in westlicher Richtung zur etwa sieben Kilometer entfernten Autobahn A7. Der Mann neben ihm zündete eine Zigarette an und wandte sich zu den fünf jungen Männern um, die hinter ihm in dem Minibus saßen. Sie schwiegen und zeigten offenbar nicht das mindeste Interesse für die Landschaft. Sie benahmen sich absolut vorschriftsmäßig, genau wie man es sie gelehrt hatte: Den Mund halten und im Hintergrund bleiben.

Wie leicht war es doch gewesen, so leicht wie jedes Mal bisher! Diese Europäer! Sie bildeten sich ein, ihr Himmel wäre ein geheiligter Bezirk, den ständig die wachsamen Augen Tausender Radaranlagen unter Kontrolle hielten.

Was für ein Witz! So war es ihm zum Beispiel hier verboten, nachts mit einer Privatmaschine zu fliegen, wenn nicht der Antwortsender je nach Flughöhe auf den Frequenzen 022 oder 021 ständig Laut gab. Auf diese Weise konnten die gigantischen Radarschirme am Hamburger Flughafen Fuhlsbüttel die Maschine automatisch als sekundäres Objekt registrieren. Diese Radarsysteme nahmen nachts nur solche Objekte zur Kenntnis, denn sonst würden sie jeden Vogelschwarm melden. Was tat man also als Pilot? Man schaltete seinen Antwortsender ab, und die Maschine konnte ungesehen wie eine schwarze Motte durch die Nacht fliegen. Der Mann staunte wieder einmal über die Weitsicht, die der Professor bewiesen hatte, als er beschloss, diesen privaten Flugplatz zu kaufen.

Fünfzig Kilometer weiter und eine knappe Stunde später rollten sie über die Kennedybrücke zwischen Außen- und Binnenalster auf den Hamburger Hauptbahnhof zu und fuhren den Klosterwall hinunter zum Elbufer bis zu einer Reihe grauer Hochhäuser. Der Fahrer hielt vor dem zweiten Haus.

Der Mann auf dem Beifahrersitz stieg aus, warf einen prüfenden Blick in die Runde und forderte dann mit einer Kopfbewegung die fünf jungen Männer auf, ihm in die Halle des Gebäudes zu folgen. Er schaltete die Treppenbeleuchtung nicht an. Im zweiten Stockwerk brannte hinter der einzigen Tür, die als Eingang zu den Geschäftsräumen der IRAN TEPPICH GMBH ausgewiesen war, Licht. Der Führer klopfte dreimal kurz an diese Tür. Ein Mann Ende dreißig öffnete. Ein Lächeln hellte seine finstere Miene auf.

„Meine Brüder“, rief er mit Begeisterung. „Willkommen! Allah hat euch mir geschickt! Seid willkommen!“

Er begrüßte jeden der fünf mit einer Umarmung sowie einem festen Kuss auf die Wange.

Vier gehämmerte Messinglampen hingen unter der Decke des Hauptraums und warfen Tausende von farbigen Lichtpünktchen auf die Stapel von Teppichen aus dem Iran, die überall im Raum lagerten.

„Setzt euch! Setzt euch!“, lud der Hausherr ein.

Sie ließen sich im Halbkreis um ihn nieder. Er seinerseits stand ihnen mit dem Rücken zur Wand gegenüber wie ein Lehrer seinen Schülern in einer *Medrese*, einer islamischen Hochschule. Der Eigentümer der Iran Teppich GmbH, Hussein Faremi, gehörte der niederen islamischen Geistlichkeit an und genoss zudem erhebliches Ansehen unter den Helden der iranischen Revolution. Er hatte den größten Teil seiner Ausbildung in der völlig unreligiösen Umgebung eines Guerillatrainingslagers der OLP absolviert. Als Khomeinis Anhänger am Thron des Schahs zu rütteln begonnen hatten, war er eilends nach Teheran zurückgekehrt und hatte sich den revolutionären Garden angeschlossen.

Seine Begeisterung für die Rücksichtslosigkeit, mit der die neuen Machthaber die Kollaborateure des gestürzten Regimes ohne viel Federlesens aburteilten, war mit einer Ernennung an den Gerichtshof des „Henker-Mullahs“ Sadegh Khalkhali belohnt worden. Dort hatte man ihm die Aufgabe anvertraut, die Opfer der Willkürjustiz des Henker-Mullahs durch Genickschüsse zu liquidieren. Der Fanatismus, mit dem er seine grausige Pflicht erfüllte, brachte ihm den Beinamen „Hammer Allahs“ ein. Deshalb war er auch mit der Mission in Hamburg betraut worden, dem Sitz der größten Gemeinde iranischer Emigranten in Westeuropa. Seit sechs Jahren betrieb er nun schon in der Hansestadt ein Importgeschäft für persische Teppiche und nebenher eine kleine Buchhandlung, in der Bücher in Farsi erhältlich waren.

In Wirklichkeit war er der Führer des deutschen Arms einer terroristischen iranischen Geheimorganisation, die unter der Leitung des VEVAK stand, des Ministeriums für Information und Sicherheit – eine Behörde, die das Erbe des berüchtigten SAVAK des Schahs angetreten hatte. Die Hauptaufgabe dieser Organisation war die Liquidation von Gegnern des Mullahregimes, die in den Vereinigten Staaten oder in Europa Zuflucht gesucht hatten. Innerhalb von knapp drei Jahren hatten Agenten der Organisation mehr als sechzig Menschen ermordet.

Faremi betrachtete die fünf jungen Männer, die vor ihm saßen. Sie alle waren Anfang bis Mitte zwanzig. Alle waren in den Elendsquartieren Teherans angeworben worden, in jenen Sickergruben der Armut und Verzweiflung, wo man am ehesten bereit ist, für die Hoffnung auf eine bessere Zukunft das Leben hinzugeben. Man hatte diese fünf jungen Männer sorgfältig ausgewählt und auf die Aufgaben, die sie hier erwarteten, vorbereitet.

„Nun, meine Brüder“, sagte Faremi lächelnd, „eine lange Reise endet hier, und eine neue beginnt. Die große Aufgabe, für die ihr ausgewählt und ausgebildet wurdet, steht euch hier bevor. Gedenkt der Worte unsres großen Führers, des Ayatollah Khomeini, Friede sei mit ihm, der da sprach: ‚Das Schwert ist der Schlüssel zum Paradies.‘ Heute, meine Brüder, seid ihr zum Tragen des Schwerts berufen."

Faremi zog ein Stück Papier aus der Brusttasche seines Hemdes und entfaltete es auf dem Teppich zu seinen Füßen. Es war ein Todesurteil, unterschrieben von Sadegh Izaddine, dem stellvertretenden Direktor des VEVAK. Es war das Todesurteil, das zu vollstrecken die fünf jungen Männer nach Europa entsandt worden waren.

„Ihr werdet diesen Befehl ausführen als ein religiöses Gebot", betonte Faremi. „Bedenkt immer, dass ein Volk, das nicht bereit ist, für die Schaffung einer gerechten Gesellschaft zu töten und zu sterben, von Allah keine Hilfe erwarten darf." Er griff erneut in die Tasche und zog ein weiteres Stück Papier heraus, den Teil eines Stadtplans von Düsseldorf. „Zwei von euch werden mich in der Morgendämmerung zum Bahnhof begleiten", erklärte er und wies mit dem Finger auf die beiden Auserwählten. „Von dort nehmt ihr einen Zug nach Düsseldorf. Hier habe ich eingezeichnet, wie ihr vom Hauptbahnhof am besten zur Prinz-Georg-Straße 87 zu einem Mann namens ‚Nabi‘ gelangt. Klingelt dreimal bei ihm und geht dann auf die andere Straßenseite. Eine Hand wird einen Geranientopf hinter die Spitzengardine des Fensters im ersten Stock schieben. Das bedeutet, dass man eure Botschaft empfangen hat. Kurz danach wird einer unserer Leute mit einem Exemplar des *Spiegels* vorbeikommen. Er wird euch in unser sicheres Haus bringen."

Faremi hielt kurz inne und wandte sich an die drei anderen jungen Männer. „Ihr drei werdet heute Nachmittag einen Zug nach Frankfurt nehmen. Alles, was ihr wissen müsst, werde ich euch dort mitteilen. Ihr werdet Geld und neue Ausweise erhalten und euch später alle fünf in unserem Haus in London wiedertreffen. Dort wird man euch gründlich über alle Einzelheiten eurer Mission unterrichten. Sobald ihr euren Auftrag ausgeführt habt, werdet ihr sofort und getrennt nach Frankfurt und Düsseldorf zurückreisen. Von dort kehrt ihr dann hierher zurück, und ich werde dafür sorgen, dass ihr auf dem Weg, auf dem ihr gekommen seid, nach Teheran zurückfliegen könnt. Fragen?"

„Waffen?", fragte einer der fünf.

„Die wird man euch in London aushändigen."

„Sprengstoff?", fragte ein anderer.

„Wir hoffen, dass bei dieser Mission keiner benötigt wird, denn der

Lärm der Explosion könnte euren Auftrag gefährden. Vergesst nie, dass ihr eine doppelte Aufgabe zu erfüllen habt. Erstens sollt ihr islamische Rache nehmen an einem, der uns verraten hat, und zweitens, und das ist sogar noch wichtiger, sollt ihr uns wiederbeschaffen, was von Rechts wegen unser Eigentum ist." Er stand auf und beendete diesen Teil seiner Anweisungen. „Ich habe euch eine Mahlzeit als Willkommenszeichen zubereiten lassen. Doch zunächst müsst ihr euer Erscheinungsbild verändern, damit ihr euch nicht von den Ungläubigen unterscheidet. Weiß einer von euch, was die Lehre von der *taqiyeh* besagt?"

Zwei der fünf meldeten sich. Faremi nickte zufrieden. „Das ist", erklärte er zur Information der drei anderen, „die Lehre von den Bedingungen, unter denen es erlaubt ist, den Glauben zu verbergen. Die Väter der Schia haben damit der Verfolgung durch die abbasidischen Kalifen und die ottomanischen Sultane Rechnung getragen. Ihr dürft von diesem Augenblick an euren Glauben verbergen, um es euren Feinden zu erschweren, euch als die zu erkennen, die ihr wirklich seid. Zum Beispiel werdet ihr euch umgehend die Bärte abnehmen. Wenn euch Engländer oder Deutsche fragen, ob ihr Muslime seid, leugnet das, sagt, dass ihr Christen seid – oder sogar Juden. Wenn euch Verbotenes angeboten wird, Wurst, Schweinefleisch oder Bier, könnt ihr es ohne Bedenken annehmen. Ihr werdet euch kleiden wie sie und benehmen wie sie."

Noch während Faremi sprach, hatte sein Gehilfe Kleidung und Schuhe auf den Teppich geworfen: Reebok- und Adidas-Basketballstiefel, Springerstiefel, Bluejeans, Sweatshirts, Lederjacken und Parkas.

„Also los!", forderte Faremi sie auf. „Putzt euch auf wie die verkommene Jugend des Westens, die ihr eines Tages beherrschen werdet."

Nachdem sich alle umgezogen hatten, wurde ihnen die versprochene Mahlzeit auf einer großen Kupferplatte serviert. Sie bestand aus Joghurt, Lauch und Tee.

Aufgrund der mangelnden Begeisterung seiner hungrigen Gäste erklärte ihnen Faremi, es sei die Lieblingsmahlzeit des Ayatollah Khomeini, der in seiner asketischen Zurückhaltung eine Erinnerung an die Lebensweise des Propheten sah.

Nach der Mahlzeit ergriff Faremi eine Schatulle aus blank poliertem Zedernholz. Es befanden sich fünf kleine Messingschlüssel darin, an jedem war ein Plastikband befestigt. Er nahm einen aus dem Kasten und hielt ihn in die Höhe.

„Das", verkündete er, „ist ein Schlüssel zum Paradies. Es ist genauso ein Schlüssel, wie ihn Millionen tapferer *Basiji* getragen haben, die sich während unseres Krieges gegen den Irak freiwillig meldeten, um die Minenfelder des Feindes zu stürmen. Auf jedem dieser Schlüssel findet ihr den Namen eines Basiji, der euch ins Paradies vorausgegangen ist." Er erhob sich und hängte feierlich jedem der fünf jungen Männer einen Schlüssel um den Hals. „Möge das Andenken der tapferen Jünglinge, deren Namen auf diesen Schlüsseln verewigt sind, euch bei der Durchführung eures Auftrages beflügeln." Nach dieser Ermahnung winkte er die beiden jungen Leute herbei, die nach Düsseldorf reisen sollten. „Kommt, für euch ist es Zeit."

Er ergriff einen Koran und hielt ihn den beiden hin. Jeder küsste das heilige Buch ehrerbietig. Dann hielt er es mit ausgestreckten Armen in die Höhe, sodass die beiden darunter durchgehen konnten. Mit diesem Ritus wurde der Schutz Gottes erbeten.

Faremi führte seine Schutzbefohlenen zur Rückseite des Bahnhofs, vorbei am U-Bahn-Eingang zu einem Platz, der sich vor einem der beiden Haupteingänge des Fernbahnhofs erstreckte. Dieses Areal war das Zentrum der Hamburger Drogenszene. Sogar jetzt, um fünf Uhr früh, sah man dort Süchtige herumirren, unter ihnen die Dealer, die murmelnd Heroin und Haschisch anboten.

Als die drei Iraner den Vorplatz überquerten, drängte sich ein Mädchen in einem zerrissenen roten Parka und gelben Skihosen an den zweiten von Faremis Racheengeln heran. Sie griff ihm in den Schritt und zeigte dann auf ihren Unterleib. „Nur fünfzig Mark", flüsterte sie.

Das war so recht nach Faremis Herzen! Da hatte man eine augenfällige Demonstration der Verkommenheit des Westens, dessen Werte er zutiefst verachtete. „Seht sie euch an", zischte er seinen beiden Begleitern zu. „Das ist ihre berühmte Freiheit, mit der sie überall prahlen. Freiheit, wozu? So tief zu sinken wie der Abschaum, den man hier sieht?"

Dann kaufte er den beiden Fahrkarten und begleitete sie auf den Bahnsteig neun, wo der IC nach Düsseldorf in fünf Minuten abfahren sollte. Zum Abschied umarmte er beide.

DER LÄRM der Zivilisation drang dieser Tage so selten in Jim Duffys stille Existenz, dass ihn das Knirschen der Reifen im Schnee seiner Auffahrt erschreckte. Misstrauisch sah er, wie der ihm unbekannte schwarze Honda etwa zwanzig Meter von ihm entfernt anhielt, und bei dem Gedanken an die 38er, die in seinem Haus eingeschlossen war, fühlte er sich unbehaglich nackt. Dann erkannte er jedoch die Gestalt, die aus dem Wagen kletterte.

„Was zum Teufel führt dich an einem Tag wie diesem hierher nach Maine?“

„Du.“

Duffy schlug die Axt, mit der er Brennholz für seinen Kamin gespalten hatte, in den Hackklotz. „Was zum Teufel soll denn das nun wieder heißen?“

„Warum lädst du mich nicht auf eine Tasse Kaffee in dein Haus ein, dann erkläre ich's dir.“

Duffy streifte die Lederhandschuhe ab, stopfte sie in seine Hüfttasche und trat seinem Besucher mit breitem Grinsen entgegen. „Ich nehme an, das ist das Mindeste, was ich für dich tun kann.“

Er führte seinen Gast in das Häuschen am Seeufer. Die Einrichtung war einfach, fast spartanisch und schien geradezu lauthals zu versichern: Hier wohnt ein allein stehender Mann.

Ein schwacher Geruch von kaltem Zigarrenrauch hing in der Luft im Wohnzimmer. Auf dem Boden neben einem Armsessel lag aufgeschlagen der Sportteil eines Exemplars des *Boston Globe*.

Brennholz lag säuberlich aufgestapelt neben dem Kamin, in dem bereits eine Anzahl Scheite fertig zum Anzünden aufgehäuft waren. Duffy ergriff ein langes Streichholz und machte Feuer. „Der Kaffee läuft schon durch. Mach's dir bequem, während ich ihn hole.“

Er kehrte mit zwei Bechern zurück, deren blaugoldenen Emblemen man entnehmen konnte, dass sie aus der Offiziersmesse des Oberkommandos der 5. US-Flotte stammten. Mittlerweile hatte ein über dem Kamin aufgehängtes Ölgemälde das Interesse des Besuchers geweckt. Es war das Bild einer Frau Anfang vierzig, mit blondem Haar und blassblauen Augen, die sehnsüchtig einen fernen Horizont zu suchen schienen. „Entzückend“, sagte der Besucher leise zu Duffy. „Es ist vollkommen lebensecht.“

„Ja.“ Duffy reichte ihm einen Becher Kaffee und stellte seinen eigenen auf den Tisch neben den Armsessel. „Es wurde, drei Monate bevor der Krebs sie besiegte, gemalt.“ Auch er starrte nun das Bild an. „Er hat wirklich was Besonderes eingefangen, oder? Manchmal kommt's mir so vor, als wäre sie da schon einen halben Schritt im Jenseits und würde sich von dort nach mir umschauen.“

„Um zu sehen, ob du hier schon Ersatz für sie gefunden hast?“

„Sie ist unersetzlich.“

„Wie lange ist das nun schon her?“

„Fast sieben Monate. Die Einsamkeit bringt mich um.“

„Kommst du überhaupt nicht raus?"

Duffy antwortete mit einem unfrohen Lachen. „Wozu? Soll ich dem Bridgeklub beitreten? Die Treffen am Donnerstagabend im Gemeindesaal der Kirche besuchen? Denn das ist ungefähr alles, was das gesellschaftliche Leben hier an Aufregung zu bieten hat."

„Warum zum Teufel bleibst du hier?"

„Ich mag das Surfen und die Wälder. Und weißt du, auf eine komische Weise machen es mir gerade die Isolation und die Einsamkeit, über die ich eben gemeckert habe, auch leichter. Irgendwie habe ich hier in der Stille dieses kleinen Hauses, des Sees und des Waldes das Gefühl, als ob sie noch bei mir wäre. Wenn ich aber runter in die Stadt fahren würde, könnte mir diese Illusion dort im Lärm und unter den Leuten unwiderruflich verloren gehen." Duffy blies in seinen heißen Kaffee und blickte dann sein Gegenüber fest an. „Also, welchem Grund verdanke ich die Ehre deines unerwarteten Besuchs?"

„Wir wollen, dass du wieder für uns arbeitest, Jim."

„Was? Zurück in diesen Zoo? Nach der Art und Weise, wie mich Woolsey rausgeschmissen hat? Gedemütigt hat? Absichtlich und in aller Öffentlichkeit?"

Noch einmal überwältigte ihn die Kränkung, die er bei seiner Entlassung nach 26 Dienstjahren bei der CIA, der zentralen Nachrichtenbehörde der USA, erfahren hatte. Buenos Aires, Bagdad, Khartoum, der Krieg in Afghanistan – überall war er gewesen. An der Wand über seinem Schreibtisch hingen Gratulationsschreiben sowohl des israelischen Mossad als auch des saudi-arabischen Geheimdienstes. Dann, als der afghanische Krieg einzuschlafen schien, hatten sie ihn nach Langley zurückgeholt und an einen Schreibtisch in der Abteilung für sowjetische Angelegenheiten gesetzt. Er war kaum drei Wochen in dem Job, als ihm sein Assistent einen Stapel Papierkram zur Unterschrift vorlegte: Gutachten, Bargeldanweisungen, Personalversetzungsformulare – die Sorte Mist, um die er sich draußen nie hatte zu kümmern brauchen. Eines dieser Dokumente hatte die Versetzung eines gewissen Aldrich Ames in das neue Rauschgiftdezernat genehmigt. Er unterschrieb. Und dann, Jahre später, als Ames als KGB-Spion enttarnt wurde und der Kongress Woolsey zur Schnecke machte, weil er es versäumt hatte, die alten Knaben von der CIA wegen dieser Geschichte hinreichend zu disziplinieren, was war passiert? Woolsey hatte ihn den Hunden zum Fraß hingeworfen, wie einen Knochen, der die Kongressschnüffler von seiner eigenen Spur ablenken sollte.

„Vergiss Woolsey, Jim. Wir haben schon drei Direktoren verbraucht, seit er weg ist."

„Warum zum Teufel sollte ich zurückkommen?"

„Wie ich schon sagte, weil wir dich brauchen."

„Um Himmels willen, aber wozu denn?"

„Erinnerst du dich noch an deinen Kumpel Said Dschailani?"

Ein Lächeln huschte über die finstere Miene, zu der Duffys Züge erstarrt waren. „Der Gucci-Mudschahed", lachte er.

Er sah ihn wieder vor sich, wie er auf der Höhe des afghanischen Bürgerkriegs in seinem Pajero durch die Hintergassen Peshawars kurvte. Dschailani, dessen Gewandsaum und Sandalen mit Goldfäden bestickt waren, was ihm seinen Spitznamen eingetragen hatte: der Gucci-Mudschahed.

„Was hat er denn nun wieder ausgefressen?"

„Er hat die Deckung verlassen und ist wieder aktiv im Einsatz."

„Wie denn das?"

„Mir wäre es lieber, wenn du bis zur Einsatzbesprechung in Langley warten könntest."

„He, Frank, komm schon. Wir beide kennen uns seit über fünfundzwanzig Jahren."

Tatsächlich waren Duffy und sein Besucher, Frank Williams, im gleichen Jahr angeworben worden, hatten gemeinsam ihr „Pfadfindertraining" im Camp Peary absolviert und sich in Vietnam die Feuertaufe geholt. Williams hatte dann seine Laufbahn im Hauptquartier fortgesetzt, während Duffy bei Einsätzen in Übersee glänzte. Während der drei Jahre, in denen Duffy für die CIA den afghanischen Krieg vor Ort in Pakistan koordiniert hatte, war Williams sein Verbindungsmann im Hauptquartier gewesen. Williams hatte das streng geheime Programm der CIA geleitet, das den Ankauf der Waffen, mit denen der Krieg geführt wurde, direkt unter der Nase der Russen in Polen, in der Tschechoslowakei und in Rumänien regelte. Wie überglücklich waren doch manche von diesen Tschechen und Polen gewesen, der CIA Waffen zu verkaufen, die in Afghanistan eingesetzt wurden, um ihre russischen Brüder zu töten!

„Natürlich, Jim, ich weiß. Ich hätte es aber lieber, wenn jemand dir die Sache auseinandersetzte, der dabei mehr auf dem Laufenden ist als ich. Nur so viel: Dschailani hat sich auf die Seite der Iraner geschlagen."

„Das wundert mich nicht. Er war schon immer vernarrt in Khomeini und dessen durchgedrehte Mullahs. Wir wussten das, verdammt noch mal!"

„Fakt ist aber, Jim, die extremistischen, fanatischen Mullahs stecken in der Klemme."

„Na, das ist mal 'ne gute Neuigkeit."

„Wie das Leben so spielt, sind Leute in dieser Lage aber auch am gefährlichsten. Das Pro-Kopf-Einkommen im Iran ist nur noch ein Drittel von dem, was es unter dem Schah war. Millionen von Menschen sind arbeitslos, die Öleinnahmen decken nur knapp die Hälfte des Haushalts, und trotzdem schmeißen die Mullahs das Geld zum Fenster raus, um sich Kernwaffen und Flugkörpertechnologie zu verschaffen. Wo zum Teufel bekommen sie die Mäuse her?"

„Durch den Verkauf von Pistazien?"

„Wir vermuten, aus dem Rauschgifthandel. Der Anbau von Schlafmohn in Afghanistan hat kolossal zugenommen."

„Die Afghanen können nur zwei Sachen: kämpfen und Drogen anbauen."

„Mag sein. Vor zehn Jahren kam's auf das Kämpfen an, heute ist das Rauschgift dran. Heroin ist wieder ganz groß da, aber wirklich groß, sage ich dir. Das Zeug überschwemmt dieses Land und auch Europa. In Washington tuschelt man schon: ‚An dieser Sauerei ist die CIA schuld.' Eine Menge von diesem Stoff kommt aus Gegenden, wo Typen das Sagen haben, die ihr bewaffnet und ausgebildet habt."

Duffy erhob sich, ging zum Kamin und rammte ein Holzscheit mit solcher Wucht in die Flammen, dass ein wahrer Funkenregen in den Schornstein aufstieg. „Ich habe diese Liberalen in Washington satt, die heutzutage dauernd über all das Böse jammern, das die CIA in der Welt verschuldet haben soll. Wenn sie abends ins Bett gehen, brauchen diese Säcke sich keine Sorgen zu machen, dass die Sowjetunion in Westdeutschland einmarschiert und einen Atomkrieg anfängt, während sie den Schlaf der Gerechten schlafen, stimmt's? Und warum ist das so? Unseretwegen, dessentwegen, was die CIA in Afghanistan geleistet hat. Als diese blauäugigen russischen Soldaten in Leichensäcken an den Busen von Mütterchen Russland zurückkehrten, begriffen die Sowjets endlich, dass sie ein echtes Problem hatten. Der afghanische Krieg war für die Rote Armee die erste ernsthafte Kraftprobe seit fünfundvierzig Jahren. Und was passierte? Ein Haufen analphabetischer Bauern und Schäfer hat sie in den Arsch getreten. In Afghanistan haben wir den Kalten Krieg gewonnen, ob das diesen Idioten in Washington nun passt oder nicht."

„Vergiss nicht, dass Gorbatschow uns auch ein bisschen behilflich gewesen ist."

„Gorbatschow hätte sich nie getraut, sich mit der Roten Armee anzulegen, wenn wir ihm nicht zuvor gezeigt hätten, dass von dieser Seite nichts mehr zu befürchten ist.“ Duffy, von seinem Zorn aufgepeitscht, ging vor den im Kamin lodernden Flammen auf und ab.

Williams riss ihn aus seinen Erinnerungen. „Tja, jetzt heißt es leider, dass wir mögliche Gefahren nicht richtig eingeschätzt haben, als wir die islamischen Fundamentalisten aufrüsteten und unterstützten. Das Antiterrorismusdezernat hat gerade ein Papier darüber erstellt, wo diese Typen heutzutage überall auftauchen. Sie schneiden in Algerien Kehlen durch, jagen in Kairo Autobomben hoch und zeigen in Saudi-Arabien schiitischen Staatsfeinden, wie sie eine Bombe an Bord eines Flugzeugs bringen können.“

„Stecken vielleicht die Afghanen dahinter?“

„Großer Gott, nein. Sie sind viel zu sehr damit beschäftigt, sich gegenseitig umzubringen. Es sind die Ägypter, die Pakistani, die Algerier und all die anderen, die in Peshawar ihre Dschihad-Kampfausbildung erhalten haben. Jetzt spielen sie das Spiel ihrer Vorbilder, der Iraner.“

„Und welche Rolle spielt der Gucci-Mudsch bei alledem?“

„Rauschgift. Drogen unterminieren die Gesundheit der Kinder Satans, stimmt's? Gleichzeitig bringen sie das Geld, das die Mullahs brauchen, um ihre terroristischen Vorhaben zu finanzieren. Sie schaden dem Westen und beschleunigen den Triumph des Islam. Prima also. Seine Aufgabe besteht darin, dafür zu sorgen, dass die Mullahs ihren Anteil an jedem Kilo Opium kriegen, das durch den Iran geschafft wird.“

„Aber warum soll ich jetzt ran? Warum willst du mich aus meinem idyllischen Holzhackerleben hier oben in Maine rausreißen?“

„Weil niemand die Verhältnisse und die Drahtzieher da unten besser kennt als du. Der Direktor meint, falls jemand überhaupt rauskriegen kann, von wo aus dieser Bastard Dschailani operiert, dann bist du das. Ein Lear-Jet der CIA erwartet uns auf dem Flughafen von Portland.“

„So wichtig?“

„So wichtig.“

„Habe ich wenigstens noch Zeit, eine Zahnbürste einzupacken?“

„Na klar. Willkommen bei der alten Firma.“

Die Männer saßen im Kreis auf der gestampften Erde des Hüttenbodens, mit dem Rücken an die weiß getünchten Wände gelehnt, die Beine unter dem knöchellangen Rock ihres Tschalwars, des traditionellen afghanischen Männergewands, gekreuzt. Vor ihnen standen die

Reste der Mahlzeit, die sie soeben verzehrt hatten. Söhne, Onkel, Brüder, Väter, Cousins, alle gehörten sie dem Belutschen-Volk an, dessen Mitglieder sich zwischen dem Süden Afghanistans, dem Nordwesten Pakistans und dem Südosten des Iran verteilten.

Alle Anwesenden waren natürlich Muslime. Die meisten befleißigten sich nun, da ihre Provinz in der Gewalt der Taliban war, sogar auffälliger Frömmigkeit. Indessen war das Anliegen, das sie an diesem kalten Januarabend in der Hütte zusammengeführt hatte, kein geistliches, sondern ein wirtschaftliches. Sie alle waren in den Opiumhandel verwickelt.

Ihr Dorf lag in der afghanischen Provinz Helmand, von den Grenzen Pakistans und des Iran fast gleich weit entfernt. Es war eines von 5000 Dörfern des Landes, in denen man sich hauptsächlich dem Anbau von Schlafmohn widmete, aus dem Opium, Morphium und schlimmer noch, Heroin, gewonnen wurde. Afghanistan war seit 1994 der führende Rohopiumproduzent der Welt und stellte bereits das berüchtigte Goldene Dreieck im Norden Birmas in den Schatten.

Zehn der Männer, die an den Wänden lehnten, waren Landbesitzer oder Pächter, die ihre Felder bestellten. Zwei waren Händler aus dem Basar des nahe gelegenen Sangin. Zwischen den beiden Händlern saß der Ehrengast des Abends, dem diese Versammlung galt. Er hieß Ghulam Hamid und war ein aus Persien stammender Belutsche. Während des letzten Jahrzehnts des Schah-Regimes hatte er der SAVAK angehört und war dort vor allem für den Opiumhandel verantwortlich gewesen.

Bei Ausbruch der Revolution war er nach Quetta in Pakistan geflüchtet. Inzwischen verwandte er seine Kenntnisse über den Opiumschmuggel nicht mehr zu dessen Unterdrückung, sondern nur noch zur Förderung des Geschäfts.

Seine früheren Kollegen der SAVAK, die nunmehr dem VEVAK angehörten, sahen in ihm den idealen Mittelsmann für den Transport afghanischen Opiums durch den Iran und für die Eintreibung des entsprechenden Tributs.

„Brüder, die Nachfrage für unser Produkt wächst ständig“, begann er. „Der Westen will immer mehr davon. Ich habe unseren Brüdern mitgeteilt, dass ich hier bin, um aufzukaufen, was ihr mir an Opium anzubieten habt.“

Unter den Männern lauschte ihm keiner aufmerksamer als Ahmed Khan. Als junger Mann hatte er unter den von Hadschi Abdul Khader geführten Mudschaheddin überaus tapfer gekämpft, bis ihm ein Splitter einer sowjetischen Rakete das linke Bein abgerissen hatte.

Jahrelang war er in einem Flüchtlingslager an der afghanisch-pakistanischen Grenze dahinvegetiert. Völlig verzweifelt über die Aussicht, nie wieder seine Frau und seine beiden Töchter ernähren zu können, war er dem Selbstmord nahe gewesen, bis ihn eines Tages ein Onkel in dem Lager aufgespürt hatte.

Komm an deinen Geburtsort zurück, hatte der Onkel ihm geraten. Er habe mehr als einen Hektar Land, und das wolle er Ahmed überlassen. Der Boden sei für den Schlafmohnanbau hervorragend geeignet. Saatgut und das erforderliche landwirtschaftliche Gerät würde er dem Neffen zur Verfügung stellen. Ahmed sollte ihm dafür die Hälfte der Ernte überlassen.

Für Ahmed war dieses Angebot, als hätten sich plötzlich die Tore der Hölle in die Pforten des Paradieses verwandelt. Mit seiner Familie bezog er eine von den Kampfhandlungen halb zerstörte Hütte und machte sich an die Arbeit. Ende April fielen die rosa Blütenblätter des Schlafmohns, und die Samenkapseln begannen zu schwellen, bis ihr leuchtendes Grün in trockenem Grau erstarb.

Eine Woche nachdem die Blütenblätter abgefallen waren, gingen Ahmed, seine Frau, seine beiden Töchter und zwei Arbeiter bei Sonnenuntergang auf den Acker. Jeder hatte ein *netschtar* bei sich, ein Gerät, dessen sechs Messerklingen dazu dienten, die Samenkapseln zu ritzen. Aus jedem der nur Millimeter tiefen Einschnitte floss ein milchiger rosa Saft: Opium in seiner einfachsten Form. Am nächsten Morgen gingen sie alle wieder aufs Feld, um den über Nacht dunkelbraun gewordenen Saft von den Kapseln in Tontöpfe zu kratzen. Diese Prozedur wiederholten sie, bis die Pflanzen nicht mehr harzten.

Es war eine reiche Ernte gewesen. Ahmed hatte seinem Onkel die Hälfte übergeben, nahezu sechzig Kilogramm Opium, frisch geerntet. Die andere Hälfte hatte er in seiner Hütte deponiert.

Am folgenden Tag hielt der Lastwagen seines Cousins Hamia mit dem Mullah und einem der beiden Basarhändler vor Ahmeds Hütte. Gemeinsam wogen und zählten sie Ahmeds Opium. Dann zog der Händler ein dickes Bündel pakistanische Rupien aus der Tasche und zählte 75000 daraus für Ahmed ab. Der verkrüppelte Kriegsveteran hatte in seinem ganzen Leben noch nie so viel Geld auf einem Haufen gesehen.

„HIER in diesem Zimmer zu sitzen bringt teure Erinnerungen zurück, was, Jim?“ Frank Williams umfasste mit einer Geste das Empfangszimmer des CIA-Hauptquartiers in Langley, Virginia.

„Na ja, manche sind mir teuer, andere weniger“, grollte Duffy.

Eine mit zurückhaltender Eleganz gekleidete Frau in mittleren Jahren, gefolgt von einem Sicherheitsbeamten in blauem Blazer, erschien in der Tür. „Der Direktor erwartet Sie, meine Herren.“

Der derzeitige Direktor war ein schmächtiger Mann, der eine überdimensionale Hornbrille trug.

„Wir sind sehr froh, dass Sie wieder an Bord sind, Mr Duffy. Ich glaube, Sie kennen Jack Lohnes bereits.“ Er deutete auf den Mann zu seiner Linken.

Duffy nickte. Jack war ein guter Kerl, dem er es nicht verübelte, dass er jetzt als Leiter der Geheimoperationen auf dem Posten saß, der eigentlich ihm selbst zugestanden hätte.

„Tim Harvey hier“, nun wies der Direktor auf den Mann zu seiner Rechten, „leitet das Iranreferat. Ich möchte zunächst Tim Gelegenheit geben, Sie darüber zu unterrichten, was die Perser gegenwärtig so treiben.“

Harvey sah Duffy an. „Jim, es besteht nicht mehr der geringste Zweifel daran, dass die Iraner inzwischen auf Biegen oder Brechen bestrebt sind, sich atomare Massenvernichtungswaffen zu verschaffen. Aus unserer Sicht stehen ihnen zwei Methoden zur Verfügung: Zum einen könnten sie sich über Pakistan einige Zentrifugen besorgen, langsam einen eigenen Vorrat spaltbaren Materials anhäufen und dann Atomwaffen in Serie produzieren. Bei dieser Alternative können sie hoffen, bis zum Jahr 2005 dem Klub der Atommächte beizutreten.“

„Das sind nicht unbedingt tröstliche Aussichten für die Zukunft.“

„Andererseits sind sie bemüht, Zeit zu sparen, und versuchen, an bereits existierende Waffensysteme heranzukommen. Sie gehen auf russische Offiziere zu, die Zugang zum nuklearen Arsenal der Roten Armee haben. Deshalb ist unseres Erachtens die unmittelbare Bedrohung aus dieser Richtung größer.“

„Habt ihr irgendwelche Beweise dafür, dass ein paar von diesen verdammten Dingern in die Hände der Iraner gelangt sind?“

„Ich wünschte, wir könnten Ihnen diese Frage ganz eindeutig beantworten. Aber leider ist uns das nicht möglich.“

„Für den Augenblick schwimmen wir hier also in einem Vakuum?“, fragte Duffy.

„Mr Duffy, äh, Jim“, meldete sich der Direktor zu Wort, dem es sichtlich schwer fiel, seine Mitarbeiter mit dem Vornamen anzureden, „ich möchte eines klarstellen: Der schlimmste Albtraum, der uns heute nach Ende des Kalten Krieges noch heimsuchen kann, besteht darin, dass es einer Hand voll fanatischen Terroristen wie diesen islamischen Radikalen gelingt, sich ein paar Atombomben zu beschaffen. Können Sie sich vorstellen, was passiert, wenn solche Leute eines von diesen Dingern im Kofferraum nach New York schmuggeln würden? Oder nach Tel Aviv? Wenn die Burschen, die die Bombe im World Trade Center haben hochgehen lassen, ihren Sprengsatz mit radioaktivem Material angereichert hätten, wäre der Süden Manhattans für die nächsten 25 000 Jahre unbewohnbar gewesen."

„Gewiss, Sir, wir haben alle diese Szenarien durchgespielt, aber wir sind dabei immer wieder zu dem Schluss gelangt, dass der Besitz von ein paar Atombomben noch nicht ausreicht, um einen Staat zur Nuklearmacht zu machen. Denn man muss auch auf Vergeltungsschläge vorbereitet sein. Lassen sie so ein Ding in Tel Aviv hochgehen, würden die Israelis töten und töten, bis niemand mehr übrig wäre."

„Sie sind hinter der Zeit zurück, Jim. Diese Lehre ist auf die heutigen Verhältnisse nicht mehr anwendbar."

„Warum nicht?"

„Weil für manche von diesen Islam-Fanatikern der wahre Zweck die Reinigung der Welt in großem Maßstab ist. Für die ist gegenseitig garantierte Vernichtung nicht abschreckend. Im Gegenteil!"

„Herr Direktor, wären diese iranischen Mullahs wirklich verrückt genug, ihre eigene Nation zu gefährden?"

„Jim, sie spielen ein sehr schlaues, berechnendes Spiel mit dem Terrorismus. Sie selbst rühren den Ball nie an. Wer stand hinter den Anschlägen auf das World Trade Center, das jüdische Zentrum in Buenos Aires oder die Kaserne unserer Luftwaffe in Saudi-Arabien? Jedes Mal die Iraner. Aber jedes Mal haben sie Strohmänner vorgeschoben. Wenn also ein paar Fanatiker im Iran eine Chance bekommen, mit Atomwaffen zu spielen, wächst das Risiko enorm, dass sie eine Bande von Halbstarken damit ausrüsten, auf New York oder Tel Aviv zeigen und sagen: ‚Na los, da lang geht's ins Paradies.'"

„Okay", räumte Duffy ein, „ich gebe zu, dass Grund zur Sorge besteht. Aber ich begreife wirklich nicht, was ich damit zu tun habe."

Harvey lachte. „Am Ende läuft das Ganze auf eine Geldfrage hinaus", fuhr er dann fort. „Wenn man ständig eine Menge flüssiger Mittel braucht, empfiehlt sich zur Deckung dieses Bedarfs heutzutage nichts mehr als der Rauschgifthandel." Harvey erhob sich und trat vor eine an der Wand aufgehängte Landkarte. Er nahm einen Stock und deutete damit auf Afghanistan. „Die Mohnfelder Afghanistans produzieren gegenwärtig mehr als dreitausend Tonnen Rohopium jährlich. Und fast die gesamte Ernte wird exportiert." Harvey ließ die Spitze des Stocks der iranischen Grenze folgen. „Der VEVAK, der iranische Staatssicherheitsdienst, hat hinter der Grenze eine 70 Kilometer tiefe Schutzzone eingerichtet. In dieser Region haben sie uneingeschränkte Vollmacht, die Agenten können jederzeit jeden beliebigen Reisenden anhalten, durchsuchen und verhaften. Wir, die Drogenaufsichtsbehörde DEA, Interpol, die europäischen Polizeibehörden und die Vereinten Nationen sind übereinstimmend der Meinung, dass heutzutage ungefähr achtzig Prozent des afghanischen Opiums auf diesem Weg", er deutete auf Herat im Nordwesten Afghanistans, „durch den Nordiran in die Türkei transportiert werden, wo man es dann zu Heroin raffiniert." Harvey wandte sich von der Landkarte ab, um zur Kernaussage seines Vortrags zu kommen. „Ohne Wissen der iranischen Sicherheitskräfte würde es niemandem gelingen, Rauschgift durch die von den Iranern eingerichtete Schutzzone zu schmuggeln."

„Sie nehmen also an, dass die ihren Anteil an dem Geschäft bekommen?"

„Genau."

„Wie hoch könnten ihre Gewinne daraus sein?"

„Wir schätzen mit aller Vorsicht, dass sie jährlich mindestens fünfunddreißig Millionen Dollar bei dem Handel verdienen."

Duffy pfiff leise durch die Zähne. „Ein Drittel ihres Terrorbudgets. Mit so viel Geld kann man da unten eine Menge anfangen."

„Oder in Europa Hightechgerät dafür kaufen." Der Direktor ergriff erneut das Wort. „Wir wollen versuchen, diesem Geldfluss auf die Spur zu kommen, und herausfinden, wohin er fließt. So könnte es uns gelingen, ihre Waffenbeschaffungsprogramme, ihre terroristischen Organisationen und letztlich vielleicht sogar ihre Nuklearpläne zu enttarnen. Und dazu brauchen wir Sie."

„Sie schmeicheln mir, aber warum gerade ich?" wollte Duffy wissen.

Der Direktor drehte auf dem vor ihm liegenden Stapel ein Blatt Papier um. „Einige kürzlich von der NSA abgefangene Funksprüche weisen darauf hin, dass Ihr alter Freund Said Dschailani als Mittelsmann bei diesem Handel eine Schlüsselrolle spielt. Was für ein Typ ist dieser Dschailani?"

„Total rücksichtslos. Absolut autoritär. Denkt völlig eingleisig. Seiner

Meinung nach bedarf es keiner Rechtfertigung, wenn es gilt, die Feinde des Iran durch Blutvergießen und Zerstörung zu bestrafen."

Der Direktor nickte, als er seine Befürchtungen bestätigt hörte. „Offiziell werden wir so verfahren", verkündete er. „Sie werden dem Antirauschgiftdezernat zugeteilt. Sie wissen, mit wem dieser Dschailani möglicherweise Kontakt aufnehmen würde, um mit ihm zusammenzuarbeiten, Geschäfte zu machen und so weiter. Und natürlich kennen Sie seine Stimme. Sie werden sich also alles anhören, was wir an Funksprüchen abgefangen haben. Wenn Sie seine Stimme erkennen, können wir das gesamte Band analysieren, ein Profil seiner Gesprächspartner erstellen, um dann damit unser Archiv durchzukämmen, ob wir sie noch irgendwo gespeichert haben. Vielleicht öffnet sich ja auf diese Weise ein Fenster. Tatsächlich werden Sie aber mit Jack hier in der Operationsabteilung tätig sein. Wir möchten nur nicht an die große Glocke hängen, dass Sie wieder an Bord sind. Schließlich wollen wir nicht den Verdacht unserer Freunde erregen. Aber ich kann Ihnen versichern, dass Ihnen sämtliche Ressourcen der Abteilung für geheime Operationen uneingeschränkt zur Verfügung stehen werden. Gehen Sie hin, wohin Sie wollen, aber vergessen Sie nicht, dass Sie offiziell nur mit der Bekämpfung der Rauschgiftkriminalität befasst sind."

JENSEITS des Atlantiks brach schon die Nacht über der winterlichen Londoner City herein, als ein hoch gewachsener Mann im blauen Kaschmirmantel auf die Tür des Hauses Nr. 4 in der Victoria Street zuschritt. Seine schwarzen Schuhe waren auf Hochglanz poliert, und trotz der Kälte trug er keine Kopfbedeckung. Lediglich die Tatsache, dass er es während der letzten drei oder vier Tage offenbar versäumt hatte, sich zu rasieren, stand in gewissem Widerspruch zu seiner ansonsten gepflegten Erscheinung.

Noch ehe er die Tür erreicht hatte, wurde sie von einem diskret postierten Wächter zuvorkommend geöffnet. Mit einem knappen Nicken in Richtung des Bediensteten ging der Mann geradewegs zum Aufzug. Der Lift beförderte ihn in die sechste Etage des Hauses, das offiziell der NIOC, der National Iranian Oil Company, gehörte. Das während des Ölbooms der späten siebziger Jahre vom Schah erworbene Gebäude aus Stahl und Glas hatte nachdrücklich vor Augen führen sollen, welch bedeutsame Rolle das Erdöl, Persien und die Pahlevi-Dynastie spielten.

Öl war jedoch nicht das einzige Aufgabengebiet, mit dem sich die Leute im NIOC-Gebäude befassten. Es war ein Spionagenest. Die sechste Etage war nur Besuchern zugänglich, die die intensiven Kontrollen des iranischen Sicherheitsdienstes passiert hatten. Dort befanden sich die Archive, das Kommunikationszentrum und drei mit allem Nötigen eingerichtete Wohnungen. Die geräumigste stand dem Mann während seiner Besuche in London zur alleinigen Verfügung.

Angeblich war der von seinen Freunden und Untergebenen der „Professor" genannte Kair Bollahi der Leiter der Londoner NIOC-Niederlassung. In Wirklichkeit gehörte er dem kleinen Kreis von Männern an, die die Geschicke des revolutionären Iran lenkten. Seit Jahren hatte seine Hauptaufgabe darin bestanden, all das zu beschaffen, was dem Iran offiziell verweigert wurde.

„Wo ist Mehdi?", fragte er den Wachhabenden, als er aus dem Aufzug stieg. Mehdi „Mike" Mashad war einer seiner wichtigsten Mitarbeiter.

„Er ist im ‚Inn on the Park'. Er wartet dort auf Ihren Anruf."

„Vielleicht können Sie ihn bitten, für ein paar Minuten auf die Gesellschaft seiner Callgirls zu verzichten und mich hier zu besuchen?"

Und damit ging er in seine Privatwohnung. Die für ihn eingetroffenen Nachrichten waren auf seiner Bettdecke ausgebreitet. Teheran hatte ihm für die bevorstehende Unterredung mit Mike noch ein paar zusätzliche Informationen zukommen lassen. Wichtiger noch war aber die Meldung, dass die fünf jungen Männer aus Teheran inzwischen wohlbehalten in London gelandet waren.

Bollahi verfügte über eine beachtliche Intelligenz, hatte an der Universität von Teheran in Maschinenbautechnik promoviert und dann trotz seiner Opposition zum Schah-Regime als leitender Ingenieur an verschiedenen großen Projekten mitgewirkt. Er hatte Europa ausgiebig bereist und sprach fließend Englisch und Deutsch.

Als Sohn eines niederen Geistlichen in Isfahan geboren, war er ganz dem Zauber des Ayatollah verfallen. Und er war fest davon überzeugt, dass nun, nach dem Ende des Kalten Krieges, von dem wieder geborenen Islam die stärkste ideologische Macht in der Welt ausging.

„Objektiv betrachtet liegt es auf der Hand", pflegte er seinen Gefährten stets zu erklären, „dass die Zukunft uns gehört. Was hat den Abendländern das Leugnen Gottes, die Demokratie und der Liberalismus am Ende eingebracht? Aids, Homosexualität, Gier, die Anbetung des materiellen Besitzes. Sie versuchen, ihre Werte dem Rest der Welt aufzuzwingen. Aber das wird ihnen nicht gelingen. Der Islam wird das nicht zulassen."

Dem Kampf für diesen Sieg hatte der Professor sein Leben geweiht, er führte ihn mit Begeisterung und mit seinem ganzen Scharfsinn.

Als er seine wenigen mitgebrachten Habseligkeiten ausgepackt hatte, traf sein Untergebener Mehdi „Mike“ Mashad ein. Die beiden Männer umarmten einander, nicht sonderlich herzlich, aber höflich. Der Professor bedeutete Mike, auf einem Stuhl Platz zu nehmen.

Der Kontrast zwischen den beiden Männern hätte krasser kaum sein können. Der Professor war ein steifer Mann, dessen Lebensstil genauso asketisch war wie der seines großen Vorbilds, des Ayatollah Khomeini. Mike dagegen hatte eine Schwäche für das süße Leben und Extravaganzen, also jene Untugenden, für die der Professor die Abendländer aus tiefster Seele verachtete. Nichtsdestotrotz arbeiteten die beiden nun schon einige Jahre lang recht harmonisch zusammen.

Mike war der einzige Angestellte einer in Panama ansässigen Firma namens ARMEX mit einem eingetragenen Kapital von einer Million Dollar. Tatsächlich bestand die Firma nur aus einem Bündel Papier in einer Schreibtischschublade in der Villa, die Mike in Marbella bewohnte. Die Inhaberaktien waren im Besitz einer anderen panamesischen Gesellschaft namens Falcon, deren Inhaberaktien wiederum dem Professor und der iranischen Regierung übereignet worden waren. ARMEX platzierte auf Anweisung des Professors Bestellungen von kriegswichtigem technischem Gerät.

Mike hatte die Idee gehabt, den kleinen Flugplatz von Hartenholm nördlich von Hamburg zu kaufen. Zusammen mit dem Flugplatz erwarb er zwei deutsche Firmen, NORDAIR, eine Flugzeug-Reparatur-und-Wartungsfirma, und LFE, ein Unternehmen, das auf Luftfahrtelektronik und Navigationsgeräte spezialisiert war.

„Kaufen wir den Flugplatz, dann kann sich ARMEX als Makler für NORDAIR und LFE betätigen“, hatte Mike dem Professor geraten. „ARMEX wird dann spezielles technisches Gerät für die beiden Firmen bestellen und die Anlieferung nach Hartenholm verlangen. Da die beiden Firmen in Deutschland registriert sind, wird niemand peinliche Fragen stellen.“

Der Professor öffnete seine Nachttischschublade und entnahm ihr einen Metallzylinder von der Größe eines Füllfederhalters. Ein dünnes Kabel wand sich unter der oberen Kappe des Behälters heraus. Behutsam legte er diesen auf den Tisch. Mike griff danach.

Der Professor hielt ihn zurück. „Lassen Sie das!“, befahl er. „Wenn Sie das Ding falsch anfassen, bringt es uns um.“

Mike zog die Hand zurück und richtete sich kerzengerade auf. „Irgendein neuartiger hochexplosiver Sprengkörper?“

Der Professor trank einen Schluck Kaffee, um sich an Mikes Überraschung zu weiden. Dann entnahm er der Schublade den Katalog einer amerikanischen Firma namens EG & G. Er wies auf die Abbildung einer winzigen Glasbirne, an der drei isolierte Drähte hingen, jeder ungefähr zweieinhalb Zoll lang, einer rot, einer grün, einer weiß.

„Also, was ist das?“, fragte Mike. „Eine Kaulquappe mit gläsernem Kopf?“

„Nicht ganz“, entgegnete der Professor, während sich ein Lächeln auf seinen Zügen ausbreitete. „Sie lesen doch von Zeit zu Zeit in unserem heiligen Buch und haben sich hoffentlich auch schon gelegentlich mit der wunderbaren Geschichte unseres Glaubens befasst?“

„Na klar.“

„Dann wissen Sie von Khalid, dem so treffend als das ‚Schwert Gottes‘ bezeichneten Heerführer? Khalid marschierte mit siebenhundert Mann durch die Wüste nach Damaskus, schlug dort das Heer des römischen Kaisers Herakleios und öffnete ganz Palästina den Gläubigen.“

„Natürlich“, versicherte Mike nachdrücklich.

„Unsere Führer in Teheran haben einen Sinn für historische Parallelen, der Ihnen vielleicht fehlt.“ Der Professor lächelte nachsichtig. „Deshalb haben sie dem Plan, bei dessen Ausführung diese kleinen Apparate eines Tages eine entscheidende Rolle spielen werden, den Codenamen ‚Operation Khalid‘ gegeben. Wie die historische Operation, an die der Name erinnert, soll auch diese den Menschen die Tore Palästinas öffnen, auf dass sie ein für alle Mal die Israeliten aus dem Land vertreiben können, das diese unseren palästinensischen Brüdern geraubt haben, und Palästina insgesamt wieder werde, was es war – ein Land des Islam.“

„Und sie glauben, dass sie das zuwege bringen können, mit…“ Mike suchte nach Worten, „… einem Füllfederhalter, der beißt, und einer glasköpfigen Kaulquappe?“

„Unsere eigene Aufgabe bei der Operation Khalid wird es sein, unseren Brüdern in Teheran diese wichtigen Apparate in der benötigten Menge zu beschaffen. Und dicsc Aufgabc wird dic allerwichtigste und die allerschwierigste sein, die wir je auf uns genommen haben.“

„Also was zum Teufel ist der Verwendungszweck dieser Dinger?“

Der Professor wies auf die kleine Glasbirne, die Mike als „gläserne Kaulquappe“ bezeichnet hatte.

„Das ist ein Kryotron. Es ist ein Schalter, der eine sehr, sehr starke

Ladung elektrischer Energie zu einem entfernten Ziel gelangen lassen kann, und zwar in einer Zeitspanne, die so unendlich kurz ist, dass wir sie uns nicht einmal vorstellen können."

„Okay. Ich werde mir also nicht die Mühe machen, es zu versuchen. Und wozu dient das Ding?"

„So, wie unsere kleine Kaulquappe hier gebaut ist, hat sie nur drei Verwendungszwecke. Erstens in Verbindung mit hochintensiven Laserstrahlen. Diese werden zum Schneiden oder Schweißen sehr schwerer Metalle eingesetzt. Zweitens bei Forschungsaufgaben."

„Und drittens?"

Die elegante, gepflegte Hand des Professors deutete vage in ein Niemandsland, was verriet, dass er diese Frage nicht zu beantworten gedachte. „Die geldgierigen Genies im Westen haben geglaubt, dass die Herstellung von Hochenergielasern sich als eine von diesen modernen Technologien erweisen würde, an denen man mühelos reich werden könnte. Tatsächlich jedoch sind eine Menge Leute daran Bankrott gegangen. Einer davon ist Rudolf Steiner, der Besitzer einer Firma namens Lasertechnik GmbH in Pinneberg bei Hamburg. Von unseren Leuten hörte ich, dass Steiner in finanziellen Schwierigkeiten steckt. Bringen Sie über Steiner in Erfahrung, was Sie können. Wie kritisch ist seine finanzielle Lage wirklich? Könnte er zu jenen deutschen Geschäftsleuten gehören, die nichts dagegen haben, sich über staatliche Bestimmungen hinwegzusetzen, wenn ihnen der richtige Preis geboten wird?" Bollahi hob warnend den Finger. „Und seien Sie diskret. Ohne meine ausdrückliche Genehmigung dürfen Sie unter gar keinen Umständen selbst mit Steiner sprechen. Nehmen Sie auch keinen Kontakt zu unseren Leuten in der Buchhandlung auf. Sie sollen nicht erfahren, dass Sie überhaupt in der Stadt sind – und schon gar nicht, zu welchem Zweck." Der Professor schloss die Augen, als wolle er einen Denkprozess beschleunigen. „Untersuchen Sie seinen familiären Hintergrund. Gibt es da irgendeinen Hinweis auf ein unterschwelliges Ressentiment gegen Juden? Hatte er vielleicht einen SS-Angehörigen in seiner Verwandtschaft? Einen, der nach dem Krieg als Kriegsverbrecher behandelt wurde? Aber es wäre mir lieber, wenn wir mit Steiner auf freundschaftlicher Basis ins Geschäft kommen könnten. Keine Erpressung. Was wir wollen, ist ein Mann, der uns für unsere Hilfe dankbar ist, und zwar so dankbar, dass er uns dabei hilft, an diese Kaulquappen heranzukommen."

„Wann soll ich anfangen?"

„Sofort."

Als Mike die Wohnung des Professors verließ, wurde diesem ein verschlüsselter Funkspruch aus Teheran gebracht. Bollahi entschlüsselte ihn mit sichtlichem Vergnügen. Alles war bereit für heute Nacht. Mit dem Feuerzeug entzündete er das Blatt Papier und ließ es im Aschenbecher verbrennen. Dabei kam ihm ein Gedanke. Für die Operation Khalid würden sie ein neues Kommunikationssystem benötigen, etwas, was die Amerikaner nicht knacken konnten.

KAUM drei Kilometer vom Schlafzimmer des Professors entfernt, in einem vornehmen Wohnhaus am Chester Square Nr. 5, betrachtete sich eine attraktive blonde Frau in dem Spiegel auf ihrer Frisierkommode. Nancy Burke Harmian war bezaubernd, da gab es nicht den geringsten Zweifel. Und sie war glücklich.

Instinktiv hob sie die Hand zum Ohr. Sie hatte sich für die Lapislazuliohrringe entschieden, die sie auf der Reise nach Usbekistan gekauft hatte. Sie schob sich das blonde Haar über die Schultern, um die Steine besser sehen zu können. Ihr blauer Glanz betonte das tiefe Blau ihrer Augen.

Aber trotzdem – waren die Ohrringe passend für den heutigen Abend? Es war schließlich ein besonderer Anlass. Denn heute war Nancys erster Hochzeitstag. Bei dem Gedanken daran musste sie fast lachen. Die Vorstellung, dass ausgerechnet sie in der Ehe so glücklich werden sollte, war ihr einst völlig fremd gewesen. Sie wollte ihr neues mitternachtsblaues Armani-Jackett mit einer dazu passenden Seidenbluse zu dem Abendessen tragen, zu dem sie und ihr Mann acht ihrer engsten Freunde in den „Mark's Club" eingeladen hatten.

„Darling!"

Der Gerufene erschien kurz darauf in der Tür zwischen dem ehelichen Schlafzimmer und ihrem Ankleideraum. Tari Harmian, seine angelsächsischen Freunde nannten ihn Terry, war zehn Jahre älter als Nancy, fast 1,90 Meter groß und noch immer schlank. Er hatte einen dunklen Teint, den er selbst scherzhaft als charakteristisch für den „typischen Levantiner unbestimmter Abstammung" bezeichnete, obwohl er persönlich aus seiner Herkunft kein Geheimnis machte. Er war Iraner oder, wie er lieber sagte, Perser, und vor Khomeinis Revolution in den Westen geflohen. Er küsste die nackte Schulter seiner Frau.

„Liebling", schnurrte sie, „ich glaube, ich möchte heute Abend doch lieber die Diamantohrringe tragen, die du mir zum Geburtstag geschenkt hast."

„Natürlich. Holen wir sie."

Gemeinsam stiegen sie die zwei mit Teppichen belegten Treppen ihres Hauses hinab zu Terrys Büro, das sich gleich hinter der Eingangstür zur Rechten des Entrees befand. Er ging zu dem Wandsafe, drehte das Schloss viermal, bis er das leise Klicken hörte, und zog die schwere Tür auf.

Nancy kniete nieder und griff in den Tresor. Abgesehen von ihrem Schmuckkasten beinhaltete er ausschließlich Papiere ihres Mannes. Heute war der Schmuckkasten teilweise von einem dicken braunen Briefumschlag bedeckt. Sie schob ihn beiseite und bemerkte einen arabischen Schriftzug. Dann griff sie nach der Schatulle und stellte sie auf den Boden, schloss sie auf und nahm die Ohrringe, die sie tragen wollte, heraus. Mit schnellen, geübten Bewegungen legte sie die Juwelen an und schüttelte dann den Kopf, um sich zu vergewissern, dass sie sicher befestigt waren.

„Okay, ich weiß, ein bisschen theatralisch, aber schließlich ist doch der heutige Abend wirklich was Besonderes, oder nicht?" Sie lachte.

Zwanzig Minuten später gingen sie aus dem Haus. „Rebecca", rief Nancy der Haushälterin zu, „warten Sie nicht auf uns! Wir kommen vermutlich erst spät zurück."

Sie gingen die Stufen ihres georgianischen Hauses – einer Londoner Sehenswürdigkeit – hinunter zur Straße. Hand in Hand machten sie sich auf den Weg zu ihrem Wagen. Zwei Augenpaare beobachteten sie aus den dunklen Privatgärten in der Mitte des kleinen Platzes am Chester Square.

Nancy

Aus dem Thronsaal in die Knechtekammer, dachte Jim Duffy, als er von der Vorstandsetage der CIA in den Keller hinunterfuhr, wo die Chefs der CIA das Rauschgiftdezernat untergebracht hatten, was, wie zumindest die Zyniker behaupteten, zu beweisen schien, dass sie dessen Aktivitäten keinen großen Rang beimaßen.

Seine künftigen Kollegen saßen wartend um einen Konferenztisch. Es handelte sich nicht nur um Vertreter der CIA, sondern auch von einer Reihe anderer Bundesbehörden, so des FBI, der Drogenaufsichtsbehörde DEA, des Zolls und des Finanzministeriums. Der Leiter des Dezernats war fünf Jahre jünger als Jim. Er bat ihn, am Kopfende des

Tisches Platz zu nehmen. Seine Körpersprache verriet, dass er entweder echte Hochachtung für seinen neuen Mitarbeiter empfand oder ein Meister jener lebenswichtigen bürokratischen Kunst, der Speichelleckerei, war.

„Jim", begann er, nachdem er dem Neuling die Versammlung vorgestellt hatte, „man hat uns gebeten, Sie über die Situation auf dem Heroinmarkt zu informieren." Er drehte seine Kaffeetasse, als würde das schwarze Gebräu die hoffnungslose Lage widerspiegeln, die er Duffy zu schildern hatte. „Wir sind mit der unerfreulichen Tatsache konfrontiert, dass während der letzten drei Jahre der Heroinverbrauch auf der ganzen Welt dramatisch angestiegen ist, und zwar am rasantesten hier in den USA und in Westeuropa. Die Weltproduktion von Schlafmohn hat sich während der letzten fünf Jahre verdoppelt. Unseres Erachtens hat die Interpol in Lyon die genauesten Daten über diese Entwicklung. Nach ihrer Schätzung ist die Heroinproduktion von 125 Tonnen im Jahr 1984 auf 500 Tonnen im Jahr 1994 angestiegen."

Duffy hatte sich mit Rauschgift nie näher befasst, aber diese Zahlen waren allerdings ein Hammer.

„Afghanistan", sagte der Dezernatsleiter, „Ihr alter Einsatzort, ist zum größten Schlafmohnproduzenten der Welt aufgestiegen. Nach Schätzungen der Interpol wird sich die dortige Opiumernte im Jahr 2000 auf 5000 Tonnen belaufen, was mehr ist, als im Jahr 1994 auf der ganzen Welt hergestellt wurde." Er sah Duffy mit einem gequälten, resignierten Lächeln an.

„Wer verbraucht dieses ganze Heroin?", wollte Duffy wissen.

„Heutzutage haben wir es mit einer neuen Generation von Heroinkonsumenten zu tun", begann die Beamtin der Zollbehörde, eine untersetzte, kräftige Person, zu erklären. „Inzwischen sind die Abhängigen jung, die meisten von ihnen unter dreißig, und der Anteil der Frauen ist überproportional hoch. Konsumenten gibt es quer durchs ganze soziale Gefüge. Jeder kann es sein: Rockstars, Börsenmakler, Drehbuchautoren und Regisseure in Hollywood, Modedesigner, Fotografen und viele Models, weil sie glauben, dass das Zeug sie davor bewahrt zuzunehmen."

„Die Drogenszene hat sich im Laufe der letzten drei Jahre radikal gewandelt", ergänzte der Dezernatsleiter. „Früher musste man das Zeug injizieren, um sich zuzudröhnen. Diese ‚Nadelschranke' ließ viele Leute zögern. Niemand pikt sich gern in die Venen. Aber die neuen Konsumenten spritzen sich das Zeug nicht mehr. Sie rauchen es oder schnupfen es wie Koks. Es ist absolut einfach geworden. Unter diesen jungen

Leuten kursiert das fatale Gerücht, dass Heroin nicht süchtig macht, wenn man's nur schnupft oder raucht. Das ist natürlich völliger Unsinn, aber eine Menge Leute, die es eigentlich besser wissen sollten, sind willens, das zu glauben."

„Mr Duffy." Der DEA-Beamte, ein gewisser Mike Flynn, wollte nun ebenfalls zu Wort kommen. Flynn hatte schwarze Haare und blaue Augen und stammte offensichtlich von der Grünen Insel. „Diese neue Heroinepidemie, wenn man so sagen will, kann auf drei Ursachen zurückgeführt werden. An erster Stelle rangiert der ungeheure Produktionsanstieg. An zweiter Stelle und im Zusammenhang damit muss der Verfall des Marktpreises genannt werden. Traditionell war auf der Straße Heroin drei- bis viermal teurer als Kokain. Heutzutage sind die beiden Drogen zum ungefähr gleichen Preis erhältlich. Der wahre Grund dieses neuen Ausbruchs ist allerdings in der wesentlich größeren Reinheit des Produkts zu suchen. In den Sechzigerjahren lag das Reinheitsniveau bei drei bis zehn Prozent, man musste sich das Zeug injizieren, um eine Dröhnung zu kriegen. Heute ist das Reinheitsniveau auf durchschnittlich fünfundsechzig Prozent gestiegen. In diesem Fall muss man sich das Zeug nicht mehr spritzen, sondern kann es nach Herzenslust schnupfen oder es mit Tabak gemischt qualmen."

„Wie viele Süchtige gibt's schätzungsweise?" fragte Duffy.

„Offizielle Schätzungen beziffern die Drogengemeinde auf 600000 spritzende Süchtige", erwiderte Flynn. „Aber die Zahl wird allgemein für zu niedrig gehalten. Und was uns wirklich Sorgen bereitet, sind die Freizeitheroinschnüffler und -raucher. Man nimmt an, dass es davon mindestens drei Millionen gibt."

„Was ist mit den islamischen Radikalen? Sind sie Ihres Erachtens in den Handel verwickelt?"

„Wir wissen, dass sie es für ein gottgefälliges Werk halten, die Kids im Westen zum Drogenkonsum zu verführen. In Brüssel gibt es marokkanische Straßenhändler, die ihren Schwestern niemals erlauben würden, mit einem Christen auszugehen, und sie zwingen, sich auf der Straße mit diesen Kopftüchern zu verschleiern. Dieselben Menschen haben jedoch nicht die geringsten Skrupel, den Belgiern Rauschgift zu verkaufen. Man beobachtet, dass in zunehmendem Maße Algerier und Marokkaner des FIS, der islamischen Heilsfront, an dem Geschäft beteiligt sind. Aber inwieweit dabei Ideologie oder nur die gute alte Geldgier eine Rolle spielt, können Sie vielleicht für uns herausfinden?"

Es war schon nach eins, als Terry und Nancy zum Chester Square zurückkehrten. Das Abendessen war köstlich gewesen, doch wie gewöhnlich fanden sie vor dem Haus keine Parklücke.

„Geh schon hinein, Liebling“, meinte Terry. „Ich werde unten am Platz weitersuchen.“

Kein Londoner, der auf sich hält, dachte Nancy, während sie in ihrer Handtasche nach dem Hausschlüssel suchte, will in einem Haus wohnen, das in diesem Jahrhundert gebaut wurde. Deshalb haben wir alle keine Garagen und müssen jeden Abend wie die Verrückten auf Parkplatzsuche gehen.

Sie schlug die Tür hinter sich zu und warf mit einer Kopfbewegung das Haar zurück, um dann den Mantel auszuziehen.

In diesem Augenblick umklammerte ein Arm ihren Hals. Zugleich spürte sie die scharfe Spitze eines Messers an der Schläfe.

„Still!“, zischte die Stimme. „Keinen Laut.“

Nancy fürchtete, erdrosselt zu werden. Sie konnte nicht mehr schlucken, und die Augen begannen aus den Höhlen zu treten. In ihrem Entsetzen durchzuckte sie ein Gedanke: Einbrecher!

Ein zweiter Eindringling, der sein Gesicht unter einer schwarzen Skimütze verbarg, tauchte nun aus dem Schatten hinter der Treppe auf. Er hielt einen Bogen Heftpflaster, von dem er ein Stück abriss, das er ihr über den Mund klebte.

Mehr als ein klägliches Stöhnen würde sie nicht von sich geben können. Ihr wurden die Knie weich, Übelkeit packte ihren Magen – wo ist Terry? dachte sie hoffnungslos.

Unterdessen hatte der zweite Eindringling ein Paar Handschellen von seinem Gürtel genommen und ihr diese fest angelegt. „Bring sie nach oben!“, befahl er.

Ihr erster Angreifer lockerte den Griff, drehte sie herum, packte sie bei den Handschellen und begann sie die Treppe hinaufzuzerren. Auch er trug eine schwarze Skimütze mit Löchern für Nase und Augen.

Nach einem halben Dutzend Stufen fiel Nancy auf die Knie.

„Aufstehen!“, knurrte der Mann.

Mit einem stechenden Schmerz im Knie gelang es ihr irgendwie, bis in die erste Etage zu humpeln. Der Vermummte öffnete die Schlafzimmertür und stieß Nancy brutal zu Boden. Dann knallte er die Tür zu und kam zu ihr.

Mein Gott, dachte sie, das Gesicht auf dem Bettvorleger, das Schwein wird mich vergewaltigen. Doch sie irrte sich.

„Aufstehen!“, bellte er sie an.

Als sie mit zerrissenen Strümpfen auf die Füße kam, sah sie Rebecca, ihre Haushälterin, an einen der Schlafzimmerstühle gefesselt und wie sie selbst geknebelt. Der Einbrecher stieß nun auch sie auf einen Stuhl. Nancy bemerkte, dass das Bett nicht aufgeschlagen war. Das hieß, dass Rebecca, schon kurz nachdem sie das Haus verlassen hatten, gefesselt worden war. Die Räuber waren also bereits eine ganze Weile im Haus, hatten es aber noch nicht durchwühlt, wie es Einbrecher gewöhnlich zu tun pflegen. Warum? Hatten die Verbrecher nur ihr und Terry aufgelauert?

Dann begriff Nancy. Es war ihr Schmuck. Irgendeiner von der Versicherung hatte diesen Schweinen einen Tipp gegeben.

Diese Erleuchtung beschwichtigte einen Moment lang ihre panische Angst. Wenigstens waren die Leute keine Lustmörder. Sie würden sich den Schmuck geben lassen und abhauen.

Aber was war mit Terry? Wo war er? Er musste inzwischen schon zu Hause sein. Die Schlafzimmertür war schalldicht isoliert, um den Lärm der Straße fern zu halten. Nun saß sie hier wie in einer stillen Gruft gefangen, kein Geräusch, kein Schrei aus der Welt jenseits dieses Raumes drangen an ihr Ohr. Himmel, Liebling, betete sie, sei kein Held.

Unterdessen hatte ihr der Einbrecher die Handschellen abgenommen und begonnen, sie mit einem langen Strick an den Stuhl zu fesseln. Trotz des Schreckens, der ihren Verstand und ihre Glieder lähmte, fiel ihr ein nützlicher Trick ein, den sie ein- oder zweimal im Fernsehen gesehen hatte. Sie atmete ein, so tief sie konnte. Wenn sie dann, nachdem er mit der Fesselung fertig war, ausatmete, würden sich die Stricke ein wenig lockern.

Der Einbrecher prüfte sein Werk, durchquerte dann das Zimmer, schaltete das Licht aus und schloss die Tür. Nancy sah sich in ihrem dunklen Schlafzimmer um, das von dem spärlichen Widerschein der Straßenlaternen des Chester Square kaum erhellt wurde. Ungefähr fünf Meter von ihr entfernt befand sich der Nachttisch. Auf diesem stand, Erlösung verheißend, das Telefon. Fünf Meter. Unter den gegebenen Umständen war das nicht näher als fünfzig Kilometer. Die Finger konnte sie bewegen. Vielleicht schaffte sie es ja, den Hörer abzuheben und die magische Nummer 999 einzutippen.

Aber wie sollte sie an das Telefon herankommen? Konnte sie den Stuhl über den Teppich ruckeln?

Plötzlich wurde die Schlafzimmertür aufgerissen. Nancy zwinkerte ängstlich ins unvermittelt hereinfallende grelle Licht. Die zwei Männer traten zu ihr, packten den Stuhl und trugen sie die Treppe hinab. Sie sah Licht aus der Tür des Büros ihres Mannes fallen. Und da hinein trugen sie die beiden Männer.

Bei dem Anblick, der sich ihr bot, stieß sie einen erstickten Schrei aus. Sie fürchtete, sich übergeben zu müssen. Terry lag in seinem Bürosessel, sein Gesicht war zu einer gestaltlosen Masse von Fleisch und Knochen zerschlagen. Ihm fehlten die meisten Vorderzähne. Entsetzt entdeckte sie einen dieser Zähne auf dem dunklen Stoff seiner Smokingjacke. Er atmete durch den offenen Mund, in dem sich im Rhythmus seiner Atemzüge blutiger Schaum bildete.

Zwei weitere Männer mit schwarzen Masken standen rechts und links von ihm. Ein dritter lehnte am Schreibtisch und schien die Folterung ihres armen geschundenen Terry zu beaufsichtigen. Er richtete sich auf und ging aus dem Raum. Aus den Augenwinkeln sah Nancy, wie er im Korridor ihren venezianischen Renaissancespiegel von der Wand riss. Er kehrte ins Büro zurück und hielt ihn Terry vor.

„Sehen Sie gut hin!“, Er zeigte auf Nancy. „Wenn Sie nicht sofort den Safe aufschließen, wird sie in fünf Minuten genauso aussehen.“

Terry stöhnte etwas durch den blutigen Schaum, der ihm die Atemwege verstopfte. Plötzlich wurde Nancy klar, dass er nicht auf Englisch geantwortet hatte. Er versuchte Farsi zu sprechen. Diese Schweine waren also keine Einbrecher. Sie waren Iraner. Das hatte Terry ihr zu verstehen geben wollen, als er seine Folterer in dieser Sprache anredete. Ihr schwanden die Sinne. Waren das Leute der Mullahs? Wenn ja, waren sie Mörder. Jeder Iraner kannte die Geschichten des VEVAK. Hatte Terry zu irgendeiner geheimen Widerstandsbewegung gegen das Regime der Mullahs gehört, von der sie nichts wusste?

Auch der Mann mit dem Spiegel hatte verstanden, weshalb Terry ihm in Farsi geantwortet hatte.

„Hurensohn!“, brüllte er und schmetterte den Spiegel zu Boden.

Er nahm eine Pistole und schlug Terry den Griff mit aller Wucht gegen die Schläfe. Dann wandte er sich um, war mit drei Schritten bei Nancy und versetzte ihr einen krachenden rechten Haken auf den Wangenknochen. Ihr Schmerzensschrei wurde durch das Heftpflaster zu einem dumpfen Stöhnen gedämpft, und sie dachte: Mach den Safe auf, Terry, um Himmels willen! Gib ihm, was immer er haben will! Was macht das schon?

Als hätte er ihr stummes Flehen gespürt, stammelte Terry: „Okay, okay. Nach rechts bis siebzig."

Der Mann neben Terry fiel vor dem Safe auf die Knie und begann langsam das Zifferblatt des Schlosses zu drehen.

„Jetzt nach links bis zweihundertdreißig."

Der Eindringling folgte auch dieser Anweisung. „Wieder nach rechts bis fünfundachtzig. Jetzt nach links bis dreihundert."

Langsam drehte der Mann den Knopf wieder nach links. Ein Klicken war zu hören, und die schwarze Tresortür öffnete sich einen Spaltbreit.

„Gut", sagte der Anführer. Dann warf er den beiden Männern, die Nancy aus dem Schlafzimmer heruntergetragen hatten, einen Blick zu. „Bringt sie wieder rauf."

Diesmal setzten sie den Stuhl nur grob im Schlafzimmer ab und verschwanden sofort wieder. Ein paar Sekunden lang saß Nancy keuchend in der Dunkelheit und bemühte sich, ihr Zittern zu beherrschen und die Übelkeit zu unterdrücken, die ihr die soeben erlebte Szene verursachte.

In ihrer Eile, wieder nach unten zu kommen, hatten die beiden Männer sie nur gerade eben über die Schwelle des Schlafzimmers gesetzt und damit die Distanz, die Nancy von ihrem Nachttisch trennte, fast um die Hälfte verkürzt. Jetzt war sie nur noch knapp zwei Meter vom Telefon entfernt. Du kannst es schaffen, Mädchen, redete sie sich ein, du musst!

Langsam, sodass sie nicht hintenüberkippte und dann auf dem Teppich läge, kippelte sie auf einem Hinterbein des Stuhls zurück. Einen schlimmen Augenblick lang fürchtete sie, die Balance zu verlieren. Dann gelang es ihr, mit dem Knie und der Hüfte das Vorderbein des Stuhls ein Stück nach vorn zu drehen. Sie wiederholte das Manöver in entgegengesetzter Richtung.

Es funktionierte! Sie war etwa zehn Zentimeter vorwärts gekommen.

Einen Augenblick blieb sie still sitzen und lauschte. Es war kein Geräusch zu hören. Würden sie zurückkommen, um Rebecca und sie zu töten?

Sie musste dieses Telefon erreichen. Sie würde ihre ganze Kraft daransetzen. Wenn schon sterben, dann wenigstens beim Versuch, sich zu retten. Sie kam mühsam voran, Zentimeter für Zentimeter. Bei jedem Ruck vorwärts schnitten ihr die Stricke in die Taille und die Kniekehlen, und ein stechender Schmerz schoss ihr durch das linke Knie.

Wie lange dauerte diese qualvolle Reise? Sie wusste es nicht. Sie wusste nur eines, und das hämmerte sie sich unablässig ein: Wenn ich das Telefon nicht erreiche, müssen wir sterben.

Als sie nur noch einen knappen Meter entfernt war, konnte sie endlich die Umrisse des Telefons erkennen. Seine Nähe verlieh ihr neue Kraft, den noch verbleibenden Abstand zu überwinden.

Sie packte die Schnur, zog den Apparat langsam an den Rand des Nachttischs und nahm den Hörer ab.

Nichts. Die Schweine hatten die Leitung durchgeschnitten. Einen Augenblick war sie von der Enttäuschung wie gelähmt, aber dann kam ihr eine Erleuchtung. Ihr Handy! Sie hatte bei der Feier von niemandem gestört werden wollen und es deshalb aus ihrer Handtasche genommen und in die Nachttischschublade gelegt, ehe sie das Haus verließ.

Sie drehte ihren Stuhl zurück, bis sie imstande war, die Schublade aufzuziehen. Da war es! Sie nahm es und beugte den Kopf, so weit sie konnte, vor, um die Entfernung zwischen dem Telefon und ihrem verklebten Mund möglichst zu verringern.

Das Schöne am Handy war natürlich, dass man es mit einer Hand bedienen konnte. Sie schaltete es ein und tippte 999, die Notrufnummer. Bereits nach dem dritten Läuten meldete sich eine weibliche Stimme mit den wunderbarsten Worten, die Nancy je gehört hatte.

„Notruf. Welchen Dienst benötigen Sie? Feuerwehr, Polizei oder Krankenwagen?“

Nancy bat mit dreimaligem Grunzen um Hilfe. Gut einen Kilometer von ihr entfernt, im Nachrichtenzentrum von Scotland Yard, lauschte Doris Maloney mit gerunzelten Brauen diesen unverständlichen Lauten. Der Bildschirm ihres Computers verriet ihr, dass der Anruf von einem unter der Nummer 08 36 37 25 87 registrierten Funktelefon kam. Als dessen Eigentümerin eingetragen war eine Mrs Nancy Harmian, wohnhaft Chester Square 5.

„Sind Sie Mrs Harmian?“, fragte sie also.

Auch auf diese Frage gab Nancy die einzige Antwort, zu der sie fähig war.

Doris Maloney war für ihren Posten am Notruftelefon gründlich ausgebildet worden. An manchen Freitag- oder Samstagabenden wurde die Nummer 999 nicht weniger als 10 000-mal angerufen, und die Vermittlerinnen mussten zu unterscheiden wissen, ob sie es mit einem echten Notruf zu tun hatten oder mit dem schlechten Scherz eines Verrückten oder Betrunkenen. Doris traf eine schnelle Entscheidung. „Mrs Harmian“, sagte sie. „Bitte versuchen Sie am Apparat zu bleiben. Ich werde Sie mit der Polizei verbinden.“

Einsatzleiter Jack Cowe nahm den Anruf an und studierte die über seinen Bildschirm flimmernden Daten. Chester Square 5 war sauber. „Mrs Harmian, rufen Sie aus Ihrer Wohnung an?“

Wieder erfolgte nur ein unverständliches Grunzen.

„Mrs Harmian“, sagte der Beamte. „Bitte bleiben Sie am Apparat. Ich schicke einen Wagen zu Ihrer Wohnung.“

Auf der Wache an der Gerald Road nahm der Wachhabende die Information zur Kenntnis und rief sofort den Funkwagen seines Reviers.

Cowe wandte sich wieder der offenen Verbindung zu. „Mrs Harmian? Sind Sie noch da? Bitte bleiben Sie am Apparat“, sagte er und erhielt erneut ein unverständliches Grunzen zur Antwort.

Der Funkwagen war zu Beginn des Einsatzes nur einige hundert Meter vom Chester Square entfernt gewesen. Der Beamte meldete sich deshalb schon nach knapp zwei Minuten wieder. „Hier Einsatz neunzehn. Wir sind an der genannten Adresse. Das Haus ist dunkel. Kollege Dansey kümmert sich darum.“

Dansey stieg aus, eine Taschenlampe in der Hand. „Bleiben Sie am Funkgerät für den Fall, dass es Ärger gibt“, befahl er seinem Kollegen Timmy, der an diesem Abend zum ersten Mal in einem Funkwagen Dienst tat. Langsam ging Dansey um das Gebäude und suchte nach Hinweisen auf einen Einbruch. Er fand keine. Dann leuchtete er durch die Fenster im Erdgeschoss, um irgendein Lebenszeichen im Inneren des Hauses aufzuspüren. Doch alle Fenster waren mit Vorhängen versehen. Er presste das Ohr an die Fensterscheibe, aber auch zu hören war nichts.

„Das Haus ist dunkel“, meldete er Cowe über Funk, als er zum Wagen zurückkam. „Zu hören ist auch nichts. Ich weiß nicht, ob ich die Tür aufbrechen und da reingehen soll. Haben Sie noch immer diese unverständliche Stimme in der Leitung?“

„Ja.“

„Okay. Ich schlage also Folgendes vor: Ich werde jetzt an der Tür Sturm klingeln. Sobald ich anfange, gebe ich Timmy ein Zeichen. Sie sagen der Stimme am Telefon, dass sie zweimal stöhnen soll, wenn sie die Türklingel hört. Auf diese Weise erfahren wir wenigstens, ob da drinnen wirklich jemand in Not ist.“

Dansey ging zur Haustür und winkte seinem Kollegen zu, bevor er fest auf den Klingelknopf drückte.

„Sie hört Sie, sie hört Sie!“, schrie Timmy aus dem Wagen.

Dansey kam zum Wagen zurück und griff nach dem Funkgerät. „Wir werden die Tür aufbrechen müssen, Jack.“

„Klettern Sie lieber durch ein Fenster.“

„Es gibt ein Fenster direkt neben der Haustür. Ich kann es mit meiner Taschenlampe einschlagen und einsteigen, aber schicken Sie mir zuvor noch einen Streifenwagen für den Fall, dass es da drin Probleme gibt.“

„Alpha Bravo sechs ist unterwegs“, sagte der Einsatzleiter.

Kaum eine Minute später hielt der angekündigte Wagen mit eingeschaltetem Blaulicht. Dansey instruierte die Insassen und wandte sich dann an seinen Beifahrer: „Kommen Sie, Timmy, gehen wir rein.“

Vor der Haustür hielt Dansey für einen Augenblick inne und lauschte noch einmal nach Geräuschen in dem Haus. Dann begann er das Glas aus dem Fenster neben der Tür zu schlagen. Er griff hinein, zog den Vorhang beiseite und leuchtete mit der Taschenlampe in den Raum. Er blickte in Terry Harmians Büro.

„Gütiger Himmel!“

„Was gibt's, Chef?“, fragte ihn Timmy und spähte ebenfalls in den Raum. Er richtete den Lichtkegel seiner Taschenlampe auf das gleiche Ziel wie sein Vorgesetzter und entdeckte nun auch den auf einen Stuhl gefesselten Körper, das blutige Fleisch, das einst ein Gesicht gewesen war, und die Spritzer von Blut und grauer Hirnmasse an der Wand dahinter. „Gott!“ Timmy verschlug es den Atem.

Dansey drehte sich um und rief seinen Kollegen im Wagen zu: „Ich brauche einen Krankenwagen und die Kriminalpolizei. Wir haben hier einen ernsten Fall. Ein Toter, soweit ich sehen kann.“

Dann wandte er sich wieder zu Timmy: „Eines ist sicher. Diese komischen Geräusche hat nicht der da gemacht. Da muss irgendwo noch jemand anders sein.“

Noch während Dansey überlegte, wie er durch das zerbrochene Fenster in Terry Harmians Büro einsteigen sollte, rief der Fahrer des Streifenwagens: „Die Kripo und der Chef sind schon unterwegs!“

Fast gleichzeitig hörte Dansey das Heulen einer Sirene durch die Nacht dringen. Dann sprang auch schon ein Beamter der Kriminalpolizei aus seinem Wagen, rannte die Treppe zur Haustür hinauf und musterte die grässliche Szene im Büro, während Dansey ihm Bericht erstattete.

„Okay“, sagte der Kriminalbeamte. „Sie steigen ein und machen uns die Tür auf. Aber fassen Sie drinnen nichts an.“

Dansey tat, wie ihm geheißen.

„Sie“, wandte sich der Kripobeamte an Timmy, als sich die Haustür öffnete, „Sie lassen niemanden außer meinen Kollegen von der Kriminalpolizei und den Ärzten hier rein, ist das klar?“

„Jawohl, Sir."

Mit Dansey im Schlepptau betrat der Kriminalbeamte nun das Büro, fand mit der Taschenlampe den Lichtschalter und knipste, nachdem er seine Hand mit einem Taschentuch bedeckt hatte, das Licht an. Mit geübtem Blick sahen sich die beiden Polizisten im Raum um und musterten die an den Stuhl gefesselte, grässlich zugerichtete Gestalt, den offenen Safe und die Spiegelscherben auf dem Fußboden. Dann näherte sich der Kripobeamte vorsichtig dem Opfer, zog einen Spiegel aus der Tasche und hielt ihn vor den blutigen Stumpf, der alles war, was von der Nase des Misshandelten übrig geblieben war. Nicht der geringste Hauch trübte die Oberfläche des Spiegels.

„Krankenwagen erübrigt sich", bemerkte er. „Der ist tot."

Die beiden Beamten verließen das Büro und durchkämmten methodisch das Haus, und zwar einen Raum nach dem anderen. Im Schlafzimmer fanden sie Rebecca und Nancy, die noch immer ihr Handy umklammerte. Dansey eilte zu Nancy, um ihr das Pflaster vom Gesicht zu reißen.

„Mein Mann!", schrie Nancy, sobald ihre Lippen vom Klebeband befreit waren. „Wo ist mein Mann? Lebt er? Haben diese Schweine ihn getötet? Wo ist er, wo ist er?"

„Wir suchen noch nach Ihrem Mann, Mrs Harmian", erklärte der Kriminalbeamte, so beruhigend er konnte. „Ich spreche doch mit Mrs Harmian, nicht wahr?"

„Ja, ja", schluchzte Nancy. „Wo ist er? Bringen Sie mich zu ihm. Ich muss ihn sehen."

Der Kriminalbeamte war zu der Überzeugung gelangt, dass diese vollkommen verstörte Frau die Szene des grässlichen Verbrechens im Erdgeschoss nicht zu sehen brauchte. Der Anblick würde sie nur zusätzlich traumatisieren. „Schneiden Sie die Stricke durch!", befahl er Dansey. „Nicht aufknoten, denn manche von diesen Leuten haben eine ganz individuelle Art, ihre Knoten zu binden. Das ist quasi eine Unterschrift."

Während Dansey Nancy befreite, kniete der Kriminalbeamte neben ihr nieder. „Sie haben Furchtbares durchgemacht, Ma'am. Wie ich bereits erwähnte, suchen wir nach Ihrem Gatten. Aber jetzt müssen wir erst mal Ihnen und der anderen Dame ärztliche Hilfe zukommen lassen. Am besten bringen wir Sie mit dem Krankenwagen, der unten steht, ins Krankenhaus."

Aber Nancy ließ sich nicht verladen. „Nein! Mir geht's gut. Ich will nur meinen Mann sehen. Wo ist er? Haben Sie ihn schon ins Krankenhaus gebracht?“

Das gab dem Kriminalbeamten die Gelegenheit zu der kleinen Notlüge, die er brauchte, um Nancys Einwilligung zu der Fahrt ins Krankenhaus zu erhalten. „Ja, Ma'am, wie ich schon sagte, um Ihren Mann kümmern wir uns, jetzt müssen Sie uns nur gestatten, auch Sie und Ihre Freundin zu versorgen.“

Sanitäter mit Falttragen betraten das Schlafzimmer.

„Es kommt alles wieder in Ordnung“, sagte der Beamte beruhigend zu Nancy.

„Aber mein Mann …“ Noch immer protestierend, ließ sich Nancy auf eine Trage helfen und zu dem Krankenwagen transportieren. Als dieser abfuhr, untersuchte der Kriminalbeamte bereits das Büro des Toten.

„Okay.“ Der Kriminalbeamte wandte sich Dansey zu. „Setzen Sie sich mit der Zentrale in Verbindung. Wir brauchen das Spurensicherungsteam, einen Gerichtsmediziner, den Fotografen und den Fingerabdruckmann.“

Zwei Ausländer und ein grässlicher Mord in einer eleganten Wohngegend, das war, wie der Beamte wusste, eine Nummer zu groß für ihn. Mit der Sache muss ein Kommissar betraut werden, dachte er und schaltete sein Funkgerät ein.

Kommissar Fraser MacPherson schlief fest in seinem Einfamilienhaus in Clapham, als der Anruf ihn erreichte. Halb automatisch, mit noch geschlossenen Augen, griff er nach dem Telefon auf dem Nachttisch.

Die fallen immer mit der Tür ins Haus, dachte MacPherson, als er dann mit weit offenen Augen dem Bericht seines Untergebenen lauschte. Seine an Kummer gewöhnte Frau war schon auf dem Weg nach unten in die Küche, um ihm einen schwarzen Kaffee zu kochen.

„In Ordnung“, sagte MacPherson, als der Anrufer geendet hatte. „Ich komme sofort.“

„So ein Mist“, murmelte er unterwegs ins Badezimmer, „wieder mal die Nachtruhe geopfert für die englische Krone.“

„Er ist tot! Er ist tot! Ich weiß es!“, schrie Nancy, als die drei Kriminalbeamten mit ernster Miene das Krankenzimmer betraten. MacPherson kam an ihr Bett und legte ihr mit einer Zartheit, die man ihm bei seiner Erscheinung gar nicht zugetraut hätte, die Hand auf den Unterarm.

„Ich habe die sehr traurige Pflicht, Sie vom Tode Ihres geliebten Gatten in Kenntnis zu setzen, Mrs Harmian.“

„Diese Schweine! Sie haben ihn umgebracht! Ich wusste es!“

MacPherson nickte einem seiner Kollegen fast unmerklich zu, und dieser zog ein winziges Tonbandgerät aus der Tasche.

„Von wem sprechen Sie, Mrs Harmian?“

„Von diesen Männern. Das waren Iraner. Terroristen.“

„Wie denn das?“

Nancy berichtete, wie ihr Mann Farsi gesprochen hatte, um ihr dadurch einen Hinweis zu geben. Dann schilderte sie die Ereignisse der vergangenen Nacht.

„Haben Sie eine Ahnung, was diese Männer aus dem Safe an sich bringen wollten?“, fragte MacPherson, als sie mit ihrem Bericht fertig war.

„Nicht die geringste!“

„Wissen Sie, was Ihr Mann darin aufbewahrte?“

„Nicht genau. Er hob darin seine Geschäftspapiere auf.“

„Und was waren das für Geschäfte, Ma’am, wenn Sie die Frage gestatten?“

„Er war privater Anlageberater.“

„Ich verstehe.“ MacPherson verarbeitete diese Information im Licht der bitteren Erfahrungen, die er in den Jahren seines Dienstes bei der Londoner Kriminalpolizei gemacht hatte. Ein privater Anlageberater also. Hierzu fielen ihm spontan einige Stichworte ein: Finanzschwindler, Vermeidung von Steuern, Geldwäsche oder Geschäfte mit Geldern, die schon jemand anders vorgewaschen hatte.

„Wann haben Sie den Safe zuletzt benutzt, Ma’am?“

„Gestern Abend, ehe wir zum Essen ausgingen.“

Na, immerhin etwas, dachte MacPherson. „Wir leeren den Safe Stück für Stück, gnädige Frau, und suchen nach Fingerabdrücken, die uns helfen könnten, den Mördern auf die Spur zu kommen. Selbstverständlich erhalten Sie nach Abschluss der Untersuchung alles zurück. Meinen Sie, dass Sie etwas später, wenn Sie sich ein bisschen erholt haben, aufs Revier kommen und sich ansehen könnten, was wir da haben?“

„Natürlich. Ich weiß nicht, ob ich Ihnen helfen kann, aber ich werde jedenfalls tun, was ich kann.“

MacPherson wandte sich zum Gehen.

„Herr Kommissar!“

„Ja?“

„Mein Mann war Moslem. Deren Begräbnisvorschriften sind sehr streng. Ich glaube, dass er schon morgen vor Sonnenuntergang begraben sein sollte.“

„Ma'am, bitte verstehen Sie, dass wir in einem solchen Fall eine Autopsie vornehmen müssen. Ich werde versuchen, die Prozedur zu beschleunigen, kann aber leider nichts versprechen."

ALS NANCY am Nachmittag desselben Tages das Polizeirevier aufsuchte, wurde sie von MacPherson mit großer Ehrerbietung empfangen. Zuerst rückte er den bequemsten Sessel für sie zurecht und bot ihr dann eine Tasse des besten Tees an, den das Revier zu bieten hatte. Schließlich versicherte er sie seiner unendlichen Dankbarkeit dafür, dass sie unter diesen so tragischen Umständen die Zeit erübrigt hatte, ihn zu besuchen. Dann kam er behutsam auf die Angelegenheit zu sprechen, um derentwillen er ihren Besuch erbeten hatte.

Die Polizei war erstaunt gewesen, wie viele Wertsachen anscheinend unberührt in dem Tresor lagen. Sauber beschriftet war auf einer Plastikfolie in der Asservatenkammer des Reviers ausgebreitet, was die Polizei dem Safe entnommen hatte. Daneben lagen die Fotos von dem geöffneten Tresor, die der Polizeifotograf vor dem Ausräumen gemacht hatte.

MacPherson nahm eines dieser Bilder und zeigte es Nancy. „So sah der Safe aus, als wir ihn fanden, Ma'am. Wie Sie wissen, haben die Einbrecher ihn geöffnet, bevor Sie wieder in Ihr Schlafzimmer gebracht wurden." Er wies auf die vor ihm ausgebreiteten Dinge. „Wissen Sie, ob irgendetwas fehlt?"

Nancys erste instinktive Regung trieb sie, ihren Schmuckkasten zu öffnen und zu inspizieren. Alles war da. Die Lapislazuliohrringe lagen noch obenauf, wo sie sie gestern Abend hingelegt hatte.

MacPherson wies auf einen Stapel Umschläge, der mit einem Gummiband zusammengehalten wurde. „Ihr Mann scheint eine große Menge Bargeld in seinem Safe aufbewahrt zu haben. Und das in verschiedenen Währungen."

„Ja, er brauchte es für seine Reisen."

„Wissen Sie, wie viel er gewöhnlich aufbewahrte?"

„Leider nein."

„Wir schätzen, dass wir hier ungefähr den Gegenwert von knapp 8000 Pfund haben. Das ist eine Menge Geld. Die Täter haben es nicht angerührt und hätten es doch nur zu nehmen brauchen."

Nancy zitterte, da ihr plötzlich die grauenhafte Szene wieder deutlich vor Augen stand. Sie musterte die Scheckbücher, Akten, Briefe und Adressbücher, die vor ihr ausgebreitet lagen. War das alles, was von ihrem Terry übrig geblieben war?

Dann zuckte sie zusammen. „Da war noch ein Umschlag. Ein großer brauner Umschlag, der oben auf meiner Schmuckschatulle lag, als ich gestern Abend die Ohrringe herausnahm, die ich tragen wollte. Ich musste ihn herunternehmen, um den Kasten aufmachen zu können. Dieser Umschlag fehlt."

„Wie groß war er, Ma'am? So groß wie ein Blatt Schreibmaschinenpapier?"

„O nein, viel größer. Ein großer brauner Umschlag, ungefähr einen Zentimeter dick."

„Haben Sie eine Ahnung, was er enthalten haben könnte?"

„Nein. Aber als ich ihn beiseite schob, dachte ich, da wären wohl Dokumente drin, Papiere, irgend so was."

„Ist Ihnen noch was aufgefallen?"

„Ja. Es war was draufgeschrieben. In arabischer Sprache oder in Farsi, ich kann die Schriften nicht unterscheiden."

„In der Handschrift Ihres Mannes?"

„In Farsi kann ich seine Handschrift leider nicht erkennen." Nancy betrachtete noch einmal das ausgebreitete Material. „Aber dieser Umschlag fehlt jedenfalls. Er ist nicht hier. Danach müssen die gesucht haben, meinen Sie nicht?"

JIM DUFFYS erster voller Arbeitstag in seiner neuen Dienststelle war alles andere als aufregend. Kaum ein Job war so öde und geisttötend wie der, mit dem er gerade befasst war. Dieses Abhören des auf Band aufgenommenen Funkverkehrs glich der Suche nach einer Nadel im elektronischen Heuhaufen.

Man hatte ihm einen Computer zur Verfügung gestellt, der direkt mit dem Hauptquartier der National Security Agency (NSA), einem unter strengster Geheimhaltung arbeitenden Nachrichtendienst in Fort Meade, verbunden war. Jede Botschaft, die die CIA im Luftraum über dem Iran abgefangen hatte, wurde ihm übermittelt. Die meisten Nachrichten kamen von einem Horchposten der NSA in Bad Aibling in Deutschland. Sie waren über dem nordöstlichen Iran abgefangen worden, über der Gegend also, in der Dschailani wahrscheinlich operierte. Doch diese ganze fabelhafte technische Zauberwelt war nur von Nutzen, wenn es Duffys leider allzu menschlichen Ohren gelang, die Stimme eines Mannes zu identifizieren, den er seit fünf Jahren nicht mehr gesehen hatte und dessen Sprache er nicht verstand. Es wäre also nicht sehr klug gewesen, auf das Gelingen dieses Unternehmens etwas zu wetten.

„WAS WIR hier haben“, erklärte Fraser MacPherson seinen Mitarbeitern im Kommissariat, „ist offensichtlich kein gewöhnlicher Einbruch. Der Schmuck und das Bargeld wurden nicht angerührt. Wir müssen uns also fragen: wieso?“

Sechsunddreißig Stunden nach der brutalen Ermordung Tari „Terry“ Harmians waren MacPherson und seine Kollegen mit der Erörterung aller Umstände des Verbrechens beschäftigt.

„Chef, was ist mit der Aussage der Frau? Dass die Männer, die ihren Mann ermordet haben, Terroristen waren, Iraner?“, fragte einer der Männer.

„Das hat sie nicht gesagt“, erwiderte MacPherson. „Gesagt hat sie, dass ihr Mann Farsi mit diesen Leuten sprach, eine Sprache, die sie nicht beherrscht. Sicher, sie denkt, dass ihr Mann aus politischen Gründen liquidiert worden ist. Sie hat ihn wahrscheinlich für eine Art Heiligen gehalten. Ich glaube das erst, wenn ich Beweise dafür habe. Mir kommt das eher wie eine fehlgelaufene Geschäftstransaktion vor oder wie irgendetwas im Zusammenhang mit einer Spielschuld. Sie wissen doch, dass diese Iraner alle leidenschaftliche Spieler sind.“

„Eine Sache finde ich seltsam, Sir“, warf ein Beamter ein. „Da hat er all das Geld in Umschlägen in seinem Safe. Reisegeld, sagt seine Frau. Eine Menge davon in zypriotischen Pfund und ungarischen Banknoten. Aber er hat kein Visum für diese Länder, keine Ein- und Ausreisestempel von Zypern oder Ungarn in seinem Pass. Wie kommt das?“

„Ausgezeichnete Frage.“ MacPherson nickte beifällig. „Vielleicht hat er in irgendeinem Bankschließfach einen zweiten Pass versteckt. Und vergessen Sie nicht, Ungarn und Zypern mögen zwar keine Finanzhochburgen sein, aber im Geldwäschegeschäft liegen sie an der Spitze der Weltstatistik.“

„Was ist mit Drogen?“, fragte einer der jüngeren Männer.

„Das ist eine Überlegung wert. Nach der Beschreibung der Frau könnte der verschwundene Umschlag ein Kilo Heroin enthalten haben.“ MacPherson erhob sich. „Passen Sie auf. Gehen wir vorerst von der Vermutung aus, dass die Sache irgendwas mit den Geschäften des Mannes zu tun hat.“ Er begann im Raum auf und ab zu gehen. „Wir werden versuchen, alles über das Leben, das dieser Mann geführt hat, herauszufinden. Bankauszüge, Telefonrechnungen. Stellen Sie fest, wohin er reiste. Reiste er allein? Kämmen Sie das Haus gründlich durch. Sehen Sie sich an, was in seinem Computer steckt.“ Er streckte sich. „Wir treffen uns täglich nach dem Mittagessen hier zum Rapport. Vielen Dank.“

ZWEI Jeeps, in denen jeweils vier mit Kalaschnikows bewaffnete Männer saßen, fuhren hintereinander auf der Straße. Neben dem Fahrer des ersten Jeeps saß Ghulam Hamid, ein Veteran des Geheimdienstes, der noch unter dem Schah gedient hatte. Er hatte Ahmed Khans 42 Kilogramm Rohopium nach mehrstündigem Feilschen aufgekauft.

Der Jeep, mit dem er reiste, war insgesamt mit 2000 Kilogramm Rohopium beladen – Tafeln, Laiben und Kugeln in der Größe von Basketbällen, allesamt in Blätter eingewickelt.

Hamid lehnte sich in seinem Sitz zurück und hing seinen Träumen nach, die zum Teil von den Düften des Rohopiums inspiriert waren, die ihm von der Ladefläche in die Nase stiegen. Mit einem Lastwagen dieses Typs hatte er nach seiner Flucht vor der Rache der Mullahs sein neues Leben begonnen. Hamid hatte dem pakistanischen Sicherheitsdienst ISI seine Dienste angeboten. Sein erster Auftrag betraf den Transport der Waffen, die von der CIA im Ostblock aufgekauft worden waren. Sie mussten von den geheimen Flugplätzen, auf denen diese Fracht landete, in die Lager der Mudschaheddin auf der afghanischen Seite des Khyberpasses geschafft werden.

Hamid hatte sehr schnell begriffen, dass ihm dieser Fuhrbetrieb Gelegenheit zu einem sehr lukrativen Handel auf eigene Rechnung bot. Dass sein Lastwagen vom Khyberpass leer zurückfahren sollte, war seines Erachtens reine Verschwendung. Er wusste, dass auf den Feldern bei den Lagern der Mudschaheddin Schlafmohn angebaut wurde, und erfuhr auch, dass an der pakistanisch-afghanischen Grenze schon eine ganze Reihe geheimer Laboratorien eingerichtet worden waren, in denen Heroin hergestellt wurde. Warum sollte er kein Fuhrunternehmen zur Zufriedenheit aller gründen? Welcher Polizist käme schon auf die Idee, einen vom pakistanischen militärischen Sicherheitsdienst gecharterten Lastwagen zu durchsuchen? Hamid war klug genug gewesen, seine Auftraggeber vom ISI an dem Geschäft zu beteiligen.

Als sich dann der Krieg in Afghanistan ausweitete, nahm die Menge des Opiums, das vom Khyberpass heruntergebracht wurde, ständig zu, und dementsprechend steigerten sich auch die Nebenverdienste des ISI. Diese bereicherten nicht nur die leitenden Beamten dieser Organisation, sondern stellten auch die Mittel bereit, die diese zur Finanzierung von Operationen benötigten, an denen die Zentralregierung sich offiziell zu beteiligen scheute. Zum Beispiel an Waffenlieferungen an muslimische Guerillas, die in Kaschmir gegen die indische Herrschaft kämpften.

Hamid wusste, dass sich die Welt der Drogen immer wieder veränderte.

Da die Kämpfe nördlich und östlich des Khyberpasses immer heftiger wurden, verlegte man den Schlafmohnanbau bald in den Südwesten des Landes, in die Provinz Helmand, wo Hamid soeben die 2000 Kilo Rohopium aufgekauft hatte.

Es war leichter, die Ware von hier durch die Einöden Belutschistans nach Quetta in Pakistan zu kutschieren, als den Weg über den Khyberpass zu nehmen. In Pakistan wurde in primitiven Laboratorien aus dem Rohopium Heroin gewonnen, das dann an der Makranküste an Bord der Frachter befördert wurde, die es weiter nach Europa und in die Vereinigten Staaten transportierten.

Drei Familien in Quetta, die Issa, Rigi und Notezai, hatten die Gelegenheit ergriffen, sich zu Schutzpatronen des Heroinhandels zu ernennen. Quetta wurde zum Zentrum des Heroinhandels der Neunzigerjahre. Innerhalb von sieben Jahren gab es in der Umgebung von Quetta nicht weniger als schätzungsweise 500 Dollarmultimillionäre, deren Reichtum direkt oder indirekt aus dem Heroinhandel floss. Einer davon war Ghulam Hamid.

Er hatte sich Mohammed Issa angeschlossen und fungierte als dessen Wesir. Issa machte sich nie die Hände durch persönliche Beteiligung an den Operationen schmutzig.

Die 2000 Kilo Rohopium, die Hamid jetzt geladen hatte, würden in Issas primitiver Drogenküche zu etwa 210 Kilo Morphinbase verarbeitet werden. Hamids „Laboratorium" stand neben einem Bach, der vom Kamm des Gebirges hinabrauschte, fünf Kilometer östlich des afghanischen Grenzorts Spin Boldak. Der Bach war überaus wichtig, denn die Verarbeitung des Rohopiums zu Morphin war nur dort möglich, wo es fließendes Wasser gab. Der „Koch" war Pakistani. Der junge Mann nahm seine Stelle als Chemiker sehr genau, obwohl – wie Hamid wusste – es nicht notwendig war, Doktor der Chemie zu sein, um die Operation durchzuführen. Das Opium musste in kochendem Wasser aufgelöst, dann mit Kalkdünger versetzt, danach mit Ammoniakkonzentrat gemischt und schließlich gefiltert und getrocknet werden.

Die Wachen hatten zwei Löcher gegraben, in denen Holzfeuer loderten. Auf einem Rost standen zwei Ölfässer. Im ersten kochte das Wasser bereits. Hamid sprang aus dem Jeep, sobald er anhielt. Wegen der Verantwortung, die er für die wertvolle Ware trug, musste er während der Verarbeitung des Rohopiums in der Nähe des Laboratoriums bleiben. Er, der sich daran gewöhnt hatte, in seiner Villa in Quetta, von den kühlen Lüften seiner Klimaanlage umfächelt, auf seidenen Laken zu schlummern, würde nun hier in einer Höhle mit zwanzig schnarchenden, verlausten Arbeitern auf einer primitiven Bettstelle übernachten müssen. Immerhin würde die Mühe sich am Ende für ihn lohnen. Bei Ablieferung der Ware, die er diesmal an Bord hatte, würde er knapp 70 000 Dollar Profit einstreichen.

WÄHREND sich Ghulam Hamid den Kopf darüber zerbrach, wie er die 70 000 Dollar investieren könnte, rollte ein soeben aus Wien gelandeter Jumbojet der Iran-Air an der Marmorfassade des Passagierterminals im Teheraner Mehrabad-Flughafen vorbei in Richtung der Luftfrachthangars. Ungewöhnlich war an dieser Landung nur eines: Angemeldet war das Flugzeug als reiner Transportflug, doch es saßen fünf Passagiere im Frachtraum. So kehrte das Team von Killern, die Terry Harmian in seinem Londoner Heim liquidiert hatten, sicher nach Teheran zurück.

Von dem geheimen iranischen Flugplatz in Hartenholm nördlich von Hamburg waren die fünf bis in die Nähe von Wien geflogen und auf einer privaten Landebahn abgesetzt worden. Dort hatte man sie der Obhut von Vertretern der „Neptune Air Freight Services“ anvertraut, der Firma, die das Frachtgeschäft der Iran-Air auf dem Wiener Flughafen abwickelte. Die fünf hatten Arbeitskleidung der Firma angezogen, beim Beladen der Maschine geholfen und waren dann, als diese an den Start rollte, einfach an Bord geblieben.

Das war eine der typischen Dienstleistungen, mit denen die Firma den Iranern gefällig war, natürlich gegen eine nicht unbedeutende Vergütung. In der Tat war ein großer Teil der vom Iran aufgekauften Rüstungsgüter mithilfe dieser Firma über den Wiener Internationalen Flughafen nach Persien exportiert worden.

Sadegh Izaddine, der für die Gouruhe Zarbat, die Kommandoeinheit, der die fünf jungen Leute angehörten, zuständige Mullah, erwartete die Heimkehrer mit zwei Mercedes-Limousinen. Er reichte dem Gruppenführer die Hand. „Du hast wohl getan, mein Bruder. Das Vertrauen, das wir in dich und deine Gefährten gesetzt haben, ist aufs Höchste gerechtfertigt worden.“

Der junge Mann nickte ehrerbietig und zog einen großen braunen Umschlag aus dem Overall, den er trug. „Ihr Päckchen“, erklärte er.

Izaddine lächelte und nahm den Umschlag entgegen. Dann wies er auf die beiden Limousinen. „Kommt, Brüder. Der Lohn für den gut ausgeführten Auftrag wartet auf euch.“

IM SCHWEIZERISCHEN Chur war es erst einige Minuten nach neun, als ein schwarzer Mercedes 300 SL vor der glitzernden Stahl- und Glasfassade eines Bürohochhauses hielt. Das rot-weiße Firmenemblem über dem Haupteingang des Gebäudes verriet den Namen des Unternehmens, das sich mit Ziffern und Kodierungen beschäftigte: CIPHER AG. Wie die fünf Killer, die in Teheran gelandet waren, waren die Insassen des Mercedes im Auftrag der Operation Khalid unterwegs.

Drei schweizerische Führungskräfte empfingen den Passagier des großen Wagens. „Herzlich willkommen bei der Cipher AG, Herr Professor", begrüßte der Anführer seinen Gast freundlich. „Hatten Sie eine angenehme Reise?"

„Allerdings", erwiderte Kair Bollahi, obgleich er die Reise keineswegs genossen hatte. Er war viel zu besessen gewesen von dem Gedanken, dass er sich ein absolut zuverlässiges Chiffriersystem beschaffen müsse, um die Geheimnisse seiner teuren Operation Khalid vor den elektronischen Lauschangriffen der Amerikaner und ihrer israelischen Freunde zu schützen. Die Cipher AG hatte das Gerät, das ihm die benötigte Sicherheit bieten würde. Fraglich war nur, ob sie es ihm verkaufen würde.

„Der Geschäftsführer, Herr Zurni, erwartet Sie in seinem Büro, Herr Professor. Darf ich Sie zu ihm bringen?"

Das Büro des Geschäftsführers war in dunklem Mahagoni getäfelt, die Gemälde an den Wänden zeigten schweizerische Alpenlandschaften. Auf dem langen Konferenztisch standen dampfende Kaffeekannen und Schalen voller goldbrauner Croissants bereit.

„Mein lieber Herr Professor." Strahlend kam Herr Zurni hinter seinem Schreibtisch hervor. „Es ist uns eine Ehre, Sie heute Morgen hier willkommen heißen zu dürfen."

Man nahm am Konferenztisch Platz, schenkte Kaffee ein und strich Butter auf die Croissants. Schließlich kam Zurni auf das Geschäft zu sprechen.

„Vielleicht sollten Sie uns kurz die Anforderungen schildern, denen Ihr Chiffriersystem genügen muss. Dann könnten meine Mitarbeiter und ich Ihnen wahrscheinlich das Passende empfehlen."

„Natürlich", erwiderte der Professor. „Wie ich glaube, ist Ihnen allen bekannt, dass ich der Leiter der Londoner Niederlassung der nationalen Ölgesellschaft des Iran bin. Als solcher bin ich Hauptverantwortlicher für den Export des iranischen Erdöls, aus dem wir unsere Einnahmen hauptsächlich in harten Währungen beziehen." Er hielt kurz inne.

„Meine Aufgabe ist, wie Sie sich denken können, nicht leicht zu erfüllen. Es gibt unfreundliche Mächte, die es sich zum Ziel gesetzt haben, uns Schwierigkeiten zu machen. Das Ölgeschäft ist Gegenstand heftigen Konkurrenzkampfes und sehr, sehr störungsanfällig. Wenn ich Öl zu einem Zehntel Cent pro Barrel billiger anbiete, bekomme ich den Zuschlag, versäume ich, meinen Konkurrenten zu unterbieten, muss ich damit rechnen, dass ich den Kontrakt an diesen verliere. Deshalb ist es absolut lebensnotwendig für mich, mit meinen Untergebenen kommunizieren zu können, ohne fürchten zu müssen, dass der Feind mithört."

Der Blick des Professors wanderte von einem seiner Gesprächspartner zum anderen, um Anzeichen dafür zu suchen, dass man den Wahrheitsgehalt seiner Worte anzweifelte. Dann wandte er sich wieder Zurni zu. „Wie ich höre, chiffrieren Ihre schweizerischen Banken auch die telegrafischen Zahlungsanweisungen, die sie ins Ausland schicken."

„Ja", gab Zurni zu, „das tun sie. Die meisten bedienen sich dabei auch unserer Systeme. Sie wissen ja, dass die amerikanische NSA auf der Suche nach gewaschenem Geld alle unsere Satellitenübertragungen abfängt."

Der Professor nickte. „Das Herz meines Kommunikationsnetzes würde sich natürlich in Teheran befinden. London wäre der zweite Stützpunkt, daneben würde ich noch etwa dreißig Außenposten brauchen. Gelegentlich wären wir wohl zu Kurzwellenübertragungen genötigt, aber das Ideale wäre, wenn wir über Satelliten schriftlich miteinander verkehren könnten, ohne befürchten zu müssen, dass jemand unsere Post mitliest."

„Gewiss", lächelte Zurni. „Lassen Sie mich jedoch zuerst ein paar Worte zur Lage am internationalen Markt für Chiffriermaschinen sagen, lieber Herr Professor. Die Amerikaner stellen, wie wir alle wissen, fabelhafte Systeme her. Die neuen Programme, die sie in dem Cray-3-Computer der NSA installiert haben, sind wahre Wunderwerke, unglaublich stark."

Das war nicht gerade Musik für die Ohren des Professors. „Mir sind die Fähigkeiten der Amerikaner bekannt", erklärte er mit einiger Schärfe, „wenn ich auch die amerikanische Gesellschaft insgesamt nicht gerade bewundere."

„Freilich. Die Ausfuhr von Geräten oder Software zur Chiffrierung ist in den Vereinigten Staaten nur mit besonderer Lizenz gestattet. Um die Erlaubnis zu erhalten, muss eine amerikanische Firma der NSA alle technischen Informationen zur Verfügung stellen. Dies ermöglicht der

CIA, alle Botschaften zu dechiffrieren, die der Käufer mit dem erworbenen Gerät senden kann.“

„Das nimmt dem Gerät ja einiges von seiner Nützlichkeit, nicht wahr?“

„Ich fürchte, ja. Die Amerikaner wollen verhindern, dass amerikanische Hersteller Systeme, die eines Tages gegen sie verwendet werden könnten, ins Ausland verkaufen. Außerdem wollen sie sich nicht der Möglichkeit berauben lassen, den Funkverkehr von terroristischen oder kriminellen Organisationen zu belauschen. Wir haben für dieses Anliegen volles Verständnis und würden auch unsererseits solche Leute nicht wissentlich mit unserem Gerät beliefern.“ Ein Lächeln, so üppig wie der Scheck, den er zu verdienen hoffte, erhellte Zurnis Züge. „Glücklicherweise besteht ja in unserem Fall zu solchen Skrupeln kein Anlass.“

Zu wissen, wann es gilt, den Köder auszuwerfen, ist das Talent, das den tüchtigen Verkäufer auszeichnet, und Zurni fühlte, dass der Augenblick gekommen war. „Herr Sprecher“, wandte er sich an den neben ihm sitzenden Manager, „wollen Sie nicht vielleicht unserem Gast vorführen, wie unser System funktioniert?“

Sprecher drückte auf einen Knopf unter dem Tisch, worauf aus der Decke ein Bildschirm senkrecht herunterfuhr. Dann erhob er sich und begann nach einer respektvollen Verbeugung vor dem Professor mit seinen Darlegungen. „Die meisten Leute glauben, nur weil unser Alphabet sechsundzwanzig Zeichen hat, müsse auch ein Code sechsundzwanzig Zeichen haben, sodass ‚A‘ zu ‚S‘ oder zur Zahl ‚7‘ würde, ‚B‘ würde zu ‚X‘ oder ‚19‘ und so weiter. Nach diesem Prinzip funktionierten noch die während des Zweiten Weltkriegs gebräuchlichen Codes. Die modernen Chiffriersysteme sind vollkommen anders aufgebaut. Ein moderner Code kann mit 50, 100 oder 200 Zeichen operieren, je nach dem Modell, das Sie wählen. Nehmen wir zum Beispiel den Namen ‚Mahmoud‘, der in Ihrer Heimat ja recht häufig ist. Er hat sieben Buchstaben, nicht wahr?“

Der Iraner nickte.

„Ich werde für unsere Demonstration einen unserer besonders starken 200-Zeichen-Codes wählen. Das erste Mal, wenn dieses Wort in einer nach diesem Code verschlüsselten Botschaft auftaucht, wird es sich so darstellen.“ Er drückte auf einen Knopf, und auf dem Bildschirm erschien die Zeile: K>653Æ#+Z.

„Zehn Zeichen anstatt der sieben, die man erwarten sollte.“

„Interessant“, sagte der Professor.

„Bei seinem zweiten Erscheinen in dem gleichen chiffrierten Text wird sich aber der Name so darstellen." Sprecher drückte abermals auf den Knopf, und der Bildschirm zeigte nun die Zeichenkombination: BYT51PZI&MD%. „Diesmal also mit zwölf Zeichen." Er drückte noch mal auf den Knopf, und nun las man U@(9W auf dem Monitor. „So erscheint der Name noch weiter im Text mit nur fünf Zeichen geschrieben, zwei weniger als im Klartext."

Der Professor war starr vor Staunen.

„Diese Texte kann man nur dechiffrieren, wenn man den Schlüssel zu dem verwendeten Code hat."

Sprecher drückte dreimal auf den Knopf, und jedes Mal verwandelte sich eine Zeile Zeichensalat auf dem Bildschirm in das Wort „Mahmoud".

„Wie sieht das Gerät aus, das man dazu braucht?", fragte Bollahi.

Sprecher öffnete eine Schublade des Konferenztisches und entnahm ihr einen schwarzen Kasten. „So. Nicht viel anders als ein gewöhnlicher Anrufbeantworter. Man stöpselt einen Anschluss dieses Apparats an seinen Computer, den anderen an einen Telefonanschluss oder an ein Modem. Dann tippt man die Botschaft, die man senden will, auf seinem Computer, drückt die Enter-Taste und schickt damit den Klartext in den schwarzen Kasten. In diesem wird dann der Text codiert oder chiffriert."

„Was enthält denn der schwarze Kasten?"

„Einen Mikroprozessor, der einen Algorithmus generiert. Unser schwarzer Kasten enthält eine Kette mathematischer Formeln, hundert Kilobytes oder ungefähr fünfzig Seiten einer einzigen mathematischen Formel."

Der Professor lächelte.

„Der geheime Code steckt also in diesem schwarzen Kasten?"

„Keineswegs. Der schwarze Kasten oder der Algorithmus ist nur der Mechanismus, der Ihren Klartext in eine chiffrierte Botschaft verwandelt und dabei die Zeichen anscheinend vollkommen willkürlich einem geheimen Schlüssel entsprechend auswählt, mit dem Sie – und niemand anderer – ihn programmiert haben." Er ergriff eine schwarze Diskette. „Sie werden also einen Codeschlüssel für jede Ihrer Stationen auf einer derartigen Diskette speichern. Sie selbst werden jede Diskette programmieren und dabei den Codeschlüssel aus einer fast unendlichen Vielfalt möglicher Kombinationen auswählen. Dann werden Sie den schwarzen Kasten für Amsterdam zum Beispiel mit dem Codeschlüssel Nr. 1 programmieren, den Kasten für Prag mit Nr. 2 und so fort, bis Sie jeder Ihrer Niederlassungen einen eigenen Codeschlüssel zugeteilt haben. Wenn Sie dann eine chiffrierte Botschaft an Amsterdam übermitteln, wird die

Programmierung des schwarzen Kastens in Amsterdam erkennen, dass der Text von Ihrem Anschluss kommt und im Code Nr. 1 chiffriert ist. Prag aber kann die für Amsterdam bestimmten Botschaften nicht entziffern und umgekehrt."

„Wie kann ich absolut sichergehen", fragte der Professor, „dass niemand in den Besitz von Kopien dieser Schlüsseldisketten gelangen kann, die Sie mir geben?"

„Wenn Sie diese Disketten von uns erhalten, werden sie vollkommen leer und unformatiert sein. Wenn Sie ganz sichergehen wollen, können Sie sich unbenutzte Disketten ja auch anderswoher beschaffen. Die Codierdisketten werden jedenfalls nur die Information enthalten, die Sie selbst auf ihnen speichern."

„Was gibt mir denn die absolute Gewissheit, dass mein Code nicht geknackt werden kann?", fragte der Professor. „Wir alle wissen, dass die Amerikaner von der NSA alle Nachrichten, die über Satellit laufen, abfangen und versuchen, die chiffrierten zu entschlüsseln."

„Sie können und werden auch Ihre Botschaften abfangen. Es wird ihnen allerdings nicht gelingen, diesen Zeichensalat zu verdauen."

„Nicht einmal mit diesen superstarken Computern, von denen erzählt wird, dass sie in Sekundenschnelle Millionen von möglichen Kombinationen durchprobieren können, um einen Code zu knacken?"

„Diesen werden sie nicht knacken. Der Code, mit dem wir Sie ausrüsten werden, wird hundert hoch zehn mögliche Umwandlungen in sich tragen. Um also jede mögliche Kombination Ihres Codes zu knacken, müssten die Computer der NSA tausend Milliarden Operationen durchführen. Die NSA kann selbst bei Gebrauch ihrer allerstärksten Computer nur bestenfalls eine Million möglicher Kombinationen pro Sekunde ausprobieren. Um alle Möglichkeiten durchzurechnen, würden sie tausend Jahre brauchen. Es wird also niemand Ihren Code knacken, Herr Professor. Weder die Amerikaner noch die Engländer, noch die Israelis. Niemand."

Der Professor war so begeistert, dass er genötigt war, sein Taschentuch zu ziehen und sich die Augen zu reiben. Es war also möglich. Es war also wirklich möglich, den Nachrichtenverkehr gegen den mithörenden amerikanischen Feind abzusichern. „Sie haben mich überzeugt", erklärte er. „Was wird mich die Installation des Systems kosten?"

Zurni ergriff wieder das Wort: „Die Kosten für jede Außenstation werden sich auf 65 000 Schweizer Franken belaufen, für dreißig Niederlassungen wären das also 1,95 Millionen Schweizer Franken. Die Station für das Hauptquartier käme auf 200000 Franken und die Software auf eine halbe Million. Insgesamt betrügen also die Kosten 2,65 Millionen Schweizer Franken, in Dollars wären das ...“

„In Deutscher Mark, bitte“, unterbrach der Professor.

Zurni zog seinen Taschenrechner zu Rate und erklärte: „3312500 DM.“

Der Professor nickte zustimmend. Für ein System, das ihm die Geheimhaltung der Operation Khalid garantierte, wäre er sogar bereit gewesen, fünfmal mehr auszugeben. Er zog ein Scheckbuch der iranischen Melli-Bank in München aus der Tasche, unterzeichnete einen Scheck und reichte ihn Zurni. „Wann wird mir die Anlage zur Verfügung stehen?“

„In weniger als vier Wochen, das verspreche ich Ihnen“, sagte Zurni und streckte die Hand aus. „Es ist ein Vergnügen, mit Ihnen Geschäfte zu machen, Herr Professor.“

ÄTZEND, ätzend, ätzend, dachte Jim Duffy. Wie viele Botschaften habe ich nun an diesem Vormittag schon durchgesehen? Zweihundert? Dreihundert? Und die Idioten auf diesen Bändern hatten alle nichts Interessanteres zu besprechen als Allah, das Wetter, Geld und kranke Großmütter. Amüsierte sich denn im Iran der Mullahs wirklich niemand mehr? Drehte denn keiner mehr ein krummes Ding, betrog niemand mehr seine Frau? Duffy wäre für alles dankbar gewesen, was ein bisschen Abwechslung in den langweiligen Job gebracht hätte, den man ihm hier aufgebürdet hatte. Er rief die nächste abgefangene Nachricht auf den Bildschirm seines Computers. Diese war gnädigerweise nur kurz.

> Dschafar?
> Ja?
> Ihre Sendung von 210 Kisten Äpfeln (Husten) geht übermorgen ab.
> Danke. Ich werde den Anruf des Fahrers erwarten.
> Über... (Husten) morgen, so Allah will.

In diesem Augenblick leuchtete das rote Lämpchen an seinem Telefon auf, das ihm bedeutete, dass der NSA-Beamte, der die Texte in seinen Computer eingab, ihn zu sprechen wünschte. Er ergriff den Hörer.

„Duffy.“

„Kam Ihnen die Stimme, die Sie soeben gehört haben, nicht irgendwie bekannt vor?“

Duffy ließ das Tonband noch einmal laufen. Doch sosehr er sich auch bemühte, die Stimme erkannte er nicht wieder, höchstens das Husten. Wie die meisten seiner Mudschs war auch Dschailani Kettenraucher – und tausend andere husteten wahrscheinlich deshalb wie er.

„Warum?"

„Der Ort, von dem aus er sprach, ist Zabol. Er liegt in der Nordostecke des Iran, nahe der afghanischen Grenze. Ein trostloses Nest. Kamelscheiße gibt's da. Apfelbäume mit Sicherheit nicht."

„Ach, das ist ja interessant. Kluge Beobachtung. Wissen Sie, wer unter der Nummer gemeldet ist? Einen Namen?"

„Zabol General Trading."

„Wohin ging das Gespräch?"

„Nach Istanbul. Aber es war ein Mobiltelefon."

Duffy dachte einen Augenblick über den Argwohn seines Kollegen bei der NSA nach. Hatte er womöglich eine interessante Spur aufgetan?

„Haben Sie von diesem Apparat noch andere Botschaften abgefangen?" Er konnte die Nummer am Bildschirm lesen: 98 54 21 63 74 05.

„Negativ. Wahrscheinlich werden sie von Zeit zu Zeit in Teheran anrufen, dann aber über eine Landleitung, sodass wir sie dabei nicht abhören können."

Ja, dachte Duffy, irgendwo ist der Nutzen der Technik eben doch begrenzt. „Was empfehlen Sie also? Meinen Sie, dass es die Mühe lohnen könnte, diese Stimme durch eine Stimmsignaturanalyse zu ziehen und dann in Ihrem gesammelten Archivmaterial nach dieser Signatur zu suchen?"

„Ich glaube, ja. Wird aber eine Weile dauern."

„Na, denn. Nehmen wir uns die Zeit."

DIE REISE Ghulam Hamids endete in einem schmutzigen Lagerhaus 650 Kilometer östlich von Teheran, in der Nähe von Zabol. Im Inneren des Lagerhauses, das nach Öl und Schmierfett roch, sah Hamid seinen Leuten zu, die ihre Jeeps entluden. Die 210 Kilopackungen Morphinbase wurden auf eine aufgebockte Tischplatte gestapelt und dort von zwei Iranern sorgfältig gewogen.

Die beiden waren mit ihrer Arbeit schon nahezu fertig, als Hamid eine Bewegung am anderen Ende des Lagerhauses bemerkte. Als er in die Richtung des Gebäudes blickte, sah er inmitten einer sich drängelnden Gefolgschaft einen Mann auf sich zukommen, der eine afghanische Chitralmütze und lang wallende Gewänder trug. Das musste der berühmte Mudschaheddinhäuptling Said Dschailani sein. Er überragte die Perser, die um ihn herumwimmelten, um Haupteslänge wie ein biblischer Prophet seine Anhänger.

Der Eindruck verstärkte sich noch, als Dschailani näher kam. Er war ein auffallend gut aussehender Mann mit schwarzem Bart, blauen Augen, scharfer Hakennase und dichten Augenbrauen. Als er Hamid erreichte, machte er eine leichte Verbeugung, wobei er mit der Rechten seine Stirn und sein Herz berührte. „Der Segen Allahs sei mit dir, o Bruder“, psalmodierte er.

Hamid ahmte die rituellen Gebärden nach und bemerkte, sich verbeugend, dass die Pantoffeln des Mannes mit goldener Litze besetzt waren, deren Glanz in einem seltsamen Kontrast zu den stumpfen Farbtönen seiner sonstigen Kleidung stand.

Dschailani blickte auf die Tischplatte, wo soeben die Untersuchung von Hamids Morphinbase beendet wurde. „Wie ich höre, hat alles seine Ordnung. Ich gratuliere dir, Bruder.“ Er klatschte in die Hände und deutete auf ein niedriges Tischchen ein Dutzend Schritte weiter rechts. „Komm, wir wollen Tee trinken und unser Geschäft zum Abschluss bringen.“

Sie schritten zu dem Tischchen, an dem sich Dschailani mit untergeschlagenen Beinen auf dem Boden niederließ. Hamid folgte seinem Beispiel. Ein Diener schenkte beiden dampfenden grünen Tee ein, den man im Iran lieber trank als arabischen Kaffee. Aus den Falten seines Gewandes zog Dschailani eine Packung Marlboro und zündete sich eine Zigarette an. Dann verlangte er ein Blatt Papier, einen Federhalter sowie einen Stempel und begann, in schön fließenden Farsilettern ein Schriftstück aufzusetzen. Dschailani war ein gebildeter Mann, Absolvent der Universität von Kabul. Er konnte mit seinen Händen einem Gegner den Hals umdrehen, aber auch Verse zu Papier bringen.

Als Dschailani mit seiner Kalligrafie fertig war, stempelte und unterzeichnete er das Dokument und händigte es Hamid aus. Es war eine Quittung über den Erhalt von 210 Kilogramm Morphinbase von akzeptabler Qualität, die dem Überbringer mit der Zahlung des vereinbarten Preises von 1250 US-Dollar pro Kilogramm vergütet werden sollte. Dieses Papier würde Hamid bei der Rückkehr nach Quetta seinem Arbeitgeber Mohammed Issa übergeben. Diese formlose Quittung war der einzige erforderliche Beleg im Rahmen eines in Asien üblichen Zahlungsverkehrs, in dem täglich Millionen von Dollars bewegt wurden. Issa musste sie nur einem Bankier in Quetta geben, und dieser würde ihm diesen Betrag auf der Stelle, abzüglich seiner Kommission, in jede von Issa gewünschte Währung wechseln.

Nach getätigtem Abschluss begutachtete Dschailani die soeben erworbene Ware. Der Umfang der Lieferung war zwar für seine Verhältnisse recht bescheiden, aber da bei der Anlieferung in Istanbul für jedes Kilo Morphinbase 4000 US-Dollar gezahlt würden – wovon Hamid natürlich keine Ahnung hatte –, versprach diese Transaktion den Iranern, mit denen Dschailani zusammenarbeitete, einen Profit von 577 500 Dollar, mehr als das Achtfache dessen, was soeben Hamid an dem Stoff verdient hatte.

WIE ES sich für einen guten Diplomaten gehörte, konnte der amerikanische Botschafter James Longman einem Bürger seines Landes, den ein Trauerfall heimsuchte, sein Beileid mit einer salbungsvollen Anteilnahme aussprechen, die eines Leichenbestatters würdig gewesen wäre. Und im Fall der trauernden Witwe, der gegenwärtig seine Beileidsbekundungen galten, nahm er über das ihm dienstlich vorgeschriebene Interesse hinaus sogar einen gewissen persönlichen Anteil.

Der Mord an ihrem Gatten war natürlich auf den Titelseiten aller britischen Boulevardblätter behandelt worden, und so waren dem Botschafter die Spekulationen über dessen Hintergründe, die teils im Drogengeschäft, teils im Waffenhandel vermutet wurden, vertraut. Überdies war nicht zu leugnen, dass Mrs Nancy Harmian als schwarz gekleidete Witwe mindestens so hinreißend aussah wie Sharon Stone.

„Die Polizei will einfach nicht auf mich hören“, erklärte sie nun schon zum dritten Mal. „Ich sage ihnen wieder und wieder, dass die Iraner meinen Mann ermordet haben. Und was machen die? Sie fragen mich weiter nach Konten meines Mannes aus, als ob er irgendein Finanzgauner gewesen wäre.“

„Haben Sie irgendwelche Beweise für die Verwicklung Ihres Mannes in Aktivitäten, die gegen die gegenwärtige iranische Regierung gerichtet sein könnten?“

„Nein. Aber weshalb hätten sie ihn sonst ermorden sollen?“

„Allerdings.“

„Glauben Sie, dass das Außenministerium der britischen Regierung hinter diesem Desinteresse der Polizei steht, weil man fürchtet, das Regime in Teheran zu verärgern?“

„Bei der Untersuchung eines Mordes durch Scotland Yard, Mrs Harmian? Das kann ich mir, ehrlich gesagt, nicht vorstellen.“

„Es muss doch aber irgendetwas geben, was Sie tun können!"

„Ja. Ich kann mit Ihrer Erlaubnis über das, was Sie mir soeben anvertraut haben, die Leute hier in der Botschaft unterrichten, die sich für dergleichen Sachen interessieren." Niemals hätte er natürlich den schauerlichen Initialen CIA gestattet, über seine Lippen zu kommen, aber der Blick in Mrs Harmians Augen verriet ihm, dass das auch nicht erforderlich war. „Sie haben ihre Methoden, über die Hintertreppe zur Lösung solcher Fälle zu gelangen."

„Hintertreppe, Seitentreppe, wie Sie das anstellen, ist mir völlig gleichgültig", erklärte Nancy Harmian. „Ich will nur eines: Gerechtigkeit für meinen armen ermordeten Mann."

Eine halbe Stunde nachdem sie die Botschaft verlassen hatte, lag ein Protokoll der Unterhaltung auf dem Schreibtisch von Bob Cowie, dem Chef der Londoner CIA-Außenstelle. Auch er kannte natürlich aus den Zeitungen die Einzelheiten des Mordes und hatte bereits eine eigene Routineuntersuchung des Falles durchgeführt.

Aufgrund von Nancys Erklärungen in der amerikanischen Botschaft führte er drei Telefonate mit Vertretern der drei iranischen Dissidentenorganisationen, mit denen die CIA Kontakte pflegte: einer royalistischen Gruppe mit Sitz in London, einer in Paris existierenden Organisation mit breiterer politischer Basis und den von Deutschland aus operierenden alten Linken Banisadrs. An allen drei Stellen versicherte man dem Anrufer, dass man mit Harmian nie etwas zu tun gehabt habe.

KURZ nach Sonnenaufgang am nächsten Morgen rollte ein Lastwagen, in Deutschland zugelassen und durch das Schild mit den Initialen TIR als Angehöriger der „Transports Internationaux Routiers" gekennzeichnet, in das Lagerhaus Dschailanis in Teheran. Der Lastzug war nur eines von Millionen derartiger Fahrzeuge, die tagaus, tagein zwischen Dover und Istanbul, Kopenhagen und Rostock auf den Straßen Europas unterwegs sind.

Schmugglern boten diese riesigen Fahrzeuge zahlreiche Ecken und Winkel, die zu Verstecken ausgebaut werden konnten: unter den Kotflügeln dieser Giganten, im Gummi ihrer dicken Ersatzreifen, in den Wänden, Decken und Böden. Die gründliche Durchsuchung eines solchen Lastzuges beschäftigte zwei erfahrene Zollbeamte mindestens 16 Stunden lang, was zur Folge hatte, dass praktisch keiner der Lastzüge je gründlich durchsucht wurde, sofern der Polizei nicht konkrete Hinweise vorlagen. Die Geschichte des riesigen Lastzugs, der in das Lagerhaus

Dschailanis rollte, war lehrreich. Der gegenwärtige ausgewiesene Eigentümer des Fahrzeugs firmierte als TNZ-Frachtkontor, Frankfurt am Main. Die Spedition verfügte über fünf derartige Lastzüge. Der Eigentümer der TNZ war eine Dachgesellschaft auf Jersey, die sie treuhänderisch für ihren wahren Eigentümer betrieb, einen in London lebenden Iraner. Einer der drei Söhne führte von Frankfurt aus das Unternehmen.

Der Lastzug war bereits mit seiner legalen Fracht beladen, iranischen Lebensmitteln, die für einen Hamburger Grossisten bestimmt waren, der die große Gemeinde iranischer Exilanten der Stadt belieferte.

Nun wurde hinter der Tür des Laderaums eine metallene Bodenplatte hochgenommen. Sie verbarg einen zwei Meter langen und fünfzehn Zentimeter tiefen Hohlraum. Ghulam Hamids 210 in Plastik eingeschweißte Kiloportionen Morphinbase wurden auf einen hölzernen Schieber gepackt, der genau hineinpasste. Das Versteck wurde wieder verschlossen, die Fugen beschmierte man mit Schmutz und Fett, so dass sie sich vom Rest der Ladefläche nicht mehr unterschieden. Dann wurden die Hecktüren des Laderaums verriegelt, und ein Zollbeamter versah diese mit dem Siegel der iranischen Zollbehörde.

Der Lastzug fuhr früh am folgenden Morgen ab in Richtung Gurbalak. Hier würde er in die Türkei einreisen und in Richtung Istanbul fahren, wo der Fahrer das Morphin absetzen würde. Dann würde er seinen Lastwagen auf eine Fähre nach Triest einschiffen und seine Reise nach Hamburg fortsetzen, während die heiße Ware aus Afghanistan über in Istanbul zusammenlaufende Handelskanäle zu ihren abendländischen Endverbrauchern gelangen würde.

Einen Fuß im Paradies

Endlich wurde der Traum wahr, ein Traum, den Oberst Dimitri Wulff schon seit vielen Jahren hegte. Denn soeben hatte der Kapitän des Cyprus-Airway-Flugs von Moskau nach Zypern angekündigt: „Ladys und Gentlemen, in wenigen Minuten setzen wir zur Landung auf dem Internationalen Flughafen von Larnaka an.“

Aus dem Kabinenfenster sah Wulff in der Tiefe die Lichter, die wie Diamanten in schwarzem Samt an der nächtlichen Küste der Insel lagen. War das die Küste von Limassol? Von Limassol, wo Richard Löwenherz seine Königin gekrönt hatte? Und wo Wulff binnen kurzem seine eigene Königin zu krönen gedachte, Nina, das rothaarige, grünäugige Exmodel, zwanzig Jahre jünger als er, deren Hand er in der seinen hielt.

Wulff seufzte und lehnte den Kopf in die Stütze seines Sessels. Es war geschafft. Er war endlich an dem Ziel, auf das er nun schon mehr als fünf Jahre hingearbeitet hatte. In dem abgewetzten roten Lederkoffer unter seinem Sitz lagen die Schlüssel, die ihm das Tor des gelobten Landes öffnen würden. Wie sehr hatte er sich doch anstrengen müssen, sie während all dieser Jahre vor seinen Kollegen, seinen Vorgesetzten und seiner Frau verborgen zu halten!

In jenem Koffer lag auch ein alter Prospekt der Wohnanlage „Les Sirènes“, die sich entlang der Küste in Limassol erstreckte. Dorthin würden sie ziehen. Das Apartment, das sie ausgesucht hatten, verfügte natürlich über einen Balkon mit Meerblick. Sie würden von nun an lange müßige Vormittage unter wolkenlosem Himmel am Strand verbringen, weit weg von Moskau, seinen Intrigen und vom Gestank der Korruption, der in der Zwischenzeit alle Lebensbereiche einer einst so großartigen Gesellschaft durchdrang. Wulff war ein angesehenes Mitglied dieser Kreise gewesen, ehe Gorbatschow, Jelzin und Konsorten den sozialistischen Traum in einen mafiosen Albtraum verwandelt hatten. In seiner tadellos geschneiderten Uniform eines Obersten der Roten Armee hatte sich Wulff überall der Bewunderung seiner sowjetischen Mitbürger sicher sein können. Er hatte eine privilegierte Stellung genossen, ehe jene Schweine versucht hatten, einen Bettler aus ihm zu machen. Und was hatten diese Bastarde aus der Roten Armee gemacht, dem Stolz des großen Volkes? Einen Sauhaufen! Schlecht ausgebildet, schlecht ausgerüstet, schlecht diszipliniert, schlecht ernährt. Nun, wenigstens habe ich mich nicht unterkriegen lassen.

Als die Maschine beim Gate hielt, erwachte Wulff aus seiner Träumerei. Er küsste Nina auf die Wange. „Na denn, Liebling, wir haben's geschafft.“ Dann klemmte er sich sein rotes Köfferchen fest unter den Arm und ging Nina voraus zur Kabinentür.

Sobald sie die zypriotischen Einreiseformalitäten hinter sich gebracht hatten, führte Wulff seine Gefährtin zur Gepäckausgabe. „Warte hier auf mich, Liebling. Ich muss noch was erledigen.“

Zu den attraktivsten Seiten der Republik Zypern gehörte eine Geschäfts- und Bankengesetzgebung, die den Zweck verfolgte – und erfüllte –, Bankunternehmen und Handelsgesellschaften zur Niederlassung auf der Insel zu motivieren. So gab es eine gesetzliche Regelung, derzufolge jeder Besucher so viel Bargeld einführen durfte, so viel er wollte, vorausgesetzt, er meldete den Betrag beim Zoll an. Diese Möglichkeit erfreute sich bei Steuerflüchtigen und Geldwäschern in aller Herren Länder größter Wertschätzung.

Während Nina an der Gepäckausgabe auf ihre Koffer wartete, trat der Oberst an den Schalter, wo mitgeführte Zahlungsmittel zu deklarieren waren, um seine Erklärung abzugeben. Diese beeindruckte den gelangweilten Beamten nicht im Mindesten. Schließlich hatten während der Feriensaison des Jahres 1996 nicht weniger als fünfzig ausländische Touristen bei ihrer Ankunft Beträge von über zwanzig Millionen US-Dollar angegeben.

Seinen abgewetzten roten Lederkoffer unter dem Arm, kehrte Wulff zu Nina zurück und stieg mit ihr in ein Taxi, das sie nach Nikosia in das dortige „Holiday Inn“ kutschierte. Wulff, der sich während seiner Dienstjahre von der Weisheit hatte überzeugen lassen, dass Vorsicht die Mutter der Porzellankiste sei, entschied, dass sie sich das Abendessen in ihrer Suite servieren lassen würden. Zur offiziellen Feier ihrer Ankunft wäre am nächsten Tag noch Zeit genug.

Als die Filiale der Sovereign-Guarantee-Trust-Bank am Makarios Boulevard in Nikosia am nächsten Morgen um neun geöffnet wurde, stand Wulff bereits vor der Tür. Nachdem er der hübschen, schwarzhaarigen Empfangsdame sein Anliegen erklärt hatte, wurde er sofort in das Büro des für Kontoeröffnungen zuständigen Vizepräsidenten der Bank, John Iannides, geleitet.

Iannides ließ zwei Tässchen jenes starken Gebräus kommen, das im griechischen Teil der Insel als „griechischer“ Kaffee bekannt war, und entnahm dann einer Schublade die Formulare, die zur Eröffnung eines Bankkontos benötigt wurden. „Welchen Betrag wünschen Sie auf Ihrem Konto einzuzahlen?“

„Eine Million sechshunderttausend US-Dollar.“

„In…?“

„Bar.“

Die Antwort überraschte Iannides nicht, denn er hatte das rote Lederköfferchen in der Hand des Obersten bemerkt, als dieser sein Büro betreten hatte. Die Russen bevorzugten im Allgemeinen Bargeld, und zwar gewöhnlich Dollar oder D-Mark.

Der Oberst beugte sich nun über seinen Koffer, knöpfte sein Hemd auf und griff nach dem Schlüssel, den er an einer Kette um den Hals trug. Er öffnete den Koffer. Sein Schatz bestand aus sechzehn Bündeln Hundertdollarscheinen. Die Banknoten waren in die nun vergilbten Seiten der *Prawda* vom 19. April 1992 eingeschlagen, jenes Tages, an dem er das Geld gezählt, gebündelt, in den Koffer gelegt und diesen schließlich in einem Kleiderschrank in seiner Moskauer Wohnung verborgen hatte.

Jahrelang hatte ihn ständig der Gedanke verfolgt, dass ein Wohnungsbrand seinen Schatz vernichten könnte. Aber nun war er endlich hier.

Während der Oberst mit großen Augen zusah, ließ Iannides die Hundertdollarnoten durch die Zählmaschine laufen, die dabei ein schnurrendes Geräusch machte. Der Automat bestätigte den Betrag von einer Million sechshunderttausend Dollar.

Als Iannides mit dem Papierkram fertig war, erklärte er, dass noch eine Sache zu tun sei. „Wir zahlen das Bargeld, das Sie uns anvertraut haben, bei der Central Bank of Cyprus ein. Sobald sie dort den Betrag geprüft haben, werden sie ihn uns gutschreiben, und dann können wir die Summe Ihrem Konto zur Verfügung stellen. Es gibt dabei allerdings eine Formalität, die wir nicht außer Acht lassen dürfen. Sie wissen wahrscheinlich, dass nicht gerade wenige gefälschte amerikanische Hundertdollarnoten im Umlauf sind?"

Der Oberst zuckte gleichgültig die Achseln. „Ja. Ich habe in Moskau davon gehört, aber mein Geld stammt nicht aus Moskau."

„Gut. Zu unserem und Ihrem Schutz werden wir jeden Schein auf einer speziell angefertigten Tafel, die vierhundert Scheine gleichzeitig aufzunehmen erlaubt, fotografieren. Bei Ihrem Betrag werden wir also vierzig Aufnahmen machen müssen. Da es sich um Ihr Geld handelt, werden Sie bei den Aufnahmen sicherlich anwesend sein wollen, um sich zu vergewissern, dass wir wirklich Ihr Geld fotografieren und nicht etwa irgendwelche anderen Scheine. Deshalb möchte ich Sie auch bitten, jedes der vierzig Fotos gegenzuzeichnen. Ist Ihnen das recht?"

„Ich wäre gern zum Mittagessen wieder in Limassol."

„Wir werden rechtzeitig fertig sein. Ich lasse Sie dann von einem unserer Wagen nach Limassol zurückbringen."

Wulff lächelte. Hier zeigten die Leute noch den Respekt, wie er ihn einst in der Sowjetunion gewöhnt gewesen war.

Iannides führte ihn in das Fotoatelier. Auf einem Tisch lag ein Sperrholzgestell, in dem Rähmchen in der Größe von Dollarnoten ausgespart waren. Die ersten 400 Scheine von Wulffs Schatz wurden eingepasst. In der Mitte des Rahmens war Platz für eine Karte, die mit seinem Namen, der Nummer seines Reisepasses und dem Datum seiner Einreise auf Zypern versehen war. Die Kamera war unter der Decke installiert. Als die erste Platte präpariert war, wurde die Innenbeleuchtung abgedunkelt, und ein Blitz flammte auf. Dieser Vorgang wurde dann mit den nächsten 400 Scheinen wiederholt.

Sie wurden rechtzeitig zum Mittagessen mit der Arbeit fertig. Iannides begleitete den Oberst zu dem wartenden Wagen und verabschiedete sich. „Der Papierkram dürfte in 48 Stunden erledigt sein“, versicherte er, „und dann können Sie sich hier bei uns ein Eigenheim kaufen. Willkommen auf Zypern.“

Es war schon später Nachmittag, als John Iannides nach seiner Mittagspause in die Bank zurückkehrte. Inzwischen waren die Aufnahmen der Scheine des Obersten entwickelt und vergrößert und das Geld selbst mit einem Panzerwagen bei der Central Bank eingeliefert worden. Iannides beschloss, eine der Aufnahmen einer Stichprobe zu unterziehen, um zu sehen, ob nicht vielleicht auch der Oberst die eine oder andere Fälschung in seiner Sammlung hatte. Er bat den Fotografen, ihm den Film zur Prüfung vorzulegen.

Sorgfältig begann er die Aufnahmen zu studieren. Er war kein Experte, wenn es darum ging, gefälschte Hundertdollarnoten zu entlarven, die so sorgfältig ausgeführt waren, dass man sie in Fachkreisen als „Superscheine“ bezeichnete. Diese Fälschung war die täuschendste, die jemals hergestellt worden war, so täuschend, dass die US-Regierung sich im Februar 1996 genötigt gesehen hatte, eine neue Hundertdollarnote in Umlauf zu bringen. Wie den meisten Bankleuten lag auch Iannides ein Steckbrief des US-Schatzamtes vor, der auf die kaum merklichen Details hinwies, die diese falschen Hunderter von den echten unterschieden.

Er suchte bei seinen Stichproben nur nach einer dieser Eigentümlichkeiten. Mit einem Vergrößerungsglas musterte er die dreizehn Sterne, die im Kreis rund um das Siegel des Schatzamtes rechts auf der Vorderseite des Scheins angeordnet sind. Auf den echten Scheinen waren alle fünf Zacken dieser Sterne deutlich und klar konturiert. Bei den Fälschungen fehlte zweien dieser Sterne der scharfe Umriss, so als sei dem Graveur bei der Kopie dieses Teils seiner Vorlage die Nadel stumpf geworden.

Als er endlich die erste Spalte von oben bis unten geprüft hatte, war Iannides entsetzt. Unter den zwanzig Scheinen dieser Reihe waren, wenn er recht beobachtet hatte, sieben Fälschungen.

Er markierte diese mit einem roten Filzstift und setzte seine Prüfung fort. Mit katastrophalem Ergebnis. Am Ende hatte er fast die Hälfte der fotografierten Scheine als Fälschungen markiert. Falls sich sein Verdacht bestätigte, würde nach der Prüfung durch die Experten bei der Central Bank gut die Hälfte des Schatzes des russischen Obersten in den Verbrennungsofen wandern.

Iannides rief bei der Central Bank an, die bereits eine Überprüfung durchgeführt hatte. Der Befund bestätigte den Verdacht von Iannides. Mehr als die Hälfte der Hunderter des Obersten war gefälscht!

Die Prozedur, der man in solchen Fällen folgte, war recht einfach. Das US-Schatzamt hatte auf Zypern einen Geheimdienstagenten. Diesen rief man und händigte ihm die bereits als Fälschungen gekennzeichneten Scheine aus. Der Agent fragte natürlich nach der Herkunft der Blüten. Da jedoch der Bankier, der sie der Zentralbank anvertraut hatte, seiner Überzeugung Ausdruck verliehen hatte, sein Kunde habe in gutem Glauben gehandelt, erhielt der Agent auf diese Frage keine Antwort. Das Bankgeheimnis konnte man nur lüften, wenn Beweise für ein schwerwiegendes Verbrechen vorgelegt wurden.

Nachdem der amerikanische Geheimagent die Bank verlassen hatte, meldete der Bankier jedoch den Vorgang beim Betrugsdezernat der zypriotischen Polizei.

„Mr Duffy?"

„Ja, das bin ich." Jim Duffy unterbrach seine Lektüre und blickte von der abgefangenen Botschaft auf, die ebenso banal war wie alle anderen.

„Mr Lohnes bittet Sie zu sich in sein Büro."

Aus den großen Fenstern des Büros, in dem der stellvertretende Direktor der operativen Einsätze residierte, blickte man ungehindert auf die Landschaft des Staates Virginia hinaus.

„Jim!" Jack Lohnes begrüßte ihn erfreut. „Ich glaube, wir haben etwas für Sie." Lohnes führte seinen Besucher zu einer Sitzecke, wo schon ein junger Beamter saß, den Jim nicht kannte und den vorzustellen Lohnes sich nicht die Mühe machte.

„Waren wir eigentlich schon mit dieser gefälschten Hundertdollarnote befasst, als Sie sich damals ins Privatleben zurückzogen? Dem ‚Superschein'?"

„Ja. In Beirut tauchten Massen davon auf. Soweit ich mich erinnern kann, waren wir uns damals noch nicht einig, woher diese Blüten kamen, ob sie von den Syrern oder von den Iranern hergestellt wurden."

„Nun, das haben wir inzwischen herausgekriegt. Die Dinger sind made in Iran. Die Iraner haben die Hisbollah im Libanon damit unterstützt. Sie finanzierten den Wiederaufbau von Häusern, die bei israelischen

Angriffen zerstört wurden, und eröffneten neue Gemeindezentren und Schulen. Als dann die Ayatollahs merkten, wie gut ihr Spielgeld ankam, haben sie angefangen, es auf dem internationalen Geldmarkt abzusetzen."

„Aber wie haben die Iraner es geschafft, so perfekte Fälschungen herzustellen?"

„Sie wissen doch, dass man auf der Oberfläche eines druckfrischen Dollarscheins so etwas wie ein Relief spürt, nicht wahr?"

Duffy nickte.

„Die Ursache hierfür ist die Methode, mit der das Geld bedruckt wird, ein italienisches Tiefdruckverfahren, das als *intaglio-printing* bezeichnet wird. Dazu braucht man diese kolossalen, sechzig Tonnen schweren Tiefdruckpressen. Es gibt auf der ganzen Welt nur zwei Firmen, die diese Maschinen herstellen, eine hier bei uns, die auch unsere Staatsdruckerei beliefert, und eine in Lausanne in der Schweiz."

„Sie werden mir doch wohl nicht weismachen wollen, dass die Schweizer den Ayatollahs ihre Geldfälscherwerkstatt eingerichtet haben?"

„Nein, nein, das nicht. Es war der Schah. Er kaufte in den Siebzigerjahren zwei von diesen schweizerischen Pressen, um in Zukunft sein eigenes Geld drucken zu können wie ein richtiger König. Bis dato musste er seine Rials ja von der Bank of England drucken lassen. Aber dann kam die Revolution, und der arme Schah hatte keine Gelegenheit mehr, auf diesen schönen neuen Pressen drucken zu lassen. Einige Jahre lang standen sie da und verstaubten. Dann, Mitte der Achtzigerjahre, als den Ayatollahs während des Irak-Krieges das Geld ausging, machte irgendein kluges Köpfchen den Vorschlag: ‚He, warum benutzen wir eigentlich nicht diese Pressen? Das würde auf einen Schlag unsere Liquiditätsprobleme lösen.'"

„Wie viele Blüten haben sie gedruckt?"

„Das weiß niemand. Die Regierung räumt offiziell ein, dass Falschgeld im Wert von zehn Milliarden Dollar im Umlauf sei. Die tatsächliche Summe wird aber mehr als doppelt so hoch sein. Das Schatzamt hält scharf Ausschau nach den gefälschten Scheinen. Und das bringt mich zu meinem eigentlichen Anliegen. Gestern ist in der Central Bank auf Zypern fast eine Million Dollar in falschen Scheinen eingezahlt worden."

Duffy pfiff leise durch die Zähne.

„Natürlich haben wir die Zyprioten nach der Identität des Einzahlers gefragt, und natürlich haben sie uns erklärt, die ginge uns nichts an, das sei ein Bankgeheimnis." Lohnes lächelte mit einem Ausdruck tiefer

Befriedigung. „Sie haben die Sache aber der einheimischen Polizei gemeldet.“ Er wandte sich an den jungen Mann, den er Duffy immer noch nicht vorgestellt hatte. „Was Sie gleich hören werden, Jim, ist streng geheim. Das Programm, von dem wir Ihnen nun berichten werden, ist derzeit eines der geheimsten, die wir hier haben.“

Der junge Mann zwinkerte hinter seiner dicken Hornbrille mit den Augen. „Ich bin sozusagen der Hacker der Abteilung, Mr Duffy. Die Polizei auf Zypern benutzt ein spezielles Softwareprogramm zur Organisation ihrer Datenspeicher, ohne zu ahnen, dass diese Software hier bei uns produziert wird. Das Beste an diesem Softwareprogramm ist aber, dass ein Trojanisches Pferd eingebaut ist, ein Virus also, der uns den Zugang zu allen Computern ermöglicht, auf denen diese Software läuft. Über Modem kann man so jeden beliebigen Computer der zypriotischen Polizeibehörde anwählen. Dann genügt es, ein geheimes Passwort einzutippen, und schon kann man die ganze Datenbank dieses Computers runterladen, ohne dabei die geringste Spur zu hinterlassen. Diese Methode erlaubt uns, bei Polizeibehörden, wie zum Beispiel den Griechen, die notorisch zurückhaltend sind, Informationen über Terroristen abzuschöpfen.“

„Jetzt verstehe ich, weshalb das Programm streng geheim ist“, meinte Duffy grinsend.

„Als wir den Bericht des Geheimdienstes über die auf Zypern eingezahlten Blüten erhielten“, meldete sich Lohnes wieder zu Wort, „sind wir natürlich sofort in die Datenbank der Polizeibehörde von Nikosia reingegangen, um zu sehen, ob wir Näheres erfahren können. Die Scheine sind von Dimitri Wulff, einem ehemaligen Obersten der Roten Armee, eingezahlt worden, der vor achtundvierzig Stunden auf der Insel gelandet ist.“ Lohnes hielt inne. „Und jetzt wird es spannend. Wir haben uns über ihn in unserem Moskauer Büro erkundigt. Er diente bei einer Eliteeinheit der Artillerie. Das war die taktische Nuklearwaffeneinheit, die im Frühjahr 1992 in Kasachstan stationiert war. Gerade um die Zeit also, zu der uns ein Bericht erreichte, demzufolge es den Iranern gelungen war, sich dort drei Atomsprengköpfe zu beschaffen. Diesen Bericht haben wir niemals bestätigen oder zufrieden stellend widerlegen können.“

„Verdammt!“, fluchte Duffy. „Ist der Kerl noch immer auf Zypern?“

„Soweit wir wissen, ja.“

„Wie schnell kann ich da hinkommen?“

„DA IST er.“ Mit einer fast unmerklichen Kopfbewegung wies der Chef der CIA-Außenstelle in Nikosia auf einen massiv gebauten Mann, der an einem Tisch der Taverne über einen Teller Moussaka gebeugt saß. Neben dem Teller stand eine Flasche Wodka, der er schon mehr zugesprochen hatte als dem Gericht auf seinem Teller.

„Offenbar ist ihm die frohe Botschaft bereits bekannt“, platzte Duffy heraus.

„Wird man wohl annehmen können.“ Der Dienststellenleiter nippte an dem Bier, das er bestellt hatte, um seine und Duffys Anwesenheit in der Taverne zu rechtfertigen. „Eingetroffen ist er hier mit einer rothaarigen Puppe, halb so alt wie er“, flüsterte er. „Sie ist gestern nach Moskau zurückgeflogen. Da ihm nun diese Million auf dem Konto fehlt, fand sie ihn wahrscheinlich nicht mehr so anziehend.“

Wie komme ich an ihn ran? fragte sich Duffy. Soll ich ihn einfach anquatschen? Duffy sprach fließend Russisch, er hatte die Sprache an der Universität von Oklahoma studiert, was wohl auch der Grund war, weshalb die CIA ihn überhaupt angeworben hatte.

Er sah den Obersten nach der Flasche greifen und sich zwei Fingerbreit Wodka einschenken. Dann leerte er das Glas nach russischem Brauch mit einem Zug.

Der Mann musste sich furchtbar Leid tun. Deshalb ließ er sich wahrscheinlich gerade volllaufen.

„Bestellen Sie uns was zu essen und eine Flasche Wodka“, wies Duffy seinen CIA-Kollegen an. „Wir lassen ihn seine Flasche austrinken, während wir uns ein Fundament für unseren Magen schaffen.“

Zwanzig Minuten später war der Oberst auf dem Grund seiner Flasche angelangt. Duffy ergriff seine und ging damit zum Tisch des Russen. „*Mir i druschba*, Frieden und Freundschaft“, begrüßte er Wulff, ihm den Wodka hinhaltend. „Gestatten Sie mir, das Wässerchen mit Ihnen zu teilen.“ Er lachte herzhaft. „Im Geiste der Neuen Welt.“

Er goss zwei Fingerbreit Wodka in das Glas des Obersten und nahm unaufgefordert neben diesem Platz. „Auf Ihre Gesundheit. Schöne Insel, dieses Zypern, oder?“

Der Russe leerte sein Glas mit einem Schluck. „Vermutlich.“

„Machen Sie hier Urlaub?“

Der Oberst sah verwirrt drein, so als hätte er vergessen, weshalb er eigentlich auf die Insel gekommen war. Was ging es diesen aufdringlichen Amerikaner überhaupt an? Aber immerhin hatte der Mann eine frische Flasche Wodka. „Ja“, räumte er also widerstrebend ein, „Urlaub.“

„Na, toll!“ Duffy ließ Neid und Bewunderung anklingen. „Sie haben echt Glück. Ich weniger, denn ich bin geschäftehalber hier.“

„Und was machen Sie beruflich?“, fragte der Russe.

„Ich bin im Geldgeschäft.“

„Verdienen Sie ’ne Menge davon?“

„Schön wär’s. Aber nein. Ich hetze nur Leuten hinterher, die das tun.“

Eine Erleuchtung erhellte den Wodkanebel, der durch das Hirn des Obersten waberte. „Ah! Sie sind vom Finanzamt?“

Duffy lachte, dann beugte er sich zu dem Russen hinüber, als sei er im Begriff, eine im höchsten Maße gewichtige Tatsache zu offenbaren. „Ich bin Falschgeldexperte der Chase Manhattan Bank. Wissen Sie, wir Amerikaner haben ein schreckliches Problem.“ Während er das sagte, zog er zwei Hundertdollarscheine aus der Tasche. Sofort verschleierte Misstrauen den Blick des Russen, genau diese Empfindung hatte Duffy erregen wollen. Er legte die Scheine auf den Tisch. „Dieser Hunderter ist echt. Der aber“, und nun hatte er den „Superschein“ in der Hand, „ist falsch.“ Er wies auf einige der fast unsichtbaren Details. „Das ist das beste Falschgeld, das je hergestellt wurde. Und wissen Sie, wer das geschafft hat?“

Inzwischen wuchs das Misstrauen im Blick des Russen. Nichtsdestoweniger schüttelte er den Kopf.

„Die Iraner.“

„Iraner! Nicht möglich.“

„Hundert Prozent sicher, mein Freund. In Teheran. Zwanzig Milliarden falsche Dollars haben sie auf die Weise schon gedruckt. Jede Menge ahnungslose, gutgläubige Leute haben sie damit schon geleimt.“

„Diese Sauhunde!“

Der Oberst war sichtlich aufgebracht. Langsam lehnte sich Duffy auf seinem Stuhl zurück, steckte den echten Schein wieder in die Tasche und betrachtete den gefälschten eine Sekunde lang.

„Ja, mit diesen Dingern haben sie einer Menge Leute geschadet. Besonders in Ihrem Land. Da sind etliche Träume in Rauch aufgegangen.“

Unterdessen hatte sich der Oberst ein neues Glas voll gegossen, das er sofort kippte. „Sauhunde!“, wiederholte er.

„Das sind sie allerdings.“ Duffy lächelte bitter. Es war Zeit, die Maske abzunehmen. „Oberst Dimitri Wulff, lassen Sie mich offen mit Ihnen sprechen.“

„Sie kennen meinen Namen?“

„Natürlich. Ich weiß auch, dass Sie am vergangenen Montagmorgen nahezu eine Million Dollar in solchen falschen Scheinen bei der Sovereign Trust eingereicht haben. Und dass Sie 1992 in Ulba in Kasachstan stationiert waren."

„So!" Die Kraft entwich der Stimme des Obersten wie einem durchlöcherten Ballon die Luft. „Sie sind von der CIA, oder?"

Duffy zuckte die Achseln. „Wenn Sie wollen. Aber worauf es im Augenblick ankommt, ist doch, dass wir nun Freunde sind. Wenn Sie mir helfen, helfe ich Ihnen."

„Meine Million Dollar zurückzubekommen?"

„Ich fürchte, dazu wäre niemand imstande. Die sind schon vor ein paar Tagen in einem Verbrennungsofen der Botschaft in Rauch aufgegangen. Aber ich kann Ihnen helfen, sich gewisse Leute vom Hals zu halten, wenn Sie mir genau erzählen, was Sie den Iranern damals für diese falschen Mäuse verscherbelt haben. Und wie das Geschäft gelaufen ist."

„Ich erzähle Ihnen gar nichts."

Abermals zuckte Duffy in augenscheinlich bodenloser Gleichgültigkeit die Achseln. „Sie sind doch Artillerieoffizier. Haben Sie je von diesem Kanadier namens Bull gehört?"

„Nie."

„Das war der Typ, der für die Iraker eine Kanone mit unerhört großer Reichweite entwickelte. Eines Abends in Brüssel wurde er aus nächster Nähe umgelegt."

„Von wem?"

„Raten Sie mal. Aber sagen Sie, wissen Sie, wie weit wir hier von Tel Aviv entfernt sind? Knapp zwanzig Flugminuten. Mal angenommen, dass der Mossad an jenem Abend in Brüssel Mr Bull um die Ecke gebracht hat, weil er den Irakern eine Kanone baute, mit der sie Tel Aviv beschießen konnten – was meinen Sie, wie sie reagieren, wenn man ihnen steckt, dass ein russischer Oberst, der den Iranern nukleare Sprengsätze verkauft hat, gegenwärtig in Zimmer 306 des Holiday Inn in Nikosia Urlaub macht? Nun, mal ehrlich?"

„Sie Scheißamerikaner!"

„Oh, das mag schon sein, mein Freund. Erzählen Sie mir einfach von den Atombomben, die Sie den Persern verkauft haben, und ich werde vergessen, dass ich Ihnen je begegnet bin."

„Wieso sprechen Sie von Atombomben?"

„Weil ich mir nicht vorstellen kann, dass die Ayatollahs für herkömmliches TNT über anderthalb Millionen ausgeben würden."

Der Oberst kippte einen weiteren Wodka. „Bezahlt haben sie zwei Millionen."

„Und wo haben sie Kontakt aufgenommen?", drängte Duffy. „In Ulba?"

„Nein, ich war auf Urlaub in Alma-Ata."

Trotz der Wodkanebel, die sein Hirn umwölkten, sah der Oberst alles so deutlich, als erlebte er es noch einmal. Er war in voller Uniform mit all seinen Orden auf der Brust bei einem Empfang in der soeben eröffneten Botschaft gewesen, als sich zwei Iraner an ihn wandten. Sehr respektvoll, mit einer Hochachtung, die Offizieren der Roten Armee in Moskau heutzutage nur noch höchst selten zuteil wurde. Der ältere der beiden, den der andere mit Professor angesprochen hatte, war ein elegant gekleideter Mann gewesen. Als guter Moslem hatte er nur Fruchtsaft getrunken.

„Was wollten sie?", beharrte Duffy. „Nuklearsprengsätze für Artilleriegranaten? Die hatten Sie doch bestimmt auf Lager."

„Allerdings. Sie waren sogar meine Spezialität, wie Sie zweifellos wissen."

„Wie viele haben Sie ihnen verkauft?"

„Drei."

„Welches Kaliber?"

„105."

„War es schwierig, die Dinger hinauszuschmuggeln?"

Der Oberst schnaufte. „Es war ganz simpel. Bei dem Chaos, das damals überall herrschte..."

„Wer hat Ihnen geholfen?"

„Mein Adjutant. Ich war für die Sicherheit des Nuklearlagers verantwortlich. Eines Nachts teilte ich dort meinen Adjutanten zum Wachdienst ein, dann luden wir die Dinger in meinen Dienstwagen und fuhren damit weg."

„Sie fuhren also los, trafen sich mit diesem Professor und händigten ihm die Granaten aus?"

„Ja. Er gab mir dafür einen Koffer, der zwei Millionen Dollar hätte enthalten sollen, vierhunderttausend für meinen Adjutanten, der Rest für mich. Diese Bastarde!"

Duffys Lachen entbehrte bemerkenswerterweise jeglichen Frohsinns. „He, Kumpel, was soll ich dazu sagen? So geht's nun mal zu in diesem Scheißleben."

Die Videokonferenz war eine verhältnismäßig neue Einrichtung des Krisenmanagements in Washington. Ursprünglich diente sie dem Zweck, den Presseleuten zu verheimlichen, dass eine Krise drohte – was ziemlich unmöglich war, wenn die Größen des Kapitols vor dem Weißen Haus ihren Dienstwagen entstiegen.

Man war deshalb auf die Idee verfallen, die Leiter aller für die nationale Sicherheit zuständigen Behörden durch einen geschützten Fernsehkanal miteinander zu verbinden. Diese Konferenzen hatten sich als ein so bequemes und effektives Verfahren erwiesen, dass sie inzwischen fast täglich stattfanden, gleichviel, ob eine Krise zu meistern war oder nicht.

Am Nachmittag seiner Rückkehr aus Zypern wurde Jim Duffy in den siebten Stock in Langley zitiert, um dort im Konferenzraum der CIA an der Seite des stellvertretenden Direktors an einer solchen Sitzung teilzunehmen. Angesichts der Wichtigkeit des zur Debatte stehenden Themas hatte der Nationale Sicherheitsberater des Präsidenten selbst den Vorsitz übernommen. Vor ihm stand mit geteilter Bildfläche der Monitor, über den alle angeschlossenen Stationen verfügten. Daneben gab es noch eine Reihe von Bildschirmen, die ihm die Gesichter der übrigen Konferenzteilnehmer zeigten.

„Wir haben es heute mit einer Angelegenheit von schwer wiegender nationaler Bedeutung zu tun“, verkündete er salbungsvoll. „Harry“, er suchte das Gesicht des stellvertretenden Direktors der CIA auf seinen Monitoren, „berichten Sie bitte den anderen, was wir gerade erfahren haben.“

„Wie viele von Ihnen sicherlich wissen, sind wir seit einiger Zeit im Besitz eines Berichts, demzufolge sich die Iraner in Kasachstan drei Nuklearsprengsätze verschafft haben sollen, während die Russen ihre dortigen Nukleareinrichtungen abbauten. Zu meinem Bedauern muss ich Ihnen nun mitteilen, dass wir jetzt unwiderlegbare Beweise für den Wahrheitsgehalt des fraglichen Reports haben. Die Iraner besitzen drei 105-Millimeter-Artilleriegranaten mit Nuklearsprengköpfen, die ihnen ein abtrünniger Oberst der Roten Armee verkauft hat. Jim“, er wandte sich Duffy zu, „erzählen Sie uns, was Sie entdeckt haben.“

Duffy ergriff das Wort, und nachdem er geendet hatte, herrschte sekundenlang fassungsloses Schweigen in der Runde. Dann flüsterte der Vertreter des Innenministeriums: „Der schlimmste Albtraum des Präsidenten.“

„Ich habe Dr. Leigh Stein, einen unserer leitenden Nuklearwaffendesigner gebeten, uns die Bedeutung dieses Tatbestands zu erläutern", erklärte der Nationale Sicherheitsberater. „Leigh, bitte."

Ein fast kahlköpfiger Mann mit dicker Hornbrille erschien auf dem Bildschirm. „Nach meinen Informationen gehören die Granaten der jüngsten Generation sowjetischer Nuklearartillerie an. Als spaltbaren Kern enthalten sie Plutonium 239."

„Welche Sprengkraft würden sie entfalten?", fragte der stellvertretende Innenminister.

„In ihrer gegenwärtigen Konfiguration keine allzu große. Diese Waffen wurden zum Einsatz gegen große Panzerverbände entwickelt. Die Sprengkraft dürfte im unteren Kilotonnenbereich liegen."

„Gott sei Dank", sagte eine Stimme aus dem Hintergrund, „Babybomben."

„Ich sage: ‚in ihrer gegenwärtigen Fassung'", schränkte Stein warnend ein. „Ich kann mir nicht vorstellen, dass die Iraner beabsichtigen, diese Dinger einfach so abzufeuern."

„Was haben sie also damit stattdessen im Sinn?", erkundigte sich der Nationale Sicherheitsberater besorgt.

„Das weiß natürlich niemand, außer die Iraner selbst. Wir können höchstens Vermutungen anstellen. Ich meinerseits könnte mir vorstellen, dass sie versuchen werden, den Granaten die Plutoniumkerne zu entnehmen, um diese dann neu zu kombinieren und einen wesentlich explosiveren Sprengkopf daraus zu bauen."

„Wie viel stärker?"

„Wenn es ihnen gelingt, dass das spaltbare Material die maximale Sprengkraft entfaltet, könnten sie bis zu dreißig Kilotonnen erreichen, und das würde ausreichen, eine Stadt in Schutt und Asche zu legen."

Jetzt reagierte Dr. Steins Publikum sofort. „Großer Gott!", rief der stellvertretende Innenminister. „Sie wollen uns also sagen, dass die Iraner die Mittel haben, Israel zu zerstören?"

„Aber könnten die Iraner das tun?", fragte jemand. „Sind sie tatsächlich imstande, diese Nuklearsprengköpfe neu zu konfigurieren?"

Auf dem Bildschirm des Energieministeriums erschien plötzlich eine attraktive Frau. Dr. Jean „Rocky" Robotham hatte in Kernphysik promoviert und war jetzt stellvertretende Ministerin. „Es tut mir Leid, Ihnen das sagen zu müssen, aber ich glaube, das sind sie. Das wesentliche Hindernis, an dem die Länder wie der Iran oder Irak in ihrem Bestreben, sich eigene Nuklearwaffen zu verschaffen, bisher gescheitert sind, war die Schwierigkeit, an das dafür erforderliche spaltbare Material heranzukommen. Nun scheint der Iran diese Hürde überwunden zu haben. Jetzt brauchen sie nur noch Geld und die Mittel, sich gewisse Technologien aus dem Westen zu besorgen. Fähige Wissenschaftler haben sie.“

„Okay. Und dann, Doktor?“

„Der Schlüssel zur Auslösung einer solchen Nuklearexplosion liegt darin, dass man die Detonation von hochexplosiven Zündern im Inneren einer aus Plutoniumsegmenten gebildeten Hohlkugel perfekt synchronisiert. Auf diese Weise wird ein vollkommen symmetrischer Druck auf das Plutonium ausgeübt.“ Sie verschränkte die Hände vor der Brust. „Zu diesem Zweck muss jeder der verwendeten Zünder drei Bedingungen erfüllen: Erstens, ein hochexplosiver Sprengstoff ist dafür erforderlich. HMX käme infrage. Das zu beschaffen ist kein Problem. HMX ist relativ leicht erhältlich. Sie werden des Weiteren aber zwei ziemlich komplizierte Geräte brauchen.“ Sie hielt eine kleine Glasblase in die Höhe, aus der sich drei Drähte schlängelten. „Dies ist ein Kryotron. Einige von Ihnen sind vielleicht alt genug, sich noch der alten Wasserspülungen zu erinnern. Man zog an einer Kette, und ein enormer Wasserfall stürzte in die Toilettenschüssel. In gewissem Sinn funktioniert ein Kryotron ähnlich. Es handelt sich dabei um einen Elektroschalter. Wenn man den Schalter umlegt, fährt eine gewaltige elektrische Ladung in einem unglaublich schnellen Schub hindurch. Wichtig ist die blitzartige Geschwindigkeit.“ Sie legte die kleine Glasblase auf den Tisch und hielt hoch, was wie ein dicker, kurzer Bleistift aussah. „Das hier ist ein Kondensator. Im Inneren befindet sich ein Kern aus Kupferdraht. Ein Kondensator hat die Fähigkeit, die enorme elektrische Ladung zu speichern, die man im Augenblick der Detonation durch das Kryotron jagen muss.“

Sie holte tief Atem, nachdem sie den Kondensator neben das Kryotron auf ihr Pult gelegt hatte. „Sie müssen für jeden ihrer Zünder, und das sind in unserem Fall mindestens dreißig für jede der drei Granaten, einen Kondensator und ein Kryotron in Stellung bringen. Diese sind ihrerseits mit einer zentralen Quelle elektrischer Energie verbunden, die auf ein vorbestimmtes Signal, beispielsweise per Funk, eine elektrische Ladung freisetzt. Was wir also an jedem Zünder haben, ist ein Kondensator mit einem Krytron und einem hochexplosiven Sprengsatz.“

„Können die Iraner sich diese Dinger, die Krytronen und die Kondensatoren, beschaffen?“, fragte der Nationale Sicherheitsberater besorgt.

„Das ist nicht leicht zu beantworten. Das Problem ist, dass diese Geräte auch außerhalb der Nuklearwaffentechnik verwendet werden. Kondensatoren, zum Beispiel, bei ultraschneller Fotografie, Kryotrone zur Entsendung von Hochenergielaserblitzen. Das macht es sehr schwierig, den Verkauf dieser Dinger unter Kontrolle zu halten."

„Wer stellt denn das verdammte Zeug her?"

„Hier in den Staaten werden Kondensatoren von Maxwell Technologies in Massachusetts und von CSI Industries in San Diego produziert. Um diese Firmen glauben wir uns keine Sorgen machen zu müssen."

„Und in Europa?"

„Deutschland, die Schweiz, Frankreich und England."

„Die Deutschen und die Schweizer sind führend beim Verkauf von hochtechnischem Gerät an Leute, die so was gar nicht haben sollten", brummte der stellvertretende Verteidigungsminister.

Dr. Stein nahm das Mikrofon aus Dr. Robothams Händen. „Ich fürchte, dass sie es nicht allzu schwer haben werden, die Kondensatoren zu bekommen. Glücklicherweise dürfte es schwieriger sein, an die Kryotrone heranzukommen."

„Weshalb?", fragte der Nationale Sicherheitsberater.

„Weil die einzigen, die solche Dinger in der Qualität produzieren, die erforderlich ist, eine Atombombe zu zünden, die EG & G in Massachusetts sind. Und unseres Erachtens können wir uns auf die verlassen."

„Hundertprozentig?"

„Hundertprozentige Sicherheit ist in diesem Leben nie zu haben – außer über die Tatsache, dass es eines Tages zu Ende sein wird."

„Okay, Dr. Stein", fuhr der Nationale Sicherheitsberater fort. „Wie viele von diesen Dingern werden sie brauchen? Und was müssen sie dafür hinlegen?"

„Mindestens neunzig Kryotrone und neunzig Kondensatoren plus etwa weitere dreißig Stück von jedem zum Experimentieren. Sagen wir also zweihundert, zweihundertfünfzig. Die werden sie ein paar tausend Dollar das Stück kosten und darüber hinaus natürlich Schmiergelder, um an das Zeug heranzukommen."

„Wie groß wäre die fertige Bombe? Was würde sie wiegen?", fragte der Nationale Sicherheitsberater.

„Sie würde weniger als hundert Kilo wiegen und in eine Packkiste passen."

„Sie könnten das verdammte Ding also tatsächlich im Kofferraum eines Autos nach Tel Aviv hineinschmuggeln? Oder nach New York?"

„Natürlich könnten sie. Und dann den Wagen irgendwo parken und die Bombe durch ein Funksignal aus sicherer Entfernung zünden."

Der Nationale Sicherheitsberater zog ein Taschentuch aus der Hosentasche und tupfte sich die Schweißtropfen von der Stirn. „Mr Duffy, ich gratuliere Ihnen. Wir haben allen Grund, Ihnen für diese Informationen zu danken, so unwillkommen sie uns auch sind. Ich weiß, die alten Griechen gefielen sich darin, die Überbringer schlechter Nachrichten zu bestrafen, aber ich möchte Sie lediglich fragen, was Sie persönlich von der Lage halten."

„Die wichtigste Frage ist, wo sie das Zeug verstecken. Wir können es uns nicht leisten, einfach abzuwarten, bis sie diese komplexen technischen Aufgaben gelöst haben, die unsere Experten gerade beschrieben haben. Wir müssen in Erfahrung bringen, wo sie sie versteckt haben, und sie unschädlich machen, sonst wachen wir eines Morgens auf und stellen fest, dass sie sie in Tel Aviv oder drüben an der Pennsylvenia Avenue deponiert haben."

„Was sollen wir also tun?", fragte sein Gesprächspartner ungeduldig.

„Ich fürchte, auf unsere Beobachtungssatelliten können wir in dieser Sache jedenfalls nicht zählen. Wir könnten alles, was wir haben, am Himmel über dem Iran parken, und dennoch würde wohl keiner diesen drei Babys auf die Spur kommen."

„Hat die CIA Agenten an Ort und Stelle?"

„Ich wünschte, das wäre der Fall, aber wie Sie alle wissen, hat die gegenwärtige Regierung das Budget der CIA drastisch reduziert."

Der Nationale Sicherheitsberater warf Duffy einen vernichtenden Blick zu.

„Was sollten wir Ihrer Meinung nach also tun?"

„Nach den Ausführungen Dr. Steins scheinen mir die Kryotrone das Nadelöhr zu sein, durch das die Iraner gehen müssen. Sie werden versuchen, sich das, was sie brauchen, im Westen zu besorgen. Die Einwilligung meines Chefs vorausgesetzt", und hier sah Duffy den stellvertretenden Direktor der CIA fragend an, „würde ich gern nach Massachusetts fahren und mich ein bisschen mit den Leuten unterhalten, die diese Kryotrondinger herstellen."

DREI Tage nach Jim Duffys Abreise aus Zypern fand ein Jogger in einem Graben unweit der alten Stadtmauer von Nikosia eine auf dem Gesicht liegende Leiche, die als Oberst a. D. Dimitri Wulff identifiziert wurde. Die kriminalpolizeiliche Untersuchung ergab, dass der Oberst durch einen aufgesetzten Schuss aus einer Makarow 38, der Standardwaffe der Roten Armee, getötet worden war. Die Waffe wurde knapp einen Meter entfernt neben der Leiche gefunden.

Die Turkish Connection

Als Jim Duffy wieder in dem winzigen Loch Platz nahm, das man ihm als Büro angewiesen hatte, blinkte ein rotes Lämpchen an seinem Telefon auf. Der NSA-Beamte, der ihm die Texte der Botschaften zuschickte, bat ihn damit um seinen Anruf. „Mr Duffy?"

„Schießen Sie los."

„Sie erinnern sich, dass ich Ihnen sagte, dass der Kerl, den wir da aus diesem Kaff im östlichen Iran telefonieren hörten, ein Mobiltelefon in Istanbul angewählt hatte?"

„Ja."

„Kennen Sie sich mit dem Klonen von Mobiltelefonen aus?"

„Nein, davon weiß ich nichts."

„Gut, dann erkläre ich es Ihnen. Zunächst besorgt man sich ein gestohlenes Handy. Um dieses zu klonen, benötigt man einen Computer, das richtige Softwareprogramm und ein zweites Mobiltelefon. Man verbindet das gestohlene Telefon mit dem Computer, in dem das fragliche Programm läuft, und holt sich die ESN, die elektronische Seriennummer, und die Telefonnummer des Apparats aus dem Chip, der in ihm steckt, verstehen Sie?"

„Klar."

„Als Nächstes stöpselt man dann das neue Handy in den Computer, zieht die elektronische Seriennummer und die Telefonnummer aus dem Chip dieses Apparats und ersetzt beides durch die Daten des gestohlenen Mobiltelefons. Und dann kann man den gestohlenen Apparat in die Mülltonne werfen, okay?"

„Sicher. Aber was ist der Zweck der Übung? Der Typ, dem das Handy geklaut worden ist, lässt die Nummer sperren. Der Apparat ist dann nutzlos."

„Um Anrufe zu tätigen, allerdings. Aber die Nummer des gestohlenen Handys ist nun in dem Chip einprogrammiert, der in Ihrem Klon steckt. Okay, die Nummer ist gesperrt, insofern kann niemand mehr von diesem Apparat aus Anrufe tätigen. Wenn aber jemand diese Nummer wählt, wird nichtsdestoweniger der nun mit dieser Nummer versehene Klon klingeln. Das heißt, man hat sich einen Weg, auf dem man angerufen werden kann, gesichert, den so leicht niemand aufspüren kann."

„Und was wollen Sie mir damit sagen?"

„Ich habe um eine Liste der während der letzten sechs Monate wegen Diebstahls gesperrten Mobiltelefone gebeten."

„Und?"

„Die Nummer, die unser iranischer Freund angewählt hat, ist gesperrt, weil das entsprechende Handy als gestohlen gemeldet wurde. Das Gespräch, das wir abgehört haben, wurde vor drei Wochen aufgenommen. Man kann also davon ausgehen, dass der Typ, der sich dieses Handys gegenwärtig bedient, Wert darauf legt, dass man die Anrufe, die er erhält, nicht zurückverfolgen kann."

„Gute Arbeit, mein Freund. Wirklich gute Arbeit. Ich muss zwar morgen nach Massachusetts fahren, aber ich werde vorher mit dem Sicherheitsberater im Weißen Haus telefonieren, damit Ihre Anfrage vorrangig behandelt wird. Wir werden uns diese Handynummer in Istanbul näher ansehen."

DER KAPALI ÇARSI, der überdachte große Basar in Istanbul, ist neben der blauen Moschee und der Hagia Sophia eine der größten Touristenattraktionen der Metropole am Bosporus. Halb Museum, halb Markt, ein Labyrinth gewundener Gänge, Gassen und Straßen mit über 4000 Läden, Hunderten von Lagerhäusern, einer Moschee und 19 Brunnen unter Arkaden, von denen einige Teile noch aus byzantinischer Zeit stammen.

Der Basar ist überdies eine riesige Geldmaschinerie, durch die alljährlich Bargeld im Wert von acht Milliarden Dollar läuft. Wer hier den richtigen Devisenhändler kennt, kann sich im Handumdrehen einer Million Dollar entledigen, ohne eine Spur zu hinterlassen.

Dschaffar Bayhani unterhielt einen unscheinbaren Stand an der Fesciler Sokage. Der schmächtige, kleine weißhaarige Mann, der älter als seine 52 Jahre aussah, beeindruckte nicht durch seine äußere Erscheinung. Doch von hier aus transferierte er Millionenbeträge auf Konten an allen Finanzplätzen der Welt. Bayhani war Perser, einer von einer Million seiner Landsleute, die in Istanbul ansässig waren. Er war 1972 vor dem Regime des Schahs geflüchtet.

Sein Lädchen sah genauso bescheiden aus wie er selbst. Der Tresen befand sich hinter einer Glasscheibe, auf der nur WECHSELSTUBE sowie die von der Stadtverwaltung von Istanbul vergebene Lizenznummer zu lesen waren. Er arbeitete an einem Pult im Vorraum des kleinen Ladens, wo jeder Vorübergehende ihn sehen konnte, aber sein eigentliches Büro befand sich im Hinterzimmer. Hier gab es einen riesigen Safe, drei Faxgeräte, zwei Computer, von denen einer ans Internet angeschlossen war, ein halbes Dutzend Handys und drei gewöhnliche Telefone. An der Wand hinter dem zweiten Computer hing ein Bild des Führers, des Ayatollah Khomeini.

Der ungepflegt gekleidete Mann war der Verbindungsmann mehrerer wichtiger Heroinhändler zu den iranischen „Pasdaran". Diese selbst ernannten Wächter der Revolution sorgten gegen angemessenes Honorar für den ungehinderten Transport der benötigten Morphinbase über das iranische Staatsgebiet. Das Schöne an diesem Arrangement war, dass einzig dieser abgerissene kleine Geldwechsler alle an dem Spiel Beteiligten kannte: Die Türken, die die Morphinbase kauften, die Pakistani, die sie lieferten, und die Iraner, die sie beförderten.

Die Bestellung für die 210 Kilo Morphinbase, die jetzt unterwegs nach Westen waren, hatte sechs Wochen zuvor Selim Osman aufgegeben, der älteste von fünf Brüdern, die eines der bedeutendsten Heroinschmuggelgeschäfte in der Stadt betrieben.

Irgendwann im Laufe des heutigen Abends würde Osman die bestellten 210 Kilo Morphinbase von dem TNZ-Lastzug laden. In dem Augenblick würde der Stoff in den Besitz der Osman-Familie übergehen, und Selim würde für die Zahlung des vereinbarten Preises von 4000 Dollar pro Kilo verantwortlich werden. Bayhani wusste, dass Osman innerhalb von 24 Stunden die 640 000 Dollar, die die Ladung wert war, auf sein Konto auf den Kaimaninseln überweisen würde.

Er selbst würde das geschuldete Geld nach Abzug seiner Kommission und des Vorschusses an Issa dann auf ein anderes iranisches Konto auf den Kaimaninseln überweisen. Er wusste nicht, wer in Teheran Zugang zu diesem Konto hatte. Aber er wusste, dass das Geld zur Förderung der großen Aufgabe verwendet wurde, den erneuerten Islam in der Welt zu verbreiten.

Auf einem seiner Telefone wählte der Geldwechsler die Nummer des „Barcelona Gran Hotels", das einige hundert Meter vom Basar entfernt in Aksaray stand. „Lieber Freund", verkündete er in verheißungsvollem Ton, „Ihre Güter sind unterwegs und werden Ihnen heute Abend geliefert."

Selim Osman legte auf und blickte durch das Fenster seines Büros auf die Menge hinaus, die sich auf der Pasazade Sokak von Istanbul drängte. Russen, Ukrainer, Rumänen und Bulgaren schwärmten von Laden zu Laden, staunten die Waren an, befingerten sie, feilschten um die Preise und gestikulierten dabei wild mit den Händen.

Mit seinen 53 Jahren war Osman noch relativ jung. Trotzdem war er schon Patriarch, Chef eines Stammes. Die Osmans waren Kurden, und die Familie übte im Gebiet von Tepe so etwas wie Feudalherrschaft aus. Nach dem Tod seines Vaters war Selim als ältester Sohn Herr über fünfzig kleine Dörfer in den Bergen rund um Tepe geworden.

Er war schon sehr früh in die Großstadt aufgebrochen, um dort sein Glück zu machen. Da sein Geschäft florierte, hatte er seine Brüder mit ins Unternehmen geholt. Dabei blieben die Beziehungen zu Tepe erhalten. Wenn junge Landsleute eintrafen, halfen ihnen die Brüder, eine Arbeit zu finden, und sorgten für sie, bis der erste Lohn gezahlt wurde.

Alle fünf Osman-Brüder waren im Drogengeschäft tätig, und jedem von ihnen war ein genau bestimmter Aufgabenbereich zugeteilt. Selim, der Älteste, war der Boss. Hassan, der ihm altersmäßig am nächsten stand, beaufsichtigte das Laboratorium, wo die aus Afghanistan angelieferte Morphinbase zu Heroin verarbeitet wurde. Refat, der dritte der Brüder, war der Mann fürs Grobe, wie ihn jedes kriminelle Unternehmen zur Beseitigung lästiger Hindernisse benötigte. Abdullah, der vierte Bruder, leitete die Niederlassung in Amsterdam, von wo aus dann die jeweils benötigten kleineren Mengen Stoff nach Frankreich, Spanien, Deutschland und England geliefert werden konnten. Der jüngste Bruder, Behcet, wohnte in London, wo er sich um die Ausweitung des Familiengeschäfts auf dem Boden des Vereinigten Königreichs bemühte.

Die Arbeiter im geheimen Labor, die Fahrer der Lastzüge oder Autobusse, die das Heroin transportierten, waren niemals nähere Verwandte.

Diese Vorsichtsmaßnahme zeugte von Selim Osmans großer Umsicht: Durch diesen Abstand war gewährleistet, dass die Ordnungshüter keine Verbindung zwischen der Familie und dem Drogengeschäft herstellen konnten. Die Arbeiter wussten, dass sie auf die Hilfe der Osmans zählen konnten, falls etwas schief ging – solange sie den Mund hielten. Sie würden sich verurteilen lassen und in der Gewissheit, dass für ihre Familie gesorgt und ihr Gehalt regelmäßig auf ihr Konto überwiesen werden würde, klaglos die über sie verhängte Haftstrafe absitzen. Im Fall, dass einer einmal doch etwas ausplauderte, bewiesen die Osmans auch bei ihren Strafmaßnahmen ihren ausgeprägten Familiensinn. Den Türken ist nichts teurer als der älteste Sohn. Wenn also jemand aus der Reihe tanzte, musste sein ältester Sohn dafür büßen.

Alle fünf Brüder lebten in einigem Komfort, ohne jedoch durch besonderen Aufwand Aufsehen zu erregen.

Osman ergriff eines der drei Telefone auf seinem Schreibtisch und rief das Handy seines Bruders Hassan an. „Unsere Textilien kommen heute Abend, 210 Ballen."

„GEBT uns eine Bombe, die wir uns an den Gürtel heften können", psalmodierten die jungen Leute unten auf der Straße. „Wir werden mit einem Lächeln sterben, denn das ist der kürzeste Weg in den Himmel."

Aus dem Fenster seines Büros im dritten Stock beobachtete der Chef des VEVAK die Demonstranten. Auf seinem Gesicht war Zufriedenheit, aber auch eine Spur Zynismus zu lesen. Ali Mohatarian sah das Glänzen in den Augen derer, die um die Ehre baten, ins Märtyrertum geschickt zu werden.

Mohatarian winkte ihnen zu und wandte sich vom Fenster ab. Die westliche Presse in ihrer bodenlosen Ignoranz würde natürlich wieder berichten, dass diese jungen Leute da unten auf der Straße verlangt hätten, als „Selbstmordbomber" eingesetzt zu werden. Wie dumm! Der Islam verbot den Selbstmord. Als Märtyrer wollten diese Jungen sterben. Das Märtyrertum bedurfte der Billigung eines Geistlichen, und diese wurde nur gewährt, wenn der Fromme hoffen konnte, den Gottlosen mit seiner Selbstopferung wirklich schwer zu schaden.

Die Aufgabe, den Gottlosen schwer zu schaden, machte Mohatarian an diesem Nachmittag zu schaffen, als er an seinen massiven Schreibtisch zurückkehrte. In wenigen Minuten würde er ein Treffen der von ihm geleiteten Organisation einberufen, dem Komitee für Geheimoperationen, welches das wichtigste und geheimste Organ der iranischen Revolutionsregierung war. Das Komitee war die allein zuständige Aufsichtsbehörde für die gefürchtetste Terrororganisation der Welt.

Die Operation Khalid, heutiger Tagesordnungspunkt, verlieh dieser Versammlung eine außerordentliche Bedeutung. Der Professor hatte angekündigt, er sei nun in der Lage, einen Bericht über die Operation zu geben.

Mohatarian hatte die Aufgabe, im Ausland wie daheim für die Eliminierung der Feinde des Mullah-Regimes zu sorgen. Bisher hatte er sich dieser Pflicht vor allem im Ausland mit aller gebotenen Rücksichtslosigkeit gewidmet, jetzt aber war er überzeugt, dass das Regime hier im Iran selbst die gefährlichsten Feinde hatte. Die Unzufriedenheit mit der gerechten Herrschaft der Mullahs wuchs. „Die Revolution liegt im Sterben", flüsterte man in Teheran inzwischen schon an allen Straßenecken.

Ungeachtet der Verbote der Mullahs überschwemmten westliche Konsumgüter die Schwarzmärkte des Landes. In den besseren Vierteln der Hauptstadt tranken die Leute in ihren Häusern Whisky und französische Weine, warfen die Frauen die Schleier ab, tanzten, spielten und sahen sich westliche Filme auf ihren Videogeräten an.

Noch viel beunruhigender aber war, dass nun die Autorität von Männern wie Mohatarian selbst herausgefordert wurde. Wenn das glorreiche Experiment islamischer Herrschaft im Iran scheiterte, würden die Ungläubigen triumphierend behaupten, nun sei durch die Praxis bewiesen, dass der Islam zur Regierung der Völker nicht tauge, dass die „Scharia", das Gesetz des Korans, als Grundgesetz einer modernen Gesellschaft nicht geeignet sei.

Es war also ein Befreiungsschlag zur Rettung der Revolution erforderlich, eine Demonstration der Macht. War die Operation Khalid die Lösung? Vielleicht. Doch Mohatarian wusste von den Gefahren, die sie barg. Der Feind war überall. Vor tausend Jahren, dachte er, haben wir die Welt mit unseren Waffen und unserer Willensstärke erobert. Warum sollte dies zu Beginn des neuen Jahrtausends, das der Westen so sehnsüchtig erwartete, nicht wieder möglich sein?

Wie stets eröffnete ein religiöser Führer die Sitzung, indem er die Erinnerung an den großen Führer des Islam, Ayatollah Khomeini, heraufbeschwor. „Meine Brüder", fuhr er fort, „wenn wir zerstören, was sich uns in den Weg stellt, tun wir Gottes Willen. Der Islam gebietet: ‚Tötet im Dienste Allahs diejenigen, die vielleicht wünschen, euch zu töten.'"

Sein Publikum murmelte ein zustimmendes „Allah akhbar, Allah ist groß."

Mohatarian nickte dankend und wandte sich dann Sadegh Izaddine, dem Leiter des Londoner Einsatzes, zu. „Wir müssen Ihnen, mein Bruder, und den Angehörigen Ihrer Organisation zu dem Erfolg in London gratulieren."

Izaddine dankte mit kurzem Nicken für das Kompliment und zog dann aus einer ledernen Aktentasche einen dicken braunen Umschlag heraus. Diesen schob er dem Professor über den Tisch zu.

„Ich hoffe, dass Sie alles darin finden werden, was Sie brauchen."

Der Professor blickte auf den Umschlag, wo er in arabischen Lettern *Khalid* las.

„Sie haben Ihre Sache sehr gut gemacht."

Mit gierigen Fingern riss er den Umschlag auf. Nacheinander entnahm er ihm die einzelnen Dokumente und breitete diese aus. Am Ende hatte er acht dicke Papierstöße vor sich. Es handelte sich um Anteilscheine, die den Besitz acht verschiedener Gesellschaften verbürgten. Es waren durchweg Inhaberaktien, was hieß, dass, wer immer diese Anteilscheine besaß, auch die Firmen in der Hand hatte, für die sie ausgegeben waren. Die Unternehmen waren ausnahmslos an Orten registriert, die sich dem Finanzkapital durch ihre unternehmensfreundliche Steuergesetzgebung empfahlen: Panama, Grand Cayman und Singapur.

An jeden der Stöße von Anteilscheinen waren zwei Dokumente geheftet. Das erste war eine Vollmacht, die eine Einzelperson bevollmächtigte, für die genannte Gesellschaft zu handeln. Der Bevollmächtigte war immer derselbe: Tari Harmian.

Das zweite Dokument war eine Liste der Guthaben der jeweiligen Gesellschaft: US-Schatzanweisungen, Goldzertifikate, Depositen, große Aktienpakete. Diese Vermögenswerte wurden von fünf verschiedenen Banken auf Grand Cayman verwaltet, einer verschlafenen Sandbank 800 Kilometer südlich von Miami. Bis 1975 war Grand Cayman tatsächlich nicht mehr gewesen als eine etwas größere Düne im Atlantik. Inzwischen befand sich dort aber das fünftgrößte Bankenzentrum der Welt, hatten sich dort über 500 Geldinstitute niedergelassen, durch die alljährlich nahezu eine Billion Dollar geschleust wurde – und das ohne Kontrolle durch eine glaubwürdige Bankaufsichtsbehörde.

Niemand sah faszinierter zu als Said Dschailani, während nun der Professor mit seinem Taschenrechner die aufgeführten Vermögenswerte addierte. Dschailani wusste, dass der überwiegende Teil der Millionen Dollar auf diesen Konten der Ertrag der Transitsteuer war, die er auf jedes Kilo Morphinbase erhoben hatte. Die westliche Jugend vergiftete sich eifrig mit seinen Drogen und unterstützte dank ihres Geldes die Sache. Erfreulich!

„Ich gratuliere, mein Bruder", erklärte der Professor. „Es ist alles noch da. Der Verräter Tari Harmian hat keine Zeit mehr gehabt, seine Drohung wahr zu machen."

„Wie haben sie in London seine Hinrichtung aufgenommen?", fragte Mohatarian Izzadine.

„Offenbar hat uns die Polizei nicht in Verdacht. Jedenfalls steht nichts davon in den Zeitungen. Sie scheinen eine Verbindung zu irgendeinem Finanzschwindel anzunehmen, vielleicht auch zum Drogengeschäft."

Mohatarian lachte. „Wunderbar. Drogen. Weiber. Moneten. Woran sollten diese Idioten denn auch sonst denken?“ Er legte die Hände auf den Tisch, um endlich den Hauptpunkt auf der heutigen Tagesordnung anzusprechen. „Also, Brüder, nun zur Operation Khalid. Professor?“

Der Professor erhob sich bei diesen Worten, ging um den Tisch und stellte sich in klassischer Lehrerpose ans Kopfende. „Wie Ihnen aus meinem letzten Bericht bekannt sein dürfte, ist es uns gelungen, den spaltbaren Kern der drei nuklearen Gefechtsköpfe zu extrahieren, die wir uns von der sowjetischen Artillerie in Kasachstan beschafft haben. Es handelt sich um Plutonium 239 in metallischer Form. Jeder Kern wiegt 5,7 Kilogramm und war zur Einpassung in die Artilleriegranate in ovale Form gebracht. Meinen Metallurgen ist es gelungen, das Metall nun in Kugelform zu gießen, was für unsere Zwecke von größter Wichtigkeit ist.“ Er hielt einen Augenblick inne, um die Bedeutung dessen zu betonen, was er noch zu sagen gedachte. „Meine Waffeningenieure haben unermüdlich an der Entwicklung eines Modells gearbeitet, das uns die Entfaltung der größtmöglichen Explosionskraft garantiert. Sie haben es umfassend mit unseren fortschrittlichsten Computern getestet. Sie sind der Überzeugung, und ich schließe mich ihrem Urteil an, dass wir durch ein einfaches, aus sicherer Entfernung gegebenes Funksignal diese drei Plutoniumkugeln zur Explosion bringen können.“

„Welche Sprengkraft hoffen Sie zu erzielen?“, fragte Imad Mugniyeh, dessen Bombe auf die Kaserne der Marineinfanterie in Beirut die größte nicht atomare Explosion seit dem Zweiten Weltkrieg verursacht hatte.

„Möglicherweise erreichen wir dreißig Kilotonnen pro Bombe, vielleicht noch mehr.“

„Welche Wirkung hätte eine solche Bombe?“

„Jede einzelne unserer drei Bomben würde, wenn sie an der richtigen Stelle hochginge, eine Stadt wie Tel Aviv ausradieren.“

Ein andächtiges Schweigen, der Ungeheuerlichkeit dieser Ankündigung angemessen, herrschte im Raum, bis jemand stöhnte: „Endlich! Endlich haben wir die Mittel an der Hand, Israel zu vernichten!“

„Noch nicht“, warnte der Professor. „Wir besitzen die Hauptelemente. Die drei Plutoniumkerne. Ein Modell, um sie neu zu konfigurieren. Was uns fehlt, sind zwei Hightechteile, die unerlässlich sind!“

„Was für Teile?“, bellte Mugniyeh.

„Die Teile, die uns fehlen, heißen Kondensatoren und Kryotrone“, erwiderte der Professor ruhig.

Die ausdruckslosen Mienen seines Publikums verrieten, dass die Fachausdrücke den Leuten nichts sagten.

„Also, wo kann man sie kaufen?“, fragte einer.

„Wir können sie nicht kaufen, weil wir die verhassten Iraner sind und niemand sie uns verkaufen will“, erklärte der Professor. „Die Amerikaner stellen zwar welche her, aber sie werden sich hüten, uns auch nur in die Nähe dieser Dinger zu lassen. Wir müssen eine List anwenden oder einen Mittelsmann einsetzen, der nie in Verdacht geraten wird, dass er für uns arbeitet. Ich habe schon einen Plan.“

„Welchen?“, fragte Mugniyeh nörgelnd.

„Für den Augenblick möchte ich darauf nicht näher eingehen. Wir werden von Deutschland aus tätig sein.“

Er wandte sich an Mugniyeh. „Beginnen Sie sofort im Dschanta-Lager mit der Auswahl der besten Kämpfer, die wir mit der ehrenvollen Aufgabe betrauen können, diese Bombe mitten unter unsere Feinde nach Israel zu tragen.“

Das Dschanta-Lager war der Ort, wo die Elite des Hisbollahnachwuchses ausgebildet wurde.

„Ehe wir die Sitzung schließen“, warf der Professor ein, „möchte ich noch an einen höchst wichtigen Punkt erinnern. Nichts ist für den Erfolg der Operation Khalid wichtiger als absolute Geheimhaltung. Wir dürfen untereinander keine Nachrichten über Telefon oder Funk austauschen. Die Amerikaner haben teuflisch feine Ohren. Glücklicherweise haben wir nun endlich ein Verfahren gefunden, sie zu überlisten.“ Er schilderte in groben Zügen die Leistungen des Chiffriersystems, das er in der Schweiz gekauft hatte, und schloss mit einer Ermahnung: „Ausschließlich über dieses System dürfen Informationen, die die Operation Khalid betreffen, ausgetauscht werden.“

„Wir werden selbstverständlich Ihrem Rat entsprechend verfahren“, erklärte Mohatarian. „Möge Allah Ihre edle Arbeit segnen.“

EG & G ELECTRO-OPTICS, das Unternehmen, dem Duffy einen Besuch abstattete, war fest in das Atomwaffenprogramm integriert. Die drei Gründer waren sämtlich Hochgeschwindigkeitsphysiker, ein Trio brillanter Absolventen des Massachusetts Institute of Technology. Mittlerweile war die Firma auf einer Reihe von Gebieten tätig, die nicht unmittelbar für Verteidigungsaufgaben wichtig waren. So stellte man neuerdings auch Röntgenapparate und anderes Gerät für die medizinische Diagnostik her. Nichtsdestoweniger produzierte EG & G hier in diesem riesigen Lagerhaus am Rand von Salem Harbor noch immer das ultrageheime Equipment.

Eine freundliche Empfangsdame führte Duffy in das Büro Dr. Harry Aspens, des Fertigungsleiters.

Die Verabredung mit Aspen hatte Dr. Leigh Stein für ihn arrangiert. Und obwohl Stein ihn bestimmt nicht als Vertreter der CIA eingeführt hatte, konnte Aspen sich mit Sicherheit ausmalen, welche Behörde sein Gast vertrat.

„Na denn!", empfing ihn Aspen mit dröhnender Stimme. „Ein Mann, der etwas über Kryotrone lernen will." Er war groß und schlank, mit kurz geschnittenem grauem Haar.

„Lassen Sie mich gleich zur Sache kommen." Duffy nahm kein Blatt vor den Mund. „Wie schwierig wäre es für die Iraner, sich ungefähr zweihundert Stück davon zu besorgen?"

Der Wissenschaftler lächelte. „Sie sprechen vermutlich von der Sorte, die für den Zündmechanismus von Atombomben benötigt wird?"

„Natürlich."

„Die Sorte also, die wir hier herstellen. Ich würde das für sehr schwierig halten, wenn nicht gar für unmöglich."

Zum ersten Mal empfand Duffy so etwas wie Erleichterung. „Das klingt ja ganz beruhigend. Aber wie können Sie das so genau wissen?"

Aspen öffnete seine Schreibtischschublade und entnahm ihr eine kleine Glasblase, von der ein Satz Drähte hing. „Das ist unser Kryotron Modell KN22. Das einzige heutzutage auf dem Markt erhältliche Kryotron mit den Eigenschaften, die zur Zündung einer Atombombe erforderlich sind."

„Wollen Sie sagen, dass die Engländer, die Franzosen und die Israelis keine herstellen?"

„Aber natürlich tun sie das. Allerdings nur in kleinen staatlichen Laboratorien und ausschließlich zu Militärzwecken. Die Geräte, die wir hier in diesem Gebäude für das Pentagon produzieren, sehen inzwischen schon ganz anders aus. Niemand außer unseren Streitkräften bekommt sie auch nur zu sehen."

„Und doch kann auch dieses Modell KN22 eine Atombombe zünden?"

Aspen reichte Duffy das Kryotron. „Daran besteht nicht der geringste Zweifel. Wir verkaufen jedoch nur an Leute, die eine Ausfuhrgenehmigung des Handelsministeriums vorlegen können."

„Natürlich, aber die Welt ist auch voller Leute, die Tag und Nacht darüber nachdenken, wie sie unseren Ausfuhrbestimmungen ein Schnippchen schlagen können."

„Oh, gewiß. Unsere Kryotrone interessieren viele Leute. Auch hier sind schon Idioten mit dicken Geldbündeln aufgekreuzt und haben versucht, ein paar Kryotrone zu kaufen. Wir haben den Leuten gesagt, sie sollen zum Teufel gehen – höflich natürlich."

„Aber woher wollen Sie genau wissen, dass ein Typ, der bei Ihnen einkauft, nachdem er alle Formulare zufrieden stellend ausgefüllt hat, nicht lügt?"

„Na ja, diesbezüglich haben wir natürlich keine absolute Sicherheit. Aber der Kreis unserer Kunden ist doch ziemlich übersichtlich. Es gibt nicht allzu viele Einsatzmöglichkeiten für Kryotrone. Gebraucht werden sie vor allem für Hochenergielaser zum Schneiden und Abschleifen von Metallen. Wir kennen die meisten in dieser Branche. Natürlich sollen unsere Vertreter Umsatz machen, doch sie wissen auch, was gespielt wird. Aber abgesehen davon gibt es noch etwas anderes, Jim. Sie haben mich doch gefragt, ob die Iraner an ungefähr zweihundert Stück rankommen könnten, nicht?"

„Richtig."

„Nun, wir stellen im ganzen Jahr nur ungefähr hundert Stück her. Gewöhnlich werden nur vier oder fünf pro Auftrag verlangt. Mehr als ein Dutzend verkaufen wir nie auf einmal. Bei einer Bestellung von zweihundert würden hier Alarmglocken läuten, dass die Wände wackeln."

„Und die Dinger werden wirklich nur hier hergestellt?"

„Richtig."

„Und was ist mit den Russen?"

„Unseren Informationen zufolge stellen die Russen die Dinger nicht mehr her."

„Sie beruhigen mich wirklich. Nach Ihrer Darstellung werden es die Iraner noch schwerer haben, als ich dachte."

„Ich weiß nicht, aber beruhigen wollte ich Sie im Grunde nicht."

Duffys Magen krampfte sich zusammen. „Was soll denn das nun wieder heißen?"

„Ich fürchte, dass sie ihre 200 Kryotrone nicht bei uns einkaufen müssen. Ich glaube, dass sie sie selbst herstellen können."

„Selbst herstellen? Ist das Ihr Ernst?", staunte Duffy.

„Ja. Die Sache ist nicht ganz so kompliziert, wie Sie vielleicht glauben. Glücklicherweise ist das nicht allgemein bekannt, aber wenn ein einigermaßen gewitzter Ingenieur die Gelegenheit bekommt, ein Dutzend von den Dingern auseinander zu nehmen, sollte er imstande sein, sie zu kopieren.“

Duffy sank in seinen Stuhl zurück. „Also brauchen sie gar nicht zweihundert davon. Ein Dutzend wären genug?“

„Um zu lernen, wie man sie nachbaut, ja.“

„Woher würden sie sich dieses Dutzend beschaffen?“

„Nun, ungefähr achtzig Prozent der Hochenergielaser, bei denen Kryotrone verwendet werden, werden in Deutschland eingesetzt. Unglücklicherweise machen die Deutschen mit jedem Geschäfte. Ich würde mich also erst mal dort umsehen.“

Duffy fühlte, wie ihn tiefes Unbehagen ergriff. „Noch vor ein paar Minuten wollte ich Ihnen erklären, dass Sie mir eine große Sorge abgenommen hätten. Nun muss ich Ihnen leider mitteilen, dass Sie mir noch eine neue aufgebürdet haben.“

„Tut mir Leid, aber ich glaube, Offenheit ist bei diesen Dingen immer das Beste.“

Duffy erhob sich. „Wir haben momentan in diesem Bereich ein kleines Problem, und ich wäre Ihnen dankbar, wenn Sie Ihre Wachsamkeit noch ein bisschen steigern könnten. Würden Sie so freundlich sein, so schnell wie möglich Dr. Stein zu benachrichtigen, falls Ihnen etwas auffällt, was auch nur im Mindesten ungewöhnlich zu sein scheint? Er wird wissen, wo ich zu erreichen bin.“

„Gern“, sagte Aspen und erhob sich ebenfalls von seinem Stuhl.

IN WASHINGTON hatte Jim Duffy gerade erst begonnen, sich durch sein tägliches Pensum abgehörter Telefongespräche zu quälen, als das rote Lämpchen an seinem Telefon aufleuchtete.

„Mr Duffy? Ich glaube, wir haben etwas!“ Sein Verbindungsmann bei der NSA in Fort Meade versuchte erst gar nicht, seinen Eifer zu zügeln. „Ich habe angefangen, die Nummer dieses Mobiltelefons in Istanbul durch unsere Computer zu jagen. Zwei Gespräche aus London sind dabei hängen geblieben. Immer von derselben Telefonnummer.“

„Haben Sie eine Adresse von dem Londoner Apparat?“

„Ja, eine öffentliche Telefonzelle. An der Eccleston Street in Belgravia. Sehr feine Gegend.“

„Scheiße“, brummte Duffy. „Eine Telefonzelle. Hätte man sich doch denken können. Waren die Anrufe in Englisch?“

„Nein, beide in Farsi. Die Anrufer scheinen eine Art Code zu verwenden. Ich habe beide unseren Sprachexperten vorgespielt. Sie sind der Meinung, dass Farsi die Muttersprache der beiden Gesprächsteilnehmer ist."

„Wann wurden die Gespräche geführt?"

„Vor etwas mehr als drei Wochen, im Abstand von drei Tagen."

„Der Typ, der die Anrufe gemacht hat, fürchtet also, abgehört zu werden."

„Unbedingt. Wollen Sie sich die Gespräche mal anschauen?"

„Ich bin dabei."

Duffy loggte sich mit seinem Computer bei der NSA ein, und auf dem Bildschirm erschien die Übersetzung des ersten der beiden Gespräche.

> „Dschaffar?"
> „Ja."
> „Tari am Apparat. Geht's dir gut?"
> „Gott sei Dank, ja."
> „Ich habe mich kürzlich in Budapest mit dem Professor getroffen. Wir werden einiges an unseren Operationen ändern."
> „Ich stehe zu Diensten."
> „Hast du schon viele … (Pause) Lieferungen von Said …"
> „Vier."
> „Was sind sie wert?"
> „Annähernd anderthalb Millionen."
> „Leg sie einstweilen auf dein Konto auf den Inseln, bis ich dir mitteilen kann, wohin du sie überweisen sollst."
> „Verstanden."
> „Said macht seine Sache gut."
> „Alles läuft prima, seitdem er die Angelegenheit übernommen hat."
> „Trägt er noch immer Sandalen mit Goldbesatz?"
> „Ich weiß nicht, Freund. Ich bin ihm nie begegnet."
> „Gut. Bis bald."
> „So Allah will."

„Das war das erste", meldete der NSA-Beamte.

Sandalen mit Goldbesatz? Duffy hätte am liebsten einen Freudenschrei ausgestoßen. Dieser Dschaffar mochte sehr wohl mit dem Gucci-Mudsch in Verbindung stehen. Fraglos sprach auch dieser Tari mit seinem Freund über Geld, das Geld, das Dschailani vom Drogenhandel abschöpfte!

„Lassen Sie das zweite durchlaufen."

„Dschaffar?"
„Hier ist Tari. Geht's dir gut?"
„Gott sei Dank."
„Hast du meine neuen Instruktionen erhalten?"
„Heute Morgen."
„Erwartest du in naher Zukunft noch Lieferungen?"
„Said sagte mir gestern, dass noch drei weitere kommen."
„Gut. Regle alles meinen neuen Instruktionen entsprechend."
„Zu Befehl. Soll ich die Brüder in Teheran verständigen?"
„Habe ich schon erledigt."
„Bis bald."
„So Allah will."

Duffy betrachtete einen Augenblick lang seinen Bildschirm. „Die Sache wird langsam interessant. Lassen Sie mich ein paar Anrufe machen, dann bin ich wieder bei Ihnen."

Duffy sah auf die Uhr. Es war halb fünf am Nachmittag hier, halb zehn abends in London. Der Leiter der Londoner Dienststelle, Bob Cowie, war ein alter Kumpel. Duffy verlangte eine sichere Verbindung mit London. Eine Stunde später, er wollte eben sein Büro für die Nacht schließen, klingelte das Telefon.

„Sie haben eine sichere Leitung nach London", informierte ihn die Vermittlung.

„Jim", rief der Anrufer. „Willkommen daheim! Wie ich höre, haben sie dich rumgekriegt. Womit beschäftigen sie dich denn?"

„Damit, netten Kerlen wie dir Ärger zu machen. Ich hoffe, ich habe dich nicht von einer Beschäftigung weggeholt, bei der unsere nationale Sicherheit auf dem Spiel steht – einem Dinner bei Annabel's zum Beispiel?"

„Nein, überhaupt nicht. Ich war bei einem kleinen Abendessen für acht Personen bei Baron Bentinck. Dein Anruf hat nur die Aura des Geheimnisvollen verstärkt, mit der ich mich zu umgeben versuche. Was kann ich für dich tun?"

Cowie lachte, nachdem ihm Duffy seine Wünsche vorgetragen hatte.

„Ich soll also einen Iraner namens Tari für dich aufspüren, der in Geldgeschäften und eventuell auch im Rauschgifthandel stecken soll und in Belgravia verkehrt."

„Na, wie komisch die Sache auch aussehen mag, sie hat oberste Priorität", versicherte ihm Duffy.

Cowie ging plötzlich ein Licht auf. „He, es könnte doch sein, dass ich was für dich habe. Ich rufe in ein paar Minuten zurück."

„Was gibt's?" fragte Duffy, als kurz darauf das Telefon erneut klingelte.

„Nun, ich habe gute Neuigkeiten für dich, aber auch, wie das ja leider meist der Fall ist, eine schlechte."

„Zuerst die gute."

„Ich habe deinen Iraner gefunden, glaube ich. Vorname Tari, Familienname Harmian. Wohnsitz in Belgravia."

„Großartig! Was für schlechte Neuigkeiten kannst du denn danach noch für mich haben?"

„Er ist tot."

„Oh, verdammt."

„Wurde auf besonders grässliche Weise ermordet, vor einem Monat, praktisch vor den Augen seiner Frau. Die Sache kam auf den ersten Seiten sowohl der *Daily Mail* als auch des *Daily Express*. Der Mann ist im großen Stil verabschiedet worden. Die *Mail* mutmaßte, dass er etwas mit dem Drogenhandel zu tun hatte, der *Express* hielt seine Verwicklung in den Waffenschmuggel für wahrscheinlicher."

„Und die Polizei?"

„Der Mord wurde anscheinend sehr professionell durchgeführt. Keine Spuren. Aber jetzt kommt noch etwas, was aus unserer Sicht höchst interessant ist."

„Ich bin ganz Ohr."

„Seine Frau. Sie ist Amerikanerin, aus Kalifornien. Sie ist ein paar Tage nach dem Mord hier gewesen und wollte den Botschafter sprechen. Und da hat sie behauptet, dass ihr Mann vom iranischen Geheimdienst ermordet wurde."

„Weshalb glaubt sie das? War er politisch aktiv?", wollte Duffy wissen.

„Sie sagt, er sprach Farsi mit den Mördern, diese hätten deshalb Iraner gewesen sein müssen. Scotland Yard will angeblich von dieser Theorie nichts wissen. Dort scheint man den Mord auf irgendeinen geplatzten Finanzschwindel zurückführen zu wollen oder auch auf unbezahlte Spielschulden."

„Was habt ihr über ihn?"

„Nicht viel. Nach dem Besuch seiner Frau beim Botschafter habe ich mich bei den Dissidenten, zu denen wir Kontakt halten, ein bisschen nach ihm erkundigt. Keiner hat je etwas mit ihm zu tun gehabt."

„Ich glaube, ich sollte doch mal ein paar Takte mit den Leuten von Scotland Yard und mit seiner trauernden Witwe plaudern."

„JIM, SIE sind einfach zu lange weg gewesen“, sagte Jack Lohnes, als Duffy ihm am nächsten Morgen erklärt hatte, was er zu tun gedachte. „Sie wissen nicht, wie empfindlich die Briten heutzutage sind. Wir können da nicht einfach auftauchen und auf ihrem Rasen herumtrampeln, ohne vorher die Genehmigung unserer Kollegen von der Abteilung sechs eingeholt zu haben.“

„Was ich vorhabe, sind doch nur vorläufige Erkundigungen, oder? Ich meine, nach den Hinweisen, die wir aus den abgehörten Telefongesprächen haben. Und die Gattin ist doch eine von uns. Also haben wir doch zweifellos das Recht, uns mal mit ihr zu unterhalten.“

„Ja, sie kann uns vielleicht helfen. Aber schließlich und endlich ist es doch das Vertrauen der Leute vom Yard, auf das wir angewiesen sind. Die sind an Ort und Stelle gewesen, haben die Akten an sich genommen, seine Computerdisketten, Telefonrechnungen und Bankunterlagen. Wenn es irgendwo verborgene Hinweise auf eine Zusammenarbeit des Toten mit Dschailani gibt, sind die bei Scotland Yard. Wie sollen wir die Leute bitten, uns all das zu zeigen, ohne ihnen zu verraten, wer Sie sind?“

Duffy gab sich alle Mühe, ein einschmeichelndes Lächeln aufzusetzen. „Gehen wir doch einfach von einer anderen Seite ran und spielen die Drogenkarte aus. Angenommen, wir haben den Verdacht, dass der Kerl in Drogengeschäfte verwickelt war, was er wirklich ja auch gewesen zu sein scheint, wenigstens am Rande. Und angenommen, wir wollen uns mit unseren englischen Vettern zusammensetzen und Informationen austauschen, die geeignet sind, die gemeinsame gute Sache zu unterstützen.“

Lohnes lachte. „Dann könnten wir vielleicht tatsächlich Erfolg haben.“

„Wissen Sie, wir laden sie zum Mittagessen ein, ganz zwanglos, trinken ein paar Guinness zusammen, freunden uns an und vergleichen unsere Beobachtungen.“

„Okay. Dazu müssen Sie dann aber den DEA-Mann Flynn mitnehmen. Der weiß, wie man mit den Briten umgeht.“

„MACPHERSON?“

„Am Apparat“, antwortete der Kommissar.

„Bitte bleiben Sie in der Leitung. Ich verbinde Sie mit dem Leiter der Abteilung Sondereinsätze.“

MacPhersons buschige Augenbrauen wölbten sich besorgt. „Was will der plötzlich von mir?“

„Ah, MacPherson", sagte dann der Abteilungsleiter, die Stimme triefend von vorgetäuschter Herzlichkeit. „Wie läuft's denn so bei Ihnen? Alles in Butter?"

„Alles in Butter. Was kann ich für Sie tun?"

„Es geht um diese Mordsache, in der Sie ermitteln. Die mit dem Iraner. Kommen Sie voran?"

Da scheint irgendjemand im Innenministerium Dampf zu machen, dachte MacPherson. „Nicht sehr, muss ich leider sagen. Der Fall ist außerordentlich kompliziert."

„Mich hat gerade ein Freund aus der amerikanischen Botschaft angerufen. Der Mann, der für die Rauschgiftkriminalität zuständig ist. Bei dem sind zwei hohe Tiere aus Washington zu Besuch – auf der Durchreise. Anscheinend haben die beiden Kenntnis von dem Fall und würden sich deswegen gern mal mit Ihnen unterhalten."

Ach, sieh mal einer an, dachte MacPherson. Was für ein Zufall! „Gewiss. Was würden Sie vorschlagen?"

„Morgen zum Mittagessen? Ist Ihnen der „Bunch of Grapes Pub" recht? Diese Besucher aus Washington wollen vielleicht nach dem Mittagessen noch Einkäufe machen. Und würde es Ihnen um eins passen?"

„Ich werde mit Vergnügen zur Stelle sein."

DA STARRTEN sie sich von beiden Seiten des Restauranttisches gegenseitig an wie zwei Collegeteams, die gleich bei einer dieser Ratesendungen des Lokalsenders gegeneinander antreten sollen.

Auf der britischen Seite saßen der Sondereinsatzleiter von Scotland Yard sowie der die Ermittlungen in der Mordsache Tari Harmian leitende Kommissar und dessen Assistent. Auf der amerikanischen Seite wurde Duffy vom Londoner Attaché der amerikanischen Drogenaufsichtsbehörde DEA und Mike Flynn flankiert. Duffy hatte, um den Briten seinen guten Willen zu beweisen, ein Glas Guinness vom Fass bestellt, von dem er nun einen Schluck probierte.

„Jim und Mike gehören zu einer Sonderkommission in Washington, die die neuesten Entwicklungen bei der Geldwäsche im Rauschgifthandel studiert", erklärte der Attaché. „Sie haben gute Gründe zu der Annahme, dass der ermordete Mr Harmian in dieser Branche tätig war."

„Und um welche Gründe handelt es sich dabei?"

Flynn, der Anweisung erhalten hatte, bei dieser Plauderei die DEA zu vertreten, antwortete zuerst. „Zunächst einmal wegen seiner beruflichen

Tätigkeit, die von der Presse hier als diejenige eines ‚privaten Anlageberaters' bezeichnet wurde. Bei unserer Arbeit in den Staaten haben wir gelernt, dass diese Formulierung zu einem anderen Begriff für Geldwäsche wurde."

„Geld bewegt hat er zwar", räumte MacPherson ein, „aber wollen Sie sagen, dass er in Verbindung zum Rauschgifthandel stand? Ich habe jedenfalls noch keine Beweise dafür gefunden."

„Wir sind überzeugt, dass die Iraner heutzutage schwer im internationalen Heroinhandel engagiert sind. Das Mordopfer war schließlich ein Iraner."

„Vielleicht. Aber nach allem, was ich bisher habe feststellen können, hatte er keine Beziehungen zu dem gegenwärtigen Regime in Teheran. Er war ein überzeugter Anhänger des Schahs."

„Manchmal nehmen diese Leute absichtlich eine falsche politische Färbung an, um ihre wahren Absichten zu tarnen."

MacPherson zuckte die Achseln. „Vielleicht. Sie können mutmaßen, was Sie wollen. Ich halte mich an die Beweise. Und dafür, dass Mr Harmian irgendetwas mit Drogen oder mit den Mullahs in Teheran zu tun gehabt hätte, habe ich bisher noch nicht den Schatten eines Beweises gefunden. Wenn Ihnen natürlich in dieser Richtung irgendetwas vorliegt ..."

Duffy zog eine Kopie der Abhörprotokolle der NSA aus der Tasche und schob sie MacPherson über den Tisch zu. „Ich brauche Ihnen ja wohl nicht zu sagen, wo wir die herhaben, wäre Ihnen aber dankbar, wenn Sie Diskretion walten ließen. Einer der beiden Gesprächsteilnehmer ist der verstorbene Mr Harmian. Der andere ist ein Mann in Istanbul. Über den wissen wir noch nichts Näheres, vermuten aber, dass er iranische Rauschgiftgelder bewegt."

MacPherson studierte die beiden Protokolle und lehnte sich dann in seinem Stuhl zurück. Diese Information gab seiner Untersuchung zweifellos eine ganz neue Richtung. „Wissen Sie", erklärte er der Tischgesellschaft, „als ich anfing, in dieser Sache zu ermitteln, war ich der Meinung, dass die Ermordung dieses Mannes irgendetwas mit seinen Geschäften zu tun gehabt haben müsse oder vielleicht auch mit einer Spielschuld. Die Frau betonte zwar, dass die Schuldigen Terroristen seien, weil sie ihren Mann mit den Leuten persisch sprechen gehört hatte, aber ich fand diesen Verdacht unwahrscheinlich. Aufgrund der Informationen, die Sie mir da zugänglich machen, scheint's nun aber, als hätte ich mich geirrt." MacPhersons Gesicht war fast grau. „Wenn das stimmt, können wir den Fall sofort zu den Akten legen. Wir werden niemals jemanden verhaften. Die Täter sind längst über alle Berge."

„Herr Kommissar", sagte Duffy mitfühlend, „machen Sie sich deswegen keine Vorwürfe. Wenn das von Teheran gedungene Mörder waren – und es hat ja ganz den Anschein, als seien sie das gewesen –, möchte ich wetten, dass sie längst über alle Berge waren, ehe Sie auch nur am Tatort waren."

„MacPherson", warf der Sondereinsatzleiter ein, „warum fassen Sie nicht einfach zusammen, was Ihre Ermittlungen ergeben haben?"

„Gern, Sir."

Der Amerikaner hat sich wahrscheinlich schon schlau gemacht, dachte MacPherson. Dennoch berichtete er von dem Fortschreiten der Untersuchung und von dem verschwundenen Umschlag.

„Wie war eigentlich die Frau?", fragte Flynn. „Schien sie willens, Ihnen bei Ihren Ermittlungen zu helfen?"

„Ihr Schmerz war nicht gespielt, da sind wir uns ganz sicher. Und sie wollte alles tun, um uns zu helfen."

„Ich hoffe, Sie haben nichts dagegen, dass wir sie einmal besuchen?"

„Natürlich nicht."

Der Rest der Mahlzeit verlief bei etwas mühseligen Gesprächen über andere Themen, die durch MacPhersons offenbar deprimierte Stimmung nicht eben beflügelt wurden.

Der liebe Herr Steiner

Nancy Harmian blickte auf die wertvolle Uhr, die Terry ihr zum Geburtstag geschenkt hatte, und wischte sich eine Träne aus den Augen. Es war zwanzig nach zehn, in zehn Minuten würde Mary sie zu ihrem ersten gemeinsamen Bummel seit Terrys Tod abholen. Sie wollten Alfie's Antique Market besuchen. Vielleicht konnte sie das Herumstöbern in den voll gestopften Läden dort ein oder zwei Stunden von der schrecklichen Erinnerung an Terrys Tod ablenken.

„Madam." Es war Rebecca. „Da sind zwei Gentlemen, die Sie gern sprechen möchten. Sie haben gesagt, dass sie von der Botschaft kommen."

„Ah. Führen Sie die beiden ins Wohnzimmer, und bieten Sie ihnen eine Tasse Kaffee an, Rebecca. Ich komme gleich herunter."

Das Wohnzimmer im Haus der Harmians lag im Hochparterre. Auf dem Weg zu dem Sofa, auf das das Mädchen deutete, ließ Jim Duffy den Blick durch den Raum schweifen und war von der zurückhaltenden Eleganz der Einrichtung zutiefst beeindruckt. Er entdeckte eine Pharaonenmaske, die man eigentlich eher unter den Schätzen eines Museums vermutet hätte; an einer Wand ein halbes Dutzend Miniaturen aus Elfenbein, und unter der runden Glasplatte des Vitrinentisches lag etwas, was von weitem aussah wie ein bronzezeitlicher Grabfund. Wer immer diesen Raum eingerichtet hatte, verfügte über einen ausgezeichneten Geschmack und das entsprechende Bankkonto.

„Gentlemen."

Der Botschafter hatte erwähnt, dass Nancy Harmian sehr attraktiv sei, aber das hatte Duffy auf den ersten Anblick der jungen Frau nicht angemessen vorbereitet. Sie war hoch gewachsen und hielt sich fast militärisch aufrecht, mit geraden Schultern und hoch erhobenem Kopf. Es war fast so, als versuchte sie mit dieser strengen Haltung die schmerzliche Bürde ihrer Trauer aufzufangen. Ihr blondes Haar war makellos frisiert, ihr Gesicht angespannt, ja sogar ein wenig ausgezehrt. Man konnte vermuten, dass der Kummer während der Wochen seit dem Tod ihres Mannes ihr das eine oder andere Pfund Gewicht geraubt hatte. Dabei strahlte sie unmissverständlich Selbstbeherrschung aus.

„Mrs Harmian", begann er, „mein Name ist Jim Duffy. Dies ist mein Kollege Mike Flynn. Der Botschafter hat angeregt, dass wir Sie besuchen. Zuerst gestatten Sie mir bitte, Ihnen zu dem entsetzlichen Mord an Ihrem Gatten unser tiefstes Beileid auszusprechen."

„Danke", sagte Nancy und dachte: Die wollen mich also wohl auch mit irgendeinem amtlichen Beruhigungsmittel füttern. „Aber, bitte, nehmen Sie doch wieder Platz."

Sie selbst setzte sich in einen Sessel dem Sofa gegenüber, zu dem Rebecca die Gäste geführt hatte. Das gab ihr die Gelegenheit, die Besucher unauffällig zu mustern, während das Mädchen Kaffee eingoss. Duffy hatte kräftige Hände und Schultern, mit denen er gewiss Türen einstoßen konnte oder Leute umwerfen, die ihm nicht rechtzeitig aus dem Weg gingen. Sein Jackett trug er offen, und sie bemerkte, dass sich nicht die kleinste Speckfalte über seinem Gürtel abzeichnete. Sein Lächeln war warm, aber sein Blick hatte etwas Fernes, irgendwie Trauriges. Sahen diese Augen etwas, was sie mit niemandem teilen wollten?

Duffys Begleiter war wohl jünger und eher drahtig. Er saß so gespannt aufrecht, als sei ihm deutlich bewusst, dass er sich dem Älteren unterordnen müsse.

„Was kann ich für Sie tun, Gentlemen?“, fragte sie und trank den ersten Schluck ihres Kaffees.

„Mrs Harmian“, begann Duffy, „der Botschafter hat uns das Protokoll seiner Unterredung mit Ihnen nach der Ermordung Ihres Mannes überlassen, und wir würden die Sache gern noch einmal mit Ihnen durchsprechen, wenn es nicht zu schmerzlich für Sie ist.“

„Natürlich. Alles, was der Untersuchung dienen könnte.“

„Mich hat insbesondere die von Ihnen geäußerte Überzeugung interessiert, dass Ihr Mann von Agenten des Regimes in Teheran ermordet worden sei.“

„Ich bin mir dessen sicher, obwohl die Polizei nicht auf mich hören will.“

„Lassen Sie mich Ihnen versichern, Mrs Harmian, dass ich Ihre Meinung sehr ernst nehme.“

„Nennen Sie mich doch bitte einfach Nancy. Sind Sie Beamter der Botschaft?“

Duffy hüstelte, wohl, wie Nancy glaubte, um einen Augenblick Zeit für die Überlegung zu gewinnen, ob er nun lügen oder die Wahrheit sagen sollte. „Nein“, erwiderte er dann. „Wir kommen aus Washington.“

Er will also wohl nicht lügen, dachte Nancy lächelnd. Ein Punkt für ihn.

„Soweit ich unterrichtet bin, Nancy, beruht Ihre Überzeugung auf der Tatsache, dass Ihr Mann mit seinen Mördern farsi sprach.“

„Genau.“

„Dabei beherrschen Sie selbst diese Sprache gar nicht.“

„Ich kenne aber meinen Mann.“ Nancy unterdrückte ein Schluchzen. „Entschuldigen Sie. Es ist kaum einen Monat her. Ich habe mich an die Vergangenheitsform noch nicht gewöhnt. Ich kannte meinen Mann. Er hat es mit Absicht getan, da bin ich ganz sicher. Er tat es, um mir zu verstehen zu geben, dass die Mörder Iraner waren, und zwar solche, derentwegen er sein Vaterland verlassen musste.“

„Ehrlich gesagt, glaube ich, dass Sie Recht haben, Nancy. Der Modus Operandi der Mörder Ihres Mannes war ganz derjenige, den wir vom VEVAK, das ist der iranische Geheimdienst, schon lange kennen. Die schicken immer gut ausgebildete, professionelle Killer. Leute, die keine Fingerabdrücke oder sonst irgendwelche Spuren hinterlassen.“

„Ja, ich weiß.“

„Soweit wir wissen, haben sie schon über neunzig dieser hinrichtungsartigen Morde in den USA und in der EU durchgeführt. In den wenigsten Fällen hat man die Täter fassen können."

Soweit *wir* wissen? dachte Nancy. Wer ist *wir*? Der Mann muss von der CIA sein.

„Die Sache liegt so, Nancy. Wir haben diese Morde sehr gründlich untersucht. Es gibt da ein Muster. Diese Morde werden nicht beliebig angeordnet. Die Mullahs lassen Leute beseitigen, die die Sache der islamischen Revolution verraten haben." Duffy zögerte einen Augenblick, ehe er fortfuhr. „Wenn also Ihr Mann wirklich durch den iranischen Geheimdienst ermordet wurde, lautet die erste Frage, die wir uns stellen müssen: warum?"

Nancy schien in Gefahr, ihre Fassung zu verlieren. „Ich weiß. Auch ich stelle mir diese Frage immer wieder in meinen schlaflosen Nächten: warum?"

„Haben Sie jemals einen Hinweis darauf erhalten oder auch nur den geringsten Verdacht gehabt, dass Ihr Mann mit einer Organisation zusammenarbeitete, die den Sturz der Mullahs anstrebte?"

Duffy kannte natürlich die Antwort auf diese Frage, er hatte ja die Tonbänder der NSA gehört.

„Nicht den mindesten, Mr ..."

„Jim."

„Jim. Bedenken Sie aber, dass ich meinen Mann nur zwei Jahre gekannt habe. Ich kann Ihnen nicht sagen, was er vor unserer Heirat getan hat. Wir haben nie über Politik gesprochen, weder wenn wir allein waren noch in Gesellschaft. Manche Leute mögen darin einen Beweis für den traditionellen Chauvinismus der Männer aus dem Mittleren Osten sehen. Sie wissen schon, mit Frauen spricht man nicht über solche Themen – aber ich bin überzeugt, dass nicht das der Grund war. Ich glaube, Terry war an Politik einfach nicht interessiert."

„Aber was hielt er denn von dem Regime in Teheran?"

„Den Mullahs? Soweit ich sehen konnte, hatte er für die nicht viel übrig. Er meinte, die wollen den Iran ins einundzwanzigste Jahrhundert führen und ihm dabei Werte aufladen, die im Mittelalter okay gewesen wären. Aber auch das schien ihn nicht besonders aufzuregen."

„War er religiös?"

„Überhaupt nicht. Er betete niemals. Hat den Ramadan nicht beachtet, trank Alkohol, nicht viel, aber ohne Restriktionen."

„Dennoch haben Sie auf einer muslimischen Beerdigungszeremonie bestanden.“

„Natürlich. Er sagte immer, er sei Moslem, auch wenn er den Glauben nicht praktiziere. Das schien mir selbstverständlich zu sein. Er hätte es sicher selbst so gewünscht.“

Duffy lehnte sich zurück. Charaktere richtig einzuschätzen war eine für CIA-Agenten unentbehrliche Kunst. Diese Frau sprach die Wahrheit. Ihre Unkenntnis war echt.

„Nancy, ich weiß, dass Sie kein Farsi sprechen, aber glauben Sie, dass Sie die Stimme Ihres Mannes erkennen würden, wenn Sie ihn diese Sprache sprechen hörten?“

Nancy zuckte die Achseln. „Ich denke doch. Warum?“

Duffy nickte Flynn zu, der einen kleinen Kassettenrekorder aus der Tasche zog. „Ich weiß, dass es schmerzlich für Sie sein könnte, und möchte Sie schon im Voraus um Verzeihung bitten. Wir glauben aber, dass Sie uns damit bei der Suche nach den Mördern Ihres Mannes helfen können. Würden Sie sich also bitte dieses Band anhören und mir sagen, ob Sie in einer der darauf festgehaltenen Stimmen die Ihres Mannes erkennen?“

Um bei seinem kleinen Experiment so sicher wie möglich zu gehen, hatte Duffy am Anfang des Bandes noch eine von zwei Farsi sprechenden Mitarbeitern der CIA geführte Unterhaltung aufgenommen und aus den beiden abgefangenen Telefonaten den Namen Tari getilgt. Mit unbewegtem Gesicht hörte Nancy die erste Unterhaltung an. Als dann aber der Sprecher zu hören war, der gerade davon sprach, dass er den Professor in Budapest getroffen habe, richtete sie sich kerzengerade auf und rief erstickt: „Das ist er!“ Schluchzend fügte sie hinzu: „Das ist Terry.“

Ihre Identifikation beseitigte für Duffy und Flynn jeden Zweifel.

„Mit wem hat er gesprochen, Jim?“, fragte sie, als das Band abgelaufen war. „Und woher kommt diese Aufzeichnung?“

„Ich wünschte, wir wüssten, wer der andere Gesprächsteilnehmer war. Alles, was wir wissen, ist, dass er ebenfalls aus dem Iran stammen muss und irgendwo in Istanbul lebt. Und was das Band angeht, nun, ich nehme an, Sie wissen, dass wir Dienste haben, die sich mit solchen Sachen befassen.“

„Worüber haben sie gesprochen?“

„Auch das wissen wir nicht genau. Sie haben sich einer Art von Code bedient. Wir vermuten aber, dass es um die Bewegung von Geld ging.

Und wir haben gute Gründe zu der Annahme, dass der Mann in Istanbul irgendwie mit dem Regime im Iran verbunden ist.“

Fürs Erste, dachte Duffy, wollen wir die Drogen lieber noch aus dem Spiel lassen. Immerhin bestand die Gefahr, dass sie es für besser hielt, nichts mehr zu sagen.

„Das heißt also, dass Ihrer Meinung nach Terry irgendwie etwas mit ihnen zu tun hatte, oder?“ Nancy spürte echtes Bedauern in dem Blick, den Duffy ihr zuwarf.

„Das glauben wir leider wirklich, Nancy. Aber was immer, zum Teufel, er in diesem braunen Umschlag hatte, es muss ihnen jedenfalls verdammt wichtig gewesen sein, wenn sie ihn deswegen so grässlich ermordet haben. Ich nehme an, dass er Dokumente über Geldgeschäfte enthielt, die Terry zugunsten der Mullahs verwaltete. Sie könnten uns vielleicht helfen, Nancy, wenn Sie versuchten, sich aller Besucher Ihres Mannes zu erinnern, die irgendwie Ihr Misstrauen erregt haben. Jedes Telefongespräch, jedes Päckchen, jeder ungewöhnliche Brief, den Sie in seinem Büro gesehen haben.“

„Die meisten Leute, die ihn hier besuchten, waren Engländer, Geschäftsleute aus der City oder seine Kunden. Ich kannte sie. Wenn ich vorbeikam und sie in seinem Büro waren, begrüßte ich sie.“

„Meinen Sie, dass wir uns das Büro mal ansehen könnten?“

Nancy seufzte und erhob sich aus dem Sessel. „Warum nicht? Ich muss Sie allerdings darauf hinweisen, dass ich selbst seit jener Nacht nicht mehr dort gewesen bin.“

„Nancy, wenn es Ihnen zu wehtut …“

„Machen Sie sich keine Sorgen, Jim, irgendwann hätte ich ja sowieso wieder dort reingehen müssen. Warum also nicht gleich jetzt?“

Der Geruch von Lysol und Zitronenöl drang aus dem Büro, als Nancy die Tür öffnete. Der Schreibtisch war sauber, auch von der Wand dahinter waren die Blutflecken entfernt worden. Die Tür des Tresors stand offen. Er war leer. Alle Papiere befanden sich noch in der Obhut von Scotland Yard. Ein großer Ledersessel stand vor Harmians Schreibtisch.

„Da pflegten seine Besucher zu sitzen“, flüsterte Nancy und entzog plötzlich Duffy ihre Hand. „Augenblick mal! Sie haben doch nach auffälligen Besuchern gefragt? Jetzt fällt mir einer ein, der, ungefähr drei Wochen bevor Terry ermordet wurde, hier war. Es hörte sich an, als würden sie sich streiten, aber als ich hineinging, schwiegen sie. Eine merkwürdige Sache ist mir aufgefallen. Er trug nicht direkt einen Bart, aber er sah so aus, als hätte er sich schon seit drei Tagen nicht mehr rasiert.“

„Glauben Sie, dass Sie das Gesicht auf einem Foto wiedererkennen würden?“

„Das ist schwer zu sagen.“

„Ich würde gern in der Botschaft nachsehen, ob ich da nicht ein paar Fotos finde. Sind Sie heute Nachmittag zu Hause?“

„Ab fünf.“

„Wenn es Ihnen recht ist, würde ich dann gern noch einmal vorbeikommen.“

„Natürlich.“

Nancy hielt ihnen die Haustür auf. Flynn ging hinaus, aber Duffy wandte sich noch einmal um. Diesmal nahm er ihre Hand. „Nancy, ich glaube, ich kann mir vorstellen, was Sie durchmachen. Ich habe vor kurzem meine Frau verloren. Der Mörder, der sie umgebracht hat, war allerdings ein anderer – Krebs.“

Ah, dachte Nancy, das erklärt die Traurigkeit in seinen Augen.

„Es ist schwer, sehr schwer“, sagte Duffy leise. „Die Zeit hilft, das stimmt, aber egal, was die Leute sagen, sie heilt die Wunden nicht, sondern betäubt nur den Schmerz. Ich fühle aufrichtig mit Ihnen.“

Impulsiv beugte sich Nancy vor und küsste ihn nach französischer Art auf beide Wangen. „Danke“, flüsterte sie.

DIE CHEFASSISTENTIN der CIA-Dienststelle in der amerikanischen Botschaft in London erwartete Duffy bereits, um ihn in Bob Cowies Büro zu begleiten.

„Na“, fragte Cowie lächelnd, „wie ist die Unterhaltung gelaufen?“

Er trug einen dunkelblauen Nadelstreifenanzug mit doppelten Schlitzen hinten im Jackett. Cowie, dachte Duffy, zieht sich jeden Tag an wie für eine Hochzeit oder eine Beerdigung. Die Londoner Dienststelle und er waren in glücklichster Ehe miteinander verbunden.

„Gut. Sie ist wirklich sehr bemüht, uns zu helfen. Ach, übrigens: Was habt ihr eigentlich an Schnappschüssen von iranischen Geheimdienstlern in eurem Bilderbuch?“

„Leider nicht allzu viele. Von den Typen, die ihren Mann umgebracht haben, findest du da bestimmt keinen. Die werden doch immer nur auf eine einzige Mission rausgeschickt. Du kannst sicher sein, dass die alle längst wieder in Teheran sind und dort auch bleiben werden.“

„Wie stellen sie es an, hier auf dieser meerumbrandeten Insel so leicht ein und aus zu gehen? Das kann doch nicht so einfach sein, oder?“

„Einfacher, als man glauben sollte. Mit Vorliebe scheinen sie den

Eurostar zu benutzen. Wenn der Zug ankommt, sind die Angestellten der Einwanderungsbehörde buchstäblich vom Besucherstrom überwältigt."

Cowie schaltete seinen Computer ein, gab seinen Zugangscode ein und drehte den Bildschirm, sodass auch Duffy ihn sehen konnte. Dann tippte er ein paar Tasten an, und auf dem Monitor erschien ein korpulenter Mann in wehender schwarzer Robe, der eben in einen großen Mercedes stieg.

„Das ist Sadegh Izaddine, der Chef ihrer Einsatzkommandos, von denen eines ohne Zweifel die Liquidierung von Mr Harmian übernommen hat."

„Hübsches Auto."

„Ach, mein lieber Junge, die Mullahs haben ihre Büßerhemden ausgezogen, als sie an die Macht kamen."

„Wo ist die Aufnahme gemacht worden?"

„In Teheran. Ein Dissident hat sie für uns von der anderen Straßenseite aus gemacht. Ich werde dir jetzt einmal vorführen, was wir noch hier im Kasten haben."

„Wo halten sich unsere Freunde vom VEVAK denn eigentlich versteckt, wenn sie nicht gerade jemandem die Kehle durchschneiden?"

„Größtenteils halten sie sich in ihrer Botschaft auf. Sie haben außerdem drei Häuser auf dem jenseitigen Themseufer vom Schah geerbt. Die benutzen sie gelegentlich, obwohl selbstverständlich unsere Kollegen vom MI 5 da überall ihre Wanzen installiert haben – ich vermute, sogar in den elektrischen Zahnbürsten."

„Haben sie je irgendetwas Interessantes abgehört?"

„Nichts. Rein gar nichts. Diese Typen sind nicht plemplem. In diesen Häusern wird nur geredet, was der Geheimdienst hören soll. Hier …"

Er wies auf den Bildschirm, wo man jetzt eine Gruppe iranischer Frauen vor der Londoner Botschaft demonstrieren sah. Vom Balkon der Botschaft blickte ein Mann auf sie hinab, dessen Kopf eingekreist war. Cowie vergrößerte diesen Ausschnitt, sodass das Gesicht des Mannes den Monitor ausfüllte. „Das ist der Chef des VEVAK hier in London. In der guten alten Zeit leitete er eine Studentenorganisation, die den Sturz des Schahs herbeiführen wollte."

Er rief eine Reihe weiterer Bilder auf den Bildschirm und teilte Duffy jeweils mit, was man von den Dargestellten wusste. Schließlich kam er zu dem Foto eines Mannes im dunkelblauen Mantel, der mit einem schwarzen Aktenkoffer in der Hand eine belebte Straße entlangging.

„Ach, das ist ein interessanter Vogel. Früher leitete er das Londoner

Büro der Iranian National Oil Company. Nebenbei aber widmete er sich dem Einkauf moderner Technologie für die iranische Rüstungsindustrie. Ein sehr kluger Kopf. Bollahi heißt er, wird aber meist der ‚Professor' genannt."

„Der Professor?" Duffy richtete sich kerzengerade auf. Hatte nicht Tari Harmian erwähnt, den Professor in Budapest getroffen zu haben? Auch der Mann, der Oberst Wulff in Alma Ata angesprochen hatte, war als Professor bezeichnet worden. Könnte das nicht der Mann gewesen sein, mit dem sich Harmian drei Wochen vor seinem Tod in seinem Büro gestritten hatte?

„Sehen wir uns doch mal an, was wir über diesen Typen in den Akten haben."

Cowie tippte den Namen des Professors und das Passwort für die zentrale Datenbank der CIA, Abteilung Iran, ein. Fünf Seiten flimmerten über den Bildschirm.

„Ein Ingenieur! Ein promovierter Maschinenbauingenieur! Was hat so ein Mann mit den Mullahs zu schaffen?" fragte Duffy erstaunt.

„Sie brauchen solche Leute, wenn sie auf dem internationalen Markt Geschäfte machen wollen. Beten ist eine Sache, Waffen kaufen eine andere." Duffy war fasziniert.

„Er soll zweimal in der DDR gewesen sein, ehe die Mauer fiel. Er hat sich dort anscheinend für Nukleartechnik interessiert."

„Warum nicht? Die suchen doch überall nach Atombomben, oder nicht?"

Duffy starrte gebannt auf den Bildschirmtext. „Bob!", rief er plötzlich und deutete auf den Monitor, „sieh dir das an!"

> DD/AFF/N/232/Bericht datiert 10.12.97

Der Code gab zu erkennen, dass die Quelle ein deutscher Staatsangehöriger aus Finanzkreisen war.

> Person ist allein eingetragener Zeichnungsberechtigter des Kontos Nr. 00 314 572 bei der Melli-Bank in München, das ein Guthaben im Wert von mehr als 50 Millionen US-Dollar ausweist.

„Da gehen die Iraner pleite, die Hälfte ihrer Leute lebt von Vogelfutter, und dieser Typ hat fünfzig Millionen Dollar auf dem Konto?"

„Waffen kosten Geld, mein Junge. Besonders die Sorte, die den Professor interessiert."

Duffy las aufmerksam weiter:

Subjekt verließ G. B. in Richtung Teheran 9.10.95, als bekannt wurde, dass deutsche Behörden ihn im Zusammenhang mit dem Kauf eines privaten Flugplatzes durch iranische Strohmänner in Hartenholm nördlich von Hamburg vernehmen wollten. Soweit der Londoner Außenstelle bekannt, ist er seitdem nicht auf seinen Direktorenposten bei der NIOC zurückgekehrt, obwohl angenommen wird, dass er inkognito mit einem iranischen Diplomatenpass wieder nach G. B. eingereist ist. Es liegen auch Berichte aus zweiter Hand vor, dass das Subjekt zwischen Köln und Düsseldorf beobachtet worden ist. Von den deutschen Zollbehörden bei der Durchsuchung des Düsseldorfer Hauptquartiers der iranischen VIO (Verteidigungsindustrieorganisation) im Oktober 1996 beschlagnahmte Unterlagen verraten, dass von dort aus sechs Gespräche mit dem Teheraner Anschluss des Subjekts geführt worden sind. Subjekt ist auch in Mailand tätig gewesen. Quelle BM/I/34 meldete am 12.7.97, dass Subjekt Zugang zu dem Raum im iranischen Generalkonsulat in Mailand hatte, in dem sich die Unterlagen über Nukleartechnik befinden, die angeblich nur einem anderen Individuum namens Yazdi zugänglich sind.

Ja, stöhnte Duffy im Stillen, der Professor steckte zweifellos bis über beide Ohren in den Nuklearprojekten der Mullahs. Er war der dunkle Ehrenmann, der die drei Sprengköpfe vom verstorbenen russischen Oberst gekauft hatte.

„Sagen Sie mal, Bob, würden Sie mir bitte ein Dutzend von diesen Fotos ausdrucken? Ich möchte mal sehen, ob Nancy einen von diesen Leuten identifizieren kann."

„Nancy?"

„Mrs Harmian."

NACHEINANDER legte Duffy Nancy Harmian das Dutzend Fotos vor, die ihm die amerikanische Botschaft zur Verfügung gestellt hatte. Sie musterte diese eindringlich und schob die ersten fünf beiseite.

Das Bild des Professors war das sechste. Er bemühte sich sehr, sich nichts anmerken zu lassen, als er es Nancy zeigte. Sie betrachtete das Bild des Mannes im dunkelblauen Anzug mit der gleichen Intensität wie die anderen.

Enttäuscht zeigte Duffy ihr das nächste Foto, als sie das bereits aussortierte Bild des Professors ergriff und es sich erneut vornahm.

„Ich muss mir das noch einmal ansehen", sagte sie seufzend. „Ich versuche, mir vorzustellen, wie er mit einem Bart aussehen würde."

Sie legte das Bild des Professors zur Seite und sah sich noch die übrigen an. Keines von diesen rief irgendwelche Erinnerungen wach. Als sie mit ihnen fertig war, nahm sie noch einmal das Bild des Professors zur Hand, betrachtete es lange und schloss dann die Augen.

„Ja", erklärte sie schließlich, „ich glaube, das ist er. Obwohl er hier keinen Bart trägt. Wie heißt er?"

„Bollahi."

„Ja!", rief sie. „Ich erinnere mich jetzt. Professor Bollahi nannte ihn Terry, als er uns vorstellte."

Duffy sammelte die Abzüge ein. „Dass Sie diesen Mann erkennen würden, hatte ich die ganze Zeit gehofft."

„Jim! Was treibt dieser Mann?"

„Bollahi leitet die hiesige Niederlassung der staatlichen iranischen Ölgesellschaft, aber seine eigentliche Aufgabe war die Beschaffung von Hightechwaffen für die Teheraner Regierung."

„Glauben Sie, dass er etwas mit Terrys Ermordung zu tun hat?"

„Unmittelbar? Das bezweifle ich. Mittelbar – das halte ich für durchaus möglich. Er könnte bei den Leuten in Teheran die Beseitigung Ihres Mannes beantragt haben."

„Aber warum, in Gottes Namen?"

„Ich wünschte, das wüsste ich selbst, Nancy."

„Sie wollen doch nicht etwa behaupten, dass mein Terry in Waffenschmuggel verwickelt war? Für die Mullahs?"

„Vielleicht hat er sich in solche Geschäfte während des iranisch-irakischen Krieges verstrickt, ehe Sie ihn kennen lernten. Damals war es gewiss nicht leicht für einen Iraner, sich der patriotischen Parteinahme für die eigenen Leute zu enthalten, ganz gleich, wie er es nun mit dem Regime der Mullahs hielt."

Nancy schüttelte in ungläubiger Verwirrung den Kopf. Doch Duffy setzte ihr weiter zu. „Der Waffenhandel ist wie ein Fliegenfänger. Man kommt leicht ran, aber sich wieder davon zu lösen ist fast unmöglich."

„Terry muss mit jemandem wie der CIA zusammengearbeitet haben oder mit irgendeiner Dissidentengruppe, der er über die Politik der Mullahs berichtete."

„Wenn er Beziehungen zu irgendeiner der Dissidentengruppen gehabt hätte, würde ich davon wissen. Ich glaube, dass Ihr Mann ermordet wurde, weil irgendjemand in Teheran unbedingt das haben wollte, was sich in jenem braunen Umschlag befand."

„Aber was kann das gewesen sein, Jim?"

„Alles Mögliche. Wahrscheinlich wusste er, wo die Mullahs ihr Geld versteckt hielten. Vermutlich hatte er die Adressen ihrer Geheimkonten. Die haben nämlich mehr Geld außerhalb des Irans versteckt, als der arme alte Schah je in seinen Träumen gesehen hat."

Ein Ausdruck tiefster Verständnislosigkeit flog über Nancys schönes Gesicht. „Wie kann man zwei Jahre lang miteinander leben, ohne hinter die Geheimnisse des anderen zu kommen! Wie ist das möglich?"

„Leichter, als Sie glauben, Nancy."

Die junge Frau stand auf. „Ich brauche einen Drink. Kann ich Ihnen auch etwas anbieten?"

Duffy sah auf seine Uhr. Es war halb acht Uhr abends. „Ich nehme an, dass ich inzwischen nicht mehr im Dienst bin. Also bitte einen Scotch auf Eis."

Nancy goss ihm einen ein und sich selbst einen Wodka. Duffy erhob sein Glas. „Auf das Tröstende. Auf den heilenden Balsam der Zeit. Möge er uns schließlich beide heilen."

Nancy stiegen die Tränen in die Augen. „Danke, Jim", flüsterte sie.

„Ich habe meinem Kollegen Flynn versprochen, den Abend mit ihm zu verbringen", erklärte Duffy. „Ich werde mich also bald auf den Weg machen müssen. Ich habe keine Ahnung, was er mir vorführen will, fürchte allerdings, dass es nicht besonders lustig sein wird. Aber Sie und ich, wir müssen uns noch einmal miteinander unterhalten. Vielleicht an einem der nächsten Abende beim Dinner, wenn es Ihnen recht ist."

Duffy traute seinen eigenen Ohren kaum. Was hatte er da gerade gesagt? Seit dem Tod seiner Frau hatte er jeglichen Kontakt mit Frauen vermieden. Und nun lud er eine Frau, deren Mann erst seit ein paar Wochen im Grab lag, zum Abendessen ein.

Nancy zögerte, sichtlich aus dem Konzept gebracht. Sie nahm einen tiefen Schluck aus ihrem Wodkaglas und sah ihm dann fest in die Augen.

„Ja, Jim", sagte sie. „Ich glaube, das wäre sehr nett."

DER MANN, dessen Foto Jim Duffy und Nancy Harmian so fasziniert hatte, schlenderte just um diese Zeit über die Kennedybrücke, die in Hamburg die Alster überquert. Er war an diesem Abend glatt rasiert wie auf dem Foto, auf dem Nancy den Besucher erkannt hatte.

Nach dem Treffen in Teheran war er umgehend nach Wien geflogen, um die Beschaffung der benötigten Hightechbauteile in Angriff zu nehmen. Von Wien war er mit einer in Deutschland zugelassenen Cessna nach Hartenholm geflogen. Der gemessene Schritt, in dem er nun über die Brücke ging, war wohl bedacht. Der Professor hatte einen Kurs zur Entdeckung von Überwachungsmaßnahmen absolviert. In der Warburgstraße steuerte Bollahi dann auf das Schild mit dem großen roten A zu, das auf eine Apotheke hinwies. Er betrat den Laden, sah sich unauffällig um und stellte fest, dass ihm keiner gefolgt war. Dann erwarb er ein Päckchen Aspirin und ging. An der anderen Straßenseite wartete ein Wagen auf ihn. Er ging schnell zu ihm hinüber.

„Na", sagte er zu dem Chauffeur beim Einsteigen, „so treffen wir uns also wieder."

„Wie geht es Ihnen, alter Freund?", fragte der Fahrer und schüttelte ihm die Hand. „Sie sehen großartig aus. Zwei Jahre jünger als bei unserer letzten Begegnung. Muss wohl das muslimische Alkoholverbot sein, das Sie so in Form hält."

Den Fahrer konnte beim besten Willen niemand als fit bezeichnen. Josef – Joe für seine Freunde – Mischer hatte ein rundes, aufgedunsenes Gesicht. Er war entschieden übergewichtig, ein Mann, dem ständig das Hemd aus der Hose rutschte. Der Professor hatte ihn immer als einen recht nützlichen – er war schließlich ein erstklassiger Ingenieur –, aber letztlich eben doch geborenen Proleten angesehen, einen Mann, der sich benahm wie ein besoffener Hafenarbeiter.

Er lächelte, als Mischer nun losfuhr. „Keine Angst. Ich werde Ihre und meine Zeit nicht mit einer Predigt über die Vorzüge des asketischen Lebensstils verschwenden. Wir beide haben wichtigere Dinge zu besprechen."

„Na, klasse! Ich habe mir schon gedacht, dass Sie nicht gekommen sind, um sich die Mädchen in den Schaufenstern der Herbertstraße anzusehen. Es wäre fabelhaft, wieder mit Ihnen zu arbeiten."

Profitabel auch, wie er wusste. Diese gut geschnittenen dunkelblauen Anzüge, die der Professor trug, hatten tiefe Taschen, und der Maschinenbau war nicht gerade Joe Mischers brennendste Leidenschaft. Was er mehr als sonst irgendetwas begehrte, war Geld. Er hatte einst versucht, dem Professor den Erwerb von Nukleartechnologie in der ehemaligen DDR zu ermöglichen.

„Also, was gibt's?", fragte er. „Der arme alte Mike da oben in Pinneberg arbeitet sich dumm und dämlich für Sie, aber weigert sich, mir auch nur ein Sterbenswörtchen über den Zweck der Übung zu verraten."

„Das freut mich für Mike. Er weiß, welchen gesteigerten Wert ich bei meinen Mitarbeitern auf vollkommene Diskretion lege. Erinnern Sie sich an die Ausflüge, die Sie und ich damals in die DDR machten, als es die Mauer noch gab?"

„Als Sie Hochenergielaser einkaufen wollten, die zur Trennung von Isotopen tauglich sind?" Joe lachte. „Zum Beispiel von Uranisotopen?"

„Feingefühl ist vielleicht nicht Ihre größte Stärke, lieber Joe", sagte der Professor in warnendem Ton. „Zu schade, dass die Ostdeutschen sich damals weigerten, mit uns ins Geschäft zu kommen. Wenn ich mich recht erinnere, waren Sie in der ganzen Frage des Hochenergielaserbaus erfreulicherweise auf dem Laufenden."

„Na ja, ich habe mich ziemlich damit befasst."

„Gut. Vielleicht gibt es bald eine Gelegenheit, bei der wir von Ihren Kenntnissen Gebrauch machen können. Wo genau hält sich Mike übrigens gegenwärtig auf?"

„Er wohnt in einem Hotel in Pinneberg. Keine zwanzig Autominuten von hier."

Mike erwartete sie in seiner Suite. Dem Professor kam er vor wie ein eifriger Schuljunge, der darauf brannte, mit seinem Wissen glänzen zu können. Fast widerwillig ließ er den Gästen zunächst Kaffee bringen und schaffte es, den Mund zu halten, bis der Zimmerkellner den Raum verlassen hatte.

„Also gut, Mike", sagte der Professor endlich. „Hören wir mal, was Sie zu berichten haben."

Mike sprang auf die Füße. „Also zunächst mal, der gute Herr Steiner sitzt wirklich in der Klemme, wie Sie schon vermutet haben, aber echt."

„Armer Kerl", sagte der Professor.

„Arm wird er tatsächlich sein und das sehr bald", fuhr Mike fort. „Er hat zwölf Jahre lang für den großen deutschen Laserspezialisten Haas unter anderem an der Entwicklung neuer Produkte mitgearbeitet. 1995 hatte er diese brillante Idee oder was er wenigstens damals für eine brillante Idee hielt, einen besseren Laser zu konstruieren. Damit kann man Seriennummern in das Metallgehäuse verschiedener Maschinen eingravieren. Zum Beispiel bei Fahrzeugen. Oder auch in Bierflaschen, stellen Sie sich das vor! Jeder träumt davon, einen Laser zu bauen, der schneller ist als die aller Konkurrenten. Also trennte er sich von Haas und machte seinen eigenen Laden auf, um der Welt einen besseren Laser zu schenken. Dabei übersah er allerdings die Tatsache, dass er sich das Wissen bei einer anderen Firma angeeignet hatte." Mike schnaufte verächtlich. „Ich ging jedenfalls auf das hiesige Rathaus und konsultierte das Handelsregister über seine Firma, die Lasertechnik GmbH. Sie ist am

16. Oktober 1996 mit einem Kapital von 50 000 DM gegründet worden. Als einziger Gesellschafter und Direktor ist Steiner selbst eingetragen."

„Mit 50 000 DM kann man keinen Laser bauen."

„Nein, natürlich nicht. Aber zehn Tage nach der Eintragung der Firma hat Steiner ihr drei Millionen Mark geliehen – die Ersparnisse seines ganzen Lebens, wie es scheint."

„Unser Freund Steiner scheint an sein Unternehmen geglaubt zu haben."

„Zu sehr, wenn Sie mich fragen. Im Frühjahr 1997 jedenfalls ging ihm das Geld aus, also nahm er bei der Commerzbank einen Kredit über fünf Millionen Mark auf. Als Sicherheit wollte er der Bank anscheinend Anteile an der Firma überlassen. Das lehnte die Bank aber ab und verlangte stattdessen sein Haus. Er willigte ein. Übrigens ohne seine Frau darüber zu informieren."

„Bei alledem zeigt sich unser Herr Steiner ja als echter Kavalier der alten Schule, Mike. Ich glaube, dass wir mit ihm leicht ins Geschäft kommen werden. Aber sagen Sie, wo haben Sie das alles eigentlich erfahren?"

„Gegenüber seiner Fabrik ist eine Bierstube, die von den Angestellten seiner Fabrik besucht wird. Ich wurde Stammkunde dort und freundete mich mit dem Wirt an, der seinerseits mit Steiner bekannt ist."

Wunderbar, dachte der Professor, da ist der Geheimdienst der islamischen Republik Iran auf Auskünfte von Bierstubenwirten angewiesen.

„Ich habe noch bei einer der Firmen, die solche Auskünfte verkaufen, Informationen über die Kreditwürdigkeit der Lasertechnik GmbH eingeholt. Ich fragte, ob ich dem Unternehmen einen neunzigtägigen Kredit für eine Lieferung von Rohstoffen einräumen könne, die es bei mir bestellt habe. Die Antwort war Nein. Steiner stecke schon länger tief in Schulden. Mein Freund, der Kneipier, meint, dass er verzweifelt sei, und fürchtet sogar, er könne sich umbringen."

„Also, das wollen wir ja nun auf keinen Fall, nicht wenn wir rechtzeitig zur Stelle sein können", meinte der Professor. „Joe, ich möchte, dass Sie Steiner möglichst bald einen Besuch abstatten. Beeindrucken Sie ihn mit Ihren Fachkenntnissen. Erzählen Sie ihm, wie sehr Sie sein Projekt bewundern und dass Sie deshalb gern bei ihm einsteigen würden. Sagen Sie ihm, dass Sie dem Unternehmen mit einer großen Kapitalspritze auf die Beine helfen könnten, wenn er Ihnen dafür die Hälfte der Anteile überlassen würde. Stellen Sie ihm eine Summe in Aussicht, mit der er seine Gläubiger zufrieden stellen, einen Teil seiner Bankschulden zurückzahlen und seine Forschungsarbeiten fortsetzen könnte. Sagen wir, einen Betrag von drei Millionen Mark."

Der Professor warf Mike einen fragenden Blick zu, um sich dessen Zustimmung zu dem vorgeschlagenen Preis zu vergewissern.

„Irgendetwas in dieser Preislage", bestätigte Mike und nickte.

„Ich nehme an", fuhr der Professor fort, „dass der Name des neuen Gesellschafters ins Handelsregister eingetragen werden muss."

„Natürlich."

„In dem Fall werden Sie die fünfzig Prozent der Lasertechnik GmbH im Namen der TW Holding kaufen, Joe. Die Firma ist in Liechtenstein eingetragen unter der Adresse Albrechtstraße 19."

Joe wollte bei dieser Transaktion nur allzu gern behilflich sein. Er würde eine Kaufsumme von etwas unter drei Millionen aushandeln, dem Professor vier berechnen und sich den Profit mit seinem neuen Geschäftspartner, Steiner, teilen. Das war genau das, was der Professor erwartete. Das war das Beste, was man erwarten konnte, wenn man seine Geschäfte am Rande der Legalität und mit Leuten wie Joe Mischer machte. Geld war jedoch nebensächlich. Es ging einzig und allein darum, die iranische Beteiligung zu vertuschen.

„Wie wäre es mit einer schönen Tasse englischen Tee?", fragte Fraser MacPherson, als er Jim Duffy und Mike Flynn in sein Büro bat. „Oder möchten Sie lieber einen Kaffee?"

„Tee wäre mir ganz recht", erwiderte Duffy.

„Also", sagte MacPherson und stellte allen Teetassen hin, „ich habe heute Morgen beim Abteilungstreffen zum Besten gegeben, was ich gestern Mittag von Ihnen erfahren habe, natürlich ohne meine Quelle zu nennen. War ein etwas unbehaglicher Augenblick." MacPhersons Betroffenheit stand ihm deutlich sichtbar ins Gesicht geschrieben. „Ich musste immerhin zugeben, dass meine Ermittlungen in die falsche Richtung gezielt hatten."

„Ach", tröstete ihn Duffy, „seien Sie nicht zu hart gegen sich selbst. Sie hätten höchstens dann eine echte Chance gehabt, an die Schuldigen ranzukommen, wenn Sie einen von den Killern auf frischer Tat geschnappt hätten."

„Komisch ist, dass dieser Harmian unseren Ermittlungen zufolge so ein guter Junge war. Das Außenministerium hatte ihm sogar eine offizielle Aufenthaltserlaubnis erteilt. Die kriegt nicht jeder. Und dann ist er hier ja auch nicht nur mit seiner Zahnbürste eingereist."

„Was wollen Sie damit sagen?“ Diesmal war Flynn sprachlos.

„Na ja, er war ein begüterter Mann. Und da fragt man sich doch, was hatte so einer mit den Leuten zu schaffen, die ihn schließlich umgebracht haben?“

„Das wüssten wir auch gern“, seufzte Duffy. „Gestern deuteten Sie an, dass wir uns vielleicht die Papiere ansehen könnten, die Sie in Harmians Büro gefunden haben.“

„Im Namen der transatlantischen Freundschaft werde ich Ihnen unsere Unterlagen zur Verfügung stellen, ehe wir sie archivieren. Aber die Sache bleibt unter uns. In Ordnung?“

„Danke“, sagte Duffy. „Auf unsere Diskretion können Sie sich verlassen. Wir sind Ihnen wirklich dankbar für Ihre Hilfe.“

„In Ordnung, meine Herren. Ich schlage vor, wir trinken jetzt zuerst einmal unseren Tee und gehen dann in die Asservatenkammer.“

Während der nächsten sechs Stunden arbeiteten sich Duffy und Flynn durch den Berg von Bankunterlagen, Rechnungen, Korrespondenzen, Telefonverzeichnissen, Kreditkartenabrechnungen, eidesstattlichen Aussagen und sonstigem Material, das Scotland Yard während der Ermittlungen in der Mordsache Harmian gesammelt hatte.

Es war schon halb vier, als Flynn plötzlich sagte: „Nun sehen Sie sich das mal an. Mann, die Burschen hier sind wirklich gründlich.“ Er schwenkte eine Liste. „Ein Verzeichnis der Gespräche aus der öffentlichen Telefonzelle, in der Harmian die beiden von uns abgehörten Gespräche führte.“

„Das war ja wirklich schlau. Zeigen Sie mal.“

Langsam arbeiteten sich dann die beiden durch die Liste der Nummern, die aus der fraglichen Zelle während der Monate vor dem Tod Harmians gewählt worden waren. Hinter den Telefonnummern standen mit Bleistift geschriebene Angaben zum Empfänger. Schnell fand Duffy die beiden Gespräche mit Istanbul, die von der NSA abgehört worden waren.

Plötzlich erregte ein Anruf vom 8. Januar seine Aufmerksamkeit. Die Nummer war die der National Iranian Oil Company, wo laut der Londoner Kollegen der Professor Unterschlupf fand, wenn er sich inkognito in der Stadt aufhielt. Harmian war am 30. Januar ermordet worden. Nancy glaubte sich zu erinnern, dass Bollahis Besuch etwa drei Wochen vor seinem Tod stattgefunden hatte. Die Daten passten zusammen. Hatte das Gespräch sich womöglich irgendwie auf das Treffen bezogen?

Das Gespräch war natürlich über eine feste Leitung geführt worden und hatte deshalb von der NSA nicht aufgezeichnet werden können. Andererseits, überlegte Duffy, gibt es ja noch den MI 5. Vielleicht hatten sie die Leitung der NIOC angezapft. Na ja, damit ist dann der morgige Tag auch schon hin, dachte er.

Das Hauptquartier des britischen Geheimdienstes MI 6 und des Spionageabwehrdienstes MI 5 befand sich in einem gleißenden, modernen Bau unweit des Vauxhall-Bahnhofs. Das Geheimnis um diese Adresse wurde so streng gehütet, dass nur etwa drei Viertel der Londoner Taxichauffeure sie kannte. Auch sonstige Sicherheitsvorkehrungen waren aufwendig. Die Fenster neben dem Eingang waren aus dickem Panzerglas, das einer Handgranate widerstehen konnte.

Duffy ließ eine strenge Sicherheitsüberprüfung über sich ergehen, ehe er von einem jungen Mann zu einem Privataufzug geführt wurde, der sie in die oberste Etage beförderte.

„Hier entlang", sagte der junge Mann und führte ihn in ein geräumiges Büro mit Aussicht auf die Themse. Der stellvertretende Direktor des Geheimdienstes erhob sich mit ausgestreckter Hand von seinem Schreibtisch.

„Willkommen, Mr Duffy. Ihr Ruhm ist Ihnen natürlich längst vorausgeeilt. Meine Leute in Islamabad haben immer voller Bewunderung für Ihre Operationen in Afghanistan gesprochen."

„Danke." Duffy lächelte.

Der stellvertretende Direktor bot ihm einen Sessel an und fragte ihn nach seinen Wünschen, Tee oder Kaffee betreffend. Dann meinte er: „Man hat mich gebeten, Ihre Anfrage wohlwollend in Erwägung zu ziehen. Was kann ich also für Sie tun?"

„Nun, wie Sie wissen, Sir, richten wir unsere gesamten Kräfte gegen die Anstrengungen des Iran, sich atomare Waffen zu beschaffen."

„Allerdings. Wir übrigens auch."

„Dann können Sie mir vielleicht weiterhelfen. Am 8. Januar dieses Jahres wurde um 15.02 Uhr aus der öffentlichen Telefonzelle Nr. 2357728 in Belgravia ein Gespräch mit dem Büro der National Iranian Oil Company geführt. Da das Gespräch über eine fest installierte Leitung geführt wurde, hat unsere NSA es natürlich nicht aufzeichnen können. Meine Frage lautet also: Haben Sie Ihrerseits den Anschluß der NIOC angezapft, und hätten Sie, angenommen, das wäre der Fall, vielleicht eine Aufzeichnung des Gesprächs?"

Der stellvertretende Direktor lehnte sich in seinem Sessel zurück. „Sie werden verstehen, dass derartiges Material, angenommen, wir hätten es, strengster Geheimhaltung unterläge."

„Natürlich."

„Vielleicht könnten Sie also Ihr besonderes Interesse daran ein wenig näher erläutern."

Na schön, dachte Duffy. Entweder legte er jetzt die Karten auf den Tisch, oder er würde nie an die Informationen kommen. „Es geht dabei um eine Angelegenheit, von der auch Ihre Behörde Kenntnis hat, und zwar um den Bericht, dem wir 1992/93 alle nachgegangen sind, demzufolge damals die Iraner sich drei nukleare Sprengköpfe von den Russen verschafft haben sollen, als diese ihre Truppen aus Kasachstan abzogen."

„Ja, ich erinnere mich. Soweit ich weiß, haben wir nicht feststellen können, inwieweit das Gerücht den Tatsachen entsprach. Da die Israelis zuerst damit ankamen, war man geneigt, ihm mit einer gewissen Skepsis zu begegnen."

„Aber jetzt wissen wir, dass es auf Tatsachen beruhte."

Der stellvertretende Direktor nahm Haltung an, als hätte ihn ein Ausbildungsoffizier auf dem Exerzierplatz angebellt.

„Wissen *wir*? Ich nehme an, in Langley? Aber sind *wir* davon in Kenntnis gesetzt worden? Ich meine, offiziell?"

„Offiziell weiß ich nicht, ich habe diesbezüglich keine Kompetenzen. Inoffiziell sind Sie jedenfalls nun durch mich darüber unterrichtet worden." Und jetzt rück endlich die verdammte Mitschrift raus, dachte Duffy.

„Nun, wir hier vom MIG operieren mit keinem eigenen Inlandabhörprogramm. Dafür sind der MI5 und das GCHQ, die Nachrichtendienstzentrale der Regierung, zuständig. Wir können lediglich Anträge stellen, die von den Kollegen bearbeitet werden. Tatsächlich weiß ich gar nicht, ob die Gespräche der NIOC überhaupt abgehört werden."

„Nun, Sie wissen doch sicher, welche Rolle die NIOC für das Waffenbeschaffungsprogramm des Iran spielt. Ich kann Ihnen versichern, dass meine Bitte Unterstützung seitens der höchstmöglichen Autorität genießt, Sir."

Hier bluffte Duffy ein bisschen. Die angeführte „höchstmögliche Autorität" bezeichnete im Amtsjargon euphemistisch die des Präsidenten.

Der Bluff wirkte. Der Mann erhob sich, ging zu seinem Schreibtisch und drückte auf einen Knopf. Gleich darauf betrat eine attraktive junge Frau von Anfang dreißig das Büro.

„Victoria Parker ist für meine Verbindungen mit dem MI5 und dem GCHQ zuständig“, erklärte er.

Er nannte der jungen Frau die Telefonanschlüsse der NIOC und der Telefonzelle sowie weitere Einzelheiten von Duffys Anfrage. „Victoria, seien Sie doch bitte so lieb und erkundigen Sie sich beim GCHQ, ob sie dort diese Nummer abhören, und wenn ja, bitten Sie um eine Mitschrift des Gesprächs, an dem unser amerikanischer Freund interessiert ist.“

Duffy dachte, dass man in Langley schon lange nicht mehr ungestraft eine Beamtin bitten konnte, „so lieb“ zu sein, dies oder das zu tun.

Die attraktive Miss Parker kam schon nach knapp fünf Minuten zurück und reichte dem stellvertretenden Direktor ein Blatt. Der las es und reichte es dann weiter an Duffy.

GCHQ – STRENG GEHEIM

STIMME 1: (0171) 2357728 Öffentliche Telefonzelle Ecclestone Place London SW 1

STIMME 2: (0171) 3312067 National Iranian Oil Company Headquarters London Genehmigung Nr. HO1997/23471
Übersetzung aus dem Farsi von H. T. Motzarffin GCHQ

STIMME 1: Professor, hier ist Tari. Ich höre gerade von Ihrem Khalid-Programm. Das ist Wahnsinn. Kompletter, heller Wahnsinn!

STIMME 2: Tari, bitte. Das hier ist nicht der Ort, an dem wir über solche Sachen sprechen können.

STIMME 1: Keine Sorge. Ich bin in einer Telefonzelle. Hören Sie, wissen Sie eigentlich nicht, mit was für Repressalien wir zu rechnen hätten? Man würde uns vom Erdboden wegfegen. Das wäre das Ende unserer Nation, unseres Volkes.

STIMME 2: Tari, beherrschen Sie sich. Wenn Allah uns diese Waffe gibt, sollen wir sie auch gegen die Feinde des Islam einsetzen. Unsere Führer …

STIMME 1: Unsere Führer sind wahnsinnig geworden. Ich habe Arbeit von Ihnen angenommen, um zu helfen, mein Land zu retten, nicht um dazu beizutragen, es zu zerstören. Ich mache nicht länger mit, ich steige aus, gleich jetzt!

STIMME 2: Tari, können Sie in einer Stunde bei sich daheim sein? Ich werde kommen und Sie besuchen, damit wir die Angelegenheit auf vernünftige Weise besprechen können.

STIMME 1: (Unverständlich.)

ENDE DER UNTERHALTUNG

„Hilft Ihnen das weiter?"

„Von helfen kann keine Rede sein", antwortete Duffy trocken. „Bestürzen ist der geeignetere Ausdruck."

Er erhob sich und blieb vor dem Schreibtisch des stellvertretenden Direktors stehen. „Gerade habe ich Ihnen gesagt, dass wir Beweise haben, dass die Iraner im Besitz von mindestens drei Nuklearsprengköpfen sind. Diese Gesprächsmitschrift scheint nun leider darauf hinzuweisen, dass die Idioten auch versuchen wollen, davon Gebrauch zu machen."

DAS GANZE muss sie genauso verwirren wie mich, dachte Jim Duffy, während Nancy Harmian in dem kleinen französischen Restaurant, in das er sie zum Essen eingeladen hatte, die Speisekarte studierte. Himmel, er fühlte sich wie ein Schuljunge bei seiner ersten Verabredung.

„Sieht wunderbar aus", sagte Nancy lächelnd und legte die Speisekarte neben sich ab. „Wie haben Sie das bloß ausfindig gemacht? Oder", und hier blitzte ein Funkeln in ihren Augen auf, „rüsten unsere nationalen Sicherheitsbehörden ihre reisenden Vertreter mit Listen der besten Restaurants der Städte aus, die sie besuchen werden?"

„Meine Arbeitgeber würden mich wohl eher in den nächsten „Burger King" schicken."

Der Kellner brachte die Getränke. Nancy nahm ihr Wodkaglas und schwenkte es nachdenklich. Ein Schatten von Melancholie glitt über ihr Gesicht. Sie schüttelte den Kopf, wie um diesen Schatten abzuschütteln. Dann sah sie Duffy an. „Auf die Zeit, Jim. Davon brauchen wir beide mehr als von allem anderen, meinen Sie nicht?"

Duffy hob sein Glas und erwiderte ihren Blick.

Nancy nahm sich ein Stück Baguette aus dem Brotkorb. „Ich darf mich also in der Vermutung bestätigt fühlen", sagte sie lächelnd, „dass ich es bei Ihnen mit der CIA zu tun habe?"

„Ich bestätige gar nichts." Duffy grinste.

„Sind Sie schon lange bei der Firma, so sagt man doch, oder?"

Duffy nickte. „Seit dem Anfang meines Arbeitslebens."

„Wie sind Sie dazu gekommen?"

„Ganz einfach, ich bin Patriot." Duffy schwenkte sein Glas. „Nein. Das klingt zu herablassend. Tatsache ist, dass die Firma mich angeworben hat. Ich hatte auf dem College Russisch als Hauptfach. Es schmeichelte mir, und was sie zu bieten hatten, schien ein verdammt aufregendes Leben zu sein. War es dann ja auch. Und natürlich war ich von dem

Gedanken angetrieben, meinem Land zu dienen, und so habe ich denn schließlich unterschrieben."

„Na ja, das ist vielleicht nicht die schlechteste Möglichkeit, diese Idee umzusetzen. Und mir gefällt es, wenn einer sich sein Leben so einrichten kann, dass er nichts zu bereuen hat."

Duffy nahm einen tiefen Schluck aus seinem Glas. „Dass ich nichts zu bereuen hätte, kann ich aber leider nicht behaupten."

„Beruflich?"

„Es ginge zu weit, wenn ich das jetzt hier ausbreiten würde, Nancy."

„Jedenfalls doch wohl nicht privat. Ich nehme mal an, dass Sie ein guter Ehemann gewesen sind."

Duffy setzte sein spitzbübisches Grinsen auf. „Gibt es das überhaupt, einen guten Ehemann? Sagen wir lieber, ich war kein schlechter."

„Das glaube ich sofort. Genauso denke ich, dass ich eine gute Frau für Terry war. Machen Sie übrigens Fortschritte bei Ihrer Untersuchung?"

„Es geht so."

Nancy nippte an ihrem Wodka. „Sie verschweigen mir etwas, Jim. Sie brennen darauf, mir etwas zu erzählen, aber trauen sich nicht, damit herauszurücken. Ich kann Ihnen das am Gesicht ablesen. Warum lässt die Firma Sie nicht wenigstens ein bisschen Schauspielunterricht nehmen?"

Duffy nahm einen langen Zug aus seinem Glas, um seine Gedanken zu ordnen. Was durfte er dieser Frau verraten? Er erinnerte sich des Protokolls ihrer Aussage bei der Polizei, der Qualen, die sie bei dem Versuch auf sich genommen hatte, das Leben ihres Mannes zu retten. Sie verdiente mehr. Zum Beispiel die Versicherung, dass ihr Mann nicht ganz der Schurke war, als der er im Licht der bisherigen polizeilichen Recherchen dastand.

„Sagen Sie, Nancy, hat Ihr Mann jemals über eine Operation Khalid mit Ihnen gesprochen?"

Nancy staunte. „Nein, niemals. Und Khalid ist auch kein iranischer Name, sondern ein arabischer. Warum?"

„Ich sollte Ihnen das nicht erzählen, aber ich finde, Sie haben ein Recht, es zu wissen. Erinnern Sie sich an diesen Bollahi, dessen Bild Sie mir aus dem Stapel heraussuchten?"

„Gewiss doch."

„Nun, wir wissen, dass Ihr Mann eine Zeit lang mit ihm zusammengearbeitet hat. Bollahi ist in führender Stellung für das iranische Waffenbeschaffungsprogramm verantwortlich."

„Terry soll in den Waffenhandel verwickelt gewesen sein? Der konnte doch keine Schrotflinte von einer Zweiundzwanziger unterscheiden. Seine englischen Freunde haben ihn dauernd zu Jagdausflügen eingeladen, zu denen er nie gegangen ist."

„Ich glaube nicht, dass er persönlich die Einkäufe tätigte. Ich glaube vielmehr, dass er sich nur um die finanzielle Seite dieser Transaktionen kümmerte und Geld anlegte, bis es gebraucht wurde. Jedenfalls sprach er wegen dieser Khalid-Geschichte, was immer das nun war, mit dem Professor. Er sagte zu Bollahi, er fürchte, die iranische Führung würde damit einen Vergeltungsschlag provozieren. Ich vermute, er weigerte sich, das Geld bereitzustellen, das sie zur Finanzierung ihres Plans brauchten, und dass sie ihn deshalb umgebracht haben."

„Khalid ...", wiederholte Nancy sinnend. „Wissen Sie, Jim, nachdem Terry und ich geheiratet hatten, habe ich mich eine Zeit lang mit dem Koran beschäftigt, dann auch ein bisschen mit islamischer Geschichte. Khalid war einer ihrer großen Kriegshelden in den Tagen des Kalifats nach dem Tod des Propheten. Er marschierte mit sechs- bis siebenhundert Mann durch die syrische Wüste, was zu jener Zeit eine erstaunliche Leistung war, und griff dann das byzantinische Heer an. Er vertrieb die Christen aus Palästina und zwang sie, nach Norden zu fliehen in das Gebiet, wo heute die syrisch-türkische Grenze verläuft. Er war also in gewissem Sinn der Befreier Palästinas. Halten Sie es für möglich, dass der Plan eine Art Wiederholung der Taten dieses Khalid vorsieht? Diese Mullahs sind ja vielleicht verrückt, aber doch wohl nicht verrückt genug, Israel anzugreifen!"

„Seien Sie sich dessen nicht so sicher, Nancy. Wenn man es mit Fanatikern zu tun hat, kommt es nicht auf die Schlussfolgerungen an, die aus einer Handlung gezogen werden können. Für die zählt nur der Akt selbst, die reine Tat."

Der Kellner war an den Tisch getreten, um ihre Bestellung aufzunehmen. Duffy war zu sehr in Gedanken, um sich gleich entscheiden zu können. Was ihm Nancy eben erzählt hatte, warf ein neues Licht auf die Bedeutung der Operation Khalid.

DIES waren die Augenblicke des Tages oder eigentlich der Nacht, die dem Professor besonders teuer waren. Er war entspannt, hatte seine Gebete verrichtet und seinen Geist entlastet. Er lag ausgestreckt auf seinem Hotelbett, in die fußlange *dschellaba* gehüllt, in der er mit Vorliebe schlief. Die Hand ruhte noch auf seinem kostbaren Koran mit der

Widmung des Ayatollah. Aufgeschlagen war die Sure, die er soeben gelesen hatte, die fünfte, genannt *Al-Mai'idah,* in der es heißt: „Gelobt sei die Partei Allahs, denn sie wird obsiegen."

Er stand auf, öffnete seinen Laptop und tippte den Zugangscode für sein Finanzverwaltungsprogramm ein. Die Auflistung aller Guthaben erschien auf dem Bildschirm: Sein Konto bei der Melli-Bank in München, die Konten der Stiftung für die Unterdrückten in Liechtenstein, der Schweiz und auf den Kaimaninseln. Alles Orte, wo man an die Unterdrückten dieser Erde nicht viele Gedanken verschwendete. Dann warf er einen Blick auf das Konto, auf das Said Dschailani die Transitsteuer einzahlte, die er auf das durch iranisches Staatsgebiet transportierte Morphin erhob. Die Bewegungen auf diesem Konto rechtfertigten aufs Trefflichste die Entscheidung, dem früheren Guerillaführer das Amt des Steuereinnehmers anzuvertrauen. Während der neun Monate, seit Dschailani diesen Posten übernommen hatte, waren 31,7 Millionen Dollar auf das fragliche Konto geflossen. Gegenwärtig belief sich das Guthaben auf 9,2 Millionen Dollar. Normalerweise wäre der größte Teil davon automatisch auf das Konto des Verräters Harmian auf den Kaimaninseln überwiesen worden, der es dann für die Scheinfirmen, die er kontrollierte, auf dem kurzfristigen Geldmarkt angelegt hätte.

Der Professor wandte sich nun dem Konto zu, über das er die Mehrzahl seiner Waffenkäufe abwickelte. Das Konto wies ein Guthaben von 2,6 Millionen Dollar aus. Dieses Konto lief auf eine Firma, die Falcon hieß. Falcon wiederum besaß Trade World, die TW Holding kontrollierte, also die Firma, die den Ankauf der Firma Lasertechnik GmbH getätigt hatte. Steiner hatte frohen Herzens das Übernahmeangebot von Mischer angenommen.

Der Professor beendete das Finanzprogramm und schloss seinen Laptop an die Blackbox des Kodiersystems an, das er von der Cipher AG in der Schweiz gekauft hatte. Als zusätzliche Sicherheitsmaßnahme hatte er sich einen gesonderten Telefonanschluss verschafft, der ausschließlich für den Empfang seiner Botschaften in Teheran bereitstand. Jetzt nahm er den Hörer des Hoteltelefons ab und verband den Apparat mit der schwarzen Box. Dann tippte er seine Botschaft:

> Im Namen Allahs des Barmherzigen möge sein Segen ruhen auf euch und auf unserem großen Unternehmen. Ich kann euch nun melden, dass der Deutsche unser Angebot angenommen hat und wir einen unserer Leute in seinem Büro untergebracht haben. Den

nächsten Schritt zur Durchführung der Operation Khalid werde ich in Kürze unternehmen. Unterdessen möchte ich unseren Bruder Dschailani beauftragen, den Betrag von 1,75 Millionen Dollar vom Akquisitionskonto auf mein Falcon-Konto zu transferieren, sodass ich den Rest der Kaufsumme auf das Konto des Deutschen überweisen kann.

Der Professor beendete die Botschaft mit dem üblichen Schwall persischer Höflichkeiten und drückte die *Enter*-Taste. Er hörte, wie sein Text mit einem Klicken in die Kodierbox übertragen wurde. Dann vernahm er, wie die Kodierbox die Telefonnummer des Decoders in Teheran wählte. Ein Wunderwerk, dachte der Professor, das gewiss jeden Franken wert war.

Das Trojanische Pferd von Menwith Hill

Die Regierung der Vereinigten Staaten von Amerika besitzt keine Einrichtung, die geheimer wäre als die Nachrichten- und Sicherheitskommandozentrale der US-Army in den grünen Hügeln Yorkshires, 280 Kilometer von London entfernt. Trotz der strengen Geheimhaltung ist das Anwesen bemerkenswert leicht zu identifizieren. Aus knapp einem Kilometer Entfernung sieht man die 23 Radarkuppeln der Zentrale. Nähert man sich noch weiter, sieht man hunderte von Funkmasten und Antennen, die die Zentrale in drei konzentrischen Kreisen wie die Borsten eines Stachelschweins umstehen.

In Menwith Hill demonstriert die Technologie der USA eindrucksvoll ihre Fähigkeit, die ganze Welt elektronisch in die Arme zu schließen. Diese Radare schlürfen eine elektronische Suppe aus dem Himmel, in die jede Form der Kommunikation einfließt. Es finden sich von Satelliten übertragene Telefongespräche, Telefaxe, Funktelefongespräche ebenso wieder wie chiffrierte Funküberweisungen über Milliarden von Dollars oder die elektronischen Aussendungen eines serbischen Panzers, der in Bosnien eine Rakete abfeuert. Praktisch jede Form der elektronischen Kommunikation kann von Menwith Hill überwacht werden.

Bisher war es noch keinem britischen Parlamentsabgeordneten gestattet, diese Anlage zu besuchen, geschweige denn zu besichtigen. Das Grundstück, auf dem sie steht, ist Eigentum der USA, und wurde 1951 aufgrund eines geheimen Abkommens zwischen Harry Truman und

Winston Churchill erworben. Die 2000 zivilen und militärischen Angestellten vereinen ein ganz erstaunliches Spektrum von Fähigkeiten. Unter ihnen findet man nicht nur Leute, die mit den kompliziertesten Computerprogrammen umgehen können, sondern auch solche, die sich mit tibetischen Lamas in deren Landessprache unterhalten können.

An diesem kalten Februarmorgen ging Jack Galen, der 42-jährige Operationschef, den Fußweg von seiner Wohnung auf dem Kamm des Hügels zu den fensterlosen Bauten der Büroblocks hinunter. Galen war Zivilist, ein höherer Beamter der NSA, denn obwohl die Einrichtung auf dem Menwith Hill pro forma unter militärischer Verwaltung stand, handelte es sich dabei doch praktisch um eine Dienststelle der NSA.

Es war halb sieben, und Galen kam wie gewöhnlich eine halbe Stunde zu früh, da die erste Schicht offiziell um sieben begann. Er begab sich in die Kantine, wo er sich eine große Tasse Kaffee zu Gemüte führte, um in die Gänge zu kommen. Dann fuhr er mit dem Aufzug zur Betriebsetage, wo Sicherheitsbeamte seinen Ausweis überprüften.

„Mr Galen", sagte dann einer von diesen. „Da liegt etwas für Sie in der SCIF."

Die SCIF war so etwas wie das Allerheiligste dieser ultrageheimen Einrichtung. Es war ein schallisolierter Raum, den man durch eine mit einem Kombinationsschloss gesicherte Tür betrat, dessen Zahlenfolge nur zwölf der 2000 Angestellten kannten.

„Also, was gibt es?", fragte er den Wachhabenden.

Der Beamte wies auf einen grauen Aktenordner, der auf einem der drei Schreibtische lag, die in dem Raum standen.

„Das ist in der vergangenen Nacht reingekommen. Eine neue *Geistesblitz*-Übertragung."

Galen nahm den Aktenordner, dessen Deckel man *TS. (topsecret), Nur zur Ansicht, C/OPS-F830* gestempelt hatte. Er enthielt ein Magnettonband und eine Abschrift des auf dem Band gespeicherten Textes, der aus einem hoffnungslosen Wirrwarr von Buchstaben und Zeichen bestand.

Der NSA-Beamte stöhnte und trank einen Schluck Kaffee. Er spulte das Band in ein Gerät, das mit einem der zwei Computer auf dem Schreibtisch verbunden war. Nacheinander erschienen die Zeichen des Bandes vergrößert auf dem Bildschirm. Galen studierte das erste Zeichen, den Buchstaben „W", dann rief er das zweite Symbol „&" auf. Beim fünften, dem Buchstaben „A", machte er Halt. In der Spitze des Buchstabens, gerade unter der Vereinigung der beiden Aufstriche des A bemerkte er einen Mikropunkt. Er kopierte das A auf seinen zweiten Computer, dann setzte er seine Arbeit fort.

Galen war länger als eine Stunde damit beschäftigt, den chiffrierten Text durchzuschauen. Ab und zu fand er in irgendeiner Ecke eines der Zeichen versteckt einen Mikropunkt. Die betreffenden Symbole stellte er dann in die Reihe, die sich so allmählich auf dem zweiten Bildschirm formierte.

Diese Zeichen ließ er dann mit der Datenbasis auf der *Geistesblitz*-Diskette vergleichen, worauf eine Reihe von Buchstaben und Zahlen auf dem Bildschirm erschien. Diese Kombination war der Schlüssel des Codes, der zur Chiffrierung des ursprünglichen Klartextes gedient hatte.

Galen tippte diesen Schlüssel in seinen ersten Computer und ließ das Magnetband durch das Gerät laufen. Das Durcheinander der Zeichen auf dem Band ordnete sich plötzlich zum Klartext des Absenders: „Im Namen Allahs des Barmherzigen ...“ Galen beobachtete fasziniert, wie sich da plötzlich der verborgene Text offenbarte.

„Da haben wir doch diese Schweizer Bastarde wieder mal erwischt!“

Geistesblitz war einer der größten Triumphe der NSA. In Anbetracht der Tatsache, dass die Schweizer Firma Cipher AG ihre Produkte an jeden verkaufte, der den richtigen Preis zahlen wollte, hatte die NSA in das Team von Wissenschaftlern, das die Chiffriersysteme der Cipher AG entwickelte, einen schwedischen Mathematiker geschleust. Zusammen mit der NSA hatte der Schwede den Algorithmus so manipuliert, dass dem Zeichensalat der codierten Texte eine geheime Folge von Mikropunkten beigegeben wurde. Von jemandem gelesen, der von den Mikropunkten wusste, offenbarte dann der Zeichensalat den vom Absender verwendeten Chiffrierschlüssel.

„Ein streng geheimes Trojanisches Pferd“, hatten es denn auch die wenigen NSA-Beamten genannt, die um das *Geistesblitz*-Programm wussten.

Die Schweizer hatten natürlich keine Ahnung, dass ihr wunderbares System nicht mehr unbedingt das hielt, was es versprach. Sie verkauften das teure Stück weiterhin an alle Interessenten, an den Vatikan, die Syrer, die Iraker, an Geldwäscher und an Gaddhafi in Libyen.

Der Text dieser Botschaft sagte Galen natürlich nicht viel. Er bemerkte, dass darin Namen wie „Falcon“ und „Dschailani“ vorkamen und dass er von Hamburg an einen Anschluss in Teheran durchgegeben worden war. Abgefangene Botschaften waren ohnedies umgehend an das Hauptquartier der NSA in Fort Meade weiterzuleiten.

SELIM OSMAN hatte die Meldung ungeduldig erwartet. Soeben hatte sein Bruder Abdullah, der in Amsterdam lebte, einen Betrag von 820 000 Dollar auf das Konto auf den Kaimaninseln überwiesen. Es war Zeit, bei diesem eingeschrumpften kleinen Affen von Geldwechsler im Basar, dem Perser Jaffar Bayhani, eine neue Lieferung Morphinbase zu bestellen. Das Rauschgiftgeschäft ist wie ein Karussell, das niemals anhält.

Er rief also Bayhani an. „Lieber Freund“, sagte er, „ich brauche weitere zweihundert Paar Schuhe, und zwar so bald wie möglich.“

„So Allah will, sollen Sie die haben“, versicherte ihm Bayhani.

„Ich werde wie gewöhnlich ein Viertel des Kaufpreises und Ihre Kommission gleich heute auf Ihr Konto überweisen.“

„Allah segne Sie, mein Bruder, und gebe Ihnen Gesundheit und Erfolg auf allen Wegen“, sagte Bayhani fromm.

„DSCHAILANI!“, rief Jack Lohnes bei der Lektüre der nach dem *Geistesblitz*-System entzifferten Botschaft. „Ist das nicht der Kerl, den Jim Duffy aufzuspüren versucht? Der Gucci-Mudsch?“

„Ja, Sir“, erwiderte sein Mitarbeiter.

„Duffy ist doch noch immer in London, nicht? Veranlassen Sie, dass die NSA alles, was sie in Zusammenhang mit dieser Nachricht hat, in ihrem Verbindungsbüro in der Londoner Botschaft für ihn bereithält.“ Er schwieg einen Moment und fuhr dann fort: „Und noch etwas. Bitten Sie Fincen, die Finanzfahndungsbehörde, die Namen Falcon und TW Holding in ihrem Datenspeicher zu suchen. Und wenn sie etwas finden, sollen sie es sofort an Duffy weiterleiten.“

„Ich kümmere mich darum“, sagte Lohnes' Mitarbeiter und wandte sich dem Telefon zu.

IN DEN Raum 4210 der Londoner Botschaft der USA vorzudringen war schwieriger, als Zugang zu den Büros der CIA zu erhalten, fand Jim Duffy. Nachdem seine Identität zum dritten Mal verifiziert worden war und man ihn abgetastet hatte, ließ man ihn endlich in das Büro des NSA-Beamten.

„Mr Duffy, Fort Meade hat uns angewiesen, Ihnen eine streng geheime Nachricht zu zeigen, die in der letzten Nacht abgefangen und dechiffriert wurde.“

Der Beamte hielt ihm einen grauen Umschlag entgegen. Dieser enthielt ein einziges Blatt Papier, auf dessen Kopf gestempelt war: STRENG GEHEIM. GEISTESBLITZ.

„O mein Gott“, stöhnte Duffy, als er die Nachricht las, „Operation Khalid wird akut. Wo zum Teufel wurde das aufgegeben?“

„In Deutschland. In einem Hotel in Hamburg.“

„Und wohin war es adressiert?“

„An eine Privatwohnung in Teheran, von der wir sonst nichts wissen.“

„Der Adressat ist nirgends genannt, eine Unterschrift fehlt auch. Wieso das?“

„Der Text wurde chiffriert geschickt, in einem Code, zu dem vermutlich nur sehr wenige Leute Zugang haben. Da sie einander wahrscheinlich alle bestens bekannt sind, erübrigen sich wohl Unterschriften.“

„Wie ist es Ihnen gelungen, den verdammten Code zu knacken?“

Der Verbindungsbeamte der Einrichtung auf dem Menwith Hill lächelte. „Das ist ein Geheimnis der NSA, Mr Duffy.“

Mit anderen Worten: Das ging ihn nichts an.

„Ich habe noch eine zweite Botschaft, die ich Ihnen aushändigen soll. Sie ist uns aus Ihrem Hauptquartier in Langley zugegangen. Fincen hat die Firmennamen, die in der abgefangenen Nachricht genannt werden, unter die Lupe genommen. Hier ist das Ergebnis dieser Untersuchung.“

Er reichte Duffy einen zweiten Aktendeckel. Er enthielt Lohnes’ Zusammenfassung des Untersuchungsberichts der Finanzfahndungsbehörde. Die genannten Firmen waren in Panama gegründet. Die Eintragungen in das panamaische Handelsregister lagen zwischen 1987 und 1995. In beiden Fällen war die Eintragung von derselben Anwaltskanzlei mit Sitz in Panama vorgenommen worden.

Das heißt wahrscheinlich, überlegte Duffy, dass hinter beiden Firmen derselbe Eigentümer steckt. Und wenn Falcon Bollahis Firma war, konnte man wohl annehmen, dass auch die anderen beiden ihm gehörten. Er las den Rest von Lohnes’ Bericht:

> Im Fincen-Datenspeicher sind Transaktionen der Firma TW Holding nicht dokumentiert. Falcon allerdings war die Firma, die im März 1992 versuchte, bei der Aerospace Systems Inc. in Texas Raketenlampen zu erwerben und auszuführen und damit die US-Ausfuhrbestimmungen verletzte.

Duffy dankte dem Beamten der NSA und ging hinunter, um sich mit Mike Flynn zu beraten.

„Der Absender der chiffrierten Botschaft kann eigentlich nur unser Freund Professor Bollahi sein, nicht?“, meinte Flynn, nachdem Duffy ihm berichtet hatte. „Wer könnte es sonst sein? Ob er noch in dem Hotel ist? Und ob wir ihn in dem Fall finden können?"

„Ich bezweifle das. Dafür ist er ein viel zu schlauer Fuchs."

DER WESTWIND kam seufzend vom Atlantik über die irische Küste herein und kräuselte die Wasser des Shannon zu kleinen Wellen, ehe er weiter im Land seinen Nieselregen auf die Rollfelder des Shannon International Airport ablud. Aus seinem Büro in der zollfreien Zone des Flugplatzes starrte Jimmy Shea verdrossen auf den Ozean hinaus, dessen Gischt an die hohen Fenster des Gebäudes spritzte. Nass und matschig wird der nächste Monat sein, dachte er.

Es war wirklich ein Nachmittag, den man besser am häuslichen Herd verbringen sollte. Er war in diese schwermütigen Betrachtungen so vertieft, dass er nicht gleich reagierte, als seine Sekretärin rief: „Telefon für Sie, Jimmy. Ein Mr Steiner aus Deutschland."

Erst beim zweiten Versuch drang die Sekretärin zu ihm durch. Steiner?, dachte er, wer war das doch gleich? Während er nach dem Hörer griff, fiel es ihm ein. Steiner war dieser Ingenieur bei Haas, der sich selbstständig gemacht hatte, um einen besseren Laser zu bauen.

„Herr Steiner", tönte er mit jener warmen Herzlichkeit, die dem tüchtigen Handelsvertreter stets zu Gebote steht, ins Telefon, „wo haben Sie denn während der letzten Monate gesteckt?"

„Nun", erwiderte Steiner, „Sie erinnern sich vielleicht, dass wir vor ungefähr einem Jahr von meinen Ideen für den Bau eines verbesserten Hochenergielasers gesprochen haben?"

„Allerdings erinnere ich mich."

„Ich musste das Projekt eine Zeit lang auf Eis legen, aber inzwischen ist eine Wandlung zum Besseren eingetreten. Ich habe neue Investoren gewinnen können, und nun ist das Unternehmen wieder flott."

„Ah, das ist ja großartig, Herr Steiner. Ich hoffe, Sie werden bei Ihren zukünftigen Plänen auch EG & G berücksichtigen können."

„Ich denke doch. Genau genommen ist das sogar der Grund meines Anrufs. Ich will nämlich fünfundsiebzig Thyratrone bei Ihnen bestellen, Ihr Modell HY53."

Shea richtete sich kerzengerade auf. Bei einem Preis von 3000 Dollar das Stück war das schon ein sehr anständiges Geschäft. „Es wird mir ein Vergnügen sein, dieser Bestellung zu entsprechen, Herr Steiner. Wenn Sie nur so freundlich wären, mir eine Bestätigung zu faxen, dann kann ich sie noch heute vor Geschäftsschluss nach Salem weiterleiten."

„Wunderbar. Wissen Sie, zusammen mit ein paar Leuten von der medizinischen Fakultät arbeite ich an einem neuen Projekt. Wir wollen einen Hochenergielaser für die Hautchirurgie entwickeln, der insbesondere für die Entfernung von Hautmakeln im Gesichtsbereich eingesetzt werden soll. Wir könnten damit das gesamte Feld der Gesichtschirurgie revolutionieren."

„Ich bin sicher, dass die Welt ein besserer Ort sein wird, wenn Ihnen das gelingt, Herr Steiner."

„Ich denke, dass wir erfolgreich sein werden. Wir benötigen hierzu auch Ihr KN22-Kryotron, und deshalb will ich zusätzlich zu den 75 Thyratronen auch noch ein Dutzend von den Kryotronen bestellen."

„Kein Problem, Herr Steiner. Sie wissen natürlich, dass wir wegen der möglichen Verwendung der Teile bei der Nukleartechnologie dafür Genehmigungen beim Handelsministerium der Vereinigten Staaten von Amerika einholen müssen?"

„Natürlich, das verstehe ich."

„Ich brauche daher von Ihnen einen Antrag auf eine Ausfuhrgenehmigung, aus dem deutlich hervorgeht, wo und wie die Kryotrone Verwendung finden sollen."

„Das sollte keine Schwierigkeiten bereiten, da wir sie ja hier in Deutschland einsetzen wollen. Wenn Sie so freundlich wären, mir einen Satz der erforderlichen Formulare zu faxen, werde ich sie sofort ausfüllen und Sie Ihnen morgen mit einer Auftragsbestätigung und einem Scheck als Anzahlung zurückschicken. Wären Ihnen fünfundzwanzig Prozent der Kaufsumme recht?"

„Sehr recht, Herr Steiner. Ich schicke Ihnen also gleich die Papiere."

EILIG riss Jimmy Shea das Päckchen auf, das aus Deutschland bei ihm eintraf. Alles war da: die Bestätigungen der Bestellung von 75 HY53-Thyratronen und zwölf KN22-Kryotronen, ein Scheck über 62500 Dollar und das ausgefüllte Antragsformular für eine US-Ausfuhrgenehmigung für die Kryotrone, unterschrieben von Steiner und mit dem Firmenstempel versehen. Scheint ja alles seine Ordnung zu haben, dachte Shea. Nichtsdestoweniger fand er die Geschichte mit den Kryotronen irgendwie merkwürdig. Während seiner Jahre bei der EG & G in Shannon hatte er nie mehr als fünf Kryotrone zugleich verkauft und diese stets an in Europa tätige amerikanische Firmen, die sie als Zünder nicht nuklearer Sprengladungen verwendeten.

Er zeigte die Papiere seinem Freund und Kollegen Greg Hickey.

Natürlich hatten die beiden Steiners Bestellung schon erörtert. Hickey musterte die Unterlagen. „Ja", seufzte er, „eine viertel Million Dollar. Was er mit diesen Kryotronen vorzuhaben behauptet, scheint mir vollkommen in Ordnung zu sein. Trotzdem, fragen wir doch mal Johannes."

Johannes Schmidt war einer der Organisatoren der alle zwei Jahre in München stattfindenden Lasermesse. Die Laserindustrie war eine relativ geschlossene Gesellschaft, in der man sich untereinander kannte. Von Schmidt wurde sogar angenommen, dass er alles über alle wusste. Fünfzehn Minuten später trat Hickey an Sheas Schreibtisch.

„Steiners Geschichte scheint in Ordnung zu sein", erklärte er. „Johannes sagt, dass ihm ein Schutzengel zu Hilfe gekommen ist, irgendein steinreicher Deutscher."

„Also leiten wir die Bestellung nach Salem weiter?"

„Ja. Etwas anderes können wir wohl nicht tun", stimmte Hickey zu. „Außer, dass wir vielleicht noch Paul Aspen anspitzen sollten, damit er die Sache noch einmal unter die Lupe nimmt, falls doch irgendetwas daran vielleicht nicht ganz koscher ist."

Gott sei Dank, endlich Freitag, sagte sich Paul Aspen, als er sich vor dem Aktenberg niederließ, der sich auf seinem Schreibtisch türmte. Mit einem Seufzer zog er den Berg Papiere zu sich heran.

Das erste Memo auf dem Stapel kam aus Shannon. Warum wenden die sich an mich, anstatt ihre Bestellungen wie üblich gleich an die Vertriebsabteilung weiterzuleiten? Die Antwort auf diese Frage wurde ihm sogleich klar.

„Angela", rief er seiner Sekretärin zu, „verbinden Sie mich mit Leigh Stein beim Energieministerium, und zwar sofort!"

Selbst Aspen war überrascht über die Geschwindigkeit, mit der die Regierung reagierte. Denn kaum zehn Minuten nach seinem Gespräch mit Stein rief dieser Duffy aus London zurück.

„Vielen Dank, dass Sie sofort Dr. Stein informiert haben", sagte Duffy. „Wir haben leider keine abhörsichere Leitung, deshalb will ich hier nicht in die Details gehen, aber einer Sache wollte ich mich doch vergewissern. Die Firma, die diese Bestellung bei Ihnen aufgegeben hat – sie heißt Lasertechnik, nicht wahr, mit Sitz in Hamburg, Deutschland?"

Aspen konsultierte seine Papiere. „Stimmt."

„Na, klasse. Würden Sie mir den Gefallen tun und die Bestellung erst einmal liegen lassen, bis ich mich wieder bei Ihnen melde?"

UMGEHEND rief Jim Duffy auf einer sicheren Leitung das Bonner Büro der CIA an. Duffys Tonfall hatte an der Dringlichkeit seines Anliegens keinen Zweifel gelassen, und so meldete sich schon nach einer knappen Stunde der dortige Leiter wieder bei ihm.

„Fünfzig Prozent der Firma Lasertechnik GmbH gehören dem Gründer, einem Deutschen namens Steiner. Die andere Hälfte wurde kürzlich von einer dieser Liechtensteiner Scheinfirmen gekauft, der TW Holding in Vaduz."

„Volltreffer!", schrie Duffy. „Danke, Herr Kollege. Ich werde dafür sorgen, dass Sie einen Orden kriegen."

Sekunden später war er aus der Tür und unterwegs zum Reisebüro der Botschaft. Heute, dachte er, in sich hineinlachend, wird Vater Staat glücklich sein, Flynn und mich in der Concorde nach Hause fliegen zu lassen.

NA, DACHTE Jim Duffy, wenigstens weiß man, dass man die Aufmerksamkeit der Regierung hat, wenn man an einem Samstagmorgen den Vizepräsidenten in Bluejeans und einer Windjacke ins Büro kommen sieht. So gekleidet saß dieser jetzt neben dem Nationalen Sicherheitsberater in einem Konferenzraum, der sich im Westflügel des Weißen Hauses befand, und wartete auf Duffys Bericht.

Außerdem saßen an anderen Orten in Washington weitere Regierungsmitglieder vor den Bildschirmen und harrten der Videokonferenz, bei der Duffy Bericht erstatten sollte. Niemand, mit Ausnahme des Stabschefs der Streitkräfte, der in seiner Marineuniform erschienen war, trug eine Krawatte. Den Vorsitz bei dieser Videokonferenz hatte der Nationale Sicherheitsberater persönlich.

„Gentlemen", begann er. „Sie werden sich erinnern, dass uns Jim Duffy vor drei Wochen die Bestätigung der Berichte lieferte, denen zufolge die Iraner drei sowjetische Nuklearsprengköpfe an sich gebracht hatten. Heute Morgen wird er uns schildern, wie die Iraner diese Artilleriegeschosse in einsatzfähige Massenvernichtungswaffen verwandeln wollen und was sie dann damit vorhaben. Mr Duffy, bitte."

Duffy räusperte sich und blickte in die Kamera. Zunächst fasste er kurz die Umstände der Ermordung Tari Harmians zusammen. „Wir wissen, dass die Iraner eine Transitsteuer auf das Morphin erheben. Harmian hatte die Aufgabe, dieses Geld zu investieren, bis dieser Mann ..." Duffy drückte auf einen Knopf auf der Tastatur vor ihm, und auf den Bildschirmen erschien das Foto des Professors, „es brauchte. Dieser

Mann, Professor Kair Bollahi, nimmt hauptsächlich die Aufgabe wahr, Waffen für das Regime der Mullahs zu beschaffen, insbesondere Bauteile für Massenvernichtungswaffen. Wir dürfen wohl annehmen, dass er für das iranische Nuklearprogramm verantwortlich zeichnet."

Duffy drückte abermals einen Knopf, und nun erschien auf den Monitoren der Text des Telefonats zwischen Harmian und dem Professor, das das MI 5 kurz vor Harmians Tod aufgezeichnet hatte.

„Hier haben wir zunächst die Erklärung für die Ermordung Harmians. Außerdem können wir aus diesem Gespräch wohl schließen, dass der Codename für das iranische Nuklearprogramm Khalid ist. Die wichtigste Auskunft ist gewiss die, dass bei den Iranern offenbar die Absicht besteht, diese Waffen gegen Israel einzusetzen."

„Wenn sie es mit einem solchen Streich versuchen", grollte der Chef der Generalstäbe, „werden sie schnell ehemalige Angehörige des nuklearen Klubs sein oder vielmehr überhaupt mit Haut und Haaren der Vergangenheit angehören."

„Gentlemen, hören wir erst, was Mr Duffy uns noch zu berichten hat", bat der Nationale Sicherheitsberater.

„Vor ungefähr zwei Wochen erwarb TW Holding, eine Firma, die von unserem Freund, dem Professor, kontrolliert wird, fünfzig Prozent der Anteile an einer deutschen Firma namens Lasertechnik GmbH, die sich der Herstellung von Hochgeschwindigkeitslasern widmet."

„Mit ihrem Drogengeld?", wollte der Vertreter des Außenministeriums wissen.

Duffy zuckte die Achseln. „Höchstwahrscheinlich. Jedenfalls hat gestern EG & G in Salem, Massachusetts, von der Firma Lasertechnik eine Bestellung über ein Dutzend Kryotrone erhalten, jene elektrischen Schaltgeräte, die von den Iranern benötigt werden, um die Plutoniumkerne ihrer Nukleargranaten erfolgreich zu zünden."

„Gute Arbeit!", rief der Chef des FBI, ein Mann, der mit seinem Lob für die CIA gewöhnlich geizte.

„Erlauben Sie mir eine Frage", warf der Nationale Sicherheitsberater ein. „Warum geben wir nicht einfach dem Mossad ein Bild von diesem Typen und den Hinweis, dass er wiederholt in Hamburg gesehen worden ist? Dann können die sich um ihn kümmern, wie sie sich um Bill gekümmert haben, den Kanadier, der diese weittragende Kanone für Saddam Hussein gebaut hat."

„Oder um diesen Hamas-Führer in Jordanien?", meinte der Mann vom Außenministerium mit einem Lächeln.

„Aber“, wandte der Direktor der CIA ein, „damit würden wir uns alle zu Komplizen bei einem Mord machen. Meine Behörde unterliegt in dieser Hinsicht den strengen Bestimmungen des Kongresses.“

„Gentlemen“, ergriff Duffy wieder das Wort, „die Situation bietet uns eine Gelegenheit, die wir nicht verpassen dürfen.“

„Und worum handelt es sich dabei, Mr Duffy?“, fragte der Nationale Sicherheitsberater misstrauisch.

„Ich bin überzeugt, dass wir nichts Klügeres tun können, als den Verkauf jener zwölf Kryotronen anstandslos vonstatten gehen zu lassen.“

„Der Kerl spinnt doch“, murmelte der FBI-Chef.

Duffy ignorierte die Bemerkung. „Genau genommen wissen wir nur, dass die Iraner drei nukleare Sprengköpfe besitzen. Wo diese Sprengköpfe gegenwärtig sind, wissen wir dagegen nicht. Ehe wir aber keine Antwort auf diese Frage haben, sind wir außerstande, irgendwelche Maßnahmen zu ergreifen, um die Bedrohung wirksam zu neutralisieren.“

„Und Sie meinen, dass es uns irgendwie gelingen würde, diese Antworten zu erhalten, wenn wir ihnen die Kryotrone geben?“, fragte der Nationale Sicherheitsberater ungläubig.

Duffy hatte das Kryotron, das ihm Paul Aspen zur Verfügung gestellt hatte, aus der Tasche gezogen und schwenkte es vor der Kamera.

„Da sie diese Dinger brauchen, um ihre Bomben zu zünden, können wir wohl darauf wetten, dass diese kleinen Teile umgehend in die Nähe jener Plutoniumkerne gelangen werden. Ich empfehle Folgendes: Wir sollten in jedes der nach Deutschland zu liefernden Kryotronen eine winzige Wanze einbauen, einen Minisender und -empfänger, den wir von einem Sigint-Satelliten aus anpeilen können. Wenn wir dann den Ort des Senders bestimmt hätten, würden wir einen von unseren neuen GPS-Fotosatelliten in Stellung bringen und dessen Kamera auf den Punkt der Erdoberfläche richten, von dem wir das Signal empfangen haben. Wenn uns das erst einmal gelungen ist, können wir uns überlegen, wie wir weiter vorgehen sollen. Ob wir ein Deltateam entsenden oder den Israelis die Information weitergeben, das wird man sehen.“

„Aber ist es möglich, einen solchen Sender in diesen winzigen Glasblasen zu verstecken?“, fragte der Mann vom Außenministerium.

„Die Erfahrung lehrt mich, dass so etwas möglich ist, und ich kenne Leute, die sich ausgezeichnet auf die Lösung solcher Aufgaben verstehen.“

Zum ersten Mal beteiligte sich nun der Vizepräsident an den Verhandlungen. „Ich glaube, dass Mr Duffy uns eine gute Idee vorgetragen hat. Ich schlage vor, dass er den Leuten, an die er da denkt, die Frage gleich morgen früh vorlegt und uns anschließend berichtet, was er erfahren hat."

Die Höhle der Märtyrer

Am nächsten Tag saßen Duffy und der Kommunikationsexperte von der Abteilung für Wissenschaft und Technologie in einem Konferenzraum in einem dieser neuen Bürohochhäuser aus Stahl und Glas. Ihnen gegenüber saßen drei Männer und eine Frau, die leitenden Direktoren einer Firma, die sich Eagle Eye Technology nannte. Wunderkinder der Neunziger, dachte Duffy, kaum dreißig, jeder auf den Spuren von Bill Gates.

„Nun, Mr Duffy", sagte der Sprecher der vier, Mitch Storrs. „Was können wir für Sie tun?"

Nachdem Duffy sein Projekt erläutert hatte, holte er das ihm von Paul Aspen zu Verfügung gestellte Kryotron hervor.

„Dieses winzige Teil ist ein Kryotron. Irgendwie müssen wir ihm eine Wanze einsetzen."

Storrs nahm ihm das Teil aus der Hand und studierte es genau. „Gewiss", begann er dann und reichte das Kryotron seinen Kollegen weiter. „Ich will versuchen, Ihnen zu skizzieren, was wir hier machen werden." Er hielt inne und ergriff seine metallene Gürtelschnalle. „Wir haben bisher größtenteils im Bereich der nationalen Sicherheit gearbeitet. Jetzt steigen wir in die kommerzielle Anwendung unserer Technologie ein. Wir nennen unsere Sender-Empfänger ‚Adleraugenmarken'. Wir könnten zum Beispiel eine solche Marke in einer Gürtelschnalle wie dieser verbergen. Nehmen wir mal an, dass Sie aus irgendeinem Grund fürchten müssten, entführt zu werden. Sie tragen also den Gürtel mit unserer Marke, wohin Sie auch gehen. Eines Tages verschwinden Sie. Also schicken wir der Adleraugenmarke, die wir in Ihrer Gürtelschnalle installiert haben, ein Signal. Das Antwortsignal empfangen wir über einen Global-Star-Satelliten."

Storrs wandte sich dem in den Konferenztisch eingebauten Computer zu. „Wir haben einen Kunden in Baton Rouge, im Staat Louisiana, der eine unserer präparierten Gürtelschnallen trägt. Jetzt habe ich über unsere Bodenstation hier in Washington seiner Gürtelschnalle eine Botschaft geschickt. Und siehe da …“

Eine Reihe von Zahlen erschien auf dem Bildschirm des Computers.

„Das sind die Koordinaten des Orts, von dem uns die Schnalle ihr Signal geschickt hat.“

Er gab dem Computer weitere Anweisungen, und nun entrollte sich auf dem Bildschirm eine Landkarte der Sümpfe an der Mississippimündung, auf der sich zwei rote Linien schnitten. „Genau da ist er, am Schnittpunkt dieser beiden roten Linien. Wir können den Aufenthaltsort des Mannes in einem Radius von einem Meter bestimmen.“

„Hat der Typ etwas davon gemerkt, dass Sie bei seiner Gürtelschnalle angefragt haben?“

„Nicht das Geringste. Aber sehen wir uns nun mal Ihr Problem an.“ Wieder ergriff Storrs Duffys Kryotron und schwenkte es durch die Luft. „In dieser kleinen Glasblase ist ein Vakuum, das ein leicht radioaktives Gas enthält, Nickel 63. Das ist der erfreuliche Befund, denn das heißt, dass dieser Teil zu jeder Zeit eine geringe Radioaktivität ausstrahlt. Und das wird es unseren iranischen Freunden äußerst schwer machen, unser Signal abzufangen.“

„Okay“, sagte Duffy lächelnd. „Nun zu dem unerfreulichen Befund.“

„In der Blase des Kryotrons ist nicht Platz genug, einen Sender und einen Empfänger zu installieren. Einen Sender ja, aber nicht beides.“

„Wie groß ist der Sender?“

„Winzig. Nur ein Metallstäubchen. Wir können das ganze Ding einschließlich der Batterie in dieser kleinen Glasblase unterbringen. Wir verwenden eine Gallium-Arsenid-Metallverbindung, aus der wir einen Hochleistungssilikoncomputerchip herstellen. Das Ganze sieht dann so aus.“

Storrs nahm ein winziges, quadratisches Plättchen auf seine Fingerspitze. „Das ganze Ding steckt da drin. Die Batterie und der Chip, der sendet.“

„Gütiger Himmel“, staunte Duffy. „So klein?“

„Unsere Marke sendet auf einer vorher bestimmten Frequenz piep, piep, piep.“

„Welche Kraftquelle benutzen Sie?“

„Lithium.“

„Und Sie können diesen Sender darauf programmieren, sich einmal täglich zu melden?“

„Wir können ihn programmieren, genau das zu tun, was Sie von ihm erwarten. Wollen Sie die Kryotrone einmal täglich lokalisieren? Oder einmal stündlich?“

Duffy bedachte die Frage. „Junge, Junge, wenn das Ding sich einmal stündlich melden würde, das wäre natürlich traumhaft. Sie müssen aber davon ausgehen, dass von dem Augenblick an, in dem EG & G die Dinger nach Deutschland liefert, bis zu ihrer Ankunft da, wo die Iraner sie haben wollen, notfalls ein ganzer Monat vergeht.“

Storrs führte an seinem Computer einige schnelle Kalkulationen durch. „Okay, nehmen wir mal an, wir gäben Ihnen ein Signal stündlich. Eine Batterie würde unter diesen Umständen nach fünf oder sechs Tagen erschöpft sein. Wie Sie aber sagen, haben die Iraner zwölf von den Dingern bestellt. Wir stecken Wanzen in alle und programmieren diese, einander abzulösen. So meldet sich Kryotron Nr. 1 vom ersten bis zum fünften Tag, Kryotron Nr. 2 vom sechsten bis zum zehnten und so weiter. Das würde Ihnen Meldungen während einer Periode von sechzig Tagen garantieren.“

Duffy überlegte und wandte sich an den Berater, den die CIA ihm mitgegeben hatte. „Sind Sie damit einverstanden?“

„Absolut. Für diese Übung werden wir natürlich unsere nationalen Sicherheitssatelliten benutzen können, Sigint-Vögel wie Vortex oder Mentor. Die können den Herkunftsort der Signale mit noch größerer Präzision triangulieren als der Global Star, den Sie verwenden. Der gibt Ihnen zwar, was Sie ‚Straßeneckengenauigkeit‘ nennen, aber unsere Geräte können den Sender genau auf dem Tisch hier orten.“

„Und ein Foto davon machen?“

„Ja! In der Mitte eines Kreises von drei Meter Durchmesser.“

„Okay. Versuchen wir uns vorzustellen, was bei der Sache schief gehen könnte. Besteht die Gefahr, dass die iranische Fernmeldekontrolle unsere Signale auffängt?“

„Es gibt eine Technik“, erwiderte Storrs, „die einem gestattet, die Emissionen über ein weites Spektrum von Frequenzen zu zerstreuen, sodass, wenn die Iraner tatsächlich einzelne Frequenzen überwachen, es ihnen nicht gelingen wird, die Signale abzufangen, wenn sie nicht im Besitz der richtigen Verbreitungscodes sind.“

„Großartig. Nun mag es doch aber Orte geben, von denen aus vielleicht die Signale nicht zu uns durchdringen würden. An Bord eines Flugzeugs?“

„Kein Problem.“

„Ein Lastwagen, eine Limousine, ein Zug?“

„Kein Problem."

„Und in einer unterirdischen Höhle?"

„Negativ. Aber wenn er aus der Höhle kommt, werden wir ihn wieder hören."

„Wie lange würden Sie voraussichtlich brauchen, um in den zwölf Kryotronen Sender zu installieren?"

Der junge Wissenschaftler lächelte. „Nicht lange. Zwei Tage vielleicht."

„Mr Storrs." Duffys Worte hätten einen feierlichen Klang haben sollen, aber wie immer fiel sein Ton weniger feierlich als ironisch aus. „Ich glaube, dass Ihr Land Sie brauchen wird. Würden Sie sich bitte für einen dringenden Auftrag bereithalten?"

GANZ gleich, wie skeptisch man der großen Politik gegenübersteht, etwas Ehrfurcht Gebietendes hat die Aussicht, gleich dem Präsidenten der Vereinigten Staaten zu begegnen, letztlich doch. Während der Achtzigerjahre hatte Duffy gelegentlich Ronald Reagan getroffen, um ihm über die Entwicklung des Krieges in Afghanistan zu berichten.

Nun, in diesem berühmten Raum, wo das von Stuart gemalte Bild George Washingtons hing, empfand Duffy ein ihm vertrautes Prickeln. Ja, dachte er, es war schon ganz richtig, meine Arbeit wieder aufzunehmen.

Plötzlich öffnete sich die Tür, ein Marineinfanterist trat ein und bellte: „Der Präsident der Vereinigten Staaten!"

Der Präsident machte die Runde und schüttelte den Beratern, die er zu dieser Besprechung bestellt hatte, die Hand. Anwesend waren die Minister des Äußeren und der Verteidigung, der Direktor der CIA, der Oberste Stabschef der Streitkräfte und Dr. Stein, der Waffendesigner des Energieministeriums. Als der Präsident bei Duffy anlangte, hielt er inne, umfasste dann Duffys ausgestreckte Hand mit beiden Händen und sah ihm dabei in die Augen.

Politiker arbeiten hart an sich, um jedem, mit dem sie sprechen, für einen kurzen Augenblick das Gefühl zu geben, die allerwichtigste Person auf der ganzen weiten Welt zu sein. Der Grad, in dem dieser Präsident diese Fähigkeit besaß, war legendär.

„Sie haben gute Arbeit geleistet, Mr Duffy. Wir können von Glück sagen, dass Sie wieder an Bord gekommen sind. Wenn wir diese ganze Sache hinter uns haben und uns nicht länger aus Sicherheitsgründen so bedeckt halten müssen wie jetzt, werde ich dafür sorgen, dass die Regierung Sie angemessen für die Umstände entschädigt, unter denen Sie die CIA verlassen mussten."

Duffy war so verblüfft, dass er kaum imstande war zu murmeln: „Danke, Sir."

Der Präsident beendete seinen Rundgang und nahm hinter seinem Schreibtisch Platz. „Bitte, Gentlemen", wandte er sich an die Männer, „nehmen Sie doch Platz. George", dabei nickte er dem Sicherheitsberater zu, „hat mir ausführlich Bericht erstattet über das Problem, das sich uns mit dem Erwerb von drei mit nuklearen Sprengköpfen versehenen Artilleriegranaten durch die Iraner stellt. Er hat mir auch erzählt, was Mr Duffy über die deutsche Firma in Erfahrung gebracht hat, hinter deren Fassade die Iraner versuchen, sich Kryotrone zu verschaffen. Er hat mir auch über seinen Vorschlag berichtet, in jedes Kryotron einen verborgenen Sender einzubauen. Ich bin deshalb der Meinung, dass wir zunächst mal hören sollten, was uns Mr Duffy über die technische Durchführbarkeit seines Plans zu sagen hat."

Sicherlich ist keine Aufgabe so einschüchternd wie die, dem Präsidenten der Vereinigten Staaten Bericht zu erstatten. Duffy hatte sich daher auf den Report sorgfältig vorbereitet. Er räusperte sich, um das Wort zu ergreifen, als der Präsident von neuem sprach, diesmal direkt zu ihm gewandt. „Übrigens, Mr Duffy, Sie sollten eines bedenken: In diesem Büro achten wir nicht auf den Rang, den jemand hat. Ich will Informationen, die besten Informationen, die ich kriegen kann, und der Dienstgrad desjenigen, der sie mir verschafft, ist mir, ehrlich gesagt, vollkommen schnuppe."

„Ja, Sir." Duffy lächelte. Zu seiner eigenen Überraschung begann er, den Typen zu mögen. Er trug dann seine Punkte nacheinander vor und sah dabei gelegentlich den Präsidenten und dessen Berater an, um sich zu vergewissern, dass man ihm folgte. Als er fertig war und sich in seinen Sessel zurücklehnte, ließ der Präsident seinen Blick in die Runde gehen, um die Reaktion der anderen zu prüfen.

„Ehrlich gesagt, Gentlemen", sagte er, „für meine laienhaften Ohren hat sich das wie ein vollkommen akzeptabler Vorschlag angehört. Hat irgendjemand Einwände?"

Niemand äußerte Bedenken.

„Wie sehen Sie den zeitlichen Rahmen, Mr Duffy?"

„Sir, soweit man mir zu verstehen gegeben hat, würde es normalerweise etwa zwanzig Tage dauern, die Ausfuhrgenehmigung vom Handelsministerium zu erhalten und die Waren nach Deutschland zu expedieren. Ich denke, wir können davon ausgehen, dass die Iraner die Sachen so schnell wie möglich an ihren Bestimmungsort transportieren werden. Ich würde also annehmen, dass wir mit etwa drei Wochen rechnen sollten."

„Drei Wochen", seufzte der Präsident. „Nehmen Sie Mr Duffys Plan in Angriff, Gentlemen!", befahl er. Dann wandte er sich dem Obersten Stabschef der Streitkräfte zu. „General, ordnen Sie umgehend im Pentagon an, noch heute mit der Entwicklung von Strategien für den schlimmsten möglichen Fall zu beginnen, nämlich den, dass uns nichts anderes übrig bleibt, als gegen die Iraner vorzugehen und ihnen diese Atomwaffen abzunehmen."

DIE HÖHLE im Antilibanon-Gebirge, deren Eingang im Bekaatal, 25 Kilometer südöstlich von Baalbek, lag, war für die muslimische Glaubensgemeinschaft ein Wallfahrtsort, den sie nicht weniger verehrte als die katholischen Christen die Grotte von Lourdes. Sie war die Gedenkstätte der Märtyrer der Hisbollah, die im Kampf gegen Israel freiwillig ihr Leben geopfert hatten.

Neben dem Eingang baumelte ein schwarzer Wimpel, der symbolisch das schwarze Kriegsbanner des Propheten repräsentierte. Von der Decke hing ein Transparent, auf dem man las: DER MÄRTYRER IST DAS WESEN DER GESCHICHTE, Worte des Ayatollah Khomeini. In der von Kerzen und mehreren an der Decke angebrachten nackten Glühbirnen erleuchteten Höhle selbst erblickte man auf einer langen Reihe von Fotografien die Märtyrer der Hisbollah, die sich mit ihren Bomben in die Luft gesprengt hatten, angefangen mit den beiden libanesischen Schiiten, die 1983 einen mit Sprengstoff gefüllten Lastwagen in die amerikanische und die französische Kaserne in Beirut gefahren hatten. Unter den Fotos las man jeweils den Namen des Märtyrers, das Datum und den Ort seines Martyriums.

An diesem windigen Märzmorgen besuchten drei weiß gekleidete junge Männer mit dem Scheich, dem die Aufsicht darüber oblag, die Gedenkstätte. Alle drei waren libanesische Schiiten, und alle drei hatten sich in dem nahe gelegenen Dschantalager, in dem die Hisbollah ihre besten Freiwilligen ausbildete, um die Ehre beworben, mit einer Bombe in den Tod zu gehen. Alle drei sprachen gut Französisch – was sie Großeltern und Eltern verdankten, die während der französischen Mandatszeit aufgewachsen waren – und ihre Gesichtszüge verrieten keinerlei Zugehörigkeit zum arabischen Volk.

Keiner der drei hatte natürlich eine Ahnung von der Mission, die man ihnen anvertrauen würde. Man hatte sie lediglich aus der Schar ihrer Kameraden ausgewählt und weiß gewandet – dies geschah, weil am

Vorabend der Mission die ausgewählten Jünglinge verheiratet wurden – zeremoniell dem Tod angetraut.

Nun wies ihr Führer auf die Fotos all der Märtyrer, die diesen drei Bewerbern vorausgegangen waren. „Die Selbstaufopferung für eine gute Sache ist die edelste Handlung, die ein Mensch vollbringen kann. Wer kann die Tiefe des Glaubens ermessen, der diese großen Märtyrer, deren Fotos ihr da seht, zu ihrem glorreichen Ziel führte?"

Der Scheich wies ihnen einen Platz auf den Teppichen zu, die den Boden der Höhle bedeckten. „Unser Führer, der Mann, der die Mission leitet, für die einer von euch ausgewählt werden wird, ist hier."

Beim Anblick der Gestalt, die nun das Heiligtum betrat, entfuhr den drei jungen Männern ein Seufzen.

Imad Mugniyeh. Der Mann, der die Sprengung der Kaserne in Beirut organisiert hatte, umarmte jeden der drei. Dann nahm er wie sie mit untergeschlagenen Beinen auf dem Teppich Platz.

„Welche Ehre", hauchte einer der drei.

„Nein, vielmehr ist es eine Ehre für mich, hier in Gegenwart so tapferer junger Männer zu sein", erwiderte Mugniyeh. „Jeder von euch ist als würdig erkannt worden, eine Sendung zu erfüllen, deren Vollbringung unserem israelitischen Feind einen vernichtenden Schlag versetzen wird. Derjenige von euch dreien, der ausgewählt wird, bekommt einen Ehrenplatz an diesen Wänden. In alle Zukunft wird man sein Andenken ehren als das eines Mannes, dem nachzueifern ehrenvoll ist."

„Dürfen wir fragen, worin die Sendung bestehen wird?", erkundigte sich einer der drei.

„Ja. Der Erwählte wird einen sorgfältig präparierten Wagen ins Zentrum von Tel Aviv fahren und dort seine Sprengladung zünden."

Die drei nahmen natürlich an, dass Mugniyeh von einem mit hochexplosivem Sprengstoff beladenen Wagen sprach, der von der Hisbollah vorzugsweise eingesetzten Terrorwaffe gegen die Israelis.

Mugniyeh dachte nicht daran, sie eines Besseren zu belehren. Seitdem er damit beauftragt worden war, einen Plan zur Expedition einer der Atombomben in das Zentrum von Tel Aviv auszuarbeiten, hatte er keine ruhige Minute gehabt. Voraussetzung des Plans war vollständige Geheimhaltung. Niemand außerhalb des Ausschusses durfte die wahre Natur der Bombe auch nur ahnen.

Der erste Schritt des Plans sah den Transport der fertig gestellten Bombe aus ihrem Versteck im Iran in das Bekaatal im Libanon vor. Das war noch der leichteste Teil der Aufgabe. Iranischer Nachschub für die Hisbollah wurde auf dem Landweg über Syrien oder über den Flughafen von Damaskus geleitet. Die syrischen Behörden machten deswegen nie Schwierigkeiten, dies geschah aufgrund eines stillschweigenden Abkommens zwischen Hafis al-Assad und den Mullahs in Teheran. Mit der Drohung, diesen Nachschub über Syrien zu unterbinden, konnte Assad in kritischen Zeiten die Aktivitäten der Hisbollah zügeln.

Selbstverständlich sollte auch der syrische Führer von der Operation Khalid erst nach der Explosion der Atombombe in Tel Aviv erfahren. In Teheran hielt ihn keiner für vertrauenswürdig genug, um ihn in den Plan einzuweihen.

Der zweite Schritt war fast ebenso leicht zu bewältigen. In Dschanta angelangt, würde die Bombe in den Wagen eines jordanischen Anhängers verladen werden, der regelmäßig zwischen seinem Heimatort Irbid im nördlichen Jordanien und dem Bekaatal pendelte. Er war den Beamten der syrischen und der jordanischen Grenzpolizei am Grenzübergang Al-Mufraq so gut bekannt, dass sein Wagen Kontrollen kaum zu befürchten hatte.

Der dritte Schritt war der schwierigste und gefährlichste. Der Jordanier würde die Bombe einer Zelle der Hamas anvertrauen, die in Nablus in Palästina ansässig war und von dieser Stadt aus operierte. Sache dieser Hamas-Leute würde es sein, die Bombe sicher über den Jordan zu bringen und in einem sicheren Versteck außerhalb von Nablus zu verbergen. Die Sicherheitspolizei der Palästinenser und der Israelis patrouillierte am Westufer des Flusses, die jordanische Armee am östlichen Ufer. Der Verkehr über die Allenbybrücke wurde von allen kontrolliert. Die Bombe durch diese Kontrollen zu bringen würde nicht leicht sein. Nichtsdestoweniger hatten die Hamas-Leute Techniken entwickelt, mit denen es ihnen gelang, Waffen, Sprengstoff und Männer sicher über den Jordan zu schmuggeln.

Wenn der dritte Schritt erfolgreich zurückgelegt war, wurde es Zeit für den nächsten, für den inzwischen einer der drei Freiwilligen ausgewählt worden sein würde. Dieser würde die scharfe Atombombe des Professors ins Stadtzentrum von Tel Aviv bringen. Das versprach seltsamerweise weit weniger schwierig zu werden als der dritte Schritt. Mugniyeh breitete eine große Landkarte von Israel auf dem Boden aus. Er hatte die Operation mit der gleichen Gründlichkeit und Sorgfalt geplant wie die Bombenanschläge auf die amerikanische Botschaft und die Kaserne der amerikanischen Marineinfanterie in Beirut.

Er wusste etwas, was der Öffentlichkeit unbekannt war. Der

Sicherheitsgürtel, der Israel von den besetzten und den palästinensischen Gebieten trennte, war keineswegs so undurchdringlich, wie die Israelis behaupteten. Er deutete mit seinem Finger auf das Tote Meer.

„Viele ausländische Touristen besuchen täglich das Tote Meer, um darin zu planschen.“ Mugniyeh sah die drei jungen Männer an, deren Blicke an seinen Lippen hingen. „Viele von ihnen fahren von Tel Aviv aus zum Toten Meer. Natürlich in einem Leihwagen. Diese Wagen haben israelische Nummernschilder, und an den Rückfenstern steht gewöhnlich der Name der Firma, die sie vermietet, Hertz oder Avis. All das lässt diese Wagen israelischen Polizisten höchst unverdächtig erscheinen.“ Er tippte abermals auf die Karte. „Zum Toten Meer kann man auf zwei Wegen kommen. Entweder von Jericho aus. Auf diesem Weg muss man über den palästinensischen Kontrollpunkt. Oder man biegt vor dem Kontrollpunkt rechts ab und fährt direkt zum Toten Meer. Hat jemand dazu Fragen?“

Seine drei Kandidaten für den Märtyrertod schüttelten den Kopf.

Mugniyeh griff in die Tasche und zog ein paar französische Pässe daraus hervor, Muster für die Qualitätsarbeit der beim iranischen Sicherheitsdienst tätigen Dokumentenfälscher. Er schlug einen auf. Er war noch ohne Angaben.

„Diesen Pass erhält derjenige von euch, der den bewussten Wagen nach Tel Aviv fahren wird. Er wird dann natürlich mit den entsprechenden Angaben versehen sein.“

„Und der zweite Pass?“

Mugniyeh lächelte und öffnete den zweiten Pass. Sie betrachteten ihn überrascht. Denn er war bereits ausgestellt und mit einem Foto versehen. Dem Foto einer jungen Frau.

„Wer ist das?“, fragte einer der drei erstaunten Jünglinge.

„Sie ist eine eurer Schwestern. Sie heißt Latifa. Sie wird den Auserwählten auf der Fahrt nach Tel Aviv begleiten. Ein gewöhnliches junges französisches Touristenpaar wird bei den Israelis viel weniger Aufmerksamkeit erregen als ein einzelner Mann. Überdies kennt Latifa die Straße vom Toten Meer nach Tel Aviv.“

„Sie wird doch aber bei der Explosion der Bombe nicht dabei sein?“

„Nein, zur Märtyrerrolle sind unsere Schwestern nicht berufen. Sie wird zwischen Jerusalem und Tel Aviv aussteigen.“

„Und wie kommen wir an einen dieser Leihwagen?“

„Vor Beginn der Mission wird der ausgewählte Fahrer in der Nähe von Nablus bei einem unserer Kommandos untergebracht. Früh am

Morgen des bestimmten Tages wird die Bombe in den Gepäckraum des Wagens dieses Kommandos geladen, und die Angehörigen des Kommandos, Latifa und der Auserwählte werden zum Toten Meer fahren."

„Wie groß wird die Bombe sein?"

Mugniyeh erinnerte sich an den Vortrag des Professors. „Sie wird leicht im Kofferraum eines Personenwagens unterzubringen sein. Der Wagen wird an einem einsamen Ort am Ufer des Toten Meers parken und die Ankunft eines Leihwagens abwarten. Sache des Kommandos wird es dann sein, sich der Touristen anzunehmen, sodass der Auserwählte sich ihren Wagen ausleihen kann."

Wie sich das Kommando der Touristen „annehmen" sollte, führte Mugniyeh nicht näher aus.

„Das Kommando wird dann die Bombe im Leihwagen verstauen, und der Auserwählte wird sich mit Latifa auf den Weg nach Tel Aviv machen."

„Gibt es denn auf diesem Weg keine israelischen Straßensperren?"

„Nein." Mugniyeh lächelte. „Überrascht, nicht? Es gibt zwar einen Kontrollpunkt bei der Einfahrt nach Jerusalem, aber normalerweise kontrolliert dort die israelische Polizei nur bei Großalarm. Abgesehen davon ist es auch möglich, diesen Kontrollpunkt zu umgehen, indem man vorher rechts abbiegt, um dann über den Ölberg nach Jerusalem zu gelangen. Latifa kennt den Weg."

„Und zwischen Jerusalem und Tel Aviv?"

„Nichts, absolut nichts."

Die drei Kandidaten für das Martyrium sahen einander verblüfft an. „Und wo soll der Fahrer die Bombe zünden?", fragte endlich einer von ihnen.

„Wo es ihm beliebt, irgendwo in der Stadtmitte von Tel Aviv."

„Und wie muss er dabei zu Werke gehen?"

Mugniyeh zog einen Gegenstand aus der Tasche, der einem Feuerzeug glich. „Der Zündapparat wird so aussehen. Der Auserwählte braucht nur auf diesen Knopf zu drücken, und seine heroische Tat ist vollbracht. Er hat dann seinen ewigen Lohn und einen Ehrenplatz im Gedenken der Gläubigen verdient, als ein Märtyrer unter den Märtyrern."

Jimmy Shea schenkte sich eine Tasse schwarzen Kaffee ein und setzte sich an seinen Schreibtisch, um sich die im Laufe der Nacht beim europäischen Verkaufsbüro der Firma EG & G eingegangenen Faxe anzusehen.

„Greg!", rief er, kaum dass er das zweite zu lesen begonnen hatte.

„Sieh dir doch bloß mal das an! Das amerikanische Handelsministerium erteilt uns die Ausfuhrgenehmigung für die Kryotrone, die Steiner aus Hamburg bestellt hat!"

„Für dieses Lasergerät, das er bauen will, um Schönheitsoperationen damit durchzuführen?"

„Ja, Salem sagt, dass alles okay zu sein scheint. Wir nehmen die Bestellung also an."

„Um die Wahrheit zu sagen, Jimmy, das überrascht mich", brummte Hickey. „Aber ich nehme an, die Amerikaner wissen, was sie tun. Verdammt, unsere Aufgabe ist es schließlich, so viel wie möglich zu verkaufen. Trotzdem sollten wir darauf achten, Steiners Zertifikate zu unseren Akten zu nehmen."

„Keine Angst, ich werde dafür sorgen. Und jetzt werde ich Steiner faxen, dass wir ihm am Freitag die bestellten Geräte liefern werden."

Steiners Kryotrone würden nun anstandslos nach Hamburg gelangen. Sie würden mit Luftfracht in Shannon eintreffen, und die irischen Zollbeamten würden ihren amerikanischen Amtskollegen vertrauen und die Sendung freigeben. Von da an bedurften die Kryotrone keiner weiteren Zollerklärung.

Zwei Stunden später marschierte Duffy in das Büro des Operationsdirektors der CIA. „Sie beißen an", verkündete er seinem Freund Jack Lohnes triumphierend.

„Woher wissen Sie das, Sie Genie?"

„Hieraus", antwortete Duffy lachend und reichte ihm die Mitschrift einer von der NSA abgefangenen Botschaft. „Menwith Hill hat es eben dechiffriert. Wieder eine *Geistesblitz*-Botschaft, welche die Iraner mit ihrem supergeheimen Chiffriergerät aus der Schweiz verschlüsselt hatten!"

> Die amerikanischen Geräte werden Freitagmorgen in der Fabrik angeliefert. Ich werde sie dort persönlich abholen und in den Iran bringen.

„Wer hat das geschickt? Ihr Freund, der Professor?"

„Ja, ich glaube schon."

„Und von wo?"

„Das wissen wir leider nicht. Die Sendezeit war zu kurz. Aber die Botschaft wurde sowohl auf dem Menwith Hill als auch von dem Big Ear in Bad Aibling in Deutschland abgefangen."

„Vermutlich nicht weit von dieser Lasertechnikfabrik, wo er die Dinger persönlich abholen will. Glauben Sie, dass er wirklich vorhat, mit diesem Gepäck einen Linienflug nach Teheran zu buchen?“

„Vielleicht. Und warum nicht? Besonders groß wird das Paket ja nicht sein.“

„Wir müssen also gleich unsere besten Vögel in Stellung bringen, damit sie die Signale der präparierten Kryotronen auffangen und Luftaufnahmen des Sendeorts machen können. Die eigentliche Arbeit wird jedoch drüben in Chantilly vom ‚National Reconnaissance Office‘ (NRO), dem Nationalen Amt für Aufklärung, erledigt. Sie und ich sind heute Mittag dort mit Keith Small, dem Leiter der Einrichtung, verabredet.“

„GENTLEMEN“, begrüßte Keith Small vom NRO einige Stunden später Jim Duffy und Jack Lohnes, „das Weiße Haus hat mich angewiesen, Ihnen alle Ressourcen dieser Einrichtung zur Verfügung zu stellen. Ich schlage vor, dass wir runter in die Operationsetage gehen, damit Sie einen Begriff von dem bekommen, was wir für Sie tun können.“

Small führte Duffy und Lohnes in das Vorzimmer der Operationszentrale. In dessen Mitte stand ein riesiger Globus, der sich langsam um seine Achse drehte. Um diesen herum wirbelte ein Schwarm von kleineren Glaskugeln, die jede einen der Satelliten des NRO auf seiner Umlaufbahn darstellte. Die Geschwindigkeit, mit der sich die einzelnen Objekte bewegten, entsprach exakt dem Verhältnis ihrer realen Vorbilder zueinander.

Small näherte sich dem kostbaren Stück mit einem Zeigestock für die Demonstration, die er seinen Gästen geben wollte.

„Wir gehen von Ihrer Annahme aus, dass das erste Signal, das die von Ihnen manipulierten Kryotrone ausstrahlen werden, aus den Hallen von Lasertechnik GmbH in Hamburg kommen wird. Deshalb haben wir das Gebiet mit dreien von unseren Sigint-Vortex-Vögeln trianguliert. Einer ist hier“, er wies mit dem Zeigestock auf eine rote Kugel, „über der Nordsee, etwa hundert Seemeilen westlich des Hamburger Hafens. Der zweite ungefähr über der Mitte der Halbinsel Jütland, hundertsechzig Kilometer nördlich der Stadt, und der dritte hundertsechzig Kilometer östlich von Hamburg, über dem Eingang zur Ostsee.“

Er wies auch auf diese beiden Satelliten mit seinem Zeigestock.

„Nun wird die NSA ihre Kommunikationen wie üblich weiter pauschal abhören, aber wir hier beim NRO werden das Signal Ihres Senders von jedem dieser drei Vögel gesondert empfangen. Wir werden dann die

Signale triangulieren und so den Ausgangsort des Signals genau bestimmen, mit einer maximalen Abweichung von drei Metern.“ Die beiden CIA-Beamten lächelten in bewunderndem Staunen angesichts der Leistungsfähigkeit der modernen Satellitentechnologie.

„Überdies haben wir nun auch einen unserer besten Fotoaufklärungssatelliten, einen KH 13 Advanced Jumpseat, über dem Gebiet in Stellung gebracht.“ Diesmal wies sein Zeigestock auf eine dunkelblaue Kugel. „Die Umlaufgeschwindigkeit ist der der Erdumdrehung so angepasst, dass dieser Satellit über dem gleichen Punkt der Erdoberfläche stehen bleibt, fürs Erste also über Hamburg. Das Schöne ist nun aber, dass sich der KH 13 steuern lässt. Wir signalisieren ihm Länge und Breite des Orts, auf den wir das Signal des Senders in dem Kryotron trianguliert haben. Der KH 13 wird dann seine Kameras genau auf die Stelle schwenken, von der dieses Signal kommt.“

„Und wie lange wird er dazu brauchen?“

„Ein oder zwei Minuten von dem Augenblick an, in dem Ihr Sender seinen ersten Piep gibt. Das nennt man die ‚Akzessionszeit‘.“

Small brachte sie dann in den Vorführraum. In diesem befanden sich fünf flache Bildschirme, alle unter Kontrolle eines Technikers, der unter dem Hauptbildschirm an einer Computerkonsole saß.

Der Direktor lud sie ein, Platz zu nehmen. „Jetzt“, erklärte er, „möchte ich Ihnen vorführen, welchen Problemen wir bei der Durchführung Ihres Plans begegnen könnten. Ich will nicht behaupten, dass die Aktion nicht gelingen könnte. Aber es gibt da ein paar Schwachstellen.“

Duffy schwieg und fühlte, wie ihm der kalte Schweiß ausbrach.

„Jack“, befahl Small dem Techniker, „bringen Sie die Bilder, die der KH 13 vor einer Stunde über Hamburg aufgenommen hat.“

Der Techniker machte sich an seinem Computer zu schaffen, und bald füllte ein Bild den Schirm.

„Was Sie da sehen, ist ein Kreis von drei Meter Durchmesser auf der Straße zwischen dem Hamburger Hauptbahnhof und der Fußgängerzone.“

Duffy und Lohnes waren überrascht. Fünf Fußgänger mit ihren Einkaufstüten waren deutlich zu erkennen. Wenn einer von ihnen in die Höhe geblickt hätte, hätte man ihn sicher identifizieren können. Zwei Autos und das Heck eines dritten, die auf der Straße unterwegs waren, hatte das Auge des Satelliten ebenfalls eingefangen.

„Nehmen wir einmal an, dass diese Aufnahme genau in dem Augenblick gemacht wurde, in dem Ihr Sender zum ersten Mal Laut gab. Wir können uns darauf verlassen, dass das Signal irgendwo aus diesem Kreis kam. Vielleicht war der Sender in der Einkaufstüte einer dieser Personen oder in einem der Wagen. Aber in welchem?"

„Okay, Jack, geben Sie uns das Nächste."

Ein zweites Bild erschien auf dem Monitor.

„Diese Aufnahme wurde genau zwei Minuten nach der ersten gemacht. Mit anderen Worten, in einem Zeitrahmen, der sich genau mit unserer maximalen Satellitenakzessionszeit deckt. Diese Wagen, diese Leute haben sich während der fraglichen zwei Minuten bewegt, wie Ihnen dieses zweite Bild zeigt. Wo sind unsere fünf Fußgänger jetzt? Andere Leute sind an ihre Stelle getreten. Und die Autos? Verschwunden."

„Können Sie das Aufnahmefeld nicht erweitern? So weit, dass es die zwischen dem Signalton und der Aufnahme verstrichene Zeit mit einbezieht?", fragte Duffy.

„Können wir, Jack?"

Smalls Techniker machte sich abermals an seinem Computer zu schaffen, und das Bild erweiterte sich zu dem eines Kreises von etwa dreißig Meter Durchmesser.

„Da sind Ihre Fußgänger und die beiden Wagen, die wir im ersten Bild sahen. Aber jetzt haben wir zehn Wagen auf der Bildfläche und ein Dutzend weitere Fußgänger. Und da haben wir denn auch Ihr Problem, meine Herren. Nun meldet sich unser Sender einmal stündlich, und wir können immer nur hoffen, er möge das von einer Stelle aus tun, die so einsam ist, dass wir schon im ersten Bild genau sehen können, aus welchem Gegenstand das Signal gekommen sein muss. Wenn wir ein bisschen Glück haben, können wir dann dafür sorgen, dass unser Vogel diesen Gegenstand im Auge behält. Aber angenommen, wir bekommen keine eindeutigen Aufnahmen. Was passiert dann?"

Small gab seinem Techniker ein Zeichen, das Bild abzuschalten.

„Sehen Sie", meinte er dann. „Das sollten Sie jedenfalls bedenken. Ihr System ist keineswegs hundertprozentig sicher."

„IHR ZUG fährt um fünf von der Euston Station ab", teilte die Beamtin der Londoner Botschaft Jim Duffy mit. „Die Fahrt wird etwa drei Stunden dauern. Menwith Hill wird einen Wagen schicken, der Sie in Harrogate vom Bahnhof abholen und ins Hotel bringen soll", fuhr sie fort und reichte ihm seinen Fahrschein und einen Gutschein für das Hotel.

Jim Duffy steckte die Papiere ein und sah auf die Uhr. Es war jetzt elf

Uhr. Er steuerte das erste freie Telefon an und wählte Nancy Harmians Nummer.

„Ach, Jim“, sagte sie, „das ist aber eine nette Überraschung. Wie geht's mit Ihrer Arbeit voran? Oder darf ich nicht fragen?“

„Okay und nein.“ Duffy lachte.

„Werden Sie lange in London sein?“

„Unglücklicherweise nicht. Ich muss heute Nachmittag für ein paar Tage nach Norden.“

„Hätten Sie vielleicht Lust, zum Mittagessen zu kommen?“, fragte Nancy. „Ich kann Ihnen so kurzfristig zwar kein Feinschmeckermahl versprechen, aber besser als in der Cafeteria der Botschaft wird das Essen wohl trotzdem sein.“

„Liebend gern“, sagte Duffy.

„Dann also um eins.“

NANCY öffnete ihm persönlich die Tür. Der Anflug von Hagerkeit, der die feinen Züge ihres Gesichts scharf hatte erscheinen lassen, war inzwischen verschwunden. Heute trug sie ausgeblichene Bluejeans und eine blassblaue Kaschmirjacke über einer weißen Bluse. Der Kontrast dieses Aufzugs zu der gemessenen Förmlichkeit, mit der sie sich während der Wochen nach dem Tod ihres Mannes gekleidet hatte, fiel Duffy sofort auf. Konnte er von der äußeren Lockerheit ihrer Erscheinung darauf schließen, dass auch der Schmerz, der ihr Inneres gelähmt hatte, nachzulassen begann?

„Ich hoffe, Sie fühlen sich so gut, wie Sie aussehen“, sagte Duffy lächelnd.

„Jedenfalls besser als bei unserem letzten Treffen.“ Sie führte ihn die Treppe zu ihrem Wohnzimmer hinauf. „Inzwischen sind drei Monate vergangen. Meine Freunde sagen, dass die ersten drei Monate die schlimmsten sind. Was meinen Sie?“ Bei dieser Frage wies sie auf die Bar. „Suchen Sie sich einen Drink aus.“

„Und Sie?“

„Ich nehme ein Glas Sancerre“, sagte sie und deutete auf eine Weinflasche, die in einem Eiskübel stand.

Duffy schenkte zwei Gläser ein.

„Drei Monate? Ich weiß nicht“, sagte er und nahm auf dem Sofa Platz. „Für mich hat es länger gedauert.“ Duffy nahm einen Schluck Sancerre und erinnerte sich jener langen Monate in den Wäldern von Maine. „Meine Reaktion auf den Tod meiner Frau war ziemlich seltsam.

Ich habe mich in eine Art Kokon eingesponnen. Ich wollte mein Leid mit niemandem teilen. Auf diese Weise versuchte ich wahrscheinlich, an meinen Erinnerungen festzuhalten."

„Sie müssen sie sehr geliebt haben."

„Habe ich. Ich habe mein Schneckenhaus erst verlassen, als die Firma mich genötigt hat, mich wieder mit der wirklichen Welt zu beschäftigen."

Nancy erschauerte kaum merklich. „Ja", flüsterte sie und wies mit einer kreisrunden Bewegung ihres Glases auf ihren eleganten Salon, dessen Einrichtung Duffy bei seinem ersten Besuch so bewundert hatte. „Ich frage mich oft, ob ich nicht mein Leben vollständig ändern sollte. Es fällt mir sehr schwer, ohne ihn weiter hier zu wohnen."

„Ja", seufzte Duffy, „die tote Hand der Vergangenheit. Wie schwer ist es doch, ihrem Griff zu entfliehen. Was haben Sie eigentlich gemacht, ehe Sie heirateten?"

Nancys Miene hellte sich auf. „Ach, ich war ein komischer Vogel. Ich war Ethnologin, spezialisiert auf die Kulturen an der islamischen Flanke des alten Sowjetimperiums, die Turkomanen, die Usbeken und die Kasachen."

„Haben Sie unterrichtet?"

„Ja, in Berkeley. Und dann wurde mir ein Forschungsstipendium des Magdalen College in Cambridge gewährt, was mir Gelegenheit gab, viel Zeit in London zuzubringen. So habe ich auch Terry kennen gelernt."

„Haben Sie in Ihrem Fach promoviert?"

„Fast. Ich arbeitete an meiner Dissertation, als Terry und ich heirateten. Ich wollte dann immer wieder damit anfangen, aber ..."

„Jetzt könnten Sie es doch."

„Ich habe auch schon daran gedacht. Das würde mich irgendwie aus alledem hier herausbringen, nicht?"

„Wenn Sie diese Arbeit einmal anregend gefunden haben, würde sie sich wohl auch jetzt wieder als interessante Herausforderung erweisen."

„Wahrscheinlich." Sie trank einen Schluck Wein. „Was übrigens Herausforderungen angeht – wie steht's mit Ihrer Arbeit zur Aufdeckung der Pläne für die Operation Khalid? Oder darf ich danach nicht fragen?"

„Fragen dürfen Sie", sagte Duffy grinsend. „Ich darf Ihnen nur nicht antworten. Wir sind aber wohl nicht mehr weit von der Lösung des Rätsels entfernt. Wie die allerdings aussehen wird, weiß Gott allein." Duffy lehnte sich zurück und spürte, wie in seinem Kopf eine Idee Gestalt annahm. „Sagen Sie, Nancy, hängen Sie sehr an London?"

„Ich liebe London, aber ich bin natürlich nicht mit der Stadt verheiratet. Nur nach Berkeley möchte ich nicht mehr zurück, in diesen engen akademischen Kreis, der sich für den Nabel der Welt hält.“

„Im Grunde ist es jammerschade, wenn Sie keinen Gebrauch von Ihrer Ausbildung machen. Leute mit Spezialkenntnissen, wie Sie sie haben, werden doch immer gebraucht.“

„Wo denn?“

„In Washington zum Beispiel.“

„Washington?“

„Ja. Und nicht nur von der Regierung. Von den Consultingfirmen, die Geschäfte in der islamischen Welt machen.“

„Aber würde ich in Washington leben wollen? Seit einem Schulausflug bin ich nicht mehr da gewesen.“

„Die Stadt ist aber wirklich wunderbar.“

„Es heißt, dass auf einen Mann in Washington zehn Frauen kommen.“

Duffy lachte in sich hinein und streichelte fast unwillkürlich ihre Hand. „Nancy, darüber würde ich mir an Ihrer Stelle keine Sorgen machen.“

Rebecca erschien in der Tür. „Das Essen ist angerichtet, Madame“, meldete sie.

„Also trinken wir auf den Wandel“, sagte Nancy und leerte ihr Glas.

WIE LANGE werde ich hier eingesperrt bleiben?, fragte sich Jim Duffy, während er sich im Satellitenbeobachtungszentrum auf dem Menwith Hill umsah. Es sah der NRO-Zentrale, die er 48 Stunden zuvor mit Jack Lohnes und Keith Small besucht hatte, verblüffend ähnlich. Auch hier gab es eine Reihe von Monitoren, die der Bildprojektionen harrten, die ihnen aus dem Weltraum von einem KH 13-Advanced-Jumpseat-Satelliten zugespielt werden würden.

Duffy blickte auf die Uhr an der Wand und las 11.22 Uhr, Greenwich Zeit. Es waren nur noch 38 Minuten bis zum ersten Piepen eines ihrer Kryotronen. Würde es überhaupt durchkommen? Und wenn ja, würde der Satellit es empfangen? Und wie würde das Bild auf den Bildschirmen aussehen?

„Jim?“ Er erkannte die Stimme von Jack Lohnes, die über Lautsprecher in den Raum hallte. „Hören Sie mich?“

„Laut und deutlich.“

„Eben kriegen wir Nachricht von EG & G. Fedex Germany hat in

Shannon gemeldet, dass das Paket um 11.17 GMT, 13.17 mitteleuropäische Zeit abgeliefert worden ist.“

„Wenigstens brauchen wir uns dadurch nicht das Porträt eines Riesen-Lkw auf dem ersten Bild anzuschauen. Wie weit ist diese Fabrik vom Hamburger Flughafen entfernt?“

„Ungefähr eine Autostunde.“

Wenn nun der Professor seine Kryotrone so schnell wie möglich nach Teheran schaffen wollte, würde er sofort zum Flughafen aufbrechen? Vielleicht mit einem Linienflugzeug nach Teheran fliegen?

„Überprüft doch mal den Flugplan, und seht nach, ob's da Flüge in den Iran gibt“, schlug Duffy vor.

„Haben wir schon“, antwortete man ihm aus Langley. „Die einzige Verbindung, die ihm was nützen könnte, ist ein Lufthansaflug um 14.15 Uhr nach Istanbul mit Anschluss nach Teheran.“

„Jim.“ Jetzt sprach wieder Lohnes. „Ich kann mir nicht vorstellen, dass Ihre Freunde es riskieren, während einer Wartezeit auf dem Flughafen von Istanbul die Aufmerksamkeit der dortigen Behörden auf ihr Gepäck zu lenken. Niemand verabscheut doch die Mullahs mehr als das türkische Militär. Das wissen Ihre Freunde auch.“

„Achtung, hören Sie ...“ Diese Stimme aus dem Hintergrund war Duffy nicht bekannt. Vermutlich einer vom NRO, dachte er. „Es sind nur noch sieben Minuten bis zur Zugangszeit. Halten wir unsere Leitungen so frei wie möglich.“

Noch sieben Minuten, dachte Duffy. Neben ihm goss ihm der Techniker aus einer Thermosflasche, die jemand fürsorglich neben ihre Computerkonsole gestellt hatte, eine Tasse Kaffee ein.

„Vogel zwei ist in Verbindung getreten“, meldete sich plötzlich der NRO-Techniker. Vogel zwei war der Satellit über Jütland. „Vogel drei hat Verbindung aufgenommen. Vogel eins desgleichen. Wir triangulieren.“

Duffy lehnte sich zurück, nun um einiges zuversichtlicher. Wenigstens war das Signal durchgekommen. In höchstens zwei Minuten sollte ein Bild auf dem Schirm erscheinen.

„Sendeort war: 53°54'9" nördlicher Breite, 10°02'4" östlicher Länge.“

„Himmel Herrgott!“, rief der Mann vom Deutschlandreferat. „Die Stelle liegt siebzig Meter nördlich der Bundesstraße 206 am Rand des Segeberger Staatsforsts auf dem Gelände eines kleinen, privaten Flugplatzes in der Nähe eines Ortes namens Hartenholm.“

„Ein privater Flugplatz!“, rief Duffy.

„Aber nicht irgendein privater Flugplatz“, rief der Mann vom Deutschlandreferat. „Er gehört der iranischen Regierung!“

„Sie machen doch wohl Witze? Wie kommt die iranische Regierung zu einem Flugplatz in Deutschland?“

„Getarnt natürlich. Gekauft haben die Iraner ihn 1993. Ihr Freund, Professor Bollahi, hat den Kauf angeleiert. Er bediente sich eines anderen Iraners, der in Marbella lebt, als Strohmann.“

„Und die Deutschen dulden das? Das kann ich nicht glauben!“

„Glauben Sie's ruhig, Kumpel. Jedes Mal wenn wir versuchen, bei der schleswig-holsteinischen Landesregierung deswegen Druck zu machen, sagen die uns, wir sollen gefälligst verschwinden. Es seien nur harmlose Geschäftsleute.“

„Das darf nicht wahr sein!“

„Die Übertragung von Jumpseat beginnt“, meldete der Mann aus dem NRO.

Fasziniert beobachtete Duffy das Erscheinen des Bildes. Prächtige Farben, die blaugrünen und gelben Töne hell und klar. Links auf dem Bildschirm sah man die Ecke eines Gebäudes. Daneben war ein schwarzes Auto geparkt. Rechts und vor der Front des Gebäudes lag eine Rasenfläche.

„Können wir das ein bisschen erweitern?“, fragte er den Techniker. „Auf zehn Mal ...?“

„Das NRO wird die von der Kamera erfasste Fläche auf das Zehnfache vergrößern“, erklärte er Duffy. „Das gibt uns einen Kreis von dreißig Meter Durchmesser. Damit haben wir einen wesentlich größeren Ausschnitt, verlieren aber natürlich einiges an Bildschärfe.“

Das Bild auf dem Schirm erweiterte sich, und nun wurde deutlich, dass es sich um einen Flugplatz handelte. Links im Bild stand ein Flugzeug.

„Sieht aus wie eine Cessna. Wahrscheinlich eine 210“, sagte der Mann vom Deutschlandreferat in Langley. „Die beiden Buchstaben ‚OE‘ vor dem Kennzeichen besagen, dass die Maschine in Österreich zugelassen ist.“

„Aus dem Gebäude kommen gerade Leute“, meldete das NRO. „Sollen wir das Bild auf sie eingrenzen?“

„Tun Sie das“, erwiderte Lohnes.

Als nun die Kamera des Satelliten die Bildfläche wieder einengte, sah Duffy drei Männer auf das Flugzeug zugehen. Der Mann in der Mitte war mit einem dunklen Mantel bekleidet und trug einen Koffer oder ein großes Paket unter dem rechten Arm. Sollte ihm nun ein erster Blick auf den Professor zuteil werden?

„Kennt jemand irgendeinen von diesen Leuten?“, wollte Lohnes wissen.

„Sehen Sie diesen Typ links? Den mit der schwarzen Lederjacke und der Baseballmütze?“, fragte der Mann vom Deutschlandreferat. „Das ist Said Ali. Er ist ein Revolutionswächter. Der iranische Geheimdienst hat ihn mit der Leitung des Flugplatzes beauftragt. Der offizielle Leiter ist zwar ein mit einer deutschen Frau verheirateter Iraner, aber der tatsächliche Chef ist der hier.“

Die drei Männer hatten das Flugzeug erreicht. Der als Said Ali identifizierte Mann half der Gestalt im schwarzen Mantel beim Einsteigen und reichte ihr dann den Koffer. Unterdessen war die dritte Person um das Flugzeug herumgegangen und stieg an der anderen Seite ein.

Das NRO vergrößerte nun den Bildausschnitt wieder auf das Zehnfache, sodass sie sehen konnten, wie das Flugzeug zum Start an das westliche Ende der Rollbahn rollte.

Duffy beobachtete fasziniert das Geschehen. Da sausen sie hin, meine Kryotrone, dachte er, sie sind auf dem Weg in den Iran.

Fünf Minuten nach dem Start der Cessna meldete der NRO-Beobachter: „Das Objekt hat jetzt die Flughöhe von etwas über fünftausend Fuß erreicht und fliegt nach Südosten auf einem Steuerkurs von 135 Grad. Wenn es diesen Kurs beibehält, wird es in etwa fünfundsechzig Minuten den deutschen Luftraum verlassen und die Grenze nach Polen überqueren.“

„Werden wir imstande sein, die Maschine auf unserem Satellitenbild zu halten?“, fragte Duffy. „Egal, wohin sie fliegt?“

„Ja, außer wenn sie unter einer äußerst dichten Wolkendecke fliegt.“

„Na, die wird sie zu dieser Jahreszeit in dieser Gegend ohne Mühe finden. Jack, sollten wir nicht beim Rhein-Main-Luftwaffenstützpunkt eine AWACS-Maschine anfordern? Wenn die die Cessna mit ihrem Radar beschattet, hätten wir unser Objekt sicher.“

„Einverstanden, Jim. Wir wenden uns gleich ans Pentagon deswegen. Ich habe auch einen von unseren Luftfahrtexperten heraufgebeten, damit er uns hilft, den Flug der Cessna zu überwachen.“

Kaum hatte die Wanduhr auf dem Menwith Hill 13.00 Uhr GMT angezeigt, als sich auch schon das NRO wieder meldete. „Unsere drei Sigint-Vögel haben alle ihr Signal empfangen, wir triangulieren schon.“ Nach einer kurzen Pause fuhr die Stimme fort: „Sendeort des Signals war, der Triangulation zufolge, in 5132 Fuß Höhe, 14,6 Meter hinter der gegenwärtigen Position des Objekts. Die Quelle des Signals befindet sich also an Bord des Flugzeugs."

Duffy wäre am liebsten mit einem Freudenschrei aufgesprungen, beschränkte sich aber auf ein schiefes Lächeln.

„Hören Sie mal, Jack", fragte er seinen Kollegen jenseits des Atlantischen Ozeans, „kann diese kleine Maschine vielleicht ohne Zwischenlandung direkt nach Teheran fliegen? Kann sie für einen so langen Flug genügend Treibstoff tanken?"

„Ich werde unseren Luftfahrtexperten bitten, Ihnen diese Frage zu beantworten."

„Mr Duffy, Sie liegen mit Ihrer Frage ganz richtig. Angenommen, sie fliegt auf dem direktesten Kurs – was bisher der Fall zu sein scheint –, dann wird sie auf südöstlichem Steuerkurs Polen überqueren, dann wahrscheinlich irgendwo östlich von Lubin die ukrainische Grenze, einen Bogen um Kiew machen und dann, immer nördlich des türkischen Luftraums bleibend, über Armenien und Aserbaidschan bis zum Kaspischen Meer fliegen und sich dort nach Süden zum Iran wenden. Das wäre eine Strecke von 3200 Kilometern."

„Also kann sie das schaffen?"

„Angenommen, die Maschine ist mit Reservetanks ausgerüstet, dann könnte sie es gerade so schaffen." Der Experte hielt inne. „Er schaltet seinen Antwortsender ab, sodass er dem Luftverkehrskontrollradar keine Signale ins Gesicht blökt, und startet. Wenn er vier- oder fünftausend Fuß hoch fliegt – in dieser Höhe ist auch der Treibstoffverbrauch am sparsamsten –, hat er gute Chancen, den zivilen deutschen Radarstationen zu entgehen. Und wenn er einmal über die polnische Grenze ist, kann er der deutschen Luftsicherheit was husten."

„Können Sie mir bitte den Start der Cessna noch einmal auf einen der Bildschirme der CIA einspielen?"

„Kein Problem. Wird sofort gemacht", antwortete das NRO.

„Jim", meldete sich nun Lohnes. „Die AWACS hat ihn jetzt auf dem Radarschirm. Sein Antwortsender ist mucksmäuschenstill. Er hat also die Absicht, sich durchzuschleichen."

„NRO", fragte der Luftfahrtexperte in Langley, „können Sie uns die Fluggeschwindigkeit der Maschine geben?"

„Etwas über zweihundertfünfzig Kilometer die Stunde", war die Antwort.

„Hätte man sich denken können", bemerkte der Experte. „Der Typ versucht natürlich, Treibstoff zu sparen. Bei der Geschwindigkeit können wir seine Ankunftszeit in Teheran auf ungefähr 24.00 GMT setzen, 03.00 Ortszeit. Vielleicht auch ein bisschen später, je nach dem Kurs, den er fliegt.“

Zehn Stunden später war Duffy noch immer auf seinem Posten und sah, wie das kleine rote Symbol auf dem Display in der Mitte des Kaspischen Meers nach Süden abdrehte und auf die Küste des Iran zuflog.

Der Pilot musste jetzt bis Teheran nur noch 260 Kilometer über das Elbursgebirge zurücklegen, in etwa einer Stunde sollte er also wohl am Ziel sein. Er hatte Verspätung, würde demnach etwa um 01.00 GMT, 04.00 Ortszeit, in Teheran landen. Es würde zu dieser Zeit noch stockdunkel sein. Der Satellit sendete zwar Infrarotnachtaufnahmen, aber gegenüber der Schärfe der bei Tageslicht aufgenommenen Bilder ließen diese doch schwer zu wünschen übrig. Es würde verdammt schwer sein, dem Professor auf der Spur zu bleiben und den Kryotronen bis an ihren Bestimmungsort zu folgen. Welche Ironie! Bis jetzt war alles perfekt nach Plan gelaufen, aber nun, so kurz vor dem Ziel, konnte noch alles schief gehen.

„Achtung, Achtung!“, rief der NRO-Beobachter. „Unser Objekt hat sich soeben um sechzig Grad nach links gedreht und die Funkstille gebrochen, um den Tower des Flughafens von Teheran zu informieren, dass die Maschine über hinreichend Treibstoff verfügt, um ihr Endziel zu erreichen. Der Pilot schätzt seine Ankunftszeit dort auf 05.30 Ortszeit, was 02.30 GMT entspricht.“

„Sowohl die NSA als auch die AWACS haben den Funkverkehr der Maschine überwacht“, erklärte der Techniker von Menwith Hill seinem Nachbarn Duffy.

„Hat er seinen Bestimmungsort genannt?“, fragte jemand von der CIA beim NRO an.

„Negativ. Aber bei seiner gegenwärtigen Fluggeschwindigkeit kann man annehmen, dass das Ziel zwischen zwölf- und vierzehnhundert Kilometer von seiner gegenwärtigen Position entfernt liegt.“

„Das ist ja großartig!“, rief Duffy aus. „Es wird fast hell sein, wenn er landet.“

„Das ist ein verdammt guter Pilot“, sagte der CIA-Luftfahrtexperte. „Schätze, dass sie inzwischen in die Benzintanks pinkeln müssen, damit ihnen der Treibstoff nicht ausgeht.“

Trotz der schlaflosen Stunden war Duffy nun hellwach und wartete gespannt auf den letzten Akt des Dramas. Der Beamte des NRO meldete:

„Beobachtete Maschine setzt zur Landung an. Es ist 01.55 GMT, 04.55 Ortszeit."

„Welche Flugplätze gibt es in der Nähe?", fragte die CIA.

„Nächstgelegener Flugplatz ist ein ziviler Flughafen bei einer kleinen Stadt namens Zabol. Auf Nachtlandungen eingerichtet."

Zabol!, dachte Duffy. War das nicht der Ort, von dem aus die von der NSA abgefangenen Ferngespräche mit diesem geklonten Mobiltelefon in Istanbul geführt wurden?

Auf dem großen Bildschirm sah er nun die Cessna eine weite Kurve fliegen, als der Pilot die Landebahn ansteuerte. Sekunden später leuchtete eine Lichterkette auf, die die Landebahn markierte. Duffy konnte gut erkennen, wie die Maschine aufsetzte.

Der Pilot bremste schließlich ab, wendete und rollte zurück zu einem Gebäude, in dem sich die Verwaltung des Flugplatzes zu befinden schien. Ein schwarzer 190er Mercedes erschien auf der Bildfläche.

Das Flugzeug hielt, als der Wagen es erreichte. Der Techniker vom NRO verengte den Blickwinkel, sodass man nun das Flugzeug aus der Nähe sah, und Duffy beobachtete fasziniert, wie der Professor das Flugzeug verließ und von vier Personen umarmt wurde, die unterdessen dem Mercedes entstiegen waren. Zwei trugen Turbane und waren augenscheinlich Geistliche. Die anderen beiden trugen Gewehre über der Schulter und waren wohl Leibwächter.

Seinen Koffer an sich gedrückt, führte der Professor sie zu dem wartenden Fahrzeug. An der Ausfahrt des Flugplatzes nahmen zwei mit Maschinengewehren bestückte Allradfahrzeuge die Limousine in die Mitte.

Diese Prozession durchquerte den noch schlafenden Ort Zabol und gelangte bald auf eine asphaltierte Straße, die durch größtenteils unbebautes und unbewohntes Land nach Süden führte. Dreißig Kilometer südlich von Zabol preschten die drei Fahrzeuge abermals durch eine noch schlafende kleine Ortschaft, dann begann die Straße ins Gebirge hinaufzusteigen auf eine Reihe von gestaffelten Kammhöhen zu. Doch schon sehr bald bog der Konvoi von der Hauptstraße nach Osten auf einen anscheinend ungepflasterten Weg ab. Dann hielt er vor einer Straßensperre, die von einem Dutzend Bewaffneter bewacht wurde, die nicht durch irgendeine Uniform ausgewiesen waren.

„Kein iranischer Soldat in Sicht", bemerkte man in Langley, „nur diese Revolutionswächter."

„Was sagt uns das?", fragte Duffy.

„Dass es in Teheran vielleicht Leute gibt, die von dem, was da draußen läuft, keine Ahnung haben.“

Die Leute an der Straßensperre schienen vor Freude über die Ankunft des Professors in die Luft zu springen. Während der Wagen weiterrollte, scharten sich immer mehr Bewaffnete um ihn. Der Wagen fuhr eine leichte Steigung hinauf, gefolgt von einem Rudel wild gestikulierender Männer.

Der Weg führte auf ein anscheinend von Menschenhand angelegtes Plateau am Fuß einer steilen Felswand. Ein Portal führte offenbar in eine Art Eingangshalle zu Räumlichkeiten, die in den Felsen gehauen waren. Schwärme von unbewaffneten Menschen umringten den Wagen des Professors, schlugen mit den Handflächen auf die Kühlerhaube und gegen die Türen, überschwänglich dessen Ankunft begrüßend. Der Professor stieg aus dem Wagen in dieses Meer von winkenden Händen und Armen. Noch immer den Koffer an seine Brust gedrückt, ging er mit dem gemessenen Schritt eines Generals, der seine Ehrenformation abschreitet, durch die Menge und berührte mit der Linken, feierlich grüßend, Stirn und Brust. Dann verschwand er in den geheimen Anlagen, die da in den Berg getrieben worden waren.

Na, das war's, dachte Duffy. Unsere Krytronen sind am Ziel.

„Gratuliere, Jim!“, meldete sich Lohnes aus Washington.

Duffy war zu müde, zu erschöpft von der Anspannung der vergangenen zehn Stunden, als dass er zu Hochgefühlen imstande gewesen wäre.

„Ich gehe davon aus, dass wir von jetzt an diesen Ort rund um die Uhr durch Satelliten beobachten lassen“, bemerkte er.

„Davon können Sie allerdings ausgehen. Ich melde jetzt die gute Nachricht im Weißen Haus.“

Duffy stand auf. „Und ich gehe jetzt runter in die Cafeteria und esse was, ehe ich tot umfalle“, sagte er zu dem Techniker neben ihm.

„Nur zu. Ich behalte solange den Laden hier im Auge.“

WÄHREND sich Duffy im ländlichen England einen Cheeseburger einverleibte, bewunderte der Mann, den er durch halb Europa und ein gutes Stück von Asien verfolgt hatte, das, was er als einen Triumph islamischer Ingenieurkunst verstand. Hier, in einer der entlegensten Ecken des Iran, hatten seine Ingenieure ein komplett ausgerüstetes Nukleartechnologielaboratorium in den Felsen gebaut. Die Anlage hatte drei Etagen. Die erste lag auf dem Niveau des Plateaus, die beiden anderen darunter, aus dem harten Kalkstein des Gebirgsstocks geschachtet. In diese unterirdischen Etagen gelangte man durch zwei Aufzüge. Der Haupteingang vom Plateau war durch stählerne Schiebetüren gesichert.

Das von dem Professor versammelte Team von Nuklearwissenschaftlern, Physikern und Technikern, die in der Mehrzahl im Westen ausgebildet worden waren, hatte in diesen Höhlen alles Gerät installiert, das für den letzten Schritt zur Vorbereitung der Operation benötigt werden würde. Er reichte seinen Koffer dem leitenden Ingenieur der Operation Khalid. Er brauchte diesem nicht zu sagen, was sich darin befand. Liebevoll hob der Ingenieur den Koffer an die Lippen und küsste ihn.

„Kommen Sie, Professor", drängte er. „Ich muss Ihnen die plattierten Hülsen für unsere drei Plutoniumkerne zeigen."

Es waren sechs Halbkugeln aus fein geschliffenem Kupfer, die paarweise um je einen der Plutoniumkerne gelegt werden würden. An der Oberfläche einer jeden befanden sich dreißig Vertiefungen, die – den Untersuchungen der Wissenschaftler zufolge – der Entfaltung der größtmöglichen Sprengkraft des Kerns dienen würden. Man bezeichnete sie als „Linsen".

„Durch Gottes Gnade", sagte der Professor, die Stimme von Ehrfurcht gedämpft, „werden Sie unwiderstehliche Macht in die Hände unserer islamischen Krieger legen."

Er ging dann in die Schatzkammer, wo die kostbaren Plutoniumkerne der drei Artilleriegeschosse, die er in Kasachstan erworben hatte, lagerten. In den Granaten hatten diese natürlich in ovoider Form gelegen, der Form der Projektile angepasst. Inzwischen hatte man sie jedoch eingeschmolzen und in einer Kugelform neu gegossen. Jetzt lagerten sie vollkommen rund geschliffen und poliert in versiegelten Heißzellen, die mit Argon gefüllt waren.

Der Professor strahlte. Die gesamte Anlage war ein Triumph. Aus seinen Geheimkonten finanziert, war sie in kaum einem Jahr vollendet und eingerichtet worden. Das Projekt war unter der Schirmherrschaft des Ausschusses für Geheimoperationen so geheim gehalten worden, dass nur einige wenige der vertrauenswürdigsten Führer des Regimes davon wussten. Von den Reformisten, die sich jetzt um den irregeleiteten neuen Präsidenten scharten, hatte keiner von der Existenz dieses Laboratoriums auch nur eine Ahnung.

NACH seinem frühmorgendlichen Imbiss kehrte Jim Duffy in das Displaycenter zurück, um vor der Rückfahrt nach London noch einen letzten Blick auf die Bildschirme zu werfen.

„He", rief ihm der Techniker zu, „gut, dass Sie noch mal zurückgekommen sind! Ihr Büro hat gerade auf der sicheren Leitung angerufen. Sie sollen noch heute nach Washington zurückkommen."

Macbeth soll nicht mehr schlafen, dachte Duffy frei nach Shakespeare.

Der Segen des Engels

Verglichen mit dem Satellitenbeobachtungszentrum, das er auf dem Menwith Hill besucht hatte, machte der Lagerraum im Weißen Haus weniger her, fand Jim Duffy. Eindrucksvoll war jedoch die hierher einberufene Versammlung politischer und militärischer Führungskräfte. Anwesend waren auch heute die Minister des Innern und der Verteidigung, der Oberste Stabschef der Streitkräfte, Duffys Chef, der Direktor der CIA und der Nationale Sicherheitsberater.

Duffy und Dr. Stein waren wegen ihrer besonderen Kenntnisse der Materie als Referenten geladen. Der Präsident führte den Vorsitz. Er wartete, bis der letzte Kaffee serviert war, schlug dann mit dem Löffel an seine Tasse und sagte knapp: „Gratuliere, Jim. Ihr Plan hätte nicht besser aufgehen – und uns kaum mit einem schwierigeren Problem konfrontieren können."

„Mr President", meldete sich der Chef der CIA zu Wort. „Wir sind im Besitz einer von der NSA abgefangenen Botschaft. Der Professor hat sie von einem Inmarsat, einem tragbaren Hightechtelefon, das über einen Satelliten kommuniziert, gesendet. Einige von Ihnen hatten noch keine Gelegenheit, die Nachricht zur Kenntnis zu nehmen. Hier ist sie."

Er verteilte Kopien:

> Im Namen Allahs des Barmherzigen, möge sein Segen auf dir ruhen, mein Bruder, und auf unserem großen Unternehmen. Unser amerikanisches Material ist nun sicher in den Händen des Bruders, der unser Projekt leitet. Er hat mir auch die großartige Arbeit vorgeführt, die er und seine Ingenieure hier leisten, um unsere Geräte so weit fertig zu stellen, dass wir dieses Material, sobald wir es in der erforderlichen Quantität vervielfältigt haben, seiner Bestimmung zuführen können. Wir werden uns bald treffen, um den endgültigen Zeitplan für diese letzte Phase der Operation aufzustellen, doch solltest du den Bruder Mugniyeh jetzt schon informieren, dass er bereit sein muss, seine Aufgabe in drei oder vier Wochen in Angriff zu nehmen.

„Mr President“, sagte der Direktor der CIA, als er die Kopien dieses Textes verteilt hatte, „unsere ständige Satellitenüberwachung zeigt uns, dass dieser Mann, Professor Bollahi, nur einmal die unterirdischen Räume verlassen hat, als er diese Botschaft absandte.“

„Demnach scheinen die Kryotrone noch irgendwo in dieser unterirdischen Anlage zu liegen“, bemerkte der Präsident und legte das vergrößerte Satellitenbild, das er studiert hatte, beiseite.

„Ich glaube, dass noch ein anderer Punkt der Botschaft unsere Aufmerksamkeit verdient, Mr President. Der darin erwähnte Bruder Mugniyeh ist fast mit absoluter Sicherheit Imad Mugniyeh, der Mann, der die Zerstörung unserer Botschaft und der Kaserne unserer Marineinfanterie in Beirut organisiert hat. Wenn er etwas mit dieser Operation zu tun hat, dann handelt es sich dabei mit sehr großer Wahrscheinlichkeit um einen terroristischen Anschlag.“

„Gegen Israel?“

„Höchstwahrscheinlich. Vielleicht aber auch gegen die Ölfelder in Saudi-Arabien. Da könnten sie eine Menge Amerikaner umbringen und das größte Ölförderungsgebiet der Welt in eine radioaktive Wüste verwandeln. Die Auswirkungen eines solchen Anschlags auf die Weltwirtschaft wären beachtlich.“

Der Präsident schloss die Hände um seine Kaffeetasse. „Na gut“, sagte er in traurig resigniertem Ton. „Wir wissen, dass sie im Besitz dieser bedrohlichen Waffen sind. Wir wissen, wo sie sich befinden. Wir ahnen in etwa, was sie damit vorhaben, und haben eine ungefähre Idee vom Zeitpunkt. Was wollen wir dagegen unternehmen? Wollen wir ihnen die Dinger mit Gewalt abnehmen?“

„Mr President.“ Die Außenministerin ergriff das Wort. „Alle, die hier versammelt sind, sind sich wie immer darüber einig, dass die einzige Gefahr, die unsere Sicherheit bedroht, die Ausbreitung von nuklearen, biologischen oder chemischen Waffen im Nahen Osten ist.“ Sie nahm ihre Lesebrille ab, als wollte sie durch diese Gebärde den nun folgenden Worten besonderes Gewicht verleihen. „Deshalb müssen wir da reingehen und ihnen diese Waffen wegnehmen oder sie zerstören. Und zwar allein, ohne jemanden darüber zu unterrichten. Wir können der Welt erklären, was wir getan haben und warum, wenn wir die Sache erledigt haben.“

Ihre kompromisslose Erklärung wurde mit bestürztem, aber nachdenklichem Schweigen aufgenommen.

„Möchte sich irgendjemand zu diesem Vorschlag äußern?“, fragte der Präsident.

„Sie meinen, wir sollen nicht versuchen, eine entsprechende Entscheidung des Sicherheitsrats der Vereinten Nationen zu beantragen?“, fragte der Nationale Sicherheitsberater.

„Das wäre das Schlimmste, was wir tun könnten, Mr President“, erwiderte die Außenministerin heftig. „Die UN sind eine Quatschbude. Sie werden die Idee zu Tode diskutieren, wie es schon gegen Saddam Hussein der Fall gewesen ist.“

„Sie empfehlen also, niemanden zu informieren?“

„Niemanden“, bestätigte die Außenministerin. „Wir können eventuell die Israelis und Tony Blair unterrichten, wenn wir zum Schlag bereit sind. Das ist aber auch alles.“

„Noch ein anderer, höchst ernster Aspekt dieser Situation sollte unbedingt berücksichtigt werden, Mr President“, sagte der Verteidigungsminister. „Die Israelis wissen zwar vielleicht noch nicht, dass es uns gelungen ist, den gegenwärtigen Aufenthaltsort dieser drei nuklearen Sprengköpfe zu orten, aber Sie können sich darauf verlassen, dass sie in Kürze dahinter kommen. Amerika kann den Nahen Osten betreffende Geheimnisse nie lange für sich behalten.“

„Was werden sie tun, wenn sie dahinter kommen?“

„Sie werden handeln, ohne zu zögern, Mr President. Israel besitzt mehr Kernwaffen als Großbritannien. Mindestens siebzig Stück stehen auf dem Luftwaffenstützpunkt Tel Nof in der Negev-Wüste zur Zusammensetzung bereit. Und in den unterirdischen Bunkern in den judäischen Hügeln haben sie noch einmal ziemlich genau die gleiche Anzahl, die jederzeit in die Gefechtsköpfe ihrer Jericho-Raketen montiert werden kann.“

Der Präsident warf bekümmert die Hände hoch. „Die Mullahs können doch unmöglich so verrückt sein, eine so schwer bewaffnete Nation angreifen zu wollen.“

„Mr President, zwei oder drei solcher Bomben würden, in Tel Aviv oder Haifa gezündet, wahrscheinlich zwei Drittel des israelischen Volkes auslöschen. Und wenn der radioaktive Staub zu Boden gesunken ist, wird der Iran vielleicht nicht mehr existieren. Aber Israel wird praktisch ebenfalls ausradiert sein. Das ist eine Wahnsinnsgleichung, aber einige von diesen Fanatikern haben damit keine Schwierigkeiten. Und die Israelis wissen das. Wenn sie herausfinden, wo diese Atomwaffen sind, werden sie unverzüglich handeln, darauf können Sie Gift nehmen.“

Der Präsident wandte sich an den Obersten Stabschef der Streitkräfte und fragte: „Wären die Israelis dazu imstande, diese Anlage aus eigenen Kräften lahm zu legen?"

General Taylor holte tief Atem und blähte seine uniformierte Brust, auf welcher in fünf Reihen Ordensbänder arrangiert waren. „Ehrlich gesagt, Mr President, wenn sie nicht eine Nuklearrakete einsetzen, was sie in diesem Fall kaum tun werden, ist eine derartige Operation doch wohl eine Nummer zu groß für sie. Ich glaube, dass sie unsere Flugzeugträger anfordern würden. Ob wir also selbst gegen diese Anlage vorgehen oder das den Israelis überlassen, den Sturm des Zorns wird die Weltöffentlichkeit in jedem Fall uns ernten lassen, Mr President."

Der Präsident erhob sich von seinem Stuhl und wanderte im Raum auf und ab, das Gesicht zu einer finsteren Maske erstarrt. Seine Berater warteten in respektvollem Schweigen, sichtlich betroffen über die tiefe persönliche Sorge, die ihm der Gegenstand dieser Besprechung bereitete. Endlich blieb er stehen. „Und doch", sagte er zu dem versammelten Stab, „haben sich in letzter Zeit die Iraner nicht bemüht, ihre politische Haltung zu mäßigen? Versucht Präsident Khatami nicht, das Land aus der Isolation zu führen?"

„Mr President", sagte die Außenministerin, „ich zweifele nicht im Mindesten an der Aufrichtigkeit von Khatami. Ich bin aber überzeugt, dass er die wahren Machthaber im Iran *nicht* repräsentiert."

„Zum Beispiel, Sir", mischte sich der Verteidigungsminister ein, „haben unsere Satelliten auf dem Schahid-Hemat-Versuchsgelände bei Teheran einen Test für ihre neue ballistische Langstreckenrakete Schehab 3 beobachtet. Seitdem haben sie drei weitere Tests durchgeführt. Sie werden bald in der Lage sein, mit ihren Sprengköpfen auf Tel Aviv zu zielen."

„Mr President", ergriff nun wieder der Direktor der CIA das Wort. „Ich glaube, diesmal sind sich die CIA und das Außenministerium bei der Einschätzung der Lage im Iran ziemlich einig. Wir glauben, dass Khatami und seine Anhänger aufrichtig gegen dieses Waffenprogramm eingestellt sind. Aber vorläufig jedenfalls liegt die wahre Macht noch in den Händen der Fanatiker in den Führungsgremien. Sie sehen sich selbst und alles, wofür sie stehen, bedroht und suchen jede Gelegenheit zurückzuschlagen, um ihren Anspruch auf die oberste Führung wieder zur Geltung zu bringen. Die Kulisse, hinter der sie operieren", fuhr er nach einem Blick auf ein Notizblatt fort, „ist eine Organisation, die sie den ‚Siebener Ausschuss' nennen. Vier der sieben Mitglieder sind Revolutionswächter. Eine ihrer Aufgaben ist übrigens die Erhebung der Transitsteuer auf Rauschgift. Eine der bestunterrichteten Gruppen iranischer Dissidenten, mit denen wir in Kontakt sind, schätzt, dass im vergangenen Jahr zweihundert Tonnen Heroin durch den Iran in die Türkei geschafft worden sind, das Dreifache des Volumens, das dieser Transithandel 1990 hatte. Die anderen drei Angehörigen des besagten Ausschusses sind, was sie als *Bazaris* bezeichnen, Finanzgenies, die es verstehen, das Geld, das sie einnehmen, zu bewegen und anzulegen. Sie verstecken es auf Konten, auf die nur sie zurückgreifen können, um Programme zu finanzieren, von denen sie Leute wie Khatami nichts wissen lassen wollen – die Unterstützung von Terroristen zum Beispiel oder die Anschaffung dieser Waffen. Sehen Sie sich die Satellitenbilder der Einrichtung an, die wir dank der Bemühungen von Jim Duffy entdeckt haben. Da ist kein Angehöriger der regulären uniformierten Streitkräfte zu sehen. Die Anlage ist ganz in der Hand der Revolutionswächter. Und wer steckt hinter diesen Wächtern, Mr President? Die betonköpfigen Mullahs!“

Der Präsident kehrte zu seinem Stuhl zurück, als der Direktor der CIA seine Ausführungen schloss. „Welchen Eindruck würde ein unilaterales amerikanisches Eingreifen in der moslemischen Welt machen, Frau Ministerin?“

„Von den Nachbarn der Mullahs wünscht sich niemand einen mit Atomwaffen ausgestatteten Iran. Das türkische Militär, das politische Establishment der Türkei, die saudische Königsfamilie, die übrigen Herrscher am Golf, der syrische Präsident Assad, ja sogar Saddam Hussein würden uns insgeheim segnen, wenn wir den iranischen Atombombenbastlern das Handwerk legten.“ Die Außenministerin hielt einen Moment inne. „Öffentlich würden sie sich jedoch neutral verhalten. Auf den Kriegspfad gehen werden aber die moslemischen Massen, und zwar von Marokko bis Indonesien. Es wird ein paar Angriffe auf unsere Botschaften geben. Die religiösen Extremisten werden sagen: ‚Guckt doch mal. Die Kernkraft soll dem jüdisch-christlichen Klub vorbehalten sein. Die Israelis haben Atomwaffen, doch werden sie von den Amerikanern nicht berücksichtigt. Uns verwehren sie das Recht darauf, nur weil wir Moslems sind.‘“

Der Präsident schüttelte den Kopf. „Und die Russen?“

Diesmal verlor die Außenministerin ihre bislang geradezu buddhagleiche Ruhe.

„Grundgütiger Himmel! Nichts dürfen Sie denen sagen! Die sind imstande, in Teheran anzurufen, kaum dass wir den Hörer aufgelegt haben.

Auf diplomatischem Gebiet sollten wir uns darauf beschränken, eine Botschaft für Präsident Khatami aufzusetzen, die während unseres Angriffs an ihn abgehen sollte, um ihm zu versichern, dass das, was da läuft, kein kriegerischer Überfall ist, sondern eine einmalige polizeiliche Maßnahme zu dem Zweck, diese Atomsprengköpfe unschädlich zu machen – Atomsprengköpfe, von denen er übrigens vielleicht gar nichts weiß."

„Also", fragte der Präsident, „wie weit sind Sie mit der Vorbereitung der Einsatzpläne?"

„Sir, der Iran liegt in der Zuständigkeit des Central Commands, des ehemaligen Kommandos Norman Schwarzkopfs unten in Tampa, Florida. Sie arbeiten dort an der Sache, seit Sie letzte Woche den Befehl dazu gaben, und seit dem letzten Samstag haben sie dank Mr Duffys Arbeit auch eine genaue Lage des Einsatzziels. Glücklicherweise ist in Tampa auch der Sitz der Kommandozentrale für Sondereinsätze. Da befasst man sich nun mit der Ausarbeitung von Strategien für nicht konventionelle Operationen."

„Wann werden Sie mir Ihre Pläne vorlegen können?"

„Mittwoch früh um zehn, Sir", antwortete der General ohne Zögern.

„Okay." Duffy meinte den Ton verzweifelter Resignation in der Stimme des Präsidenten zu hören. „Es gefällt mir zwar nicht, aber wir haben wohl tatsächlich keine andere Wahl, als uns diese verdammten Bomben zu holen. Die Frage ist jetzt, wie. Wir treffen uns hier also am Mittwoch um zehn zur Diskussion der Optionen, die wir haben, und, General Taylor, ich will die Informationen darüber aus erster Hand, von den Leuten, unter deren Leitung die Operationen tatsächlich durchgeführt werden würden – nicht von einem Haufen von Pentagonbürokraten."

„PROFESSOR?"

Müde sah der Professor zu Dr. Parvis Khanlari, einem Kernphysiker, dem wissenschaftlichen Leiter der Operation Khalid. Er hatte seit dem Morgengebet in der Dämmerung noch keine ruhige Minute gehabt.

„Was ist, Bruder?"

„Wir sind so weit, dass wir nun den Zündkreis testen können, den wir mit einem Funksignal aktivieren wollen. Möchten Sie vielleicht dabei sein?"

„Natürlich. Ich komme sofort."

Wieder stiegen die beiden Männer in die tiefer gelegene Werkstatt hinab. Auf einer Werkbank hatten die Elektroingenieure ein Modell des

Zündkreises aufgebaut, der nun getestet werden sollte. Khanlari nahm einen Gegenstand zur Hand, der wie ein Gasfeuerzeug aussah.

„Unser Freiwilliger braucht nur auf die Oberseite dieses Geräts zu drücken, um ein Funksignal auf einer speziellen Frequenz auszulösen: 1,2 Gigahertz. Wir hielten eine etwas ungewöhnliche, weitab von Radio, TV und Funktelefon liegende Frequenz für angezeigt, um zu verhüten, dass die Explosion durch einen unglücklichen Zufall zu früh gezündet wird."

„Natürlich", stimmte der Professor zu.

Khanlari deutete auf einen schwarzen Kunststoffkasten, der nur etwas größer war als eine Schachtel Spielkarten. „Hier ist die Batterie, die unseren Kryotronenkreis zünden wird."

Aus der Oberseite des Kästchens ragte ein Röhrchen von der Größe eines Trinkstrohhalms. „Und das hier ist die Antenne, die das Funksignal empfangen wird."

„War es denn schwierig, sich das Material zu beschaffen?"

Khanlari lachte leise. „In den Vereinigten Staaten sind sie in jedem Hi-Fi-Laden erhältlich."

Der Professor segnete lächelnd seine Worte. „Kommen Sie, lieber Freund", sagte er. „Der Tag war lang, lassen Sie uns nach draußen gehen und frische Luft schöpfen."

Die beiden Männer spazierten einige Minuten lang schweigend auf dem Felsplateau hin und her. „Professor", sagte Khanlari schließlich, „es gibt da eine Sache bei der Operation Khalid, die mir, ehrlich gesagt, Sorgen bereitet."

„Und die wäre, Bruder?"

„Die Israelis. Werden sie uns nach der Explosion in Tel Aviv nicht einen schrecklichen Vergeltungsschlag versetzen?"

„Darauf können Sie sich verlassen, ich meine, darauf, dass die Israelis Vergeltung üben werden. Und zwar mit überwältigender Macht."

Khanlari sah verdutzt den Professor von der Seite an. Berauschte sich der Mann an der Aussicht auf die eigene Vernichtung?

„Ja, sie werden zweifellos Rache nehmen. Aber an Bagdad. Sie werden den Irak verwüsten."

„Was?"

„Die Israelis glauben, einen der besten Fernmeldenachrichtendienste der Welt zu haben. Sie haben einen Horchposten auf dem Mirongipfel in den Golanhöhen, wo sie alles abhören, was im Nahen Osten über Telefon, Kurzwellensender und Funktelefon so geredet wird. Kurz vor der Explosion unserer Bombe in Tel Aviv werden sie auf diesem Horchposten eine Botschaft abfangen. Diese Botschaft wird in einem von ihnen bereits geknackten Code abgefasst sein und über eine Telefonnummer laufen, von der sie glauben, dass sie dem irakischen Geheimdienst Mukahbarat gehört. Und sie wird ihnen unmissverständlich zu verstehen geben, dass für die Atombombenexplosion in Tel Aviv kein anderer als Saddam Hussein verantwortlich ist." Der Professor legte die Hand auf die Schulter seines besorgten Genossen. „Ihre Bombe, Bruder, wird nicht nur einen unserer Feinde vernichten, sondern deren zwei."

Eine Krise, die einen ganzen Konferenzsaal voll hoher Tiere zum Schweigen bringen konnte, dachte Duffy, in die Runde der besorgten Gesichter blickend, ist ja wohl zutreffend als die Mutter aller Krisen zu bezeichnen. Niemand lächelte, niemand flüsterte mit dem Nachbarn. Alle warteten auf das Eintreffen des Präsidenten.

Ein Geheimdienstagent öffnete die Tür, und der Präsident kam herein. Diesmal machte er nicht, wie gewöhnlich, die Runde um den Tisch, um jeden persönlich zu begrüßen. Er ging direkt zu seinem Stuhl und sah General Taylor ins Gesicht. Sein sonst so fröhliches Gesicht zeigte nicht die Spur eines Lächelns. „General", befahl er, „fangen wir an!"

Taylor erhob sich. „Sir, ich habe drei Briefings für Sie vorbereitet. Zunächst wird Ihnen der G2, der Nachrichtenoffizier des Kommandobereichs Mitte, die allgemeinen militärischen Gegebenheiten darlegen. Dann wird Brigadier General Jack Blum, der stellvertretende Kommandeur der 82. Luftlandedivision, den Plan zu einer konventionellen Operation vortragen, und schließlich wird Ihnen Colonel Charlie Crowly darlegen, wie die Special Forces die Sache angehen würden."

Duffy sah aufmerksam zu, als nun ein Generalmajor zum Kopf des Tisches ging und zwei Schautafeln auf die dort postierten Staffeleien stellte. Die eine zeigte die Vergrößerung eines Satellitenfotos der Außenseite der geheimen Kernwaffenproduktionsstätte der Iraner, die andere eine Landkarte der Gegend, in welcher diese gelegen war.

„Mr President", begann er, „lassen Sie mich zunächst von der iranischen Luftwaffe sprechen. Sie verfügt über insgesamt 135 Kampfflugzeuge, von denen keine schwerwiegende Bedrohung ausgeht. Ihre Maschinen sind größtenteils in den USA gebaut, über zwanzig Jahre alt und ohne modernes elektronisches Steuerungs- und Zielgerät, ohne Radar- und Radarabwehrtechnologie. Die Iraner verfügen auch über eine Anzahl sowjetischer Kampfflugzeuge, die ihnen Saddam Hussein während des Golfkrieges freundlicherweise hat zukommen lassen. Wir planen, ihre Startbahnen in der ersten Phase unseres Angriffs zu zerstören. Da aber die Iraner mutige und entschlossene Piloten sind, werden ein paar von ihnen es wohl trotzdem schaffen zu starten." Er wandte sich der blauen Fläche des Arabischen Meers auf seiner Karte zu. „Zur Luftunterstützung der Operation schlagen wir vor, die Flugzeugträger *Washington* und *Nimitz* hier zu postieren. Das gäbe uns 120 Kampfflugzeuge, die sowohl die Flugzeugträger schützen als auch unseren Angriff unterstützen könnten. Wir werden auch ein paar AWACS auf dem Luftwaffenstützpunkt Incirlik in der Türkei stationieren, welche die Spur eventueller Jäger aufnehmen sollen. Irgendwelche Fragen soweit?"

„Nein, fahren Sie fort."

„Die Lage am Boden wird in etwa die Folgende sein: Die Anlage wird von schätzungsweise fünfundsiebzig bis hundert Revolutionswächtern geschützt, die dort untergebracht sind. Sie haben ein paar 105-Millimeter-Geschütze an der Straßensperre, die den Zugang zur Anlage kontrolliert, und drei Flakgeschütze sind rings um den Vorplatz der Anlage aufgestellt. Die nächste Garnison der regulären Armee ist in Bender Abbas, etwa 580 Kilometer weit von der Anlage entfernt."

„Haben sie die Hubschrauberkapazität, Truppen in unser Angriffsgebiet einzufliegen?", fragte der Präsident.

Für einen Zivilisten stellt der ganz kluge Fragen, dachte Duffy.

„Nein", antwortete der G2. „Sie haben uns fünfzig Bell 214 abgekauft, als der Schah noch am Ruder war. Da sie auch für diese schon seit zwanzig Jahren keine Ersatzteile mehr kriegen, können sie bestenfalls die Hälfte von denen noch in die Luft bringen. Sie haben außerdem eine Flotte von Boeings 707, die sie 1992 und 1993 zu Truppentransportern umgebaut haben, aber bei einer Operation wie dieser würden sich die Dinger als fliegende Särge erweisen."

Der General blätterte in den Papieren, die er in der Hand hielt.

Er hat die Sache zu leicht dargestellt, dachte Duffy. Jetzt kommt wahrscheinlich der Pferdefuß.

„Sorgen macht uns, Mr President, dass sie wahrscheinlich mit unkonventioneller Verstärkung schneller zur Stelle sein werden. Jeder Mullah in Zabol wird Zeter und Mordio schreien und die Gläubigen zur Verteidigung der Heimat aufrufen. Die Revolutionswächter haben geheime Waffenlager mit AK 47, Handgranaten und leichten Mörsern in jeder iranischen Gemeinde. Sie werden die Waffen an die fünfzehn- bis sechzehnjährigen Freiwilligen verteilen, die sich wahrscheinlich zu

Tausenden melden werden. Die meisten von diesen werden von unseren Truppen massakriert werden, aber ein Teil wird durchkommen und könnte den Flugplatz in Zabol bedrohen, den wir brauchen, um unsere Truppen zu evakuieren. General Blum wird noch darüber berichten."

General Blum trat nun ans Kopfende des Tisches. Er hatte die Hosenbeine in die Schäfte seiner Springerstiefel gesteckt, die so blank poliert waren, dass er sie als Rasierspiegel hätte verwenden können.

„Mr President", begann er mit einer jener Exerzierplatzstimmen, die aus drei Meter Entfernung Fensterscheiben bersten lassen. „Die Operation, die wir vorschlagen, wird in drei Phasen ablaufen. Zunächst lassen wir ein verstärktes Bataillon der 82. Luftlandedivision genau über unserem Zielgebiet abspringen."

„Wie viele Leute wären das?"

„Nach Abzug der Schreibstubentypen und sonstigen Unbrauchbaren, Sir, etwa 500. Sechs Schützenkompanien und eine Panzerabwehrkompanie. In der zweiten Phase, die zeitgleich mit der ersten beginnen wird, werden wir vier Schützenkompanien der Rangers über dem Flugplatz von Zabol abspringen lassen. Diese werden den Auftrag haben, den Flugplatz zu sichern. Dann werden wir ein Geschwader von C-17-Maschinen mit Panzerfahrzeugen an Bord dort landen lassen. In der dritten Phase werden diese Panzerfahrzeuge und die Rangers zum Angriffsziel vorrücken und die erbeuteten Atomwaffen sowie die Leute von der 82. Luftlandedivision evakuieren. Geplant ist, dass sie zum Flugplatz Zabol zurückkehren, von dem aus die Evakuierung auf dem Luftweg abgeschlossen werden wird."

„Das hcißt also, dass da am Ende eine Menge amerikanisches Kriegsgerät in der Gegend herumliegen wird, das die Iraner dann im Fernsehen zeigen können", meinte der Präsident.

„Mr President", sagte der Verteidigungsminister, „diese Operation kann ihrer Natur nach nicht unauffällig über die Bühne gehen. Die Jungs gehen schließlich da rein zu dem Zweck, etwas zu zerstören. Die Operation wird natürlich für politischen Ärger sorgen, aber sie wird der Welt auch zeigen, dass Staaten wie dem Iran das Herumspielen mit Massenvernichtungswaffen verboten ist. Aus militärischer Sicht ist das Risiko eines Scheiterns der Mission praktisch gleich null."

„All right", sagte der Präsident. „Hören wir nun, was die Sondereinsatzleute sagen."

Colonel Crowly stellte eine Schautafel auf die Staffelei. Sie zeigte die fünf Hauptphasen jeder Delta-Operation.

Gegründet worden war die Delta Force während der Präsidentschaft Jimmy Carters, als ein Einsatzkommando der deutschen Bundesgrenzschutzgruppe 9 auf dem Flughafen von Mogadischu eine entführte Lufthansamaschine stürmte und ohne Verluste deren Passagiere aus der Gewalt der Entführer befreite.

„Phase eins: Zielaufklärung", begann Crowly. „Wir bewundern die Satellitenbilder der CIA. Dennoch will ich, dass meine Leute das Ziel zunächst mal mit eigenen Augen studieren. Wir bei Delta trauen niemandem außer uns selbst."

„Und wie wollen Sie das einrichten?", fragte der Präsident ungläubig.

„Wenn wir den Auftrag erhalten, werden morgen Nacht zwei von meinen Leuten achtzig Kilometer südwestlich von Zabol aus einem Flugzeug springen. Mithilfe des Global Positioning Systems werden sie dann ihre Fallschirme zur Landung an diesen Punkt hier lenken." Crowly deutete auf einen Punkt der Landkarte. „Acht Kilometer vor dem Bergkamm, der gegenüber dem Eingang zu dem iranischen Laboratorium liegt. Sie werden sich dort einen Unterstand graben, den sie mit gummierter Zeltbahn auskleiden und mit Gestrüpp abdecken. In diesem Loch werden sie zwei Wochen leben, ohne es je zu verlassen. Sie werden mit Feldstechern und Nachtsichtgläsern jede Bewegung der Iraner beobachten. Ihre Beobachtungen werden sie uns zweimal täglich über Funk melden."

Crowly wandte sich wieder seiner Schautafel zu. „Phase zwei: Probelauf", sagte er. „Ich habe ein Team auf dem Manövergelände von Las Vegas, die werden da die beiden Gebäude, die man auf den Satellitenfotos sieht, so genau wie irgend möglich nachbauen, bis hin zu den Türklinken, wenn möglich. Dann werden meine Stoßtrupps den Sturm auf diese Objekte proben, proben und nochmals proben. Weniger kommt für uns einfach nicht infrage." Erneut trat er zurück an seine Schautafel. „Infiltration", las er ab. „Wir fliegen mit unserer neuen Kampfmaschine, der V22, dahin. Die V22 kann einen Stoßtrupp von fünfundzwanzig Mann zum Einsatzort bringen, indem sie auf dem Weg dahin 330 Meilen die Stunde als gewöhnliches Flugzeug zurücklegt. Aber – sobald das Einsatzgebiet erreicht ist, kann sie die Flügel in die Höhe falten, ihre Geschwindigkeit drosseln und wird praktisch zu einem Hubschrauber. Wie ein solcher kann sie dann auch zum Boden runterschweben."

„Wo werden diese Maschinen starten?", fragte der Präsident.

„Sir, ich glaube, wir werden die Türken um Genehmigung bitten müssen, sie auf dem Luftwaffenstützpunkt Incirlik starten zu lassen. Ebenso die zwei weiteren Maschinen, die wir bei der Aktion benötigen werden. Das erste Flugzeug auf der Szene wird unsere neue, vollkommen unsichtbare Supertarnkappenaufklärungsmaschine, die *Dark Star.* Das Flugzeug ist mit Infrarotkameras und megastarken Sensoren ausgerüstet. Dieses Gerät kann Geschützstellungen, Fahrzeuge in Bewegung und Schützenlöcher aufspüren und fotografieren. Jede dieser Beobachtungen wird direkt auf die Monitore in der V22 übertragen, die unsere Angriffstruppen transportiert. So werden die Männer auf einem Bildschirm in dem Transporter, der sie zum Einsatzort bringt, genau sehen, was sie erwartet. Die gleichen Bilder werden auch zwei AC130 überspielt. Das sind mit Gatling-Maschinenkanonen und 20-Millimeter-Maschinengewehren bewaffnete Kampfflugzeuge. Die AC130 werden das Gefecht eröffnen mit der Neutralisierung der drei Flakstellungen, der Straßensperre und etwaiger weiterer Hindernisse."

„Und das klappt aus der Entfernung? Sind Sie sicher?", fragte der Präsident.

„Sir, diese Jungs sind so gut, die können Ihnen aus der Entfernung notfalls eine Kugel in die Hosentasche schießen. Wenn sie fertig sind, wird von diesen Wächtern keiner mehr Lust haben, den Kopf zu heben – für lange Zeit. Was aus unserer Sicht natürlich prima ist, denn jetzt", und er wies auf das Wort „Ausführung" in der Liste auf der Schautafel, „landen wir. Da wir nicht in sicherer Umgebung operieren werden, werden wir die Umgebung unsererseits sichern. Wir werden dabei nach dem Adventskranzprinzip operieren."

Ein verwunderter Ausdruck erschien in den Mienen der außermilitärischen Teilnehmer an dieser Sitzung.

„Wir werden zwei Züge Rangers landen lassen, jeder fünfundzwanzig Mann stark, deren Aufgabe die Sicherung des Zielgebiets sein wird. Sie werden aufräumen, was von der Straßensperre noch übrig sein sollte, und ihrerseits jeden Zugang zum Zielgebiet versperren, sich als Kranz um unseren Advent legen – sozusagen. Die Mitte wird von drei Delta-Force-Stoßtrupps zu je zehn Mann genommen. Je ein Trupp nimmt eins der beiden kasernenähnlichen Gebäude und der dritte sprengt das Tor zu der unterirdischen Anlage und geht rein, um die drei Nukleargeräte zu holen."

„Nur dreißig Mann", entfuhr es der Außenministerin. „Aber damit werden Sie doch einer dreifachen Übermacht gegenüberstehen."

„Madame." Der Ton, in dem Crowly antwortete, war ruhig und sachlich. „Sie können sich nicht vorstellen, wie schnell die Männer unserer Delta Force mit denen fertig sein werden. Sie sind ausgezeichnete Schützen, die besten der Welt, und das Töten ist ihr Handwerk. Aus dieser Anlage wird niemand lebend rauskommen."

Der Direktor der CIA schüttelte den Kopf, nicht weil er dem Obersten hätte widersprechen wollen, sondern in Erkenntnis der Konsequenzen, die die von Colonel Crowly vorgeschlagene Verfahrensweise haben würde. „Das heißt, dass der Iran mit einem Schlag alle menschlichen, alle Wissensressourcen verlieren wird, die für die Durchführung eines Atomprogramms gebraucht werden. Das wird sie eine ganze Generation zurückwerfen."

Crowly nickte. „Wir werden eine digitale Fernsehkamera mit reinnehmen, sodass wir sofort Bilder des Geräts, das wir in der Anlage finden werden, zurückfunken können. Auf diese Weise können unsere Nuklearwissenschaftler dafür sorgen, dass wir auch die richtige Beute mit nach Hause bringen."

„Wir werden auf dem Posten sein", versicherte Dr. Stein. „Wir werden Ihnen kupferummantelte Behälter zum Transport der Dinger mitgeben, damit Ihnen diese Plutoniumkerne keinen Ärger machen."

„Gut", schloss Crowly. „Phase fünf: Exfiltration. Unsere V22 werden da, wo sie uns abgesetzt haben, auf uns warten. Unsere drei Stoßtrupps werden mit den A-Bomben zu ihnen zurückkommen, die Rangers werden sich von ihrem Sicherungskreis um das Zielgebiet zurückziehen, und dann geht's ab durch die Mitte."

Der Präsident schüttelte ungläubig staunend den Kopf. „Wie lange wird all das dauern?", fragte er.

„Dreißig Minuten von dem Augenblick an, wo die AC-130-Kampfmaschinen das Feuer eröffnen, bis zum Abheben der V22, Sir."

„Dreißig Minuten?" Der Präsident traute seinen Ohren nicht.

„Mr President, keine Operation, die länger als dreißig Minuten dauert, gelingt."

„Und Verluste?"

„Bei den Iranern sehr schwere, Sir. Wie ich schon sagte, sind unsere Delta-Operateure die besten Schützen der Welt. Wenn wir mit der Geschwindigkeit, Heimlichkeit und der damit einhergehenden Überraschung des Gegners operieren können, die unserer Planung entsprechen, werden wir schlimmstenfalls minimale Verluste haben."

Der Präsident starrte in brütendem Schweigen vor sich auf die Tischplatte. Schließlich sah er auf und blickte über den Tisch Crowly ins

Gesicht. „Wie schätzen Sie die Chancen des Gelingens der von Ihnen geplanten Operation ein?", fragte er.

„Hundert Prozent, Sir. Sonst würde ich meine Männer nicht dafür einsetzen."

Der Präsident atmete aus und richtete sich auf. Crowlys Vortrag schien ihm zur Entschlossenheit verholfen zu haben. „Okay, Leute. Das war's. Wir lassen die Special Forces die Sache machen, und zwar so bald wie möglich, ohne durch überstürztes Handeln den Erfolg des Einsatzes zu gefährden."

Es WAR der Moment, auf den die drei jungen Männer seit Wochen, Monaten, Jahren mit dem Einsatz all ihrer Kräfte hingearbeitet hatten, der Moment, in dem einer von ihnen zum Sterben erwählt werden würde. Alle drei waren unter 21. In wenigen Sekunden würde der Scheich, der ihnen gegenübersaß, denjenigen unter ihnen auswählen, der die leuchtende Verheißung seiner Jugend hingeben würde, um ein Märtyrer des Islam zu werden.

Über die kleine Moschee vor der Märtyrerhöhle sang ein kalter Nordwind melancholische Akkorde, wie um die Zeremonie, die drinnen bevorstand, passend zu untermalen. Imad Mugniyeh stand abseits der kleinen Gruppe und beobachtete gespannt die Reaktion in den Zügen des Auserwählten. Natürlich war er gewiss, dass der ausgewählte junge Mann, wenn er sich in drei Wochen in dem gestohlenen Auto auf den Weg nach Tel Aviv machte, in den sicheren Tod fahren würde. Selbst ein plötzlicher Sinneswandel des Todeskandidaten würde daran nichts ändern. Denn dem Freiwilligen sollte ein zweiter Freiwilliger folgen, der ebenfalls einen Zündmechanismus haben würde.

„Mit der Annahme der Tugenden des Martyriums können wir Schwachen und Unterdrückten den Herzen unserer Unterdrücker Furcht und Zittern einflößen", schloss der Scheich. „Der Koran lehrt uns, dass diejenigen, die Tyrannei erleiden, gegen ihre Tyrannen zu den Waffen greifen dürfen. Und hat je ein Volk eine größere Tyrannei erduldet als unsere palästinensischen Brüder, deren Leiden ihr rächen werdet?"

Er erhob sich. In der Hand hielt er ein elastisches grünes Kopfband, auf dem man in weißen arabischen Lettern das Wort des Ayatollah Khomeini las: „Der Märtyrer ist das Wesen der Geschichte." Er trat auf den jungen Mann zu, der links von den beiden anderen saß. Schweigend zog er ihm das Band um den Kopf, sodass die Inschrift auf seiner Stirn zu lesen war.

Der Jüngling schwieg, aber Mugniyeh sah, dass sein Gesicht beglückt und stolz leuchtete.

„Erhebe dich, tapferer islamischer Krieger!“, befahl der Scheich. Dann umarmte er den jungen Mann, und seine beiden Gefährten, die zu ihrem Kummer nicht erwählt worden waren, folgten dem Beispiel des Scheichs. Zuletzt küsste auch Mugniyeh den Auserwählten überschwänglich. „*Mabruk,* ich gratuliere!“

„Seit ich dreizehn war, habe ich auf diesen Augenblick gewartet“, sagte der Jüngling.

Sein Name war Saad el Emavi, und er sprach die Wahrheit. Wie so viele Kandidaten für das Martyrium war er Waise, und die Botschaft des militanten Islam hatte ihm den Vater ersetzen müssen. Sein Vater war einer der Leibwächter des Generalsekretärs der Hisbollah gewesen, jenes Scheichs Abbas Mussawi, der im Februar 1992 bei einem israelischen Hubschrauberangriff gestorben war. Saads Mutter war einem Herzschlag erlegen, als sie die Nachricht von jenem Angriff erhielt, den auch ihr Mann nicht überlebt hatte. Emavi hatte sich auf die blutige Leiche seines Vaters geworfen und geschworen, dass er seinen Tod eines Tages rächen würde.

„Komm, tapferer Krieger“, sagte Mugniyeh. Er führte ihn über die Wiese, die sich hinter der Moschee erstreckte.

Er befahl Emavi, sich auf ein Brett zu legen und die Hände auf der Brust zu falten. Der Scheich begann mit dem im Koran festgelegten Totengebet, während Emavi in ein Grab hinuntergelassen wurde, das mit einem weiteren Brett geschlossen wurde. In der feuchten Dunkelheit sollte Emavi die ersten Erfahrungen mit seinem nahen Tod machen. Er zitterte vor Kälte. Allmählich verklangen die Gebete des Scheichs. Im Geist sah er den geschundenen Leichnam seines Vaters. Er ließ sich von der Seligkeit der Gerechten ergreifen. Ein weiteres Bild nahm Form an. Das der Prozession von zweiundsiebzig Bräuten, die am Tor seines Todes auf ihn warten würden.

Nach zwanzig Minuten im Grab hob man ihn heraus. Er hatte die letzte rituelle Prüfung eines Kandidaten für das Martyrium bestanden.

Im Triumph geleitete man ihn in den Hof der Moschee, wo ein Barbier ihn erwartete. Er schnitt Emavi das Haar und den Bart. Die Haarlocken wurden in drei Säckchen gefüllt, eines für jede seiner drei Schwestern.

Sie würden diese bei der fröhlichen Feier seines Martyriums erhalten, die 24 Stunden nach seinem Tod stattfinden würde. Ein Vertreter der

Hisbollah würde sie über die Rente unterrichten, die ihnen die Organisation in Anerkennung des Opfertodes des Familienoberhaupts zeitlebens zahlen würde. Emavi ergriff einen Kugelschreiber und setzte die Botschaft auf, die seinen Schwestern zugleich mit seinen Haarlocken überreicht werden sollte.

Möge mein Tod im heiligen Krieg mir selbst und euch allen zur Reinigung von unseren Sünden dienen und dem Andenken unserer geliebten Eltern.

Ein Fotograf machte ein Foto seines lächelnden Gesichts für den gefälschten französischen Reisepass.

Dann hielt der Scheich Emavi den Koran entgegen. Dieser küsste ihn ehrfürchtig. Der Scheich hob das Buch über Emavis Kopf, der drei Schritte unter dem heiligen Buch zum Zeichen des Abschieds machte, bevor er zu dem Wagen ging, mit dem er nach Nablus, der ersten Etappe seiner letzten Reise, aufbrechen sollte. Dort würde er auf die Bombe warten, die er nach Tel Aviv bringen sollte.

Mugniyeh sah ihm nach. Auch ihm stand eine Reise bevor, nach Zabol, wohin der Professor ein Treffen zur Vorbereitung der letzten Schritte der Operation Khalid einberufen hatte.

Ein uneingeweihter Zeuge hätte die beiden Delta-Force-Männer womöglich für Statisten in einem Weltraumabenteuerfilm aus der Serie „Star Trek“ gehalten. Jeder trug einen Gentexhelm aus Kevlar mit einem eingebauten Kommunikationssystem und einer Sauerstoffmaske.

Sie trugen dreifache Ganzkörperthermalunterwäsche mit angesetzter Gesichtsmaske, sodass kein Punkt ihrer Haut der Atmosphäre ausgesetzt sein würde, wenn sie gleich in über 10 000 Meter Höhe aus dem Flugzeug sprangen. Über der Unterwäsche trugen sie enge Goretexsprunganzüge. Ihre gesamte Ausrüstung, von ihren Rucksäcken bis zu den Kompasskonsolen und den Gewehren, die sie an der linken Körperseite trugen, war ihnen eng an den Leib gebunden. Der Absprung, der ihnen bevorstand, war die größte Herausforderung für einen Mann mit einem Fallschirm. Zehn Jahre zuvor wäre eine solche Aufgabe kaum denkbar gewesen. Inzwischen hatten die beiden Männer bei ihrem Training schon ein halbes Dutzend ähnlicher Absprünge gemacht, aber der ihnen nun bevorstehende war der erste über Feindesland.

Im Verein mit den Meteorologen der US Air Force Base in Dharan in Saudi-Arabien und dem Wetterdienst ihrer eigenen Truppe hatten sie die Richtung und Stärke der verschiedenen Winde, durch die sie auf ihrem

Weg zum Boden fallen würden, ermittelt. Mithilfe ihrer Fallschirme würden sie über eine Entfernung von siebzig Kilometern bis in die Nähe ihres Ziels oberhalb der geheimen Anlage von Zabol gleiten. Von ihrer Fähigkeit, genau im Zielgebiet zu landen, hing der Erfolg ihrer Mission ab, denn nur unter dieser Voraussetzung konnten sie hoffen, noch vor Morgengrauen die Kammlinie zu erreichen und sich dort einzugraben, um aus ihren Schutzlöchern die Bewegungen der Iraner im Tal zu beobachten.

Das Flugzeug war über das Arabische Meer geflogen, dann nach Norden abgebogen, um westlich von Karatschi Pakistan und schließlich Afghanistan zu überqueren. Von hier aus müsste der Pilot nur einen winzigen Abstecher in den iranischen Luftraum machen, der so kurz wäre, dass kein iranischer Radartechniker ihn bemerken oder, falls er ihn bemerkte, beachten würde.

Nun blinkte ein rotes Licht über der Seitentür. Ein Soldat riss die Tür auf und ließ einen Windstoß ein: minus 40 Grad.

Der Erste der beiden trat vor und packte die Seiten der Tür. Nicht zu glauben, was ich hier mache, dachte er und starrte in die Schwärze draußen. Ein Summton ertönte. Er machte in einem Winkel von fünfundvierzig Grad einen Kopfsprung nach draußen.

Der Schock war brutal wie immer. Zunächst sauste er mit einer Geschwindigkeit von annähernd 900 Kilometern in der Stunde horizontal in der Luft, die wie eine Wand vor ihm stand, zugleich riss ihn aber schon die Schwerkraft mit einer Geschwindigkeit von knapp 200 Kilometern pro Stunde in die Tiefe. Reite die Luft, befahl er sich, bewahre die richtige Körperhaltung, damit du nicht anfängst zu kreiseln.

Es klappte. Er riss an der Leine und verspürte einen zweiten Stoß, als sich nun der Baldachin über ihm entfaltete und seine Fallgeschwindigkeit drosselte.

Er klappte den Deckel des Silvakompasses an seinem Gürtel auf, orientierte den Fallschirm in die gewünschte Richtung und segelte seinem Ziel entgegen. Er wusste, dass irgendwo über ihm sein Gefährte das Gleiche tat.

Bei knapp 5000 Metern begann er sich in der allmählich wärmer werdenden Luft zu entspannen. Noch einmal korrigierte er nach einem neuerlichen Blick auf den Kompass seinen Kurs. Und dann stürzte ihm schon die Erde entgegen. Die Landung war perfekt, und trotz des Gewichts seiner Ausrüstung gelang es ihm, auf den Füßen zu bleiben. Er befreite sich von seinem Fallschirm und sah sich um. Er würde seine Position gleich mit dem GPS überprüfen, aber alle Anzeichen wiesen darauf hin, dass er an der Stelle gelandet war, die er hatte erreichen wollen.

Er zog ein kleines Gerät aus der Tasche, jenem ähnlich, mit dessen Schnappen sich die Männer der 82. und 101. Luftlandedivision nach ihrer Landung in der Normandie in der Nacht vor dem D-Day ihren Kameraden zu erkennen gegeben hatten.

Er ließ das Gerät schnappen und hörte gleich darauf ein zweites Schnappen. Die beiden Männer fanden einander in der Dunkelheit, umarmten sich, begruben ihre Fallschirme und machten sich auf den Weg zum Bergkamm.

Als die Sonne aufging, lagen sie bereits in ihrem Schutzloch. Das Funkgerät war sendebereit, Feldstecher und Nachtsichtgläser waren auf die iranische Anlage gerichtet, die sich vor ihnen erstreckte. Sie hatten zwei belgische FN 30 und zwei 22er Pistolen mit Schalldämpfern. Diese würden sie auf Schafhirten, Schafe, Katzen, Hunde oder Ratten richten, die auf die unglückliche Idee kommen sollten, ihnen Gesellschaft leisten zu wollen.

ZWEIUNDSIEBZIG Stunden nachdem die beiden Delta-Force-Männer ihren Beobachtungsposten bezogen hatten, hatte Colonel Crowly seine Einsatztruppe auf dem Manövergelände in Nevada beisammen, um mit den Proben für den Angriff auf den Nuklearbunker der Iraner zu beginnen. Vor ihm standen dreißig Delta-Männer. Er hatte sie bereits in drei Stoßtrupps eingeteilt. Außer diesen waren fünfzig Rangers und die Besatzungen der vier V22 anwesend, die seine Leute zum Einsatzort fliegen würden, sowie die Piloten der zwei AC-130-Kampfmaschinen, deren Feuer den Angriff eröffnen sollte.

Bereits nach 48 Stunden hatte eine Spezialeinheit der Armee eine maßstabgetreue Nachbildung des Areals, das seine Männer anzugreifen hatten, in die Berge von Nevada gestellt. Man fand da die Schützenlöcher der Revolutionswächter ebenso wie die Stellungen der Fliegerabwehrraketen, die am Rand des Vorplatzes der iranischen Kernwaffenfabrik platziert waren. Vorplatz und Felswand glichen bis ins letzte Detail den Vorbildern im südlichen Iran. Und in der Felswand befand sich hier in Nevada wie dort im Iran eine massive Stahltür. Unglücklicherweise waren hier die Nachbauer an ihre Grenzen gestoßen: Die stählernen Türflügel lagen auf der nackten Felswand, denn was sich hinter den iranischen tatsächlich verbarg, wusste man nicht. Während der drei Tage, in denen die beiden Delta-Männer sie aus ihrem Versteck beobachtet hatten, waren die Türen nicht einmal geöffnet worden. Die Iraner betraten und verließen die Anlage durch eine kleine, unten in das hohe Stahltor eingelassene Tür. Diese Wissenslücke beunruhigte Crowly erheblich.

Er sah zu seinen beiden Besuchern hinüber. Jim Duffy fühlte sich in der Felduniform der US-Army, in der er an der Operation teilnehmen sollte, augenscheinlich noch ziemlich unbehaglich. Dr. Leigh Stein vom Energieministerium, der wie gewöhnlich Anzug und Krawatte trug, dagegen harrte in bequemer Haltung interessiert der Dinge, die da kommen sollten. Crowly zwinkerte den beiden zu und trat in die Mitte des nachgebauten Vorplatzes. „Okay, Leute, alle mal herhören", begann er. „Unser Angriff wird um nulldreihundert Uhr Ortszeit beginnen, vierundzwanzig Uhr ZULU. Das Datum wird vom Ergebnis unserer Übungen hier abhängen, ist aber in spätestens zehn Tagen vorgesehen."

Er hielt inne, um seinen Männern Gelegenheit zu geben, sich klarzumachen, dass für die Vorbereitung der Operation auf keinen Fall viel Zeit zur Verfügung stand. Dann wandte er sich Stoßtrupp eins zu, der mit seinem Führer seiner Instruktionen harrte. „Sie, meine Herren vom Stoßtrupp eins, werden sich, wenn die AC-130 angreift, in 2500 Meter Höhe über dem Einsatzgebiet an Bord der V22 Nummer eins befinden. Sobald der Pilot der Kampfmaschine Ihrem Piloten das Ende seines Einsatzes meldet, wird dieser Sie hier auf dem Vorplatz absetzen." Er wies auf einen weißen Kreis, der auf den Asphalt des Vorplatzes in Nevada gezeichnet war. „Sobald Sie landen, werden Sie der Reihe nach das Flugzeug verlassen und das Gebäude durch den Haupteingang stürmen. Die beiden Männer an der Spitze der Kolonne werden Betäubungsgranaten durch die Tür werfen und Ihnen so den Eintritt erleichtern. Sie werden dann reingehen und alles neutralisieren, was sich da nach dem Angriff der AC-130 noch bewegt. Kapiert?"

Die zehn Angehörigen des Stoßtrupps eins schienen die Aussicht, ein Gebäude zu stürmen, in dem sie schlimmstenfalls eine Übermacht von sechs zu eins erwartete, nicht tragisch zu nehmen und brummten zustimmend.

Crowly wandte seine Aufmerksamkeit nun den beiden verbleibenden Stoßtrupps zu. „Die Teams zwei und drei werden an Bord der V22 Nummer zwei sein. Sie werden direkt neben der ersten V22 landen, und zwar hier." Er wies auf einen zweiten auf den Asphalt gezeichneten weißen Kreis. „Team zwei, Sie begeben sich gleich nach der Landung vor das große Stahltor, das Sie hinter mir sehen, bringen Sprengladungen an, mit denen wir es, wenn nötig, aufsprengen können, und sichern Ihre Position. Das dritte Team werde ich zusammen mit diesem Gentleman hier persönlich begleiten, Mr Duffy von der CIA, der sich freundlicherweise freiwillig zur Teilnahme an unserem Ausflug gemeldet hat." Er bedachte Duffy mit einem Lächeln und ergriff dann die Vergrößerung eines Fotos. „Dies hier ist der Chef der Anlage. Er heißt Kair Bollahi, wird aber allgemein der ‚Professor' genannt. Soweit wir bisher haben ermitteln können, schläft auch er in der Gemeinschaftsunterkunft der Techniker und Wissenschaftler. Dieser Professor wird genau wissen, wo und in welchem Zustand die drei Atomsprengköpfe sind. Wir werden unseren Professor bitten müssen, uns zu seinen Babys zu führen."

„Und wenn er sich weigert?", fragte einer der Männer von Stoßtrupp drei.

„Dann müssen Mr Duffy und ich in Aktion treten."

„Und wenn auch Sie beide ihn nicht überreden können?"

„Dann fürchte ich, wird er sich zu den anderen, die nicht geredet haben, gesellen müssen, und Mr Duffy wird um die Meldung von Freiwilligen bitten, die bereit sind, uns zu führen – oder wir werden die Bomben selbst suchen."

„Was wissen wir über den Zustand der Bomben?", fragte der Führer des dritten Stoßtrupps. „Könnten sie hochgehen bei dem Versuch, sie rauszubringen?"

Crowly wandte sich an Leigh Stein. „Ich habe Dr. Stein, einen unserer führenden Nuklearwaffenexperten, gebeten, zu solchen Fragen Stellung zu nehmen."

Stein übernahm mit einem kurzen Nicken. „Ich glaube, ich kann Ihnen versichern, dass diese Waffen noch nicht funktionsfähig sind. Und für den Transport der Geräte werden Sie mit Kupfer ausgeschlagene Kisten erhalten, in denen jede Radioaktivität sozusagen hinter Schloss und Riegel ist."

FÜNF Tage und drei Übungsnächte später nahm während des Rückflugs ihrer V22 nach McCarran Crowly Jim Duffy zur Seite. „Heute haben wir's in vierundzwanzig Minuten geschafft, ich schätze, das ist so schnell wie möglich. Leider wissen wir noch immer nicht, wie es hinter diesem Stahltor aussieht. Das ist eine große Lücke in unserer Zielaufklärung. Trotzdem glaube ich, dass wir in diesem Fall keine andere Wahl haben. Ich glaube, wir müssen jetzt ran."

„Denke ich auch“, meinte Duffy zustimmend. „Was ist also der nächste Schritt?“

„Wir bringen unsere Flugzeuge, Ausrüstung und Mannschaften nach Incirlik an die Ausgangsbasis der Operation. Und dann wird's spannend. Ich will nur hoffen, dass uns der Präsident den endgültigen Einsatzbefehl möglichst bald gibt.“

„Der Präsident scheut die Gewaltanwendung“, bemerkte Duffy. „Aber bei unserer letzten Sitzung im Weißen Haus kam er mir vor wie ein zum Handeln entschlossener Mann. Am Ende wird er den Einsatzbefehl wohl doch erteilen.“

„Wahrscheinlich.“ Crowly grinste. „Alle Präsidenten lieben Kommandounternehmen. Es hat noch keinen gegeben, der da anders war.“

IM BÜRO der Leitstelle tranken Duffy und Lohnes schon die dritte Tasse Kaffee, obwohl es erst acht Uhr morgens war, als das Telefon klingelte.

Es war der Wachhabende, der im Lageraum, nur wenige Türen von Lohnes' Büro entfernt, die Satellitenbilder des iranischen Objektes am Monitor beobachtete. Das Nationale Aufklärungsamt in Chantilly überspielte diese Bilder sowohl der CIA in Langley als auch dem USSOCOM-Hauptquartier in Tampa.

„Also“, sagte der Beamte, „es sieht so aus, als versammelten sie sich zu einer Gipfelkonferenz. Vielleicht wollen Sie sich das mal ansehen.“

Duffy und Lohnes waren schon unterwegs in den Lageraum.

„Diese Typen haben keinen Besuch gehabt, seitdem ich ihren Laden beobachte“, berichtete der Wachhabende, „und nun sind innerhalb einer Stunde schon drei Besucher eingetroffen, und das da ist der vierte.“ Er wies auf ein Gefährt, das eben die Straßensperre passierte. Es sah aus wie ein Landrover. „Können wir etwas näher an das Fahrzeug herangehen, Chantilly?“, fragte er.

Duffy sah den Wagen vor dem Tor zu der unterirdischen Anlage halten. Ein Empfangskomitee schwärmte sofort aus. Duffy versuchte angestrengt, den Mann zu mustern, der aus dem Landrover stieg. Er umarmte zwei von den Männern, die ihn erwarteten, und entbot, Stirn und Herz mit der rechten Hand berührend, den Übrigen einen brüderlichen islamischen Gruß.

„Ja“, flüsterte Duffy, als der Ankömmling nun auf das Tor zuschritt, „ich möchte wetten, dass das mein alter Kumpel, der Gucci-Mudsch, ist, der Typ, der ihre Drogentransitsteuer eintreibt. Der ist garantiert nur da, um sich mal anzusehen, wo das ganze Geld, das er sammelt, hinfließt.“

RESPEKT. Ehrfurcht. Furcht. Hochgefühl. Hass. Alle diese Emotionen konnte Dr. Parvis Khanlari in den Gesichtern der Angehörigen des Ausschusses für Geheimoperationen lesen, die da die erste vollständig montierte Atombombe betrachteten. Das Ziel der Reise, die mit dem mitternächtlichen Rendezvous des Professsors in der Steppe von Kasachstan begonnen hatte, war nun zum Greifen nahe. Die Operation Khalid trat in ihre Endphase ein.

Die Bombe lag in einem Behälter, den Khanlari eigens für sie entworfen hatte. Man brauchte vor der Abfahrt nur noch den Deckel zu versiegeln.

„Wie stark wird die Explosion sein?", fragte Sadegh Izaddine, der Mullah, der die Einsatzgruppe leitete, die Tari Harmian in London ermordet hatte, weil er es gewagt hatte, die Operation Khalid zu kritisieren.

„Ganz genau lässt sich das nicht sagen, denn wir haben natürlich keine Tests machen können. Doch aufgrund meiner Berechnungen dürfte die Stärke der Explosion zwischen dreißig und fünfunddreißig Kilotonnen liegen."

„Ja", sagte Izaddine, „aber was *heißt* das?"

„Das heißt, dass unsere Bombe erheblich stärker ist als diejenige, die auf Nagasaki abgeworfen wurde."

„Und wird die Explosion Tel Aviv zerstören?", drängte Izaddine.

„Tel Aviv wird nicht vollkommen von der Erdoberfläche verschwinden, aber die Wirkung der Explosion wird schrecklich sein. Es wird ein zweiter Holocaust sein."

Khanlari bemerkte ein Lächeln freudiger Erwartung auf den Zügen dreier seiner Zuhörer. Die anderen starrten ihn fast ausdruckslos staunend an, als könnten sie die Ungeheuerlichkeit der Macht, über die sie nun verfügten, noch nicht begreifen.

„Wie lange brauchen Sie, um die beiden anderen Bomben fertig zu stellen?", fragte Ali Mohatarian, der Vorsitzende des Ausschusses.

„Wenn wir darauf achten, alles richtig zu machen, brauchen wir je Bombe fünf Tage", versprach Khanlari.

„Wir müssen unseren Wissenschaftlern die Zeit zugestehen, die sie benötigen, ihre Arbeit zu erledigen", sagte der Professor. „Ich habe Sie eingeladen, damit Sie das Ergebnis ihrer Arbeiten bewundern können, aber auch damit wir entscheiden, wo wir die zwei anderen Bomben nach ihrer Fertigstellung einsetzen wollen." Er blickte auf seine Uhr. „Es ist schon fast fünf. Vielleicht sollten wir jetzt nach oben in mein Büro gehen und mit unseren Beratungen beginnen."

„Washington", murmelte ein Angehöriger des Ausschusses im Aufzug. „Gibt es nicht eine Möglichkeit, eine von diesen Bomben in Washington zu zünden?"

DIE ANGEHÖRIGEN des Ausschusses für Geheimoperationen hatten kaum rund um den Schreibtisch des Professors Platz genommen, als dessen Uhr die fünfte Stunde anzeigte.

Genau in diesem Augenblick sendete der Gallium-Arsenid-Chip in dem Kryotron der just von Dr. Parvis Khanlari vollendeten Atombombe ein vorprogrammiertes Funkzeichen auf der Wellenlänge von 1,50012 Gigahertz. Das Signal drang ebenso wenig aus dem unterirdischen Laboratorium in den Weltraum, wo ein Satellit darauf wartete, es zu empfangen, wie die vorausgegangenen 36 Signale.

In diesem Augenblick entwichen aus dem Kryotron sechs Streusignale, alle so schwach, dass in einer Entfernung von fünfzig Zentimetern auch das empfindlichste elektronische Gerät sie nicht hätte empfangen können.

Eines von diesen ging auf der Frequenz von 1,2001 Gigahertz hinaus. Wie das Leben so spielt, war aber das besagte Kryotron von der in Dr. Parvis Khanlaris Funkempfänger eingebauten Antenne keine fünfzig Zentimeter weit entfernt. Die Distanz zu der kleinen schwarzen Nadel, die Dr. Khanlari justiert hatte, betrug exakt 27,5 Zentimeter. Die Antenne empfing das Signal und erkannte es als dasjenige, auf dessen Empfang sie programmiert war.

Das Funkgerät schloss das elektrische Relais und schickte einen Stromstoß von 250 Volt in die Kryotronen-Montagen, die dann ihrerseits den Zündern der Bombe Stromstöße von je 4000 Volt versetzten. Die Schockwellen von den explodierenden Zündern drangen nicht nach außen, sondern nach innen, sodass es anstatt zu einer Explosion zu einer Implosion kam. Mit ungeheurer Wucht drängten sie den äußeren der Berylliumreifen nach innen.

Als dann der Plutoniumkern der Bombe aufs Äußerste komprimiert war, jagte das dritte Kryotron seinen gewaltigen Stromstoß in die Neutronenbüchse. Die Tritiumkerne in der Büchse fusionierten und gaben dabei einen Hagelschauer von Neutronen ab, die die Büchse ins Herz des Plutoniumkerns feuerte. Der ganze Prozess lief in einer halben millionstel Sekunde ab und war längst vorbei, als der Knall der Zünder das Trommelfell der zunächst stehenden iranischen Techniker erreichte.

Dr. Khanlari und seine Männer hatten saubere Arbeit geleistet. Als der

Kernzerfall des Geräts das höchste Maß an Energie freisetzte, war eine Sprengkraft von 25 Kilotonnen erreicht, die diejenige der einst auf Nagasaki abgeworfenen Bombe weit übertraf.

Die erste Wirkung war eine Flut von Strahlungen des ganzen Spektrums von Gamma-, Alpha- und Röntgenstrahlen, die sich mit Lichtgeschwindigkeit ausbreiteten. Diesen folgte das Licht selbst, jenes furchtbar gleißende Licht, das Dr. Robert Oppenheimer, der Vater der Atombombe, als „heller als tausend Sonnen" bezeichnet hatte. Mit diesem ging weiße Glut einher, in der die Körper der im Büro des Professors versammelten Männer förmlich verdunsteten und mit der Materie der Geräte des Laboratoriums und der natürlichen Umgebung verschmolzen. Blitzartig erfolgte der Zerfall aller Dinge zu Staub.

Jenseits des Tals fühlten die beiden Delta-Männer in ihrem Unterstand die Erde erzittern. Der Berg ihnen gegenüber schien zu schwanken. Scheiße, dachte der Führer, ein Erdbeben. Dann flogen die Stahltüren aus dem Eingang der unterirdischen Anlage, und das aufgerissene Tor spie Feuer. Schlagartig begriffen die Männer, was geschehen war. Für einen derartigen Fall gab es einen Fluchtplan, demzufolge sie sich nach Norden auf afghanisches Gebiet retten sollten, um dort über Funk einen Hubschrauber zu ihrer Evakuierung anzufordern.

Angesichts der Satellitenaufnahmen am Bildschirm im Lageraum der CIA in Langley begriff auch der Beamte, der die iranische Anlage beobachtete, sofort, was geschehen war.

„Großer Gott", entfuhr es ihm, „eine ihrer Bomben ist hochgegangen."

Jim Duffy und Jack Lohnes spurteten aus dem Büro des Direktors den Korridor entlang in den Lageraum, wo die Explosion am Bildschirm für sie wiederholt wurde.

„Kann der Satellit die durch die Explosion freigesetzte Radioaktivität für uns messen?", fragte Lohnes.

„Und was ist mit dem Präsidenten?", wollte Duffy wissen. „Ist der schon benachrichtigt worden?"

Minuten später platzte der Nationale Sicherheitsberater in eine Sitzung, in welcher der Präsident mit dem Verteidigungsminister und der Außenministerin die Modernisierung der polnischen Luftwaffe erörterte. Alle vier eilten in den Lageraum des Weißen Hauses und sahen sich dort das Satellitenvideo der Explosion an.

„Wo ist Colonel Crowly?", fragte der Präsident schließlich.

„Unten im USSOCOM-Hauptquartier in Tampa, auf dem Sprung in die Türkei", sagte der Verteidigungsminister.

„Holen Sie ihn ans Telefon!“, befahl der Präsident.

„Colonel Crowly“, erklärte er, als er den Offizier am Apparat hatte, „Ihr Einsatz hat sich erübrigt.“

Selbst ein psychologischer Laie hätte die Enttäuschung in der Stimme des Colonels herausgehört, als er fragte: „Warum?“

„Ein Engel ist uns zuhilfe gekommen“, erwiderte der Präsident.

Später am Tag traf der Präsident infolge der Explosion bei Zabol drei Entscheidungen. Alle Seismografen in jener Gegend hatten ein Beben der Stärke 5,2 auf der Richterskala registriert. Da Erdbeben in jener Gegend keine Seltenheit waren, schrieb die iranische Regierung auch dieses Mutter Natur zu. Nichtsdestotrotz wurde während der Rettungsarbeiten das Gebiet für Ausländer gesperrt.

Tatsächlich sollte niemand je erfahren, was die Atomexplosion herbeigeführt hatte. Der fürchterliche Brand in der unterirdischen Anlage hatte alle Spuren restlos getilgt. Angesichts dieser Tatsache beschloss der amerikanische Präsident, dass die Regierung der Vereinigten Staaten der iranischen Regierung offiziell nicht widersprechen sollte. Stattdessen unterrichtete er die Regierungen Großbritanniens, Frankreichs, Deutschlands und Israels vertraulich über den gescheiterten Versuch der Iraner, sich Atomwaffen zu beschaffen.

Dann schickte er einen Sonderbotschafter zum saudi-arabischen Kronprinzen. Er ließ diesen bitten, dem iranischen Präsidenten Khatami mündlich eine persönliche Botschaft des Präsidenten der USA zu übermitteln. Präsident Khatami sollte erfahren, was in jenem unterirdischen Laboratorium versucht worden war. In der Mitteilung hieß es weiter, der Präsident der Vereinigten Staaten betrauere die Todesopfer des Unfalls und hoffe, dass sein iranischer Amtskollege nun, da er über die Pläne der Fanatiker in seinem Umfeld in Kenntnis gesetzt sei, künftig die Kraft aufbringen möge, sein Land und den Islam auf den Pfad der Gerechtigkeit, der Mäßigung und der Weisheit zurückzuführen.

Die letzte Entscheidung des Präsidenten der USA betraf Jim Duffy. „Ich will, dass der Kerl mit der ‚Distinguished Service Intelligence Medal‘ ausgezeichnet wird“, befahl er dem Direktor der CIA.

„Sir, er hat schon zwei.“

„Geben Sie ihm noch eine dritte. Und ich will auch, dass Sie ihm einen neuen Job zuteilen. Er soll das Potenzial der CIA für verdeckte Operationen reorganisieren. Immer wenn ich euren Haufen gebraucht habe, weil was diskret erledigt werden musste, sei es im Irak oder in

Birma, in Beirut oder im Iran, habt ihr Mist gebaut. Ihr seid Papiertiger geworden. Und in dieser verrückten neuen Welt, in der wir leben, brauchen wir die Mittel, erfolgreich verdeckte Operationen durchzuführen, noch viel dringender als zur Zeit des Kalten Krieges. Sagen Sie Duffy, dass er wieder ein bisschen mehr Zug in die Operationsabteilung bringen soll. Er wird dabei mit den Aufsichtsausschüssen des Kongresses zusammenarbeiten müssen, aber die Arbeit muss schließlich gemacht werden!“

JIM DUFFY kam aus der Ecclestone Street auf den Chester Square und bewunderte die Reihen weißer Stuckhäuser, die da auf den Park hinausblickten. In der Hand trug er einen Strauß gelbe Rosen. Fast unbewusst begann er das Lied aus „My Fair Lady“ zu summen, das er so liebte. *„Here on the Street where you live.“*

Vor dem Haus Nr. 5 blieb er verwundert stehen. Am schmiedeeisernen Gitter der Gartenpforte hing ein Schild mit der Aufschrift: ZU VERKAUFEN.

Nancy öffnete ihm selbst die Tür. „Jim! Schön, Sie wieder zu sehen.“

Sie nahm ihm den dargebotenen Strauß aus der Hand. „Sollen wir uns oben noch einen Drink genehmigen, ehe wir essen gehen?“

Während Jim im Salon zwei Gläser Wein einschenkte, brachte er seine Entschuldigung vor: „Es tut mir Leid, dass ich so spurlos von Ihrem Radarschirm verschwinden musste. Aber ich bin da im Norden auf etwas gestoßen, was mich gezwungen hat, geradewegs nach Washington zurückzukehren.“

„Machen Sie sich deswegen keine Sorgen“, erwiderte Nancy lachend. „Ich mag geheimnisvolle Männer.“

Sie nahm das Glas Weißwein, das er ihr reichte, und winkte ihn zu sich. „Da wir gerade über Geheimnisse sprechen – haben Sie von diesem Erdbeben im Iran gelesen?“

„Ja, darüber stand irgendwas in der Presse.“

„Einige der hiesigen Zeitungen deuteten an, dass da vielleicht mehr als nur ein Erdbeben stattgefunden hat!“

„Sie glauben doch hoffentlich nicht alles, was Sie in der Zeitung lesen, oder?“

„In London?“, fragte Nancy. „Ganz bestimmt nicht.“ Sie schüttelte den Kopf.

Duffy ging zum Fenster und blickte hinaus auf die grünen Rasenflächen der Gärten auf dem Chester Square. Auf seltsame Weise hatte der Weg nach Zabol hier in diesem Haus begonnen. Und er verdankte Nancy mindestens einen Hinweis auf die Richtung, die er hatte nehmen müssen.

„Wissen Sie, Nancy", sagte er und drehte sich nach ihr um, „die Kerle, die Ihren Mann ermordet haben, können Sie vergessen. Die sind weg. Von denen wird nie wieder jemand eine Spur finden."

Nancy seufzte wehmütig. „Ja, ich habe mich schon damit abgefunden."

„Ich kann Ihnen aber eines sagen. Die Männer, die Ihnen diese Mörder ins Haus geschickt haben, sind alle tot. Sie waren finstere Typen. Und sie sind infolge einer Kette von Ereignissen gestorben, die von etwas ausging, was Ihr verstorbener Mann getan hat."

„Danke, Jim. Das ist ein Trost, den ich dringend brauche. Ich nehme nicht an, dass Sie mir sagen können, woher Sie das wissen?"

„Nein. Jedenfalls nicht heute Abend." Duffy leerte sein Glas. „Nun erzählen Sie mir aber von sich. Wie geht es Ihnen?"

„Mir geht es prima, seitdem ich Ihrem Rat gefolgt bin."

„Was soll denn das heißen?"

„Kennen Sie das Institut für Strategische Studien in Washington?"

„Sicher. Kennt doch jeder. Warum?"

„Ich hörte, dass sie einen Ethnologen suchen, jemanden mit meinem Spezialgebiet. Also habe ich mich beworben. Und was glauben Sie? Sie haben mich genommen."

Duffy hatte sich auf das Sofa neben sie gesetzt. So viel war in so kurzer Zeit geschehen. Was für ein Sturm von Ereignissen seit jenem bitterkalten Morgen, an dem Frank Williams in seiner Einfahrt gehalten hatte, um ihn aus seinem Versteck in den Wäldern von Maine herauszuholen.

„Das ist ja wunderbar, Nancy. Wissen Sie, ich gehöre nicht zu den Leuten, die glauben, dass unsere Geschicke uns vorherbestimmt sind. Ich glaube, wir bestimmen sie selbst. Auf seltsame Weise haben mir die letzten drei oder vier Monate geholfen, mein kaputtes Leben wieder zusammenzusetzen – und doch haben diese gleichen Monate Ihr Leben fast kaputtgemacht. Ich schulde Ihnen … Ich hoffe, Sie werden mir gestatten, Ihnen zu helfen, wenn Sie in Washington sind – ich möchte Ihnen helfen, dahin zu gelangen, wo ich jetzt schon bin."

„Oh, das werde ich ganz bestimmt, Jim."

Einige Minuten später sahen sie sich draußen auf dem Platz nach einem Taxi um.

„Wohin gehen wir?", fragte Nancy.

„Ich habe einen Tisch in einem Lokal namens ‚Daphne's' bestellt. Wie ich höre, ist das ein absoluter Insidertipp."

Nancy lachte herzlich und jungmädchenhaft, was Duffy, der sie so noch nie hatte lachen hören, sehr erfrischend fand.

„Jim, Sie sind unglaublich. Sie steigen aus dem Flugzeug und wissen sofort, wo man hingeht. Wenn ich nach Washington komme, müssen Sie mich dort in Ihre Lieblingslokale führen, ja?"

„Natürlich, darauf können Sie Gift nehmen."

„Versprochen?"

„Versprochen."

London ist wirklich kaum noch wieder zu erkennen, dachte der bejahrte Taxichauffeur, der nun am Bordstein hielt. Zwei erwachsene Menschen, die sich mitten auf dem Chester Square wie zwei Teenager in den Armen liegen. So etwas hatte es früher hier nicht gegeben!

Foto: Édit. R. LAFFONT/H. Boutet

Ein Journalist der vordersten Front

1954, noch während seines Militärdienstes im Nato-Hauptquartier bei Paris, traf Larry Collins den französischen Journalisten Dominique Lapierre. Damals ahnte der junge Amerikaner nicht, dass ihn Jahre später eine äußerst erfolgreiche Zusammenarbeit mit dem Franzosen verbinden sollte.

Zuvor jedoch erwarb sich Collins einen außerordentlichen Ruf als Journalist der vordersten Front. Nach einer Stippvisite als Auslandskorrespondent im Pariser Büro der *United Press* wurde er zunächst nach Rom gesandt, später dann zum Korrespondenten der Agentur im Nahen Osten ernannt. Von Beirut aus berichtete er über alle Staaten der arabischen Welt, die Türkei, den Iran und Zypern. Als er 1959 zum Nachrichtenmagazin *Newsweek* wechselte, weitete er seinen Zuständigkeitsbereich nochmals aus. Während seiner Zeit dort berichtete Collins über zehn Staatsstreiche und gewalttätige Erhebungen, und seine Arbeitgeber bezeichneten ihn als den „Korrespondenten, der jedes Mal zur Stelle war, wenn irgendwo eine Revolution oder ein Staatsstreich bevorstand – sogar in der Dominikanischen Republik, wo er eigentlich nur Urlaub machen wollte".

1960 schließlich traf er in Paris Dominique Lapierre wieder, und die beiden beschlossen, ihre gemeinsame journalistische Erfahrung zu nutzen und zusammen ein Buch zu schreiben. Vier Jahre später erschien ihr erster Bestseller *Brennt Paris?*, der in 22 Sprachen übersetzt und millionenfach verkauft wurde. Und auch die nachfolgenden Bücher *(... oder du wirst Trauer tragen, O Jerusalem, Gandhi – Um Mitternacht die Freiheit, Der fünfte Reiter)*, allesamt akribisch recherchierte Reportagen, gewannen eine weltweite Lesergemeinde.

Das Glück
ist mollig
Verena C. Harksen

Auch mit ein paar Pfunden zu viel kann man sich rundum wohl fühlen. Die mollige Dodo und ihre rundliche Bassethündin verströmen so viel Behaglichkeit, dass dies auch auf die Herren der Schöpfung ausgesprochen anziehend wirkt.

ERSTES KAPITEL

So also sieht eine verlassene Geliebte aus“, sagte Dodo laut und betrachtete sich im Badezimmerspiegel. Was sie sah, war weniger tragisch, als man dem Unterton ihrer Stimme entnehmen konnte: ein rundes Gesicht mit Grübchen in den Wangen, große braune Kulleraugen, eine unerwartet spitze, kleine Nase und ein breiter, normalerweise vergnügter Mund. Ein Kopf voll kurzer hellbrauner Locken, mit hübschen, kleinen Ohren. Rosige Haut mit einigen Sommersprossen. Ein paar Lachfältchen um die Augen. Zu alldem gehörte ein niedliches, unübersehbares Doppelkinn und ein kurzer, glatter Hals.

Mehr zeigte der Spiegel nicht, und das, fand Dodo, war gut so. Denn unterhalb des durchaus anziehenden Halses erweiterte sich der Prospekt – Dodo wuchs in die Breite. Hundert entzückende Kilo wollten getragen sein.

„Mit fünfunddreißig ist man eben etwas fraulicher“, erklärte Dodo ihrem stirnrunzelnden Spiegelbild. Aber das war gelogen, denn Dodo war schon als Kind wohlgenährt durchs Leben geschritten und hatte selbst in den Jahren größter pubertärer Eitelkeit keinen Hang zur Magersucht entwickelt. Im Lauf der Zeit war ein Rettungsring zum anderen gekommen, ein Pölsterchen hatte sich ans nächste geschmiegt und war vereint mit ihm zum Polster geworden. Dodos Appetit hatte den Kampf gegen alle Diäten haushoch gewonnen. Dafür war sie wohlgepflegt, fröhlich und von Jugend an gewöhnt, die Blicke der Männerwelt auf sich zu lenken. Den sinnlichen Freuden aufgeschlossen und einfallsreich in Küche und Koje, hatte Dodo zwar noch nicht den einen und Einzigen gefunden, mit dem sie ihr Leben für immer hätte teilen wollen. Aber sie war auf der Suche nach ihm immer wieder auf Männer gestoßen, mit denen sie ihre freien Stunden gern und zu beiderseitiger Freude verbringen konnte.

Seit fast fünf Jahren war es Hanns gewesen, der den Platz auf ihrer Bettkante innegehabt hatte – Hanns mit den zwei *n* und dem modischen Doppelnamen.

Ursprünglich bescheiden Hans Müller getauft, hatte er sich irgendwann das zweite *n* zugelegt. Aus Müller war mit Hilfe des Mädchennamens seiner Mutter Müller-Bertram geworden.

Passend zum gehobenen Namen betrieb Hanns Müller-Bertram ein kleines, ebenso gehobenes Antiquitätengeschäft, das er gern seinen „Salon“ nannte. Firmenschild, Geschäftskarten und Briefpapier waren in englischer Schreibschrift gehalten, der Teppichboden im Laden in *vert anglais*, von Dodo respektlos als „olles Dunkelgrün“ bezeichnet. Hanns führte nur ausgewählte Stücke und verstand es, sie so schamlos anzupreisen, dass die geblendeten Gäste den größten Schund als Kostbarkeit bewunderten und ehrfürchtig die geforderten Phantasiepreise bezahlten.

„Was ich verkaufe“, hatte er Dodo erklärt, „ist immer echt und alt. Ob es sich dabei um Qualitätsarbeit handelt, ist unwesentlich. Der Wert liegt im Auge des Betrachters.“

Mit diesem praktischen Grundsatz und einem gut geölten Nachschubsystem, das ihn mit Möbeln und anderen Gegenständen versorgte, die großenteils schon vor hundert Jahren, unmittelbar nach ihrer Entstehung, als Ausschuss auf den Sperrmüll gehört hätten, war Hanns Müller-Bertram zu gesellschaftlichem Ansehen und einigem Wohlstand gelangt. Obwohl er nach ein paar Semestern Betriebswirtschaft den, wie er sagte, „proletarisierten Unibetrieb“ mit dem „Abenteuer des freien Spiels der merkantilen Kräfte“ vertauscht hatte, gab er sich gern akademisch gebildet. Er liebte es anzudeuten, wie gern er Kunstgeschichte studiert hätte, hätten sich nicht unüberwindliche Hindernisse gegen dieses Herzenssehnen aufgetürmt. Dabei seufzte er jedes Mal und sah sein Gegenüber aus großen, traurigen Augen an, ein unverbesserlicher Romantiker.

Hanns war fünf Jahre älter als Dodo und bezeichnete sich selbst als eingefleischten Junggesellen. Während er in seinem Salon gern mit Designerjeans, schwarzem Oberhemd und bordeauxrotem Cordjackett auftrat, liebte er privat elegante Anzüge, Seidenschals und helle Kaschmirmäntel. Er war bis auf ein leichtes Spitzbäuchlein gertenschlank, wenig über mittelgroß und hatte welliges, sorgfältig gekämmtes blondes Haar. Eine Hornbrille schützte die blauen Augen vor direktem Blickkontakt mit allen Unwürdigen.

Dodo hatte von Hanns eine Menge über Antiquitäten, Kunst und Schickeria gelernt und erkannt, dass diese Welt niemals die ihre werden würde. Trotzdem half sie ihm manchmal im Laden und spielte die Gastgeberin bei den kleinen, feinen Partys, die er für seine Lieblingskunden in seiner Wohnung im Sachsenhäuser Malerviertel gab. Dabei stellte er sie als seine „liebe, gute Freundin Frau Döbritz" vor und achtete darauf, dass Dodo einen repräsentativen Eindruck machte. Ihre Kleider suchte er aus, ließ Dodo anprobieren, bis sie vor Erschöpfung fast umfiel, und bezahlte alles ohne Murren. Zuerst hatte Dodo diese Sorte Geschenke abgelehnt, doch da sie die von ihm bevorzugten Sachen in der Regel grässlich fand und nur bei ihm anzog, nahm sie die Klamotten als das, was sie waren: eine Art Arbeitskleidung für ihre Tätigkeit als Partyhostess.

Seit einiger Zeit war Dodo aufgefallen, dass Hanns sich verändert hatte. Ab und zu merkte sie, wie er sie von der Seite musterte, den Kopf schüttelte, aber nichts sagte. Gelegentlich seufzte er und schien zum Sprechen anzusetzen, verkniff es sich aber. Dodo hatte ihn wiederholt gefragt, ob etwas nicht in Ordnung sei, was er indessen immer bestritten hatte.

Vorgestern Abend hatte er sie vom Büro abgeholt und zum Essen ausgeführt. Das kam häufiger vor, aber diesmal hatte Dodo sofort bemerkt, dass er etwas auf dem Herzen hatte. Da er nicht von selbst anfing, hatte sie beim Nachtisch die Initiative ergriffen.

„Nun komm schon, Hanns! Ich sehe doch, dass etwas nicht stimmt. Raus mit der Sprache."

Hanns räusperte sich. „Meine liebe Dodo", begann er feierlich, „in der Tat muss ich dir etwas Wichtiges mitteilen."

Dodo zuckte zusammen und dachte eine erschrockene Sekunde lang, er wolle ihr einen Heiratsantrag machen. Eine zweite Sekunde lang wunderte sie sich darüber, dass dieser Gedanke sie erschreckte. Aber schon fuhr Hanns mit ernster Miene fort.

„Dodo, ich weiß nicht, wie ich es sagen soll, kurz und gut: Ich habe mich verlobt."

Dodo war so verblüfft, dass sie ihn nur anstarrte. „Was?", stotterte sie schließlich. „Du hast dich verlobt?"

„Jawohl. Mit Frau Dr. Elisabeth von Wellen-Brahmen. Du hast sie doch bei mir kennen gelernt."

Dodo kramte in ihrem Gedächtnis. Ja ..., da war eine hübsche, schlanke, junge Frau gewesen ..., eine Rothaarige ..., sehr sympathisch. „Die Kunsthistorikerin?"

Hanns nickte. „Ja. Sie hat mich in letzter Zeit beraten. Wir ..., es war Zuneigung auf den ersten Blick, Dodo. Verzeih mir! Ich konnte nichts dagegen tun. Elisabeth ist meine Seelengefährtin, meine ..." Er brach ab.

Dodo platzte, ohne nachzudenken, heraus: „Und die nimmt dich? So eine nette Frau?"

„Na hör mal", zischte Hanns unfreundlich. „Ich bin schließlich kein Nobody! Das müsstest du doch wissen. Immerhin hast du fünf Jahre meine Vorzüge genossen."

Dodo musste lachen. „Ja, das habe ich allerdings. Es kommt mir nur alles ein bisschen plötzlich. Oder hast du dich schon länger mit – hm – Veränderungsabsichten getragen?"

Hanns zögerte. „Nun ja", meinte er dann, „ich ..., es liegt ein bisschen an ... deiner Figur, Dodo ... Weißt du, *ich* mag ja dieses Barocke ... Aber ein paar von meinen Freunden finden mollige Frauen ..., hm ..., weniger anziehend. Und natürlich denken sie dann, wer, wie soll ich sagen, keinen guten Geschmack in Bezug auf Frauen hat, der hat auch kein Flair für Antiquitäten ..."

Dodo schwoll der Kamm. Zunächst von Hanns' überraschender Eröffnung betroffen und verletzt, empfand sie plötzlich nur noch Wut und Empörung. „Hat dir das jemand gesagt?"

„Nein. Ich habe es gespürt. Als Kunstliebhaber besitzt man ja doch ein feines Empfinden für die Dinge ..., dieses Unausgesprochene. Ich weiß nicht, wie ich es dir begreiflich machen soll, Dodo ..." Er seufzte wieder.

„Am besten gar nicht", erwiderte Dodo munter. „Ich gehe einfach die drei Schritte zum Taxistand. Ich glaube nämlich auch, dass eine Trennung für uns beide das Beste ist. Herzliche Glückwünsche zur Verlobung, und grüß mir bitte die liebe Frau Dr. von Wellen-Brahmen. Ich schlage vor, dass du nach der Hochzeit ihren Namen an deinen anhängst, natürlich mit dem *von.* Als Hanns Müller-Bertram-von-Wellen-Brahmen bist du dann wirklich kein Nobody mehr. Und die Zahnbürste in deiner Wohnung darfst du zur Erinnerung an mich behalten. Weitere intime oder wertvolle Gegenstände bitte ich mir nachzusenden. Ja ..., das wäre wohl alles. Mach's gut."

Sie erhob sich, nahm ihren Mantel vom Haken, nickte dem Ober zu und verließ festen Schrittes das Lokal.

An der Katharinenkirche stieg sie in ein Taxi und ließ sich nach Hause bringen.

Merkwürdigerweise fühlte sie sich eher erleichtert als bekümmert. Sie war vor allem wütend, verletzt und gekränkt, weil er sie so schnöde abserviert hatte. Nicht ohne Ingrimm verspeiste sie noch einen kleinen Vanillepudding und ging dann zu Bett. Im Gegensatz zu allem, was einer verlassenen Geliebten ansteht, wälzte sie sich nicht schlaflos in den zerwühlten Laken, sondern schlief sofort ein und träumte lauter schöne, erfreuliche Dinge.

AM ANDEREN Morgen hatte sie beim Frühstück Bilanz gezogen. Dabei wurden ihr einige erstaunliche Tatsachen bewusst.

Zunächst hatte sie irgendjemanden anrufen und sich ausjammern wollen. Doch als sie überlegte, wollte ihr kein Name einfallen. Sie blätterte in ihrem Adressbuch und erkannte, dass sie mit allen dort Verzeichneten seit Jahren keinen Kontakt mehr gehabt hatte. Ihre gesamte Freizeit hatte sie in Hanns' Laden und auf seinen Partys verbracht. Sie selbst hatte keine Einladungen mehr angenommen oder erwidert und bereitwillig akzeptiert, dass Hanns Leute außerhalb seines eigenen Kreises nicht mochte. Er hatte alle ihre Freunde weggebissen, und sie hatte es nicht einmal bemerkt.

Dabei hatte sie ihn nie wirklich geliebt, ihn von Anfang an eingebildet, egoistisch und stur gefunden. Aber Hanns hatte Charme und, wenn er etwas wollte, die Geduld einer Katze. Beharrlich hatte er sie umworben, sie verwöhnt und eingelullt. Nun wollte er ein anderes Spielzeug. Dodo war überflüssig und konnte gehen.

Es ist alles meine eigene Schuld, dachte sie zornig. Ich hätte nie so abhängig von ihm werden dürfen. Ja, es war alles so bequem – aber das wird sich ändern. Ich baue mir ein neues Leben auf. Ohne Hanns!

Einigermaßen getröstet verbrachte sie den Tag. Als sie abends nach Hause kam – es war Freitag, und das bevorstehende Wochenende gähnte leer und hohl –, wäre sie fast rückfällig geworden und hätte Hanns angerufen. Nur um sich noch einmal auszusprechen, dachte sie, nach immerhin fünf Jahren! Aber sie nahm sich zusammen und ließ das Telefon stehen. Stattdessen verbrachte sie ein entspannendes Stündchen in der Badewanne und zog sich mit einem dicken Schmöker ins Bett zurück.

NUN STAND sie morgens vor dem Spiegel, musterte sich, warf einen trüben Blick auf die staubig in der Ecke stehende Waage und ging zur Haustür, um die Zeitung aus dem Briefkasten zu holen.

Es war ein schöner Märztag. Draußen schien die Sonne, der Frühling lag in der Luft. Dodo blinzelte ins helle Licht und beschloss, einen Spaziergang zu machen. Zuerst allerdings wollte sie gemütlich frühstücken. Sie räumte den Briefkasten aus und fuhr mit dem altersschwachen Fahrstuhl zurück in den zweiten Stock.

Das Haus im Stadtteil Bockenheim war um 1900 errichtet worden. Man hatte damals an Türmchen und Zinnen nicht gespart. Einige davon waren dem letzten Krieg zum Opfer gefallen. Das noch Vorhandene hatte man vor ein paar Jahren vorsichtig restauriert.

Bockenheim war keine vornehme Adresse, besaß aber einen gewissen Charme. Seine Bewohner liebten es, und auch Dodo hing an ihrem Viertel und dem alten Haus. Es gehörte einem betagten Herrn, der in Berlin wohnte und eine Hausverwaltung beauftragt hatte, alles Erforderliche zu erledigen. Er musste wohlhabend und menschenfreundlich sein, denn er hatte vor ein paar Jahren eine zentrale Heizung und Warmwasserversorgung einbauen lassen, ohne die Mieten zu erhöhen. Zu ihrem Bedauern hatte Dodo vor einiger Zeit erfahren, dass es schlecht um seine Gesundheit stehe. Zwar hatte Dodo ihn nie kennen gelernt, aber wie alle Bewohner des Hauses betrachtete sie den alten Mann als ihren Wohltäter.

Sie hatte die Wohnung von einer Kollegin übernommen, die geheiratet hatte und ausgezogen war. Es waren zwei große Zimmer, eins nach vorn, zur Straße hinaus, das andere, mit großem Balkon, nach hinten zum kastanienbestandenen Innenhof. Dazwischen lag ein langer, breiter Korridor, von dem die weiteren Räume abgingen: ein schmales Gästeklo, eine kleine Küche und ein noch kleineres Badezimmer. Der Korridor war das Schönste. Der vordere Teil war lückenlos mit Bücherregalen, das hintere Stück mit Einbauschränken besetzt. Beides hatte Dodo von der Vormieterin gekauft und in Raten abgestottert; sie selbst hätte sich diesen maßgefertigten Luxus nicht leisten können.

Im Schlafzimmer standen ihr Bett, eine von Hanns angeschleppte viktorianische Herrenkommode und ein kleiner Schreibtisch vor dem Fenster, dazu ein hoher, schmaler Spiegelschrank für lange Kleider und Mäntel.

Vom Bett aus konnte sie bei gutem Wetter durch die offene Balkontür schauen. Früher hatte sie Freunde manchmal zu einem Frühstück auf diesen Balkon eingeladen. Leider speiste Hanns ungern im Freien; damit waren die Frühstücke, die eine beinahe pariserische Atmosphäre gehabt hatten, gestorben.

Das Wohnzimmer ging zur Straße hinaus und war einfach eingerichtet. Ein rundes Tischchen, vier verschiedene alte Sessel und eine Leselampe standen in einer Ecke. Am Fenster gab es einen großen Tisch aus Birnbaumholz mit vier passenden Stühlen. Bei Bedarf konnte Dodo den Tisch weiter in die Mitte rücken und vier weitere Stühle dazustellen.

Jetzt kam sie mit einem Tablett aus der Küche und ließ sich am Tisch nieder. Sie goß sich Tee ein und prüfte ihre Post. Ein amtlich wirkender Umschlag fiel ihr ins Auge. Misstrauisch wog sie ihn in der Hand. Darin konnte nichts Gutes stehen. Absender war die *Vordertaunus-Bauträger-GmbH Mannlich, Dietz & Co. KG* in Eschborn. Nie gehört. Sollte sie den Brief vor dem Essen öffnen und sich vielleicht das Frühstück verderben? Oder abwarten?

„Das Unangenehme immer zuerst", knurrte Dodo, nahm das Frühstücksmesser und schlitzte mit grimmiger Entschlossenheit den Umschlag auf.

„Sehr geehrte Frau Döbritz", schrieben die Herren (oder Damen) Mannlich, Dietz & Co. KG

> wir erfüllen die schmerzliche Pflicht, Ihnen mitzuteilen, dass Herr August Arnoldi, Eigentümer der Liegenschaft Kaufunger Straße 211, in der Sie Wohnungsmieterin sind, vor zwei Wochen im Alter von 91 Jahren verstorben ist.
>
> Die Erben möchten das Haus nicht weiter vermieten, sondern die Wohnungen in Eigentumswohnungen umwandeln. Ein Antrag wurde bereits gestellt.
>
> Selbstverständlich werden den bisherigen Mietern die Wohnungen zuerst und mit erheblichem Preisnachlass angeboten.
>
> Unser Büro wurde von den Erben mit der Abwicklung beauftragt. Um das weitere Vorgehen mit Ihnen abzustimmen, bitten wir Sie, uns anzurufen, damit wir einen Termin für ein Gespräch und die Begehung der Wohnung vereinbaren können.
>
> Mit freundlichen Grüßen
> (unleserlich)
> F. Mannlich, G. Dietz

Dodo saß wie vom Donner gerührt. Immer kommt alles auf einmal, dachte sie. Die Sache mit Hanns wäre ja noch gegangen. Aber das ...

Sie wusste sehr gut, was sie an ihrer Wohnung hatte. Im Haus wohnten lauter friedliche Leute, die Miete war erschwinglich, die altmodischen Zimmer gemütlich und geräumig. Als Eigentumswohnung würden ihre neunzig Quadratmeter mindestens eine Viertelmillion kosten.

Dodo schluckte. Ihre mageren Ersparnisse reichten nicht, um auch nur das Gästeklo zu bezahlen.

Plötzlich kamen ihr die Tränen. Alles Elend mit Hanns und Sitzengelassensein und drohende Vereinsamung und nun auch noch Obdachlosigkeit schlugen über ihr zusammen wie eine große, erstickende Woge.

Nachdem sie eine Weile geweint hatte, fühlte sie sich besser. Sie schnäuzte sich und fing energisch an zu essen. „Von wegen", sagte sie laut. „So schnell lasse ich mich nicht unterkriegen. Kauf bricht nicht Miete."

Sie beschloss, sich im Haus umzuhören. Im Parterre wohnte die Baronesse Alma von Raden, Dodos mütterliche Gönnerin, und was Alma nicht wusste, war nicht wert, gewusst zu werden.

Also frühstückte Dodo in aller Ruhe fertig und machte sich dann ins Erdgeschoss auf. Aber die Baronesse war nicht zu Hause. Dodo überlegte kurz und lächelte dann. Natürlich, Alma war auf Kaffeefahrt! Kaffeefahrten waren ihr Hobby. Nicht, dass sie je eine Rheumadecke oder einen Zimmerspringbrunnen gekauft hätte. Aber sie bezog nur eine kleine Rente und langweilte sich. Kaffeefahrten waren ihre Abenteuer.

Die Baronesse stammte aus dem Osten. Ihre Familie hatte ein Gut an der Oder besessen, war im Krieg in den Westen geflüchtet und hatte alles verloren. Almas Geschwister hatten geheiratet, waren fortgezogen oder ausgewandert. Alma, die nie einen Beruf gelernt hatte, schlug sich als Empfangsdame eines Auktionshauses durch. Sie war groß und mager, hatte graue Haare und ein Pferdegesicht von eindrucksvoller Vornehmheit. Dazu verfügte sie über Herz, Humor und einen schlagkräftigen Verstand. Einen Mann hatte sie nie gefunden. Als sie mit 65 schweren Herzens das Auktionshaus verlassen hatte, verabschiedete man sie dort mit großem Bedauern. Sie, die nie viel Geld verdient hatte, musste nun mit noch weniger auskommen. Sie tat es mit Würde. Sie war immer reserviert und einsam gewesen. Das änderte sich, sobald sie die Kaffeefahrten für sich entdeckte. Sie freundete sich mit anderen, meist wenig bemittelten, aber unternehmungslustigen alten Damen an. Reihum trafen sie sich in ihren kleinen Wohnungen zu Gelagen mit dünnem Tee und noch dünneren Keksen, klatschten über Gott und die Welt und amüsierten sich königlich. Dodo, die ab und zu die Ehre genoss, bei Almas Teegesellschaften anwesend sein zu dürfen, liebte sie alle.

Eigentlich, dachte sie, als sie wieder in ihre Wohnung hinaufstieg, ist die Baronesse meine einzige Freundin. Auch wenn sie mehr als dreißig Jahre älter ist, kann ich mit ihr über alles reden. Wie gut, dass es sie gibt! Ich wüsste sonst nicht, zu wem ich gehen könnte.

Dodo besaß keine Familie. Ihre Eltern lebten nicht mehr, Geschwister, Onkel, Tanten waren nicht vorhanden. „Ich bin wirklich ein armes Waisenkind", dachte sie mit Selbstmitleid und entschied, sich zum Trost heute einmal etwas zu gönnen – einen richtigen Einkaufsbummel in der Stadt, ohne Rücksicht auf Verluste.

ZWEITES KAPITEL

Vom Balkon ihrer Wohnung prüfte Dodo das Wetter. „Der März ist trügerisch wie ein Mann“, murmelte sie bedeutungsschwer, „da greifen wir am besten zum dicken Blauen.“

Für die Farbe Blau hatte Dodo eine Schwäche. „Macht schlank und erinnert mich an die glücklichen Jahre bei der Marine“, sagte sie immer. Außerdem passte der dicke Mantel hervorragend zum kirschroten Pullover, dessen fröhliche Farbe ihr Gesicht heute allerdings auch nicht munterer erscheinen ließ. Sie griff nach ihrer Handtasche und verließ das Haus, um zur U-Bahn-Haltestelle zu trotten.

Aber draußen schien die Sonne so schön und warm, dass ihre trübe Stimmung sich bald hob und ihre optimistische Natur die Sorgen für den Augenblick in den Hintergrund drängte. Irgendwie wird es sich schon hinschackern, dachte sie, ein Ausdruck, den sie von der Baronesse gelernt hatte.

Trotzdem, was sie jetzt brauchte, war ein Frustfummel. Frauen, die von harten Schicksalsschlägen getroffen wurden, hatten das Recht, sich zum Trost etwas zu gönnen. Rund um die Hauptwache gab es eine Reihe von Spezialgeschäften für dicke Damen, in denen man nicht nur das bewährte zeltartige Wallegewand fand, sondern flotte Klamotten aller Art.

Und tatsächlich wurde sie in ungeahntem Umfang fündig. Schon bald schleppte sie zwei große Plastiktüten, in denen ein Paar Jeans, eine Strickjacke und zwei T-Shirts schwer an ihren Handgelenken zerrten. Ihr Konto war bis zur Grenze des Bankrotts überzogen, ihre Stimmung heiter und beschwingt. Vor lauter Hochgefühl beschloss sie, zu Fuß nach Hause zu gehen.

Das war ein langer Weg. Inzwischen war es erstaunlich warm geworden, und Dodo fühlte sich unbehaglich in ihrem dicken Blauen. Die schweren Tüten schienen ihr wie Mühlsteine, und schon im Westend taten ihr die Füße weh. Sie musste eine Ruhepause einlegen. Mit forschendem Blick schlich sie durch die Straßen, bis ihr plötzlich ein Schild mit der Aufschrift FRAUENCAFÉ auffiel.

Was es alles gibt, dachte Dodo und steuerte darauf zu. Das Café war überraschend groß und sehr gut besetzt. Überall hockten Frauen, die lachten, riefen und schwatzten. Vergeblich sah Dodo sich nach einem freien Tisch um. Fast wollte sie entmutigt weggehen, als ein Mädchen im ultrakurzen Mini und hohen Kellnerinnenstiefeln auf sie zukam.

„Na, Schwester?“, fragte sie freundlich und betrachtete Dodos erschöpftes Gesicht. „Suchst du einen Platz für die schlappen Glieder? Dahinten am Fenster ist noch ein Stuhl übrig.“ Sie deutete auf einen Tisch, den Dodo schon gesehen hatte.

Allerdings setzte Dodo sich nur ungern zu fremden Leuten. Jetzt jedoch siegten die schmerzenden Füße. Sie schleppte sich hinter der Kellnerin her und sagte zu der Frau, die vor einem Kännchen Kaffee saß und düster auf ein vor ihr liegendes Buch starrte: „Verzeihung – darf ich mich zu Ihnen setzen?“

Die Frau lächelte Dodo an. „Na klar. Bitte!“

Sie war klein, schlank und rötlichblond. Ihre krausen Haare trug sie im Nacken zum langen Zopf geflochten. Im sommersprossigen Gesicht glänzten ein Paar grüne Augen. Dodo schätzte sie auf Anfang dreißig. Sie hatte einen bunten Norwegerpullover und Jeans an und machte einen freundlichen Eindruck.

Dodo ließ sich auf das Plüschsesselchen plumpsen. „Aah! Das tut gut.“ Sie bestellte eine Kanne Tee und Marzipankonfekt.

Die Frau am Tisch grinste sie an. „Sie haben wohl die ganze Stadt aufgekauft und weggeschleppt?“

Dodo nickte. „Aus lauter Frust“, erklärte sie. „Ich befinde mich in einer Lebenskrise.“

„Oh ..., entschuldigen Sie bitte!“ Ihr Gegenüber schwieg betreten.

„So schlimm ist es auch wieder nicht“, antwortete Dodo. Sie schaute die andere an, fand, dass sie vertrauenerweckend wirkte, und fuhr fort: „Wissen Sie – erstens bin ich eine verlassene Geliebte, und zweitens hat man mir gerade mehr oder weniger die Wohnung gekündigt.“

„Verflixt.“ Die Rotblondine nickte verständnisvoll. „Das zweite ist das Schlimmere.“

Sie sah die Rotblondine entschlossen an und fragte: „Soll ich’s Ihnen erzählen? Oder finden Sie mich aufdringlich? Ich weiß einfach nicht, wie ich meinen Frust loswerden soll, und es besteht ernsthaft die Gefahr, dass ich platze.“

„Das wollen wir doch lieber vermeiden“, erwiderte die andere. „Reden Sie sich die Sache ruhig vom Herzen. Übrigens, ich heiße Tühne.“

„Vielen Dank, Frau Tühne. Mein Name ist Döbritz, Dodo Döbritz.

Eigentlich Dorothea Dolores Döbritz – mein Vater war Lehrer und liebte den germanischen Stabreim. Wenn meine Mutter mich nicht von Anfang an Dodo genannt hätte, wäre meine Jugend bestimmt grauenvoll gewesen… Was ist? Warum lachen Sie so?“

Frau Tühne prustete in ihren Kaffee. „Entschuldigung! Ich habe mich nicht richtig ausgedrückt. Ich heiße Lohmann, mit Vornamen Christine. Als Mädchen war mir Christine nicht fein genug, also schrieb ich mich mit y und sprach es *Krüstühne* aus. Und seitdem nennen mich alle *Tühne,* obwohl ich längst wieder normal bin. Bitte sagen Sie doch auch Tühne zu mir.“

Damit waren die Schleusen geöffnet. Dodo berichtete Tühne alles über Hanns, über seine Elisabeth und über das bedrohliche Schreiben der Herren (oder Damen) Mannlich, Dietz & Co.

Die Rotblondine schüttelte mitleidig den Kopf, machte an den richtigen Stellen „tss, tss“ und äußerte erfreulich Abfälliges über Männer.

Hinterher ging es Dodo erheblich besser. Tühne deutete an, dass auch sie von Krisen nicht verschont geblieben sei. Der halbe Nachmittag war im Nu vorüber. Plötzlich jedoch blickte Tühne auf ihre Uhr und gab einen spitzen Schrei von sich. „Heiliger Strohsack! Ich muss schnellstens weg. Dabei sind wir doch noch gar nicht fertig. Hören Sie, wollen Sie mich nicht besuchen? Zu einem kleinen Abendessen? Ich wohne gleich hinter der Uni. Kommen Sie doch am … Moment mal … Dienstag?“ Sie kramte einen Kugelschreiber aus der Tasche und schrieb Dodo die Adresse auf die Serviette. „Acht Uhr? Dann machen wir es uns richtig gemütlich. Jetzt muss ich aber rennen. Bis dann!“ Sie schnappte ihr Buch, riss einen Parka vom Haken, zahlte an der Kasse und sauste davon.

Dodo blieb, leicht benommen, noch eine Weile sitzen. Sie konnte gar nicht begreifen, dass sie so schnell eine Freundin gefunden haben sollte.

ABENDS versuchte sie noch einmal ihr Glück bei der Baronesse. Alma von Raden war von ihrer Kaffeefahrt zurück und begrüßte Dodo voller Freude. Diesmal war sie am Neckar gewesen und hatte gemeinsam mit drei Freundinnen dem energischen Versuch einer sprachgewandten Dame widerstanden, sie zum Erwerb einer Sprudelanlage für ihre Badewanne zu bewegen. Die vier Damen hatten lange Gespräche über das Für und Wider derartiger Vorrichtungen geführt und dann erklärt, nur über Duschen zu verfügen. Daneben hatten sie sich das im Fahrpreis inbegriffene Mittagessen schmecken lassen und andere Fahrtteilnehmer daran gehindert, den Sprüchen der eifrigen Werbedame zu erliegen. Insgesamt ein hochbefriedigender Tag.

„Außerdem haben wir eine Dame kennen gelernt", erzählte die Baronesse weiter. „Ich glaube, dass sie zu uns passen wird. Sie heißt McAllister. Sie ist verwitwet und hat lange in Amerika gelebt, stammt aber aus Frankfurt. Sie ist sehr gescheit und witzig. Ich bin sicher, dass sie Ihnen auch gefallen wird, Dodo. Die nächste Teestunde ist bei mir. Ich würde mich freuen, wenn Sie kommen könnten. Dann lernen Sie sie nämlich kennen." Sie sah Dodo an und bemerkte erst jetzt deren bedrücktes Gesicht. „O Gott! Da stehe ich in der Tür und schwatze, und etwas ist faul im Staate Dänemark! Kommen Sie, Dodo, setzen Sie sich, und trinken Sie einen Schnaps. Ich werde das auch tun, nach dem anstrengenden Tag."

Dodo trank den angebotenen Korn, schüttelte sich, spürte die Wärme im Magen und erkundigte sich: „Haben Sie Ihre Post schon durchgesehen?"

„Nein, ich bin gerade erst gekommen. Einen Augenblick."

Sie verließ die Wohnung, schloss ihren Briefkasten auf und kam wieder. In der Hand hielt sie einen großen weißen Umschlag. „Vordertaunus-Bauträgergesellschaft?", fragte sie.

Dodo nickte stumm.

Die Baronesse ließ sich mit unterdrücktem Ächzen auf ihrem Biedermeiersofa nieder, öffnete den Brief und las zweimal.

„Ach, du dickes Ei", sagte sie.

Eine Zeitlang herrschte Schweigen. Dann meinte die Baronesse: „Kampflos nehmen wir das jedenfalls nicht hin. *Pacta sunt servanda.*"

„Was heißt das?"

„Verträge muss man einhalten. Schließlich besitzen wir gültige Mietverträge. Diese Geier wollen doch nur unsere Wohnungen besichtigen, um vor dem Verkauf noch die Miete zu erhöhen." Sie überlegte. „Ich kannte da einen Anwalt ..., hat unsere Firma vertreten. Gleich morgen suche ich den Namen heraus und rufe ihn Montag an. Lassen Sie mich nur machen, Kind." Sie blähte die Nüstern wie ein altes Schlachtross und funkelte Dodo kampflustig an.

Dodo antwortete nicht.

„Aha", fuhr die Baronesse fort. „Das war also noch nicht alles? Na, was ist noch passiert?"

Dodo starrte finster auf die gehäkelte Tischdecke. „Er hat mich sitzen lassen."

Die Baronesse war sofort im Bilde. „Dieser Antiquitätenmensch?"

„Ja."

„Das ist gewiss kein Schaden", bemerkte die Baronesse gefühllos. „Konnte den Kerl noch nie verknusen. Der ist so eingebildet, dass er abwartet, bis ihn sein Spiegelbild zuerst grüßt. Wenn Sie den los sind, können Sie sich nur freuen."

Dodo blickte traurig zu ihr auf. „Eigentlich bin ich ganz erleichtert, dass es aus ist. Nur *wie* er mich abgehalftert hat! Erstens hat er eine andere – komplett mit Doppelnamen und Doktortitel. Und nett ist sie außerdem noch. Also gut. Aber mir zu sagen, es läge daran, dass ich ihm zu dick wäre – zu ungebildet, zu unelegant ... das ist einfach eine Gemeinheit!"

Die Baronesse, zu deren Haupteigenschaften eine mühsam gebändigte Wahrheitsliebe zählte, betrachtete Dodo nachdenklich. „Dass Sie zu dick sind, stimmt", stellte sie freundlich fest. „Der Rest ist Unsinn. Außerdem sind Sie schon seit mindestens zehn Jahren zu dick, so lange kennen wir uns nämlich. Wenn ihn das jetzt erst stört, brauchen Sie es ihm nicht zu glauben. Ich finde, dass Sie hübsch aussehen, ein gutes Herz haben und man sich wunderbar mit Ihnen unterhalten kann."

„Aber ich habe nicht einmal Abitur." Dodo schluchzte. „Nur die mittlere Reife!"

„Und wen schert das? Nehmen Sie doch noch ein Körnchen." Die Baronesse schenkte ihr ein. „Sie brauchen neue Freunde", empfahl sie, „damit Sie auf andere Gedanken kommen."

Dodo berichtete von Tühne. Die Baronesse nickte zufrieden. „Sehen Sie, es geht doch. Keine Zeit verstreichen lassen! So gefallen Sie mir. Denken Sie mal schön an sich selbst!"

Als Dodo bald danach ins Bett ging, nahm sie sich fest vor, den ganzen Sonntag nur an sich zu denken, und hielt das auch tatsächlich durch.

DRITTES KAPITEL

Am Montagmorgen gürtete Dodo ihre rundlichen Lenden mit dem festen Willen, auch weiterhin ausschließlich an sich zu denken, zog ihren „kleinen Dienstanzug" an – schwarzen Rock, sahnefarbene Bluse und rostroten Blazer –, warf sich in ihren Mantel und ging ins Büro.

Der große Gebäudekomplex der Sinceritas-Versicherung lag am Rand der Innenstadt, aber noch im Westend.

Dodo arbeitete in der Schadenabteilung der Sinceritas. Sie wickelte die Ansprüche Geschädigter nach Autounfällen ab und tat das freundlich, schnell und nicht ohne ein gesundes Misstrauen.

Obwohl sie als tüchtige Mitarbeiterin anerkannt wurde und sich fleißig weiterbildete, hatte es mit der Karriere bislang gehapert. Dodo saß gut, wo sie saß, aber insgeheim ärgerte sie sich, wenn jüngere Kollegen mit Juristenausbildung an ihr vorüberzogen.

Dodo hatte weder das Gymnasium beendet noch studiert. Dazu war kein Geld dagewesen. Ihr Vater war gestorben, als Dodo gerade ihren zehnten Geburtstag gefeiert hatte; ein strenger, wenig zugänglicher Mann. Die Schulkinder, die er unterrichtete, sollen ihn gern gehabt haben, wie zumindest Dodos Mutter immer erzählte. Ihre Mutter war zwanzig Jahre jünger gewesen als ihr Mann. Sie gehörte zu den Mädchen, die auf eine frühzeitige Hochzeit hin erzogen wurden. Als sie zwanzig war, zeigte sich, dass der Krieg beendet und von allen Heiratskandidaten ihrer Umgebung nicht ein einziger übrig geblieben war. Dodos Mutter, die eine Hauswirtschaftslehranstalt besucht und ein sogenanntes „Puddingabitur" abgelegt hatte, stand vor dem Nichts. Für eine weitere Ausbildung fehlten die Mittel. Mit einer Ehe rechnete sie nicht mehr. Mutig bewarb sie sich in einem großen Frankfurter Hotel um die Stellung einer Assistentin der leitenden Hausdame. Damit begann eine Art von Aufstieg. Fünf Jahre später war sie selbst Erste Hausdame und verdiente genug, um sich ein paar hübsche Kleider und die ersten kleinen Urlaubsreisen leisten zu können. Schließlich hatte sie sich mit einer Busgesellschaft an den Gardasee gewagt und dabei Dodos Vater kennen gelernt. Es war eine schnelle Liebe gewesen, beide wollten keine Zeit mehr verlieren. Vier Monate später waren sie getraut.

Nach der Hochzeit hatte Dodos Mutter ihre beiden Zimmer im Hotel aufgegeben und war mit ihrem Mann in eine kleine Wohnung im Frankfurter Norden gezogen. Zwei Jahre später wurde Dodo geboren.

Schweren Herzens hatte ihre Mutter ihre Stelle gekündigt, um sich ganz dem Kind zu widmen, weniger ihr eigener Wunsch als der ihres Mannes.

Immerhin behielt die Hoteldirektion sie in bester Erinnerung, was sich später als nützlich erweisen sollte. Denn als Dodos Vater nach zwölfjähriger Ehe starb, reichten Witwen- und Waisenrente nicht zum Überleben, und Dodos Mutter fragte bei ihrem alten Arbeitgeber an, ob man sie wieder beschäftigen wolle. Man stellte sie sofort wieder ein. Weitere zehn Jahre lang versah sie fleißig und anerkannt ihren Dienst, bis sie, kaum fünfzig, überraschend und schnell einem Krebsleiden erlag.

Damals war Dodo zwanzig Jahre alt und sehr allein gewesen. Zum Glück war sie erst kürzlich in eine eigene Wohnung gezogen und hatte ein Dach über dem Kopf. Sie war nie eine gute Schülerin gewesen, eher schon praktisch veranlagt. Nach der mittleren Reife hatte sie nicht recht gewusst, was für einen Beruf sie wählen sollte, nur einer Sache war sie sicher gewesen: Es musste eine Arbeit im Büro sein.

Denn seltsamerweise liebte Dodo Büros. Sie war begeistert von jeder Art Papier, von Akten, Formularen und sogar Rechnungen. Sie fand sogleich Zugang zu jeder Büromaschine und konnte Diktiergeräte, Telefonanlagen und Fotokopierer auf Anhieb fehlerfrei bedienen. Später dehnte sich diese Zuneigung auf Computer aller Art aus – wer in der Sinceritas nicht weiterkam, rief Dodo.

So unordentlich sie als junges Mädchen zu Hause gewesen war, im Büro sorgte sie für aufgeräumte Schränke und einen übersichtlichen Schreibtisch. Sie konnte mit Zahlen umgehen, komplizierte Vorgänge in einfache Worte fassen und hervorragend organisieren. Ihre Versicherungslehre schloss sie mit blendenden Noten ab und bewarb sich bei einer mittleren Gesellschaft.

Zuerst ließ man sie in der Kraftfahrzeug-Kasko-Abteilung arbeiten. Sie lernte, wie man zerbrochene Windschutzscheiben bewertet, ungeklärten Bränden mit Vorsicht begegnet und Zusammenstöße mit aus dem Nichts auftauchenden Riesenhirschen von solchen mit anderen Autos unterscheidet. Nachdem sie einige Jahre die Schlechtigkeit der Versicherungsnehmer auf diese Art studiert und viele Illusionen über die menschliche Anständigkeit verloren hatte, wechselte sie zur Sinceritas und wurde dort Reguliererin für Kraftfahrzeug-Haftpflicht-Schäden. Dort saß sie nun seit fast zehn Jahren auf demselben Platz. Von den 25 Kollegen in ihrer Abteilung waren vier Volljuristen, über deren Wissensumfang Dodos Illusionen längst verflogen waren. Was an Gesetzesgrundlagen zur Schadenregulierung gehörte, kannte sie längst besser und war in Rechtsprechung und Fachliteratur bewanderter als die meisten ihrer Kollegen. Umso mehr ärgerte sie sich, als einer der Gruppenleiter in Pension ging und sie nicht, wie von allen anderen erwartet, zu seiner Nachfolgerin berufen wurde. Stattdessen hatte man eine junge Assessorin eingestellt.

Hat einen Doktortitel, kommt nicht mit den Leuten zurecht und verfügt über null Ahnung, dachte Dodo bitter. Schuld daran ist nur der alte Kotzbrocken Pauly, der auf ihre schönen Beine reingefallen ist.

Assessor Klaus Pauly war der Abteilungsleiter. Von Frauen im Arbeitsleben hielt er so gut wie gar nichts, hatte aber gelernt, sie zähneknirschend zu akzeptieren. Pauly hätte sie allesamt lieber am Kochtopf gesehen. Wenn sie allerdings jung und hübsch waren und seiner Abteilung optisch zur Zierde gereichten, schmückte er sich ganz gern mit ihnen. Und hübsch war Frau Dr. Nachtmann, das musste selbst Dodo zugeben.

Trotzdem hätte man mit der Nachtmann auskommen können, wenn nicht dieser krankhafte Ehrgeiz gewesen wäre. Sie wollte die Gruppe um jeden Preis zum Elite-Team formen. Weil aber alle darin schon vorher fleißig und tüchtig gewesen waren, ließ sich die Produktivität nicht so steigern, wie es Frau Dr. Nachtmann vorschwebte. Da sie zwar keine schlechte Juristin war, aber vom Versicherungstechnischen noch nicht allzu viel verstand, passierten leider auch immer wieder Pannen. Das lag zum Teil daran, dass Frau Dr. Nachtmann so gar kein Händchen für den Umgang mit Menschen hatte, weder für ihre Mitarbeiter noch für die Kunden der Gesellschaft oder für die Geschädigten und deren Rechtsanwälte. Was ihre Kollegen deshalb am meisten fürchteten, war die forsche Erklärung: „Geben Sie mir mal die Akte, ich kümmere mich selber drum!" Dann wussten sie, dass es eine Menge Ärger geben und der Fall irgendwann völlig verfahren zu ihnen zurückkommen würde, damit sie im Interesse aller Beteiligten die Wogen glätteten.

Frau Dr. Nachtmann war also nicht beliebt.

Dodo gehörte zu den bevorzugten Opfern der neuen Gruppenleiterin. Das lag vor allem daran, dass die sportlich durchtrainierte Dr. Nachtmann von vornherein der Ansicht war, die dicke Dodo müsse faul und träge sein. Sie nutzte jede Gelegenheit, Dodo auf ihr erhöhtes Krankheitsrisiko hinzuweisen, bis diese ihrer Vorgesetzten schließlich energisch die Meinung sagte. Seitdem war die Stimmung zwischen den beiden Damen im Keller. Hinzu kam, dass Frau Dr. Nachtmann, weil sie Dodo, was deren Arbeit betraf, nichts am Zeuge flicken konnte, sich angewöhnt hatte, das, was sie Dodos „allzu kaufmännische Einstellung" nannte, zu bekritteln.

Dodo war immer der Meinung, schnell reguliert sei billig reguliert. Deshalb strebte sie danach, ihre Fälle rasch, kulant und möglichst kostengünstig zu lösen, ohne dass es zu unnötigem Gezänk über Kleinigkeiten kam. Das zögerte die Erledigung sinnlos hinaus und ließ Streitigkeiten am Ende vor Gericht landen, wo alles noch länger dauerte und viel mehr Geld kostete. Von allen Kollegen führte Dodo die wenigsten Prozesse und wickelte ihre Fälle am schnellsten ab.

„Frau Döbritz, Sie brauchen mehr Biss", hatte ihr Frau Dr. Nachtmann erklärt. „Sie haben hier wieder einmal hundert Mark für Zusatzaufwendungen während des Krankenhausaufenthalts erstattet, die überhaupt nicht im Einzelnen nachgewiesen waren. Wo kämen wir denn hin, wenn wir solche Kosten einfach ungeprüft übernehmen wollten?"

Dodo wies gelassen darauf hin, dass sie durch diese Großzügigkeit das geforderte Schmerzensgeld von 5000 DM auf 3000 DM hatte herunterhandeln können, weil der Geschädigte und sein Anwalt ihr sehr entgegengekommen waren. Die Sinceritas hatte viel mehr Geld gespart, als wenn wegen der strittigen 100 DM noch drei Briefe gewechselt und zum Schluss dann doch 50 DM erstattet worden wären.

Aber Frau Dr. Nachtmann hatte verzweifelt die sorgfältig gestylte blonde Mähne zurückgeworfen und gerufen: „Darum geht es doch gar nicht! Es geht ums Prinzip! Warum können Sie nicht immer so energisch sein wie mit der Kanzlei Seeheimer, Übelkräh und Beck?"

Dodo hatte die Akte genommen, etwas gemurmelt und war mit steifen Schritten an ihren Schreibtisch zurückmarschiert.

Es ließ sich nicht leugnen – die Nachtmann hatte ihren wunden Punkt getroffen. Widerliches Weib!

JETZT, Montagmorgen, saß Dodo auf ihrem Stuhl und war gewillt, ein Bösewicht zu sein. Drohend blickte sie auf die anderen drei Schreibtische und musterte ihre Kollegen mit kritischen Montagsaugen.

Aha – Frau Sammel hatte wieder mal ein bewegtes Wochenende hinter sich. Ihre Haut war faltig, und sie sah wie fünfzig anstatt wie dreißig aus.

Herr Schröder wirkte ausgeruht und erholt; vermutlich hatte er seinen Schrebergarten frühjahrsrein gemacht.

Herr Niebelschatz starrte finster vor sich hin: Die *Eintracht* hatte erneut verloren.

Dodo kannte das alles. Genauso würden die anderen es ihr an der Nasenspitze ansehen, dass sie Ärger gehabt hatte.

Selbstmitleid überschwemmte sie wie eine riesige Meeresflut. Sie schnappte nach Luft und ärgerte sich über sich selbst. Nimm dich zusammen, Döbritz!, schnauzte sie sich innerlich an. Auch dieser Tag vergeht!

Sie wühlte in ihrer Post nach Schreiben des Anwaltsbüros Seeheimer und Sozien, ihrer Intimfeinde. Sie wusste selbst nicht genau, warum, aber die Mitteilungen dieser Kanzlei versetzten sie jedes Mal in Rage. Zum Teil lag das an den unverschämten Forderungen, die sie erhoben, und an ihrem ständigen Drängen auf bevorzugte Eilbehandlung. Aber der eigentliche Stein des Anstoßes war der Stil ihrer Briefe. Wenn jemand schon bei der Anmeldung eines Anspruchs, für dessen Berechtigung nicht der geringste Beweis existierte, seinen Text mit dem Satz *Wir erwarten die Anerkennung der Forderung und eine Vorschusszahlung von DM ... innerhalb der nächsten zehn Tage* beendete, sträubten sich jedem Sachbearbeiter unweigerlich die Nackenhaare. Sollten sie doch warten, bis sie schimmlig wurden, diese Aasgeier.

Mit grimmiger Sorgfalt durchforstete Dodo ihre Akten. Da! In der Sache Matthes gegen Özkan hatte Rechtsanwalt Beck geschrieben. Dodo hatte den Mann noch nie gesehen und wusste nur, dass er der jüngste der drei Sozien in der Kanzlei und ganz besonders forsch in seinen Briefen war. Sie stellte ihn sich als Mann Ende fünfzig vor, der immer mit einer Reitpeitsche gegen seine Stiefel schlug, während er im Zimmer auf und ab wanderte und einer verschüchterten Sekretärin Gift in die Maschine diktierte.

Sehr geehrte Frau Döbritz, schrieb Rechtsanwalt Beck, *den von Ihnen vorgetragenen Standpunkt Ihres Versicherungsnehmers kann mein Mandant in keiner Weise teilen. Der Unfall hat sich völlig anders zugetragen, als von Herrn Özkan geschildert. Vielmehr hat ...*

Dodo las mit Schaum in den Mundwinkeln, wie der Kunde der Sinceritas als Lügner dargestellt wurde. Zwar kannte sie Herrn Özkan ebenso wenig wie Herrn Matthes, und beide waren ihr herzlich gleichgültig, aber solchen Unterstellungen musste energisch entgegengetreten werden. Schmetternd griff sie in die Tasten ihres Computers.

Sehr geehrter Herr Rechtsanwalt,
die Ausführungen Ihres Mandanten haben wir nicht ohne Befremden zur Kenntnis genommen und fragen uns, ob es sich hier tatsächlich um dasselbe Unfallgeschehen handelt. Dies vor allem, weil Herr Matthes mit keinem Wort darauf eingeht, dass er selbst als Erster ...

Danach war ihr wohler. Leise vor sich hin summend, machte sie sich an die weitere Tagesarbeit.

Als sie das nächste Mal aufsah, war es halb sechs. Verflixt! Schon wieder eine unbezahlte Überstunde!

Sie nahm ihre Sachen und machte sich auf den Heimweg. Erst in der U-Bahn merkte sie, dass sie an ihre schwere Lebenskrise gar nicht mehr gedacht hatte. „Dodo“, schalt sie sich selbst, „du bist oberflächlich und gefühlskalt.“

Andererseits erleichterte diese Gemütsbeschaffenheit das Leben. Sie beschloss, sich deshalb lieber damit abzufinden.

DIENSTAGABEND um acht stand Dodo vor Christine Lohmanns Tür. Sie war zu Fuß gegangen; ihre neue Bekannte wohnte keine Viertelstunde von ihr entfernt. An der Wand glänzte ein großes, vornehmes Messingschild:

SEKRETARIATSSERVICE
CHRISTINE LOHMANN

Dodo blieb keuchend davor stehen, wickelte den kleinen Biedermeierstrauß aus dem Papier und klingelte.

„Hallo!“ Tühne stand in der Tür und begrüßte sie erfreut. „Sie sind ja richtig pünktlich! Kommen Sie rein.“

Drinnen war es weniger vornehm, als Dodo dem Schild nach befürchtet hatte. Tühne führte sie in ein gemütliches Wohnzimmer, das zugleich als Ess- und Arbeitsraum diente. In einer Ecke entdeckte Dodo zu ihrer Überraschung ein Laufställchen, in dem ein schlafendes Kleinkind lag.

Tühne bemerkte ihren Blick und lachte. „Das ist mein Sohn! Nikolaus heißt er. Ein Jahr alt. Ich bin das, was man eine allein erziehende Mutter nennt.“

Sie hatte den Tisch bereits gedeckt. „Viel kochen kann ich nicht“, erklärte sie, „ich habe wenig Zeit und wenig Talent dazu. Aber wofür gibt es einen Chinaimbiss um die Ecke? Kostet nicht viel mehr und schmeckt prima.“

Das stimmte tatsächlich. Dodo futterte mit vollen Backen, und auch Tühne langte ordentlich zu.

Zwischendrin erwachte der kleine Junge, lächelte Dodo an und brach übergangslos in markerschütterndes Gebrüll aus. Dodo nahm an, er liege in den letzten Zügen, und sprang auf, um ihn zu retten. Aber Tühne sagte: „Ich lass ihn brüllen, solange er will. Wenn er brüllt, fehlt ihm nichts. Wenn er nämlich krank ist oder Kummer hat, weint er ganz leise vor sich hin. Dann bin ich gleich bei ihm.“

Wirklich verstummte das Gebrüll nach kurzer Zeit. Nikolaus lächelte selig, spielte mit einem Teddybär und machte einen zufriedenen Eindruck.

Es war kurz nach neun Uhr, als Dodo und Tühne die abgegessenen Teller stehen ließen und es sich in abgewetzten Sesseln bequem machten. Tühne öffnete eine zweite Flasche Pfälzer Weißwein. Dodo fand Tühne so sympathisch, dass sie deren Vorschlag, vom Sie zum Du überzugehen, gern annahm. Sie hatte gar nicht gewusst, wie sehr sie ein Frauengespräch vermisst hatte, und genoss jede Sekunde.

„Weißt du", begann Tühne nach einer kleinen Pause unvermittelt, „im Grunde braucht Nikolaus natürlich einen Vater. Sein Vater ist sehr nett, aber er will unbedingt heiraten, und ich soll dann nicht mehr arbeiten und nur für ihn und das Kind da sein."

„Und wie lebst du im Augenblick?"

„Na ja ... eigentlich bin ich auch viel zu Hause. Der Unterschied ist nur, wenn mir die Decke auf den Kopf fällt, kann ich immer weg. Nebenan wohnt eine alte Dame, die gern auf Nikolaus aufpasst."

„Was hast du denn früher gemacht?", fragte Dodo.

„Vor Nikolaus? Da war ich Sekretärin in einer Vermögensverwaltung. Dort habe ich auch Nikolaus' Vater kennen gelernt, er ist einer der Kunden. Ein sehr lieber Mann, gut aussehend, wohlhabend, gebildet und anständig. Wenn ein Kind kommt, hat er gesagt, dann heiraten wir und gründen eine richtige Familie. Mir kam es ein bisschen unerwartet. Ich bin immerhin zweiunddreißig und habe immer für mich selbst gesorgt. Und nun sollte ich in aller Liebe entmündigt werden ... Da habe ich Krach mit ihm angefangen, die Tür zugeknallt und bin weggerannt mit meinem dicken Bauch. Danach bin ich zu meiner Chefin gegangen und habe mit ihr geredet. Sie hat mir Geld geliehen, damit ich mir einen Computer und was man sonst so braucht, kaufen konnte, und sie hat mir Aufträge vermittelt. Als dann das Kind da war, hatte ich mich bereits gut eingearbeitet. Inzwischen blüht das Geschäft. Ich werde nicht reich dabei, aber man kommt über die Runden. Und ich bin meine eigene Herrin."

„Und was sagt dein Freund dazu?"

„Das weiß ich nicht. Wir haben uns getrennt. Er überweist Geld, aber das rühre ich nicht an. Die Vaterschaft hat er sofort anerkannt, und zu Anfang kam er jeden Abend hierher und wollte mich überreden. Jetzt hat er eingesehen, dass es keinen Sinn hat. Er ruft nur noch ab und zu an, ob ich was brauche."

Sie seufzte. „Tühne", sagte Dodo leise, „tut es dir manchmal nicht doch ein bisschen Leid? Ich meine ..., wenn es doch ein netter Mann ist?"

Tühne hob den Blick und fing unvermittelt zu schluchzen an, Tränenströme flossen über ihr Gesicht.

Dodo erschrak. „O bitte entschuldige", stammelte sie. „Ich wollte dir nicht wehtun."

„Du hast ja Recht!", schnüffelte Tühne. „Ich bin manchmal furchtbar einsam. Es ist mein grässlicher Dickkopf. Ich kann einfach nicht nachgeben!" Sie schnäuzte sich donnernd in ein Taschentuch. „Wenn ich Nikolaus nicht hätte", fuhr sie fort und lächelte schon wieder, „wäre ich bestimmt verzweifelt. Er ist der reinste Gemütsaufheller. Dodo, du solltest dir auch ein Kind anschaffen. Du glaubst nicht, wie das ablenkt. Man ist so beschäftigt, dass man gar keine Zeit hat, auf dumme Gedanken zu kommen. Und Nikolaus ist wirklich pflegeleicht."

Diese Sekunde benutzte der kleine Sonnenschein, um ein leises Weinen von sich zu geben. Gleichzeitig verbreitete sich ein durchdringender Geruch im Zimmer.

„Oh", bemerkte Tühne. „Nun muss ich ran. Möchtest du zusehen?"

Dodo dankte hastig. „Ich sollte mich lieber auf den Weg machen. Es war schön bei dir, Tühne. Möchtest du nicht auch sehen, wie ich hause? Nächste Woche?"

„Sehr gern. Ich rufe dich an, wenn ich mit meiner Nachbarin gesprochen habe, ob ich ihr Nikolaus bringen darf."

Die beiden verabschiedeten sich, und Dodo verließ nicht ohne Eile und sehr flach atmend die Wohnung. Draußen sog sie erleichtert den vertrauten Geruch der Straße ein und strebte mit schnellen Schritten heimwärts.

Als sie im Bett lag, dachte sie noch einmal über Tühnes Vorschlag nach. Ein Kind kam gar nicht in Frage. Von wem hätte es denn auch sein sollen? Selbst wenn sich ein passender Mann gefunden hätte, wie sollte es weitergehen?

Sie wollte auf gar keinen Fall zu Hause bleiben und Babys wickeln. Außerdem schienen ihre mütterlichen Instinkte eher schwach ausgeprägt. Kurz und gut, es handelte sich um eine Schnapsidee.

Nachts wurde sie von Albträumen geplagt. Sie sah sich im Büro sitzen, vor sich statt des Computers einen plärrenden Säugling. Die Teeküche war mit riesigen Windelpaketen vollgestopft. Im Damenklo stand ein Wickeltisch. Das Telefon klingelte, ihr Kind brüllte, Herr Pauly tobte, und Rechtsanwalt Beck schrieb unverschämte Briefe.

Und Dodo war zu dick, um selbst in das größte Mauseloch zu passen.

VIERTES KAPITEL

Morgens erwachte Dodo schweißgebadet. Ihr Entschluss stand fest: kein Kind! Auch wenn sich ein Erzeuger mit Vorzugserbmasse angetragen und ihr eine lebenslange Monatsrente von zehntausend Mark zugesichert hätte – nein, nein und nochmals nein.

Merkwürdigerweise wollte ihr der Gedanke dennoch nicht aus dem Kopf. Sie fing an zu grübeln. Der vergangene Sonntag war langweilig gewesen. Hanns hatte ihrem Leben einen gewissen Inhalt gegeben; selbst wenn sie sich über ihn ärgerte, war es eine Form von Beschäftigung.

Dodo fühlte sich einsam. Sie ging abends zweimal zu Fuß vom Büro nach Hause. Aber das kalte Märzwetter lud nicht zu besinnlichen Spaziergängen ein.

Donnerstagabend hielt sie es nicht länger aus. Sie bewaffnete sich mit einer Pralinenschachtel und klingelte bei der Baronesse. Alma von Raden freute sich sichtlich über den Besuch.

Gemeinsam leerten sie die Pralinenschachtel und tranken Tee. Nach der vierten Tasse fühlte sich Dodo entspannt genug, um Alma ihr Herz auszuschütten. Sie erzählte ihr von ihrem Besuch bei Tühne und ihrem Rat, sich ein Kind anzuschaffen, und ihren eigenen Überlegungen dazu.

Die Baronesse schlug die Hände über dem Kopf zusammen. „Um Gottes willen, Dodo! Das arme Kind!“, rief sie erschrocken. Dann verstummte sie und rührte nachdenklich in ihrer Tasse. Es kränkte Dodo, dass Alma sie anscheinend nicht als Mutter sehen konnte. Andererseits war sie selbst auch nicht recht dazu imstande. Na ja.

Nach einer ganzen Weile sah die Baronesse auf. Ihre Augen funkelten. „Ich hab’s“, verkündete sie feierlich. „Was Sie brauchen, ist ein Hund.“

„Ein Hund?“

Als Kind hatte Dodo sich immer einen Hund gewünscht und andere Kinder beneidet, die über einen solchen Schatz verfügten.

„Aber ...“, begann sie zögernd, „ich bin doch den ganzen Tag nicht zu Hause. Was soll denn das arme Tier solange anfangen?“

„Ganz einfach. Tagsüber bleibt der Hund bei mir. Es dürfte natürlich kein junger Hund sein – allzu viel Temperament sollte er lieber nicht haben. Er muss auch einmal ein paar Stunden allein bleiben können. Natürlich darf er nicht riesengroß und schon gar nicht bissig sein. Vielleicht ein kleines Pudelchen oder ein Yorkie? Ein Chihuahua? Ein Mops?“

Dodo schüttelte sich beim Gedanken an diese putzigen Geschöpfe. Bei ihr fing ein wirklicher Hund erst ab Boxergröße an. Am liebsten wäre ihr ein gewaltiger Berner Sennenhund gewesen. Oder ein Riesenschnauzer. Das waren *Hunde.*

Aber das kam selbstverständlich nicht infrage. Ihr Wunsch-Molosser hätte die Baronesse, sie selbst und jeden Passanten mit einem Ruck zu Fall gebracht. Sie brauchte keinen Hund, der sie im Stehen überragte. Es musste schon eine etwas bescheidenere Ausgabe sein.

„Wissen Sie was“, meinte sie schließlich, „ich gehe einfach in ein Tierheim und schaue, was es da gibt.“

Seltsam getröstet kehrte Dodo in ihre vier Wände zurück und fand, dass der Gedanke an einen Hund tatsächlich etwas für sich hatte. Morgens würde er ihr beim Wachwerden helfen, abends sie begeistert empfangen. Sie würde ihm alles erzählen, und er würde sie aus großen, dunklen Augen anhimmeln und jedes Wort verstehen. An den Wochenenden würde sie mit dem Hund etwas unternehmen …, weite Wanderungen …

Hier stockte sie. Für weite Wanderungen war sie eigentlich noch nie zu haben gewesen. Hoffentlich bestand der Hund nicht auf 20-Kilometer-Geländemärschen.

Aber es soll ja ein älteres Tier sein, beruhigte sie sich. Und kein Windspiel!

SONNABENDMORGEN stand Dodo früh auf, kleidete sich solide an, um einen Vertrauen erweckenden, Hunde erfahrenen Eindruck zu machen, und studierte beim Frühstück den Fahrplan mit den Umlandverbindungen. Unterwegs, die Läden fingen gerade an zu öffnen, kaufte sie ein Tütchen mit Hundebonbons.

Nach mehrfachem Umsteigen erreichte Dodo die Endhaltestelle der U-Bahn. Von hier aus ging es zu Fuß weiter.

Es dauerte eine halbe Stunde, bis sie an einen hohen, stabilen Zaun kam. Gleich darauf sah sie ein eisernes Gittertor, an dem ein Schild befestigt war: TIERHEIM. BESUCHER BITTE KLINGELN!

Dodo fasste sich ein Herz und läutete. Sofort setzte ein infernalisches Gebell ein, obgleich weit und breit kein Hund zu sehen war. Erst nach ein paar Minuten ließ das Konzert nach, und ein kleiner grauer Zwergschnauzer kam auf das Tor zugelaufen. Er hob demonstrativ das Bein am Pfosten, knurrte Dodo unfreundlich an und drehte ihr dann den Rücken zu.

Dodo klingelte noch einmal.

In einem Kästchen am Tor knackte es. „Geduld! Ich komme schon!“, knisterte eine erschöpfte Frauenstimme.

Dodo wartete. Drei Minuten später erschien eine große Frau in Jeans, Gummistiefeln und einem alten Pullover. Sie musterte Dodo aus großen dunklen Augen und fragte dann scharf: „Bitte?“

„Ich komme wegen eines Hundes ...“, begann Dodo.

Die Frau stöhnte. „Das dachte ich mir. Wo ist er? Bringen Sie ihn rein. Ich will gar nicht wissen, warum Sie ihn abgeben – bestimmt eine Allergie.“

Dodo starrte sie sprachlos an. „Nein, nein“, stotterte sie schließlich, „ich *suche* einen Hund. Ich wollte mich bei Ihnen umsehen, ob ich ein Tier finde, das zu mir passt.“

„Oh.“ Die Frau lächelte plötzlich. „Nun, Auswahl haben wir genug. Hatten Sie an eine bestimmte Rasse gedacht?“ Sie drückte auf einen Knopf. Das Tor öffnete sich ein Stück, und Dodo trat ein.

„Die Rasse ist mir eigentlich egal. Aber ich hätte gern etwas Schönes, nicht zu Kleines – vielleicht einen Labrador?“

Die Frau schüttelte den Kopf. „An größeren Hunden haben wir nur Schäferhunde. Warum darf es denn kein kleinerer Hund sein? Wohnen Sie auf dem Land?“ Sie winkte Dodo, ihr in ein kleines Büro zu folgen, und bot ihr einen Stuhl an. „Bitte erzählen Sie mir von Ihren Lebensumständen, damit ich sehen kann, ob ich etwas für Sie Geeignetes habe.“

Dodo fing an zu berichten und wurde zu ihrem Erstaunen von der Tierheimfrau auf Herz und Nieren geprüft. Wie stand es mit ihrer Berufstätigkeit? Konnte jemand den Hund tagsüber betreuen? Gab es in ihrer Nähe Gärten oder Parkanlagen? Hatte Dodo ein Familienleben?

Erst als Dodo schon ganz erschöpft war, beendete die Frau das Verhör und nickte zufrieden. „Also ...“, erklärte sie bestimmt, „einen großen Hund können Sie nicht brauchen. Dafür haben Sie weder Platz noch Zeit, noch die richtige Lebensweise. Was für Sie in Frage kommt, ist ein kleiner bis höchstens mittlerer Hund, ruhig, schon etwas älter. Kommen Sie, ich zeige Ihnen, was ich Ihnen anbieten kann.“

Sie führte Dodo wieder nach draußen und um das Haus herum. Hier gab es lange Reihen vergitterter Boxen und einige größere Freigehege. Obwohl der Morgen kühl war, schienen alle Hunde im Freien zu sein. Es roch nach Tieren und Desinfektionsmitteln, nach Futter, Angst und Einsamkeit.

Dodo hatte noch nie so viele Hunde auf einmal gesehen. Sobald die Tiere sie und ihre Begleiterin erblickten, rannten sie schwanzwedelnd ans Gitter, kläfften, jaulten und bettelten um Beachtung. Manche waren alt und steifbeinig. Aber es gab auch ganz junge, bildschöne Hunde. Und alle, alle wollten aus ihren Käfigen heraus und flehten: Nimm mich mit!

Der Anblick war kaum zu ertragen. Dodo wurde auf einmal ganz schwach. Unwillkürlich füllten ihre Augen sich mit Tränen.

„Ja, ja", sagte die Frau traurig. „Kein schöner Anblick, dieser Wohlstandsmüll. Lauter liebenswerte Geschöpfe, und keiner will sie. Manche leben schon seit Jahren bei uns." Sie schüttelte wütend den Kopf und deutete auf eine Reihe von Käfigen. „So, das hier sind die kleineren Ausgaben."

Langsam ging Dodo von einem Gitter zum anderen. Dahinter saßen ein paar kleine Pudel und dackelähnliche, undefinierbare Wuselhunde und sogar ein Yorkie. Die Baronesse hätte aufgejauchzt, aber Dodos Herz schlug bei keinem Tier höher.

„Ich glaube, die sind mir doch allzu mini. Könnten wir es nicht eine Nummer größer versuchen?"

„Natürlich. Auch da sind wir reichlich ausgestattet."

Im nächsten Gang steckten die Boxen voller Schnauzer, Spaniels und Terrier. Unsicher ging Dodo weiter. Der Käfig am Ende der Reihe schien leer zu sein. Gerade wollte Dodo fragen, warum man anderswo mehrere Tiere in eine Box pferchte, wenn hier doch Platz war, als ihr Blick auf etwas Braunweißes fiel, das neben der Holzpritsche regungslos auf dem Boden lag.

„Kommen Sie schnell!", rief Dodo. „Ich glaube, der hier ist krank! Oder ..." Sie verstummte entsetzt.

Die Frau trat zu ihr und schaute durch das Gitter. „Keine Sorge", beruhigte sie. „Das ist Wilhelmina. Sie protestiert, weil man sie abgeschoben hat. Wenn's ums Fressen geht, ist sie aber ganz munter."

Sie rasselte an den Blechnäpfen. Sofort bewegte sich das Braunweiße, hob einen schweren, großen Kopf, schnüffelte, ächzte vernehmlich und sackte wieder zusammen.

„Was – was ist das für ein Hund?“, fragte Dodo.

„Das ist ein Basset. Aber wohl kaum etwas für Sie. Wilhelmina ist schon zehn Jahre alt und sehr eigensinnig, außerdem ziemlich verwöhnt. Keiner will sie haben. Sie ist den Leuten erstens zu dick und zweitens zu dickschädlig.“

Betroffen zuckte Dodo zusammen. Aha, wenn man zu dick war – und noch dazu alt und eigensinnig –, gefiel man keinem? Das wollte sie doch mal sehen.

„Darf ich zu ihr?“

„Selbstverständlich.“ Die Frau öffnete die Tür.

„Beißt sie?“, erkundigte Dodo sich vorsichtig.

Die Frau lachte. „O nein! Viel zu anstrengend. Wenn sie Sie nicht mag, steht sie auf und geht durch die Klappe in den inneren Zwinger.“

Die beiden betraten den Käfig.

Der Hund hob nicht einmal den Kopf. Er lag flach auf der Seite und war in der Tat erstaunlich groß und fett. Vom Kopf bis zum Schwanz war sein Rückenfell ganz hellbraun, während die Unterseite schneeweiß leuchtete. Auf der Nase hatte er eine weiße Blesse. Die kurzen, kräftigen Beine schienen zu schwach für den mächtigen Körper. Der unerwartet lange, gerade Schwanz endete in einer weißen Spitze.

Dodo setzte sich auf die Pritsche neben den Hund.

„Wilhelmina?“

Nichts.

„Wilhelmina ..., so ein schöner, lieber, guter Hund?“

Die gewaltigen Ohren zuckten. Der Schwanz bewegte sich und klopfte einmal auf den Boden.

„Darf ich sie anfassen?“

„Nur zu.“

Dodo streichelte sacht den endlosen Rücken und den weißen Bauch. Der Hund seufzte und klopfte wieder mit dem Schwanz. Nach einer Weile hob er den Kopf und sah Dodo aus großen, melancholischen Augen an. Dodo hielt ihm die Hand hin. Der Hund legte seinen Kopf hinein und schloss die Augen.

„Das ist mein Hund“, sagte Dodo.

Die Frau hob die Augenbrauen. „So ein schneller Entschluss? Kommen Sie doch erst einmal ins Büro, dann erzähle ich Ihnen etwas über das Tier, und Sie können seine Unterlagen einsehen.“

„Darf sie mitkommen?“

„Wenn sie will, gern."

Etwas berührte Dodos Wade. Der Hund war lautlos aufgestanden, stupste sie mit der Nase an und wedelte.

„Sie möchte weitergestreichelt werden", erklärte die Frau. „Das hat sie bisher bei keinem Besucher getan. Jetzt nicht, Wilhelmina. Komm mit!"

Dodo und der Hund watschelten nebeneinander hinter ihrer Führerin her. Jetzt erst sah Dodo, wie groß die Ohren des Tiers waren. Sie schleiften beim Gehen auf dem Boden und gaben dem Hundegesicht einen sinnenden, philosophischen Ausdruck.

Im Büro setzte die Tierheimfrau sich an ihren Schreibtisch, kramte in einer Registratur und zog einen dünnen Aktendeckel heraus.

Dodo schaute erwartungsvoll. Der Hund hatte sich neben sie gelegt und seine Schnauze auf ihren Fuß gebettet.

„So … Name: Wilhelmina. Ein Fundtier. Laut tierärztlichem Befund ein reinrassiger Basset Hound. Gesund. Vor längerer Zeit sterilisiert. Alter: zehn Jahre. Vorgeschichte: unbekannt."

Dodo staunte. „Wenn sie ein Fundtier ist, woher wissen Sie dann das Alter so genau?"

„Nun, wir haben sie vor sechs Wochen morgens entdeckt – sie war draußen an unserem Tor angebunden und hat fürchterlich gebellt. Sie hatte ein Halsband um, an dem ein Umschlag mit einem Zettel hing. Hier ist er."

Sie zeigte Dodo ein Stückchen festes Papier, auf dem mit Schreibmaschine getippt stand: *Seid gut zu mir. Ich heiße Wilhelmina, bin zehn Jahre alt und kann von meinen Besitzern nicht mehr ernährt werden. Bitte sucht mir bei lieben Menschen ein neues Zuhause!*

Dodo warf einen verblüfften Blick nach unten und meinte kopfschüttelnd: „So direkt unterernährt wirkt sie mir nicht."

Die andere grinste. „Sie hätten sie damals sehen sollen! Ein Pfund pro Woche hat sie schon runter. Wenn Sie sie adoptieren wollen, müssen Sie darauf achten, dass sie nicht wieder zunimmt. Vor allem müssen Sie viel mit ihr spazieren gehen – aber langsam, ein Basset ist kein Windspiel. Entschuldigen Sie, wenn ich so offen bin, aber für Sie wäre das bestimmt auch nützlich."

Wie als Antwort hob Wilhelmina den Kopf und sah Dodo traurig an. Wir dicken Frauen müssen zusammenhalten stand in ihrem Blick.

Dodos Herz schmolz dahin wie Butter an der Sonne.

„Und was ist sonst noch wichtig?", fragte sie.

„Zunächst müssen Sie einen Schutzvertrag unterschreiben, der Sie verpflichtet, den Hund gut zu behandeln, nicht weiterzugeben und artgerecht zu halten. Wilhelmina ist geimpft und ärztlich untersucht. Die Impfungen sind jährlich zu wiederholen."

„Und was kostet der Hund?"

„Nun..." Die Frau überlegte.

„Normalerweise verlangen wir eine Aufwand-Pauschale für Futter und Betreuung. Das sind etwa 150 bis 200 Mark. Andererseits gilt Wilhelmina als schwer vermittelbar. Da sie Sie offensichtlich sympathisch findet, würde ich sie Ihnen umsonst geben. Ich mache Sie aber darauf aufmerksam, dass Bassets keine gewöhnlichen Hunde sind. Sie haben ihren eigenen Kopf. Für Wilhelmina brauchen Sie viel Liebe, Geduld und Konsequenz. Mit Zwang erreicht man nichts bei ihr, aber sie ist intelligent und einsam, darum wird sie auf liebevolle Behandlung mit Zuneigung und Dankbarkeit reagieren. Sie dürfen übrigens nicht vergessen, dass der Hund offenbar aus feinem Hause stammt; Bassets sind selten und teuer, und sie hatte ein kostspieliges Halsband um. Das heißt mit anderen Worten, dass unsere Wilhelmina auch ein bisschen verzogen ist. Im übrigen ist sie durchaus gesellschaftsfähig; sie geht auch gut an der Leine und fährt gern Auto."

„Ich habe kein Auto. Oh ..., ich habe auch keine Leine."

„Das macht nichts. Ich gebe Ihnen Wilhelminas Halsband und die Leine mit, mit der sie angebunden war. Ausgesprochen luxuriös. Ich glaube keinen Moment lang, dass sie wirklich aus Not ausgesetzt wurde."

Dodo dachte nach. „Wissen Sie, was ..., ich mache Ihnen eine Spende. Ich bin nicht besonders wohlhabend, aber wenn ich schon alles umsonst bekomme, soll das Tierheim doch wenigstens keinen Nachteil davon haben."

Die Frau strahlte. „Wir brauchen jeden Pfennig. Andererseits freuen wir uns über jeden, der einen älteren oder kranken Hund nimmt. Die meisten, die zu uns kommen, wollen junge Welpen, am liebsten komplett mit Stammbaum."

Sie zog einen mehrseitigen Schutzvertrag aus der Schublade und reichte ihn Dodo zum Durchlesen. Neben vielen anderen Dingen versprach der Käufer, das Tier nicht zu schlagen, zu quälen, es nicht an die Kette zu legen oder es – Dodo schauderte – für Tierversuche zur Verfügung zu stellen.

Dodo nickte stumm und wartete, bis der Vertrag auf sie ausgestellt war. Dann gab sie der Frau hundert Mark, erhielt eine Quittung und sah zu, wie ein pompöses Halsband aus grünem Leder, rundum mit Messingkühen besetzt, Wilhelmina umgelegt wurde. Dazu gehörte eine lange grüne Lederleine.

Dodo nahm sie mutig in die Hand.

„Noch etwas“, sagte die Frau. „Wir gehen von vier Wochen Probezeit aus. Wenn Sie mit dem Hund nicht zurande kommen, können Sie Wilhelmina zurückbringen.“

Dodo betrachtete Wilhelminas breiten Rücken und lächelte. „Ich glaube nicht, dass das nötig sein wird. Vielen Dank, dass Sie sie mir anvertrauen.“

„Viel Glück mit Wilhelmina“, sagte die Frau. „Ich hoffe, dass Sie sich mit ihr vertragen. Sie hat Charakter, Köpfchen und ein gutes Herz. Was kann man mehr verlangen?“

„Nichts. Ich wünschte, ich hätte so viel. Auf Wiedersehen!“

Als sie aufstand, folgte ihr Wilhelmina wie selbstverständlich.

Auf dem feuchten Weg war es kalt und düster, aber Dodo fühlte sich zu ihrer eigenen Überraschung von Herzen glücklich. Wilhelmina trottete eifrig neben ihr her, hinterließ hier und da eine kleine Pfütze und schaute ab und zu aus großen, sehnsüchtigen Augen zu ihr auf. Vermutlich hatte sie Hunger. Dodo holte die Hundebonbons hervor. In Sekundenschnelle hatte Wilhelmina die Tüte geleert und bellte auffordernd. Sie konnte es kaum abwarten, bis sie zu Hause waren.

Und so trat an einem Sonnabendvormittag Ende März ein ungewöhnlich großer und dicker Basset in das Leben von Dodo Döbritz, um es sacht, aber unbeirrbar umzustülpen und zu verändern.

FÜNFTES KAPITEL

Wilhelmina, die in der U-Bahn eingeschlafen und danach geduldig neben Dodo hergetrottet war, wurde sofort munter, als sie die Wohnung erreichten. Zielsicher steuerte sie die Küche an, setzte sich vor den Kühlschrank und bellte zweimal kurz und fordernd.

Leider vergeblich, denn Dodo hatte noch kein Hundefutter. Sie gab Wilhelmina erst eine Wasserschüssel, die schlürfend geleert wurde, reichte ihr dann ein paar etwas abgelagerte Kekse, die der Hund mit leicht hoch gezogenen Augenbrauen verzehrte, und legte eine alte Wolldecke in eine Korridorecke. Wilhelmina rülpste majestätisch, ließ sich nach dreimaliger Umdrehung ächzend auf der Decke nieder und verfiel in tiefen Schlummer.

Dodo benutzte die Gelegenheit, um in die nahe Leipziger Straße zu eilen. Dort kaufte sie Hundefutter, dazu einen Fressnapf, eine Hundebürste und schließlich noch ein Buch „Der Haushund in gesunden und kranken Tagen“.

Als sie keuchend nach Hause kam, hörte sie schon beim Einsteigen in den Fahrstuhl ein durchdringendes Jaulen. Wilhelmina lag hinter der Tür, hatte die Nase an den Bodenspalt gepresst und weinte bitterlich.

Dodo schloss auf, ließ alles fallen und setzte sich mitten auf den Dielenboden. Sogleich hörte der Hund auf zu winseln. Er stieg mit den Vorderbeinen auf Dodos Schoß und legte den Kopf auf ihre Brust. Als sie ihn streichelte, drückte er sich ganz fest an sie, und Dodo merkte, dass er zitterte. Sie umarmte ihn, bis er sich beruhigt hatte.

Gemeinsam gingen sie dann in die Küche, und Dodo schüttete eine Hand voll Hundekuchen in den neuen Napf. Sie legte eine Zeitung auf den Boden und stellte Napf und Wasserschüssel darauf.

„So, Herzchen – nun kannst du sabbern.“

Wilhelmina verschlang die Hundekuchen in zwei Sekunden und blickte dann erwartungsvoll zu Dodo auf. Die schüttelte den Kopf. „Das reicht jetzt erst mal. Du sollst doch nicht zunehmen!“

Wilhelmina folgte Dodo auf Schritt und Tritt und wollte sie sogar ins Bad begleiten. Als ihr das verboten wurde, legte sie sich quer vor die Tür und wartete geduldig, bis Dodo wieder herauskam.

Am Nachmittag unternahmen die beiden ihren ersten Spaziergang. Zum Glück lag auf der anderen Seite der Straße ein kleiner, ungepflegter Park. Dodo hatte im Sommer manchmal dort gesessen und gelesen und die Enten auf dem kleinen Teich gefüttert.

Nun wandelte sie mit einem Hund hier auf und ab. Sie wagte nicht, Wilhelmina von der Leine zu lassen, obwohl andere Hundebesitzer sie dazu ermunterten. Überhaupt stellte sie verblüfft fest, dass viele Leute sie ohne Scheu ansprachen und nach ihrem Hund fragten. Wenn sie dann erzählte, dass Wilhelmina aus einem Tierheim stammte, schlug ihr allgemeines Wohlwollen entgegen. Es war eine ganz neue Erfahrung. In gehobener Stimmung kamen die beiden Damen nach Hause.

Dodo hatte der Baronesse einen Zettel eingeworfen.

Liebe Frau von Raden,

wir haben einen Hund! Wenn Sie heute Abend nicht allzu müde sind, sollten Sie ihn besichtigen.

Herzlichst
Ihre Dodo

Natürlich klingelte es abends fast sofort nach Almas Rückkehr.

Wilhelmina bellte. Dodo öffnete.

„Was für eine kräftige Stimme unser kleines Tierchen hat!“, rief die Baronesse schon an der Tür. „Und wo ist unser Pudelchen?“

Dann blickte sie nach unten.

Einmal, zweimal und wieder. „Was ist denn das?“, fragte sie erschrocken.

Wilhelmina ging drei Schritte zurück und sah vorsichtig zu der Besucherin auf. Sie witterte in Almas Richtung und wedelte dann zufrieden. Alles in Ordnung.

Dodo führte die Baronesse ins Wohnzimmer, labte sie mit einem Glas Rotwein und erzählte ihr von ihren Erlebnissen. „Und das ist nun also Wilhelmina“, schloss sie. „Kein Hund für jedermann, aber ein wunderbarer Hund für uns.“

Dieses Stichwort genügte. Wilhelmina watschelte auf Alma zu, ließ sich vor ihr zu Boden plumpsen, drehte sich um und präsentierte mit deutlicher Aufforderung zum Streicheln ihren Bauch.

„Nun ja“, meinte die Baronesse. „Ich hatte mir etwas – hm – Kleineres vorgestellt. Ein bisschen gewöhnungsbedürftig ist dieser Hund schon. Aber sehr lieb, das muss man sagen.“ Sie krabbelte vorsichtig Wilhelminas Bauch. Der Hund brummte zufrieden und zwinkerte Dodo zu.

Als die Baronesse sich verabschiedete, waren die beiden schon gute Freundinnen.

Wilhelmina wurde noch einmal um den Block geführt und streng ermahnt, größere Geschäfte nur im Rinnstein zu verrichten. Das gelang so perfekt, dass Dodo überzeugt war, der Hund habe schon vorher gewusst, was erlaubt sei und was nicht. Offenbar ein Stadthund.

Sie schickte Wilhelmina auf ihre Schlafdecke und ging selbst auch zu Bett. Sicherheitshalber ließ sie die Tür zum Flur offen, damit sie wach wurde, wenn der Hund nachts Unruhe zeigte.

Aber keine Störung weckte sie.

Das war erstaunlich, denn irgendwann nachts musste Wilhelmina hereingekommen sein. Als Dodo nämlich erwachte, lag der Hund warm und zärtlich neben ihr auf der Decke.

Sie musste lachen, sammelte dann aber ihre pädagogischen Energien und verscheuchte ihn. Schließlich durfte man dem Tier nicht alles nachsehen, sonst schwang es sich zum Herrn im Hause auf. Wilhelmina betrachtete sie nachsichtig. Sie kannte den eitlen Wahn der Zweibeiner, Bassets nach ihrem Willen formen zu wollen. Nun, das würde sich geben.

FÜR DODO begann eine neue Zeit. Morgens stand sie eine halbe Stunde früher auf, damit Wilhelmina ihren kleinen Spaziergang bekam. Danach gab sie sie bei der Baronesse ab. Alma hatte sich sehr schnell an Wilhelmina gewöhnt und fand sie aristokratisch. Natürlich hatte sie längst ein Bassetbuch durchgearbeitet und wusste über Blutlinien und Rassestandards genau Bescheid.

Im Haus war Wilhelmina ebenfalls sehr beliebt geworden. Sie hatte einen unbekannten Mann, der sich verdächtig an einer Wohnungstür zu schaffen gemacht hatte, so wütend angeknurrt, dass er hastig floh. Seither genoss sie den Ruf eines Einbrecherschrecks und bekam heimlich Leckerbissen zugesteckt.

Tühne war zur Besichtigung von Wohnung und Hund gekommen, und Nikolaus liebte Wilhelmina heiß und innig. Geduldig ließ sie sich von ihm an den langen Ohren zupfen und duldete, dass er ihre imposanten Zähne untersuchte.

Bei der Arbeit freute Dodo sich jeden Tag auf das Nachhausekommen, und jedes Mal wurde sie von Wilhelmina begrüßt, als hätten sie einander wochenlang entbehrt. Es wurde geherzt und getätschelt, gestreichelt und gekuschelt. Dann brachen die beiden rundlichen Freundinnen auf. Sie unternahmen keine ausufernden Wanderungen, sondern strolchten gemütlich durch Bockenheim.

Eines Spätnachmittags saßen Wilhelmina und Dodo nach einer Runde durchs Quartier in ihrem kleinen Park. Es war erstaunlich warm für die Jahreszeit und der Park entsprechend belebt. Dodo hatte die Beine ausgestreckt und streichelte Wilhelmina, die leise und glücklich vor sich hin brummte.

Über die Teichbrücke kam ein Mann und strebte mit schnellen Schritten dem Ausgang zu. Dodo beobachtete ihn träge. Plötzlich fiel sein Blick auf sie. Er blieb ruckartig stehen und starrte sie an.

Dodo überlegte verwundert, ob etwas Ungewöhnliches an ihr sein könnte. Dann aber erkannte sie, dass der Mann Wilhelmina anglotzte. Mit sichtlicher Verblüffung musterte er den Hund, blickte dann auf sie und wieder auf Wilhelmina.

„Kennt wohl keine Bassets, der Banause", murmelte Dodo. Der Mann ging weiter, drehte sich aber noch zweimal um und schüttelte dabei den Kopf.

Dodo überlegte angestrengt, was den Mann wohl so erschreckt haben mochte. Vielleicht erinnerte ich ihn an seine verstorbene Oma, oder Wilhelmina hat ihm sein Kinderschmusekissen ins Gedächtnis gerufen, dachte sie.

Zwei Tage später sah sie den Mann wieder. Diesmal steuerte er sofort auf sie zu und blieb vor ihrer Bank stehen. Er war mittelgroß, schlank und sehr konservativ gekleidet: grauer Tweedsakko, graue Hose und hellblaues Hemd. Er hatte ein schmales Gesicht mit einer spitzen Nase und einem sehr breiten Mund. Hinter einer Brille schimmerten blaue Augen. Er sah ein wenig müde, aber vertrauenerweckend aus.

Jetzt räusperte er sich. „Entschuldigen Sie bitte, dass ich Sie anspreche", begann er. „Es ist wegen des Hundes – er sieht einem Hund, den ich kannte, so ungemein ähnlich. Darf ich fragen, ob er Ihnen gehört?"

Wilhelmina stand beim Klang seiner Stimme auf und wedelte begeistert. Der Mann bückte sich und streichelte sie.

„Ja, es ist mein Hund", sagte Dodo. „Ich habe ihn aus einem Tierheim."

„Schon länger?"

„Knapp drei Monate."

„Merkwürdig. Genau um diese Zeit ist Wilhelmina verschwunden."

Dodo blieb das Herz stehen. „Das hier *ist* Wilhelmina", erklärte sie dann mit fester Stimme. „Soweit ich weiß, wurde sie nachts vor dem Tierheim angebunden."

„Darf ich mich einen Moment zu Ihnen setzen?", fragte der Mann. „Mein Name ist Ulrich Bick. Ich kenne Wilhelmina seit Jahren. Ihre Besitzer gehören zu meinen Klienten. Vor drei Monaten hat man mir erzählt, Wilhelmina sei auf einer Reise verschwunden."

„Das finde ich aber sonderbar. Woher hatte sie denn dann einen Zettel, auf dem ihr Name sowie ihr Alter standen?"

„Das ist es ja, was mich so wundert", erwiderte Ulrich Bick. „Merkwürdigerweise haben die Besitzer schon seit einiger Zeit davon gesprochen, dass Wilhelmina keine Zierde mehr sei, alt und verfettet, wie sie nun einmal aussähe. Ich fand sie immer ganz entzückend."

Dodo wurde es warm ums Herz. Sie warf einen raschen Seitenblick auf die Hände des Mannes. Kein Ehering. Hm.

„Was sind denn das für Leute?", fragte sie.

„Es ist ein ziemlich wohlhabendes Ehepaar. Alles, was gerade nicht *in* ist, hat bei ihnen keine Chance. Ich fürchte ..."

Dodos Augen funkelten. „Sie fürchten, dass sie Wilhelmina selbst ausgesetzt haben, nicht wahr? Weil sie nicht mehr schick war?"

Herr Bick nickte. „Ja. Das traue ich ihnen zu. Nun, ich werde der Sache nachgehen."

„Ich habe den Hund ordnungsgemäß erworben", verkündete Dodo mit fester Stimme. „Ich liebe Wilhelmina und will sie behalten. Machen Sie mir also bitte keinen Ärger!"

Wilhelmina schmiegte sich an sie und knurrte ganz leise.

Herr Bick schüttelte den Kopf. „Keine Sorge. Es besteht kein Rechtsanspruch. Aber ich will wissen, was da wirklich passiert ist. Wilhelminas Besitzer haben mich angeschwindelt, und das ist keine Basis für eine vertrauensvolle Zusammenarbeit." Er stand auf. „Kommen Sie öfter hierher? Dann treffe ich Sie bestimmt wieder. Ich habe hier in der Nähe einen Onkel wohnen, den ich häufig besuche. Ich erzähle Ihnen, was ich herausgefunden habe. Auf Wiedersehen!"

„Auf Wiedersehen, Herr Bick." Nachdem er mit raschen Schritten durch das Tor gegangen war, erhob Dodo sich und klopfte Wilhelmina das barocke Hinterteil. „Du armes Geschöpf! Da hast du ja wirklich traurige Erfahrungen gemacht. Aber inzwischen weißt du ja, dass wir Dicken das Salz der Erde sind."

Wilhelmina wedelte zustimmend.

„Und dass dich jeder liebt", fuhr Dodo fort, „und dass ich dich nie wieder hergebe. So, und nun gehen wir nach Hause und mästen dich. HUN-DE-FUT-TER!"

Dieses Wort kannte Wilhelmina. Sie sprang mit erstaunlicher Behendigkeit auf, ließ sich willig anleinen und bewegte sich mit raumgreifenden Schritten auf den Ausgang zu.

NICHT nur Dodos Privatleben, auch die Teegesellschaften bei der Baronesse hatten sich verändert. Man sprach viel seltener von den alten Zeiten, und sogar das Interesse an den Kaffeefahrten hatte nachgelassen. Dafür widmeten sich die Damen intensiv der Kynologie. Schon zweimal hatten sie große Hundeausstellungen besucht und festgestellt, dass die dort gezeigten Bassets Wilhelmina nicht den Wassernapf reichen konnten.

Frau McAllister schlug sogar vor, als Gruppe dem Basset Hound Club beizutreten. Die Damen waren hingerissen.

Auch Dodo stimmte begeistert zu. Sie hatte Birdie McAllister sofort in ihr Herz geschlossen. Den Namen Birdie, zu deutsch Vögelchen, trug die alte Dame – sie musste über achtzig sein – zu Recht, denn sie war winzig und hüpfte auf ihren zierlichen Beinchen herum wie eine Bachstelze.

Den kurzen Pagenkopf hatte sie mutig dunkelrot gefärbt. Ihre braunen Augen leuchteten fröhlich aus ihrem Gesicht, und sie liebte elegante Kleider, schönen Schmuck und Handtaschen.

Mr. McAllister hatte seine Frau offenbar mit viel Geld in den Witwenstand entlassen. Sie wohnte in einer Villa in Sachsenhausen, wurde von einer Haushälterin und einer Putzfrau betreut und langweilte sich unsterblich.

Durch eine Postwurfsendung war sie zu ihrer ersten Kaffeefahrt gekommen und dort Alma von Raden begegnet. Die Baronesse wollte die erheblich Ältere zunächst unter ihre Fittiche nehmen, aber das hatte Birdie nicht nötig. Sie war energisch genug, allzu aufdringliche Verkäufer mit Vergnügen an der Nase herumzuführen. Das sicherte ihr die Bewunderung von Alma und ihren drei Freundinnen, und schon bald war sie aus den Teegesellschaften nicht mehr wegzudenken.

Für Dodo interessierte sie sich sehr. Sie ließ sich die Lebensgeschichte der jungen Frau erzählen und bedauerte, ihre Eltern nicht mehr kennen lernen zu können.

„Wenn sie aus Frankfurt sind, bin ich ihnen vielleicht früher begegnet ..., wer weiß? Schließlich bin ich hier geboren, 1915, mitten im Westend. Ich wollte hier Medizin studieren. Dann kam Hitler, da sind wir emigriert, gerade noch rechtzeitig. Zum Glück hatten wir Verwandte in Boston. Wir haben uns eingelebt drüben, mein Vater eröffnete ein Sanitätsgeschäft. Ich war die einzige Tochter und half im Geschäft, an Studieren war nicht mehr zu denken."

Sie trank einen Schluck Tee. Die anderen lauschten gebannt. Es war das erste Mal, dass Birdie von sich selbst sprach.

„Über dem Geschäft hab ich vergessen, dass ich eine junge Frau war. Plötzlich war ich bereits über dreißig. Dann habe ich Angus kennen gelernt, auf einer Sanitätswarenmesse, stellen Sie sich vor, wie romantisch! Er war gut, gescheit und anständig. Gemocht habe ich ihn gleich, geliebt erst im Lauf der Jahre." Sie nickte versonnen. „Vierzig Jahre waren wir verheiratet, leider ohne Kinder. Das war traurig für uns beide. Dafür blühte das Geschäft. Stellen Sie sich vor – Angus ist reich geworden mit WC-Sitzen, hat Millionen verdient mit Klodeckeln und -brillen. Die braucht jeder, und seine waren gut, darum wurden sie überall gekauft. Angus wurde immer erfolgreicher. Als er ganz oben war und sich zur Ruhe setzen wollte, ist er gestorben, am Herzinfarkt."

Sie schüttelte den Kopf und lächelte unter Tränen. Dodo streichelte vorsichtig ihre Hand. Wilhelmina kam herübergewackelt, legte sich auf Birdies Füße und brummte sanft.

„Das ist eigentlich schon alles. Ich habe verkauft und alles abgewickelt und bin noch ein paar Jahre in Boston geblieben. Schließlich bin ich nach Frankfurt zurückgegangen. Es war nicht leicht – wenn man Jüdin ist, fallen einem so viele Dinge ein. Aber hier ist meine Heimat."

„Und hier haben Sie Ihre Freundinnen", sagte die Baronesse.

Frau Samtleben, Frau März und Frau Robel nickten, Dodo schneuzte sich unauffällig, und Frau McAllister lachte schon wieder.

„Ja, ich weiß. Ich wollte auch nicht sentimental werden. Verzeihen Sie, dass ich so viel von mir geredet habe."

„Unsinn!", antwortete Alma streng. „Wir erzählen hier alle immer nur von uns. Umso besser, wenn es mal eine neue Geschichte gibt."

Wilhelmina klopfte bestätigend mit dem Schwanz und hinterließ ein paar rotblonde Haare auf Birdies smaragdgrünem Kostüm.

Frau McAllister betrachtete sie gerührt. „In Boston gab es auch ein paar Bassets. Ich wollte immer einen haben, aber mein Mann war nicht dafür. Wie schön, dass ich jetzt Wilhelmina streicheln kann!"

An einem Sonnabend Ende Mai hatten Dodo und Tühne zusammen in den Taunus nach Königstein fahren wollen. Aber Tühne hatte am Abend vorher abgesagt. „Es ist mir etwas Wichtiges dazwischengekommen", murmelte sie geheimnisvoll. „Ich erkläre es dir später."

Also stieg Dodo am nächsten Morgen allein mit Wilhelmina in den Bus und fuhr in den Taunus.

Nachdem die beiden einträchtig durch die Königsteiner Ladenstraßen gebummelt waren, zogen sie hinüber in den Kurpark, wo Dodo sich auf eine Bank setzte. Wilhelmina ließ sich vor ihr in den Sand plumpsen und hechelte. Sie hatte Durst. Gerade wollte Dodo aufstehen, um den kleinen Wassernapf, ohne den sie mit Wilhelmina nie das Haus verließ, auf dem Kurhaus-WC zu füllen, als jemand sagte: „Hallo! In Bockenheim suche ich Sie, und hier finde ich Sie. Guten Tag!"

Es war Herr Bick. Dodo hätte ihn kaum wieder erkannt. In Jeans und Karohemd wirkte er wesentlich jünger, als sie ihn in Erinnerung hatte. Er grinste sie vergnügt an.

„Ich habe mir heute freigenommen", erklärte er. „Bei Kaiserwetter kann man doch nicht sonnabends im Büro hocken. Und was tun Sie hier?"

„Ich habe mir mit Wilhelmina das schöne Königstein angeschaut. Jetzt bin ich müde, und Wilhelmina hat Durst."

Herr Bick lachte. „Ich bin auch müde und habe Durst. Machen Sie mir die Freude, und gehen Sie mit mir essen! Ich erzähle Ihnen auch ein paar Anekdoten über Wilhelmina." Dodo zauderte nicht lange. Erstens fand sie Herrn Bick sympathisch, zweitens war sie neugierig, und drittens hatte sie Hunger.

Das Essen wurde ein voller Erfolg. Von Wilhelminas Vorbesitzern wusste Herr Bick zwar nichts Neues, aber dafür schilderte er anschaulich, wie Wilhelmina einmal eine lange und unfruchtbare Debatte zwischen ihm, seinen Partnern und ihrem Herrchen dadurch beendet hatte, dass sie in die Mitte des Raumes trat und so lange schmetternd bellte, bis das Gespräch abgebrochen werden musste. Bei einer anderen Gelegenheit hatte sie der gertenschlanken und äußerst zickigen Chefsekretärin, die anscheinend von Luft lebte und auf andere Sterbliche, die essen und trinken mussten, verächtlich herabsah, eine riesige Schachtel Pralinen aus der Schreibtischschublade geholt und vor den Augen des sprachlosen Seniorpartners und ihres Herrchens umgekippt und leer gefressen.

Herr Bick bestand darauf, das Essen zu bezahlen, und bot dann an, die beiden Damen nach Hause zu fahren, denn er müsse nun wieder nach Frankfurt zurück. „Wohnen Sie in Bockenheim, oder wo darf ich Sie hinfahren? Ach – übrigens –, ich weiß Ihren Namen noch gar nicht", sagte er.

„Ich heiße Döbritz", antwortete sie, „Dodo Döbritz."

Herr Bick fuhr zusammen. „Döbritz? Ich kenne auch eine Frau Döbritz – wir korrespondieren sehr häufig miteinander. In nicht besonders freundlichem Ton. Sie ist Sachbearbeiterin bei einer Versicherung, und ich fürchte, sie kann mich nicht ausstehen. Ich habe keine Ahnung, warum. Nun ja ..., jetzt, nachdem ich *Sie* kenne, Frau Döbritz, höre ich den Namen mit anderen Ohren."

Dodo glaubte zu träumen. Der Mann sprach von *ihr*! Aber der Name Bick war ihr ganz unbekannt. Und sehr häufig sollte sie mit ihm korrespondieren? Das war nicht möglich. Sie erkundigte sich harmlos: „Haben Sie Ärger mit Ihrer Versicherung?“

„Nein, das nicht. Ich bin Anwalt, wissen Sie, und diese Frau Döbritz ist Schadenreguliererin. Naturgemäß gibt es unterschiedliche Auffassungen, aber meistens kann man sich nach einer Weile einigen. Mit Frau Döbritz fällt mir das schwer. Sie ist knallhart und kompromisslos, wenn sie sich im Recht glaubt. Ich stelle sie mir groß, knochig, pferdegebissig und mit stahlblauen Augen vor.“

Dodo zuckte. „Wie heißt denn das Büro, für das Sie arbeiten?“

„Seeheimer, Übelkräh und Beck. Ich bin Ulrich Beck.“

„Beck? Ich hatte Bick verstanden“, hauchte Dodo mit ersterbender Stimme. Ihr schwindelte.

„Das macht doch nichts“, versicherte Herr Beck fröhlich und wollte aufstehen.

„Herr Ober!“, flüsterte Dodo dem vorbeieilenden Kellner zu. „Bringen Sie mir bitte einen Magenbitter – ach, und dem Herrn auch einen.“

Sie sah Herrn Beck in das verblüffte Gesicht und musste plötzlich laut lachen. „Herr Beck ... Sie müssen jetzt ganz tapfer sein.“

Er starrte sie bestürzt an.

„Lieber Herr Beck – *ich* bin Frau Döbritz von der Sinceritas. Ihre teuflische Erzfeindin. Heute ausnahmsweise ohne Hörner, Schwanz und Pferdefuß.“

Ulrich Beck musterte Dodo eine Weile stumm. Schließlich begannen seine Mundwinkel zu beben, und er brach in schallendes Gelächter aus. Es war so ansteckend, dass auch Dodo zu glucksen anfing, und bald liefen ihnen beiden die Tränen über die Wangen.

Endlich erholten sie sich so weit, dass sie das Lokal verlassen konnten. Ulrich Becks Auto stand auf dem nahen Parkplatz, und in aufgeräumtester Stimmung ging es zurück nach Frankfurt.

Vor ihrer Wohnung setzte der Anwalt Dodo ab. „Frau Döbritz ..., werden Sie mit Wilhelmina wieder in den Park kommen? Ich würde mich sehr freuen, wenn wir uns wiedersehen könnten.“

Dodo sah ihn von der Seite an und war auf einmal sehr glücklich. „Ich bin meistens abends gegen sechs im Park“, sagte sie.

„Dann sehe ich Sie Montag.“

SECHSTES KAPITEL

Am Sonntag rief Tühne an und lud Dodo und Wilhelmina zum Fünfuhrtee ein. Dodo, die darauf brannte, ihr alles über Herrn Bicks wahre Identität zu berichten, sagte freudig zu.

Als sie ihrer Freundin gegenüberstand, merkte sie sofort, dass etwas nicht stimmte. Tühne machte einen niedergeschlagenen Eindruck. Sie wurde allerdings schnell wieder heiter, als ihr Dodo schilderte, wie sich Herr Bick als Rechtsanwalt Ulrich Beck herausgestellt hätte und dass sie ihn „rein menschlich, Tühne, natürlich nicht im juristischen Bereich" ausgesprochen sympathisch fände.

„Und hat er schon mehr über Wilhelmina herausgefunden?"

„Nein. Aber er hat mir ein paar schöne Geschichten von ihr erzählt." Sie wiederholte Wilhelminas Streiche.

Tühne gackerte derartig, dass Dodo auch loslachen musste und Wilhelmina und Nikolaus, die aneinandergekuschelt auf dem Teppich lagen, erschrocken aufblickten.

Plötzlich hörte Tühne auf zu glucksen. „Dodo, ich war gestern Abend mit Klaus zusammen."

„Wie ist denn das passiert?", fragte Dodo überrascht.

„Ich habe ihn Freitagmorgen zufällig in der Stadt getroffen. Wir haben miteinander einen Kaffee getrunken, und ich habe gemerkt, dass er richtig unglücklich ist – meinetwegen und wegen Nikolaus. Da habe ich ihn für gestern Abend zum Essen eingeladen. Ich dachte gar nicht, dass er kommt, weil ich das letzte Mal ziemlich unfreundlich zu ihm war. Aber er ist gekommen, und wir haben gegessen und über alles geredet …"

Sie verstummte.

„Und?"

„Und dann haben wir beschlossen, es wieder miteinander zu versuchen. Für den Anfang soll er mit Nikolaus allein spazieren gehen dürfen, und wir wollen Dinge gemeinsam tun."

„Aber das ist doch großartig! Warum machst du da so ein miesepetriges Gesicht? Freu dich lieber, dass dein Sohn jetzt einen Vater hat."

Tühne stöhnte. „Das ist es ja auch nicht. Es ist viel schlimmer – ich habe mich wieder in ihn verliebt!"

Sie brach in hemmungsloses Schluchzen aus.

Dodo setzte sich neben sie und klopfte ihr beruhigend den Rücken. Sie kannte mittlerweile Tühnes Gefühlsausbrüche und wusste, dass sie heftig, aber nie von langer Dauer waren. Tatsächlich brach schon bald die Sonne wieder durch die Wolken. Tühne schneuzte sich, kicherte und fragte: „Ist es nicht ein Witz? Ich verknalle mich in den Vater meines eigenen Sohnes."

Sie fiel Dodo um den Hals und rief: „Und jetzt ran an den Käsekuchen! Hab ich zur Feier des Tages selbst gebacken." Es wurde ein heiterer Nachmittag. Besonders Wilhelmina konnte von dem Käsekuchen nicht genug kriegen und musste schließlich mit Gewalt aus der Küche gezerrt werden, wo sie den Rest des Blechs belauert hatte.

Montags saß Dodo wieder brav im Büro. Fleißig bearbeitete sie ihre Akten, legte jedoch Vorgänge, in denen die Kanzlei Dr. Seeheimer und Sozien auftrat, beiseite. Sie brachte es nicht fertig, in gewohnter Schärfe mit Rechtsanwalt Beck zu korrespondieren. Sie wollte die weitere Art ihres Umgangs mit ihm von der nächsten Begegnung abhängig machen. Wenn er überhaupt kommt, dachte sie. Was sollte er von mir wollen? Hübsche Frauen kennt er bestimmt genug. Er könnte ja auch verheiratet sein ... Viele Männer tragen keinen Trauring ...

So grübelte sie vor sich hin, kramte ziellos in ihrer Post und verfasste ein paar halbherzige Briefe.

Sie ging früh nach Hause. Sollte sie den Park überhaupt aufsuchen? Unschlüssig trottete sie mit Wilhelmina durch die Straßen. Am Ende nahm der Hund ihr die Entscheidung ab, indem er so energisch dem gewohnten Ziel zustrebte, dass Dodo gar nichts anderes übrig blieb, als ihm zu folgen.

Ulrich Beck saß schon auf der Bank und schaute ungeduldig nach ihr aus. Er stand auf, begrüßte sie mit sichtlicher Freude und streichelte Wilhelmina. „Hallo! Ich hatte schon Angst, Sie wollten mich nicht wieder sehen, nachdem Sie nun wussten, wer ich bin."

„Ja, ich auch!", platzte Dodo heraus. „Ich dachte ..."

„Ich auch!"

Dann mussten sie beide lachen, und das Eis war gebrochen.

Nach einer Stunde hatte Dodo das Gefühl, Ulrich Beck schon jahrelang zu kennen. Sie legte ihm offen dar, weshalb seine Briefe sie so reizten. Er gelobte Besserung und gestand ihr, dass der Text dieser Schadenanmeldungsschreiben gar nicht von ihm, sondern von Dr. Seeheimer stammte, der vor Jahrzehnten seine Formulierungen verbindlich für die ganze Kanzlei eingeführt hatte.

Ehe sie es bemerkten, war es Abend geworden. Es wurde allmählich kühl, und Wilhelmina drängte nach Hause, um den großen Hundekuchen zu verschlingen, der ihre Abendmahlzeit bildete.

Ulrich Beck begleitete Dodo bis zu ihrer Haustür. „Auf Wiedersehen morgen, Frau Döbritz! Tschüs, Wilhelmina, mein Fürstenkind!", sagte er und war schon fort.

Im Lauf der nächsten zwei Wochen freundeten die beiden ehemaligen Erzfeinde sich immer mehr an. Fast jeden Abend trafen sie sich im Park. Dreimal regnete es; dann holte Ulrich Beck Dodo zu Hause ab, sie fuhren mit Wilhelmina in den Taunus und aßen in einem Gasthof an der Straße.

Längst wusste Dodo, dass er im Holzhausenviertel wohnte und dort ein kleines Haus besaß.

„Eigentlich gehörte es meinen Eltern, aber sie haben es mir vor ein paar Jahren geschenkt. Mein Vater wollte schon immer an den Bodensee ziehen. Nach seiner Pensionierung hat er mit meiner Mutter sofort seine Zelte hier abgebrochen und wohnt jetzt in Romanshorn in der Schweiz. Ich bin das einzige Kind – und hatte damals gerade fertig studiert. Außerdem war ich verheiratet und dachte an Nachwuchs. Tja ..., inzwischen bin ich längst geschieden, aber das Haus habe ich immer noch. Ich habe meine Frau Löffler, die an vier Tagen in der Woche kommt, am Wochenende pütschere ich im Garten herum, es gibt genügend Platz, und ich finde es sehr gemütlich. Wann kommen Sie zur Besichtigung?"

Dodo hatte nur *geschieden* gehört. „Sie sind geschieden?"

„O ja! Ich war nur drei Jahre verheiratet. Eine bezaubernde Frau, aber ganz und gar nicht die Richtige für mich. Als ich sie kennen lernte, studierte sie noch Jura. Nach dem Referendarexamen haben wir geheiratet. Ich wurde Assessor, aber sie hatte auf einmal keine Lust mehr, sie wollte Künstlerin werden. Sie hatte Talent, besuchte Malkurse und ging schließlich zur Kunstschule. Und dort lernte sie dann einen Maler kennen." Er lachte. „Der Maler passte viel besser zu ihr als ich. Da war nichts zu wollen – wir haben uns friedlich getrennt, und sie hat ihn geheiratet."

„Und wie lange ist das her?"

„Gut zehn Jahre."

„Und wieso – aber das geht mich ja wirklich nichts an …"

„Wieso ich nicht wieder geheiratet habe? Nun, es hat sich nicht ergeben. Und Sie – waren Sie jemals verheiratet?"

Dodo schüttelte den Kopf. „Nein. Ein paar Freundschaften, seit ungefähr zwei Monaten bin ich solo. Mein Exfreund hat auch etwas Geeigneteres gefunden, eine repräsentative, schlanke und nette Dame mit Doktortitel. Er ist Antiquitätenhändler, da ist so etwas nützlich."

„Nur keine Bitterkeit", meinte Ulrich Beck fröhlich. „Wer Sie gehen lässt, ist selbst schuld!" Er übersah diskret Dodos Erröten und bückte sich, um Wilhelmina zu kraulen.

„Herr Beck", begann Dodo, um abzulenken, „Sonnabend ist in der Leipziger Straße Straßenfest. Frau von Raden würde auf Wilhelmina aufpassen. Hätten Sie Lust, mit mir hinzugehen?"

Herr Beck warf ihr einen warmen Blick zu. „Ich wüsste nicht, was ich lieber täte. Ich hole Sie um sieben ab."

„Klingeln Sie einfach, und warten Sie unten, damit Wilhelmina Sie nicht sieht. Sonst ist sie traurig, weil sie nicht mitdarf."

„In Ordnung."

DIE VIER Tage bis zum Sonnabend schienen Dodo sehr lang. Bisher hatte sich Herr Beck ungewöhnlich zurückhaltend benommen, was bedeuten konnte, dass er lediglich freundschaftliche Empfindungen für sie hegte. Was sie selbst anging, war sie ziemlich sicher, dass sie in ihn verliebt war.

Petrus hatte ein Einsehen mit Dodo. Den ganzen Sonnabend hatte die Sonne gelacht, und der Abend war lau und wunderschön.

Um sieben lieferte Dodo Wilhelmina bei der Baronesse ab.

„Ach …, äh …, ich behalte Wilhelmina vielleicht besser bis morgen früh", schlug diese vor. „Ich meine, falls Sie …, hm …, spät nach Hause kommen? Diese Straßenfeste dauern ja meist recht lange, und ich gehe gern früh zu Bett."

Das war eine dreiste Lüge, denn Alma von Raden war eine Nachteule, die abends noch lange las oder vor ihrem Fernseher hockte. Die Baronesse hatte längst Gefallen an Ulrich Beck gefunden. Nichts hätte sie lieber gesehen, als wenn Dodo und er ein Ehepaar geworden wären, und sie tat alles, um ihre Annäherung zu fördern.

Dabei hätte Dodo im Ernstfall gar nicht gewusst, ob sie Ja sagen sollte. Zum Heiraten hatte sie noch nie große Lust verspürt. Auch wenn sie nicht von Tühnes Emanzipationswahn besessen war, legte sie doch großen Wert auf Selbständigkeit und Freiheit. Dodo wusste nicht, ob man mit solchen Ansichten überhaupt eine Ehe eingehen konnte. Bisher war ihr kein Mann begegnet, der sie den Wunsch nach Distanz hätte vergessen lassen.

„Vielen, vielen Dank, Frau von Raden. Wenn ich bis elf wieder hier bin und Licht sehe, klingele ich. Sonst hole ich Wilhelmina morgen früh um sieben ab."

Sie gab Wilhelmina einen ermunternden Klaps und reichte der Baronesse die Leine.

Ulrich Beck wartete an der Haustür. Er trug seine alten Jeans und einen roten Pullover und pfiff bei ihrem Anblick anerkennend durch die Zähne. „Flott, flott, meine Gnädigste! Werden ganzes Marinekorps verwirren! Was hat denn Wilhelmina dazu gesagt?"

„Nur ganz leicht geknurrt, weil sie nicht mitdurfte", antwortete Dodo. „Wollen wir?"

Die Leipziger Straße, sonst die Hauptschlagader von Bockenheim, war heute für den Verkehr gesperrt. Überall hatte man Stände aufgebaut, an denen gekocht und gebraten wurde. Musikkapellen unterschiedlichster Art spielten, man konnte tanzen, einkaufen und flanieren. Dodo hatte das Gefühl, dass ganz Bockenheim mitfeierte, so voll war es.

Ulrich Beck lotste Dodo zielsicher zum nächsten Getränkestand.

„Was möchten Sie trinken?"

„Pfälzer Weißwein."

Bei dem ersten Glas Pfälzer blieb es nicht, binnen kurzem waren sie beim vierten angelangt. Dodo merkte, wie ihr schwindlig wurde. Ulrich Beck schien es ähnlich zu gehen. Seine Augen hinter der Brille funkelten verwegen, er lachte lauter als sonst und hatte jedes Mal, wenn er ihr das Glas reichte, unmissverständlich ihre Hand gestreift. Ihre Versuche, sich an den Kosten zu beteiligen, wehrte er ab.

„E Fraa, die wo uff die Kerb geht, braucht en Kerl, der wo bezählt!", hatte er im breitesten Frankfurterisch verkündet.

„Sie können ja Mundart reden!" Dodo war entzückt. „Das hätte ich Ihnen gar nicht zugetraut."

Ulrich Beck lächelte bescheiden. „Meine liebe Frau Döbritz! Ich besitze noch ganz andere Talente, mit denen ich Sie im Lauf unserer hoffentlich noch sehr langen und innigen Beziehung vertraut machen zu dürfen hoffe!", erklärte er, ohne zu stocken, und sah ihr tief in die Augen. Dodo wurde schon ganz romantisch ums Herz, als er unvermittelt fortfuhr: „Und wenn ich jetzt nicht sofort etwas esse, falle ich um. Ich brauche etwas ganz Großes und Fettiges. Sie auch?"

„Ja“, seufzte Dodo ein wenig enttäuscht, aber ehrlich. „Ein Riesenschaschlik mit ganz viel Zwiebeln! Schauen Sie mal, da drüben ist ein Fressstand mit Bänken.“

Auf dem kleinen Platz vor dem Kaufhaus war eine Braterei aufgebaut, vor der lange Holzbänke mit Tischen standen.

„Sie setzen sich hin und sichern die Plätze, und ich hole uns zwei Spieße“, befahl Ulrich Beck, und gehorsam nahm Dodo Platz.

Müßig ließ sie ihren Blick über die Vorbeischlendernden schweifen. Diese schicke Rothaarige – kannte sie die nicht? Das war ja Frau Dr. Elisabeth von Wellen-Brahmen, die Kunsthistorikerin! Ihre Nachfolgerin bei Hanns. Und wo war Hanns? Tatsächlich, da stand er an der Schaschlikbude. Seine Begleiterin wartete offenbar auf ihn und hielt nach einem Sitzplatz Ausschau.

Dodo sah, wie Hanns zwei Riesenspieße in Empfang nahm, und musste grinsen. „Alle Achtung, Elisabeth! Das hätte er für mich niemals getan – etwas so Plebejisches wie ein Straßenfest in Bockenheim besucht und dann noch ein Schaschlik aus der Hand gegessen. Du hast ihn dir gut erzogen.“

Dodo hatte von Anfang an keinerlei Hass auf die Frau empfunden, die sie verdrängt hatte. Sie war der Ansicht, dass ein Mann, der nicht willig ist, sich nicht so leicht umgarnen lässt. Eigentlich musste sie Elisabeth sogar dankbar sein, denn wer weiß, ob sie von sich aus den Absprung von Hanns geschafft hätte. Ohne Hanns aber fühlte sie sich nicht nur entschieden glücklicher, sondern ihr Leben war auch um Wilhelmina, Ulrich und Tühne reicher geworden.

Als neben ihr ein Pärchen aufstand, winkte sie ihrer Rivalin spontan zu und rief: „Hallo! Frau Dr. von Wellen-Brahmen! Hierher! Kommen Sie!“ Sie deutete auf die freien Plätze. Die andere begriff sofort und war im Nu bei ihr.

„Guten Abend“, sagte Dodo vergnügt. „Setzen Sie sich schnell hin!“

Hanns, der sich suchend umblickte, hatte die beiden noch nicht entdeckt. Die etwas verlegene Elisabeth rief ihn an, und er kam auf sie zu.

Als er Dodo sah, wurde er ein wenig blass, reichte ihr aber tapfer die Hand. Während er noch seiner Verwunderung, sie hier anzutreffen, Ausdruck verlieh, erschien auch Ulrich Beck mit seinen Spießen. Dodo machte alle miteinander bekannt und bemerkte grinsend, wie mürrisch Hanns den anderen musterte.

Um ihn zu ärgern, tat sie sehr vertraulich mit Herrn Beck. Sie berichtete, dass sie ihn über eine gemeinsame Bekannte namens Wilhelmina kennen gelernt hätte – „aus adligen Kreisen, Hanns ..., nach deiner Zeit“ – und sie seither viel zusammen unternähmen. Dabei stieß sie Ulrich Beck unter dem Tisch vorsichtig an. Der kluge Mann verstand sogleich, was von ihm erwartet wurde, und machte bereitwillig mit.

„Dodo hat mir ja schon so viel von Ihnen erzählt, Herr Müller-Bertram“, flötete er. „Sie haben doch diesen entzückenden Laden ..., lauter kleine Kostbarkeiten.“

Hanns witterte einen Kunden. „Interessieren Sie sich auch für englische Antiquitäten? Schauen Sie doch mal rein, wenn Sie in der Nähe sind.“

Ulrich Beck nickte dankbar. „Ich bin allerdings etwas anders eingerichtet ..., stilreine Zwanziger- und Dreißigerjahre ..., alles Erbstücke.“

Bei dem Wort *Erbstücke* vibrierten Hanns’ Nüstern wie Wilhelminas beim Anblick einer Salami. Seine Augen glänzten.

Dodo erstickte beinahe an ihrem Schaschlik. Sie blinzelte Herrn Beck selig zu und hauchte: „Ulrich ist nämlich Rechtsanwalt, Hanns, Teilhaber in einer der ältesten Frankfurter Sozietäten. Er wohnt in der Stettenstraße. Es ist ein wundervolles Haus.“

Ulrich Beck musste husten. Vermutlich war die Sozietät Dr. Seeheimer eine Neugründung. Egal. Außerdem hatte Dodo sein Haus noch nie betreten, sondern war bisher geschickt jeder Einladung ausgewichen.

„Möchten Sie es sich einmal ansehen? Machen Sie doch Dodo und mir die Freude!“, säuselte Herr Beck.

Hanns erhob sich. „Vielleicht ergibt es sich ja“, bemerkte er in wenig verheißungsvollem Ton. „Besten Dank für die Einladung. Elisabeth, wir müssen weiter, wir wollten doch noch zu einer Vernissage.“

Er zog die widerstrebende Elisabeth von der Bank und führte sie mit raschen Schritten fort.

Dodo konnte sich gerade so lange beherrschen, bis die beiden um die Ecke verschwunden waren. Dann lachte sie, dass ihr die Tränen kamen.

„Herr Beck, Sie waren einsame Klasse. Sie sind der reaktionsschnellste Schauspieler, der mir je begegnet ist. Vielen, vielen Dank. So habe ich mich selten amüsiert.“

Ulrich Beck brach ebenfalls in schallendes Gelächter aus. Dann schwieg er eine Weile, betrachtete Dodo ernsthaft und erklärte schließlich gelassen: „Dodo, du bist ein Biest. Ich finde dich großartig. Könntest du nicht Ulrich zu mir sagen?“

„Gern.“ Sie streckte ihm eine etwas fettige Hand entgegen, die er feierlich schüttelte. „Und nun geht es uns so gut, dass wir noch ein Glas auf Wilhelmina trinken können."

An den Rest des Abends konnte sich Dodo später nur verschwommen erinnern. Irgendwann hatten sie im kleinen Park auf der Bank gesessen und sich dort lange unterhalten. Viel später waren sie leicht schwankend zu Dodos Haus gewandert, eine erstaunlich lange Strecke. Leise hatte Dodo die Tür geöffnet, hatte Ulrich in den Fahrstuhl geschoben, ihn oben in die Wohnung bugsiert und im Wohnzimmer in den größten Sessel gesetzt.

„Dodo, mein Schatz", hatte er noch gemurmelt. „Du bist das Beste, was mir seit Jahren passiert ist."

Gleich darauf war er fest eingeschlafen. Dodo hatte ihm eine Decke übergelegt und war ins Bett gegangen. Frühmorgens war sie mit klarem Kopf und bei bester Laune aufgewacht. Auf Zehenspitzen war sie ins Wohnzimmer geschlichen. Ulrich Beck schlief noch immer.

Sie hatte sich leise angezogen und in der Küche einen Zettel geschrieben.

Lieber Ulrich, guten Morgen!

Ich hole Wilhelmina und die Brötchen. Dann gibt's ein Katerfrühstück. Bis gleich,

Dodo

Den Zettel hatte sie auf den Tisch gelegt und die Wohnung verlassen. Unten klingelte sie bei der Baronesse, die im Morgenmantel öffnete und mit Verschwörermiene guten Morgen wünschte.

Dodo dankte ihr herzlich. Wilhelmina, die schon freudig fiepte, wurde angeleint und durch die Tür gereicht. Dann gingen die beiden nach draußen. Wilhelmina erledigte ihre morgendlichen Verrichtungen und wartete dann geduldig vor dem Bäckerladen. Auf dem Rückweg wurde auch der Baronesse eine Tüte vor die Tür gestellt.

Oben war der Besuch inzwischen im Badezimmer verschwunden. Wilhelmina, die ihn sofort gerochen hatte, trottete vor die Tür und bellte einen Gruß, bevor sie sich ihrem Futter widmete.

Dodo deckte den Frühstückstisch, natürlich auf dem Balkon.

Als Ulrich frisch geduscht und sauber gekämmt ins Zimmer trat, räusperte er sich unsicher und stotterte: „Äh ..., guten Morgen, Dodo. Es tut mir schrecklich Leid."

„Was tut dir Leid?", fragte Dodo verblüfft.

„Das weiß ich nicht mehr – das ist es ja gerade. Ich kann mich noch erinnern, dass wir hier hereingekommen sind. Danach: Filmriss. Habe ..., habe ich mich danebenbenommen? Ich meine ..., weil ich im Sessel geschlafen habe?“ Er sah sie zerknirscht an.

Dodo ging ein Licht auf. Er fürchtete, sie hätte ihn aus dem Bett geschmissen! „Keine Sorge. Du hast dich gar nicht benommen – du bist in diesen Sessel gefallen und binnen Sekunden eingepennt. Ich konnte dich durch nichts bewegen, diesen Ort zu verlassen, darum bin ich dann ganz allein und solide ins Bett gegangen. So, und jetzt wird gefrühstückt.“

Sie zwinkerte ihm zu, und er zwinkerte etwas verlegen zurück.

Nach dem Frühstück fuhr Ulrich nach Hause. Dodo sang beim Abwaschen „... muss wieder zur See, zur einsamen See“, und Wilhelmina hörte andächtig zu. Danach machten die beiden einen langen Spaziergang, gefolgt von einem erholsamen Mittagsschlaf.

Gegen fünf klingelte das Telefon.

„Wollen wir nachher in den Taunus zum Essen fahren? Wir haben uns noch lange nicht alles erzählt.“

Damit hatte Ulrich Recht. Sie saßen in einem kleinen Restaurant und fanden kein Ende. Es war schon spät, als Ulrich Beck Dodo nach Hause brachte. Diesmal schwankte keiner von ihnen, als sie in den Fahrstuhl stiegen, und niemand übernachtete im Sessel. Wilhelmina, von den Anstrengungen des Tages ermüdet, schnarchte sanft in ihrem Korb.

Im Bad hatte Dodo einen Augenblick Lampenfieber. War sie nicht wirklich zu dick? Was würde er denken, wenn die Hüllen fielen? Ach was, entschied sie trotzig. Mehr als weggehen kann er nicht. Sie hätte sich keine Gedanken zu machen brauchen. Ulrich war ganz unverkennbar in jedes einzelne Pfund verliebt. Dodo hatte sich selten so glücklich gefühlt. Die Schlafzimmertür blieb geschlossen, und die Nacht war wunderschön.

SIEBTES KAPITEL

Die Vordertaunus-Bauträger-GmbH hatte Mühe gehabt, die Mieter des Hauses in der Kaufunger Straße zu Besichtigungsterminen zu überreden, am Ende jedoch ihren Willen durchgesetzt.

Das lag auch mit daran, dass Alma von Radens alter Bekannter,

Rechtsanwalt Schmitzke, nur bestätigen konnte, dass sie und ihre Mitmieter wohl kaum durch überzogene Mieterhöhungen zu vertreiben waren, dass indessen einer maßvollen Anpassung der Monatsmieten nach so vielen Jahren wenig entgegenzuhalten sei. Was den Verkauf der Wohnungen angehe, könne man sich notfalls gerichtlich dagegen zur Wehr setzen. Er selbst rate zunächst zum Abwarten, denn oft seien solche Ankündigungen bloße Schreckschüsse von Neueigentümern, die bei Widerstand der Mieter auch wieder fallen gelassen würden.

An einem Sonnabend Anfang Juni erschienen zwei junge Männer, die sich als Mitarbeiter des Hauses Mannlich & Dietz vorstellten und die Wohnungen anschauten.

Dodo hatte Ulrich gebeten, bei der Besichtigung anwesend zu sein. Wortkarg hatte er dem Redefluss der Jungbauträger gelauscht, die von der vorzüglichen Wohnqualität schwärmten, wobei sie nicht versäumten, mehrfach auf die niedrige Miete hinzuweisen. Merkwürdigerweise war von einem Verkauf nicht mehr die Rede gewesen.

Vierzehn Tage später flatterten den Mietern Briefe ins Haus – die befürchtete Mieterhöhung. Bei genauer Prüfung betrug sie drei Prozent. Alle atmeten auf. Man war noch einmal mit einem blauen Auge davongekommen.

Ulrich Beck zog in der Zwischenzeit Erkundigungen über die Vordertaunus-Bauträger-GmbH ein und fand heraus, dass es sich um eine auf Altbausanierungen und Wohnungsumwandlungen spezialisierte Firma handelte, der ein recht rüder Ruf vorausging. Er ermahnte Dodo dringend zur Vorsicht. Vor allem sollte sie ihm alle Schriftstücke, die sie von den Herren Mannlich & Dietz erhielt, sofort zeigen und auf gar keinen Fall etwas unterzeichnen. „Ich traue den Brüdern nicht. Die kommen garantiert wieder. Sag auch den anderen Mietern, dass sie aufpassen sollen."

Das tat Dodo.

Immerhin herrschte zunächst wieder Ruhe im Haus. Die unmittelbare Gefahr schien gebannt.

Manchmal wusste Dodo nicht, wie ein Leben ohne Ulrich überhaupt möglich gewesen war. Die beiden sahen sich fast täglich. Längst hatte sie sein Haus in der Stettenstraße besichtigt und Frau Löffler, Ulrichs würdige Putzfrau, kennen gelernt. Wilhelmina hatte auf Ulrichs Rasen ein Sonnenbad genommen und sich unter fürchterlichem Lustgebrumm auf den Rücken gewälzt und mit allen vier Riesenpfoten gestrampelt.

Abends hatte Ulrich nicht immer Zeit. Nicht selten musste er mit Mandanten oder Anwaltskollegen essen gehen oder Besprechungen führen. Dann amüsierte Dodo sich allein, schwatzte mit der Baronesse oder traf sich mit Tühne. Die war jetzt freilich auch oft beschäftigt, denn die neue Beziehung zu ihrem Klaus schien besser zu funktionieren als die alte, und die beiden waren viel zusammen.

Ungefähr zwei Wochen nach dem ereignisreichen Straßenfest saß Dodo eines Abends gemütlich vor dem Fernseher und verfolgte die Abenteuer von „Kommissar Rex".

Sie fand zwar den Kommissar mit den rot getönten Haaren nicht übermäßig überzeugend, liebte jedoch den großen Schäferhund Rex und wurde in dieser Neigung von Wilhelmina unterstützt, die jedes Mal aufgeregt fiepte, wenn er auf dem Bildschirm erschien.

Als es um fünf nach neun klingelte, vermutete Dodo, dass es die Baronesse sei, die auf ein Schwätzchen heraufkam. Sie schlappte barfuß zur Tür und fragte durch die Sprechanlage: „Ja, bitte?"

„Hallo! Guten Abend, hier ist Hanns! Ich war gerade in der Nähe und dachte an dich. Kann ich raufkommen?"

Dodo war nicht begeistert. Was suchte Hanns abends in Bockenheim, einem Stadtteil, in dem es von englischen Antiquitäten gewiss nicht wimmelte?

Sie drückte auf den Summer und wartete, bis Hanns oben war. „Guten Abend, Hanns. Komm rein. Was verschlägt dich denn in diese kunsthandwerkliche Wüste? Na, setz dich erst mal. Ein Glas Rotwein?"

Hanns nickte. Wie stets stand er da wie aus dem Ei gepellt: helle Sommerhose, dunkelgrünes Samtjackett, sahnefarbenes Hemd und dunkelrote Krawatte.

Er klopfte unauffällig den Sessel ab, bevor er sich hinsetzte, und warf einen misstrauischen Blick auf Wilhelmina, die sich ihm vorsichtig genähert hatte. Sie beschnüffelte seine Hosenbeine, ging dann hinüber zu Dodo, legte den Kopf auf ihr Knie und ließ Hanns nicht aus den Augen.

„Was ist denn das für ein Hund? Hast du ihn in Pflege?", fragte Hanns.

„Das ist *mein* Hund. Sie heißt Wilhelmina und ist eine ältere Dame von feinster Abstammung, lauter englische Ahnen übrigens. Ich habe sie im März adoptiert. Du wirst doch wohl einen Basset erkennen, anglophil, wie du bist?"

„Ich hatte mir die Rasse etwas kleiner vorgestellt“, behauptete Hanns dreist. „Ist das die adlige Bekannte, von der du neulich Abend erzählt hast?“

„Kleiner Scherz von mir.“

Hanns lächelte etwas gequält. „Ein feines Tier. Beißt es?“

Dodo staunte. „Bisher nicht. Du willst sie doch nicht etwa streicheln?“

Hanns zuckte zurück. „Nein, danke. Ich bin eigentlich kein Hundefreund.“

„Und was bringt dich also hierher?“, wiederholte sie ihre Frage. „Sag nur, du hast einen Kunden in Bockenheim!“

Zu ihrer Verblüffung fing Hanns an zu stottern. „Nein, nicht direkt. Es war nur ..., nachdem wir uns ja neulich gesehen haben ... und es doch sehr wenig Zeit zum Reden gab ..., da wollte ich dich gern wieder sehen, um noch einmal alles mit dir zu erörtern ..., unsere Trennung – es kam wohl sehr plötzlich für dich ...“ Er holte tief Luft und schwieg.

Dodo traute ihren Ohren nicht. Was wollte er?

„Natürlich ging es damals ein bisschen hopplahopp“, antwortete sie fröhlich, „aber du hattest völlig Recht mit deiner Entscheidung. Dein schlechtes Gewissen ist ganz unnötig. Ich bin rundrum glücklich.“

„So.“ Hanns’ Stimme verriet keine Freude.

„Und du musst im siebten Himmel schweben“, plauderte Dodo munter weiter. „Deine Elisabeth ist eine reizende Frau und ganz schlank – sie passt wunderbar zu dir. Seid ihr schon verheiratet? Ich habe ganz vergessen, danach zu fragen.“

Hanns seufzte tief. „Ach, Dodo! Wenn du wüsstest ...“

Dodo erschrak. Sie wusste, dass er gern seufzte, vor allem dann, wenn ihm etwas lästig war.

„Ein Haar in der Suppe?“

„Gewiss, sie ist eine wundervolle Person, aber ob sie die *ideale* Gefährtin für mich ist ...“

„Wieso denn auf einmal nicht?“ Dodo konnte es nicht fassen.

„Irgendetwas fehlt ihr – der Pfiff, der Witz! Sie ist so perfekt ..., aber ein ganz klein wenig langweilig ...“

„Ich finde eher, dass Elisabeth viel zu schade für dich ist. Du bist richtig undankbar.“

Hanns schenkte ihr einen langen, seelenvollen Blick, den Dodo jedoch nicht bemerkte, weil sie sich zu Wilhelmina hinuntergebückt hatte, um deren Wamme zu kraulen.

„Dodo …“, schmeichelte Hanns. „Meinst du nicht, wir könnten es … noch einmal versuchen?“

Dodo fuhr in die Höhe. Sie musste sich verhört haben. „Wie bitte?“

„Als ich dich dort auf dem Fest sah – mit diesem Ulrich –, da begriff ich, dass du viel besser zu mir passt als Elisabeth. Seitdem überlege ich, wie wir wieder zusammenkommen können. Heute Abend habe ich mir endlich ein Herz gefasst …, ach, Dodo …“

„Hast du das auch schon Elisabeth mitgeteilt?“, erkundigte sich Dodo kühl.

„Nein. Ich wollte erst mit dir sprechen.“

„Aha. Immer schön rückversichert.“ Dodos Ton war schärfer geworden. „Und was ist mit meiner unästhetischen Erscheinung? Ich habe seit März kein Gramm abgenommen! Vielleicht sogar ein Kilo zugelegt. Fetter denn je, und jetzt noch dazu mit einem sabbernden und haarenden Hund behaftet.“

„Den Hund kann man ja wieder abschaffen“, platzte Hanns heraus und glotzte Wilhelmina angewidert an.

Dodo stand auf. „Hier wird niemand abgeschafft. Lieber Hanns, schlag dir das alles aus dem Kopf! Du solltest jetzt besser nach Hause gehen. Ich bringe dich zur Tür.“

Sie führte Hanns hinaus und schob ihn zum Fahrstuhl. „Grüß mir Elisabeth recht schön. Und bitte bemühe dich meinetwegen nicht weiter. Es wäre unwirtschaftlich.“

Sie wartete, bis die Haustür zufiel, und ging dann langsam in ihr Wohnzimmer zurück. Sie setzte sich auf den Teppich und nahm Wilhelmina, die sich zärtlich an sie schmiegte, in die Arme.

„So ein Stinktier! Jetzt will er sich wieder einschleimen. Dabei liebt er mich überhaupt nicht! Auch wenn es Ulrich nicht gäbe – mit diesem Scheißkerl: nie wieder!“

DIE SCHREIBEN der Kanzlei Dr. Seeheimer und Sozien hatten längst ihren Ton grundlegend geändert. Sie kamen so bescheiden, freundlich und vergleichsbereit daher. Die Forderungen bewegten sich in einem angemessenen Rahmen, die Mandanten waren um Schadenminderung bemüht und verhandlungswillig.

Die Folge war, dass Dodo, schon immer eine flinke Arbeiterin, ihre Fälle jetzt noch schneller zu Ende brachte, denn die Mandantenforderungen des Büros Dr. Seeheimer und Sozien füllten ein gutes Drittel ihrer Akten. Frau Dr. Nachtmann wurde misstrauisch. Als sie trotz heimlicher Kontrollen nichts zu beanstanden fand, informierte sie Assessor Pauly. Der teilte Dodo fünfzig unerledigte Fälle zu, worauf Dodo laut, aber vergeblich murrte.

Zornig hockte sie am Schreibtisch und mühte sich, Ordnung in ihre Ablage zu bringen.

Auch sonst herrschte in der Gruppe Gewitterstimmung.

„Die Nachtmann hat einen Anschiss von oben bekommen", wurde getuschelt. Man nahm an, dass es an den viel zu hohen Prozessquoten lag, die ausschließlich auf den nachtmannschen Übereifer zurückzuführen waren. Frau Dr. Nachtmann wandelte brütend durch die Räume. Wer konnte, mied ihre Nähe.

Dodo, die ihre Mittagspause jahrelang mit einem Salat und einem Brötchen am Schreibtisch verbracht hatte, ging jetzt von zwölf bis halb eins spazieren. Es war ja schließlich auch gesünder, sich mittags zu bewegen, wenn auch nicht ungefährlich, weil die vielen Schaufenster immer neue Wünsche in Dodo weckten.

Eines Dienstags im Juni kam Dodo von ihrer Zwölfuhrpromenade zurück und erblickte auf ihrem Schreibtisch einen wundervollen dunkelroten Rosenstrauß.

„Ein Bote hat ihn vorhin abgeliefert", erklärte Frau Sammel, die bewundernd vor dem Riesengebüsch stand. „Ich habe ihm Wasser gegeben."

„Das muss ein Irrtum sein", sagte Dodo. „Geburtstag habe ich im Februar, und Jubiläum ist auch keins. Wer sollte mir so einen phantastischen Strauß schenken?"

„Es ist ein Umschlag dabei", zirpte Frau Sammel, berstend vor Neugier.

Tatsächlich. In dem Strauß steckte ein kleines Kuvert.

Dodo nahm es und zog eine schlichte weiße Visitenkarte hervor, auf der gedruckt stand:

HANNS MÜLLER-BERTRAM
FEINE ENGLISCHE ANTIQUITÄTEN

Von Hand war dazugeschrieben: *Meiner Dodo: Hanns.*

Dodo schmiss die Karte auf den Boden und trampelte darauf herum.

Frau Sammel erbebte. Diese Sekunde wählten die Herren Schröder und Niebelschatz, um aus der Kantine zurückzukehren. Beim Anblick des Geblüms und der zornroten Dodo sparten sie nicht mit Bemerkungen.

Dodo nahm sich mühsam zusammen. Sie hob die Karte wieder auf und warf sie samt dem Umschlag in den Papierkorb. „Frau Sammel, können Sie vielleicht einen Blumenstrauß gebrauchen? Er kommt von jemandem, den ich nicht mag, aber die Rosen sind sehr schön und können nichts dafür. Na?“

Frau Sammel strahlte. „O ja. Gern! Vielen herzlichen Dank.“

Für den Rest des Tages stand Dodo Frau Dr. Nachtmann an Explosionsgefahr nicht nach. Ihre Kollegen merkten schnell, dass sie ernstlich wütend war, und ließen sie in Ruhe.

Abends erzählte sie alles der Baronesse.

„Was soll ich jetzt tun? Wenn ich ihn anrufe oder ihm schreibe, hat er den Kontakt, den er will.“

„Ich würde gar nichts tun. Der gibt auch wieder auf.“

„Sie kennen ihn nicht. Hanns ist zäh.“

„Das vergeht, wenn Sie ihn einfach links liegen lassen.“

„Ich will's versuchen.“

Tatsächlich warf Hanns die Flinte nicht ins Korn. Dem Blumenstrauß folgten Pralinenschachteln, Parfum, Bücher und sogar ein großer italienischer Fresskorb. Dodo verteilte alles im Büro, den Fresskorb allerdings unter heimlichen Tränen. Die Kollegen waren begeistert.

Endlich schickte Hanns eine teure Karte für eine Musical-Aufführung in der Alten Oper. Die schenkte Dodo der Baronesse, die sie gern annahm. Hinterher berichtete sie, es sei ein herrlicher Abend und das Haus voll besetzt gewesen – bis auf den Platz neben ihr, der leer geblieben war.

Danach kamen zu Dodos großer Erleichterung keine Gaben mehr ins Büro. Stattdessen schrieb Hanns seitenlange Briefe. Dodo las den ersten, in dem Hanns seine Absicht erklärte, sich von der nicht adäquaten Elisabeth zu trennen, und Dodo seiner unwandelbaren Liebe versicherte. Diesen Brief hob sie auf. Die anderen – jede Woche einen – zerriss sie ungelesen und beförderte sie in den Müll.

EINES Abends machte Ulrich ein feierliches Gesicht und verkündete: „Dodo, es ist so weit. Du wirst in die feine Gesellschaft eingeführt.“

„Wie bitte?“

„Seeheimers geben jeden Sommer eine kleine Gartenparty. Dazu werden mein Kollege Übelkräh samt Ehefrau und ich und nicht mehr als zwei oder drei wichtige Mandanten mit Anhang eingeladen. Ich bin so stolz auf dich, dass ich dich ihnen gern zeigen möchte. Kommst du? Ich würde mich riesig freuen.“

Dodo schluckte. Alte Minderwertigkeitsgefühle überwältigten sie. Sie hielt sich nicht für besonders vorzeigbar. Alle anderen Anwesenden würden aus einer besseren Schublade kommen als sie – schlank, rank, gebildet, reich ...

Wenn Seeheimers sie nun grässlich fanden? Es wäre das Ende.

„Ich weiß nicht, ob das wirklich richtig wäre. Ich ..., ich habe auch nicht das passende Kleid für so einen Anlass.“

Mit einer Handbewegung wischte Ulrich den Einwand vom Tisch. „Unsinn! Wir gehen in die Stadt, und ich kaufe dir den schicksten Fummel von ganz Frankfurt. Also keine Ausflüchte mehr.“

Er schaute sie so bittend an, dass Dodo lachen musste. „Voraussetzung ist aber, dass wir Wilhelmina unterbringen.“

„Wir werden einfach Frau von Raden fragen. Sonst nimmt vielleicht eine ihrer Freundinnen den Hund. Bisher hat es doch immer geklappt.“

Die Baronesse prüfte ihren Kalender und teilte Ulrich mit, dass sie an dem betreffenden Tag zwar eine Kaffeefahrt plante, an der auch ihre sämtlichen Freundinnen teilnehmen würden, dass dieser Ausflug aber nur in den nahen Rheingau führen und nach dem Kaffee enden sollte.

„Rüdesheim im Frühsommer – da müsste ich gegen achtzehn Uhr zurück sein. Wann soll denn das Fest anfangen?“

„Um zwanzig Uhr. Das wäre ja wunderbar. Liebe Frau von Raden, Sie sind ein Engel!“

Dieser Sorge enthoben, griff Dodo am nächsten Tag zum Hörer und rief Tühne an. Die Sache mit dem Kleid, das Ulrich bezahlen wollte, schmeckte ihr nicht.

Tühne sah die Sache wie immer viel unproblematischer. „Mensch, Dodo, sei doch nicht so verklemmt! Ulrich hat ein Interesse daran, dass du schön aussiehst, und mehr Knete als du hat er auch. Deswegen bist du noch lange keine ausgehaltene Frau. Hör zu, ich würde aber auf jeden Fall allein einkaufen gehen, damit ihr euch nicht gegenseitig nervt. Männer haben keine Ahnung vom Kleiderkaufen, und ich wette, dass dein Ulrich nach den ersten drei Läden schlappmacht. Es tut mir Leid, dass ich selber so ein Modemuffel bin, aber wenn ich dich begleite, empfehle ich dir garantiert das Falsche.“

Wohl oder übel musste Dodo allein losziehen. Sie erklärte Ulrich, sie nehme sein großzügiges Angebot dankbar an, wolle aber lieber ohne ihn einkaufen gehen, ein Vorschlag, den der Mann ihres Herzens nicht ohne eine gewisse Erleichterung registrierte. Er gab ihr einen unterschriebenen Blankoscheck.

Dodo nahm ihn mit spitzen Fingern. Ulrich lachte.

„Ich weiß, dass es dir schwer fällt. Aber vergiss nicht, du tust es für mich. Also los, und wehe, wenn du sparst!"

Um nicht in den Feierabendstress zu geraten, nahm Dodo sich den Mittwoch frei. Das würde reichen, falls noch etwas geändert werden musste.

Gleich morgens fuhr sie mit der U-Bahn in die Innenstadt. Während sie aus dem Fenster sah und die öden Tunnelwände vorbeizogen, überlegte sie zum tausendsten Mal, warum dicke Frauen immer die Stiefkinder der Modeindustrie sein mussten. Auch wenn es mittlerweile in den größeren Städten überall Läden für große Größen gab, kannte jede Frau über Größe 50 das Martyrium des Suchens. Und tatsächlich, der Vormittag verging, ohne dass Dodo fündig wurde. Sie war in fünf Läden gewesen, in den beiden letzten hatte sie wenigstens etwas anprobiert, im Spiegel aber jedes Mal ein so unförmiges Scheusal erblickt, dass sie die Sachen, den Tränen nah, herunterzerrte und floh.

Nur ein einziger Laden stand noch auf ihrer Liste. Ohne große Zuversicht steuerte sie ihn an. Ihre Füße taten weh, sie schwitzte und war zutiefst deprimiert. Die Verkäuferin war eine schon etwas ältere und nicht gerade schlanke, aber sehr ansehnliche Dame. Sie setzte die müde Dodo auf einen Stuhl und fragte sie ausführlich nach ihren Wünschen.

Dodo legte dar, was sie wollte und was sie *nicht* wollte. „Ich weiß nicht, ob Sie mir helfen können", schloss sie zögernd.

Die andere überlegte. „Ich glaube schon." Sie stand auf und verschwand in einem Hinterzimmer. Dodo sah, dass in dem Verkaufsraum nur wenige Sachen hingen. Keine Auswahl, dachte sie traurig. Den Weg hätte ich mir sparen können.

Gleich darauf kam die Inhaberin wieder, über dem Arm etwas Grünes. „Ich könnte mir vorstellen, dass Ihnen das gefällt."

Sie hielt ein ganz einfaches, smaragdgrünes Hemdblusenkleid hoch.

„Es ist locker geschnitten und etwas ausgestellt. Der Stoff ist ein Gemisch aus Seide und ganz feiner Wolle. Am besten probieren Sie es an."

Sie führte Dodo in eine Kabine mit großem Spiegel und ließ sie allein. Dodo betrachtete ihr gerötetes Gesicht, die von der Feuchtigkeit strähnigen Haare und die glänzende Nase und wollte am liebsten weinen.

Langsam zog sie sich aus und schlüpfte vorsichtig in das Kleid. Es passte wie angegossen.

Dodo warf einen scheuen Blick in den Spiegel. Ihre Augen wurden groß. War sie das? Diese Wahnsinnsfrau? Gebannt starrte sie auf ihr

Bild. Ihre braunen Locken leuchteten kupferrot, die braunen Augen strahlten grünlich und geheimnisvoll, die verschwitzte Haut schimmerte. Ein Wunder!

„Kommen Sie zurecht?“, fragte die Frau von draußen.

Dodo antwortete nicht, sondern zog den Vorhang beiseite und trat in den Verkaufsraum.

„Donnerwetter!“ Die Verkäuferin pfiff undamenhaft durch die Zähne. „Das ist ja noch besser, als ich gedacht hatte.“

Dodo ging ein paar Mal unter ihren prüfenden Blicken auf und ab.

„Es braucht nichts geändert zu werden. Vorn und hinten sitzt alles, die Länge ist in Ordnung. Möchten Sie das Kleid haben?“

Dodo nickte stumm. Erst als sie wieder in der Kabine stand und sich den grünen Traum mit bebenden Fingern vom Körper schälte, fiel ihr ein, dass sie gar nicht nach dem Preis geschaut hatte.

Auf dem diskreten Etikett stand *800 Mark.*

Sie schluckte. Das war normalerweise nicht ihre Preisklasse. Aber wenn Ulrich der Betrag zu hoch war, würde sie das Kleid selber kaufen. So ein Kleid gab es nur einmal im Leben, und sie musste es haben.

Abends bekam Ulrich das Kleid gezeigt, freilich nicht am lebenden Objekt.

Er fand die Farbe sehr schön und meinte, es sei genau das Richtige für den Anlass. Der Preis regte ihn nicht auf. „Finde ich nicht zu viel, wenn es dir steht“, meinte er nur, und Dodo merkte, dass er keine Ahnung hatte, wie umwerfend sie in dem Kleid aussehen würde.

NACH ihrem erfolgreichen Einkauf warf Dodo alle Bedenken über Bord und fing an, sich auf das Fest bei Seeheimers zu freuen. Doch da griff das Schicksal mit rauer Hand in ihre schönen Pläne ein.

Es begann damit, dass die Baronesse Sonnabend um 19 Uhr immer noch nicht zurück war. Dodo rief das Busunternehmen an, das die Kaffeefahrten gewöhnlich veranstaltete.

Der Bus, mit dem Alma und ihre Freundinnen unterwegs waren, hatte leider eine Panne gehabt. Man hatte die Fahrgäste in ein nahes Restaurant zum Abendessen geführt, während das Fahrzeug repariert wurde. Die Teilnehmer wurden gegen 21 Uhr in Frankfurt erwartet.

Kurz entschlossen versuchte Dodo es bei Tühne. Aber da meldete sich nur der Anrufbeantworter.

Dodo wurde es heiß. Was sollte sie tun? Im Haus gab es niemanden, dem sie Wilhelmina anvertrauen konnte.

Es gab nur eine Möglichkeit. Sie suchte im Telefonbuch die Nummer von Dr. Seeheimer, holte tief Luft und wählte.

„Seeheimer“, meldete sich eine freundliche Frauenstimme. Sie klang so liebenswürdig, dass Dodo Mut fasste.

„Guten Abend, Frau Seeheimer, hier ist Dorothea Döbritz. Bitte entschuldigen Sie, wenn ich Sie so kurz vor der Party noch anrufe, aber es ist ein Problem aufgetaucht.“

„O Gott! Ist etwas passiert?“

Dodo schilderte ihre Zwangslage.

„Hm“, sagte Frau Seeheimer. „Was ist es denn für ein Hund? Ist es ein sehr großes Tier? Ruhig? Stubenrein?“

Dodo schwor, dass es sich um eine friedliche und absolut gesellschaftsfähige Hundedame handele.

„Sie heißt Wilhelmina“, fügte sie erläuternd hinzu.

„Wilhelmina? Komisch, mir ist, als hätte ich diesen Namen schon mal gehört. Wissen Sie, was, Frau Döbritz, bringen Sie Ihren Hund einfach mit.“

Dodo stammelte Dankesworte und legte, bevor es sich Frau Seeheimer anders überlegte, den Hörer auf.

Dann bürstete sie Wilhelmina und rieb sie mit einem feuchten Lappen ab, bis sie glänzte, polierte ihr Kuhhalsband und verabreichte dem Hund eine doppelte Ration Hundekuchen, damit er nicht ganz so schamlos bettelte.

Als wenige Minuten später Ulrich abgehetzt erschien, erwartete Dodo ihn schon im leichten Mantel vor der Haustür.

Ulrich war nicht gerade erbaut über Wilhelminas Begleitung, wusste aber auch keine bessere Lösung.

„Wird schon schief gehen“, meinte er. „Ich weiß zwar nicht, wen Frau Seeheimer noch eingeladen hat, aber vielleicht sind es ja hundeliebe Leute. Dr. Seeheimer freut sich bestimmt, wenn er Wilhelmina wieder sieht. Ich habe ihm noch gar nicht erzählt, dass sie nicht mehr bei Brills ist.“

Er half Wilhelmina auf den Rücksitz und ließ dann den Motor an. Plötzlich fing er an zu lachen. „Endlich mal ein Partygast bei Seeheimers, der Abwechslung in die Bude bringt! Die Feste sind immer sehr stilvoll und ganz schön eintönig, weil keiner sich traut, aus sich herauszugehen. Pass auf, Wilhelmina wird der Star des Abends.“

ACHTES KAPITEL

Seeheimers bewohnten in der Grillparzerstraße eine Villa aus den Zwanzigerjahren, die auf weitläufigem Grund und Boden stand. „Hinten gibt es eine überdachte Terrasse“, erklärte Ulrich. „Dort wird im Sommer immer gefeiert. Meistens läßt Frau Seeheimer im Wohnzimmer ein Büfett aufbauen, und man kann nach Lust und Laune draußen oder drinnen essen.“

Wilhelmina, die das Wort *Büfett* offenbar kannte, wedelte hoffnungsvoll.

Die Haushälterin war eine gesetzte, damenhafte Erscheinung im dunklen Seidenkleid. Sie begrüßte die Ankömmlinge freundlich und warf einen prüfenden Blick auf den Hund. „Aha, das ist also die junge Dame. Ich bin im Moment noch beschäftigt, aber vielleicht kann ich sie später mit in die Küche nehmen. Ich mag Hunde gern.“

Dodo fiel ein Stein vom Herzen. „Das ist sehr nett von Ihnen. Vielen Dank.“

Die Haushälterin führte sie in eine kleine Garderobe und nahm ihr den Mantel ab. Ulrich wartete mit Wilhelmina in der Diele. Gedankenverloren betrachtete er den glänzenden Rücken des Hundes.

Als Dodo auf ihn zukam, blickte er auf, und sie sah, wie seine Augen groß wurden. „Dodo! Bist du das? Du siehst ja umwerfend aus! Wie hast du denn das angestellt?“

„Vermutlich nur das Kleid“, murmelte Dodo verlegen und zupfte daran herum.

„Unmöglich. Du musst in Zauberschaum gebadet haben.“

Dodo lächelte. „Gib mir die Leine“, sagte sie dann.

Ein letzter Blick auf Wilhelminas gebürstetes Fell. Erst jetzt merkte Dodo, dass sogar die grüne Hundeleine zu ihrem neuen Kleid passte.

Donnerwetter, dachte sie. Wir sind ja wirklich todschick.

Drinnen standen neben dem Ehepaar Seeheimer vier weitere Gäste, Übelkrähs und ein jüngeres Paar. Offenbar hatte Frau Seeheimer sie bereits auf Wilhelmina vorbereitet, denn während Ulrich ihr Dodo vorstellte, begrüßte ihr Mann den Hund als alte Bekannte.

„Guten Abend. Ich wusste ja gar nicht, dass Wilhelmina das Zuhause gewechselt hat. Was für ein erfreuliches Wiedersehen! Und Sie sind Frau Döbritz, von der mir Kollege Beck pausenlos vorschwärmt. Ich muss gestehen, dass ich schon richtig gespannt auf Sie war. Meine Frau haben Sie ja kennen gelernt. Darf ich Sie nun noch mit Herrn Seidensticker und seiner Gattin bekannt machen?“

Dodo schüttelte Hände, lächelte und wurde wohlwollend gemustert. Frau Seeheimer war eine grauhaarige, sehr gepflegte Dame, die Heiterkeit und Herzenswärme verbreitete.

Herr Seidensticker, klein und bebrillt, schwitzte tapfer im grauen Westenanzug. Er besaß zu Dodos Überraschung eine tiefe, joviale Bassstimme und lachte dröhnend. Seine Frau war jung, blondiert und reichlich mit Schmuck behangen. Wie sich herausstellte, war sie Herrn Seidenstickers Sekretärin gewesen. Inzwischen kümmerte sie sich zu Hause um ihre drei kleinen Kinder.

Nachdem alle Wilhelmina gestreichelt hatten, lud Frau Seeheimer Dodo ein, den Hund freizulassen. „Der Garten ist eingezäunt, sie kann nicht fortlaufen“, versicherte sie.

Ans Fortlaufen dachte Wilhelmina sowieso nicht. Sie hatte im Wohnzimmer sofort das Büfett gerochen, eine lange, weiß gedeckte Tafel, auf der die kalten Speisen bereits angerichtet standen und die Heizplatten für das warme Essen der weiteren Köstlichkeiten harrten. Unter dieser Tafel bezog Wilhelmina Posten, fest entschlossen, keinen Gast ohne Wegezoll ziehen zu lassen.

Dodo saß mit Übelkrähs und Frau Seidensticker auf der Terrasse und blickte auf den großen, im englischen Stil angelegten Garten hinaus. Der Abend war balsamisch. Sie begann sich zu entspannen. Alle waren nett zu ihr. Sie genoss Ulrichs bewundernde Blicke, die sie aus einiger Entfernung streiften. Dr. Seeheimer hatte seinen jungen Sozius beiseite genommen und schien über ernsthafte Dinge mit ihm zu reden.

„Wen erwarten wir eigentlich noch?“, fragte Frau Übelkräh ihren Mann.

Der zuckte die Achseln. „Soweit ich weiß, nur noch Brills.“

Frau Seeheimer, die soeben wieder aus dem Haus kam, erklärte: „Brills werden etwas später hier sein. Wir brauchen mit dem Essen nicht auf sie zu warten. Darf ich darum jetzt bitten? Das Büfett ist eröffnet.“

Dodo blieb zunächst mit Frau Übelkräh sitzen, während die anderen Gäste ins Wohnzimmer strömten. Erst eine gute Viertelstunde später gelang es Ulrich, sich unter Hinweis auf zunehmende Schwäche von Dr. Seeheimer loszueisen, Dodo den Arm zu bieten und sie formvollendet ans Büfett zu geleiten. Die eingelegten Gemüse, die vielen Pastasorten, der Schinken, die bunten Salate und die traumhaften Cremes – es war ein Schlaraffenland für Genießer. Der hungrigen Dodo gingen die Augen über. Wohlerzogen belud sie ein zierliches Tellerchen, füllte es aber, energisch angetrieben von Frau Seeheimer, dreimal nach und nahm dann noch eine Schale mit verschiedenen Desserts.

Danach thronte sie satt in ihrem Gartensessel, schwatzte und lachte und fühlte sich mit sich und der Welt zufrieden. Es war wirklich ein reizendes Fest. Warum hatte sie nur solche Angst davor gehabt?

Es klingelte. Aus der Küche ertönte lautes Gebell. Jetzt fiel Dodo siedend heiß ein, dass sie sich nicht um Wilhelmina gekümmert hatte. Sie wollte aufspringen.

Frau Seeheimer lachte. „Bleiben Sie ruhig sitzen. Unsere Frau Hermann hat den Hund mit in die Küche genommen. Vorher hatte er allerdings schon rundrum abgeräumt. Was für ein gesegneter Appetit! Und dabei hat mein Mann vorhin gesagt, Wilhelmina wäre früher viel dicker gewesen."

„Das macht die Bewegung", meinte Dodo. „Ich führe sie jeden Tag spazieren. Stellen Sie sich vor, neulich habe ich zum ersten Mal ihre Rippen gesehen. Ich wusste gar nicht, dass sie welche hat. Aber sollte ich jetzt nicht doch zu ihr gehen?"

„Vielleicht warten Sie lieber, bis unsere letzten Gäste sitzen - ich nehme an, dass sie es sind."

Also blieb Dodo sitzen. Gleich darauf erschienen die Neuankömmlinge auf der Terrasse. Dodo, die der Tür den Rücken zukehrte, sah sie als Letzte, Ulrich Beck, ihr gegenüber, zuerst. Ruckartig fuhr er in die Höhe. „Aber das sind ja Brills!"

„Gewiss, Herr Beck - Ihre Mandanten!", sagte Frau Seeheimer lachend. „Ist daran etwas Besonderes?"

„Oh ... nein, natürlich nichts." Ulrich verstummte betreten.

Dodo musterte ihn misstrauisch. Wenn nichts war, bekam Ulrich auch keine hysterischen Anfälle. Sie drehte sich um und wurde Zeugin eines großen Auftritts.

Frau Brill rauschte heran. Sie war eine magere Dame Ende vierzig mit Designerkurzschnitt und vermutlich flächendeckender Karibikbräune. Unter ihrem Landhauskleid mit feuerrotem Samtspenzer blitzte ein Spitzenunterrock hervor und lenkte den Blick auf die ebenfalls feuerroten Pumps. Ihr Lippenstift nahm das gleiche Rot wieder auf.

In ihrem Kielwasser dampfte ihr Mann, der seinen Spitzbauch in einen olivgrünen Leinenanzug mit Hornknöpfen und einem bestickten Latzhemd gehüllt hatte.

„Gleich wird er jodeln", zischte Frau Übelkräh Dodo leise ins Ohr.

Dodo verbiss sich das Prusten und verzog keine Miene. Sie grübelte, warum der eher erheiternde Anblick des Paars Ulrich so erschreckt hatte.

Dr. Seeheimer machte alle miteinander bekannt. „Angenehm"-Gemurmel, hochgezogene Brauen, vornehmes Nicken.

„Und nun werden Sie sicher Appetit haben", schaltete sich Frau Seeheimer ein. Am besten zeige ich Ihnen gleich das Büfett." Sie schob die beiden mit sanfter Gewalt zurück ins Haus.

Dodo stand auf, um nach dem Hund zu sehen. Tatsächlich fand sie Wilhelmina in der Küche. Sie stand schwer atmend vor einer großen, blitzblank geleckten Schüssel und sah mit liebendem Blick zu Frau Hermann auf.

„Sie kann ruhig hier bleiben", beteuerte die Haushälterin. „Ich finde sie entzückend."

Aber das wollte Wilhelmina nicht. Sie trottete hinter Dodo her.

„Jetzt hält sie ohnehin erst einmal in einer stillen Ecke ein Verdauungsschläfchen", erklärte Dodo. „Das kann sie auch im Garten tun. Ganz herzlichen Dank, Frau Hermann."

Doch kaum hatte Dodo mit ihr das Wohnzimmer betreten, als Wilhelmina den Kopf hob und die Luft einsog. Sie stand stocksteif da. Alle Rückenhaare waren gesträubt. Dodo sah sich um. Sie konnte nichts Ungewöhnliches erkennen. Der Raum war leer, alles saß jetzt auf der Terrasse.

Plötzlich löste sich Wilhelminas Erstarrung. Sie rannte nach draußen und heulte dabei so laut, dass Dodo vor Schreck die Luft wegblieb. Was hatte der Hund?

Mit drei Sätzen war sie auf der Terrasse. Dort sprang Wilhelmina, außer sich vor Seligkeit, an Frau Brill hoch. *Wilhelmina sprang!* Das hatte sie noch nie getan. Gleich darauf lief sie zu Herrn Brill, versuchte auch ihn anzuspringen und wedelte wie wahnsinnig.

„Aber ... das ist ja Wilhelmina ...", stammelte Herr Brill entsetzt.

Seine Frau unterbrach ihn sofort. „Aber, Dieter! Gewiss hat sie Ähnlichkeit mit unserer Wilhelmina, es ist eben ein Basset", erklärte sie eisig. „Aber du weißt sehr gut, dass unsere Wilhelmina spurlos verschwunden ist. Wie kommt dieser Hund zu Ihnen, Frau Seeheimer?"

„Er gehört Frau Döbritz", erwiderte die Angesprochene erstaunt. „Ich dachte, das wüssten Sie. Aber sie heißt Wilhelmina – ist sie denn nicht Ihr Hund?"

Herr Brill hatte sich gefangen. Er schob Wilhelmina unsanft von sich weg und warf seiner Frau einen Blick zu. „Natürlich ist das nicht unser Hund. Wilhelmina war viel dunkler im Fell. Sie ist auf einer Reise abhanden gekommen. Diesen Hund kenne ich nicht."

Wilhelmina sah ihn sehnsüchtig an, legte den Kopf an seine Wade und versuchte zu kuscheln. Er stieß sie zur Seite und wandte sich ab. Ratlos trottete Wilhelmina zu Frau Brill zurück. Leise fiepend wälzte sie sich auf den Rücken und zeigte ihren Bauch. Aber Frau Brill wollte sie mit ein paar barschen Worten verscheuchen. Als der Hund sich nicht rührte, versetzte sie ihm einen leichten Fußtritt. Es war kein Tritt, der wehtat, aber er traf Dodo bis ins Mark.

Wilhelmina hatte begriffen. Sie hörte auf zu fiepen, erhob sich und schritt würdevoll davon. An der Terrassentür drehte sie sich noch einmal um und warf den Menschen einen Blick zu, in dem so viel Trauer und Verachtung lagen, dass Dodo die Tränen kamen. Sie lief hinter Wilhelmina her.

Der Hund ging zum Wassernapf in der Küche. Dodo füllte ihn, und Wilhelmina trank den ganzen, großen Napf aus. Dann legte sie sich unter den Tisch und rollte sich zusammen.

Dodo strich sanft über Wilhelminas Rücken und flüsterte ihr zu: „Beruhige dich erst einmal ein bisschen. Ich hole dich gleich."

Dann verließ sie die Küche. Auf der Terrasse setzte sie sich schweigend hin und starrte in ihr Glas.

Man hatte das Thema gewechselt und sprach von Urlaubsreisen. Vielleicht wäre sogar alles gut gegangen, wenn sich Frau Brill nicht bemüßigt gesehen hätte, wieder von ihrem Hund zu reden.

„Unsere Wilhelmina war ein sehr edler Basset, gar nicht zu vergleichen mit diesem aufdringlichen Tier. Sie hatte eine untadelige Ahnenreihe und war mehrfach preisgekrönt. Wirklich, liebe Frau Döbritz, es besteht allenfalls eine oberflächliche Ähnlichkeit mit Ihrer Hündin."

In Dodo kochte es.

„Was ich erstaunlich fand", meldete sich der arglose Herr Seidensticker zu Wort, „war diese begeisterte Begrüßung. Ich hätte geschworen, dass der Hund Sie kennt."

„Aber nein!“, riefen beide Brills wie aus einem Mund, und Frau Brill fügte hinzu: „Das ist einfach nicht unsere Art Hund.“

Das Maß war voll.

„So, und weshalb haben Sie sie heimlich nachts am Tierheim angebunden und im Stich gelassen?“, fragte Dodo mit zornrotem Gesicht.

„Aber liebe Frau Döbritz, ich versichere Ihnen ...“, begann Herr Brill peinlich berührt.

„Versichern Sie mir gar nichts! Wer sonst hätte denn dem Hund einen Zettel umhängen können, auf dem sein Name und sein Alter standen? Woher weiß ich denn, wie Wilhelmina heißt?“

„Ich habe dir ja gleich gesagt, das mit dem Zettel ...“, entfuhr es Frau Brill.

„Halt den Mund!“, brüllte ihr Mann.

Sekundenlang herrschte entsetztes Schweigen.

In der Tür erschien Wilhelmina. Keuchend und mit etwas unsicheren Schritten trottete sie auf Herrn Brill zu, musterte ihn kurz und wackelte dann zu seiner Gattin hinüber. Unmittelbar vor ihr blieb sie stehen, hob den Kopf und starrte sie angewidert an. Dann senkte sie die Nase, sperrte das Maul weit auf und würgte alles heraus, was sie zuvor so gierig verschlungen hatte – unglaubliche Mengen, die sich mitten auf die leuchtend roten Wildlederpumps ergossen.

Fassungslos und wie angewurzelt beobachteten es Gastgeber und Gäste.

Als Wilhelmina fertig war, schüttelte sie sich und drehte sich um. Vor Dodo machte sie Halt und bellte auffordernd.

Dodo erhob sich. „Ich denke, ich sollte jetzt besser gehen. Liebe Frau Seeheimer, lieber Herr Dr. Seeheimer, ich möchte mich vielmals entschuldigen, dass ich Ihr Fest so verdorben habe. Es tut mir aufrichtig Leid.“

Auch Ulrich war aufgestanden. „Warte, Dodo. Ich komme mit.“

Dodo nickte und war schon im Haus. Sie holte ihren Mantel und Wilhelminas Leine und bedankte sich bei Frau Hermann.

Wilhelmina zerrte zum Ausgang. Dodo wartete an der Tür.

Dort stand sie fünf Minuten. Als Ulrich nicht erschien, verstand sie, dass er nicht kommen würde.

Geräuschlos drückte sie die Klinke und lief mit Wilhelmina hinaus. Rasch waren die beiden in einer der vielen Nebenstraßen der Grillparzerstraße verschwunden.

Heiße Tränen liefen über Dodos Wangen. In einer kleinen Anlage konnte sie nicht weiter. Sie setzte sich auf eine Bank und schluchzte bitterlich. Wilhelmina presste sich ganz fest an ihr Bein und winselte schwach.

Es dauerte eine Weile, bis sie sich gefasst hatten. Schließlich stiegen sie in die U-Bahn und fuhren nach Hause.

Ulrich wird mir das nie verzeihen. Ich habe alles ruiniert. Das waren Dodos Gedanken, als sie endlich einschlief, im Arm die unglückliche, verstoßene Wilhelmina, die sie diesmal selbst ins Bett geholt hatte.

DODO war früh erwacht. Sie fühlte sich an diesem Sonntagmorgen wie zerschlagen und wäre am liebsten nicht aufgestanden. Wilhelmina hatte sich zusammengerollt und ihre Nase mit der Schwanzspitze zugedeckt.

Dodo trank lustlos eine Kanne Tee und würgte zwei Aspirin hinunter. Sie hatte bohrende Kopfschmerzen.

Pausenlos musste sie an den gestrigen Abend denken. Dass sie sich so unbeherrscht benommen hatte, würde Ulrich ihr nie verzeihen. Sosehr er sie und Wilhelmina schätzen mochte, seine Karriere stand an erster Stelle. Vermutlich hatte er sich bei Seeheimers und Brills für Dodo entschuldigt und war von ihnen bewogen worden zu bleiben, anstatt dieser unmöglichen Person nachzulaufen.

Er war ihr nicht gefolgt. Ganze fünf Minuten hatte sie gewartet, Minuten, die kein Ende nahmen. Er hätte ihr auch nachgehen können. Oder wenigstens anrufen.

Nichts von alledem hatte er getan. Das ließ nur einen Schluss zu: *Aus.*

Dodo brach in so verzweifeltes Schluchzen aus, dass Wilhelmina zu ihr hinübertrabte und sich an sie kuschelte. Dodo vergrub die Wange im warmen Hals des Hundes. Wilhelmina pustete leise und lag ganz still.

Nach einer Weile stand Dodo auf und ging ins Bad. Im Spiegel starrte ihr ein gerötetes Gesicht mit wirrem Haar entgegen. Sie griff zu Waschlappen und Kamm.

Es klingelte.

Ulrich! Dodo ließ alles fallen und sauste zur Tür. Sie drückte auf den Haustüröffner und rannte zurück ins Bad, um die ärgsten Spuren zu tilgen.

Sie hörte, wie der Fahrstuhl hielt, und riss die Wohnungstür auf.

Aus dem Fahrstuhl trat Hanns, in der Hand einen wundervollen Rosenstrauß. Er sah aus wie ein Wirtschaftsfunktionär: dunkelblauer Anzug, weißes Hemd, gedeckte Krawatte.

Verwundert starrte Dodo auf die Pracht.

Hanns seinerseits musterte erschrocken seine ziemlich mitgenommene Verflossene in ihren alten Jeans, dem ausgebeulten Sweatshirt und den abgetragenen Collegeschuhen. Sprachlos standen sie voreinander.

Hanns fasste sich als erster. „Dodo! Wach auf! Ich bin's, Hanns!"

Er nahm ihren Arm und schob sie sanft zurück in die Wohnung. Er setzte sie in einen Sessel, holte zwei Gläser aus dem Schrank und goss erst einmal zwei kleine Schnäpse ein.

Dodo schien wie gelähmt. Wilhelmina hatte sich schützend vor sie postiert und beobachtete Hanns mit wachsamen Augen.

Nach und nach kam Dodo wieder zu sich. Sie sah Hanns traurig an. „Entschuldige bitte, dass ich so weggetreten war. Ich hatte jemand anderen erwartet."

„Das dachte ich mir", versetzte Hanns trocken. „Aber nun erzähl erst mal. Irgendetwas muss doch vorgefallen sein."

Dodo nickte und berichtete vom vergangenen Abend. Als sie geendet hatte, sah sie zu Boden, und große Tränen rollten über ihre Wangen. Hanns klopfte ihr ungeschickt den Rücken und murmelte irgendetwas.

Endlich stand er auf und fing an, im Zimmer herumzugehen. „Das ist natürlich alles sehr schlimm, aber vielleicht doch am besten. Ich möchte etwas Wichtiges mit dir besprechen. Es ist ..., ich habe mich von Elisabeth getrennt. Dodo – ich wünsche mir ein Heim – eine Familie. Dodo, ich möchte dich heiraten." Er blieb vor ihr stehen und schaute siegesgewiss auf sie nieder. „Was hältst du von dieser Idee?"

Dodo hob den noch tränenfeuchten Blick zu ihm auf.

„Nichts."

Hanns traute seinen Ohren nicht. Er sank in den Sessel. „Aber, Dodo ... Wir haben uns doch so lange gut verstanden. Gewiss, die Affäre mit Elisabeth ..., ein Irrtum, für den ich dich schon um Verzeihung bat."

„Nein. Wir passen einfach nicht zusammen, das habe ich im letzten Vierteljahr erst richtig gemerkt. Außerdem liebe ich einen anderen."

„Ja, ich weiß, diesen Ulrich, der dich gestern so schofel behandelt hat", versetzte Hanns giftig.

„Von ‚schofel behandeln' solltest du lieber nicht reden, Hanns", sagte Dodo, die auf einmal ganz ruhig war. „Aber wir wollen hier keine alten Sachen wieder aufwärmen. Hanns, unsere gemeinsame Zeit ist vorbei, lass uns einander in guter Erinnerung behalten, und such dir eine andere! Und jetzt wäre ich dankbar, wenn du mich allein lassen würdest, ich habe fürchterliche Kopfschmerzen."

„Aber ...“, begann Hanns, verstummte aber sofort und erhob sich aus seinem Sessel. An der Tür schenkte der Verschmähte der Undankbaren einen letzten, tiefen Blick und sagte in angemessenem Ton: „Ich bin sehr traurig, Dodo. Solltest du es dir doch noch anders überlegen, kannst du mich anrufen – Tag und Nacht. Und die Blumen kannst du auch behalten.“

Er schloss die Tür, und man hörte ihn langsam die Treppe hinuntersteigen.

Dodo schob den Sperrriegel vor und sank erschöpft ins Bett, wo sie alsbald fest einschlief.

Nachmittags um vier klingelte es wieder. Dodo lugte vorsichtig durch den Spion. Draußen stand die Baronesse. Erleichtert öffnete Dodo und winkte sie wortlos in den Flur.

„Nun, wie war das Fest? Ich muss mich bei Ihnen entschuldigen, dass ich Sie so im Stich gelassen habe, aber wer konnte das ahnen!“, sprudelte Alma hervor und trat ins Wohnzimmer. Erst dort, im hellen Licht, sah sie Dodos gerötete Augen. „Dodo! Was ist passiert?“ Die Baronesse setzte sich in einen Sessel. „Und nun bitte berichten“, forderte sie.

Dodo erzählte die ganze Geschichte von neuem. Alma hörte schweigend zu, machte gelegentlich „tz, tz“ und grinste einmal ganz breit und undamenhaft, als sie von Wilhelminas Rache erfuhr.

„Und dann ist er mir nicht nachgekommen“, schloss Dodo. „Und angerufen hat er auch nicht, gestern Nacht nicht und heute nicht.“

„Hm. Das sieht nicht gut aus.“ Alma überlegte. „Und wenn Sie ihn anrufen?“

„Das traue ich mich nicht. Er wird stocksauer sein. Ich warte lieber ein paar Tage.“

„Ja, das ist vielleicht das Beste. Auf jeden Fall müssen Sie sich bei Frau Seeheimer entschuldigen.“

„Das hatte ich schon vor. Ich werde ihr morgen Blumen schicken.“

Die Baronesse nickte. „Mehr können wir im Augenblick nicht tun. Aber ich denke, Seeheimers werden Ihnen bestimmt verzeihen, und Herrn Beck wiederum habe ich als sehr vernünftigen jungen Mann kennen gelernt. Selbst wenn er jetzt wütend ist, hat er sich in ein paar Tagen sicher beruhigt. Schlimmstenfalls spreche ich selbst mit ihm.“

Bei dieser schrecklichen Drohung blickte die Baronesse so streng durch ihre Brille, dass Dodo kichern musste und sich sofort besser fühlte.

Gleich am nächsten Tag ging sie in der Mittagspause zu einem der vornehmsten Blumenläden der Stadt und bestellte einen wundervollen Strauß für Frau Seeheimer. Ein kleiner Brief wurde ebenfalls mitgeschickt.

Eine Antwort bekam sie nicht, fühlte sich aber dennoch leichter.

Sie verbrachte eine verregnete Woche. Ulrich meldete sich nicht, und ihre Abende im Park entfielen.

Noch etwas fiel Dodo unangenehm auf. Sie war daran gewöhnt, wöchentlich mindestens zehn Briefe des Büros Dr. Seeheimer zu erhalten. Das änderte sich auch nicht, aber schon am Montag nach dem Fest trugen alle diese Briefe die Unterschrift von Rechtsanwalt Übelkräh. Sie begriff, dass Ulrich nichts mehr mit ihr zu tun haben wollte. Es war eine bittere Erkenntnis. Trotzdem war sie entschlossen, sich wenigstens mit ihm auszusprechen.

Insgesamt siebenmal versuchte sie ihn anzurufen, aber nie hob jemand den Hörer ab. Also fasste sie sich ein Herz und schrieb ihm einen Brief. Darin bemühte sie sich, ihm zu erklären, warum sie die Beherrschung verloren hatte. Zwischen den Zeilen stand deutlich zu lesen, wie sehr sie ihn liebte. Ohne viel Hoffnung schickte sie den Brief ab.

Ulrich blieb stumm.

Das verursachte ihr nicht nur Herzweh, sondern kränkte auch ihren Stolz. Sie unternahm keinen weiteren Versuch, sich mit Ulrich auszusöhnen. Dodo erklärte der Baronesse und auch Tühne, die Beziehung zu Ulrich Beck müsse als beendet angesehen werden.

Das erschütterte vor allem Tühne, die mit ihrem Klaus inzwischen so glücklich war, dass die beiden vom Heiraten sprachen.

Sie erwies sich als treue Freundin. Sie lud Dodo ein und schleppte sie zu allen möglichen Veranstaltungen, um sie abzulenken. Einen sehr vergnügten Abend verbrachten die beiden im Volkstheater, wo Dodo zu ihrer Überraschung Elisabeth von Wellen-Brahmen begegnete. Diese berichtete ihr, dass sie Hanns den Laufpass gegeben hatte. „Ich hatte dieses vornehme Getue einfach satt. Seien Sie nur froh, dass Sie Hanns' Klauen noch rechtzeitig entkommen sind. Frauen wie wir sind viel zu schade für so einen."

Sie nickte der verblüfften Dodo fröhlich zu und entschwebte.

Die Baronesse und ihre Freundinnen empfanden sämtlich tiefes Mitleid mit der verlassenen Dodo, waren aber stolz darauf, dass sie sich so entschieden für Wilhelmina eingesetzt hatte. Sie wetteiferten miteinander, die so herb Enttäuschte zu zerstreuen. Die Teilnahme an einer Kaffeefahrt hatte Dodo allerdings freundlich, doch bestimmt abgelehnt.

Im Lauf des Frühjahrs hatte sich in Birdie McAllisters Villa ein neues Zentrum der kühnen Kaffeefahrerinnen gebildet. Fast jedes Wochenende wurde dort getagt und getafelt, zur Freude von Birdies Haushälterin, die sich immer etwas unterfordert gefühlt hatte.

Neuerdings gab es im Hause McAllister eine zusätzliche Attraktion: Im Garten fanden Barbecues statt, und die Frankfurter Damen, die noch vor kurzem nicht einmal das Wort gekannt hatten, waren begeistert. Die Idee dazu stammte von Birdies Gärtner, einem knorrigen Australier aus Queensland. Er hieß Bannock O'Leary und wohnte mit seinem Hund allein in einem winzigen Häuschen unterhalb des Henningerturms. Er erledigte für Birdie alle möglichen Reparaturen, hielt Haus und Garten in Schuss, beauftragte und beaufsichtigte, wenn nötig, fremde Handwerker. Mit Haushälterin und Putzfrau hatte er sich nach anfänglichem Misstrauen angefreundet und führte in dem Dreifrauenhaushalt ein etwas bärbeißiges, aber wohlwollendes Regiment.

An den Wochenenden widmete er sich seinem Hund, den sonst eine Nachbarin betreute. Birdie hatte ihm mehrfach angeboten, das Tier doch mitzubringen, aber das wollte Bannock nicht. „Könnte Löcher graben", meinte er lakonisch.

Bei den Gelagen der Kaffeefahrerinnen waren die Damen zwar unter sich, aber natürlich wusste Bannock darüber Bescheid. Als es draußen wärmer wurde, schlug er Birdie vor, etwas Abwechslung in die Sache zu bringen. „Geben Sie den Ladys ein zünftiges Barbecue, Mrs Birdie! Ich bau Ihnen einen schönen Grill und pass aufs Feuer auf. Jeder Aussie kann das, und es wird mir eine Menge Spaß machen."

Einen Tag lang wurde gesägt und gehämmert. Dann lag an einer etwas entfernten Stelle des Gartens ein stabiler Grillrost auf festen Steinmauern, und es gab eine Laube für Esstisch und Stühle.

Birdie war beeindruckt.

Das erste Barbecue war dank Bannocks spitzenmäßiger Grillkünste ein solcher Erfolg, dass sich schon bald weitere Feste dieser Art anschlossen. Beim zweiten Mal war auch Dodo mit Wilhelmina geladen gewesen.

Als Bannock den Hund erblickte, geriet er vor Freude ganz außer sich. „Das ist ja ein Basset!", rief er. Er umarmte Wilhelmina entzückt, schob ihr leckere Häppchen zu und tätschelte sie vom Scheitelbein bis zur Schwanzwurzel. Diese Zuneigung wurde aufs heftigste erwidert. Dodo war gerührt.

Für die dritte Woche nach dem Eklat bei Seeheimers war wieder ein Grillfest verabredet worden.

Als Dodo, die Baronesse und Wilhelmina sich bei strahlendem Wetter am späten Nachmittag bei Birdie einfanden, strahlte ihre Gastgeberin über das ganze Gesicht.

„Dodo! Sie werden staunen! Bannock hat seinen Hund mitgebracht."

„Oh, das ist schön. Wilhelmina liebt andere Hunde."

„Ja – aber das ist noch nicht alles ..." Birdie erstickte fast an ihrer Neuigkeit. „Kommen Sie, sehen Sie selbst!"

Etwas beunruhigt folgten Dodo und die Baronesse ihr in den Garten, wo die anderen drei Damen bereits versammelt waren. Bannock hatte den Grill schon angeheizt, es roch appetitlich nach gut gewürztem Fleisch. Der Meister stand hinter dem Rost und wendete die ersten Stücke. Und zu seinen Füßen lag – ein uralter, gewaltiger Basset.

Wilhelmina stand eine Sekunde wie angewurzelt, dann rannte sie los, der andere Hund ihr entgegen. Mitten auf Birdies gepflegtem Rasen trafen sie zusammen. Ohren wurden hochgestellt, Schwänze ruderten wie verrückt, es wurden Hinterteile beschnuppert und Nasen beleckt. Die beiden alten Herrschaften sprangen aneinander hoch wie junge Welpen, rollten sich im Gras und bellten vor Seligkeit, bis sie erschöpft zusammensanken.

„Na, das ist ja wirklich eine Überraschung", sagte Dodo vergnügt. „Ist das Ihr Hund, Bannock?"

„Ja, das ist er. Baskerville heißt er. Dreizehn Jahre und immer noch gut bei Wege. Ich hab ihm von der schönen Bassetlady erzählt, da wollte er unbedingt mit."

„Nun hat wenigstens Wilhelmina einen – äh – Bekannten", bemerkte Frau Robel, und alle Damen dachten sofort an Dodos Verlust.

„Einen stattlichen Kavalier der alten Schule", fügte Frau Samtleben hinzu.

„Tadellose Manieren."

Bannock winkte mit der Grillzange. „Erste Runde, Ladys."

An diesem Abend ging es Dodo zum ersten Mal wieder besser. Es musste am Anblick von Wilhelmina und Baskerville liegen, die sich, Nase an Nase gekuschelt, wunderbare Hundegeschichten erzählten.

NEUNTES KAPITEL

An einem angenehm warmen Juliabend waren Dodo und Wilhelmina von ihrem ausgedehnten Spaziergang zurückgekehrt. Nun waren sie beide müde. Dodo saß mit einem Glas Orangensaft auf ihrem Schlafzimmerbalkon und dachte an gar nichts.

Das Telefon klingelte. Dodo wollte es zuerst gar nicht beachten, ging dann aber doch hin. „Oh ..., guten Abend, Frau Seeheimer. Nein, Sie stören überhaupt nicht."

„Ich wollte Sie schon seit Wochen anrufen, um mich für die Blumen zu bedanken. Aber durch die ganze Aufregung bin ich einfach nicht dazu gekommen."

Die ganze Aufregung, dachte Dodo mit sinkendem Herzen. Es war doch alles viel schlimmer, als sie vermutet hatte.

„Das macht doch nichts, Frau Seeheimer", erwiderte sie. „Ich kann nur hoffen, dass Sie mir nicht böse sind. Sie glauben gar nicht, wie Leid mir die Sache tut."

Am anderen Ende der Leitung herrschte für einen Moment Stille. Dann hörte Dodo ein merkwürdiges Geräusch. Es klang wie ersticktes Schluchzen. Ihr Magen krampfte sich zusammen. Aus dem Schluchzen wurde ein Schnaufen, dann ein Prusten und schließlich ein Glucksen. Frau Seeheimer rang nach Atem.

Dodo auch.

„Bitte entschuldigen Sie", kicherte die Anruferin nach einer Weile, „aber es war so ungeheuer komisch! Mein Mann und ich mussten uns zusammenreißen wie nie im Leben, sonst hätten wir uns totgelacht."

Dodo traute ihren Ohren nicht.

„Wissen Sie, ich konnte Brills noch nie ausstehen, und mein Mann kann sie auch nicht leiden, obwohl sie zu seinen wichtigsten Mandanten zählen. Oder zählten, denn sie werden sich nun wohl einen anderen Anwalt suchen."

„Meine Schuld", murmelte Dodo trübe.

„Mitnichten", entgegnete Frau Seeheimer munter. „Wenn überhaupt, liegt es an Seidenstickers. Die haben nämlich fest geglaubt, was Brills erzählten, und waren ganz empört über Ihre Unterstellungen, liebe Frau

Döbritz. Deshalb haben sie die Geschichte überall herumgetratscht, und jeder, der Brills kannte, wusste Bescheid. Am Ende hat dann irgendeiner dem guten Herrn Seidensticker die Augen geöffnet. Nun schämen sich Seidenstickers, und Brills sind so ziemlich überall unten durch. Wenn man sich schon schlecht benimmt, muss man es eben klüger anfangen."

Dodo war so lange sprachlos, dass Frau Seeheimer sich schließlich besorgt erkundigte: „Was ist denn – habe ich Sie verärgert? Ich wollte Ihnen nur klarmachen, dass wir Ihnen das kleine Missgeschick nicht nachtragen ..., eher im Gegenteil."

Dodo schluckte. „Ich ..., ich danke Ihnen."

„Schlimmer ist allerdings die Sache mit Ulrich Beck", fuhr Frau Seeheimer ernst fort.

„Ja", gestand Dodo. „Ich mache mir auch die größten Vorwürfe."

„Sie hätten nur fünf Minuten länger warten sollen. Er hat sich wirklich beeilt, aber mein Mann bestand darauf, ihn zur Tür zu bringen, und er findet manchmal einfach kein Ende. Als er Ulrich endlich losgelassen hat, waren Sie schon fort. Es war ein großes Unglück."

„Aber er hätte auch nicht so total von der Bildfläche verschwinden müssen", wandte sie ein. „Es hat mir wirklich Leid getan, Frau Seeheimer, und ich wollte mich bei ihm entschuldigen. Aber es war ja kein Gespräch mit ihm möglich. Wenn er nichts mehr von mir wissen will, sollte er wenigstens den Mut haben, es mir zu sagen." Sie schwieg verbittert.

Frau Seeheimer erkundigte sich vorsichtig: „Soll das heißen, Sie wissen von nichts?"

„Wovon weiß ich nichts?"

„Von dem Unfall?"

„Was für einem Unfall?"

„Dem Verkehrsunfall?"

Vor Dodos Augen drehte es sich. Sie atmete dreimal tief ein und aus. „Frau Seeheimer, ich weiß von keinem Unfall", sagte sie dann. „Ich habe Ulrich zuletzt auf Ihrer Terrasse gesehen und danach nie wieder von ihm gehört."

Frau Seeheimer stöhnte. „Wie gut, dass ich angerufen habe! Sie armes Kind – Sie *mussten* ja denken, er habe Sie im Stich gelassen. Er ist Ihnen nachgerannt, und dabei hat er wohl nicht aufgepasst, oder der Autofahrer hat ihn nicht gesehen, jedenfalls ist er überfahren worden und liegt seitdem im Marienkrankenhaus."

„Was? Im Marienkrankenhaus?" Dodos Augen liefen über. „Was hat er für Verletzungen?"

„Er hatte eine sehr schwere Gehirnerschütterung und hat sich das rechte Bein und den rechten Unterarm gebrochen", sagte Frau Seeheimer. „Tagelang war er nicht bei klarem Bewusstsein. Inzwischen kann er wieder sprechen, und die Brüche heilen auch. Immerhin liegt der Unfall ja über vier Wochen zurück."

Dodo schluchzte, dass es sie schüttelte.

„Frau Döbritz, ich begreife das alles erst jetzt", begann Frau Seeheimer von neuem. „Sehen Sie, mein Mann und ich kennen Ulrich seit seiner Kindheit und betrachten ihn als Sohn, darum haben wir uns um alles gekümmert. Seit er aus seiner Betäubung erwacht ist, spricht er ständig von Ihnen, aber er kann sich an den Unfall und alles, was kurz davor und danach passiert ist, nicht mehr erinnern. Er glaubt, Sie hätten sich so gestritten, dass Sie nun nichts mehr von ihm wissen wollten. Ihren Brief hat er anscheinend nicht bekommen. Mein Mann und ich haben auch angenommen, Sie hätten den Kontakt zu ihm abgebrochen. Obwohl ich zugeben muss, dass ich mich immer gewundert habe ..., so hatte ich Sie nämlich nicht eingeschätzt, nachdem Sie so tapfer für Wilhelmina eingetreten sind."

„Aber was soll jetzt werden? Er wird bestimmt nichts mehr von mir wissen wollen", heulte Dodo. „Sonst hätte er sich doch seinerseits gerührt!"

„Das glaube ich nicht. Zuerst war er dazu gar nicht imstande. Dann, als es ihm besser ging, konnte er sich an nichts erinnern. Und als Sie sich dann nicht gemeldet haben, musste er ja denken, es sei aus. Wissen Sie, was? Ich werde das in die Hand nehmen. Ulrich darf sich nicht aufregen, und wenn Sie plötzlich in der Tür stehen, tut er das bestimmt. Ich werde die Lage sondieren und Sie wieder anrufen. Morgen Abend. Grüßen Sie bis dahin Wilhelmina, und bleiben Sie schön ruhig!" Frau Seeheimer legte auf.

Dodo saß so lange tränenüberströmt im Sessel, bis es ihr selbst zu dumm wurde. Sie ermahnte sich, dieser neuen Angewohnheit, dauernd zu heulen, nicht nachzugeben. Also stand sie auf, fühlte sich plötzlich voller Hoffnung, gab Wilhelmina einen Keks und küsste die überraschte Hündin mitten auf ihre weiße Stirnblesse.

SCHON um sieben Uhr saß Dodo am nächsten Abend im Sessel neben dem Telefon und zappte sich ungeduldig durch alle Fernsehprogramme.

Endlich, um halb acht, klingelte der Apparat. Dodo nahm mit zitternden Fingern ab.

„Hallo! Seeheimer. Wie geht es Ihnen? Ist der erste Schreck überwunden?“

„Danke, danke“, stotterte Dodo. „Mir geht es gut. Wie geht es Ulrich?“

Frau Seeheimer lachte. „Vier Männer mussten ihn davon abhalten, samt Gips und Schienen zu Ihnen ins Büro zu fahren. Ich bin sicher, dass er jetzt ganz schnell gesund werden wird – so etwas von Ungeduld habe ich noch selten erlebt. Sie ahnen vermutlich gar nicht, wie sehr er an Ihnen hängt. Ob Sie ihn gleich morgen besuchen könnten? Er liegt auf einer Privatstation, da braucht man keine festen Zeiten einzuhalten.“

Dodo hätte am liebsten einen Luftsprung gemacht. „Natürlich komme ich! Ich werde mir morgen Nachmittag frei nehmen, dann kann ich um 15 Uhr dort sein. Ach, liebe Frau Seeheimer, ich bin ja so glücklich! Vielen Dank!“

„Schon gut“, sagte Frau Seeheimer gerührt. „Nun gehen Sie früh schlafen, und zeigen Sie Ulrich morgen ein hübsches Gesicht. Und wenn Sie sich wieder vertragen haben, kommen Sie mich doch bitte besuchen. Mit Wilhelmina natürlich.“

„Ich rufe Sie an, wenn ich bei Ulrich war. Und nochmals – vielen, vielen Dank!“

„Gern geschehen – und viel Glück“, sagte Frau Seeheimer.

Diesmal bekam Wilhelmina *zwei* Kekse und *zwei* Küsse auf ihre breite weiße Stirn.

MORGENS wollte sie gleich zu Frau Dr. Nachtmann gehen und sich für den Nachmittag abmelden. Aber Frau Dr. Nachtmann hatte überraschend Urlaub eingereicht, sodass Dodo mit Assessor Pauly sprechen musste.

Der vernahm ihren Wunsch ungern und predigte sofort von starkem Arbeitsanfall. „Heute und morgen geht es wirklich nicht, Frau Döbritz. Vielleicht Freitag?“

„Herr Pauly“, sagte Dodo sanft. „Seitdem ich bei der Sinceritas arbeite, ist es das erste Mal, dass ich versuche, einen Bruchteil meiner Überstunden abzufeiern. Es existiert kein Grund, mir diesen freien Nachmittag, den ich noch dazu für einen dringenden Krankenbesuch brauche, zu verweigern. Sollten Sie jedoch darauf bestehen, werde ich unverzüglich um ein Gespräch beim Personalrat nachsuchen.“

Assessor Pauly blieb die Spucke weg. Er warf ihr einen mürrischen Blick zu, räusperte sich und knurrte: „Na gut. Wider besseres Wissen. Und morgen wird doppelt rangeklotzt.“

„Gewiss, Herr Pauly, gewiss. Vielen Dank!“ Dodo war schon aus der Tür.

Assessor Pauly sah ihr nach. „Ich begreife nicht, wie diese Nachtmann immer behaupten kann, die dicke Döbritz hätte keinen Biss.“

Nachdenklich starrte er auf seinen Schreibtisch. „Könnte das eine Lösung sein?“

AM NACHMITTAG um drei klopfte Dodo an die Tür des Krankenhauszimmers.

Sie trug ein Päckchen mit Kriminalromanen in der einen und einen Blumenstrauß in der anderen – schweißfeuchten – Hand, und ihre Kehle war wie ausgedörrt.

Als sie nichts hörte, öffnete sie die Tür.

Ulrich lag in einem merkwürdig groß erscheinenden weißen Bett und war sehr dünn geworden. Bei Dodos Anblick fing er an zu strahlen. Dodos Herz schmolz dahin, als seine Augen aufleuchteten, seine Wangen Farbe annahmen und sein Lächeln immer breiter wurde.

„Hallo, Ulrich“, sagte sie ganz leise.

„Dodo – ich freue mich ja so …“

Mit zwei Schritten war Dodo bei ihm. Sie streichelte seine Hände, gab ihm vorsichtig einen Kuss, der erstaunlich kräftig erwidert wurde, und sank in den Stuhl neben dem Bett.

„Frau Seeheimer hat mir alles erzählt“, platzten beide gleichzeitig los und brachen in Gelächter aus.

Ulrich bat Dodo, ihm alles noch einmal zu berichten, und Dodo schilderte ihren Zorn über die Brills und ihre Enttäuschung und ihren Kummer, weil sie sich von ihm verlassen glaubte. Sie nahm kein Blatt vor den Mund. Endlich seufzte sie erleichtert auf.

„So, das musste raus! Ulrich, glaub mir, es hat mir alles entsetzlich Leid getan, und ich wollte mich wirklich schnellstens bei dir entschuldigen. Als du dann nicht auf meinen Brief geantwortet hast …“

„… musstest du natürlich annehmen, ich sei stocksauer. Völlig verständlich. Ich hatte zwar Frau Löffler gebeten, mir alle Post mitzubringen, und die Gute hat mir eine Riesentüte angeschleppt, die ich aber erst einmal mutlos in den Schrank habe legen lassen.“

„Wie lange wirst du noch hier bleiben müssen?“, fragte Dodo. „Und darf ich dich dann gesund pflegen? Ich hatte in diesem Jahr noch keinen Urlaub, da könnte ich mich gut um dich kümmern.“

Ulrich schüttelte den Kopf. „Mein Bein heilt nicht besonders gut.

Darum will man mich in eine Rehaklinik an der Nordsee verlegen, damit ich dort bei viel frischer Luft wieder zu Kräften komme."

„Und wie lange soll das dauern?"

„Das weiß man nicht. Vier Wochen mindestens, vielleicht aber auch mehrere Monate."

„Das ist ja furchtbar!"

„Ach was, die Zeit geht auch herum. Dodo, vor uns liegt ein ganzes, langes Leben. Willst du mich heiraten?"

„Was?" Dodo glaubte nicht recht gehört zu haben. Was war denn los mit den Männern? Lag etwas in der Luft? Erst Hanns und jetzt Ulrich?

„Ich liebe dich, Dodo. Als ich dachte, ich hätte dich verloren, habe ich begriffen, wie wichtig du mir bist und wie glücklich ich mit dir bin. Ich wünsche mir nichts mehr, als dass es so bleibt."

„Ach, Ulrich", sagte Dodo gerührt, stand auf, beugte sich über ihn und küsste ihn zärtlich. „Ich liebe dich auch. Natürlich finde ich es schön, dass du mich heiraten willst – eine nicht mehr ganz taufrische, mittellose Person, die noch dazu ein zehnjähriges Kind mit in die Ehe bringt ..."

„Was für ein Kind?", fragte Ulrich erstaunt. „Davon hast du mir ja noch gar nichts erzählt. Macht nichts – ich nehme dich auch mit Anhang."

Dodo kicherte. „Du willst doch wohl nicht behaupten, dass du meine Tochter nicht kennst? Wo du ihr schon so oft schamlos das Gesäß getätschelt hast? In aller Öffentlichkeit?"

Ulrich erschrak. „Ich? Gesäß? Öffentlichkeit? Um Himmels willen!" Er musterte sie einen Augenblick stirnrunzelnd und lachte dann laut auf. „Ach so. Ja, diese Tochter adoptiere ich sofort."

„Dann will ich mir die Sache überlegen."

Zu weiteren Zugeständnissen war Dodo nicht bereit. Es gelang ihr, Ulrich fürs Erste abzulenken, indem sie ihm ihr Krimipäckchen überreichte, das vergessen auf dem Tisch gelegen hatte, und die Blumen ins Wasser stellte.

Dann schaute Dodo auf die Uhr. „Ich denke, für heute war das Aufregung genug. Ich gehe jetzt lieber. Ich bin ja so froh, dass alles wieder gut ist und dass du gesund werden wirst."

Ulrich wollte sie nicht fortlassen, aber Dodo merkte deutlich, dass er Ruhe brauchte. Sie küsste ihn und vertröstete ihn auf den nächsten Tag.

Dann schwebte sie wie auf Wolken nach Hause und hätte fast die Baronesse umgerannt, die eben mit Wilhelmina vom Einkaufen zurückkam.

Sie fiel der alten Freundin um den Hals, küsste Wilhelmina auf die Nase und brach nun doch in heftiges Schluchzen aus.

Die Baronesse schob sie in ihre Wohnung, verabreichte ihr ein Körnchen und ließ sie erzählen. Danach empfahl sie einen ordentlichen Spaziergang mit Wilhelmina und schickte die beiden nach Hause.

Alma von Raden saß an diesem Abend vor dem Fernseher und schwelgte in einer Kitschromanze. Als die Musik zum Happyend aufrauschte, rieb sie sich zufrieden die Hände.

Wir kriegen sie schon noch unter die Haube, ob sie will oder nicht, dachte sie energisch.

WIEDER erhielt Dodos Leben einen neuen Rhythmus. Sie stand morgens noch früher auf, führte Wilhelmina um den Block, frühstückte und fuhr zur Arbeit. Mittags verkürzte sie ihre Fluchtspaziergänge auf ein Minimum und sah zu, dass sie um fünf oder sogar schon früher das Büro verlassen konnte.

Bis halb sieben oder sieben blieb sie bei Ulrich, war eine halbe Stunde später zu Hause, aß und ging mit Wilhelmina spazieren.

Auch an den Wochenenden besuchte Dodo Ulrich, der sich seit ihrem Wiedersehen spürbar schneller erholte.

Eines Abends saßen die beiden am Tisch, und Dodo zeigte gerade ein paar Fotos, die sie bei Birdies letztem Grillfest aufgenommen hatte. Ulrich hatte unbedingt Baskerville sehen wollen und war nun aufrichtig beeindruckt von dessen imposanter Erscheinung.

„Da hat sich Wilhelmina ja einen stattlichen Verehrer an Land gezogen, alle Achtung!“, erklärte er lachend. „Und wie einträchtig sie da auf der Wiese liegen!“

„Wie ein altes Ehepaar“, meinte Dodo grinsend und wünschte sofort, sie hätte den Mund gehalten.

Die ganze Zeit war es ihr mit viel List gelungen, Ulrich von weiteren Gesprächen über das Thema Heirat abzulenken. Sie wusste eigentlich selbst nicht, warum sie sich so dagegen sperrte. Sie liebte Ulrich und konnte sich nichts Schöneres vorstellen, als ein Leben lang mit ihm zusammen zu sein. Trotzdem fürchtete sie sich vor einer Ehe, und je mehr sie darüber nachgrübelte, desto weniger fiel ihr ein vernünftiger Grund ein, warum sie das tat.

Vielleicht hing das unbehagliche Gefühl ja auch mit früheren Erlebnissen zusammen, vielleicht war sie bindungsunfähig?

Natürlich nahm Ulrich, ein Mann, der klare Verhältnisse liebte, das

Stichwort sofort auf. „Dodo“, begann er, „wahrscheinlich wird man mich schon nächste Woche in die Rehaklinik verlegen. Ich wäre sehr glücklich, wenn ich dann dein Verlobter wäre und wüsste, dass wir nach meiner Rückkehr heiraten könnten.“

„Und wie würde es weitergehen?“, fragte Dodo scheinbar gelassen, obwohl ihr das Herz bis zum Halse schlug. „Wenn wir verheiratet sind?“

„Nun, ich dachte, du ziehst zu mir in die Stettenstraße. Da ist noch viel Platz für dich und Wilhelmina.“

Die Vorstellung, mit ihm in dem schönen Haus zu wohnen, war traumhaft, sosehr Dodo auch ihre Wohnung liebte.

„Und Frau Löffler?“

„Frau Löffler kommt weiter zu uns. Ich habe sie schon gefragt. Sie mag dich nämlich sehr gern.“ Er nahm ihre Hand. „Wenn wir erst verheiratet sind, brauchst du natürlich nicht zu arbeiten, weder im Haushalt noch im Büro. Wenn du unbedingt eine Tätigkeit brauchst, kannst du dich ja sozial oder künstlerisch engagieren. Aber für mich wäre es am schönsten, wenn du abends auf mich warten würdest, wenn ich müde nach Hause komme.“

Dodo betrachtete ihn bestürzt. „Ich kann doch nicht den ganzen Tag mit Wilhelmina spazieren gehen oder in der Stadt Frustfummel kaufen, weil mir vor Langeweile die Decke auf den Kopf fällt?“

Ulrich zögerte. „Na ja ..., es wird sich bestimmt etwas finden. Hm ..., du könntest zum Beispiel etwas für dich selbst tun.“

„Und woran denkst du?“, erkundigte sich Dodo mit leicht vibrierendem Unterton.

„Sport treiben. In einen Fitnessclub gehen. Schwimmen. Dünner werden, die Figur straffen.“ Er warf ihr einen liebevollen Blick zu. „Damit du noch hübscher wirst.“

Dodo schwoll der Kamm. „Sonst noch etwas?“

„Nein“, entgegnete Ulrich verdutzt. „Ich meine – alles andere wird uns bestimmt noch einfallen, wenn wir erst richtig zusammenleben. Ich möchte, dass du es so schön hast, wie du es dir nur wünschen kannst.“

Mit einem Ruck zog Dodo ihre Hand zurück. „Mein lieber Ulrich“, begann sie mit gefährlich ruhiger Stimme, „ich glaube, ich muss ein paar grundsätzliche Dinge klarstellen. Du bist ein wunderbarer Mann, du möchtest mich heiraten, und ich hätte gern ja gesagt. Nun sehe ich, dass du dir eine Ehe so vorstellst: Du richtest unser Leben neu ein und fängst damit an, dass du mich änderst.

Ulrich, ich habe mich die letzten fünfzehn Jahre allein durchgeschlagen. Ich mag meinen Beruf. Warum sollte ich ihn aufgeben? Kinder wollen wir beide nicht. Frau Löffler versorgt den Haushalt, und mit Wilhelmina könnte alles beim Alten bleiben. Was, um Himmels willen, soll ich den ganzen Tag tun? Und was meine Figur betrifft: sicher, sie könnte besser sein. Ich könnte nicht nur dünner, sondern auch schöner, klüger und eleganter sein. Aber ich habe festgestellt, dass meine Speckrollen zu mir passen und dass ich mich damit wohl fühle.

Niemand wird mich lieber haben, wenn ich nur noch die Hälfte wiege, und wenn es doch jemanden gäbe, müsste ich ihn für einen Trottel halten, weil er seine Gefühle von Äußerlichkeiten abhängig macht.

Wenn du mich nicht repräsentativ genug findest, als Frau Gemahlin von Herrn Rechtsanwalt Beck aufzutreten, brauchst du es nur zu sagen. Und wenn du eine Tonmasse brauchst, die du nach deinem Willen formen kannst, dann such dir eine andere! Ich wäre gern deine Frau, aber nicht um diesen Preis. Meinen Beruf gebe ich nicht auf, und dünner werde ich auch nicht."

Sie sah ihm gerade in die Augen. Ulrich schwieg und hatte eine trotzige Miene aufgesetzt.

Nach einer Weile erhob sich Dodo. „Na ja ..., vielleicht war das nicht der beste Zeitpunkt, über diese Dinge zu sprechen. Werde erst einmal wieder richtig gesund, dann siehst du vielleicht meinen Standpunkt mit anderen Augen. Vermutlich war ich wieder einmal zu heftig, aber mich regt es immer auf, wenn man mich zu meinem Glück zwingen will. Ich habe dich jedenfalls sehr lieb und möchte, dass du mich verstehst."

Ulrich sagte immer noch nichts. Dodo gab ihm einen Kuss und nahm ihre Tasche. „Wenn du übermorgen an die Nordsee fährst, werde ich morgen nicht kommen, damit du ausgeruht abreisen kannst. Rufst du mich an, wenn du dich eingerichtet hast?"

Wortloses Nicken.

„Dann alles Gute."

Sie schloss die Tür hinter sich. So, dachte sie, und nun hast du schon wieder alles versaut, Dodo, du ausgestorbener Südsee-Pechvogel.

Sie straffte ihre Schultern und ging den langen Korridor hinunter.

DOCH sosehr sie in den nächsten Tagen auch nachgrübelte, so groß auch ihre Sehnsucht nach Ulrich war – der natürlich *nicht* anrief –, sie konnte ihre Worte nicht bereuen.

Sie lud Tühne zum Essen ein und schüttete der Freundin ihr Herz aus.

Tühne hörte geduldig zu. „Was das Grundsätzliche angeht", erklärte sie dann, „war es die einzig richtige Antwort. Das heißt aber nicht, dass man in kleinen Dingen nicht auch nachgeben kann. Wenn ich Klaus gegenüber nicht so kompromisslos auf meiner Freiheit bestanden und er mich nicht unbedingt mit dem Kind am Küchenherd hätte festbinden wollen, wäre uns beiden viel Kummer erspart geblieben. Jetzt sehen wir, dass es für alles eine Lösung gibt. Ich werde nach der Hochzeit zu ihm ziehen und auch mein Büro in sein Haus verlegen. Wir suchen einen Babysitter, und Klaus will mir sogar neue Kunden vermitteln. Dodo – am sechsten August wird geheiratet! Du bist hiermit herzlichst eingeladen. Kommst du?"

Dodo umarmte sie gerührt. „Na klar komme ich!"

„Weißt du, Dodo", bemerkte Tühne plötzlich, „selbst wenn es richtig war, Ulrich deutlich zu sagen, was dir am Herzen liegt – wenn er jetzt vernünftig reagiert, solltet ihr euch wieder vertragen. Es wäre doch gelacht, wenn ihr euch nicht irgendwie einigen könntet."

„An mir soll es nicht liegen", sagte Dodo traurig, „bloß meldet er sich gar nicht mehr."

„Du könntest ihn ja auch mal anrufen."

„Ich? Ich hab ja nicht mal die Nummer."

„Dann frag Frau Seeheimer. Oder Frau Löffler. Oder die Auskunft. Sei nicht kindisch, Dodo!"

„Ja, ja, schon gut, du hast recht. Ich werde ihn anrufen und lieb zu ihm sein."

TATSÄCHLICH überwand sich Dodo und telefonierte. Als Ulrich ihre Stimme hörte, schien er sich zunächst zu freuen, antwortete dann aber so einsilbig, dass das Gespräch ganz schnell versickerte. Drei weitere Anrufe verliefen ähnlich, und er selbst meldete sich nie.

Schließlich gab Dodo es auf. „Wenn er nicht will, hat es keinen Sinn. Ich habe ihm die Wahrheit gesagt, mehr kann ich nicht tun."

Die Sache nagte freilich weiter an ihr. Sie brütete über der Frage, ob sie wirklich so an ihrem Beruf hing und ob sie nicht doch fähig wäre, ein paar Kilo abzunehmen, wenn es Ulrich glücklich machte. Aber immer wieder kehrte sie zu der Erkenntnis zurück, dass sie beides ganz einfach nicht wollte und dass sie sich davor fürchtete, es könne nur der Anfang sein. Als Nächstes soll ich mir die Haare färben, einen Nähkurs belegen und in den Ferien Club-Urlaub machen, nur weil es Herrn Beck so einfällt.

Trotzdem dachte sie nicht mit Zorn an Ulrich, sondern mit Sehnsucht. Staunend begriff sie, wie sehr sie ihn vermisste. Hatte sie sich mit ihrem Starrsinn ihr Lebensglück verbaut? Dodo fand keine Ruhe mehr.

Weil Tühne mitten in Hochzeits- und Umzugsvorbereitungen steckte, verbrachte Dodo ihre Abende fast nur noch mit Wilhelmina und ab und zu mit der Baronesse. An den Wochenenden besuchten sie weiterhin zu dritt Birdie McAllister, mit der sie sich sehr angefreundet hatten.

Wenig erfreut vernahm Dodo, dass sich die alte Dame mit dem Gedanken trug, einen Teil ihrer Villa zu vermieten. Nicht, weil sie das Geld brauchte, sondern „um etwas Leben in die Bude zu bringen", wie sie sich ausdrückte. Sie wollte im Erdgeschoss wohnen bleiben und den Oberstock in zwei Dreizimmerapartments verwandeln.

„Könnte nicht Bannock hierher ziehen?" schlug Alma vor.

„Ich habe ihm schon mehrmals das kleine Gartenhaus angeboten", erwiderte Birdie. „Aber er beharrt auf seiner Unabhängigkeit. Reden Sie doch einmal mit ihm, Frau von Raden."

Alma nickte und versprach, Bannock bei nächster Gelegenheit zu bearbeiten.

ZEHNTES KAPITEL

Annegret Seeheimer vergaß ihre Einladung nicht. Sie rief Dodo an und schlug ihr einen Termin vor.

„Am besten ginge es Donnerstagabend. Zu einem späten Tee? Natürlich mit Wilhelmina! Wir setzen uns in den Garten und tratschen ein bisschen über Brills. Ja? Gut. Ich freue mich."

Dodo bürstete Wilhelmina, bis das flämische Blond rötlich schimmerte, und gürtete ihre eigenen Lenden mit Mut und Gottvertrauen, denn sie wusste sehr wohl, worüber Frau Seeheimer mit ihr sprechen wollte, und das waren nicht Brills.

Darin täuschte sie sich nicht. Nachdem sie und ihre Gastgeberin sich auf der Terrasse niedergelassen hatten – Frau Hermann hatte Wilhelmina sofort in die Küche entführt, wohin ihr das treulose Tier unter heftigem Schwanzkreisen gefolgt war –, kam Frau Seeheimer unverzüglich zur Sache.

„Also, liebe Frau Döbritz, was ist nun wieder los? Was habt ihr beiden Hitzköpfe diesmal angestellt?"

„Nun ..., äh ..., ich weiß nicht, ob man es so ausdrücken kann ..., eigentlich nichts", stotterte Dodo.

Frau Seeheimer rührte stirnrunzelnd in ihrer Tasse. „Ach ja? Dann fangen Sie mal von vorne an."

Dodo trank Tee und räusperte sich. „Er hat ..., er will mich heiraten."

„Das ist ja großartig!", rief Frau Seeheimer entzückt. „Aber weshalb ist er dann so mürrisch? Hat er den besten Entschluss seines Lebens schon wieder bereut?"

„Nein." Dodo schüttelte den Kopf. „Ich habe Nein gesagt."

„Wie bitte?" Frau Seeheimer war sichtlich erschrocken.

„Ich wollte ja eigentlich auch Ja sagen", beteuerte Dodo eilig, „aber dann hat er mir gleich erklärt, wie er sich unser weiteres Leben denkt. Ich soll meinen Beruf aufgeben und dünner werden. Ich will aber keinen Mann, der schon vor der Hochzeit damit anfängt, mich umerziehen zu wollen, damit er mit mir glücklich sein kann."

Frau Seeheimer pfiff nachdenklich durch die Zähne. „Ich verstehe. Im Prinzip haben Sie ja Recht, Dodo. Darf ich Dodo sagen?"

Dodo nickte.

„Aber gerade Sie und Ulrich müssten doch wissen, dass man über alles verhandeln kann. Warum sind Sie einander nicht ein bisschen entgegengekommen?"

„Vor allem, weil er abgereist ist. Sehen Sie, vielleicht finden wir jetzt einen Kompromiss und heiraten. Aber kurze Zeit später hat Ulrich einen neuen Einfall, und wir können uns nicht einigen. Was passiert dann? Auseinander laufen? Sich scheiden lassen?"

„Wenn man sich bei jeder Meinungsverschiedenheit trennen will, braucht man allerdings nicht zu heiraten", stellte Frau Seeheimer trocken fest. „Und dabei sagen Sie, Sie liebten Ulrich! Und ich weiß, dass er Sie sogar sehr liebt."

Dodo schluckte.

„Es muss doch ein vernünftiges Gespräch möglich sein. An sich ist es nicht Ulrichs Art, einen anderen nicht in Ruhe anzuhören und auf seine Argumente einzugehen."

„Aber wie soll ich mich denn mit ihm einigen, solange er dort oben ist?", wandte Dodo ein. „Anrufen ist zwecklos. Ich könnte allenfalls hinfahren – wenn er mich empfängt!"

Frau Seeheimer seufzte. „Es sieht so aus, als ob diese Aufgabe wieder an mir hängen bliebe. Mein Mann und ich wollen Ulrich am Wochenende besuchen. Dabei werde ich das Gelände erkunden und Ihnen Bescheid sagen, wie dick das Brett vor Ulrichs Kopf ist. Einverstanden?"

„Es klingt abgedroschen, aber Sie sind ein Engel, Frau Seeheimer", erwiderte Dodo gerührt.

Wilhelmina kam durch die Terrassentür gewackelt. Sie schien mindestens fünf Pfund mehr zu wiegen, legte sich schwer atmend auf Dodos Füße und rülpste ein paar Mal. Danach schlief sie sofort ein.

Frau Seeheimer atmete erleichtert auf. „Als sie so rülpste, dachte ich einen Moment ..."

„Ich auch", gab Dodo zu. „Aber es wären meine Schuhe gewesen – kein rotes Wildleder, sondern schwarz und glatt."

Sie kicherten beide.

DAS WOCHENENDE verbrachte Dodo in fieberhafter Spannung. Die Zugeständnisse, zu denen sie bereit war, um ihren Herzallerliebsten zurückzuerobern, wurden immer bedeutender: Teilzeitarbeit, zweimal Gymnastik pro Woche, keine Butter und Schokolade mehr, multikulturelle Frauenarbeit ...

Sie träumte von Versöhnung und neuem Glück und war so rastlos, dass sie die arme Wilhelmina stundenlang durch Parks schleifte. Hinterher hatten sie beide Fußschmerzen und brauchten viel Zeit, um sich zu erholen.

Sonntagmittag räumte Dodo ihre Wohnung auf und verzichtete auf einen Besuch bei Birdie McAllister, um zu Hause zu sein, falls Frau Seeheimer anrief oder gar Ulrich selbst sich meldete.

Doch das Telefon blieb stumm.

Bis Montagabend. „Hallo, Dodo! Hier ist Annegret Seeheimer. Ich würde Sie gern treffen. Wie wäre es morgen nach Büroschluss?"

„Ist alles in Ordnung? Geht es Ulrich gut?"

„Ulrich geht es ausgezeichnet. Aber das erzähle ich Ihnen am besten, wenn wir uns sehen."

„Ja. Möchten Sie, dass ich zu Ihnen komme, oder wollen wir uns in der Stadt treffen?"

„Am liebsten bei mir, da haben wir mehr Ruhe als irgendwo in einem Café. Wann können Sie da sein?"

„Wenn nichts dazwischenkommt, gegen fünf."

„In Ordnung. Alles Weitere dann! Auf Wiedersehen."

„Auf Wiedersehen."

Nach diesem knappen Anruf hatte Dodo ein flaues Gefühl im Magen. Irgendetwas musste mächtig im Argen liegen, sonst wäre Frau Seeheimer nicht so kurz angebunden gewesen.

Grimmig konzentrierte sie sich auf ihre Arbeit.

Die von Frau Dr. Nachtmann an sich gezogenen Fälle waren längst zu den ursprünglichen Bearbeitern zurückgekehrt, die nun Öl auf tosende Wogen gießen mussten, um die Regulierungen friedlich abzuschließen und den der Sinceritas entstandenen Schaden zu mindern.

Seufzend blätterte Dodo in einem umfangreichen Ordner. Wie sollte sie das je wieder ausbügeln?

Der Urlaub der erkrankten Gruppenleiterin zog sich hin. Man munkelte, sie sei krankgeschrieben und halte sich in einem Sanatorium auf. Assessor Pauly hatte Dodo letzte Woche offiziell zu ihrer Stellvertreterin ernannt, nicht ohne gönnerhaft zu betonen, dass im *Ernstfall* auch er mit Rat und Tat zur Verfügung stünde. Während Dodo noch an dieser Formulierung würgte, hatte Herr Schröder treuherzig erklärt, andere als *Ernstfälle* hätte die Gruppe nicht und er persönlich nähme an diesem Ausdruck auch Anstoß. Dodo hätte ihn herzen und küssen mögen. Assessor Pauly hatte etwas gemurmelt und den eiligen Rückzug in sein Büro angetreten.

Die Leitung der Gruppe bedeutete keine große Anstrengung. Alle drei Kollegen fügten sich bereitwillig ihren Wünschen, teils aus Bequemlichkeit, teils weil sie von Dodos größerem Geschick überzeugt waren. Das Ergebnis zeigte sich in einer noch schnelleren und für die Gesellschaft günstigeren Schadenabwicklung, die wiederum von Assessor Pauly nicht unbemerkt blieb. Wenn das so weiterging, stand die Gruppe Dr. Nachtmann am besten von allen vier Kraftfahrzeug-Schaden-Gruppen da. Man würde das bei der vorgesehenen Neuorganisation der Abteilung unbedingt berücksichtigen müssen …

Er rieb sich die Hände. Meine Schule, dachte er stolz, meine Schule!

ALS DODO Dienstagnachmittag bei Seeheimers klingelte, öffnete ihr die freundliche Frau Hermann und führte sie zu Frau Seeheimer, die schon auf der Terrasse saß. Glücklicherweise hielt sich Annegret Seeheimer in ihrer direkten Art nicht mit langen Vorreden auf. „Ulrich geht es bestens. Er läuft schon im Park der Klinik herum und war sogar im Kino. Der Heilverlauf ist ungewöhnlich erfolgreich.“

Dodo fiel ein Stein vom Herzen.

Frau Seeheimer räusperte sich.

„Und sonst?“, fragte Dodo traurig. „Ich weiß schon – er ist immer noch böse auf mich.“

Die Ältere holte tief Luft. „Wenn es nur das wäre!“

Dodo starrte sie an und begriff. „Er hat eine andere?“

Annegret Seeheimer nickte. „Ich fürchte, ja.“

Dodo wurde übel. Sie atmete langsam und versuchte, ganz ruhig zu bleiben. Trotzdem spürte sie, wie ihr Schweiß auf Stirn und Oberlippe trat. Sie umklammerte die Lehnen ihres Sessels.

„Augenblick“, sagte Frau Seeheimer. „Ich hole Ihnen etwas.“

Sie stand auf und verschwand im Haus. Gleich darauf kam sie mit einem gefüllten Glas zurück. „Magenbitter“, erläuterte sie und ließ Dodo trinken. Es schmeckte furchtbar, aber das Gefühl von Übelkeit verschwand sofort. Dodo schüttelte sich und setzte sich gerade hin.

„Besser?“

„Ja, danke.“

„Weiter?“

„Ja, bitte.“

„Es ist eine Mitpatientin“, berichtete Frau Seeheimer. „Laura heißt sie. Sie muss etwa gleichzeitig mit ihm in die Klinik gekommen sein. Eine große, schlanke Blondine um die dreißig – ich konnte sie schon auf den ersten Blick nicht ausstehen.“

Die Wörter *große, schlanke Blondine* trafen Dodo wie Peitschenhiebe. Die Frage „Was hat sie, das ich nicht habe?“ brauchte sie sich wohl nicht zu stellen.

„Er hat uns beim Kaffeetrinken mit ihr bekannt gemacht“, fuhr Frau Seeheimer fort. „Sie tut recht intim und ist äußerst bestimmend.“ Sie sah Dodo nachdenklich an. „Ich kann mir nicht vorstellen, dass Ulrich es auf Dauer mit ihr aushält. Das Problem ist nur, dass sie ebenfalls aus Frankfurt kommt.“

Dodos letzte Hoffnung schwand. „Das heißt ...“

„Das heißt, dass wir mit ‚*aus den Augen, aus dem Sinn*‘ nicht rechnen können. Dodo ..., ich habe versucht, mit Ulrich über Sie zu sprechen. Es ist nicht besonders gut gelaufen, leider. Er meint, eine Frau, die ihrem Mann zuliebe nicht ein paar Umstellungen auf sich nehmen wolle, sei nicht die Richtige für ihn. In Wirklichkeit ist er natürlich zutiefst beleidigt, weil Sie seinen Heiratsantrag abgelehnt haben. Jedenfalls hat er schnell das Thema gewechselt und mich gebeten, mich nicht einzumischen.“

Dodo schaute eine Weile stumm in den Garten hinaus. Endlich meinte sie: „Tja – da kann man dann wohl nichts machen.“

„Sie wollen doch wohl nicht gleich die Flinte ins Korn werfen!" In Frau Seeheimers Augen blitzte es kampflustig. „Manche Leute muss man eben zu ihrem Glück zwingen. Lassen Sie Ulrich erst einmal heimkommen. Dann werden wir ja sehen, ob er mit einem so herrschsüchtigen Weib glücklich wird. Haben Sie Geduld, Dodo, und mehr Selbstvertrauen!" Sie blinzelte Dodo verschwörerisch zu. „Es wäre doch gelacht, wenn wir mit dieser Ziege nicht fertig würden! Erstens bin ich der festen Überzeugung, dass Sie die richtige Partnerin für Ulrich sind. Und zweitens schulde ich Ihnen noch etwas ..., weil Ihre Wilhelmina die widerlichen Brills so wunderbar geärgert hat." Sie prustete vergnügt. „Eine Sternstunde!"

Dodo wusste nicht, ob sie lachen oder weinen sollte.

DER SECHSTE August war so sonnig und heiter, wie ein Hochzeitspaar es sich nur wünschen kann. Dr. Klaus Bechtel und Christine Lohmann hatten am Tag davor im Römer, dem Rathaus der Stadt Frankfurt am Main, geheiratet. Dodo und ein Freund des Bräutigams waren Trauzeugen gewesen. Dodo war fast so aufgeregt gewesen wie die Braut, die mit zitternder Hand ihren neuen Namen schrieb.

Komisch, war es Dodo durch den Kopf gegangen, sonst ist Tühne immer so frauenbewegt, und jetzt gibt sie ihren Mädchennamen auf. Ob ich das auch tun würde? Sie bezweifelte es. Trotzdem, das ließ sich nicht leugnen, so eine Hochzeit hatte ihren Reiz.

Sie biss die Zähne zusammen und heftete ihren Blick auf den anderen Trauzeugen, der gebannt die Standardrede des Standesbeamten verfolgte.

Klaus Bechtels Trauzeuge und Freund, ein Banker namens Jakob Hildebrand, war fast kahlköpfig und hatte einen sympathischen Kugelbauch. Er trug einen dunklen Dreiteiler, eine runde Drahtbrille und verfügte über ein ansteckendes Grinsen. Dodo wusste von Tühne, dass er 52 und seit vier Jahren verwitwet war. „Ein lustiger Knabe und ein treuer Freund von Klaus", hatte Tühne erklärt. „Wir haben ihn dir für Sonnabend als Tischherrn gegeben, Dodo. Ich denke, ihr könnt miteinander."

Nun stand Dodo vor dem Spiegel in ihrer Diele und wartete darauf, dass Jakob Hildebrand sie nach Königstein in den „Sonnenhof" abholte. Dort sollte das große Hochzeitsfest stattfinden.

Dodo hatte sich zu dem grünen Kleid noch eine kleine grüne Handtasche und einen aufregenden rosenroten Lippenstift geleistet. Sie war mit ihrer Erscheinung hochzufrieden.

Pünktlich um vier läutete es.

„Ich komme!“, rief Dodo in die Sprechanlage, musterte sich noch einmal kritisch und schwebte die Treppe hinunter.

Ihr Chauffeur und Tischherr begrüßte sie freundlich, öffnete ihr die Tür eines gewaltigen Autos und ließ sich von ihr auf die Autobahn lotsen.

Tühne und Klaus empfingen sie strahlend, und Dodo dachte gerührt, wie glücklich sie aussahen.

Zu den Gästen gehörte außer Tühnes Eltern und Klaus Bechtels verwitweter Mutter eine Reihe von Verwandten und Bekannten des Brautpaares, die Dodo nicht kannte.

Zu ihrem Erstaunen fühlte Dodo sich unter den vielen fremden Menschen jedoch durchaus wohl. Das verdankte sie Jakob Hildebrand, der sich auf das Freundlichste um sie kümmerte. Er erklärte ihr die anderen Gäste und hatte fast über jeden irgendeine witzige Anekdote zu berichten. Schnell hatte er Dodo in gute Stimmung versetzt. Noch nie hatte sie einen Mann getroffen, mit dem sie so viel lachen konnte wie mit diesem Herrn Hildebrand.

Der Tag verlief in so heiterer Laune, dass Dodo nicht ein einziges Mal an Ulrich gedacht hatte. Zu später Stunde verabschiedete sie sich dankbar bei dem Brautpaar und ließ sich von Jakob Hildebrand nach Hause fahren. Zu ihrer Verblüffung dankte auch er ihr von Herzen für den schönen Tag und das Vergnügen ihrer Gesellschaft.

Erstaunlich, wie anregend Hochzeiten selbst auf erklärte Ehemuffel wirken können, dachte sie und hüpfte die Treppe hinauf, noch immer so beschwingt, dass sie den Fahrstuhl vergaß.

In Dodos eigenen Augen bestand die Welt in diesen Tagen neben Arbeit, Haushalt und kühnen Kaffeefahrerinnen hauptsächlich aus Wilhelmina, dem Trosthund in allen Lebenslagen. Tühne und ihr Mann hatten eine Hochzeitsreise angetreten. Ulrich war unerreichbar, und von Frau Seeheimer bekam Dodo zwei Postkarten aus dem Urlaub.

Jakob Hildebrand rief ab und zu an und lud Dodo zum Essen oder zu einem Ausflug ein. Er war ein angenehmer Gesellschafter, der auch Wilhelmina sofort ins Herz geschlossen hatte. Ab und zu brachte er ihr aus einem vornehmen Feinkostladen ein Würstchen mit. Dodo schien er ohne Hintergedanken zu mögen, und schon bald betrachtete sie ihn als guten Freund.

Ihre überschüssige Energie tobte sie im Büro aus.

Frau Dr. Nachtmann, so hatte Assessor Pauly der Gruppe mitgeteilt, würde vorläufig nicht wiederkommen. Sie habe einen Nervenzusammenbruch erlitten (die vielen Prozesse! dachte Dodo) und solle nach ihrer Rückkehr andere Aufgaben übernehmen. Die Schadenabteilung solle neu strukturiert werden, jedoch sei die Planung dafür noch nicht abgeschlossen. Inzwischen sei Frau Dorothea Döbritz zur kommissarischen Gruppenleiterin bestellt.

Üppig, dachte Dodo, erst stellvertretend, dann kommissarisch – Politik der kleinsten Schritte!

Trotzdem spendierte sie pflichtgemäß den Kollegen Sekt und belegte Brötchen und nahm ihre Glückwünsche entgegen. Dodo, die ihre Fähigkeiten ziemlich nüchtern einschätzte, wusste, dass sie Mitarbeiter führen und Arbeitsvorgänge vereinfachen konnte. Bald lief alles weit reibungsloser als zu Frau Dr. Nachtmanns Zeiten, und das Klima in der gesamten Abteilung verbesserte sich, was allerdings weniger an Dodos ausgleichender Gegenwart als am Fehlen des Unruheherdes Nachtmann lag.

Ende August wurde Ulrich Beck aus der Rehaklinik entlassen. Dodo erfuhr es von Frau Seeheimer, die aus dem Urlaub zurück war und häufig anrief. Sie hatte Dodo schon zweimal in ihrer Wohnung besucht, wo sie besorgt über Ulrichs anhaltende Beziehung zu der unsympathischen Laura berichtete.

„Sie ist natürlich auch wieder in Frankfurt. Ich verstehe einfach nicht, dass ihm die Augen nicht aufgehen! Zu uns hat er sie nur einmal mitgebracht und dann nie wieder. Männer sind manchmal richtig vernagelt."

Dodo schwieg.

AM 1. SEPTEMBER wurde Dodo zu Assessor Pauly gerufen.

Ohne unfeine Hast marschierte sie in sein Büro. Dort fand sie zu ihrer Verwunderung ein Vorstandsmitglied der Sinceritas vor, Dr. Sieghard Abendland, einen älteren, weißhaarigen Herrn, der, wie jeder im Hause wusste, ein falscher Hund war.

Sie begrüßte die beiden Herren misstrauisch lächelnd und wurde höflich zum Sitzen aufgefordert.

Assessor Pauly räusperte sich. „Liebe Frau Döbritz, die Gesellschaft beabsichtigt die völlige Neuordnung der Kraftfahrzeug-Schaden-Abteilung. Aus den bisherigen vier Gruppen sollen zwei größere Einheiten werden. Frau Dr. Nachtmann ist noch immer krank. Gruppenleiter Karsten möchte in den Außendienst wechseln. Wir haben in der Abteilung 25 Sachbearbeiter. Gruppenleiter Mühlhaus wird zwölf davon übernehmen. Für die restlichen dreizehn brauchen wir eine neue Gruppenleitung. Der Vorstand und ich sind mit Ihrer bisherigen Arbeit sehr zufrieden.

Wir möchten Ihnen darum diesen Posten anbieten. Sie erhalten ab sofort eine Gehaltserhöhung von tausend Mark brutto und in einem halben Jahr bei Bewährung Handlungsvollmacht. Über eine weitere Anpassung der Bezüge kann dann ebenfalls verhandelt werden. Was meinen Sie?"

Dr. Abendland betrachtete sie gütig. „Wir versprechen uns viel von Ihnen, Frau Döbritz", erklärte er. „Alle Türen stehen Ihnen offen."

Dodo wunderte sich, dass ausgerechnet Assessor Pauly sie zur Beförderung vorgeschlagen hatte. Sie hatte erwartet, von der kommissarischen zur endgültigen Gruppenleiterin ernannt zu werden, aber gleich mit dreizehn Leuten, Handlungsvollmacht und einer Gehaltsaufbesserung? Das war verdächtig. „Ein sehr ehrenvoller Vorschlag", antwortete sie gelassen. „Wenn Sie erlauben, werde ich in Ruhe darüber nachdenken. Ist es Ihnen recht, wenn ich mich bis übermorgen entscheide?"

Die beiden Männer machten erstaunte Gesichter. Offenbar hatten sie damit gerechnet, dass sie ihnen mit Jubelrufen um den Hals fallen würde.

„Selbstverständlich." Dr. Abendland nickte.

„Ich danke Ihnen sehr für Ihr Vertrauen", fuhr Dodo fort und erhob sich. „Herr Pauly, ich melde mich bei Ihnen. Brauchen Sie mich jetzt noch?"

„Nein, danke. Ich bitte Sie nur, zunächst Stillschweigen über dieses Gespräch zu bewahren."

„Gewiss." Dodo nickte den beiden höflich zu und entfernte sich.

An ihren Schreibtisch zurückgekehrt, begann sie zu überlegen. Natürlich würde sie den Job annehmen – es war die Chance ihres Lebens, und auf Ulrich brauchte sie nun keine Rücksicht mehr zu nehmen.

Aber wie stand es mit dem Geld? Eigentlich waren tausend Mark brutto ein bisschen wenig. Dodo beschloss zu pokern.

Mittwoch meldete sie sich bei Assessor Pauly und erklärte ihre Einwilligung – unter zwei Bedingungen.

„Ich habe über die künftige Mehrbelastung gründlich nachgedacht, und ich meine, dass da doch einiges auf mich zukommt. Darum schlage ich Ihnen vor, dass Sie die Gehaltserhöhung auf fünfzehnhundert Mark anheben und die Handlungsvollmacht ab sofort erteilen. Wenn man berücksichtigt, dass die Abteilung zwei Gruppenleitergehälter spart, ist das sicher vertretbar."

Assessor Pauly schluckte. Diese hinterlistige Person! Natürlich hatte sie gemerkt, dass er zwei Fliegen mit einer Klappe schlagen wollte – einen Gruppenleiter abschaffen und das Geld für den zweiten niedrig halten. „Einverstanden", sagte er. „Aber da wäre noch etwas, Frau Döbritz.

Sie haben in diesem Jahr noch so gut wie keinen Urlaub genommen. Ich hielte es für günstig, wenn Sie vor Übernahme der neuen Aufgaben erst einmal Ferien machen würden. Sie könnten dann mit frischen Kräften anfangen und würden in diesem Jahr nicht mehr für längere Zeit abwesend sein. Am liebsten wäre es mir, wenn Sie drei Wochen nähmen, und zwar je schneller, desto besser. Die Veränderungen geben wir nach Ihrer Rückkehr bekannt."

Dodo nickte. Sie hatte in den letzten Monaten so viel erlebt, dass sie ein bisschen Erholung tatsächlich vertragen konnte. „In Ordnung. Sagen wir, ab nächster Woche. Das gibt mir Zeit, meinen Schreibtisch aufzuräumen und mir ein Ferienquartier zu suchen."

„Ausgezeichnet. Ich denke, wir werden sehr gut zusammenarbeiten. Das Bestallungsschreiben geht Ihnen in Kürze zu. Und wie gesagt, vorläufig bitte alles vertraulich behandeln."

Er stand auf und reichte ihr die Hand. Dodo drückte sie fest und wandelte dann leicht benommen ihrem Zimmer zu.

Obwohl ihre Kollegen versuchten, aus ihr herauszubekommen, was sie mit Assessor Pauly besprochen hatte, gab Dodo keine Auskunft. Sie teilte ihnen jedoch mit, dass sie vorhabe, in Urlaub zu gehen. Sie wisse allerdings noch nicht, wohin.

Das lenkte die Aufmerksamkeit der Kollegen ab. Es entspann sich eine hitzige Debatte über die Frage, wohin Dodo reisen sollte, und sie wurde mit Vorschlägen überschüttet.

Mitten in der Debatte darüber, ob man mit Hund billiger in der Lüneburger Heide oder im Fichtelgebirge unterkommen könne, klingelte Dodos Telefon.

Es war Jakob Hildebrand, der sie zum Essen in Königstein einladen wollte. Erfreut sagte Dodo zu.

Als sich die beiden nach einem gemütlichen Bummel durch den Park in einem Restaurant niedergelassen hatten, rückte Dodo mit ihren Urlaubsplänen heraus.

„Es muss ein Ort sein, an den Wilhelmina mitkommen darf und den man ohne Auto erreicht. Andererseits muss es ländlich sein, damit der Hund auch etwas davon hat. Und ich muss es drei Wochen lang bezahlen können, also darf es nicht zu luxuriös sein. Schwierig, nicht?"

„Nicht ganz einfach", gab Hildebrand zu. Er überlegte. „Haben Sie schon einmal an die neuen Bundesländer gedacht?"

„Ja, aber ich höre immer nur, dass die Hotels dort inzwischen noch teurer sind als bei uns."

„Das stimmt nicht ganz. Ich könnte Ihnen einen erstklassigen Tipp geben."

„Bitte!"

„Ich stamme aus Dessau. Das liegt etwa sechzig Kilometer von Leipzig entfernt. Dessau verfügt über eine zauberhafte Umgebung."

„Dessau kenne ich dem Namen nach – Bauhaus und Junkers-Werke."

„Das Bauhaus können Sie sogar besichtigen. Lohnt sich. Aber was ich Ihnen empfehlen möchte, ist nicht Dessau, sondern Wörlitz."

„Davon habe ich noch nie gehört."

„Wörlitz ist einer der schönsten Landschaftsparks nach englischem Vorbild, aber mit ganz eigenem Charakter. Ein weitläufiges Gelände mit Bauwerken und Denkmälern, dazu Gewässer, Hügel und sogar landwirtschaftliche Flächen. Außerdem finden Sie eine Kirche, eine Synagoge, diverse Tempel und sogar einen Vulkan. Glauben Sie mir, Wörlitz ist der schönste Ort, den ich kenne!"

Dodo schaute ihn erstaunt an. „Und was tut man dort den ganzen Tag?"

„Nichts. Man entspannt Leib und Seele. Wörlitz ist ein dörfliches kleines Städtchen, in dem biedermeierliche Beschaulichkeit herrscht. Sie können mit dem Bus nach Dessau und Wittenberg und von dort aus mit dem Zug nach Halle, Leipzig oder Magdeburg fahren."

„Gibt es denn dort Hotels und Pensionen? Und sind sie erschwinglich?"

Jakob Hildebrand strahlte. „Das ist es ja gerade, wieso ich auf Wörlitz komme. Meine Bank hat eine Niederlassung in Leipzig gegründet, die ich betreue. Für dortige Mitarbeiter finden oft Veranstaltungen statt. Die werden gern in ländlicher Umgebung abgehalten, damit die Gäste nicht abgelenkt werden. Nun gibt es in Wörlitz ein Hotel, das dafür geradezu ideal ist. Schon seit vier Jahren sind wir Stammkunden und bekommen einen Sonderpreis. Ich werde morgen feststellen, was ich für Sie tun kann, und Sie dann anrufen."

Dodo dankte ihm und bat ihn, ihr noch mehr über Wörlitz und Dessau zu erzählen. Das tat Hildebrand mit Begeisterung.

Als er sie um elf zu Hause ablieferte, hatte er sein Thema noch lange nicht beendet, und Dodo hätte ihm gern noch weiter zugehört.

Jakob Hildebrand meldete sich prompt am nächsten Vormittag. Mit dem Hotel hatte er bereits telefoniert und einen unwahrscheinlich günstigen Dreiwochentarif für sie ausgehandelt. Auch Wilhelmina war willkommen.

Aber er hatte noch eine gute Nachricht. „Ich habe selbst einen Termin in Leipzig, Dienstag früh. Wenn es Ihnen nichts ausmacht, erst Montagmittag loszufahren, kann ich Sie und Wilhelmina mitnehmen und in Wörlitz abliefern. Und was die Rückfahrt angeht, werde ich es bestimmt so einrichten können, dass ich Sie wieder abhole. Na? Soll ich für Sie buchen?"

Dodo war entzückt, denn die Schwierigkeiten des Transportes von Dreiwochengepäck plus Hund hatten ihr wie eine Last auf der Seele gelegen. „Sie sind ein Schatz, Herr Hildebrand! Ja, bitte buchen Sie. Darf ich Sie zum Dank für heute Abend zum Spaghettiessen bei mir zu Hause einladen?"

Hildebrand hatte ihre Wohnung bisher nicht betreten. Er sagte erfreut zu, kam und futterte sich durch Berge von Nudeln. Als sie dann gemütlich beim Wein saßen, fragte Jakob Hildebrand, warum sie eigentlich so versessen darauf wäre, Wilhelmina mitzunehmen. Schließlich sei eine Reise ohne Hund doch auf jeden Fall einfacher und bequemer. „Oder haben Sie keine Möglichkeit, das Tier unterzubringen?"

Dodo schüttelte den Kopf. „Doch, ich hätte sie vermutlich jemand geben können. Aber wissen Sie, Wilhelmina wurde schon einmal ausgesetzt und hat das sehr schwer genommen. Und ich finde, sie hat es verdient, dass ich auch einmal rund um die Uhr zum Hätscheln und Tätscheln zur Verfügung stehe. Außerdem bin ich dann nicht ganz allein und gehe auf jeden Fall mehr spazieren, als ich das sonst täte. Ich denke, wir tun einander gut."

„Sie lieben sie sehr, wie?"

Dodo dachte einen Augenblick nach. „Nun ja..., eigentlich ist sie das Einzige, was ich habe. Meine Familie." Sie kraulte Wilhelminas Pelzkragen, und der Hund leckte ihre Hand.

ELFTES KAPITEL

So kam es, dass Dodo mit dickem Mercedes und stattlichem Banker ihren Einzug in der schönen anhaltischen Kleinstadt Wörlitz hielt. Das Hotel lag direkt an der Ortsstraße, dem Park gegenüber. Dodo wurde in ein schönes Zimmer geführt, das sogar eine Nische aufwies, in der Wilhelminas Reisekissen Platz fand.

Nach einem kleinen Abendessen verabschiedete sich Jakob Hildebrand, um nach Leipzig zurückzufahren. Dodo dankte ihm für seine Hilfe, versprach, sich zu melden, und trieb die müde Wilhelmina ein paar Meter den Weg zum Parkplatz entlang.

Anschließend gingen sie sofort schlafen. Wilhelmina versuchte mit ins Bett zu klettern, wurde jedoch energisch auf ihr Kissen verwiesen.

Am nächsten Morgen regnete es so furchtbar, dass der viel gerühmte Park Dodo zunächst wenig einladend schien, als sie nach dem Frühstück ihren ersten Erkundungsgang unternahm. Unmerklich nahm jedoch der Zauber des Parks Dodo gefangen. Ohne auf den Weg zu achten, gelangte sie zum Schloss. Sie setzte sich auf eine Bank unter dem Vordach und schaute auf den See hinaus, über dem eine verhangene Frühherbststimmung lag. Sie war nass, aber zufrieden. Hier würde sie sich wunderbar erholen.

Tatsächlich vergingen die Tage wie im Flug. Das Wetter besserte sich und blieb schön. Mit Hilfe der liebenswürdigen Wirtsfamilie fand Dodo in der Nachbarschaft eine alte Frau, die gern auf Wilhelmina aufpasste. Sie besaß einen greisen Schäferhund und einen großen Garten, in dem die beiden Tiere umherspazieren oder nebeneinander in der Sonne liegen konnten.

Dodo unternahm dann kleine Reisen, wie Jakob Hildebrand sie empfohlen hatte.

Sie fand Dessau eher enttäuschend, besuchte aber pflichtschuldig das Bauhaus und aß im renovierten Ratskeller zu Mittag. Wittenberg schien ihr eindrucksvoll, und die kleinen Antiquitätenläden bildeten eine große Versuchung. Halle und Magdeburg ließen sie ungerührt, während Leipzig ihr fast lebendiger als Frankfurt am Main vorkam.

Am allerbesten gefiel es ihr in Wörlitz selbst. Dort war sie bald überall bekannt, was vor allem an der exotischen Wilhelmina lag. Es gab Menschen, die ihr auf der Straße nachstarrten, vor allem Kinder freuten sich über Wilhelmina, bewunderten die Riesenohren und wollten sie streicheln. Der Hund ließ geduldig das Streicheln und Kraulen vieler kleiner Hände über sich ergehen. Wenn es ihm zu viel wurde, setzte er sich auf Dodos Fuß und hechelte. Dann wusste Dodo, dass Wilhelmina weiterwollte, und richtete sich danach.

Im Hotel wurde Wilhelmina von Personal und Gästen schamlos verwöhnt. Dodo musste aufpassen, dass ihr Hund nicht ununterbrochen kleine Häppchen zugesteckt bekam.

Mittags hielten sie gemeinsam Siesta. Danach trank Dodo unten auf der Veranda des Hotels Tee und las. Ab und zu schrieb sie Postkarten.

Von Frau Seeheimer kam sogar eine Karte zurück.

„Ulrich macht einen zerstreuten und missgelaunten Eindruck“, schrieb sie. „Sehr erfreulich. Wir dürfen hoffen.“

Das schien Dodo zu optimistisch. Ihres Erachtens konnte nur noch ein Wunder helfen, und Dodo glaubte nicht an Wunder.

DIE DREI Wochen, die ihr zunächst so lang erschienen waren, näherten sich dem Ende. Ehe sie es recht wahrnahm, brachen die letzten Tage an. Das spätsommerliche Wetter gab sich alle Mühe, ihr den Abschied schwer zu machen. Dodo verzichtete auf weitere Ausflugsfahrten und genoss nur noch den Park, den sie auf langen, gemächlichen Streifzügen erforschte.

Zu Beginn der letzten Woche hatte sich auch Jakob Hildebrand gemeldet. Er musste am Freitag in Geschäften nach Leipzig und wollte Dodo und Wilhelmina dann Samstagmorgen in Wörlitz abholen.

Dodo hatte sich ihre Post nachsenden lassen. Tatsächlich kam am Mittwoch vor der Abreise noch ein ominöser Umschlag, der den Absender der Vordertaunus-Bauträger-GmbH trug. Dodo legte ihn erst einmal beiseite. Sie hatte ein ungutes Gefühl. Nachmittags nahm sie ihn mit in den Park und öffnete ihn.

> Sehr geehrte Frau Döbritz,
> die Schätzung der Wohnungen im Anwesen Kaufunger Straße 211 liegt inzwischen vor. Anbei finden Sie eine Kopie des Gutachtens über den Wert der von Ihnen gemieteten Räumlichkeiten, erstellt von unserem vereidigten Sachverständigen Otto Krüger. Er ermittelte den Marktpreis mit 300 000 DM.
>
> Wie angekündigt, sind die Eigentümer bereit, Ihnen als Mieterin die Wohnung zu einem Vorzugspreis anzubieten. Die Kaufsumme würde für Sie 250 000 DM betragen. Bei einer eventuellen Finanzierung wären wir behilflich. Dieses Angebot gilt von heute bis zum 31. Oktober des Jahres.
>
> Sollten Sie sich bis dahin nicht entschieden haben, gehen wir davon aus, dass Sie einen Erwerb nicht wünschen, und werden den Verkauf in die Wege leiten.
> Mit freundlichen Grüßen
> E. Mannlich, G. Dietz

Erschrocken starrte Dodo auf das Papier. Eine viertel Million! So viel Geld konnte sie im ganzen Leben nicht verdienen. Panik erfasste sie. Sie würde sich eine andere Wohnung suchen müssen. Aber wie sollte sie einen Vermieter finden, der auch Wilhelmina einziehen ließ? Und was würde aus Alma von Raden?

Sie schaute auf den See und stöhnte. Wilhelmina hob witternd den Kopf und kam auf die Füße. Dodo achtete nicht darauf. Ein Schleier hatte sich über ihre Augen gelegt.

Plötzlich drangen zwei Geräusche an ihr Ohr: ein wildes Aufheulen Wilhelminas und eine zögernde Stimme.

„Hallo, Dodo."

Tränenblind blickte Dodo auf. Vor ihr stand Ulrich, an dem Wilhelmina jaulend hochzuspringen versuchte.

Dodo blinzelte. Hatte sie jetzt auch noch Wahnvorstellungen?

„Ulrich?"

„Dodo?"

Verlegenes Lächeln. Schmal sah er aus und immer noch – oder schon wieder – blass.

„Darf ich mich setzen?"

„Bitte? O ja, natürlich." Sie rückte ein Stück zur Seite. „Wie kommst du denn hierher?"

„Detektivarbeit." Er ließ sich neben ihr nieder und streichelte Wilhelmina. „Die Baronesse wollte mir deine Adresse nicht geben, aber du hattest eine Karte an Frau Seeheimer geschrieben, und von der bekam ich sie dann. Da habe ich mich ins Auto gesetzt und bin hierher gefahren."

Dodo musterte ihn ratlos. „Ich denke, du bist böse auf mich? Außerdem hat mir Frau Seeheimer erzählt, dass du ..., dass du ..." Sie stockte.

„Dass ich eine andere habe?"

Dodo nickte stumm.

„Ja", sagte Ulrich, „das hatte ich auch. Aber zum Glück bin ich noch rechtzeitig zur Vernunft gekommen." Er sah Dodo verzweifelt an. „Liebste, ich habe mich wie ein Idiot benommen, wie ein Macho – kurz und gut, wie ein Stinktier. Willst du mir trotzdem zuhören, auch wenn ich es nicht verdient habe?"

„Ja."

„Ich war so sauer, dass du mich nicht heiraten wolltest. Ich wollte einfach nicht einsehen, dass du genauso wie ich an deiner Arbeit hängst. Ich verstand auch nicht, warum du so zornig wurdest, als ich sagte, du könntest ja ein paar Pfund abnehmen. Ich fühlte mich verschmäht und zurückgewiesen, und so bin ich dann an die Nordsee gefahren.

Und dort lernte ich Laura kennen. Sie war ganz dein Gegenteil, äußerlich und innerlich. Ihren Beruf hätte sie sofort für mich aufgegeben. An ihrer Figur war nichts zu verbessern. Sie widersprach mir in nichts, lobte mich in allem. Ich bin total auf sie abgefahren."

Er schluckte. Dodo schniefte.

„Aber sobald wir wieder in Frankfurt waren, gingen mir schnell die Augen auf. Sie wollte ihren Job aufgeben, weil sie darin nicht den gewünschten Erfolg hatte. Sie suchte einen Mann mit Geld und Position. Und sie wollte mich von Grund auf ändern."

„Ach?" Dodo konnte ein Grinsen nicht unterdrücken.

„Da habe ich gemerkt, wie schrecklich es ist, wenn einen jemand umstülpen will. Ich sollte eine eigene Praxis eröffnen oder zumindest Dr. Seeheimer aufs Altenteil setzen. Statt meines guten Freundes Übelkräh wollte sie selbst einsteigen, sie ist nämlich auch Juristin. Mein Haus in der Stettenstraße wollte sie gegen ein größeres eintauschen, weil ihr die Räume nicht repräsentativ genug aussahen. Und außerdem sollte ich in die Politik gehen, um endlich richtig Karriere zu machen."

Er schüttelte sich wie ein Hund. Dodo bekam fast Mitleid.

„Und wieso hast du dich nicht gewehrt?"

„Zuerst war ich viel zu verblüfft. Ich nahm die ganze Sache gar nicht ernst. Dann fand ich heraus, dass sie wegen eines Nervenzusammenbruchs in die Klinik gekommen war. Eine Neurotikerin. Sie malte Zettel mit dem neuen Praxisschild: ANWALTSBÜRO BECK UND DR. NACHTMANN.

Dodo riss die Augen auf. „Dr. Nachtmann?"

„Ja. Sie heißt Laura Nachtmann. Kennst du sie?"

„Ich weiß nicht – ich hatte eine Gruppenleiterin namens Dr. Nachtmann. Aber die hieß Hannelore."

„Wie sah sie aus?"

„Eine große, schlanke Blondine – Löwenmähne, blaue Augen, lange Beine ..."

„Das ist sie! Sie hat mir erzählt, dass sie bei einer Versicherung arbeitet. Dodo, sie ist verrückt. Und eifersüchtig! Sie wollte mich von morgens bis abends kontrollieren. Ständig hat sie hinter mir hertelefoniert, und als ich abends mal allein sein wollte, rastete sie richtig aus. Nach einer Woche hatte ich genug. Ich traf mich mit ihr zum Essen und sagte ihr, dass es keinen Sinn mit uns hätte. Sie bekam einen hysterischen Anfall und drohte mir, sie würde mich überall unmöglich machen. Da habe ich beim Kellner das Essen bezahlt und bin gegangen. Seitdem habe ich nichts mehr von ihr gehört."

„Ich glaube, sie ist wirklich krank. Im Büro hatten wir immer das Gefühl, mit einem Vulkan zu leben, der kurz vor dem Ausbruch steht. Sie wollen sie jetzt in eine andere Abteilung versetzen, wo sie nicht so unter Stress steht." Dodo schüttelte den Kopf.

„Dodo, kannst du mir verzeihen? Ich liebe dich nach wie vor und verspreche auch, dich nicht mehr ändern zu wollen. Wenn du so bleibst, wie du bist, und mich trotzdem wieder haben willst, wäre ich glücklich und zufrieden. Du ..., du brauchst mich auch nicht zu heiraten." Ulrich sah sie an. „Aber wenn du es wolltest, würde ich gern Ja sagen."

„Ach, Ulrich!"

„Ach, Dodo!"

Und schon hatte er die Arme ausgebreitet und Dodo an sich gezogen. Er küsste sie auf alles, was er erwischte, und Dodo gab ihm jeden Kuss mit Zinsen zurück. Vor ihnen saß Wilhelmina, schaute zu und quietschte vor Wonne.

Endlich entfaltete Ulrich seine Arme, Dodo strich sich über die zerzausten Locken, und beide rangen nach Atem. Als sie sich erholt hatten, schlenderten sie gemeinsam ins Hotel. Beim Abendessen tauschten sie die Erlebnisse ihrer Trennungszeit aus. Ulrich vernahm mit gebührender Hochachtung, dass man Dodo befördert hatte. Die Lust auf ein Heimchen am Herd, das mit stählerner Faust seinen Zeitplan ordnete, war ihm gründlich vergangen.

Dodo berichtete von Tühnes wunderbarer Hochzeit und dem netten Jakob Hildebrand, eine Mitteilung, auf die Ulrich mit tapfer unterdrückter Eifersucht reagierte.

Schließlich erzählte ihm Dodo noch vom Brief der Hausverwaltung. Der freilich schreckte Ulrich nicht, denn er hoffte sofort, dass Dodo und Wilhelmina sich dadurch veranlasst sehen könnten, bei ihm einzuziehen.

Dagegen ermahnte er Dodo, bald ihren Freund Jakob Hildebrand anzurufen, dass er sie nicht abzuholen brauche, denn dieses Vorrecht erbitte er für sich selbst. Dodo versprach es.

Schließlich gingen sie zu Bett.

Irgendwann sagte Ulrich: „Ich verstehe überhaupt nicht mehr, wie ich darauf gekommen bin, dass du abnehmen solltest. Als ob man von schönen Dingen je zu viel haben könnte!"

„Nicht wahr?", antwortete Dodo unschuldig. „Man gönnt sich doch sonst nichts!"

VON HERZEN froh darüber, wieder vereint zu sein, waren Dodo, Ulrich und Wilhelmina nach Hause zurückgekehrt. Dodo hatte mittlerweile ihren Dienst bei der Sinceritas wieder angetreten. Assessor Pauly führte sie mit einer feierlichen Rede vor der gesamten Abteilung als Gruppenleiterin und Handlungsbevollmächtigte ein.

Von Assessor Pauly erfuhr Dodo, dass Frau Dr. Nachtmann nicht mehr zur Sinceritas zurückkehren würde. Sie hatte den vorgeschlagenen Arbeitsplatz in der Rechtsabteilung, wo sie Aktengutachten erstellen sollte, abgelehnt und musste nun mit der Kündigung rechnen.

„Sie ist krank, Herr Pauly", erklärte Dodo, milde gestimmt. „Ich glaube nicht, dass die Gesellschaft sie mit einer Kündigung abschieben kann. Man sollte ihr eine gute Abfindung anbieten."

Herr Pauly schüttelte den Kopf. „Ich fürchte, da ist nichts zu machen."

Schon am ersten Sonnabend nach ihrer Rückkehr musste Ulrich auf Dodos Gegenwart verzichten, denn die kühnen Kaffeefahrerinnen bestanden ungeduldig auf ihrer Anwesenheit. Birdie wies darauf hin, dass der Herbst ins Haus stand und es vielleicht das letzte Gartenfest sein würde. Ulrich dürfe sie abends abholen und bekäme auch etwas zu essen ab.

Nachmittags um vier machten die Baronesse, Dodo und Wilhelmina sich auf die Reise nach Sachsenhausen. Der Erste, der sie sah, war Baskerville. Er erlitt fast einen Herzanfall, so selig war er, seine Angebetete wiederzuhaben. Während ihrer Abwesenheit hatte der Vereinsamte zahlreiche geheime Knochendepots angelegt, die er jetzt seiner Geliebten zu Pfoten legte.

In der Laube saß eine Überraschung für Dodo: Frau Seeheimer.

Sie schwatzte so angeregt mit den anderen Damen, dass Dodo begriff: Es konnte nicht ihr erster Besuch sein.

„Das haben Sie vermittelt", erklärte Birdie heiter. „Frau Seeheimer hat Frau von Raden angerufen, um zu fragen, ob sie etwas dagegen hätte, wenn Herr Beck Ihren Aufenthaltsort erfährt. Dabei sind sie ins Gespräch gekommen."

„Und inzwischen war ich schon auf meiner ersten Kaffeefahrt!", rief Frau Seeheimer dazwischen. „Glauben Sie mir, ich habe mich im Leben noch nie so amüsiert. Dieser dicke Mann, der uns Heimfitnessgeräte verkaufen wollte! Das nächste Mal fahre ich wieder mit, und wenn es Rheumadecken regnet!"

Alle lachten.

Dodo und Wilhelmina wurden mit großer Freude begrüßt. Die Damen wussten von Frau Seeheimer, dass sie und Ulrich wieder ein Paar waren, und zeigten sich von dieser Entwicklung recht angetan. Nur Frau März wollte wissen, was denn Herr Hildebrand gesagt hätte.

Dodo berichtete, dass er es mit Fassung getragen hätte. Dafür hätte er verlangt, Ulrich schnellstens kennen zu lernen. Sie hätten sich für nächste Woche zum Essen verabredet. „Ich glaube, er will ihn auf Herz und Nieren prüfen. Er ist ein wahrer Freund."

Die Damen waren beeindruckt.

„Das nenne ich Haltung", meinte die Baronesse.

Sie futterten ihre Steaks mit Bergen von Salaten und saßen nachher auf der Veranda und genossen die spätsommerliche Wärme.

Gegen halb acht verabschiedeten sich Frau Samtleben, Frau März und Frau Robel, um mit Frau Seeheimer in ein Konzert zu gehen.

Dodo und Alma von Raden wechselten mit Birdie ins Wohnzimmer, denn es wurde allmählich kühl.

Birdie goss den beiden verbliebenen Besucherinnen einen Sherry ein und räusperte sich feierlich.

„Dodo – ich möchte etwas mit Ihnen besprechen. Frau von Raden hat mir von den Briefen dieser Vordertaunus-Bauträger-GmbH erzählt und mir auch gesagt, dass Sie beide die Wohnungen nicht kaufen können.

Ich möchte Ihnen vorschlagen, zu mir zu ziehen. Frau von Raden könnte die eine Wohnung, Sie die andere nehmen. Wilhelmina muss natürlich mitkommen. Während Sie im Büro sind, könnten wir uns hier um sie kümmern, und sie hätte den Garten und Baskerville.

Frau von Raden würde sehr gern weiterhin mit Ihnen in einem Haus wohnen und wollte mit ihrer Entscheidung warten, bis Sie sich äußern konnten. Was sagen Sie?"

Staunend blickte Dodo zwischen Birdie und der Baronesse hin und her. Die Lösung ihres Wohnungsproblems auf einem Silbertablett? Aber was würde Ulrich davon halten?

Alma von Raden nickte ihr aufmunternd zu. „Ich stelle es mir großartig vor. Jeder hätte seine eigenen vier Wände. Aber wir könnten zusammenbleiben – mit Wilhelmina."

„Es wäre bestimmt wunderbar", meinte Dodo langsam. „Und wenn ich ganz ungebunden wäre, würde ich sofort Ja sagen. Aber ich erhielt den Brief dieser Bauträger genau in dem Moment, als ich mich wieder mit Ulrich versöhnte. Er akzeptiert inzwischen, dass ich meinen Beruf und meine persönliche Freiheit nicht aufgeben will. Andererseits weiß ich, dass er darauf hofft, dass ich meine Meinung noch ändere. Und das könnte eines Tages durchaus geschehen. Es wäre also nicht unmöglich, liebe Frau McAllister, dass ich jetzt Ihr Angebot annehme und Ihnen in ein paar Monaten sagen muss, dass ich mich doch entschlossen habe, Frau Beck zu werden."

„Ist das der einzige Grund?", fragte Birdie freundlich.

„O ja. Sonst würde ich liebend gern mit Ihnen und Frau von Raden zusammenwohnen. Für mich und Wilhelmina wäre es die Erfüllung eines Traums – eine Villa mit Garten!"

„Nun, dann gehe ich das Risiko mit Freuden ein", erklärte Birdie. „Dodo, Sie haben noch nie mit einem Mann zusammengelebt. Glauben Sie mir, es ist nicht so einfach, gerade wenn man keine siebzehn mehr ist. Lassen Sie sich Zeit. Gewöhnen Sie sich aneinander. Lernen Sie sich gegenseitig akzeptieren. Und wenn Sie nach einem Jahr der Meinung sind, Sie sollten heiraten, dann tun Sie es. Inzwischen ziehen Sie zu mir. Ihr Ulrich ist hier jederzeit willkommen."

Dodo war gerührt. „Frau McAllister, Sie sind wunderbar. Ich danke Ihnen für alles, und ich werde es mir genau überlegen. Ich habe ... Sie sind ..." Sie stockte.

„Sie haben in mir so etwas wie eine Großmutter gefunden, nicht wahr?", sagte Birdie lachend. „Darum würde ich Sie auch gern um etwas bitten, Dodo – sag ‚Birdie' und ‚du' zu mir, ja?"

Dodo stand auf, umarmte sie und fiel der Vollständigkeit halber auch Alma um den Hals.

Als Ulrich eine halbe Stunde später eintraf, stellte Dodo ihm ihre neue Familie vor.

Sosehr er seiner Liebsten „Angehörige" und ein Heim gönnte, so ungern erfuhr er von Dodos Umzugsplänen. Der Gedanke, sie könne ihre Wohnung nicht mit seinem, sondern mit Birdies Haus vertauschen, schmeckte ihm gar nicht. Dennoch versuchte er, als sie längst in Dodos Bett lagen, nicht, sie umzustimmen. Im Gegenteil, er war so lieb und verständnisvoll, dass Dodo sich sofort als hemmungslose Egoistin fühlte.

„Es muss ja nicht für immer sein", meinte sie zaghaft. „Ich finde nur, wir beide brauchen noch ein bisschen Zeit."

Ulrich seufzte. „Wenn ich mir je einer Sache sicher war, dann der, dass ich dich liebe und heiraten will. Aber wenn du warten willst, werde ich mich damit abfinden."

Er küsste sie, und Dodo kuschelte sich an ihn. Eine Zeit lang herrschte Schweigen. Draußen zerrte der Wind an den Kastanien im Innenhof. Blätter raschelten auf dem Balkon.

Dodo war so weich und milde gestimmt wie selten. Ja, sie liebte Ulrich und war glücklich, mit ihm zusammen zu sein. Sollte sie nicht doch ihre Selbstständigkeit gegen etwas eintauschen, das vielleicht viel schöner war? Jetzt, wo sie nicht mehr zu fürchten brauchte, dass er ihre berufliche Laufbahn beenden, sie an den Herd ketten und dort hungern lassen wollte, damit sie dünner wurde? Fühlte Dodo sich nicht manchmal doch ein bisschen einsam?

„Ulrich, Liebster", begann sie flüsternd.

Ein Windstoß erschütterte das Haus. Krachend flog die Schlafzimmertür auf. Noch ehe einer der beiden aufstehen und sie schließen konnte, knarrte im Korridor der Hundekorb. Man hörte das Klicken von Krallen auf dem Parkett. Wilhelmina nahte.

Ein einziger eleganter Sprung, und dreißig Kilo Basset landeten auf der Bettdecke.

Von wegen einsam, sagte Wilhelmina.

Foto: Pia Pfannmüller

„Ich liebe Bücher und Bassets“

„Mein Mann und ich sind richtige Büchernarren“, erklärt die Frankfurterin Verena C. Harksen. „Als wir uns vor nunmehr einunddreißig Jahren kennen lernten, genügte ein Blick auf unsere überquellenden Bücherregale, um zu wissen, dass wir eine Menge gemeinsam hatten.“

Auch während einer zwanzig Jahre dauernden Tätigkeit im Versicherungsgeschäft fand Verena C. Harksen in ihrer Freizeit noch die Muße, sich ausführlich mit Büchern zu beschäftigen. „Damals arbeitete ich nebenbei als Übersetzerin für phantastische Literatur“, erzählt sie, „und konnte 1985 dann mein Hobby zum Beruf machen, als ich anfing, von zu Hause aus zu arbeiten. Seither erledige ich vormittags die Büroarbeiten für meinen Mann, der als Verlagsvertreter unterwegs ist, und die restliche Zeit widme ich dem Übersetzen und Schreiben von Artikeln und Büchern.“

Dass auch Hunde im Leben der 1942 in Berlin geborenen Autorin eine große Rolle spielen, wird die Leser von *Das Glück ist mollig* nicht verwundern. Seit 27 Jahren schon hält sie Bassets, deren gutmütigen Charakter sie besonders schätzt. „Mein derzeitiger Basset heißt Nessie vom Loch Ness, eine alte Hundedame, die allerdings deutlich schlanker als die Wilhelmina im Buch ist.“

Auch im nächsten Roman von Verena C. Harksen werden Hunde nicht fehlen. „Es wird wieder ein heiteres Buch, ich schreibe mit leichter Hand“, verrät die Autorin. „Diesmal kommen darin drei Bluthunde vor – ausgesprochen friedfertige Spürhunde, die leider aufgrund des Rassenamens einen völlig falschen Ruf mit sich herumschleppen.“

WETTLAUF DURCH DIE WEISSE HÖLLE
Originalausgabe: *Murder On The Iditarod Trail*
erschienen bei Atlantic Monthly Press, New York

DAS HAUS DER DONNA
Originalausgabe: *Homeport*
erschienen bei G. P. Putnam's Sons, New York

KHALID – DAS SCHWERT GOTTES
Originalausgabe: *Tomorrow Belongs To Us*
erschienen bei Harper Collins Publishers, London

DAS GLÜCK IST MOLLIG
erschienen bei Argon Verlag GmbH, Berlin

Übersetzer:
Wettlauf durch die weiße Hölle: Bettina Thienhaus
Das Haus der Donna: Margarethe van Pee

Illustrationen und Fotos:
Wettlauf durch die weiße Hölle: S. 4 (links), 6/7/8: Gerd Ludwig/VISUM (Hunde, Gesicht)
Das Haus der Donna: S. 4 (rechts), 128/129/130: Robert Harding Picture Library
Khalid – Das Schwert Gottes: S. 5 (links), 294/295/296, Kapitelvignetten: Michael George Herring, S. 296: Keribar/IFA-Bilderteam (Moschee)
Das Glück ist mollig: S. 5 (rechts), 472/473/474, Kapitelvignetten: Martin Nill

Die ungekürzten Ausgaben von *Wettlauf durch die weiße Hölle, Das Haus der Donna, Khalid – Das Schwert Gottes* und *Das Glück ist mollig* sind im Buchhandel erhältlich.